어른 마루

여름 바다

발행일	2022년 06월 30일		
지은이	오하해		
펴낸이	손형국		
펴낸곳	(주)북랩		
편집인	선일영	편집	정두철, 배진용, 김현아, 박준, 장하영
디자인	이현수, 김민하, 김영주, 안유경, 최성경	제작	박기성, 황동현, 구성우, 권태련
마케팅	김회란, 박진관		
출판등록	2004. 12. 1(제2012-000051호.)		
주소	서울특별시 금천구 가산디지털 1로 168, 우림라이온스밸리 B동 B113~114호., C동 B101호		
홈페이지	www.book.co.kr		
전화번호	(02)2026-5777	팩스	(02)2026-5747

ISBN	979-11-6836-379-3 03810 (종이책) 979-11-6836-380-9 05810 (전자책)

(주)북랩 성공출판의 파트너

북랩 홈페이지와 패밀리 사이트에서 다양한 출판 솔루션을 만나 보세요!

홈페이지 book.co.kr • **블로그** blog.naver.com/essaybook • **출판문의** book@book.co.kr

작가 연락처 문의 ▶ ask.book.co.kr

작가 연락처는 개인정보이므로 북랩에서 알려드릴 수 없습니다.

장편소설

오은비

마른 물

목차

;

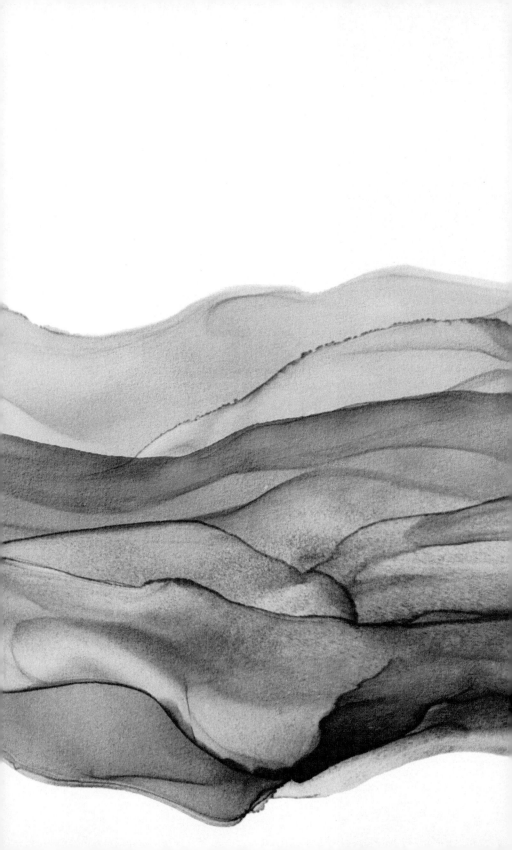

굴비의 덫

;

　뜨겁게 껴안고 싶었다. 나는 그녀에게 조금 더 다가가 그녀를 껴
안고 그녀의 느낌을 내 것으로 만들고 싶었다. 그녀는 웃을 줄 아
는 여자였다. 그녀의 웃음을 사기 위하여 아등바등하는 나를, 나
는 이길 수 없을 것 같았다. 그런데 그녀는 갑옷을 입은 여자인 듯
나와의 거리를 좁히지 않았다. 그녀에게 나는 가까운 것도 같았는
데 단절된 것은 아닌지, 그 단절 같은 것을 위해 나는 그녀를 위한
것이 무엇인지 골몰할 수밖에 없었다. 그것은 그녀를 위한 것이었
지만 나의 답답함을 이기기 위해 하는 몸부림의 차원에 더 가까웠
다. 그녀를 위해 나를 버리는 것은 쉬운 것이 아니었다. 그러나 나
를 버리지 않고는 그녀의 갑옷을 벗길 수 없었다. 그래서 나는 그
녀를 위한 것이 무엇인지 알아야 했고 그녀를 위하여 버릴 수 있는
것은 다 버리고 가벼워지기로 했다. 그녀를 안을 수 있다면 나는

　　　　　　　　　　　　　　　　여름 바다

내가 버린 것보다 더 가벼워질 것이다. 그녀를 통해 진정 자유를 얻는 것인데 그까짓 희생은 별거 아닌 것 같았다. 그녀에게 접근하기 위해, 그녀에게 더 많은 혜택이 나로부터 주어져야 했다. 그것을 위해 오늘도 그녀를 위한 것이 무엇인지 나는 더 많은 고민을 하고 있었다.

그녀가 좋아할 만한 것은 무엇인지, 그것부터 조사해야 했다. 그녀의 환심을 사기 위하여 나는 그녀에 대하여 더 많이 알아야 했다. 무턱대고 주기만 한다면 그녀는 나를 바보라고 조소할 것이다. 그것은 내 희생을 허망하게 만드는 것이다. 더 효율적이 되기 위하여 그녀가 좋아할 것을 아는 것이 필요했다. 그녀에게 감동을 주기 위해 그녀의 감정이 움직이는 가장 드라마틱한 이야기에 그녀의 감정이입이 있도록 해야 했다. 그녀가 그녀의 감정을 주체하지 못하고 내 갈망을 들어주기 쉽도록 유도해야 하는 것이다. 그렇게 되기 위하여 필요한 것은 멜로디만이 아닐 것이다. 그 멜로디를 뒷받침하기 위해 여러 반주가 있어야 하는 것이다. 사람의 심성을 건드리기 위해서는 정곡을 찌르는 화음이 필요한 것이다. 멜로드라마가 흔하고 경박한 것이라 하는데 그것은 책의 제목만 읽고 판단하는, 말장난 같은 것에 시야의 본질이 흐려진 사람들만이 그렇게 치부하는 것이다. 나는 그녀를 위하여, 그녀 심성의 정곡을 건드리기 위하여 고민에 고민을 거듭하고 있었다.

참아야 했다. 그녀를 위한 것이 무엇인지 알기 위해서는 더 인내심 있게 그녀를 관찰해야 할 것이다. 나는 그녀가 무엇을 좋아하는지, 그녀에 대한 모든 자료를 내 기억에서 출력해서 검토하고 있었다. 그녀의 귀걸이, 반지, 눈 화장, 가방, 헤어스타일, 옷차림 등이 내가 앉아 있는 책상에서 실물로 나타난 것같이 집요하게 그녀에 대한 것들을 줄줄이 늘어놓고 있었다. 나는 그런 모든 것들을 그녀가 좋아하기 때문에 그렇게 하고 있는 것이라 생각했다. 그렇다. 그렇다. 내가 그녀에 대한 것들을 기억에서 책상으로 출력해놓고 보니까 그녀를 화사한 그녀로 만든 것은 다름 아닌 이 시대의 체제였다. 그것들은 이 시대의 상식이라 해도 좋을 만큼 부귀영화의 노릇을 하는 그 근원에 그 욕망을 살포시 기대고 있는 것이다. 그녀가 기대는 그것에 내가 오롯이 기대어진다면 내 바람도 이루어질 수 있다고 생각했다. 그러나 너무 쉽게 보이는 것은 되지 않았다. 그녀에게 내가 희생하기 위해서는, 자율적인 동력으로 추진하려는 그녀의 의욕도 필요했다. 나는 슬며시 생각을 정리하고 있었다. 고기를 주는 것보다 고기 잡는 방법을 전수해주는 것이 필요했다. 그 양념에 내 손편지로 그녀가 좋아할 만한 멘트를 날리는 것이다. 나는 조금 더 구체적인 계획을 짜기 위하여 그녀가 사는 곳으로 가서 그녀의 생활에 침입할 근거를 마련하기로 했다.

　내게 잘 웃지 않던 그녀가 웃고 있었다. 그녀는 그녀의 집 앞에서 내가 잘 모르는 여자들과 남자들 앞에서 웃고 있었다. 손이 예쁜 그녀에게 책이 들려 있었다. 그녀는 그 책을 신줏단지처럼 곱게 쥐고 있었다. 그녀의 손이 예쁘게 흔들리고 그들이 떠나고 있었다. 그들이 완전히 사라져도 그녀의 웃음기는 사라지지 않았다. 나는 그녀가 혼자 있다는 자신감에 그녀에게 돌진했다. 그녀가 놀라는 눈치였다. 나는 그녀에게 손에 들려 있는 것이 무엇이냐고 물었다.

여름 바다

그녀가 대답해주기를 꺼려하고 있었다. 나는 그녀를 다그치듯 몰아치고 그녀의 귀중한 것이 무엇인지 강탈해가고 싶었지만, 그녀의 갑옷이 더 이상의 접근을 막고 있었다. 답답했다. 그녀는 내 불편한 심기를 읽었는지 집으로 급히 들어가려 했다. 내 입에서 들어가지 말라는 말이 그녀의 눈에 먼저 읽혔는지 그녀는 한 손을 얼굴로 가져가고 있었다. 그때 나는 보았다. 한 손에 들린 그녀 책의 제목 일부가 내 눈에 읽히고 있는 것이다. 다는 읽지 못했어도, 그 책에 고딕체로 인쇄되어 있는 글자의 일부는 '김정호 대동여'였다. 내가 그 책의 제목을 다 읽지 못한 아쉬움으로 나 자신을 책망하고 있는데 그녀는 약속 시간이 다가와 바쁘다 하고 급히 집 안으로 들어가버렸다.

나는 그녀가 그렇게 기뻐하는 것 이상으로 그녀를 기쁘게 해주어야 한다고 생각했다. 그녀가 나로 인해 웃는 얼굴을 한다면 나로서는 영광이었고, 그러다 보면 더 나아가 그녀를 품 안에 품을 수 있다고 생각했다. 그런데 김정호 대동여 다음 글자가 무엇인지 도통 생각이 나지 않았다. 책을 잘 읽지 않은 나로서는 짐작이 가는 데가 없었다. 아무리 머리를 굴려도 그다음 글자가 무엇인지 나에게는 모래사장에서 바늘 찾기였다. 그 바늘로 나와 그녀와의 거리를 재단하여 포개고 꿰매고 싶었다. 나는 그녀와의 거리를 단축하여 하나처럼 되고 싶었다. 나는 무심결에 컴퓨터를 켰다. 인터넷 지도에 그녀의 집 주소를 치고 내가 있는 곳까지의 거리를 알고 싶었다. 그녀와의 거리가 3킬로미터였다. 나는 더 단축시키고 싶었다. 아니, 그렇게라도 보이고 싶었다. 아니, 그것은 다짐 같은 것이었다. 그래서 인터넷 지도를 축소하여 그녀와의 거리를 짧게 보이려고 했다. 그랬더니 인터넷 영역에서 우리나라의 전체 지도가 보이는 것이었다. 나는 내 마음을 담은 그러한 노력을 그녀에게 보이기로 했다. 우선 그녀와의 거리가 크게 보이는 것부터 짧게 보이는 것으로 거듭해서 점진적으로 보이고 그녀에게 다가갈 것을 점잖게 은유적으로 표현하고 싶었다. 그녀의 웃는 모습만 크게 보이면 더 좋을 것이었다. 그러나 코로나 바이러스처럼 삐뚤어지는 내 마음은 내게 보이지 않았다.

나는 잘 웃지 못하는 성격이었다. 그것도 그런데 그녀에게 줄 선물을 고심하느라 웃을 틈이 없었다. 나는 정리되는 생각으로 열심히 그녀에게 줄 편지를 쓰고 있었다. 볼펜심의 잉크 똥이 거슬러 자꾸 편지지를 찢어버리고 다시 쓰고를 반복하고 있었다. '잘 생각해보니 너는 아름다운 것 같아. 나는 여태 너에 대해 생각을 잘못하고 있었나 봐. 다 내 잘못이지. 나를 용서해줄 수 있겠어? 내 정성과 함께, 너에게 다가가고 싶어!' 그런 내용의 편지였다. 그리고 확대된 인터넷 지도의 지면에서 그녀와의 거리가 넓고 멀게 보이는 화면을 캡처해서 프린트했다. 그리고 귀여운 귀걸이를 선물 상자에 담았다. 제법 비싼 귀걸이였다. 나는 그것을 들고 그녀의 집 앞으로 향했다. 그녀가 어떤 반응을 보일지 조마조마하면서 그녀에게 가는 길이 다 떨고 있는 것같이 내게 무겁게만 보였다.

그녀의 주변에는 항상 그렇게 사람이 많은 것일까? 나는 그녀의 집 앞에서 그녀가 사람들에 둘러싸여 있는 것을 보고 접근하기를 망설이고 있었다. 그녀가 사람들과 함께 활짝 웃고 있었다. 나는 겁이 많았으나 근성은 있었다. 언제까지 기다리고만 있을 수는 없었다. 그녀 주위의 사람들이 다 물러날 때까지 기다리고 있을 참이면 그녀도 나도 지치고 말 것이다. 그녀는 웃고 즐기느라고 지칠 것이고 나는 조마조마한 마음에 그녀에게 준비한 선물을 줄 것을 포기하고 말 것이다. 그러면 내가 준비한 정성에 너무 미안하지 않은가? 나는 내 자신에게 더 소중한 마음으로 용기를 북돋기로 했다. 사람들이 많아도 나는 그녀에게 접근하기로 했다. 그녀 주위에 사람들이 있건 말건 나는 그녀에게 하려던 행동을 할 것이다. 그렇게 다짐하며 한 걸음 한 걸음을 떼고 그녀에게 다가가서 그녀의 코앞에 그녀가 내 목소리를 들을 만한 거리로 갔다. 떠들썩하던 그녀와 그 무리들이 갑자기 적막해지고 어색한 분위기를 내었다. 나는 근성 있게 내가 주려던 선물을 그녀의 손에 쥐어주었다. 그런데 그녀의 웃던 얼굴이 굳어버리는 것이었다. 그런 것은 아무래도 좋았다. 나는 내 임무를 마쳐야 했다. 그래서 미리 준비해둔 말을 읊고 있었다. "너에게 가는 한 걸음이 귀중한 보물 같아!" 나는 말을 마치고 꼼짝도 할 수 없었다. 마치 태엽이 다 풀린 인형 같다고 해야 할까? 그런데 그때 박수 소리가 들려왔다. 환호성도 울려왔다. 나는 그것이 그들의 조롱이란 것을 직관적으로 알아차릴 수 있었다. 그녀도 약간의 웃음을 흘리며 고맙다고 말하는 것 같았다. 나는 자연 소멸되어 버리는 하수구의 물거품처럼 내가 원래 있을 자리로 돌아왔다. 돌아와서는 그녀가 흘린 미소를 주워담고 있었다. 아무래도 내가 잘한 것 같았다. 나는 그런 내가 너무 좋았다.

청찬은 고래도 춤추게 한다고, 나는 모든 힘을 모아 그녀에게 건네줄 편지와 선물을 준비하는 데 힘과 정성을 아끼지 않았다. 나는 볼펜 똥이 아주 귀찮았지만, 그녀가 좋아할 만한 문구를 쓰고 있었다. '귀찮다고 밥을 안 먹지는 않겠지? 넌 나의 생명이야! 마음의 양식인 촛불이야! 너는 기도처럼 부유한 세상의 보화야! 아무리 살이 찌더라도 내가 보기에는 아름다울, 포기할 수 없는 영양가 있는 보배를 너에게!' 조금 이상하고 거북한 부분이 있었지만, 이순신 장군의 거북선도 첨삭하고 다듬어서 훌륭한 전과를 내지 않았나 생각하면서 나는 더욱 정성을 들여 편지를 완성하고 있었다. 그리고 이번에는 인터넷 지도를 더욱 축소하여 그녀와의 거리를 짧게 하여 프린트했다. 그런데 중심이 조금 삐뚤어져 있었다. 그리고 노란 장미 세 송이도 준비했다.

그녀는 집 안 공원으로 들어가고 있었다. 어쩐 일인지 혼자였다. 나는 내 정성에 하늘도 감동했나 싶었다. 나는 서둘러 그녀를 따라 공원으로 들어갔다. 나는 그녀의 등 뒤에서 그녀를 불렀다. 그녀의 이름은 유투였다. 이름이 외자인 투였다. 그녀의 말투는 솔직히 듣기 싫었다. 카랑카랑한 목소리에 말끝을 너무 잘라 말했다. 나는 그녀가 말할 때마다 차가운 단절을 느끼곤 했다. 그녀는 내가 부르는 소리에 뒤를 돌아보았다. 그녀는 나를 보더니 얼굴이 창백해졌다. 하얀 얼굴에 창백한 얼굴이라니, 꼭 귀신을 보는 것 같아 내가 질리고 있는 것 같았다. 그러나 나는 또 그녀에게 준비한 말을 하고 그녀의 환심을 사야 했다. 그녀는 떨리는 목소리로 말했다. "여기 있는 거 어떻게 알았어?" "그야, 나는 너에게 보다 많은 것을 보여주고 알려주고 싶지만, 투 네가 내게 더 잘 보이고 잘 알려져 있는걸? 나의 호의만이라도 잘 보아주길 바라!" "무슨 소리야? 내가 너에게 무슨 잘못을 했길래, 나는 너에게 그렇게 조목조목 알려져야 하지? 나는 사생활도 없니?" "사생활 침해라니? 나는 그저 너에게 관심을 두는 것뿐이야! 그냥 더 친밀하고 싶어서, 네 곁에 있고 싶어서, 너의 모든 것을 나의 밝은 눈으로 보고 싶은 것 뿐이지." "뭐가 그래? 무섭단 말이야!" "무섭긴, 내가 너에게 다가가는 것은 스펀지로 봄날의 창문을 닦는 것같이 아름답게 비추는 따듯한 감정이야! 안심하고 네가 행복해졌으면 좋겠어." "그것을 바란다면 너는 그냥 나를 내버려둘 수 없니?" "그냥 방치하다니, 나는 너에게 좋은 의미로, 널 보다 넓은 곳으로 자유롭게 하고 싶은 거야. 널 위해서 나는 뭐든지 할 수 있어. 네가 있는 곳을 금은보화로 가득 채우고 싶어!" "그래, 한번 그래봐! 나도 많이 굶주렸거든?" "그렇지. 그럼 이거 받아! 내가 너를 위해 준비한 선물이야." "그런데 그 지도는 뭐니?" "그 의미는 너도 곧, 그리고 꼭 알게 될 거야!" 그런데 내가 그녀에게 내미는 손길을 가로채는 사람이 있었다. 여자였는데 그녀도 유투만큼이나 예뻤다. 자세히 보니 그녀의 귀에 내가 투에게 준 귀걸이가 걸려 있고 그로 인해 더 귀중한 사람인 것으로 언뜻 내게 보였다. 내가 귀를 쫑긋하며 자초지종에 대한 투의 설명을 들으려고 하자 그녀가 알았다는 시늉을 하며 말했다. "내가 빌려줬어, 미안해. 미안하지만 나만 예뻐질 수는 없잖아! 내 친구도 예뻐질 권리가 있잖아! 뭐 잘못되었어?" "아니, 듣고 보니 그런데 소중한 것은 소중한 거잖아!" "그렇지, 소중하니까 빌려준 거야! 내게서 멀어지면 더 소중한 것을 느낄 수 있으니까! 그리고 애도 내 소중한 친구인데 지금 소중한 것 타령이야?" "그래, 들고 보니 그렇다. 그래도 뭔가가 이상하고 허전한데, 그래 알았어, 오늘은 내가 주려는 선물 받아! 너의 은총은 나의 은총이니 다 너에게 주는 거야!" 그녀는 차가운 미소를 띠며 말을 흘렸다. "고마워!" 그 고맙다는 인사가 나에게는 커다란 축복처럼 들리고 있었는데 저기 반대편 공원 출입구에서 그전보다 세 배는 많은 그녀들의 친구들이 벌떼처럼 몰려오고 있었다. 그 기세에 기가 확 죽은 나는 잰걸음으로 공원을 빠져나가 집으로 향하는 버스에 올라타고 있었다.

집에 와서 생각해보니 화도 났고 한편으로 행복했다. 그녀가 내가 준 선물을 친구에게 빌려주었다는 게 화가 난 이유일 것이다. 그리고 나를 대하는 표정이 차가운 것 같았다. 나는 그녀의 마음에 쏙 들고 싶었다. 그녀에게 온화한 봄날의 햇살이고 싶었다. 그런데 나를 보며 지은 표정이 핼쑥하다 싶을 정도로 차갑고 사무적이었다. 창백해진 표정을 볼 때마다 드는 생각은, 내가 그녀에게 의외의 인물인가? 아니면 두려움에 무시하고 싶어서인가? 나를 닮고 있지 않아서 그렇게 심하게 낯선가? 싶다가도 내가 너무 그녀의 큰마음을 차지하고 있지 않았나? 아니면 내가 그녀의 도덕적 심리에서 치명적 매력을 가지고 있는가? 아니면 내가 그녀에게 놀랍고 참신한 인물인가? 하는 상반된 해석을 번갈아가며 겪게 되는 것이다. 어느 장단에 춤을 출지는 귀신만이 알 것이지만 나는 함부로 단정 짓지 않기로 했다. 열린 마음으로 모든 가능성을 염두에 두는 것도 지성인으로서의 자세일 것이다. 그리고 친구에게 내 선물을 빌려준 것도 내가 너무 마음에 부담스러워서일 것이다. 너무 부담스러우면 그 짐은 이기지 못할 정도로 무거울 것이다. 그것은 그녀가 나를 탈피하려는 계기가 될 것이다. 그것은 내가 의도하는 바와 달리 나를 벗어나려고 그녀의 행동력에 성장점을 두고 성장할 것이다. 그것을 그냥 있는 채로 품고 껴안으려면 그만큼 내 품이 넓어져야 하고 혹여 내가 감당할 수 없는 지경에 이를 수도 있을 것이다.

아까 본 그녀의 풍만한 가슴에 있는 꽃무늬가 왜 그리 예쁘냐고 묻는다면 나는 내 욕망을 가늠할 수 없을 것이다. 나는 그녀에게 원죄 같은 것을 지고 그 원죄로써 끝까지 세상을 살려 하는지, 그녀는 반드시 금 동아줄이어야 한다. 그리고 그녀는 튼튼하고 거룩한 천상에서 내려온 천사일 것이다. 썩은 동아줄이라면 벌써 나는 저 낭떠러지로 떨어져 지천으로 널려 있는 이름 모를 잡초에게 거름으로 쓰이고 있을 것이다. 그렇지 않으니 나는 그녀에게 최선으로 성심으로 기도 같은 마음의 갈구를 해야 하는 것이다. 그것이 욕망이든 사랑이든 간에 나는 일단 살아 있으므로 내가 추구하는 바를 따라 그녀에게 종사해야 하는 것이다. 그것이 나의 권리와 의무가 되고 있음은 운명인가?

그리고 공원에서 선물을 줄 때 준비된 말을 하지 못했다. 그녀가 실타래를 엉뚱하게 틀어놓는 바람에 말다툼을 약간 하느라고 하지 못한 말이 있었다. '풍선을 잡은 손이 있지? 내 마음을 잡은 네 섬섬옥수로 빛나는 다이아몬드의 원석, 너의 발에 떨어뜨려도 빛나지. 너는 빛의 고원, 그곳에 샘물처럼 달콤해!' 말은 단어가 중요하다. 나에게 말이라는 형식은 사람의 마음에 맺혀 그 열매를 맺게 하는 것이다. 설사 그 뜻이 그 대상과 닿지 않는다 하더라도 그렇게 말함으로써 그 대상에 닿을 수 있을 기회를 갖게 하는 것이다. 그러므로 중요한 일을 하는데, 말이란 항상 최상급으로 해야 하는 것이다. 그래야 상대도 나의 진심을 그것으로 포장해줄 것이다. 나의 철학은 위태롭지만 정론에 가까운 것이다. 그러므로 나의 진심에 그녀도 내 품에 안길 것이다. 그녀의 풍만한 가슴을 한껏 느끼기 위해 나는 이렇게 한다. 그녀를 위하는 퍼포먼스로 그녀의 마음을 길들이고 그녀와 나의 욕망을 길들이는 것이다. 그것으로 그녀의 진심마저도 얻을 수 있다면 그것이 사랑의 정체가 아니고 무엇이냐는 말이다. 그녀를 위한 내 선물을 포장하기 위해 나는 또 잔머리를 굴려야 한다.

그녀가 이사를 갔다는 소식을 지인으로부터 방금 들었다. 부동산 가격이 폭등하는 시기를 틈타 그녀의 부모님이 재산을 '영끌'해서 여의도 재건축 단지에 투자했고 그녀의 그 많은 친구들을 동원해 이삿짐을 꾸렸다는 소식이었다. 나도 덩치가 남들보다 빠지지 않는데 나는 왜 안 부른 것인지 무척이나 섭섭했다. 그래도 고개를 드는 생각은 나를 너무 아껴 나를 고생시키지 않으려는 배려가 아니었는지, 나는 그래도 그녀가 좋았다. 그녀는 그녀 나름대로 사정이 있고 생각이 있는 것이다. 나는 지도에 그은 그녀와의 거리 비교, 표면상의 거리 지도를 다시 컴퓨터에 저장해 다시 작성해야 하는 불편함을 느꼈지만, 그녀를 위해서 하는 수고 까짓것 그렇게 어렵지 않았다. 여의도로 이사를 갔지만 여기서 그리 멀리 떨어져 있지 않았다. 그래도 그간의 수고가 아까운 것은 사실이었다. 그것을 다시 느껴보고자 나는 그녀가 이사 가기 전에 살던 곳으로 가고 싶었다. 그녀가 있던 곳은 분명 보화였다. 나는 무거운 발걸음을 옮기기로 하고 그녀가 살던 곳으로 향하고 있었다. 그곳에서 발견하는 그녀의 체취가 어떤 향수보다도 짙을 것이었다. 나는 일어서서 걷고 있었다.

그런데 걸음이 잘 떨어지지가 않았다. 차가 막히는 것도 아니었다. 사람들이 붐비고 막히는 것이었다. 무슨 시위라도 하나 하고 차창 밖을 보아도 사람들은 왜인지 다들 땅바닥만 보며 웅성웅성 모여 떠밀려가고 있었다. 다들 뭔가 잃어버린 듯 거리를 가득 메우고 무엇인가 찾고 있었다. 교통정리를 하던 경찰들도 호루라기라도 땅에 떨어뜨린 듯 발로 땅바닥을 더듬고 있었다. 사람들은 단체로 무엇인가 찾고 있었다. 그것이 다 같은 것인지 따로따로인지 모른 채 사람들은 땅바닥에 금은보화가 있는지 무슨 꿀단지가 있는지 땅바닥을 보느라고 영문을 모르고 몰두하고 있었다. 거리에 사람들의 수가 흑개미보다 만 배는 많아서 일개미들이 길을 내고 가기가 벅찰 것 같다는 생각이 들 정도였다. 이게 도대체 무슨 붐인지, 사람들이 이렇게 많기나 했던 것인지, 신종 사이비 종교의 순례 방식인지, 도대체 무슨 난리인지 땅속에 무슨 사람들을 끌어당기는 자석이 있는 것 같았다. 그리고 보니 그 거리는 그녀와 내가 처음 숨바꼭질하던 곳이었다.

숨바꼭질하던 그때에도 그녀와 나는 거리를 유지할 수밖에 없었다. 그녀가 갑옷을 입고 철저하게 나를 방어하고 있었기 때문이었다. 나는 그때도 선의로 가득 찬 말들을 했다. '내가 너를 찾아야 하는 이유는 네가 없으면 내가 없기 때문이야. 너로 인해서 내가 있고 내가 너로 살기를 원하기 때문이야. 내 본질에 네가 타고 있기 때문이야.' 그러면 그녀는 답한다. '나에게로 오는 길은 험해. 네가 가진 것을 포기해야 돼. 너에게 있는 것을 가볍게 하여 나에게 오는 부담을 덜어야 할걸? 그러나 네가 쥐고 온다면 나는 돼지가 되고 말지.' 그러면 답한다. '돼지라도 좋아. 돼지라도 너와 함께라면.' '뭐라고, 돼지?' '그래, 돼지. 사람의 사랑보다 본능의 사랑을 하고 싶어.' '날 찾지 마!' 그러나 나는 그녀를 찾으려고 애쓰고 있었는데 거기서 복권을 사고 그 숫자만큼 사랑한다고 그녀를 쫓았다. 그러나 그녀를 찾지 못했고 그녀가 나를 찾아 내가 술래가 되었다.

그런데 저 많은 사람들은 무엇을 찾고 있는 것일까? 무슨 사이비 종교 의식 같은 저들의 행위는 나의 흥미를 잡는 데 전혀 모자랄 것이 없었다. 저들은 무슨 탐구자들같이 땅바닥을 눈으로 훑고 지나가는데 도대체 어떤 심오한 측량 기술자보다도 섬세한 주의를 기울이고 있었다. 저들이 하는 저 의식은 부지불식간에 거리의 인도를 덮었고 세상의 지성을 잠식하고 있는 것 같았으며 우주의 뿌리에서 누군가에게 조종당하고 있는 것같이 보였다. 저들의 뇌는 이미 저들 것이 아니었으며 저들에게 본능이라는 것은 이미 거세되어 생물체로서 이차 전이를 할 수 없는 듯 보였다. 그저 찾고 있을 뿐이었다. 그저 누군가 조종하는 것에 가만히 통제되고 있을 뿐이었다. 그러므로 저들이 찾고 있는 행위는 행위가 아니라

조작이었고 저들에게서 의미 있는 것이란 생물체로서가 아니라 기계적 활용도일 것이었다. 저들에게서의 광기가 저들 자신을 없애고 있었다.

흥미진진한 광경을 버스 차창 밖으로 보고 있자니 졸음이 밀려왔다. 그것은 이유 없이 몰려드는 밤과 같은 것이었다. 절벽 같은 저들과 함께 서 있는 것 같아 절망 같은, 포기 같은 것이 오고 있는 것이다. 나는 정신을 차려야 했다. 나는 기개가 남달리 높지는 않지만, 근성이 없는 것은 아니었다. 그런즉 내가 가고자 했던, 하고자 했던 것들을 억지로라도 해야 하는, 작정한 당위성이 있었다. 나는 그녀와 함께했던 곳으로 한 걸음씩 다가서고 있었다. 진한 추억은 아니지만, 나로서는 천만 번 생각하고 회상했던 장소에 접근하고 있었다. 그런데 거기에서 들려오는 소리가 있었다. 웅웅 하는 소리 같았으나 점점 말소리가 분간되어 들려오고 있었고 그 소리는 내가 했던 말들과 아주 비슷한 음정과 말소리의 속도였다. '너에게 가는 한 걸음이 귀중한 보물 같아!' 나는 정말 그 말소리의 정체를 알아듣고서 깜짝 놀라지 않을 수 없었다. 그것도 수백 명이 조용하게 내지르는, "너에게 가는 한 걸음이 귀중한 보물 같아!" 나는 굉장한 공포심을 느끼지 않을 수 없었다. 저들은 누구인데 내가 한 말을 그렇게 정확하게, 그것도 말의 속도도 똑같이 따라할 수 있는지 정말 귀신이 곡할 노릇이었다. 나는 엉겁결에 그 자리를 폴짝 뜨고 싶었다. 후다닥 반대편을 보자 그곳에서도 조용하게 약간 기가 죽은 목소리로 "너에게 가는 한 걸음이 귀중한 보물 같아!"라고 단체로 말하고 있었다. 나는 하늘로 오를 수는 없어서 땅속으로 들어가고 싶었다. 거리의 사람들이 왜 땅바닥을 보고서 저리 아우성인지 알 것도 모를 것도 같았다. 혹여 내가 저들에게 조종당해야 하는지, 나는 정신을 똑바로 차리기를 이 세상 저 세상 모든 신에게 간구했다.

그러나 나는 정신을 차릴 수 없었다. 겁이 많은 나는 공포에 질려 있었고 그들이 내는 조용한 함성은 신기하게도 권위를 획득하고 있었기 때문이었다. 나는 돌고 돌아 돌아가야 했다. 그러나 돌아가는 길은 없었고 그녀가 살던, 비어 있는 옛집에 내 공포를 예의 바르게 밀어넣어야 할 것 같았다. 그러나 아무리 빈집이더라도 주거침입죄가 성립하지 않을까? 하는 내 상식이 빈집으로 들어가는 것을 방해하고 있었다. 그러나 조용히 '너에게 가는 한 걸음이 귀중한 보물 같아!' 하는 웅장하고 소름 끼치는 소리에 나는 빈집의 대문을 열고 있었다. 나는 그녀의 집 안으로 들어간 적이 한 번도 없었다. 내가 추억하는 자리가 아닌, 그녀의 근거지였던 자리에서 또 나는 무슨 일을 당할지 자못 궁금하기도 했지만 내게 닥친 공포에 나는 그 궁금증을 잊어버릴 수 있었다.

그녀의 집은 의외로 아담했다. 그녀의 차림새며 액세서리 등을 보면 부자일 것 같았는데 사실은 소박한 느낌이 물씬 풍기는 거실이 있는 두 칸짜리 아담한 집이었다. 나는 식은땀을 많이 흘려서인지 갈증이 났다. 그녀에게 물을 마셔도 되냐고 묻고 싶었지만 그녀는 그녀의 부모님이 '영끌'해서 산 재건축 예정인 아파트에 있을 것이다. 나는 속으로 물 한잔 마시겠습니다 하고 싱크대에 올라와 있는 수도에서 손으로 물을 모아 입을 축였다. 물은 생명이라서 그런

여름 바다

지 너무나 달콤했고 마치 그녀가 마신 물을 내가 마신다는 기분에 내가 그녀와 깊은 관계인 것처럼 느껴졌다. 그리고 겁이 많이 사라지고 있었다. 그녀의 물 덕분에 용기를 얻고 있었다. 이제 귀신처럼 느껴지는 것도 그녀가 마시던 물 한잔 마시면 다 해결될 것 같았다. 물을 한잔 더 마시고 그녀가 거처했을 만한 방을 찾았다. 아직도 그녀가 뿌리고 다니던 향수 냄새가 나서 나를 유혹하고 있는 것 같았다. 그러나 언제까지 이렇게 그녀가 살던 집에 갇혀 있을 수는 없었다. 나는 물 한잔을 더 마시고 밖으로 나가기로 했다. 그런데 그녀가 매일 열던 방문에 붙여놓은 것이 힐끔 내 눈에 띄었다. 그녀가 물을 마시고 있는 아름다운 사진에 포토샵으로 이런 문구가 쓰어 있었다. '제가 마시기에는 너무 다네요.' 어떤 놈팽이인지 문구가 기발한 것 같았다. 잔머리이지만 그 말이 틀린 말이 아니었다. 그래도 그 말을 한 주체가 내가 아니기 때문에 기분이 나빴다. 그래서 그 방문을 주먹으로 한 대 쳤다. 쿵 하는 시끄러운 소리가 빈집의 울림 때문에 더 강렬하게 내 귀에 돌아왔다. 나는 정신을 차리고 문을 열고 집 밖으로 나가려던 참이었다. 그런데 밖에서 누군가가 들어오고 있었다. 엉겁결에 마주친 상대는 어떤 퉁퉁한 아줌마였다. 내게 누구시냐고 물었다. 나는 그냥 아무것도 아니라고, 그냥 지나치려고 했다. 그런데 그 아줌마가 내 뒷목을 잡았다. 그냥은 못 간다는 이야기였다. 나는 신분증부터 소지품 검사를 다 받고 그 아줌마가 살려달라고 하면 나가게 해준다는 겁박에 살려달라고 애원하며 무릎 꿇고 사정사정했다. 그랬더니 그 퉁퉁한 아줌마가 아니, 빈 집에 들어오면 어떡하냐고 너스레를 떨며 조롱하고 있었다. 나는 그 아줌마의 조롱에 만신창이가 되어 마음이 아주 피폐해진 것을 내 의식으로 알아내고 있었으나 약간 아는 것으로 안다고 하는 것은 아는 것에 대한 외람된 민폐일 것이다. 그러므로 나는 모르겠다는 마음으로 엉망진창이 되어 내가 사는 곳으로 어떻게 갔는지도 모르게 시나브로 도착해 있었다.

나는 엉망진창이 되어 그 수많은 이상한 장면과 소리들을 다 잊었다. 그냥 겪는다는 것이 체화되어 내 것이 되는 것처럼, 마치 내 팔이 내 팔인 것을 모르는 것과 같이 그냥 내 삶의 일부로 그 이상한 것들을 치부하고 있으려 했다. 속이 편한 것이 탐구하는 정신보다 더 정신 건강에 유리할 것이다. 그리고 유투, 그녀에 대한 것도 다 내 삶으로 삼고 싶었다. 그냥 살면 살아지더라 하는 노래 가사같이 넉살을 키우고 싶었다. 그래서 또 연구했다. 그녀에게 환심을 살 선물을 연구했다.

나에게는 그녀가 영광이었다. 그렇지만 그 영광이 진심인지 나조차도 알 수 없었다. 그러나 모르는 것이 진실인지도 몰랐다. 그 영광을 안다 한들 그 영광이 내 것인지 내 진실인지 그것 또한 궁극적으로는 모호할 것이었다. 그러므로 모르는 것에 대한 미학은 사람을 미치광이처럼 진군하게 하는 것이다. 그것에, 그 행동력에 세상의 사실이 있는 것인지도. 실상은 나 자신마저도 나 자신이 알지 못하는 것이었다. 그러므로 안다고 잘난 척하는 것들은 꼭 입만 산 귀신들일 것이다. 나는 그 귀신들이 더 무서웠다. 나의 한 걸음이 보배 같다니 그게 무슨 말장난의 극치란 말인가? 그냥 폼으로 하는 말을 너무 신중하게 들으면 사람이 귀신이 되어 사람 구실을 못 하는 것인지도 몰랐다. 그것을 내가 극렬히 경험하지 않았는가? 나에게서 나온 말을 그 귀신들은 토씨 하나도 안 틀리고 전부 백 점으로 외우고 있지 않았던가? 나는 그들에게 모범의 시민상을 주고 싶었지만, 그런 진부한 권한이 나에게 있을 리가 없다. 그저 무능한 놈팽이가 나란 사람의 정체를 잘 설명해주고 있는 말 같았다. 나는 그저 읊을 뿐이고 그것을 해석하는 것은 그것을 받아들이는 자의 관용과 덕에 달려 있는 것이다. 나란 사람의 값을 얼마나 매겨주는지는 그 사람의 판단에 달린 것이다. 그러므로 나는 그럴듯한 말을 생각해내서 그녀에게 읊어주고 싶을 뿐이다. '내 영광이 너에게 달렸어. 그러나 너의 영광에 박애가 있다면 너를 부를 각오가 되어 있지. 너의 품에 개미가 있을지라도 나는 더 작을지 몰라!' 편지는 대충 그런 내용이었다. 그리고 선물을 무엇으로 할까 고민에 고민을 하다가 사람들이 시끌벅적한 재래시장을 찾기로 했다. 그곳에서 발견하는 내 정성이 그녀에게 닿는다면, 나의 될 대로 되라는 체념 위에 그녀가 조용히 하라고 명령할 것이다. 그러므로 나는 여의도에 있는 그녀에게 선물을 들고 달려가기로 했다.

여의도 집 앞으로 나오는 그녀를 위해 나는 준비한 말을 읊고 있었다. 그러나 내가 무슨 말을 했는지 기억을 할 수가 없다. 그녀가 덮치듯 내게 달려들고 있었기 때문이다. 나는 놀랐고 두려웠고 겁이 났다. 그녀가 그렇게 성급한 동작으로 환영하는 모습을 본 것이 난생처음이었기 때문이다. 그녀는 내 품에 있는 영광 굴비를 빼앗듯이 낚아채려고 했다. 나는 겁을 먹고 그녀를 피했다. 그녀는 자기가 영광 굴비를 얼마나 좋아하는지 아느냐며 환호성을 지르며 달라고 하고 있었다. 나는 그녀의 돌변한 태도에 겁이 확 났다. 그리고 그녀에게서 도망치고 있었다. 그녀가 뒤쫓아오고 있었고 내 도망치는 걸음에 유혹당한 저들이 나를 똘똘 뭉쳐서 막아서고 있었다. 나는 굴비를 들고 사력을 다해 도망쳤다. 도망치다가 엎어져서 굴비가 뭉개졌으나 나는 굴비 보따리를 포기하지 않고, 나도 알지 못하는 경로로 아슬아슬하게 집에 도착했다. 그녀가 문자메시지로 내가 길거리에서 도망치다 엎어지는 동영상을 보냈다. 그게 너와 나의 진실이라는 짧은 문구와 함께….

장미를 바치다

;

물방울을 발견한다. 공중제비를 돌아 숨이 찬 것처럼 가라앉혀야 하는 것들에게는 반드시 물방울이 발견된다. 차분하게 발을 가지런히 하고 슬리퍼를 신는다. 바람을 불 때처럼 쫑긋 세우게 되는 맨발에 슬리퍼 위에 앉은 물방울로 차가운 느낌이 돋는다. 치약을 찾는다. 치약 튜브가 거짓말을 할 때처럼 더듬더듬 만져진다. 튜브의 물방울이 내 손에 지워져 살짝 뽀드득 소리를 낼 것 같다. 물방울이 네 귀로 짠 사각의 거울 표면에서 닦이는 치아의 소리를 듣는다. 물컵에 물방울이 아닌 물이 들어있는데 입을 헹구고 나니 개운함이 꽃게찜 같은 단단함으로 빨갛게 숨을 넣고 아늑한 아침을 수놓고 있다. 장난하듯 세면대에 빠지는 물의 양이 어제의 기억보다 많은 것 같아 눈을 감고 소매에 똑딱단추가 있는 티셔츠를 손에 움켜잡고 이마를 짚어본다. 그런데도 이마가 젖지 않는 것은 물

여름 바다

방울이 또렷하게 포즈를 취하고 있기 때문이다. 자리에 앉아보니 유리거울에 맺힌, 젖은 눈망울을 하고서 아침처럼 타오르는 눈앞의 그녀가 나를 말리고 나면 포말처럼 부서지는 하루에 발을 적시고 만다.

누군가 말을 했다. 두려움이란 보이지 않는 것의 환상이라 했다. 단지 그것이 두려움의 적의를 띠는 것은 내가 보이지 않는 것에 이미 적의를 띠고 있기 때문이라 했다. 그런 나를 거두기로 한다. 그러면 환상은 환상 그대로 보일지니 말이다. 그럼 얼마나 아름다운가? 적의를 띠는 것으로 단서를 두지 않고 홀로 순수해지기 위해 호연지기를 기르고 나 자신으로 가득 찬 미지로의 동경은 오로지 나에 대한 사랑으로 행복해질 수 있을 것이다. 나는 그대고 그대는 내가 되는 것은 시초의 근원이 하나였음을 깨닫는 기회가 될 것이다. 거기서는 언어도 의사표시도 기쁨도 이미 통류하고 있는데 무엇이 나일까? 사소한 것마저 프라이버시를 의미하고 있지 않았다. 그러나 그것이 사회인가 유토피아인가 아니면 지옥인가? 나조차도 말을 했다. 오히려 두려움이라는 것은 내가 그대를 사랑하기 위한 적의이고 그대를 사랑하기 위한 순수함이고 그대를 사랑하기 위한 열망일 것이라고 했다. 두려움이 없다면 내가 그대를 사랑하지 않거나 그대가 이미 존재하지 않는 유리창에 그려진 아침, 새로움의 신기로 나를 기망하고 있거나 아니면 그대가 어제로서만 있는 기억의 파편이거나 할 것이다.

"그럼, 그래, 그렇게 해!" "뭐라고?" 나의 말에는 짜증이 섞여있었다. "왜? 자기 말대로 하라는데 그래?" "아니, 나는 자기가 진짜 원하는 것을 듣고 싶다고, 인형놀이처럼 내가 자기를 마음대로 부리는 것 왠지 억울한데?" "뭐가 그래? 내가 보기에 자기가 더 짜증인데?" "아냐!" "그럼 자기가 정한 대로만 놀아야 하나?" "뭐라고?" "그렇잖아! 오늘은 단조고 다른 날은 장조고… 자기가 무슨 내 감정의 작곡가라도 돼? 오늘은 그냥 내가 기분 맞춰주려고 했는데 그러지 말라고 짜증이잖아? 그렇지 않아?" "뭐가 그래? 나는 자기가 맞추고 싶은 장단에 따라 춤을 추려고 했다고… 이건 억울한데?" "그래? 그럼 너 죽어! 거기 가만히 있어! 내가 자기 관을 짜서 넣어주러 갈게!" "헉! 이것 봐라! 머리 꼭대기까지 올라가는 거!" "그럼 어떻게 하란 말야?" "응, 적당히 하라고! 적당히!" "그것 봐! 지금 나를 완전히 조종하려 하잖아! 이게 무슨 갑질이야? 이거 법정에서 최고형 나오겠는데?" "무섭다! 그래 오늘은 징조가 안 좋으니까 내일 충분히 이야기하자! 그럼 끊어!" "그래, 나도 말 안 나온다." 뚜우 뚜뚜….

기억도 없었다. 누군가가 나를 보고 웃고 있었는데 나는 도통 모르는 얼굴이었다. 누구냐고 물어볼 새도 없이 그녀는 손에 들고 있는 꽃다발을 내 가슴에 안겼다. 나는 그런 방정맞은 호들갑에 웃지 않을 수 없었다. 그런데 그녀는 나를 정말로 아는 눈치였다. 그런데 나는 그녀가 누구인지 도대체 알 수가 없었다. 아무리 주위를 둘러봐도 그녀가 누군지 가르쳐주는 사람이나 단서는 없었다. 나는 그저 그녀가 하는 대로 따를 수밖에 없었다. 그런데 그녀의 태도가 확 달라지는 거였다. 나는 영문을 몰랐지만 그녀가 하는 대로 응수할 수밖에 없었다. 너무 경황이 없어서 '왜' 또는 '어떻게'

라는 말도 붙일 수 없었다. 나는 그녀의 돌변한 태도에 더 경황이 없어졌지만 그녀가 처음에 호의를 보였던 방식대로 화를 내는 그녀에게 속수무책일 뿐이었다. 그녀가 먼발치로 사라지고 있었다. 나는 이게 또 무슨 경우인지, 부는 바람에 속을 조금이라도 식히고 싶었다. 길가에 교회 전도하는 아주머니들이 뜨거운 커피를 나눠주고 있었는데 내가 그리로 다가서는 이유가 뭔지 나는 거기서도 환영받고 있었지만 커피가 식기 전에 자리를 뜨고 싶었다. 그런데 이 아줌마 저 아줌마가 팔을 붙잡으며 진리를 전하는 데 열을 올리고 있었다. 나는 그들이 쉬는 틈에 목을 축였는데 그녀가 뒤집어놓은 속이 더 뜨거워졌고 전도자들은 나에게 우주의 기원이 열 자체라고 말하고 있는 듯하였다. 과연 틀린 말이 아니었다. 내가 비운 커피잔에 또다시 열기를 실은 커피가 채워지고 있었는데 내가 만약 아멘이라고 안 한다면 나라는 우주가 뜨겁게 폭발할지도 모르는 이치였다. 나는 감사하오며 범사에 감사하라고 했으니 먼발치로 사라진 그녀에게도 감사함을 전해야 했지만 다행히도 커피가 식고 내 속에 불이 가라앉을 기미가 보여도 그녀는 내 눈앞에 다시 나타나지 않았다. 역시 감사함이라는 진실은 내 마음만으로 충분한 것이었는지도 몰랐다. 나는 새 신자 입교서에 거짓으로 전화번호를 쓰고 냉큼 앞발을 들어 그들에게서 먼발치로 사라질 시동을 걸고 액셀을 당겼으나 '더 빨리, 더 높이, 더 멀리'라는 거대한 구호처럼 보이지 않는 모략에 주눅들고 있을 뿐이었다.

그녀가 딱따구리처럼 쪼고 있었다. 물론 나를 쪼고 있었던 것은 아니었다. 그녀는 고개를 숙이고 그녀가 그토록 열정을 다해서 뭔가에 집중을 다한다는 것, 그 자체에 재미를 붙이고 쏙 빠져 있었다. 고개를 들면 그녀가 쏘아붙이기에 좋은 내가 순한 사슴처럼 멀거니 있었는데도 그녀의 탐닉은 좀처럼 멈출 기미를 보이지 않았다. 나는 그녀에게서 밀려난 관심에 마음을 비우고 그녀가 하는 것을 가만히 바라보았다. 그녀가 타준 커피를 들고 그녀가 대하는 모든 것의 모든 것을 음미하려고 마음을 잡고 있었다. 그녀는 중간 키에 마르지 않은 체형으로 제법 도톰한 입술에 큰 눈을 가지고 있었다. 그녀의 눈에서 뽀얀 볼로, 입술로, 어깨로, 숨 쉬는 허파로, 뜰 듯한 작은 발로 내 시선은 그녀가 빠져 있는 모든 것의 모든 것을 탐독하고 있었는데 그녀에게는 비밀인 듯이 나는 나의 입술에 젖은 커피로 나만의 향기를 감추고 있었고 벅차지 않을 수 없었다. 그런데 그녀는 더 드러내고 있었다. 종아리 윗부분에서 고정되던 시선이 그녀의 허벅지로 옮겨갔다. 그녀가 그대로 두었다면 긴 치마였을 텐데 짧은 치마로 변해서 그녀의 손이 가 있는 도톰한 다리의 선이란 마치 석양의 노을 속으로 미끄러질 듯한 느낌이었다. 그녀의 작은 손이 모아져 있고 그녀의 시선이 닿아 있는 곳에서 정성이 물밀듯이 들어가고 있었는데 마치 오이의 오톨도톨한 부분 같은 것이었는데 내게도 그녀의 그런 촉감이 팽팽한 그녀에게서 내게로 전해지고 있는 것 같았다. 그녀는 오톨도톨한, 그런 작고 매끄럽지 않은 것을 예리한 손톱으로 해체하고 있었다. 나는 왜 그녀가 그런 매력적인 촉감으로 내게 와닿는 부분을 제거하려는지 이해는 하려고 하고 있었지만 그렇게까지 뻘건 상처를 내면서 그러는지 그 정성에 탄복을 하지 않을 수 없었다. 그대로 두어도 내게는 황금과 같은 매력으로 보일진대 그 작은 뾰루지 같아 보이는 이물질의 살점을 뜯어내려고 집중, 집중, 초집중을 하는 눈매를 보고는 나는 작은 섬으로 실려가는 선비의 유배를 떠올렸다. 왕에게는 하찮으나 떠나보낼수록 임금에게 충의를 다하는 절개를 그녀의 뾰루지에서 본 것이다. 잘려나가도 유배당하는 선비는 결연히 등장하여 줄을 이었고 도대체가 사라지지 않는 처형에 충신은 충언으로 임금의 살점에 뾰루지같이 자꾸 올라와 심기를 불편하게 했으나 강건의 특이 신호는 필히 유념해야 할 일이 아닌가? 나는 그녀가 그런 심취에서 벗어날 즈음 나만의 공간으로 가서 그녀의 그런 자태를 거의 온전히 내 뇌리에서 살려낼 수 있었다. 정녕 아름답고 탐스러운 그녀가 아닐 수 없었다.

나는 나만의 공간에서 그녀의 자태를 밀어내는 데 망설이고 있었다. 자못 망설임이란 순정함의 표시로서 가장 부드러운 속살같이 내밀한 상처를 입을 수도 있는 극단적인 결함이 아니던가? 나는 이미 그녀를 향한 순정을 망설임이라는 표시로 행하고 있었다. 섬세한 표정이 바람에 할퀴어지고 달빛도 그녀의 작고 동그란 콧날처럼 비밀의 숨을 섬섬옥수에 쥐는 촉감같이 드러날 듯 은은하게 어루만져주고 있었다. 그녀의 치마가 나만의 공간에서 홀로 흩날리고, 나는 꽃잎 같은 가벼움을 언어도단같이 첫 해의 울음으로 떨리게 하고 있었다. 아침의 이룸을 밤에 수놓고 아무것도 모르는 눈물로 시나브로 지우는 것은 유리창의 성에처럼 아련한 세계를 투영하는 것과 같은데, 나의 거친 숨으로 내가 보아온 아름다운 모습을 다 지우고 있는지 알 수 없는 지금이었다. 지금 그녀는 막막한 손짓으로 작고 한량없는 결함을 지우는 데 자기 자신마저 밀어내고 있었고 그 작은 결함의 초라한 주변인이 되어 반란처럼 서성거리기만 할 뿐이었다. 나는 그런 그녀의 초월적인 부정을 온 마음에 담아 주저하듯 한 번씩 그리고 지우고 살려내고 하다가 이내 내 모습을 그녀의 숨에 넣고 말았다. 내게 그녀는 아무렇게나 지워졌지만 뾰루지 같은 결함은 응고되어서 내 가슴에 그녀의 이름으로 남았고 그녀라는 기억의 씨앗쯤으로 작아져 있지만 나는 또한 울 듯이 있었다. 나의 수분으로 그녀가 내 기억에서 자라면 나는 그녀가 다시 무슨 이야기를 들려줄지 가만히 들어보면 내가 만든 이야기가 아닐지 나는 또한 추측해보았다. 그러나 그것은 명백히 그녀가 그토록 지우고 싶어 하는, 그녀의 뾰루지 같은 결함일 뿐이다. 달이 뜨고 해가 뜨듯이 그리고 달이 지고 해가 지듯이…. 그러나 더 명백한 것은 그녀의 작고 예리한 결함보다 내가 훨씬 더 크다는 사실이었다.

미소, 작은 웃음이라는 뜻이다. 나는 그녀의 미소를 보고 있었다. 그러나 그녀의 작은 체구보다 그녀의 미소가 훨씬 더 컸다. 내가 마치 그녀의 미소에 의해 올려지는 것 같이 그녀의 미소는 강력한 것이었다. 작은 것으로 큰 것을 든다는 역사(歷史)가 풍뎅이 벌레처럼 내 유년의 뿌리 위에서 한껏 자라게 했는데 나도 역시 그녀의 미소처럼 어린 시절의 나로 작고, 작고 더 작게 거듭해서 메아리치고 싶었다. 그런데 내가 작아지면 그녀의 작고 예쁘고 어린 손에 의해 뾰루지처럼 밀려나갈지 모를 운명에 처해질 수 있었다. 그러나 그녀의 미소라는 것은 내 변명의 여지를 두지 않고 계속해서 밀려들어왔다. 그런데 그런 그녀의 표정이 정말 유쾌하고 밝아 보였다. 슬픔이 유령이 되어서 밝은 햇살 한 모금으로 다시 태어난 듯 그녀는 하늘의 변해가는 구름 사이에서 시인의 영감 같은 번뜩임으로 태양의 자녀처럼 나를 집요하게 비추고 있었다. 나는 그런 그녀에게 비껴갈 수 없었다. 나에게 그녀는 어둠을 토해내라고 억척같이 비틀고 있었다. 비틀린 나는 억척같이 다른 것을 토해내고 말았다. 딱지의 배꼽을 풀고 갓 깨어난 아침 커피의 향기처럼 잊힌 것의 모습으로 그녀에게 내 허기를 채우고 싶다고 말했다. 그녀는 생명의 이름으로 된장찌개 색깔로 변했고 식탁 위에서 우리는 식당의 하늘을 먹고 나왔다. 거기서 그녀는 말줄임표 같은 입술로 산책을 표시했고 우리에겐 동행이라는 표현이 우리를 앞지르고 있었는데 동네 아이들이 숨바꼭질을 하는지 우리의 등 뒤에 자꾸 숨고 달아나기를 반복하고 있었다.

　그녀가 오고 있었다. 그녀다. 이젠 내 기억에 지독하게 있는 그녀였다. 또 이번엔 또 어떻게 내 속을 뒤집어놓을지 나는 단단히 대비하고 있었다. 딱지의 배꼽을 풀고 빳빳한 종이 그대로 쫙 풀고 있었다. 그녀가 뒤집어봐도 소용이 없을 정도로 말이다. 나는 뒤집힐 것이 없는 상태로 마음을 비우고 그녀가 오고 있는 것을 가만히 응시하고 있었다. 그런데 또 뒤집히고 말았다. 그녀가 오다가 멈추어서 똑바로 차렷 자세를 취하며 꼼짝을 안 하는 것이었다. 나는 그녀가 앞으로든 뒤로든 가기를 바랐다. 오고 있다 멈추어서버린 그녀에게는 그녀 나름대로의 사정이 있겠지만 그녀는 나를 향해 오고 있었고, 나는 그녀가 내게 해놓을 것에 대한 대비를 하며 마음을 비웠고, 그런 나에게 하는 그녀의 당치 않는 정지는 정말이지 나를 미치게 하는 것이었다. 그것은 일종의 고문이었다. 희망고문일 수도 있었고 그냥 고문일 수도 있었다. 희망고문, 그것은 마지막까지 태운다. 다 타서 더 이상 탈 것이 없을 때까지 태운다. 그래서 희망고문, 그것은 재활용도 할 수 없는 절개의 이상을 보여준다. 희망고문을 하는 자의 태도여! 그대는 사육신, 생육신을 통틀어 군주의 드높이 솟은 봉우리 아래의 절경이다. 그러나 지나치면 아름다운 봉우리 아래의 절경이 다 뒤집힌다. 좋은 것일수록 썩은 것일 수 있다. 그러므로 희망고문, 그것은 최소한으로 해야 한다. 위험의 고비를 적게 하면 희망고문, 그것은 뒤집히는 것을 땐 희망이 될 수도 있다. 희망고문, 그것은 고문 중의 희망이 될 수 있다. 그러나 사이비 희망고문은 고문관이 하는 고문이므로 따라하지 말지어다! 그렇다! 그녀는 오는 것을 멈추고 그녀가 오고 있었다는 개연성 아래에 나를 가두어두고 집요하게 기다리게 하고 있었으니 내 눈도 집요하게 그녀를 향해 떠지고 있었다. 나는 그녀를 보는 것을 멈출 수 없었고 그녀는 계속, 계속, 계속 꼼짝도 안하고 멈추어 서 있었다. '나를 미치게 하는 것들'이라는 노래가 있었다면 바리톤의 음색으로 거창하게 불러보고 싶은 심정이었다.

그녀에게서 멈춘 것은 관성의 힘에 따라 파장을 앞으로 쏠리게 하고 있었다. 버스가 멈추면 그 안에 있던 승객이 받는 힘과 함께 으! 으! 으! 하는 저항의 기합과도 같은 소리가 그녀의 입에서 나오는 것과 같았다. 그녀는 자신이 왜 멈추었지 하는 의문을 띠고 있는 것 같았다. 그리고 자신의 입에서 나오는 저항의 소리를 내는 것조차 인정할 수 없다는 눈치였다. 그녀는 자신의 입에서 나오는 신음 소리를 저항의 신음 소리가 아닌 것처럼 하고 싶었다. 그래서 인지 으! 으! 으! 소리가 변화하고 있었다. 으! 으! 으!는 오! 오! 오!에서 우! 우! 우!로 변했고 우! 우! 우!에서 위! 위! 위!로 변했고 외! 외! 외!로 변하고서는 고저가 생기고 장단이 생겨 즉석 노래가 탄생하고 있었다. 그 노래는 실로 우스웠다. 마치 바보가 지적 부담을 적게 하려고 입으로 의식의 분산을 시도하는, 변명과 같은 호소였다. 여자가 자신의 감정을 보호하기 위한 일차적인 빈말로 어머! 하고 내뱉고는 당연한 듯 그렇죠? 하고 동의를 요구하는, 있는 듯 없는 제스처 같아 보였다. 그것은 의견의 피력이 아니고 그냥 존재하는 아픔과 같은 여자의 필연의 맥락에 의한 것이다. 그런데 멈춘 그녀는 그러한 소리를 내는 것을 음정의 고저와 장단으로 바꾸었고 그것이 자랑스러운 듯 내내 아름드리 소나무를 뽑아버릴 기세로 메조소프라노가 되어서 나를 마구 흔들어놓고 있었다. 그러나 그녀의 소리는 그냥 기세일 뿐이었다. 아름드리 소나무에 묻은 징그러운 송충이를 손톱으로 툭 치는 것이거나 아름답게 보이도록 초록 잎사귀들을 바람으로 흔들어 손짓하는 것에 불과했다. 그녀의 본론은 그것이 아니라 자기가 갑자기 멈추어버린 것에 대해, 혹은 그 저항에 대해 그 기저를 숨기려는 것의 위장술이 그 즉석 노래의 가증스러운 본질이었다. 그녀의 노랫소리로 나는 그녀가 왜 갑자기 오는 것을 멈추고 서버렸는지를 알 수 없었고 더 혼란만 가중될 뿐, 그녀는 여전히 나를 뒤집어놓는 것에 대한 발기를 내려놓을 수 없는지 나는 고단하여 그녀가 멈추어버린 곳의 한치 옆으로 지나쳐 그녀로부터 멀어질 것의 일로를 파악하고는 정확하게 고요하지 않는 그녀의 호수를 노 저어 건넜고 그녀의 노랫소리를 듣지 않아도 되게 되었다. 그러나 나는 구름에 달 가듯이 가는 나그네가 될 수 없었다. 언제 그녀가 또 나타나 나를 봉박할지 여전히 나는 모르는 것의 일로를 떼지 못하고 있었다.

　비가 오고 있었다. 나는 비 오는 날을 좋아했다. 나를 받히는 우산 꼭대기로 거무스름하게 주눅든 하늘을 냉큼 찌르고, 내 마음의 그릇만큼의 크기에 내 마음대로 바꿀 수 있는 색상의 우산이라는 하늘을 섬길 수 있기 때문이다. 비 오는 거리는 우산으로 가득한데 나는 그들의 하늘을 애써 신경 쓰지 않아도 되었다. 그래서 나는 비 오는 거리를 활보한다. 우산만큼의 하늘에서 나는 거대한 자아가 될 수 있었고 커다랗고 거대한 부류가 될 수 있었다. 웅장한 탑이 될 수 있었고 계란을 부화시키는 암탉이 되어서 다른 사물의 존재를 배경으로서만 삼도록 은밀한 천막을 치고 몰두하는 자의 가득한 메아리가 될 수 있었고 빛의 한가운데에서 헤엄치는 우주인도 될 수 있었다. 나는 탐닉의 우산 아래에서 거침이 없었는데 저항하는 것은 아무런 징조를 보이지 않고 있었다. 그러던 중 그녀를 만났다. 그녀가 말했다. "진리가 뭐야?"라고 하는 그녀의 눈가에 이슬이 내리고 있었다. 나는 당황스러웠지만 되는 대로 대답했다. "진리? 아, 그거 하늘을 나는 거야!" "자긴 언제나 알 수 있어?" "그럼!" 하고 나는 내 맥락의 기저 위에서 날개를 펴듯 당당하게 말했다. "그럼 지금도 날 수 있어?" 나는 '우산 밑이라 내 할당량만큼의 하늘 아래서 무엇이든지 될 수 있어!' 그래서 그렇다고 말하고 싶었지만 그러한 내 기저의 맥락에서 그녀에게 하는 내 엉큼한 밤의 모략만큼은 그녀를 향한 순정에 결함이 될 것 같아 망설여졌다. 그리고 대답했다. "쉬는 것도 나는 것이 아닐까? 날기만 한다면 지치고 꺾이지. 그렇지 않아? 날지 않는 것도 나는 거야!" 그녀는 내가 말하는 동안 내 가슴을 바라보고 있다가 내 말을 듣고 말했다. "숨차지 않아? 그토록 열변을 토하는데 자기 가슴은 한번도 부풀지 않았어!" "아냐! 말한다고 가슴이 부푸나?" "아냐! 자기는 지금 날고 있지 않아!" 나는 할 말이 없었다. 나는 이야기를 지어냈고 거기에 내 생각의 크기만 커졌던 것이 사실이었다. 문득 내 생각이 커지는 데 그녀가 방해하고 있다는 생각이 들었다. 그래서인지 저항의 크기만큼 내 눈에서 뭔가가 밝게 빛나고 있는 것 같았다. 봉긋하게 느껴지는 그녀의 가슴에서 내 시선이 멈췄고 거기에 뻐얼건 뽀루지가 있을지 나는 탐독하고 싶었다. 그러나 그녀는 돌아서고 있었다. 우주 비행접시처럼 회전하고 있었다. 그녀라는 우주선에 올라타면 우주를 정복할 수 있을 거라고, 나는 우산을 돌리며 환호하고 싶었다. 그런데 뜻밖의 돌발적인 반응이 그녀에게서 나오고 있었다. "난 자기에게 치밀어! 화가 난다구! 미칠 듯이 치밀어 화가 난다구!" 그녀는 한 걸음을 냉큼 떼더니 종종걸음이 되어서 직진하고 있었는데 놀랍도록 화창한 날씨가 펼쳐져 있었고 거리에는 우산들이 접혀서 땅을 가리키고 있었다. 하늘은 놀랍도록 커졌는데 나는 우습도록 작아져 있었다. 헐렁한 티셔츠에 물기도 말라가고 있었고 퇴화하는 닭의 날개는 퍼드득거리지도 않았다. 목이 마른 나는 편의점에서 물을 구입하고 마개를 따지 않고 입

속에 부으려고 했다. 나는 내 어리석음을 깨닫고 작은 물병을 들고 동네를 산책하는 아주머니들의 힘찬 걸음을 따라 했다. 따라 하는 것의 책임은 물병처럼 아주 작은 것이었기 때문에 숨이 차도 아주머니들의 길을 계속해서 따르고 싶었지만 내 방의 주전자에게 더 끓여달라고 불을 붙이고 싶은 지금 가스요금 고지서를 은행에 수납하러 가야 했다. 작은 것이 분명 클 수 있으나 작은 것의 진실한 정체가 무엇인가를 알 때까지 의식의 허영은 있으면 정녕 안 되는 것이었다.

시간이 뜨고 있었다. 달이 뜨고 있었고 나는 혼자서 그녀가 있는 곳의 온기를 추측했다. 내 입술에 아이스 아메리카노의 얼음이 녹고 있었다. 내가 상상하는 데서는 그녀에게 결점이 없었다. 그저 내가 날듯 그녀는 날고 있었고 우주인의 유영같이 자유자재로 어떤 방식이든지 연결될 수 있었다. 시간이 뜨고 있었고 내가 떠올리는 그녀에게는 결점이 없이 매끄러울 뿐 저항이라고는 내가 부르던 팝송의 영어 단어의 더듬거림이었으면 그럴까 한결같이 보드라운 데가 부푸는 데 여념을 둘 수 없었다. 그건 축제의 밤에 떠오른 별 아래 펼쳐질 불꽃놀이와 같이 돋보이는 것이었다. 나의 환호에 그녀가 환호하고 환호하는 데에 무슨 결점을 찾아볼 생각은 비평가들도 묶음처럼 쉬어갔다. 우린 그저 시간처럼 뜨고 있었지, 별처럼 빛나고 있었지, 비극의 절정에서 긴장을 놓지 않고 있었지 희극의 발단에서 궁리하는 시점에 놓여 있지 않았다. 모든 것은 순간이다. 우리는 가장 빛나는 것의 핵심에 있었다. 그런데 나에게 시간이 내리자 문득 다른 것이 떠올랐다. 나의 그러한 탐독에 그녀가 말하는 것이었다. '넌 지금 날고 있지 않아! 날고 있던 기억도 숨결도 남겨지지 않지. 그저 다 떠내려갈 거야!' 나는 그런 그녀의 믿음에 나에게 무슨 알레르기같이 두드러기가 난 것 같아 샤워를 하고 베개로 눈을 가리자 꿈같이 우주의 먼지가 닫힌 망막에서 산란하고 있었는데 빗줄기같이 한결같지 않아 그녀가 말하는 것의 진의를 영영 파악할 수 없을 것 같았다.

눈물을 흘리고 있었다고, 그녀가 그렇게 봐주기를 원하는 것 같았다. 그러나 나는 그녀가 그렇게 보이지 않았다. 아무리 호의를 베풀고 싶어도 그녀가 눈물을 흘리는 것이 고즈넉한 종소리처럼 은은하지도 않았고 반백년 만의 상봉처럼 극적이지도 않았다. 그녀는 그렇게 짜여지고 있었을 뿐이었다. 다들 그렇게 짜여지는 가운데 똑같은 것을 똑같은 이름으로 부른다. 그러나 실상은 다 다르다. 그녀의 눈물이라 보이는 것은 단지 모사(模寫)라는 것에 치우친다. 진짜가 아닌 진짜처럼 보이는 진짜인 듯한 가짜를 진짜로 보는 것은 진짜에 대한 심각하고 우려스러운 모욕이다. 더군다나 모욕하는 것으로 만족한다면 선악은 갈등 구조에서 벗어나 용인될 수 없는 혼란으로 사회의 근간은 끝없이 추락하고 말 것이다. 눈물, 그것이 아름답기 위해선 진실해야 한다. 내가 아무리 섣부르고 순진한 호의를 베풀지라도 그녀가 그녀의 거짓 눈물에 의해서 진정 아름다워질 수 없는 이치가 순풍에 흔들리는 초록 나뭇잎에 의해 어린 햇빛으로 내게 손짓하고 있었다. 그녀는 내가 그녀가 원하는 대로 보아주지 않자 내게 화가 많이 난 것 같았다. 그런데 그녀는 그런 자신의 감정을 감추려고 했다. 그녀는 그런 연고로 눈물을 더 많이 쏟아냈다. 그녀는 그녀가 짠 각본대로 설정을 하고 그 설정으로 상황에 맞춰지는 것에 따라 연극을 했는데 그 눈물은 중요한 요소였다. 그러나 그녀가 치명적으로 간과하고 있는 게 있었다. 우리의 거리는 짧았지만 그렇게 짧아지는 데에 따른 필연적 줄거리는 너무도 빈약했다. 두어 번 내 속을 뒤집어놓은 것만 가지고 그녀의 눈물에 내가 깊은 동정을 하지 않을 것이라는 것을 간과했다. 그것은 그녀가 짜놓은 각본의 치명적 결함이었다. 오히려 그 눈물이 날 크게 화나게 하고 있었다. 그녀의 맥락도 알 수 없는 눈물이 날 조롱하고 있다고 여겨졌기 때문이었다. 난 또 속이 뒤집히고 있었다. 나는 더 이상 속이 뒤집힐 수 없었다. 더 이상 뒤집힐 것도 도통 있지 않았다. 나는 나를 때리기로 했다. 그녀가 때려주었으면 좋겠지만 그녀는 눈물을 흘리는 데 정신이 없었으므로 나라도 나를 때리지 않으면 나를 때릴 사람은 없었다. 그녀와의 거듭된 우연한 만남은 이상하게도 외나무다리에서 만나는 원수처럼 언제나 한적한 곳이었다. 그래서 도움을 청할 사람이 아무도 없었다. 도움을 청할 사람이 없었으므로 나 스스로 나를 쳤다. 내 뺨을 때리고 엉덩이를 때리고 바지를 때렸다. 그리 아프지 않았지만 내 마음은 뒤집혀서 아팠고 어찌 보면 내 신세에 맞춰 타령 같은 곡조에 장단을 맞추고 있는 것 같았다. 그녀가 이런 나를 보더니 눈물을 흘리는 것을 멈추고 나에게 무슨 말을 하고 있었다. 그러나 나는 흥이 날대로 난 광대처럼 나 자신을 때리는 것을 멈출 수 없었다. 그런데 그녀가 무슨 급한 일이 생각난 듯 갑자기 내 곁에서 벗어나고 있었다. 그녀의 동작은 일찍 일어난 새가 벌레를 잡아채는 것처럼 정말 날쌨다. 나는 나를 때리는 것과 그녀가 신기하게도 재빠른 동작을 하는 것 중 어느 것에 의식의 집중도를 더 주어야 할지 몰라 멍청해졌지만 다행히 그녀는 내가 헷갈리는 시간을 아주 작게 해주었다. 그녀는 금방 사라졌고 나는 아직도 나를 때리고 있었는데 내가 나를 때리고 있는 이유에 대해 뭔가 허전한 기류를 느꼈다. 아무도 없는 데서 나 자신을 때리고 있는 것이 무슨 도 닦는 것도 아니고 뭐 하는 짓인지 아무나 잡고 물어보고 싶었지만 지금 내 곁에는 아무도 없었다. 나는 내가 궁금해하는 것의 답을 찾기 위해 길을 가야 했다. 나는 그녀가 사라진 쪽을 향해 늦게 일어난 새처럼 뒤뚱거리며 몸을 움직여 어색한 시간을 이어가게 되었다.

　나는 한동안 어색함을 내 몸과 마음에서 떼어내지 못하고 있었다. 그건 지옥이었다. 나는 자유스럽지 못했으며 어색함에 의해 신변이 감금당한 것 같았다. 나는 나의 그녀에게 다가갈 수도 없었고 그녀에게 하는 비상 착륙도 추락도 있을 수 없었다. 단지 나는 나였을 뿐 나에게 덧붙여지는 것은 너무도 앙상한 겨울 회초리 같은 나뭇가지와 같은 것이었다. 메말라가고 있었다. 누군가 라이터로 불을 켜면 나는 기겁을 했고 불이 번져 재가 될까봐 사시나무처럼 바람에 떠는 운명을 붙잡고 있었다. 나는 거기에서 탈출을 해야 했다. 가면 갈수록 이대로 버틸 수 있는 것의 한계가 분명해지고 있었다. 나는 변신을 해야 했다. 무엇으로든 변신을 해야 가벼워질 수 있을 것 같았다. 나는 여기저기 뾰족해진 것 같아 찔레나무 같았다. 그러나 봄밭의 찔레같이 너무 여리고 어린, 아무것도 모르는 미아 같았다. 나는 더 커져야 했다. 더 크고 예쁘게 자라고 싶었다. 나는 변신해야 했다. 여기서 만족하는 것은 다람쥐가 되어서 쳇바퀴 속으로 들어가 뛰는 꼴과 다름이 없었다. 그래서 여기서 만족하는 것은 내 희망을 죽이고 미래를 죽이고 나의 넓디넓은 하늘을 버리는 것일 뿐 아니라 나의 의미를 아예 있지 않은 상태로 두는 것과 같았다. 나는 이대로는 안 되겠고 변신을 해야 했는데 무언가가 필요했고 그 필요한 것이 무엇인가를 찾다가 지쳐버렸다. 나는 저절로 절망했다. 그리고 절망에 지쳐 눈물이 났다. 이럴 때 내 속을 뒤집어놓는 그녀가 있었다면 멋지게 복수를 할 수 있겠다 싶었다. 그런데 지금 내 주위에는 아무도 없었다. 나는 홀로 눈물을 흘려야 했다. 도니체티의 오페라 '남몰래 흘리는 눈물'이라는 곡조가 떠올랐다. 그 순간 라이터돌의 불티같이 나에게 변신의 씨앗이 튀고 있었다. 나의 찔레나무에 장미 순이 접목되고 접목된 곳에 빗물 같은 수분이 들어가 나의 찔레나무는 장미꽃으로 피어났다. 내 장미의 노래는 까만 밤으로 들어가 흰빛으로 뻗어나갔는데 어디로 뻗어나가는지 나는 그 행방에 대해 나의 기수를 올바로 해야 했다. 그러나 나는 나를 제어할 수 없었다. 나를 제어할 수 있다면 좋겠는데 내가 제어할 수 있는 것은 나의 그녀의 집요함이라 믿고 싶었다. 그때 그녀가 나타나서 나를 탓하고 있었다. 도대체 여기서 무엇을 하냐고 분풀이를 하는 것을 듣고 있었다. 나는 그녀가 화가 난 것을 제어할 수 없었다. 도대체 그녀가 무엇에 그렇게 화가 나 있는지, 나는 그것을 분석하고 이해하고 통제할 수 없었다. 그래서 나는 절망했다. 나의 절망이어서 그랬을까, 그녀가 울었다. 울고 있었다. 그러나 그것이 나에게는 슬픔으로 끝이 나지 않았다. 나에게는 장미라는 꽃이 있었다. 그녀에게 안 풀리는 것을 내가 해결해줄 수 있다는 생각에 나는 미소마저 흘릴 수 있었다. 그런데 그녀는 내가 흘린 미소에 뾰루지 같은 표정이 되어서 아주 흉하게 변해버렸다. 그러나 나는 희망을 버릴 수 없었다. 나에게는 환한 장미꽃이 있었기 때문이었다. 그러나 그녀는 거대한 나라처럼 위대하고 대단한 화가 나 있었다.

"그렇게 대단해?" "뭐라구?" 그녀는 화를 풀지 못하고 소리를 꽥 질렀다. 그녀의 손에는 내가 준 장미 꽃다발이 어색하게 들려 있었다. 나는 그것으로 충분하다고 생각하고 있었다. 그런데 그녀는 뭐가 그리 불만인지 뾰루지 같은 뾰로통한 표정을 지우지 못하고 있었다. "자기가 그렇게 대단하냐구? 내가 이렇게 잘하고 싶은데 자긴 뭐가 그렇게 불만이냐구?" "뭐라구?" "내 말이 틀려? 아니냐구?" 그녀는 화가 난 나를 찬찬히 보더니 말했다. "내가 사람 잘못 봤군! 나는 지금 나에게 화가 나 있는데 자긴 나에게 화가 나 있구나? 나는 자기에게 화낸 적 없는데?" "뭐라구?" "그래! 난 자기한테 불만이 있는 게 아니라 나 자신에게 뭔가 불결한 것이 붙어 있어서 괴로워서 그런다구! 알기나 해?" "그럼 난 뭐야? 자긴 자기만 중요해? 자기 자신에게 화가 나 있으면 나에게 화를 낼 이유가 어딨어?" 그녀는 한참을 망설이더니 잘못되었다는 표정으로 변했다가 다시 그 화를 밀고 있었다. "내가 자기랑 남인가? 내가 내 맘대로 화도 못 내?" 나도 그 말에 한참을 망설였다. 내가 망설이는 동안 그녀는 또 화로 나를 밀었다. "내 기분은 무시하고 알량한 꽃이나 주면 나는 그냥 좋아하기만 해야 되냐구! 내 말 틀려? 내가 바보냐구?" 나는 그 말에 또 할 말이 없었다. 그녀는 또 뾰루지 같은 표정으로 꽃을 들고 어딘가를 떠올리는 것 같았다. 아주 불편해 보이는 표정이었다. 나도 지지 않고 밀고 싶었다. 나도 화가 아주 많이 난 상태였기 때문이었다. "네 기분이 그렇게 대단해! 네 화가 무슨 대단한 왕국이라도 되냐구? 내가 가져온 성의는 무슨 대국에게 바치는 조공이라도 되냐? 내가 그리 하찮아?" "야! 그럼 그 꽃이 뭐 대단하냐?" 나는 그 말에 화가 폭발했다. 나는 내 화를 말로 밀지 않고 몸으로 밀었다. 황소처럼, 멧돼지처럼 그녀를 밀쳤다. 그녀가 냉큼 밀려나 바닥에 쓰러졌다. 나는 화를 펼쳤으나 금방 깊은 동정이 일어났다. 나는 그녀를 일으켜세우고 싶었다. 손을 그녀에게로 내밀었다. 그녀가 내 손을 뿌리쳤다. 그리고는 바닥에서 어린아이처럼 발버둥치며 떼를 쓰는 것 같았다. 큰 붓으로 땅에 글씨를 쓰듯 등을 바닥에 휘젓고 있었다. 그런 그녀에게 환희가 있는 것 같았다. 그런 그녀의 미소에 행복이 있는 것 같았다. 나는 어처구니가 없어서 그 자리를 벗어났다. 그런 나에게 급한 허기짐이 삼 일을 굶은 사람같이 떠오르고 있었다. 그녀에게서 난 허황된 상처가 얼굴 전면에 묻어 있었다.

그녀가 울고 있었다. 이번에는 눈물뿐만 아니라 소리까지 구슬프게 들렸다, 나는 화가 난 상태여서 그냥 지나치려 했다. 그런데 그녀가 내 앞을 막아서는 거였다. 문득 멈춰야 한다고 내 지성이 가르치고 있었다. 그러나 난 눈을 감은 상태였다. 만약 내가 이 상태에서 눈을 뜬다면 내 화에 그녀 또한 밀치고 그녀에게 고소를 당할지 모르는 일이었다. 그러다가 문득 내 눈이 떠졌다. 그녀의 가슴에 장미 꽃다발이 한 다발 들려 있었다. 그러나 또 어떻게 내 속을 뒤집어놓을지 나는 두렵기만 했다. 그런데 그녀의 얼굴이 처음으로 내 눈에 찬찬히 들어왔다. 그녀의 표정에 잔잔한 슬픔이 있었다. 그리고 그 슬픔에 상처가 있었다. 그 상처는 내 허황된 상처를 치유해주고 있는 것 같았다. 나는 모른 척하고 싶었다. 모르고 싶었다. 그런데 나는 그녀의 맑은 눈망울에 들어 있는 내 모습을 보고 말았다. 그 모습에는 내 화와 내 상처가 애틋하게 들어 있었다. 그녀의 눈망울이 장미와도 같았다. 거기서 그녀의 눈물이라는 수분에 장미가 촉촉하게 젖어 있었다. 나는 그녀로 인한 나의 모든 실망과 실추를 날갯짓하며 떨쳐낼 수 있을 것 같았고 우산을 버리고 그녀와 비 오는 거리를 내달리고 싶다는 충동이 일었다. 그녀의 가슴에 그런 날개가 있는 것 같았다. 그런데 누군가가 쫓아오고 있는 것 같았다. 나의 그녀였다. 나는 그녀의 쫓음에 날아가고 싶었지만 나는 날개가 없었고 또 홀로 달려가야 했다. 달려가는 곳에 장미를 바치는 남자의 순정이 피어나고 있었다. 그 꽃을 절대로 꺾지 않고 싶었고 화창하기만을 바라는 마음에 실수를 했는지 달려가다 미끄러지고 말았다. 쫓아오던 그녀가 깔깔대며 웃고 있었다. 나는 더 이상 뒤집어지면 결코 안 되었다.

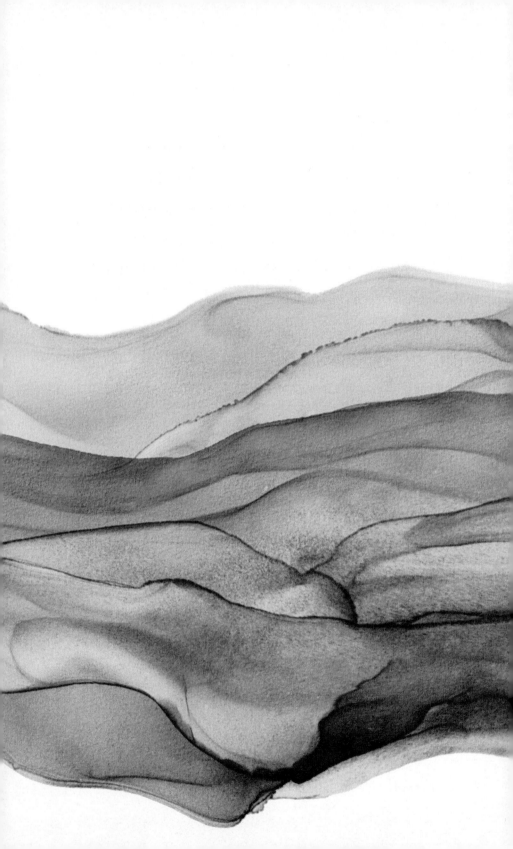

붉은 심장의 사거리

;

　도린다. 조린다. 다린다. 탄내 나는 어둠의 교실에서 나는 민지의
블라우스를 다리고 있었다. 묘기 같은 시간은 건널목의 신호등에
점멸하고 있었지만, 민지가 입을 옷에 정성을 들이는데 철마도 어
쩌지 못하고 객석의 무게로 달빛에 잡히고 있었다. 뿌리치는 민지
의 조그만 손을 잡아끌고 나는 해변가로 오토바이를 몰았다. 싫다
고는 하지 않는 민지의 얼굴에 봄이 주는 평온함은 잘게 말린 파
마의 긴 머리로 간혹 신비하게 가려졌는데 나는 바람이 밉지는 않
았다. 바람은 오월의 얄따란 원피스를 날리고 그녀의 봉긋한 가슴
선은 첫눈처럼 나의 바다 끝에서 슬며시 녹고 있었다. 하모가 잠자
고 있을 부산 초량동의 연립주택 근방을 지날 때 구급차는 사이렌
을 울려댔지만 두 발을 모으고 뒷좌석에 탄 민지의 표정이 더 붉
게 상기되어 있는 것은 아닐지 나는 적막의 새벽을 줄곧 신호를 위

　　　　　　　　　　　　　　　　여름 바다

반하며 질끈 오토바이를 긴박하게 몰아갔다. 민지의 슬리퍼가 언제 벗겨졌는지 그녀의 새하얀 발에 병뚜껑이 날카롭게 비틀고 들어가 물감 같은 혈액이 통증을 품고 자아내지고 있었다. 나는 자신이 없었다. 어린아이의 솜털처럼 나는 그녀의 피에 젖어 다시는 일어날 수 없을 것 같았다. 민지는 흰 티셔츠를 찢어 상처 난 발의 부위를 감싸 묶었다. 꼭 나의 치기가 엄마의 타이름으로 바르게 고정되는 든든함을 느끼는 듯했다. 충동을 억제하지 못하고 그녀를 여기로 억지로 데려온 성급한 마음이 상처 난 것 같아 민지의 차분한 대응마저 내 못난 자존심에 고통을 가하고 있었다. 나는 애써 미소를 띠고 있었다. 그녀에게 좋게 보이고 싶었다. 그녀가 봄날의 아이스크림 같은 눈망울로 싱싱하게 웃는다. 붕어빵의 단팥같이 달콤하다. 처얼썩 파도 소리같이 상쾌해진 나에게 응석이 고름처럼 짜졌다. 더 멀리 가고 싶었다. 민지와 더 멀리 멀리 가고 싶었다. 그런데 그녀가 내일 회사 면접 시험이 있다고, 그런데 푹 자고 고운 얼굴을 하는 것보다 나랑 함께 있는 것이 좋다고, 내일 붙을 것 같다고 나를 향해 활짝 웃어 보였다. 나는 불현듯 미식축구 선수가 되어 있었다. 타원형의 공을 잡듯 민지의 허리를 낚아 들고 오토바이가 있는 곳으로 달렸다. 민지는 "주파랑~! 파~랑! 파~! 랑~!" 하며 연속해서 단호하게 내 이름을 외쳐 부르며 반항했다. 하지만 민지는 안전을 위해 두 팔로 내 목을 잡을 수밖에 없었는데 나는 사람의 눈이 어쩜 그렇게 아름다운지, 별은 자기만의 이기심으로 빛나는 것은 아닌지, 밤하늘 아래 우리는 지상의 낙원을 꾸미려고 다시 태어나고 있는 것인지 생각했다. 아 나는 웃노라! 웃지 않으면 입술이 비틀려 구안와사가 올지니. 민지가 오토바이 헤드라이트에 비춰진 채 도레미파솔, 솔솔솔의 억양으로 하얀 살결의 미소로 앙망의 시선으로 자기소개서를 또박또박 암송하고 있다. "나 강민지는 주파랑 앞에 앉아 있으며… 무척 떨리지만 굳은 표현을 삼가며… 가렸지만 가려지지 않는 구석을 몸소 참으며… 가려던 길에서 한 걸음 더 나아가려고 합니다." 아찔한 음색은 민지의 입술 빛깔을 더욱 발색시키고 있었다. 순간은 우리의 공간을 무한대로 확장시키고 있었고 그곳에 민지의 모습이 가득 차서 부푼 파랑의 마음은 너무도 벅차 보였다. 우리는 동시에 같은 꿈을 꾸고 있었다. 파랑은 그녀에게 자신의 감정의 진함을 고백하지 않았지만, 그녀도 파랑도 서로에게로 향하는 풍만하고 팽창하는 마음을 공감하고 있었다. 누구도 나에게서 민지를, 민지에게서 나를 정의하고 있지 않았지만 거대한 건물을 지날 때 그 웅장함을 인지하여 풍경처럼 받아들이고 세상의 존재로서 공유함에 수선스런 특별함이 없는 것처럼 우리는 서로에게 배경이 되는 데 이의를 한 점도 제기하지 않았다. 그냥 우리 앞에 우리가 있을 뿐이었다. 우리는 거리를 지날 뿐이었다. 오토바이가 주는 소리에 얹혀 최대한 탐색이 될 수 있도록 속도를 낮추고 또 낮추었다. 그리고 담장이 화단으로 꾸며진 단출한 단독주택 앞에 섰다. 민지가 먼저 내렸고 나는 주위를 더 훑어보며 늦게 내렸다. 나는 몇 걸음 가서 장대를 주워 왔다. 대나무 장대였다. 그 집 앞의 빨래 건조대는 그 집 창문과 너무 가까이 붙어 있었고 갖가지 현란한 옷가지들이 걸려 있었다. 빨간 드레스, 낡은 후드티, 분홍색 블라우스, 검은 반바지,

여름 바다

노란 양말들, 카키색 모자, 녹색 베갯잇, 하얀 티에 구멍 난 빈티지 청바지, 보라색 브래지어, 밤색 운동화… 아마도 나이 잃은 숙녀의 집이 틀림없었을 것이다. 나는 숨 막히도록 떨려왔지만, 민지를 위해 담대하라고 주문을 외우고 있었다. 장대를 들고 면접관님들이 좋아하실 만한 옷가지들을 고르고 있었다. 식은땀이 나고 집중을 해야 했으므로 민지가 곁에 있는지 없는지 신경 쓸 여유가 없었다. 나는 실눈을 뜨고 빨간 드레스를 겨누고 있다가 장대를 들이밀었다. 장대의 탄력에 끝이 창문에 닿아 헉 하고 놀랐지만 이내 침착함을 되찾았다. 그리고 부피가 큰 드레스는 장대로 걸기에 무리일 것 같아 블라우스를 빼내기로 하고 두 손에 힘을 모았다. 블라우스가 간신히 장대 끝에 살짝 걸렸다. 약간 미끄러웠지만 온 힘을 다해 장대를 높이 들었다. 드디어 블라우스가 딸려오고 있었다. 그러다가 방심을 했는지 화단 담장에 떨어뜨리고 말았다. 노랗게 핀 꽃들 사이에 떨어졌는데 나는 포기할 수 없어서 농구 선수처럼 점프를 해서 조금씩 블라우스의 끝을 잡고 내리고 또 내리다 바닥에 보라색 블라우스를 떨어뜨리는 데 성공했다. 나는 자랑스러운 기분에 민지를 향해 돌아섰는데 민지가 나를 아무렇지도 않게 보고 있는 것이었다. 그러는 그녀의 손에는 초코바가 들려 있었고 그녀의 입가에는 온통 검은 초콜릿이 묻어 있었다. 꼭 주전부리하는 아이 같은 얼굴이었다. 슬리퍼를 신은 그녀의 발 주위에는 초코바 껍질이 어수선하게 널려 있었고 내가 이마의 땀을 닦는데도 그녀의 주전부리는 괘념을 안 하는 눈치였다. 그녀가 아까 전에 찢은 내 흰 티셔츠의 자락에 나온 살결은 장대를 고정시키느라 덧난 자국이 홍조를 띠며 내 신세를 연신 부끄러워하는 것 같았다. 그런데… 활짝 웃는다. 달싹 웃는다. 빛이 어두워 민지가 더 밝게 웃는다. 그런데… 창문이 열렸다. 그 집 빨래 건조대에 붙은 창문이 밝게 켜지며 창문이 화난 사람처럼 열리고 분을 바르지 않은 여자의 얼굴이 홱 나왔다. 우리는 직감적으로 뛰었다. 오토바이도 버리고 혼쭐이 나서 뛰고 또 뛰었다. 철도 모르고 뛰었다. 겁에 질린 나는 뛰다가 민지가 따라오지 못하면 어쩔까 식은땀이 더 났지만, 오금이 저려서 뒤도 돌아보지 못했다. 한 삼십 분 그랬을까, 더 이상 힘에 겨워 어쩔 도리가 없이 서버렸다. 나는 민지를 생각하니 눈앞이 캄캄했다. 나 혼자만 살려고 그런 옷 서리를 한 것이 절대 아니었기 때문이었다. 다 민지를 생각해서, 내가 행복해서 그런 짓을 했던 것이지. 이렇게 나만 살려고 혼자 줄행랑을 치다니 눈앞이 캄캄하고 허망하고 창피했다. 나는 민지 걱정에 영양식 집 앞의 똥개처럼 불안했다. 그런데… 그녀가 저 앞에서 초코바를 먹고 있는 것이었다. 민지의 한 손에는 구겨진 블라우스가 들려 있었고 다른 한 손에는 나처럼 까맣게 질린 초코바가 잘게 씹혀지고 있었다. 이 새벽에 어떻게 저렇게 많은 초코바가 나오는지 민지는 틀림없이 여신일 것이라고 나는 확신하고 있었다. 더 여신인 것은, 들고 있던 초코바를 나 먹으라고 건네주기까지 하는 것이었다. 갈증이 난 나는 우선 그거라도 먹어야 했기에 염치불구하고 받아먹었다. 과연 그녀다운 초코바였다. 그 맛에 취한 나는 더 달라고 하고 싶었지만 양심의 가책을 느꼈다. 그래야 마땅했다. 그러나 그녀는 내가 살피고 있는 초조한 눈치에 대해 흥미 없다는 식으로 여명이 드는

여름 바다

하늘의 달빛처럼 희미해지고 있었다. 내 마음에 먹구름이 끼고 있었다. 그녀와 나 사이에 거리가 생기고 있었고 우리는 횡단보도를 두고 마주보고 있는 상태였다. 신호등이 점멸했지만 걸음을 서두르는 대신 망설이며 마음을 졸이며 익어가기를 기다렸다. 우리는 서로가 자란 각자의 대지에서 가장 편안했던 순간을 불러오고 있었다. 나는 그때, 중2 때 보았던 첫사랑의 분홍색 립스틱으로 키스라고 휴식처럼 그리듯 쓰고 있었는데 횡단보도 건너편의 민지가 고개를 숙이고 땅바닥을 보며 진지하게 뭔가를 하고 있었다. 나는 그녀에 대해 더 알고 싶어 더 다가가고 있었다. 나는 위험을 무릅쓰고 붉은 신호등이 커진 도로를 가로질러 갔다. 그런데… 그녀가 울고 있었다. "오늘 너, 주파랑한테 익힌 대로 내일도 깨끗하게 하면 될까?" 나는 고개를 끄덕이며 민지가 주전부리한 까만 얼룩을 닦아주고 싶었지만, 물가가 여기서 멀었다. 그녀와 내가 한숨을 쉬고 있자 신기하게도 비가 왔다. 우리는 먹구름을 운전하며 네 다리로 질주했다. 4기통 엔진이 우리 두 명의 콧구멍으로 김을 내지르고 어느덧 우리가 알지 못하는 곳에 이르게 되었고 거기에는 문이 열려 있었다. 거기에 불이 켜져 있었고 창문 밖에는 기차가 선로에 얹혀 통과하고 있었다. 보행자는 없었지만, 건널목의 차단봉이 가로로 늠름하게 펼쳐져 있었다. 책상이 많았고 우리는 책상을 모아 캐비닛에 있는 다리미를 꺼내고 교탁보를 받치고 훔쳐 온 블라우스를 펼쳤다. 나는 한번도 직접 해보지는 않았지만, 민지가 입을 블라우스를 정성껏 다렸다. 민지가 또 내 곁에서 초코바를 먹고 있었다. 나는 민지가 내일도 초코바를 맛있게 먹게 해달라고 성황당에 가서라도 소원하듯 빌고 싶었다.

내일이란 한번도 가지 않은 길을 놓고 하는 새의 지저귐이거나 들쥐가 있을 듯한 평지의 곡예이거나 까마득한 기억의 잘되지 않는 재현이랄까 경외심과 같은 것이다. 그러나 순정한 마음에 드는 불안같이 마음을 졸이는 것인데 주파랑은 경련 같은 것으로 표정을 평이하게 할 수 없었다. 시간은 시냇가의 물길처럼 주파랑의 손가락 사이에서 스치고 빠져나갔지만 헤아릴 수 없는 산의 초록은 더 이상 짙어지지 않고 생명의 원천 위에 덮여 처음같이 시종을 항상 일관하고 있었다. 주파랑의 홀어머니가 저 북쪽의 끝으로 고향을 그리러 임진각행 버스의 계단을 오를 때도 아침은 왔던 게 아니었다. 주파랑에게는 강민지 얼굴의 환함이 봄이었으며 흩어지는 어둠도 새벽도 그녀의 총기 있는 입술의 빛으로 비로소 아침을 이루게 되는 것이었다. 그러나 화물 트럭의 바퀴가 먼지를 일으켜도 앞집 입시생 방의 창문에 불이 켜지고 꺼지기를 백 번 해도 고양이가 졸던 오후에도 주파랑의 아침은 오지 않았다. 주파랑에게 시간은 오지 않고 흘러 흘러 가버리기만을 반복했다. 파랑의 손은 가볍기만 했고 허전했고 아무것도 잡히지 않았다. 나뭇가지처럼 팔다리를 벌린 채 땅속으로 들어가 강민지와 주파랑이 지니는 시간의 뿌리를 잡아오고 싶었다. 거기서 민지가 활짝 웃는 것을 주파랑은 간절히 보고 싶었다. 첫눈이 오고 있는 것처럼 새하얀 기쁨에 큰 원과 작은 원으로 살색의 오케이 환호, 긍정의 순수함으로 입히는 스마일을 붙이고 들뜨고 싶었고 우리의 작당한 모의에 쾌활해지고 싶었다. 주파랑의 환희의 노래는 진작부터 삼백 년 된 마을의 고목

여름 바다

이 잡아 가둔 것은 아닌지, 입맛이 쓰고 달가워지지 않으려고 시간은 저만치 멀리 돌아가는지 원망부터 앞서기 시작하고 있었다. 파랑은 점점 어두워져가고 있었고 달은 초승달이었는데 구슬프게만 보였으며 잠을 자고 깨도 기분은 무겁기만 했다. 그러다가 알았다. 민지가 먼지처럼 파랑의 주위에서 떠돈다는 사실을 짐작처럼 아른아른 알기 시작했다. 낭패처럼 들어가버린 진흙 펄에서 불편해한다는 것을 나그네 귓가가 되어 알게 되었다. 민지가 실의에 빠져서 방문을 잠가버리고 행색을 잃어버렸다고 듣게 되었다. 파랑의 마음은 전보다 더 무거운 추를 달았는지 심해저에 가라앉아버렸다. 숨도 막혀왔고 답답해서 작지만 큰 것이 되고 싶었다. 강민지의 상심함보다도 크나큰 것이 되어 자유롭게 해주고 싶었다. 주파랑은 강민지를 자신이 있는 심해저에서 높디높은 창공으로 끌어올리고 싶었다. 더 높은 곳에서 주파랑은 강민지를 더 밝은 아침으로 포근하게 안내하고 싶었다.

표정이 굳었다. 이상하게도 굳은 표정이 펴지지 않는다. 주파랑은 민지의 홀어머니가 장사하시는 시장 스낵 코너에서 고구마 튀김을 데우는 뼈마디 굵고 짧고 쭈글쭈글한 손가락 마디를 보고 있었다. 민지 어머니의 가게 근방으로는 웃음꽃도 피어 지나는 사람마다 걸음의 심지를 밝게 하고 있었다. 주파랑도 밝은 공기에 깊은 숨을 들이마실 수 있었다. 그런데 자신의 심정과 다르게 표정이 굳어서 민지 어머니의 가게 앞으로 다가갈 수 없었다. 민지도 가게 일을 쾌활하게 돕고 있었는데 반가워 알고 있는 깊이만큼 열고 싶었으나 그러기는커녕 어둡고 깊은 수렁 속으로 급속도로 빠지는 것 같았다. 아무리 지금 상황을 파헤치고 살펴보아도 파랑이 강민지를 위로하고 무엇인가를 돕거나 위해줄 위치에 서 있는 것 같지 않았다. 그러나 주파랑은 멈출 수 없었다. 멈춘다는 것은 끝을 의미했다. 건전지가 수명을 다한 시계의 초침처럼 가는 바늘이 더 이상 메모하지 않고 원의 모양에서 한 지점으로 파묻히는 것이다. 바람도 꺼내줄 수 없는 이단에 갇히고 마는 것이다. 멈춘다는 것은 발작처럼 허공으로 영혼을 빠뜨리는 것이다. 주파랑은 멈추지 않기 위해 정성을 다했고 첫눈처럼 쌓인 의지를 강민지의 마음에 퍼뜨리기 위해 집을 나섰고 다다라서 전해야 했다. 평야처럼 다가서서 마주하고 민지를 더 민지답게 여신으로 만들어주고 싶었다. 장면 전환이라기엔 소문과 너무 달랐다. 주파랑은 멈춘 듯 수명이 거의 다한 초침처럼 깔딱깔딱하고 있었는데 민지 어머니의 눈치에 들켜 당황에 처하게 되었다. 민지 어머니가 민지의 등짝을 밀고 파랑 앞에 서 있게 했는데 파랑 앞에 민지의 미소는 너무 당황스러워 심장처럼 절뚝발이였다. 파랑은 몸 둘 바를 모르고 재채기하거나 말을 더듬거나 한 손으로 다른 팔을 잡는 등 어색한 풍경에 많은 시선들이 기웃대고 지나갔다. "괜찮아? 괜찮아. 우리 괜찮은 거지?" 파랑은 괜찮지 않다가 민지의 그 말에 괜찮아졌다. 파랑이 민지를 괜찮게 하려고 준비해 왔는데 민지 덕택에 괜찮아진 게 괜찮지 않은 것만 같았다. 파랑은 그럼에도 불구하고 시원스럽게 대답했다. "괜찮아, 괜찮아, 내가 많이많이 많이 괜찮게 해줄게!" "어떻게?" 파랑은 그 물음에 바로 대답할 수 없었다. 심해저의 우뭇가사리에게는 말해줄 수 있었지만, 민지에게는 모른 척 햇살 담긴 미소

여름 바다

로 자신 있어 했다. 더 높이, 먼지 위의 햇살이 밝고 행복하기를 시간의 틈새에 무한한 용기와 결단을 끌어와서 말없이 민지를 아름답게 바라보고 있을 뿐이었다. 깨끗한 바람이 민지와 파랑을 길고 긴 믿음으로 엮어주고 있었다. 그 긴 끈으로 엠파이어스테이트 빌딩도 칭칭 감고 올 수 있을 것 같았다. 민지도 파랑에게서 듣지 못한 말을 이방인의 언어로 이해하고 있는 것 같았고 같이 있으면 숫자 8의 획처럼 처음과 끝이 한 지점인 것처럼 파랑과 민지의 회로도에서 무궁무진함을 누릴 수 있을 것 같았다. 민지는 그것이 너무 좋았고 파랑도 자신의 믿음 앞에 놓인 민지가 너무도 좋았다. 파랑의 머리 위에 하늘이 더없이 높고 높았다.

파랑은 어릴 적 자기를 다리 밑에서 주워 왔다는 엄마의 신소리에 마음이 상할 때마다 동네 어귀의 다리 밑에서 한참을 있곤 했다. 엄마 말씀이 야속하기도 했지만 자신의 출생에 대해 다리 밑, 거기에서 진지하게 생각에 잠겼다. 그곳 다리 밑에 계시는 행색이 초라한 아저씨들을 보면 애틋한 마음의 파랑은 뭐라도 갖다드리고 싶어 마음의 주머니가 암탉의 뱃속에서 갓 나은 달걀처럼 길쭉해지는 것이었다. 엄마 말씀을 그대로 믿지는 않았지만 할아버지 생신 잔치에 놓인 전이며 떡이며 술이며 할 것 없이 맛나 보이는 것은 전부 보자기에 싸서 해질녘 다리 밑으로 몰래 가는 것이었다. 꾀죄죄한 모습의 그분들은 파랑이 가져가는 보자기만 보면 모여들었다. 그리고 희색이 만연해서는 동네 어르신들의 돌아다니는 비밀 같은 이런저런 이야기를 늘어놓고 차가운 흉을 보는 그들에게 소중해져버린 파랑에게는 보란 듯한 덕담을 담장처럼 쌓아놓고 마치 따듯한 울타리로 지은 집처럼 포근하게 파랑의 안식처로 삼게 했다. 그러한 덕택에 파랑은 군주와 같았다. 군주는 언제나 신하들에 포위되어 있어 자명한 영토를 영험으로 다스렸다. 군주의 영적 파장은 신하들에게 두루 퍼지기를, 매 순간 경험하면 할수록, 날이 갈수록 파랑은 견고해졌으며 성은 높디높아졌다. 파랑은 거기에서 살갑고 포근한 공기와 같이 자유롭고 풍성하고 부유한 마음을 이룰 수 있었다. 그리고 거기에서 민지에게도 줄 것이 있었다. 더 파랗고 깨끗하고 맑은 것의 정체였다. 거기에서 들은 얘기로 더 깨끗하고 청명하고 유려한 생명의 원천인 물을 팔면 소비자가 더욱 건강해지고 더욱 아름다워지고 더욱 상쾌해질 수 있게끔, 파랑에게 민지로 가는 출발이 되고 있었던 것이다. 파랑의 어릴 적 유산이 민지에게로 향해 가서 쌓이고 보석처럼 반짝반짝 빛이 나고 있었다. 더욱이 파랑에게 자신감이 솟아오르고 있었다. 신하들의 자손들이 그 다리가 있던 근방의 산에서 우물을 팠고 물은 크리스털처럼 옥수가 되어서 그들의 감격 위로 그 많던 갈증을 해소시켜주었다. 그들에게서 해갈된 사람들도 감격에 겨워 손길을 보태고 투자를 하기로 했다. 주파랑은 생수 회사의 사장이 되었고 옛 신하들은 주주가 되어 큰살림을 꾸렸다. 더 보람되고 건강한 회사가 번창할수록 파랑은 민지 어머니의 가게가 보이는 구석에 가서 민지를 보며 행복에 겨워야 했다. 민지가 원하는 회사 일을 맡길 수 있게 사무실을 설계하는 데에만 파랑이 이룩한 것의 절반을 써야 했다. 그런데 민지에게 다가가니 도저히 그런 자신을 밝힐 수 없었다. 당당하지 않은 것이 아니라 왠지 민지 앞에서는 겁을 집어

먹는 것이었다. 말문이 막히고 숨도 쉴 수 없을 만큼 기대가 돼서 정신을 차릴 수 없는 것은 평범하지 않은 것일까?

　맑던 하늘에서 비가 오고 있는 것은 평범하지 않은 일일까? 주파랑은 사거리 코너에 있는 편의점에서 우산을 샀다. 큰 우산이 아니라서 파랑의 다리와 한쪽 어깨가 젖어 파랑의 마음에 물건의 흠집같이 신경 쓰이는 무엇인가가 자꾸 생기고 있었다. 그런데 주파랑의 저 앞에서 모자를 눌러쓰고 낡은 청셔츠가 찢긴 채로 절뚝거리며 비를 흠뻑 맞고 가는 노년의 사내가 보였다. 파랑은 자신도 젖어 있는 옷의 불편함을 가지고 있었는데 주저 없이 그에게 다가가서 우산을 같이 쓰자며 호의를 띤 채 얼굴을 살폈다. 그의 눈이 이상했는데 같이 걸으면서 한 눈이 안 보이고 다른 한 눈마저 보지 못하게 될 것이라며 낯빛을 어둡게 하는 그가 잔잔히 웃으면서 말한다. 파랑은 마음이 아파 그를 정중히 모시고 싶었다. 그때 파랑의 얼굴색이 짙어지고 군주의 위엄이 솟아 있었다. 파랑은 그를 공장의 쉼터로 모시고 싶어 의중을 떠보기로 했다. 그에게는 장성한 딸이 하나 있었고 부인이 있었는데 사고로 모두 잃고 지금은 정처 없이 이곳저곳을 다닌다고 감정을 지운 채 말하고 있었다. 파랑은 자신의 회사로 모시겠으니 편안히 쉬셔도 된다고 정중하게 그를 대했는데 파랑이 가는 도중에 한꺼번에 많은 비가 쏟아졌다. 파랑의 일행이 횡단보도에서 대기할 때 민지가 반대편에서, 아니 민지인 것 같은 숙녀가 파랑 쪽을 보고 있는 것 같았다. 파랑은 그에게 예의를 갖추는 데 신경을 쓰고 있었기 때문에 평소라면 민지인 것을 직감했을 테지만 민지만이 파랑을 알아보고 있었다. 초록

신호등이 켜지고 민지와 교차하던 순간에 비로소 파랑은 민지를 알아보았다. 파랑의 마음에 매우 밝은 빛이 켜졌지만 민지에게 아는 척 인사를 할 수 없었다. 그에 대한 동정과 베풂에 마음의 무게중심이 가 있어서 민지를 보았어도 민지의 챙 넓은 우산의 손을 들고 민지에게 반가움을 펼쳐낼 수 없었다. 그런데 강민지가 파랑의 일행을 뚫어지게 쳐다보는 것이었다. 파랑은 그것까지 봤지만 마음대로 마음의 무게중심을 바꿀 수 없었다. 파랑의 눈으로 보는 민지는 파랑에게 잔뜩 짜증이 난 얼굴이었다. 파랑은 그런 민지를 보았지만 치우친 마음을 돌이킬 수 없었다. 그런 파랑에게 민지가 화난 듯이 달려가고 있는 것이 보였다. 뭔가 잘못되고 있다는 생각이 파랑의 뇌리를 스쳤는데 수업이 끝난 학생처럼 책장을 덥썩 닫고 어제와 다를 것 없는 집으로 가는 길 위에서 보람 있는 마음에 휴식을 봄볕처럼 늘일 것인데 알록달록한 건물의 도색은 흥분마저 잘게 띠고 있었다.

다가간다. 가까이 간다. 파랑은 엉겁결에 호흡을 잠근다. 자물쇠의 열쇠가 도통 잘 안 돌아간다. 미친 듯이 사무실의 문을 닫고 싶은데 열쇠가 꼭 안 맞았는지 뺄 수도 돌릴 수도 없어서 급한 마음이 급하게 미친 듯이 불어나 터질 것 같다. 파랑은 하는 수 없이 어제 모셨던 몸이 불편한 노인의 숙소로 달려갔다. 노인은 파랑을 보자 부드러운 얼굴로 말없이 웃는다. 파랑은 조금 더 잘해주고 싶었지만 몹시 바빴고 지금도 정신을 차릴 수 없이 바빴다. 민지와의 약속 시간이 얼마 남지 않았기 때문이다. 노인의 성씨가 강씨라는 것은 알고 있었지만 강 노인의 눈매를 볼 때마다 겨울의 아랫목처럼 떠나지 못하는 무언가가 있었다. 강 노인은 정신없는 파랑을 보고는 알았다는 듯이 부채를 펴며 구부정한 몸을 일으키고 문턱을 넘어 안 잠기는 사무실 문을 보고는 파랑에게 편안한 웃음을 던져주었다. 파랑은 노인의 말소리는 못 들었지만, 안심이 되고 아이처럼 작아져서 마음이 푹 놓였다. 강 노인에게서 기차 건널목 수신호를 하는 역무원의 깃발이 파랑에게 청춘처럼 펄럭이고 있었다. 급행열차가 지나가기까지 파랑은 숨을 차분히 고르고 있었다. 기차가 다 지나갔는지 강 노인은 절뚝거리는 걸음으로 사무실 문 앞으로 성큼 갔다. 그리고 능숙한 솜씨로 꽂혀 있는 열쇠를 만지자 자물쇠가 탁 소리를 내며 잠기고 강 노인의 손에는 열쇠가 장난감처럼 들렸다. 그리고 자신이 소싯적 열쇠 수리공이었다며 말씀하시다가 말끝을 얼버무리고 사무실 앞 평상에 앉아 아무렇지도 않다는 듯 신문 활자 같은 잔주름을 펴면서 다녀오라며 웃어주시고는 이내 모른 척했다. 파랑은 의외의 도움과 사실에 어리둥절했지만 민지에게 가는 길은 이미 급해서 급한 곳으로 급한 것의 모든 것이 빨려들어갔다. 어디서 바람이 부는지 어디서 햇빛이 비추는지 누가 달려가고 있는지 파랑의 급한 마음은 알지 못했다.

민지는 오토바이를 타고 왔다. 가죽 반바지에 딱 달라붙는 분홍색 티셔츠로 도도하게 앉아 있었다. 새롭게 조성된 보정 카페거리의 첫 번째 골목 중간쯤 도로명 표시가 77로 되어 있는데 간판이름이 '아시나요 가시나여 오시나요'였다. 그런데 주방에서 민지를 부르며 나오는 사내가 있었다. 그 녀석은 파랑도 아는 녀석이었다. 초량동에 사는 파랑의 불알친구인 하모였다. 하모가 파랑에게 허리를 숙이며 손님 대접을 하고 있다. 무엇을 드실 거냐며 부러 친절한 모습이 겨워 자연스럽지 못했다. 파랑은 아는 사이에 왜 그러냐며 사양하듯 몸을 일으켜세웠다. 하모가 파랑에게 천천히 다가오더니 파랑의 배를 주먹으로 가격했다. 억 하는 파랑에게 옛날의 치기가 올라 하모의 손목을 완력으로 꺾었다. 하모가 살려달라고 하다가 파랑이 손에 힘을 빼자 윽박지르는 듯 소리친다. "너만 살기냐? 우린 안중에도 없지? 네 배만 부르면 입 딱 씻는 거냐?" "어… 어… 어… 내가 정신이 없어서…" 파랑은 자신의 소식을 어떻게 알았는지 의아했지만 친구에게 신경 쓰지 못했던 것에 대해 미안했다. 그렇게 셋이 만나서 세상 돌아가는 얘기며 신세 얘기, 이런저런 얘기를 하다가 어둑해질 무렵이었다. 하모가 파랑 회사에 한자리 줄 수 없냐며 간청하는 것이었다. 옆에서 민지도 보태고 있었는데 이렇게 다 들어주면 어르신들의 불평에 회사가 잘 안 돌아갈 것 같아 파랑이 난감해졌다. 파랑은 고민 끝에 제안을 했다. 회사가 성장 중에 있으니 사람이 필요한 건 사실인데 막무가내로 하면 안 되니 정식으로 입사 시험을 보면 어떻겠냐고 말이다. 하모가 꼭 붙여주기로 하고 그러면 그러겠다고 했고 민지는 면접만 보자고 했다. 파랑은 알았다고 하면서 또 난감했다. 어르신들 눈치가 팔 단이었다. 그렇지만 우정을 저버릴 수는 없었다. 파랑이 머리가 지근지근 아파서 못 견디겠다고 할 무렵 민지가 자리를 털고 일어났다. 파랑은 민지와 단둘만의 자리가 아니어서 몹시 아쉽고 얼굴도 많이 못 봐서 애가 탔지만 밤늦도록 놔둬서 민지를 오토바이 운행 위험에 노출시킬 수는 없었다. 파랑은 밝은 표정을 지으려고

여름 바다

했지만 표정의 모양만 밝은 표정을 짓고 있는 어색한 수고를 해야 했다. 민지가 오토바이 소음을 뿜으며 멀어져가자 파랑은 고민에 갈증이 나서 물을 연거푸 들이마셨다. 파랑의 피곤한 기색을 봤는지 하모가 그만 가라며 배려를 해주었지만 그 말에 고민거리가 파랑의 뒤통수에서 탁 하고 잠기는 기분이었다. 몸이 무거워 걸음을 옮기고 싶지 않은 파랑을 하모가 귀찮은 듯이 부축하고는 가서 편히 쉬라며 염장을 질러댔다. 친구가 아니라 웬수였다. 어쩌면 좋을지 길이 휘청댔지만 친구의 배려를 선의로 받아들이는 게 왜 이리 힘든 것인지, 가는 길이 십 리의 백 배 같았다. 사무실 문을 열어주는 강 노인의 해맑은 웃음에 웃고 싶지 않아도 혼 나간 사람처럼 웃지 않을 수 없었다.

가만히 돌이켜보니 파랑은 꿈꿈했다. 정신없이 십 리를 세 번, 삼십 리를 돌아온 것 같은데 오다가 저번에 본 듯한 집을 지나왔던 것 같았다. 그 집 창가 아래에 빨래 건조대가 있었는데 고양이 한 마리가 짙은 회색의 여자 팬티를 물어뜯으며 발톱으로 찢고 있는 것을 본 것 같았다. 그리고 보면 민지와 옷 서리를 하던 그 집이 아닌가 사료되었다. 그래서 주인에게 알려주고 싶었는데 너무 힘들고 지쳐서 그냥 가던 길을 재촉했다. 그런데 그러면 안 되겠다는 생각에 발걸음이 더 무거워졌는데 저번에 잘못한 일도 있고 해서 걸음을 옮기다가 다시 옮기다가 또 옮기다가 그냥 파랑의 갈 길을 갔다. 나중에 보상하면 되겠지, 그때 가면 다 용서받을 거라는 교만한 생각이 파랑을 지배했다. 그렇게 해서 발병이 나겠냐마는 발목이 아파 몇 번 쉬고 싶은 마음, 고민의 무게로 다스릴 수가 없었다.

방에서 그런 회상을 하자 파랑의 신세가 한량없이 한탄스러웠다. 그래서 발금이라도 보고 팔자타령으로 위안받고 싶었다. 파랑은 다리를 구부려 발바닥을 보았는데 이상하게도 발금이 없는 것이었다. 아무리 발목을 꺾어도 안 보이는 것이었고 발금이 없어서 이러다 죽는 것이 아닌가 겁도 확 들었다. 파랑은 그 노처녀 집을 그냥 지나치는 것이 아니었다고, 천벌을 받는 것이라고 천둥 번개도 안 치는데 몸을 최대한 작게 웅크리고 있었다. 한참을 그러고 있으니 마음이 차분해지고 내일은 내일의 태양이 뜨겠지, 희망의 노래로 발을 화끈하게 닦고 싶었다. 그런데 대야 물을 받고 뭔가 답답한 게 있어서 손을 뻗으니 뭔가 잡히는 게 있었다. 파랑은 그것을 발에서 벗겨내었다. 그랬더니 독한 냄새가 치밀어 사방에 코를 찌르고 있었다. 그제야 파랑은 알았다. 다름 아닌 그 독한 냄새는 발금, 발금, 발금의 냄새였다. 거기에 생각이 이르자 파랑은 개그맨처럼 게걸스럽게 웃지 않을 수 없었다. 그렇게 게걸스럽게 웃다가 잠들 시간이 한참 지나 파랑은 다 잊어버리고 새카맣게 잠이 들었다.

기다리고 있다. 기다려지고 있다. 사람들은 그렇게 정의되어지고 있다. 여름은 가을을, 무거움은 가벼움을, 속박은 해방을 기다리고, 기다리는 사람에게 기다려지는데 누가 주인인지 손님인지 주체인지 객체인지 그 질문에서 뛰쳐나오면 분간이 안 된다. 오직 그 순간에 충실하라! 그럼 그렇게 되고 그렇게 남고 단지 그렇게 결정되는 것이다. 그러나 거울이 나를 결정하는 것이 아니라 사랑하는 자에게 아름다움을 순간에 새기는 것이니 사랑하지 않으면 그대가 어디에 있을까? 주파랑은 강민지와 하모에게 보여지지만 볼 수 있는 것은 사랑하기 때문이다. 어찌 살아 있는 자에게 사랑이 주어지지 않으며 사랑하는데 어찌 볼 수 없는가? 진실을 이루는데 애써 거짓으로 웃는 그 안에 내색하지 않으려는, 어색함이 추구하는 강박의 적의가 있다. 그런 적의에는 하얀 속살처럼 부끄러운 정체가 있다. 아무래도 민지는 면접관인 파랑에게 그러한 적의로서 한참 동안 잠겨 있었다. 친구들의 친밀도에 사무실의 탁자가 마디마다 대못 박히는 순간처럼 불협의 소음을 내고 있는 듯했다. 이사님들의 백색 수염 위로 경련 같은 선풍기 바람이 날리고 있었다. 그들만의 그들이 아니었고 책임을 담은 공기가 무겁게 출렁이고 있었다. "어디 보자. 흠… 강민지의 훌륭한 이력서. 음음음… 이천년도 말 곽지석과 키스 열다섯 번, 중간에 강병석과 포옹, 이별 통고받고 바로 최영식과 열애 시작, 최영식은 딥키스와 스킨십을 좋아했음. 최영식이 한눈팔아서 이별 통보 줌. 그때 남자의 눈물을 처음 봄. 2008년 백아린과 남정석을 두고 다툼. 결국 승리. 그해 삼월 남정석 프러포즈함. 유치해서 거절함. 바보 같은 주파랑이 자꾸 눈치를 줌. 무슨 의미인지 알고 있었지만 한심해서 모른 척함." 파랑이 민지의 이력서라고 써온 것을 읽다가 어이가 없어서 피식 웃음을 흘리자 민지가 재밌지 않냐는 듯이 낄낄대고 웃었다. 옆에 있던 하모가 입술을 벌리고 바보같이 헤헤 웃었다. 파랑도 그냥 아무렇지도 않다고 거칠게 표현하고 싶어 호탕하게 웃고 싶었지만 주위의 공기가 아주 무겁고 무서워지는 것을 느끼고 올라갔던 표정을 둔중하게 내렸다. 그때 어디선가 쿵 하고 떨어지는 소리가 들렸다. 작은 난초 화분이 탁자에서 떨어지는 소리였다. 칠순의 엄 이사님이 자리에서 일어나며 "이거 안 되겠구먼!" 하면서 밖으로 숨을 참으며 나가셨다. 다른 어르신들도 하나둘씩 나가서는 이제 강 노인만 남게 되었는데 강 노인은 귀에 이어폰을 끼고 음악을 들으시는지 세상이 그를 모르는 것 같았다. 주파랑도 어쩔 줄 몰라 하다가 망설이며 사무실을 나갔다 다시 돌아와서는 택시비를 쥐어주며 하모에게 연락하겠다고 더듬거리며 말하고 휘청이는 걸음을 옮기며 민지를 보았는데 아연실색 같은 순간처럼 겁이 나고 있는 것은 무슨 일일까? 그리고 순간처럼 주파랑의 모습이 주파랑 자신에게서 사라지고 있었다.

몇 날 며칠 어둠이 사라지지 않고 있었다, 동굴이 아무리 깊어도 이렇게 어두울 수는 없을 것이었다. 모든 것이 정지된 것 같았고 삼복더위도 장마도 아무 의미 없이 그냥 주파랑에게 그렇게 지나가고 있었다. 감기 같은 것이 왔고 열병 같은 것이 왔고 가슴에 통증 같은 것이 왔고 다 그럴듯하게 왔다. 많은 것들이 왔지만 주파랑에게는 뭉게구름 같아서 손에 쥘 수 있는 것이 없었다. 그건 그냥 바람의 한 조각이어서 풀잎처럼 밟힐 뿐이었다. 주파랑에게 의미 있는 것은 없었다. 나귀에서 코웃음을 들을 수 없었으며 닭에게서 개구쟁이 적 술래잡기처럼 달려갈 힘이 없었고 고구마 캘 호미의 손잡이가 자꾸 부서지고 있었다. 그렇게 뭉개지기만 하고 있을 무렵 갑자기 귀에서 무슨 소리가 났다. 그것도 그냥 지나가려니 주파랑은 넋을 놓고 있었다. 그런데 그 소리가 점점 커지는 것이었다. 어렴풋이 강 노인이 보이는 것 같았다. 이상하게도 눈이 불편한 강 노인의 선글라스 안에서 짓궂음이 보이는 것 같았다. 그리고 강 노인이 파랑에게 뻗은 팔 끝의 손이 파랑의 귀를 누르고 있는 것이었다. 그 손끝에서 분명 소리가 나고 있었고 파랑은 그 소리가 소년의 꿈을 자극하던 팝송 명곡인 퀸의 '러브 오브 마이 라이프'라는 것을 알아차리고 있었다. 파랑보다 강 노인의 표정의 확신이 더 단단해 보였다. 양 귓속에서 울리는 이어폰의 소리가 끝나자 주파랑은 일어날 수 있었고 더 힘 있게 더 똑바로 더 정확히 볼 수 있었다. 사리를 분별함으로 파랑의 눈에 강민지가 더 선명하게 또렷이 더 깨끗이 보이는 것이었다. 눈에 보이는 것만이 진실은 아니었다. 들리는 소리만이 진실이 아니었고 상품화된 생수만이 깨끗한 것이 아니었다. 곧 진짜의 사실은 그대로 전해지지 않을 수도 있다는 은유화된 길 위에 서 있게 된 것이다. 그러므로 민지가 멀든 가깝든 그것이 중요한 것이 아니었다. 곁에 두려고 또한 민지를 위해 한 애틋한 노력도 이루어지지 않았다고 다 이루어지지 않은 것이 아니었다. 그러므로 끝나지 않는 길에서 어느 사거리 교차로에서 민지와 얼마든지 충돌할 수 있는 것이었다. 낙담하기에는 낙담 자체가 허망한 것이었다. 일이 이렇게 망해버렸다고 지구의 종말을 이야기하기에는 거대함에서 빠지는 구석 모퉁이를 잡고 하마터면 장님 코끼리 코 만지는 격일 테다. 파랑은 강 노인 덕에 힘이 나서 민지가 있을 만한 곳으로 서둘러 나섰다. 그런 파랑에게 서두름의 대가로 정신이 있을 수 없었다.

민지는 사실대로 말하라며 악을 쓰고 추궁하고 있었지만 파랑은 무엇을 사실대로 말하라 하는 것인지 민지가 화가 난 이유에 대해 오리무중이었다. 짙게 안개 낀 날 서둘러 가다가 돌부리에 넘어져 뒤집어진 격이었다. 민지가 악을 쓰는데 대해 파랑은 답답함에 속이 마구 터졌다. 파랑의 속이 터지니 길 가던 사람들이 터진 속을 주우러 귀를 기울이려고 한결같이 모여들었다. 파랑의 얼굴이 울그락불그락하고 씩씩대는 광경에 사람들은 무슨 추리들을 하고 그 맥락에 무슨 해설을 달 것인지 시끄러움은 시끄러움을 양산했고 그들끼리 끼리끼리의 수다가 아니라면 주파랑과 강민지가 하는 것 이상으로 소리를 꽥꽥 질러대며 아수라장의 난장판이 급속도로 마을을, 도시를, 부산이라는 제2의 대도시에서 팔도강산 전부를 해일이 되어서 덮쳐 그 혼란은 상상 그 이상이 되고도 넘칠 것이었다. 먼저 정신이 든 것은 강민지였다. 주위의 상황을 보니 창피해진 민지는 파랑의 어깨에 팔을 두르며 집으로 들어가자고 유도했다. 화에서 아직 덜 깬 파랑이 뿌리치자 민지는 파랑의 머리채를 우악스럽게 잡아끌고 소 끌듯 심지 곧은 머슴처럼 입을 다물고 버티는 파랑을 다뤘다. 그런데 그 화를 이기지 못하던 파랑이 끌리는가 싶더니 이내 끌려서 민지의 집 문 안으로 끌려들어가는 것이었다. 민지가 빨간 볼을 하고 문을 살짝 닫자 모여든 사람들이 감탄하고 환호성을 질러가며 민지의 승리와 극의 피날레에 박수를 우레와 같이 치고는 삼삼오오 갈 길을 가더니 황량한 초원처럼 그곳에 전율 같은 적막만이 남겨지고 있었다.

"파랑! 네가 그렇게 내게 해줄 것이 많아? 내가 거지니? 그래! 네 눈에는 이런 게 다 하찮지? 네 오만함에 너 자신이 썩어가는 줄은 모르지? 바보같이 베풀면 그게 다 베푸는 거니? 그렇다고 내가 춤이라도 출 줄 알았지? 양심이 있으면 너 자신이나 살펴! 진짜 이

여름 바다

게!" 파랑이 민지의 집안을 살펴보니 정말 휘황찬란했다. 저렇게 많은 금은보화가 어디서 났는지, 로또라도 당첨된 것인지, 파랑은 그저 눈이 휘둥그레져서 어안이 벙벙할 뿐이었다. 그런데 그런 자초지종에 금시초문인 파랑에게 그걸 따져 묻는 민지가 그저 황당할 뿐이었다. 파랑의 집에도 저렇게 고급스러운 물건들이 있는지 자문하면 자문할수록 머리가 지긋지긋 아파올 뿐이었다. 그냥 파랑은 집에 가고 싶었다. 이러려고 민지를 보러 온 것이 아니었다. 파랑이 모른 척 눈을 감자 민지가 파랑의 따귀를 때렸다. 파랑은 멍한 상태에서 민지에게 맞으니 머리에 퍼런 불꽃이 일며 민지고 뭐고 덤벼들어 작살을 내고 싶었다. 파랑의 감정을 읽은 민지의 어머니가 민지의 허리를 잡으며 왜 그러냐며 타이르다가 신경질적으로 혼을 내려고 했다. 그때 들어서는 사람이 있었다. 파랑이 보기에 낯이 많이 익은 사람이었다. 절뚝절뚝 걸음을 옮겨오는 그분은 강 노인이었다. 어제 이사회의 의결로 총무이사가 되신 검은 선글라스의 그분, 강 노인 아니 강 이사님이 틀림없었다. 그런데 강 이사님을 아는 사람이 파랑만이 아니었다. 민지의 어머니 노은지 여사님이 알고 있는 것 같았다. 아니 아주 잘 알고 있었다.

　"여기 자꾸 오지 마요. 지금은 안 되고 어서 가! 얼른!" "내가 못 올 데 왔나? 여보! 이제 사실대로 말하자구! 민지야! 내가 니 애비다! 거의 삼십 년이 됐구나. 이렇게 돼서 미안하다. 어이, 주 사장! 자네 마음을 알고 내가 적극적으로 사장님의 수고를 덜어주었네. 내가 다 알아서 할 테니 이제 내 딸 민지와 성혼하게. 내가 자네 마음을 다 알아. 걱정 말게…" "그럼 이게 저 외눈박이 노인네가 한 일이야? 엄마! 다 저 노인이 벌인 홍부네 박 터진 일이야? 그것도 저 양반이 또 내 아버지야? 이게 말이나 되는 소리야?" 이 사태에 홍분을 참지 못하는 사람은 두 사람뿐이었다. 당사자인 것 같은 주파랑과 강민지였다. 그리고 나머지 두 사람은 조금 많이 심리적으로 위축된 상태였다. 당당하지 않음은 위로받고 싶은데 그건 감정에 대고 하는 호소였다. 강 이사는 홍얼홍얼 노래를 불렀고 노은지 여사는 눈물을 훔쳤다. 주파랑은 강 이사를 똑바로 쳐다보았다. 반말이 파랑의 입에 가득, 그 속엔 욕도 섞여 있었다. 그러나 그렇게 할 수 없을 것이었다. 그렇게 서로가 서로를 마주보며 그렇게 짓지 않아도 될 표정을 짓고 어색한 순간이 흘렀다. 그런데 그렇게 하니 그런 식의 순간에 익숙해지고 당연한 듯 자연스러워지는 것이었다. 강 이사의 사위가 되려면 동류항이 되도록 만들어져야 한다. 그렇지 않으면 저 속에 들어갈 수 없다. 절박하다. 절박한 것이 서두르게 하고 사람을 가볍게 하고 실수하게 한다. 실수라지만 그것은 실수라는 진정한 속내를 모르는 사람들에게서 도덕적 차원의 양해를 구하게 될 것이다. 사람들이 보인다. 사람들이 내지르는 실수들 중의 하나가 강 이사의 전력이었다. 나중에 들은 이야기지만 그 실수의 대가로 감옥에서 십수 년간 고생했다고 했다. 파랑은 묘한 웃음이 났다. 주파랑은 거지가 아니었다. 그런데 거지가 되어가고 있었다. 썩어빠진 양심을 억지로 사야 하고 웃음이라는 교활함으로 대가를 치르는데 구걸처럼 비위를 맞추어야 했다. 더러운 자의 목 놓임이 방기되는 데 주저함의 의식이 없었다. 그런 장치가 지금 없었다. 그러나 결점을 찾고 있었다. 빛의 이름으로 사그라드는 졸렬하고 옹졸한 그것이었다. 가족이라는 이름의 그 윤리적 허세가, 선의라고 하는 그 썩어빠진 양심의 허세가, 긍정이라고 하는 그 편의적 허세가 쑥 빠진 함정으로 뚝 떨어졌다. 더 이상 그들의 응석을 받아줄 수 없었다. 그건 파랑에게 안 되는 일이었다. 파랑이 파랑 자신을 부정하는 궤변이 될 것이다. 추한 세상에 남아 도저히 낙서를 할 수 없었다. 파랑은 창밖으로 흐릿하게 보이는 낡은 아파트 불빛처럼 지친 눈동자를 가만히 지우려고 하고 있다. 스스로 자기 자신을 천하게 하는 일이 자학일까 파랑은 의문한다. 자신을 천하게 할수록 분노가 치밀고 분노가 쌓이고 분노에 익숙해지는 것은 스스로에게 더 화가 나 있기 때문일 것이다. 그건 명백하게도 자부심이 아니라 오만의 굴레이고 벗어날 수 없는 악이다. 잡다한 생각이 드는데 파랑은 위안화를 채운 주머니에 손을 넣고 한통속이 되어 있었다. 분노의 허점이라는 것이 그렇게 분노한 자신의 결점을 통렬하게 잊는다는 것인 줄, 파랑은 망각하고 있었다. 그러나 양심상 주머니에 꼬깃꼬깃 쑤셔넣어둔 무엇인지 모르는 게 불쑥불쑥 튀쳐나올까 봐 겁이 나 미칠 지경이었다. 파랑은 자신이 왜 그렇게 좌불안석인지 교회에 다닐까 고민하고 고민하고 또 고민했다.

파랑은 민지와 결혼하고 여러 차례 검찰에 소환되었다. 검찰청사에 있을 때 강 이사님, 아니 장인어른 앞에서 짓던 그 표정, 묘한 웃음을 지으면 그 머리 좋은 검사들이 꼼짝을 못 하고 파랑은 자유가 되었다. 정치라는 것이 어리석고 추악하고 더러운 것을 포장하고 위장하고 변장하는 것처럼 파랑의 그 묘한 웃음은 완벽하게 파랑의 마음을 대단히 위선적인 것에서 대단히 위대한 것으로 바꾸어주었다. 검사들은 주파랑 앞에서 머리를 조아렸고 주파랑은 황제처럼 위엄을 세울 수 있었다. 덕분에 회사는 초호황기를 누렸고 날로날로 번창했으며 생수 회사로는 일류 기업이 되었다. 민지는 노는 것이 싫었는지 부업으로 하모와 함께 여신 초코바 공장을 차렸고 전국 어느 오지에 가도 여신 초코바가 뿌려져 국민의 일용할 간식이 되었다.

여름 바다

앎이 비어 있다

;

"발열 체크하겠습니다." 나에게 열이 나고 있었다. "36도 3부입니다." 그러나 나에게 열이 나고 있었다. 광화문 우체국에서도 불이 나고 있는 것 같았다. 우체국 안으로 들어가면 안 될 것 같았다. 내가 머뭇거리자 출입문의 검사 요원이 말했다. "정상입니다. 들어 가세요." 나는 어두운 마음으로 입을 굳게 다문 채 마스크를 쓰고 있었다. 욕을 할 듯한 험악한 표정을 한다고 해도 검사 요원은 모를 것이다. 그런 생각을 하자 웃음이 나왔다. 검사 요원이 그런 내 눈가의 웃음을 보고 팔을 들어 어서 가시라고 친절을 베푼다. 코로나 바이러스는 엄혹한 시절로 인도하고 있었는데 가끔 마음을 풀게 하는 이들도 있었다. 잠시 잊고 있던 우편물이 내 손에 쥐어지고 다시 울분에 젖게 하고 있었다.

나는 우편물의 수신인을 모른다. 이름도 모른다. 아는 것이라고

여름 바다

는 그녀가 있는 곳뿐이다. 그곳에서 나오는 그녀를 보았다. 그것도 여러 번 그곳에서 나에게 목격되었다. 나는 건물 입구에서 나오는 그녀에게 다가갔다. 그리고 내 이름이 '나옥기'라고 말을 더듬었으나 분명하게 말하고 있었다. 그녀는 놀란 눈으로 한참을 있었다. 그녀는 나를 두려운 듯 살펴보고 있었다. 그러나 그 두려움은 한쪽으로 밀려나고 있었다. 냉정을 찾은 것 같았다. 그때 나는 잘 알아들으라고 마스크를 벗고 한 번 더 내 이름을 말했다. 하얀 마스크를 쓰고 있었지만, 그녀가 손으로 입을 가리며 웃었다. 그러더니 창백한 얼굴을 한 것처럼 냉랭하게 급변하며 "이거 미친 거 아냐?" 하고 냉큼 자리를 떠났다. 내가 그녀에 대해 잘 몰라도 그녀는 나를 잘 알아야 했다. 나는 엄연히 그녀가 만든 피해자였다. 잘못을 하고도 잘못을 모르다니, 나는 정말 화가 나 미치겠다는 답답함을 앓았다. 그 건물 앞에 서 있다가 그녀에게 '나, 나옥기'라고 몇 번을 말해도 그녀는 모르는 척했다. 한번은 마스크가 펄렁거리도록 입에서 나오는 웃음을 그녀는 참지 못했다.

지하철 2호선 사당역을 출발할 때였다. 누군가가 내 등 뒤에서 내 허리를 더듬고 있는 것 같았다. 승객이 많아서 그렇겠지 하며 나는 약간의 불쾌를 참고 있었다. 그러나 집요한 그 손길은 짜증이 나게 하고 있었다. 내가 신경질적으로 뒤를 돌아보며 항의를 하려 했을 때 나의 마음은 쾌재로 변했다. 나에게 그러한 짜증을 유발하고 있는 자의 정체가 미모의 아가씨였으니 말이다. 캐주얼 차림이었으나 검은 마스크로 이마와 눈까지 드러난 그 얼굴에는 화사함이 있었다. 나는 화를 내려는 마음에서 아련한 봄의 나른하고 원색적인 기분이 되었다. 그렇게 한참을 즐기고 있는데 어디선가 다급하게 외치는 소리가 들렸다. 나는 그간의 좋았던 기분에서 아쉬움을 남긴 채 그 소란이 나는 방향을 주시했다. 빼곡히 들어앉은 승객들의 틈 사이로 경찰이 그 사건이라는 것의 중심에 온 것 같았다. 나는 다음 역에서 내리기로 했다. 괜히 예기치 않은 소란에 휘말리고 싶지 않아서였다. 나는 내리기 전에 그 사건의 중심에 있는 여인을 보았다. 이름도 무엇도 알 수 없었던, 바로 그녀였다. 하얀 마스크를 하고 있었지만 당황한 모습이나 몸매, 눈과 광대뼈로 보이는 그녀의 인상은 몹시 매력이 있었다. 성추행을 당하고 허겁지겁 스마트폰 어플에서 비상 송출을 하고 있었던 모양인 것으로 추측되었다.

다음 역인 방배역에서 다음 열차를 기다리는데 경찰이 다가왔다. 불심검문을 한다고 하고 신분증 제시를 요구했다. 나는 귀찮았지만 잘못한 것이 없고, 거부하면 더 쓸데없이 불편해질 것 같았다. 나는 신분증을 주고 경찰을 보았다. 마스크를 하고 있지 않았고 턱수염에 흰 새치가 있는 것을 보았다. 속으로 나보다 게으른 사람이 있나 하고 경찰을 놀리고 있었다. 경찰은 신분증을 보고 이상하지 않다는 것을 알았을 것이다. 그런데 내가 들고 있는 가방을 보자고 했다. 나도 놀란 것은 내 가방의 지퍼가 열려 있었다. 그리고 열린 가방 안에 처음 보는 물건이 있었다. 경찰은 가방을 보고 나에게 경찰서까지 임의동행을 요구했다. 그 말의 힘은 내가 가진 기합보다 훨씬 높은 것이었다. 나는 경찰서까지 가면서 도저히 영문을 알 수가 없었다. 그런 와중에 그녀의 얼굴이 마스크가 벗겨진 채로 완전하게 떠오르는 이유도 알 수 없는 것은 마찬가지였다.

내 가방 안에는 나도 모르는 물건이 있었다. 분홍색 화려한 스카프에 싸인 고급 지갑과 빨간 명품 립스틱이었다. 나는 그 물건들이 왜 내게 있는지 알 도리가 없었다. 그래서 나는 경찰에게 모른다고, 모른다고만 했다. 경찰은 내가 모르면 누가 아느냐고 취조했다. 삼 일간을 유치장에서 모른다고 하니까 그 이유를 아는 사람이 붙잡혀 왔다. 경찰은 나를 풀어주며 미안하다고 거듭 사죄했지만 내가 모르는 것을 알려주지는 않고 쉬쉬하고 있었다. 나도 경찰을 심문하고 싶었지만 내게 그러한 권리가 없음을 그동안의 지식이 타이르고 있었다. 나는 분이 나 집에 가고 싶지 않았다. 집에 가면 내가 모르는 이웃이 내가 알 수 없는 것을 캐물을 수도 있었다. 그러면 나는 분이 폭발해 감옥에서는 하지 못한 난동을 부릴 수 있는 거였다. 그래서 분이 풀릴 때까지 거리를 배회하기로 했다. 이런 문제가 나에게 생기다니 재수가 더러워도 참 더러웠다.

배회하던 중 한강 공원에 다다른 것은 오후 한낮이었다. 삼삼오오 맥주에 오징어 땅콩을 먹는 소모임이 많았다. 초가을이어서 맥주 거품은 하늘로 오르는데 그 취기가 심오할 것이었다. 나도 맥주를 마시고 싶었다. 맥주를 사려고 편의점에 들렀다. 거기서 지하철에서 보았던 밝은 캐주얼 차림의 화사한 아가씨가 나오고 있었다. 나는 맥주도 마시기 전에 괜히 눈이 풀린 것 같았다. 그러나 나는 정신을 차리고 싶었다. 내게 주어진 억울함의 분노가 잘 이해되게끔 풀어지는 것이 더 중요했다. 심호흡을 여러 차례 했다. 그리고 맥주를 진열대에서 고르고 계산을 하려니까 점원이 마스크를 쓰지 않으면 출입이 금지된다고 했다. 그래서 나는 다시 마스크를 진열대에서 꺼내어 포장을 뜯은 후 얼굴에 쓰고 빈 포장을 점원에게 제시했다. 점원은 지킬 것은 지키라며 한 번은 봐주는데 그러시면 안 된다고 쏘아붙였다. 나는 '내가 사고뭉치인가?' 하고 자조하며 엉망인 마음으로 다시 한강변으로 갔다. 마스크를 쓰고 맥주를 마실 수 없어서 다른 사람들은 어떻게 하나 하고 둘러봤다. 삼삼오오 둘러앉은 사람들 주변에서 강아지가 마스크를 입으로 물어뜯고 장난하고 있었다. 아무리 보아도 그들에게 염치없이 코로나바이러스가 내 가방에서처럼 엎힐 것 같지 않았다.

그리고 보니 나는 술을 못하는 사람이었다. 분을 식히려고 맥주를 벌컥벌컥 마셨다. 그랬더니 모든 게 도는 것이었다. 지구도 돌고 달도 돌고 내 정신도 돌고 있었다. 그런 나는 내가 가지고 다니는 가방을 빙빙 돌렸다. 팔을 휘저어서 돌고 도는 모든 자전과 공전에 기여하고 싶었다. 그것이 모르고 있는 것 자체를 모르게 하는 분위기의 도취였다. 술에 취하니 그냥 그런대로 시류에 휩쓸려 나 자신을 놓아버리고 싶은 것이었다. 그러면 모르는 것이 죄가 아닌 게 될 것 같았다. 몰라서 답답해하거나 갇혀야 할 이유도 없을 것 같았다. 모르는 것이 천지인 세상에서 바보처럼 살고 싶었다. 난 참 바보같이 살았다는 가사의 노래를 술에 취해 목 놓아 불렀다. 사람들이 웃고 있었는데 그 웃음에 이상하게도 마음이 놓였다. 긴장이 모두 풀린 나는 그대로 그 자리에서 곯아떨어졌다.

나는 노숙자처럼 한강변에서 몸을 떨며 깨어 일어나 아침을 맞이하고 있었다. 그리고 보니 가을의 아침은 창백한 것 같았다. 핏

여름 바다

기를 숨기고 다들 정령을 찾는 구도자의 이력이 있는 것 같았다. 그러나 찾은들 무엇하겠는가? 가을, 오늘 아침은 나에게 이름 없는 고아일 뿐인데. 누구도 찾아주지 않는 구속(拘束)의 거미줄을 헤치고 가야 한다. 그것이 시대가 이름 붙인 모름의 정의로움일 것이다. 살려고 해도 살아지지 않는 빈곤의 걸음마를 위해 나는 불현듯 일어서기로 했다. 그런데 내 몸에서 무엇인가 우두두 떨어지는 것이었다. 그것은 마스크들이었다. 삼삼오오 모였던 사람들이 썼던 마스크를 잠든 내 몸 위에 쌓아둔 모양이었다. 나는 그 따뜻한 마음에 몸서리쳤던 추위를 떨쳐버릴 수 있을 것 같았다. 나는 일기처럼 그날 아침을 기억할 것이다. 그래서 그 한 장 한 장의 마스크를 자세히 살펴보았다. 새하얀 마스크에 붉은 립스틱 자국이 봄꽃 사이로 가을의 서늘함을 기립시키고 있는 것 같았다. 취기는 남아 있었으나 모르는 것 위로 새하얀 백지가 구름처럼 흘러가고 있었다.

나는 힘이 나고 있었다. 허기가 많이 지고 있었는데 집에 가서 양념통닭이라도 시켜먹어야겠다고 다짐하고 있었다. 요즘은 배달 서비스가 발달해서 시시콜콜 말을 하지 않아도 터치만으로 문 앞까지 이십 분도 안 걸린다. 나는 벌써 군침이 돌고 있었다. 집에 가기 위해 최단 거리를 스마트폰 어플로 검색해보았다. 역시 지하철이었다. 지옥철, 지옥철 해도 그것이 가장 빨랐다. 출근 시간이라 그런지 지옥철은 더블 지옥철의 끝판왕이었다. 거기서 또 끝판왕을 또 봤다. 보고야 말았다. 아니 성추행을 당해 사건의 당사자가 되었던 그녀가 사당역에서 또 소리를 지르고 있는 것이 아닌가?

나는 주춤했다. 우선 가방의 지퍼부터 단속했다. 그리고 재빨리 다른 열차 칸으로 가려고 발버둥을 쳤다. 승객들이 많아서 손에 걸리는 다른 사람들의 살이 많았다. '어머! 웬일이래?' 하며 여자 승객들은 호들갑을 떨었지만 나는 그녀와 멀리 떨어지기 위해 필사적이었다. 맨 끝 칸으로 겨우 자리를 옮기고 나니 땀이 온몸에 찼다. 숨을 돌리고 분위기를 살피니 별일은 일어나지 않았다. 다들 좁은 지하철 안에서 마스크를 쓰고 쏠리는 몸을 부볐지만 스파크나 예기치 않은 사건 사고의 소란은 없었다. 열차는 가다 서다를 반복하며 출입문에서 승객들을 흡수, 배출하고 있었다. 나는 맨 뒤 창문 앞에 서서 안심할 수 있도록 가방을 반복해서 확인했다. 구석에 마스크가 있었다. 까마득하게 잊고 있었던 공적 구매 마스크가 두 장 있었다. 그것을 꺼내어 쓰고 나는 안심이라는 것이 돈가스에만 사용되는 것이 아니라는 것을 알았다. 나는 집에 가서 주문할 메뉴를 양념통닭에서 돈가스로 바꾸고 있었다. 다시 허기를 채울 생각에 군침이 도는 것은 안심했기 때문일까? 나는 다시 느긋해지고 있었다. 그러나 그런 안심은 진정한 안심이 아니었다. 안심을 하기에는 애당초 나는 을이었는지도 모른다. 을지로3가역에서 출입문이 열릴 때 내가 서 있는 자리 창문 앞에서 그녀가 나타난 것이었다. 나는 진정하고 바른 안심을 하기 위해 그녀를 쫓아가기로 했다. 원인에게 당면한 결과가, '원인에게 그것이 왜 원인이냐'라고 모르는 것을 묻기 위함이었다. 불안의 체계에서 중심을 찾아가는 이유이기도 하였다.

그녀는 강한 빛이 비치는 곳을 피해다녔다. 그녀는 구석의 비루

한 곳에서 콩알만 하게 있을 법한, 쩨쩨하지만 쩨쩨하지만은 않은 것을 즐기는 모양이었다. 그 작고 보잘것없는 것을 보석처럼 여기고 신기해하는 것 같았다. 그녀가 다닌 길은 얼룩덜룩한 밝기에서 더 밝아지지 않는, 분위기 있는 곳들이었다. 그 더 밝아지지 않는 거리에서 그녀는 성숙한 등허리를 활짝 펴고 있었다. 그러나 그녀의 뒷모습에서 나도 모르게 눈물이 나고, 가슴 아프게 뭉클해지는 것은 아마도 그녀가 나비 날개를 접을 수도 없다는, 관성의 항해일 것이라는 생각이 퍼뜩 들었기 때문이었다.

　나는 그녀를 미행하면서 그녀와 함께 멜랑콜리해지는 느낌에 그녀가 나쁜 인간이 아닐 수도 있다는 희망을 가졌다. 그 희망에 나는 그녀가 음모한 계략에 따라 무언가 훌륭한 인물이 되어갈 수 있다는 가능성을 발견하고 있었다. 내가 그런 희망을 품고 있을 때마다 그녀는 편의점에 들러서 진공 포장된 마른 오징어를 샀다. 그 씹는 맛은 나도 익히 아는 쫄깃쫄깃한 즐거운 맛이다. 그런데 그녀는 줄곧 마스크를 쓰고 있었다. 어떻게 그 많은 오징어를 먹었는지 쓰레기통에 들어가지 못한 진공 포장만이 바람에 날리고 있었다.

　그녀의 뒤를 쫓으면서 나는 내가 어디에 있는지, 내가 누군지 미로에 빠지고 있었다. 그녀를 파악하기 위한 나의 노력은 내 눈에 불을 켜게 하였고 내 집중력은 주의의 모든 것을 삼키고 있었다. 그래서 나는 나를 까마득히 잊고 있었다. 그런데 그녀를 따라가다가 이상한 점을 발견하고 있었다. 내가 지금 있는 곳은 그녀의 오십 미터 전이었지만 지금 이곳이 내가 그녀를 따라가기 시작한 을

지로3가역 근처이기도 한 것이었다. 나는 달이 지구를 돌듯 빙글 빙글 돌아서 다시 원점으로 복귀한 것이다. 그녀가 도대체 어디로 가서 어디에 들러서 무엇을 하고 다시 여기로 온 것인지 그녀를 미행하고 있던 나는 애매해졌다. 내가 관찰한 바에 따르면 그녀는 진공 포장된 오징어만을 사서 먹으며 거리를 지나치고 있었다. 내게 닥친 을지로3가역의 새로 된 돌발에 그녀는 발길을 뚝 하고 멈추었다. 그것이 신호였을까?

아이들이 그녀의 주위에 모여들었다. 한 오십여 명은 되는 것 같았다. 나는 아이들의 그 떼거지 같은 소란과 소음에 한꺼번에 삼보를 급히 물러나서 조용히 자세를 낮추었다. 그리고 눈과 귀를 최대한 열고 관찰했다. 그랬더니 보이는 것이었다. 아이들의 그 고사리 같은 손에 진공 포장 오징어포가 들려 있다는 사실을 발견했다. 아이들의 표정을 보니 그 오징어포가 정말 더 맛있어 보였다. 그런데 그 소란을 더 소란스럽게 하는 사람들이 그 아이들에게 허겁지겁 달려오고 있었다. 그들을 보니 모두 전대를 하고 있어서 장사치라는 것을 쉽게 알아볼 수 있었다. 그리고 그들은 고함을 질렀다. "돈 내!" "경찰서 가자!" "애들이 왜 그렇게 빠르니?" 아이들은 그런 고압적인 위협에도 아랑곳하지 않고 진공 포장을 뜯었다. 아이들의 분위기는 최고조였다. 그 분위기에 구경꾼들도 압도된 모양새였다. 그러나 돈에 목숨을 거는 장사치들은 사뭇 달랐다. 아이들의 신나는 분위기에 무도하리만치 장사치들이 매섭게 역정을 내고 있었다. "니들이 무슨 깡패야?" "도둑이야?" "얼굴도 두껍다!" 그런 소란에 그 무리들의 한 가운데 있던 그녀가 나섰다. "그게 무슨 말이죠?" "얘들이 물건을 훔쳤단 말이오!" 그녀는 웃으며 아이들을 둘러보며 말했다. "너희들 그게 정말이니?" 아이들은 그녀의 품에 뛰어들 듯 소리치고 있었다. "아니요!" "아니요!" "아니요!" 그녀는 장사치에게로 향하며 말을 이어갔다. "이 아이들이 물건을 훔쳤다는 것은 사실이 아니에요, 여기 보세요!" 그녀는 자신이 들고 있는 가방 안에서 진공 포장 오징어포를 보여주었다. 한 다섯 마리는 되어 보였다. "아가씨가 이 아이들에게 오징어를 나눠주었다는 이야기요?" 그녀는 입을 굳게 닫더니 아이들에게 가서 가방에 있던 오징어를 아이들 몇 명에게 나눠주었다. "너희들 남의 물건을 함부로 가져가면 안 된다!" 하는데 아주 어린 한 아이가 울면서 말했다. "저는요, 3번 출구 가게에서 그냥 들고 나왔어요. 웅웅." "그랬니?" 그녀는 그 가게의 주인을 찾는다고 말하고 있는데 3번 출구의 가게 주인아저씨가 그냥 되었다며 그냥 가지라고 하며 손을 툴툴 털려 했다. 그녀는 그 주인아저씨에게 다가가서 오징어가 얼마냐고 물으니 오천오백 원이라고 했다. 그녀는 지갑에서 만 원짜리를 꺼내어 그 아저씨에게 주고 눈물을 왈칵 쏟았다. 그랬더니 다른 장사치들도 급격히 수긍의 모습으로 돌아서 가는 것이었다. 그녀는 도덕적, 물질적으로 그 아이들을 비호(庇護)하고 있었던 것이다.

나는 그녀의 비호가 거짓이라고 생각했다. 다 짜놓은 연극이었다. 푹 꺼진 함정과도 같은 것이었다. 여기저기 왜 그런 함정들을 놓는지 나는 도저히 그녀가 이해되지 않았다. 그런데 이어진 상황도 이상한 것이었다. 노란색 얼룩덜룩한 버스가 와서 그 아이들을 다 태우고 가는 것이었다. 그 아이들은 노랗지는 않지만 다들 얼룩덜룩한 색상의 옷을 입고 있었는데 모여든 경로도 모두 달랐다. 무슨 이유로 그렇게 뭉쳐서 사람을 바보로 만드는지 알 수 없는 일이었다. 그 아이들은 개미 같은 충성을 그녀에게 바치며 어디론가 버스를 타고 떠나고 있었다. 버스가 저 멀리 사라지는 것을 보는 그녀의 등 뒤에 나비가 나방처럼 큰 울림으로 날아다니고 있었다. 그녀는 아마도 큰 나방의 비호를 받는 모양이었다. 큰 나방이 내게로도 날아왔는데 나는 그저 도망치고 싶은 마음뿐이었다.

그래서 나는 도망치고 있다. 그녀가 없는 곳으로 사라지고 있다. 여기는 신당동 떡볶이집. 빨간 떡으로 귀를 막고 빨간 떡으로 입을 막고 빨간 떡으로 눈을 막으려고 열심히 격하게 식업 노동 중이다. 언뜻 보기에 그녀는 선량함으로 보이는 것을 입고 있는 것처럼 보였다. 그러나 그것은 피상적인 관찰로 인한 결과였다. 눈물이라는 것이 선한 것으로 보이는 데에 사용되는 것에 불과하다면 그 눈물은 붉은 피를 흘리고 있는 것이다. 그 눈물이 맑게 보인다면 죽은 자가 노래를 부를 수 있을 것이다. 그녀는 악함을 선함으로 철통 무장하고 있는 것뿐이며 그 무장 경계가 군가의 적개심처럼 멋으로 치장하고 있는 것이다. 그것은 기만이며 술책이며 조잡한 조작이다. 내가 아무리 멍청해도 그녀가 하고 있는 근간의 악의적 태도, 피해자인 척하며 동정을 유발하는 데 동조하게 만드는 기법 등은 악랄한 선전, 선동이라는 것을 진짜 피해자가 되어 고욕을 치를 때 깨닫고 있었던 것이다. 진짜배기는 소리가 나지 않는다. 70년대의 텔레비전 광고에서처럼 진짜 고운 가루로 되어있는 기침 가래 거담 제거제의 상품은 소리가 전혀 나지 않는다. 빈 수레가

여름 바다

요란한 것이다. 나는 그런 추잡스러운 소음에서 멀어지기로 했다. 무슨 상관이람? 개가 짖어도 기차는 달리는데 그깟 여자의 술책이 뭐 그리 쓸모가 있는가? 하며 나는 그녀를 미행하여 진실을 밝히는 것을 포기하겠다고 다짐했다. 그리고 그 기세로 달려온 곳이 이곳 신당동 떡볶이집이었다. 이곳의 사람들은 모두 매운맛에 제정신이 아닌 것 같았다. 그러나 제정신으로 살려고 해도 제정신으로 살기는 너무 어려운 것이었다. 그래서 나는 안심 돈가스의 유혹을 떼어내고 뜨거운 떡볶이 삼매경이었다.

다 먹었다. 내가 먹은 것이 안심 돈가스인지 떡볶이인지도 모르겠다. 신당동에서 떡볶이를 맛있게 먹은 것은 사실이지만 뱃속에 들어가면 그 내용물이 무엇이었는지는 따지지 않는다. 배가 부른 것은 다 똑같고 먹을 때와 먹고 난 뒤 잠시 동안만 그 먹은 것의 정체가 의식 밖으로 드러날 뿐이다. 그러므로 먹은 그것이 무엇이든 난 포만감에 잠겨 잠시 행복을 느끼고 있었다. 그리고 계산대에 갔다. 웬일인지 계산대 앞에는 줄이 약간 있었다. 참 잘되는 집인 것 같았다.

그런데 계산이 더뎠다. 계산원이 초보인 것 같았다. 손님들이 계산대 테이블에 돈을 놓으면 계산원이 손님의 이모저모를 보아가며 무엇인가 이야기를 했다. 손님들은 그 이야기에 따라 성적표를 받는 학생처럼 표정이 실망이거나 기쁨이거나 이렇지도 저렇지도 않거나였다. 나는 이 이상한 광경을 어느 신문, 방송 기사에서도 본 적이 없었다. 그저 신기한 마음으로 내 차례가 되기를 바랄 뿐이었다. 뭐 별거 있겠어? 하는 마음이었다. 드디어 앞의 여자만 계산을 치르면 내 차례가 된다. 과연 계산원은 내게 무슨 이야기를 할까? 나는 점집에서 점을 보는 기분이 되기도 했다.

앞의 여자는 특별한 여자인 것 같았다. 계산원에게 이야기를 듣기는커녕 무슨 이야기를 길게 늘어놓고 있었다. 나는 자세히 들으려고 노력했다. 가끔 들리는 단어로 유추해보면 길을 물어보는 것 같았다. 신전인지 유치원인지 신전 유치원인지 그곳으로 가는 길을 안내받고 있었다. 계산원이 잘 모르겠다는 시늉을 내자 그 여자는 지갑에서 봉투로 금일봉을 내미는 것이었다. 계산원은 께름칙한 표정이 되더니 이내 스마트폰 어플을 켜고 스마트폰의 한 지점을 손가락으로 가리키는 것이었다. 여자 손님은 고개를 잠시 갸우뚱하더니 약간 슬픈 목소리로 알았다고 하고 오만 원짜리 지폐를 떡볶이 값으로 지불했다. 그런데 그녀의 목소리가 분명 어디서 들은 목소리라는 것을 나는 헤아리고 있었다. '누구였지?' 그 질문을 속으로 하자마자 그 여자가 아까 전까지 내가 미행하고 있던 그녀라는 사실을 알아차릴 수 있었다. 나는 그녀가 오른쪽으로 돌아가겠지 하며 그녀의 오른편으로 다가갔다. 그녀와 부딪혀 내 존재를 그녀 앞에 드러내려는 이유였다. 그녀는 그러나 왼쪽으로 돌아나갔다. 나는 다시 그녀를 똑바로 마주 보고 싶었다. 그러나 그것도 잠시, 재수 없다는 생각이 들었다. 빨리 떡볶이 값을 치르고 여기를 나가고 싶었다. 계산원은 그녀가 준 봉투를 열고 돈을 세고 있었다. 오만 원권 지폐 열 장이었다. 무슨 이유로 그렇게 많은 돈을 지불했는지 그 신전이라는 유치원이 어떤 곳인지 궁금했다. 그렇지만 나는 계산을 치르고 빨리 나가고 싶었다. 얼마냐고 하니 계산

여름 바다

원은 돈에 취해 나는 안중에도 없었다. 나는 스스로 메뉴판과 내가 먹은 떡볶이를 대조하고 만이천 원을 천 원짜리 지폐 열한 장과 오백 원짜리 동전 두 개로 치르려고 계산대 앞에 놓았다. 그랬더니 계산원은 "내가 뭘로 보여?" 하며 신경질을 부리는 것이었다. 그리고 그녀가 남긴 봉투를 흔들며 '이렇게 해야지' 하는 투로 비아냥거리는 태도를 드러냈다. 나는 자존심이 상했다. 나는 메뉴판에 있는 대로 정가를 냈다. 그것이 천 원짜리든 오백 원짜리든 계산만 맞으면 되는 것이었다. 내 돈은 그녀의 돈에 비하면 돈도 아니라는 불평등 사상이 나의 마음을 무너지게 하고 있었다.

나는 무너지는 마음으로 처참하게 나와서 그녀를 찾아보았다. 그녀는 저 앞에서 택시를 잡고 있었다. 나는 처절한 마음으로 그녀를 쫓고 있었다. 그녀가 택시를 타는 것을 보고 나도 택시를 잡았다. 그리고 운전기사에게 그녀가 탄 택시를 쫓아가달라고 종용했다. 그랬더니 뒷좌석에 타고 있는 손님이 '그럴 수가 있느냐'라며 카랑카랑한 여자의 목소리로 항의했다. 나는 다시 부탁한다며 운전기사에게 떼를 쓰고 있었다. 그런데 오 분도 되지 않아 그녀가 타고 있는 택시가 멈추고 그녀가 내렸다. 나도 기본요금을 지불하고 택시에서 내렸다. 그런데 합승하고 있던 손님도 내렸다. 참 웃기는 일도 다 있다고 경황이 없는 중에 속으로 생각하는데 합승한 여자가 지하철에서 보았던, 내 허리를 아련히 손으로 만지며 뭔가를 하고 있던, 그 매력적인 여자라는 것을 직감하고 있었다. 참 별일도 기가 막힌 별일이라고 생각했지만 나는 내가 쫓고 있다는 사실을 명심해야 했다. 그녀가 정말로 유치원 신전, 아니 신전 유치원이 있는 골목 쪽으로 들어가는 것이 보였다. 그녀가 들어간 대문은 신전 유치원 바로 옆 3층짜리 잘 꾸며진 고급 주택이었다.

나는 아침이 되도록 그녀가 들어간 집 앞에서 멍하니 쪼그려 앉아 있었다. 내가 무엇을 하고 있으며 무엇을 했는지 도저히 알 수가 없었다. 그냥 기분, 기세, 나만의 분위기에 몰려 여기까지 밀려온 것이라고 결론지을 수밖에 없었다. 그러나 분이 일어나고 참을 수 없는 불쾌가 일어나는 것은 왜인지 저 여자의 정체에 답이 있을지 모르는 일이었다. 나는 아침에서 점심이 되어가는 중에 저 옆에 신전 유치원의 쪽문이 열리고 어떤 아저씨가 다가오고 있는 것을 바라보고 있었다. 그리고 기름 냄새가 내 코를 찌르고 있었다.

아저씨가 건네는 전을 먹으며 서서히 정신을 차렸다. "저 집은 높은 집이야!" 3층밖에 안 되는 집이 높다는데 그게 그럴듯하다는 생각이 들었다. 정말 소시민인 나와는 많이 절연되고 단절된 느낌이었다. 그녀는 왠지 전지전능해서 나를 굽어살피는 데 조금의 노력도 들지 않을 것이라는, 나는 전의 밀가루처럼 부스럭대는 놀잇감에 불과할 것이라며 위축되고 있었다. 아저씨가 전 몇 개를 주고 가게 안으로 들어가자 그녀가 대문을 나왔다. 나는 급히 먹던 것을 삼키고 골목을 돌아 몸을 숨겼다. 숨어서 보니 그녀가 저 앞의 사이로 약국에서 무엇인가를 사서 나왔다. 아마도 소화제가 아닌지, 나는 그것을 그렇게 추측하고 있었다. 다시 대문 안으로 들어간 그녀가 나오려면 내가 급히 먹은 전이 소화가 되어야 한다고 나는 생각하고 있었다. 나는 희한하게 막히는 무언가 답답한 것들이, 다 저 여자 때문이라는 것을 여러 차례 망측하게 경험했다. 그러므로 내가 소화가 안 되는 것도 다 저 여자가 소화가 안 되기 때문이고 내가 궁금한 것도 저 여자의 막혀 있는 무언가임을 사려 깊게 애정을 다해 그녀를 묘사하고 싶었다. 그러나 그것도 일부일 것이고 내가 저 여자의 일부라는 압제에서 나는 해방되지 못했다.

그녀 앞으로 진군해서 '나, 나옥기요!'라고 몇 번을 해봤자 그녀는 차갑게 콧방귀만을 뀔 뿐이었다. 나는 이래서는 안 되겠다 싶었다. 전집 아저씨가 준 힌트처럼 뭔가를 부치는 것이 좋을 것 같았다. 말을 붙이는 것은 안 통했고 딱지를 붙이려니 공권력이 없었다. 나는 고심에 고심을 하다가 편지를 부치기로 했다. 사랑의 노래는 결단코 아니었고 뭔가 따지려면 '선빵'을 확실히 날려야 했다. 무엇을 알려면 우선 까보아야 한다. 까보지 않고서는 맨날 껍데기에서, 주변에서 놀아나게 될 것이었다.

광화문 우체국에서 부친 편지의 내용은 간단하고 다소 괴팍하고 희롱적이었다. 편지 내용을 요약하자면 이렇다. '나, 나옥기다. 나는 돌아오는 5일 성매매업소에서 오입(誤入)질할 것이다. 그것은 당신과 상관없는 일이다. 제발 나랑 엮이지 말아달라. 나와 당신은 별개다. 그리고 내가 무슨 짓을 하든 당신이 알 바 아니고 상관 말라는 내 말의 요지를 알아듣지 못한다면 알아들을 때까지 매달 5일에 오입(誤入)질할 것이다. 모르겠지요? 그래서 모르는 것 사이로 금메달을 번쩍 들 것이다. 고발할 거요?' 이러한 다소 창피한 내용을 보내자니 낯이 뜨거워졌다. 그러나 그녀가 내 말을 알아듣지 못하니 못 알아들을 말로 하는 내 나름의 복수였다.

'오입(誤入)질'이라는 단어는 누구나 다 아는 단어이다. 그러나 함부로 쓰는 단어가 아니다. 그냥 원초적으로 있는 단어이다. 그러나 그런 행위를 하는 이유의 진실은 누구나 짐작하고 있고, 그런 행위를 하는 도중에 아주 밑바닥 무의식 무아(無我)가 된다. 그것은 조작할 수 없는 아주 원초적인 행위이다. 그러한 성행위의 본질 개념의 발아(發芽) 원인을 파헤치기에 천재 심리학자 프로이트도 그냥 그렇다는 식으로 더 이상 탐구하지 않았다. 그러나 그녀에게 그런 욕을 하고 있는 나에게 진실은 무엇인가? 낯뜨거운 그런 짓을 하고 있는 나를 나도 도저히 모르겠다. 정말 진상이었다. 프로이트도 모른다면 누군가 진짜 진상을 밝혀주었으면 좋겠다고 기원했다. 누군가 이러한 이상한 나를 조종하고 있는 것은 아닐까? 그것이 코로나 바이러스가 하는 일은 아니었을까?

광화문 우체국에서 나와서 더 크고 밝은 거리로 나아가고 싶었다. 내 어둠을 치유받고 싶다는 희망의 발로였다. 그런데 광화문 세종로에 경찰이 쫙 깔려 있었다. 경찰차 차벽이 무슨 만리장성 같았다. 거기를 지나는 사람들도 공포에 떨고 있었다. 내게는 원죄의식 같은 것이 물밀듯이 까마득히 밀려오고 있었다. 내가 그녀에게 써놓은 편지에 적힌 불법 성매매업소라는 말도 있고, 성적 비유적 욕을 하니 마음은 그런대로 시원한데, 비어 있는 듯한 허전이 공포가 되어, 그 공포를 저 광화문에 쫙 깔린 벌떼 같은 경찰들이 급격하게 팽창시키는 것이었다. 나는 도둑이 제 발 저리듯 심하게 마음이 위축됐다. 그래서 나는 마스크를 한 장 더 썼다. 마스크로 얼굴을 가리고 알 수 없게끔 은폐하려는 의도였다. 드문드문 지나는 사람들도 모두 마스크를 하고 있었다. 심지어 경찰들마저 마스크를 하고 있었다. 나는 저들의 죄를 사해주시라고 신께 간절히, 간절히 기도했다. 기도하고 재빠르게 광화문을 떠나려고 했는데 지하철도 막혀 있고 차들도 막혀 있고 택시도 막혀 있고 오직 경찰차의 차벽뿐이었다. 이곳 광화문에서 빠져나가는 길은 십일 번 버스 일자 다리, 걸음마뿐이었다. 걸음아 나 살려라 하고 나는 꽁무니를 얼른 빼고 있었다. 급할수록 돌아가라는 말이 있는데 인도에도 미로처럼 가림막이 설치되어 돌아가지 말라 해도 돌아갈 수밖에 없었다.

나는 프랑스 파리를 향해 출발할 준비를 모두 갖추었다. 파리로 가는 것이 광화문에서 숨죽이는 것보다는 안전할 것이라는 판단 때문에 출국하려는 것이다. 다행히 출국금지 대상은 아니었다. 그냥 괜한 걱정이었나 보다. 인천국제공항에는 인적이 드물었다. 드문 만큼 내 배에 허기도 많이 졌다. 나는 공항 안을 돌아다니며 안심 돈가스 파는 집을 찾았다. 이제 안심해도 되기 때문이었다. 그렇게 돌아다니다 1인 시위 같은 것을 하는 여자 한 사람을 발견했다. 나는 그녀에게 다가가 그녀가 들고 있는 피켓을 잘 읽어보았다. 나는 그 내용을 보고 놀라 뒤로 자빠질 뻔했다. 지하철에서 나를 만지던 매력적인 그녀가, 택시에 합승했던 매력적인 그녀가 들고 있는 피켓에는 이렇게 쓰여 있었다. —사람을 찾습니다. '나옥기'—

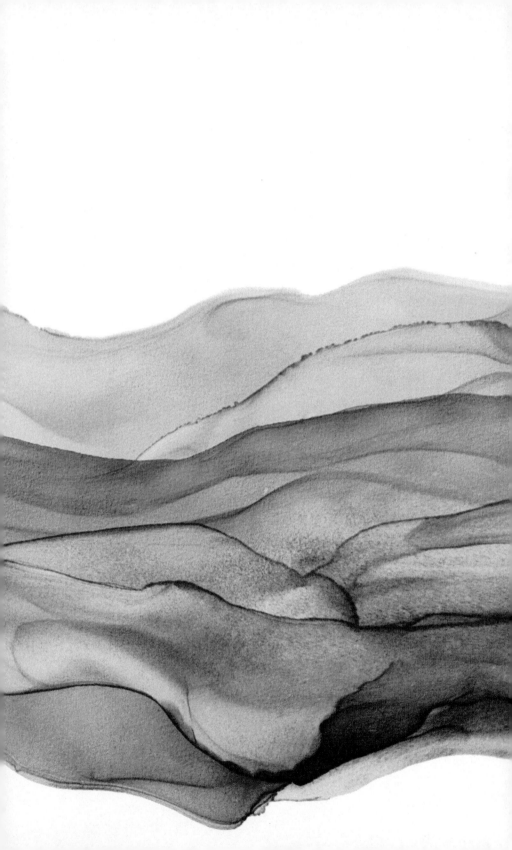

낙서

;

1. 남자의 낙서

그 녀석은 오지 않았다. 그 녀석이 올 하등의 이유조차 없었을 것으로 다들 추측했다. 만약 왔더라면 욕설의 역사에서 그 추함의 정도로서 가장 참혹한 기록을 남겼을 것이다. 사람에게서 나오는 것이 다 추악하고 더 더럽다지만 그치는 오물보다 훨씬 더러운 짓을 했다. 그러므로 최악의 욕설보다 그치가 더 더러운 것일 테다. 이미 그 자체로서 더 더러워질 것이 없는 그는 어쩌면 자유롭다고 해야 하나? 그러나 그치의 자유를 방관하기엔 왠지 언짢았다. 우리들은 이상을 꿈꾼다. 이상을 꿈꾸기에 그치의 더러움은 방관될 수 없었다. 그냥 방관되기에는 그치보다 깨끗한 자의 자유가 방해

된다. 어쨌건 그치는 회피되거나 잊히거나 복수에 의해 제거되어야 했다. 그런데 그치는 자신의 행한 범실에도 불구하고 너무 편안히 살아가고 있는 것이다. 그치에게 죄의식이 아예 없을까? 거기에 모인 자들은 다들 물음표에 물음표를 던지고 있었다.

우리들은 공터에 모여 앉아 얼굴을 찌그리며 분통을 터트리고 싶은 마음을 깊이 삼키고 있었다. 그곳에 모인 사람 중 최재국은 일부러 호탕한 웃음을 터트리고 있었다. 그의 웃음 속에는 저주가 담겨 있었다. 그 저주로써 최재국은 평안을 도모하려는 듯했다. 그러다가 시원치 않은 듯 땅을 맨주먹으로 치기 시작했다. 우리들은 그 모습을 보고 있다가 최재국의 등을 다독거렸다. 그러나 다독거리는 것으로는 재국의 분통이 다스려질 수 없었다. 오히려 재국이는 쏜살같이 달려나가기 시작했다. 그런데 재국이 향하는 그곳에 그치가 모습을 드러내고 있었다. 그치는 반바지를 입고 있었는데 어쩐지 드러난 속살에 우리들은 이상하게도 부러운 마음이 일고 있었다. 잠깐 동안의 감정이었지만 우리들은 그치에게 이끌려가는 형국이었다. 마치 신대륙을 발견한 콜럼버스를 기념하듯 기득권을 인정하는 것처럼 말이다. 억울하지만 이미 먹은 것을 꺼내어 다시 먹을 수 없는 것처럼….

최재국은 그치의 멱살을 쥐고 주먹질을 하고 있었다. 그런데 아무리 때려도 시원해지지 않았다. 숨을 삼키며 바라보는 우리들은 물론이고 때리는 재국이도 물론 화가 조금도 풀리지 않고 있었다. 그치는 맞고 있는 것에 충실했다. 그리고 맞으면서도 아주 여유 있게 아파하고 있었다. 그런 모습에 우리들은 당황함을 뛰어넘어 급히 약이 오르고 있었다. 그리고 이상하게도 우리들은 배가 아파오고 재국의 폭력에 가담하고 싶은 마음과 왠지 멀어지고 있었다. 그만 우리들의 모임을 산회하고 싶은 충동이 우선이 되고 있었다. 이상하게도 우리들은 무력해지기만 하고 이상하게도 그치가 어쩌지 못하는 부러움에 남겨지고 있었다. 주먹질을 하던 재국은 제풀에 지쳐 길바닥에 주저앉고 말았다. 그리고 우리들은 슬그머니 바람처럼 흩어졌다. 그치의 티셔츠가 갈기갈기 찢어졌지만, 이에서 피가 났지만, 휘파람같이 웃음이 배시시 흘러나오는 것은 우리들에게는 엄청난 흉기였다.

길바닥에서 호흡을 다스리던 최재국은 그치가 가는 방향을 유심히 바라보고 있었다. 재국이의 마음을 사로잡고 있는 서홍이 살고 있는 원룸 주택이 있는 방향이었다. 힘이 바닥이 난 재국에게는 그치를 따라갈 엄두를 두지 못하는 것이 당연했다. 그런데 사랑의 힘인지, 재국의 힘이 바닥난 것을 재국은 금방 잊어버렸다. 따라가려는 심장(深長)한 충동에 의해서였다. 서홍과의 육체의 맺음을 이어가려고 하는지 신기해서라도 따라가서 확인하고 싶었다. 재국은 일어났다. 재국은 자신이 일어난 것에 대해 의아했다. 불사조같이 죽지 않고 사라지지 않는 것이 사랑이었나, 사랑 비슷한 것이었나 의아했다. 그러나 의아할 여지를 많이 두지 않고 따라가는 데 급급한 것 같다가 원룸 주택 현관에서 배꼽티를 입고 기다리는 서홍의 눈부신 흰 살갗에 재국은 심장을 잃을 듯 아파했다. 서홍의 팔에 싱싱한 탄력이 몸살처럼 붙어 있었다. 그리고 서홍은 그 팔을 흔들며 누군가에게 반가움을 표시했다. 신비스럽게 솟아오른 서홍의 가슴은 티셔츠 안에서 재국의 흥미로운 비밀이 된 지 오래되었지만, 오늘은 그 기밀이 불타오를 듯이 초조하게 목에서만 마르게 삼켜지고 있었다. 그러다가 재국의 메말라가려던 마음은 열기를 띠고 세상의 종말처럼 사생결단의 의지로 서홍에게 달려갔다. 그런데 잠시 잊고 있었던 것이 있었다. 그치가 서홍의 봉긋한 가슴을 덮고 있던 브래지어를 꺼내 간 것을 잊고 있었다.

바로 어제의 일이었다. 서홍은 횡단보도를 지나고 있었다. 그런데 갑자기 누군가가 서홍의 티셔츠 안으로 손을 넣어 브래지어를 빼내어 갔다. 그치의 변태 같은 장난이었다. 뿐만 아니라 서홍의 가슴을 만지고 들추어내었다. 지나던 사람들은 남자건 여자건 그 상황을 흥미롭게 유심히 목격하고 있었다. 대낮에 여자의 가슴을 보는 것은 변태가 아니라도 유심할 수밖에 없는 것이었다. 그런데 서홍은 그 상황에서 볼에 홍조를 내고는 침착하고 예쁜 손놀림으로 옷매무새를 고치는 것이었다. 그리고 미소까지 짓고 있었다. 그치는 재국이와 아주 모르는 사이도 아니었다. 재국의 중학 동창이었다. 재국이와 그리 친하지는 않았지만 그렇다고 아는 사이가 아니라고 고개를 절레절레 흔들 수도 없는 정도의 친분은 있었다. 그런데 그런 놈이 어찌 저런 변태가 되어서 재국의 상큼한 첫사랑을 재국이 보는 앞에서 망가뜨리는지 당혹할 수밖에 없었다. 재국이는 요령 있게 도망치는 그치를 분쇄해버릴 분노로 요령 있게 따라갔다. 그러다가 놓쳤는데 그치의 연락처를 끈질기게 찾아내 우리 앞에 불러놓았던 것이다.

잊고 있던 것까지는 좋았다. 그치가 그녀의 팔에 감기고 서홍과 키스를 하는 장면은 재국이에게는 충격이었다. 그것도 무지한 충격이었다. 그야말로 재국이의 생애가 사라질 듯한 충격 중에 충격이었다. 넋 놓고 있던 재국이 기대고 있던 벽면이 무너지는 물리적인 충격도 충격이었지만 서홍의 행태가 더 큰 충격이었다. 그리고 기절하기 직전 그치와 서홍이 원룸의 높은 곳으로 올라가는 것을 재국은 보고 있었다.

재국은 벌떡 일어났다. 서홍의 이름을 외치며 일어났다. 그 외침을 듣는 자가 있었다. 재국을 걱정하는 가족들과 친구들이었다. 친구들은 알아도 모른 척하였지만, 형제자매들은 귀 두 개씩, 두 개씩에 그 이름을 듣고 그 이름의 주인공이 누군지 저마다의 두뇌들을 회전하고 있었다. 병실의 천장에서는 큰 선풍기가 180도 회전하며 병자의 상처에 위로를 불고 있었다. 형제자매들의 우두머리인 맏형은 변호사를 불러 시 시설공단에 소송을 걸겠다고 윽박지를 태세였고 동생들은 울부짖으며 자신이 아픈 것마냥 고통을 표시했다. 친구들은 험악한 이 가족의 분위기에 괜히 위축되어 허리를 반으로 굽히고 인사하며 하수구에 물 빠지듯 병실을 빠져나가고 있었다. 그러므로 이 상황의 전후좌우를 잘 아는 사람들은 이 병실 안에서 재국이 혼자뿐이었다.

재국은 외로웠다. 정말 너무 외로웠다. 혼자라서 너무 외로웠다. 자신의 고통을 아는 사람이 없어서, 또 치유해줄 사람이 너무 멀리 있어서 외로웠다. 가족들이 다 각자 볼일에 충실하기를, 의사가 자신의 별 볼 일 없는 외상을 치료하기가 끝나기 전에 즉시 다 각자의 볼일에 충실하기를 말없이 바랐다. 그것이 재국이를 돕는 일

여름 바다

이라는 것을 끊임없이 알려주고 싶었다. 그렇지만 가족의 걱정은 당연한 것이었다. 그리고 서홍과 그치의 추태에 괴로운 것도 당연한 것이었다. 우리들은 당연히 이렇게 복잡해지고 있었다. 이렇게 복잡한 가운데 점점 더 복잡해지는 것도 당연한 것이었다. 이렇게 복잡한데 단순해지는 것은 죄악이 되고 있었다. 그렇지만 그치가 드러낸 서홍의 가슴은 재국이에게 아주 명료하게 그려지고 있었다. 이 악몽의 열쇠가 서홍의 봉긋한 가슴에 맺혀 있었다. 재국이는 서홍이 사는 원룸 주택에 가고 싶은 마음으로 가득 찼다. 링거에는 영양제가 가득 차 있었다. 링거액은 서홍에 대한 재국의 몸부림으로 뒤틀어진 팔에 엉켜서 방울지고 있었다. 무언가 잘못되고 있다는 신호였다. 그리고 그 위험 신호를 알아듣지 못하는 것도 서로가 자신의 일에 충실하지 못한 탓이었다. 단적으로 그것은 간호사가 충실하지 못한 탓이었고 하나의 예시였다.

'커피를 마신다.' '그러다 엎지른다. 그녀의 목덜미에…' '그녀는 당황한다.' '그치는 그녀의 목을 닦는다. 휴지를 풀어서…' '그치의 휴지는 그녀의 몸 깊은 곳으로 숨고 그녀는 몸을 비튼다.' '그러는 사이 모든 빛이 그 사이로 스며들어…' '깊은 어둠이 된다.' '방을 빠져나오는 그치의 미소가 그녀의 속옷에 묻어 있다.' '그녀는 울고 싶지만 애정을 구한다.' '구하므로 애정은 지금까지는 없었던 것으로 증명된다.'

링거액이 증발될 만큼 재국이는 마음이 달아 있다. 초조하고 미칠 것 같다. 예시문을 따라 한숨을 쉬기도 하고 열도 받았지만 묘한 흥미에 분노도 복수도 문틈 사이로 달아나기도 여러 차례였다.

이러다 인생이라는 연극 무대를 내려와 관객의 역할만 하고 아무런 기여도 할 수 없는 무의미한 세월을 허송하는 게 아닌가 싶어 소금처럼 간절해지는 재국. 재국은 용감하게 링거 바늘을 팔에서 불쑥 빼내고 그 거리에서 그녀의 원룸 주택 현관을 지나치고 있었다. 너무 빠른 속도라 그녀의 원룸 주택을 지나칠 수밖에 없었다. 그러다 지나친 만큼 열나게 돌아와서 서홍 앞에 서 있게 되었다. 아름다운 서홍은 붉은 입술에 붉은 볼을 하고 있었다. 그녀는 투우사처럼 하고 있었고 재국은 영락없이 뿔난 소였다. 그런데 그 뿔난 소가 재롱을 피우고 있는 것이다. 앞발을 세워 서홍의 따귀를 치는 재롱이었다. 그렇지만 세상 어디에 투우사가 소에게 맞는 꼴이 있는가? (맞고 있을 법도 한데…) 서홍에게서 되돌아온 따귀는 마치 소에게 창을 찌르는 고통과 별반 다르지 않았다. 재국은 불쌍한 뿔난 소였다. 거기서 주저앉고 말았으니 말이다. 링거액을 정성껏 맞지 못한 탓일 것이었다. 충실히 의사의 말을 듣지 않은 재국은 다시 의사의 말을 듣게 될 형편에 운명적으로 이르게 되고 있었을 것이다. 그리고 감옥 같은 병실에서 죄수 같은 사슬을 차고 회복될 날만 바라며 울컥이는 마음을 쌓아놓고만 있게 되었다. 재국이가 이럴 때 그치는 또 무슨 작당을 할까? 재국이는 점잖게 누워서 점잖게 돌아가는 시곗바늘의 마디마다 매 순간 찔려지고 있었다. 주삿바늘의 고통은 그치가 놓고 있는 것에 다름 아니었다. 서홍이 부끄러운 듯 그치에게 고개를 부드럽게 숙이고, 재국의 땅바닥은 한여름의 아스팔트처럼 끓고 있는 것이었다. 재국은 그렇게 뜨겁게 말라가고 있었다. 쥐포같이 몸이 비틀리는 순간이 끝이

여름 바다

아니기를, 웅변하는 사람처럼 외치고 있었다. 아니, 비명을 지르고 있었다. 퇴원을 하면서도 몸에 밴 비명을 지르고 있었다. 사람들이 재국을 쳐다보아도 재국은 서홍의 봉긋한 가슴만을 몸소 오롯이 보고 싶어 했다. 텔레비전에서는 상상도 못 할 금지 항목이었다. 그렇지만 병원의 텔레비전은 이제 재국이에게서 엄숙히 졸업을 행하고 있는 것이었다. 병원 담벼락에 게시판이 있었다. 게시판의 납작한 영화 포스터는 재국이에게 무엇인가를 암시하고 있었다. 그것은 재국이가 추파를 받게 하는 아주 영롱한 순간이 되고 있었다.

그 순간에 태어나는 아기가 있었다. 그 아기는 울고 있었다. 여전히 울고 있었다. 아직 처음의 울음을 그치지 않고 있기 때문이었다. 남자로 태어난 그 아기는 어미 품속에서 잠음같이 코를 훌쩍이는 소리를 내고 있었다. 그 콧소리는 울음이 온전한 것을 방해하고 있었다. 어미는 이 아기를 인큐베이터에 집어넣고 들여다보고 있었다. 자신이 낳은 아기라 그런지 정말로 인형같이 예뻤다. 어미는 이 아이에게 진심으로 사랑을 주었다. 그래서인지 아이의 천식은 깨끗하게 나았다. 어미는 아이를 집으로 데려와서 또 보았다. 보면 볼수록 아기는 정말 어여쁜 천사였다. 그런데 흠이 있었다. 키가 너무 작은 것이 그것이었다. 너무 작았다. 아이는 다 너무 작은 것인데도 불구하고 그것이 흠으로 보였다. 어미는 아이가 자라나라고 많은 것을 주었다. 주로 음식물이 대부분이었다. 주면서도 자라지 않을까봐 초조했다. 조바심도 났다. 아이는 어미의 조바심에 의해서 비만이 되어갔다. 그리고 십수 년을 자라다가 어느새 아이가 크게 커버린 사실을 알게 되었다. 어미가 감당하기도 어려운 크기로 자라난 것이다. 이제 어미는 그 아이가 그만 자라기를 바랐다. 그리고 자신이 키운 아이의 머리가 커져서 어미를 떠나갈까 조바심이 나는 것이었다. 어른이 되면 그 아이는 분명 어미를 떠나갈 것이었다. 그렇다고 쇠사슬로 묶을 수도 없는 것이었다. 그래서 어미를 떠나지 못할 기원으로 정성스레 모자를 뜨개질로 짰다. 실이 모자랄 정도로 수정과 수정을 거듭했다. 드디어 모자는 완성되어 갔다. 그리고 임시로 아이에게 모자가 맞을지, 자는 아이에게 한 번 대봤다. 모자가 조금 작았다. 어미는 밤새도록 모자를 완성하기에 쉼은 있을 수 없었다. 그런데 그 순간 뭔가가 허전했다. 실이 완전히 바닥이 난 것이다. 실이 모자라 어미는 몹시 답답했다. 실을 구하러 시장에 갔지만, 한밤중에 그것도 고요한 밤에 실을 구하기는 몹시 어려웠다. 그렇지만 열정의 어미는 실을 구하여 모자를 완성했다. 그리고 잠에 덜 깬 아이에게 모자를 씌웠다. 어미는 이제 안심할 수 있었다. 그 순간 어미는 십수 년간 이루지 못한 달콤한 숙면에 절로 드는 것이었다.

좀 모자란 재국은 그 추파를 진심으로 받아들였다. 이제 다 커서 독립할 나이가 들었다고 자부하던 재국이었다. 그렇지만 이 세상엔 어미 같은 진심이 있고 거짓이 있다는 것을 알지 못했다. 뿐만 아니라 재국에게 진심인 서홍이 있고 진심으로 증오하는 그치가 있는 것처럼 재국을 거짓으로 대할 충분한 공터가 있다는 것도 알지 못했다. 우리들은 그녀를 정확하게 알아보지는 못했지만 칭하기를 비니라 했다. 왜 비니인지는 우리도 몰랐고 그렇게 부르니 좋았다. 그냥 그녀의 이름은 비니였다. 여름 바다의 위대한 비니는 우리들의 소통을 위해 자신의 담장을 허무는 대담한 여인이었다. 희생의 여인이었고 헌신의 대야였다. 그야말로 큰 그릇이었다. 우리의 조그만 잘못을 담아두는 수용의 공터였다. 넓은 아량이었고 풍부한 들판이었다. 치기였지만 치기를 눈감아줄 습관이었고 그른 마음을 들춰내지 않는 아량이었다. 그 아량은 끝도 없을 지극한 한량이었다. 정말 더없이 좋기만 할, 늘 한량이었다.

비니는 거기에 없었다. 상업고등학교를 졸업하고 바로 조그만 회사의 경리로 입사한 뒤로 비니는 요조숙녀의 길을 가고 있었다. 가다가 넘어질 때도 있었지만 넘어졌던 사실은 이미 지나간 오점이 되어 그녀의 서랍에서 꺼낸 수정액으로 덮었다. 그리고 깨끗이 잊혔다. 그리고 그녀는 지나간 일을 기억하기에는 머리가 너무 나빴다. 비니가 머리가 좋지 않은 것은 비니에게 큰 다행이었다. 그녀는 카피처럼 한 번씩 말한다. '우리의 향기를 기억하세요.' 그건 우리에게 아주 어려운 일이었다. 그녀에게 향기가 나지 않았다는 것이 우리들의 결론이었다. 다만 우리들 중 하나가 힘이 들면 힘을 쓰도록 하는 여운을 날렸다. 그것이 향기라면 향기일 것이다. 그렇지만 우리들은 그녀가 주장하는 향기를 도저히 향기라는 단어로서 받아들일 수 없었다. 그건 냄새였다. 우리들의 기억의 끝자락에서 께름직한 그 무엇, 화장실에서 짓는 표정과 같은 그것이었다. 뭔가 찜찜한 것을 여운이라고 한다면 그 여운을 우리는 도저히 향기라고 부를 수 없었다. 그런데 재국이는 그것을 향기라고 불렀다. 우리들이 냄새라고 부르면 치를 떨기까지 하는 것이었다. 재국이는 힘이 무지하게 셌다. 그 녀석 앞에선 우리들은 향기의 칭찬만 할 수 있었다. 다른 것은 가능하지도 않았다. 그 녀석은 비니를 서홍의 대용으로 쓰고 싶어 했다. 드라마에서 이루는 대리만족과 같은 것이었다. 그런데 비니는 그런 재국이의 바람을 정성껏 만져주고 채워주고 열정적으로 위로해주는 것이었다. 그 위로는 정말 흥미롭고 말초적인 것이었다. 우리들은 재국을 이해하고는 있었지만 내심 한숨을 쉬며 동정했다. 불쌍한 재국이는 비니에게 그렇게 빠져들고 있었다.

그녀는 재국이 정한 약속 장소를 잘못 알고 있었다. 재국이는 제2호 공원에서 비니의 육체적 등장에 촉각을 곤두세웠지만 비니는 투피스 정장 차림으로 제1호 공원에서 옷매무새를 정성껏 고치고 있었다. 재국이가 보면 좋아할, 비니가 연출하고 있는 장면이었다. 재국의 등장에 모른 척 놀라면 더 섹시할 것 같았고 그것은 비니의 대본 안에 잘 접혀져 있는 것이었다. 그런데 노리던 바를 아무리 갈구하여도 재국과의 그런 장면은 이루어질 수 없었다. 서로 다른 목적을 갖고 일치된 결과를 이루어내기란 정말로 어려운 일이었다. 돌 하나는 두 마리 새에 스치지도 못할 것이다. 억지로 우길 것이 따로 있고 따로 없는 것을 따로 있게 하는 것은 고역일 것이다. 그런데 그런 비니의 어깨 위에 손을 조심스럽게 올리는 사람이 있었다. 길을 묻는 사람이었다. 그는 매우 세련된 양복을 입고 있었다. 목소리 톤도 아주 장중했다. 비니는 그만 그에게 마음을 빼앗기고 있었다. 그래서 입으로 길을 안내하는 것 대신 행함으로 몸소 그를 이끌고 있었다. 팔로우 미(Follow me)를 유창하게 몸소 실천하고 있었다. 그가 가려는 곳은 다름 아닌 제2호 공원이었다. 비니는 몸살 심하게 난 사람처럼 거친 기침을 하는 연기를 했고 이에 따라 그에게 비니의 몸에 손자국을 내도록 하는 것을 자연스럽게 하도록 하였다. 그런데 천천히 걷기를 더 느려지게 하고 있던 비니는 긴 안내 끝에 제2호 공원의 벤치에 앉아있는 재국을 발견하였다. 정말 엎어질 만한 발견이었다. 그리고 정말로 엎어지는 것을 과감히 실천하는 비니였다. 비니는 도로의 움푹 패인 곳에 정확히 넘어져 투피스 정장은 유감 있게 더러워져 있었다.

웅덩이에서 튀긴 물이 비니의 입과 코로 들어가 비니는 살려달라고 소리치며 당황하고 있었다. 그 소리는 재국이도 명료하게 듣고 있었다. 그리고 살려주고 싶었다. 그런데 그가 더 빨리 살려주고 있었다. 재국이는 소외된 느낌을 받고 있었다. 재국이의 살점이 묻어 있는 비니의 몸에 그의 손이 물결처럼 오르내리고 있는 모습에 대한 느낌이었다. 그렇지만 위기 상황에서는 그런 것쯤 수용하는 것도 텔레비전 다큐멘터리 '용감한 구원대 119'를 통해 습득했으므로 일리 있게 이해가 잘 되고 있었다. 그렇기도 하지만 재국이는 비니를 통해 아주 은밀한 것을 공유했고 그로 인해 확신을 얻고 있었다. 그리고 비니의 난삽한 행실을 숙지한 상태로 교제를 시작하고 지속하였기 때문에 너그러워지는 데에 시간이 그리 오래 걸리지는 않았다. 비니와의 신뢰는 그런 것이었다. 청년 최재국의 육감을 채워주는 비니는 그런 의미에서 의미가 되고 있는 것이었다. 서홍에게 버림받은 상처에 비니의 몸은 붕대가 되어 재국을 감아주었고 그 붕대 안에서 재국은 하나의 독립된 제국을 이루고 있었던 것이다. 그런 형태의 제국이 어찌 고작 하찮고 더러운 옷가지 위에서 붕괴될 수 있단 말인가? 재국은 비니에게 다가가서 눈을 맞추고 괜찮다며 위로를 하고 있었다. "정말 괜찮아?" 비니의 눈이 커지며 재국을 똑바로 보고 있었다. 재국은 비니의 사슴 같은 눈을 보며 참 순수한 눈이라며 속으로 감탄하고 있었다. 그리고 재국은 두 팔로 날씬한 비니를 감아서 들어올렸다. 정말 가벼운 몸이라 아기 같다며 재국은 애교를 떨고 있었다. 비니는 교태스러운 웃음을 괴기하게 내지르며 좋아했다. 재국은 이 순간이 너무 행복했다. 재국이와 비니는 장난스럽게 뛰어가며 숨을 거리에 뿌렸다. 거리의 사람들은 쓴소리로 시대를 한탄하는 한편이 있었고 한편에서는 아름다운 사랑이라며 인류 모두의 희망찬 내일을 소원하고 있었다.

비니는 집에서 샤워를 하고 있었다. 제1호 공원에서 본 남자의 손길을 상상하며 자신의 몸을 더듬고 있었다. 훅 달아올랐으나 달아오른 정도는 기대보다 덜했다. 비니는 열을 내고 싶었다. 세상을 자신의 몸으로 후끈 태우고 싶었다. 메마른 장작이 되어 활활 타고 싶은 마음이 샤워 꼭지에서 나오는 물줄기처럼 그칠 줄 모르고 있었다. 더 활활 타오르고 싶을 뿐이었다. 아무것도 제어될 것은 없었다. 그런 상태로 회사 사장님에게 전화를 걸고 있었다. 사장은 전화 너머의 거친 호흡에 아무것도 모르지 않으시면서 몸소 고급차를 끌고 비니의 집 앞으로 와서는 비니를 태우고 거칠게 대로를 질주하기 시작했다. 비니는 사장의 허리에 손을 넣고는 숨을 가삐 쉬고 있었다. 차선 두서너 개를 오가는 엇갈림은 경찰이 보면 음주운전 차량이라고 의심할 만했다. 그 의심은 적중하지 않았다. 경

찰은 오히려 안전운전 하시라며 경건히 경례의 손을 이마에 들고
는 비니의 옷차림새를 간헐적으로 유심히 보고 있다가 차가 출발
하자 못내 아쉬운 듯 자신의 신세를 한탄했다. 비니는 사장의 한
처소인 고급 오피스텔에서 밤새 침대를 뛰고 또 뛰었다. 정말 대단
한 체력이었고 지칠 줄 모르는 어느 건전지의 텔레비전 광고처럼
백만 스물둘, 끝없는 최고의 밤이 되고 있었다. 그리고 백만 스물
세 번째에 이르러 충전하듯 잠 속으로 깊이 빠지고 있었다. 비니의
핸드폰에서는 그때 스물세 건의 부재중 전화가 축적되었다.

　중천의 하늘에 떠 있는 해를 삼키며 일어난 비니는 너무 지친 탓
인지 아무것도 기억할 수 없었다. 기억하려 할수록 머릿속은 다
하얗게 되었다. 그리고 비니 자신은 자신을 정말로 아껴주는 재국
의 전화를 받지 못했다는 게 자력으로는 도저히 설명이 되지 않았
다. 비니는 재국이에게 이러한 몰이해를 전이해로 바꾸기 위해 전
화기의 통화 버튼을 눌렀다. 재국이는 조금 화가 나 있는 것 같았
다. 비니는 또 어쨌든 재국이의 화를 치유해주기 위해서 어느 모텔
로 오라며 약속을 정했다. 그리고 택시를 타고 모텔에 도착해 방
문을 열고 있었는데 바로 잠이 들었다. 재국은 뒤늦게 와서 자고
있는 비니를 바라보다가 가슴의 브래지어를 들어 그 안을 보고 있
었다. 정말이지 비니의 신비스러운 모양의 유방은 탐스러운 것이었
다. 그리고 샤워를 하고 비니가 깨어나기를 기다렸다. 그리고 기다
리고 기다리다가 낮이 가고 밤이 가고 또 아침이 와도 비니는 깨어
나지 않았다. 재국이는 비니가 깨어나기를 기다리다 자신마저 지
쳐 잠이 들고 말았다. 재국이 잠이 들었을 때 서홍의 전화가 왔고

그것도 여러 번 왔고 그 사실을 꿈에도 모르는 재국이는 정말 모자란 데가 많은 것이 틀림없었다.

  재국이가 깼을 때 비니는 또 자고 있었다. 비니가 깼다가 또 자는지 계속해서 자는지는 몰랐지만 잠든 자신을 바라보다가 단순한 비니가 지루함에 못 이겨 자는 것이라 재국이는 굳게 추측했다. 재국이는 자는 비니를 보다가 더 이상 참을 수 없어 자는 비니의 옷을 모두 벗겼다. 그리고 비니의 온몸을 더듬고 다스리려 했다. 자다가도 흥분된 듯한 비니에게서 콧소리가 나왔다. 그 소리에 재국이는 더 열정적으로 자신의 흥미를 유감없이 발휘하려 했다. 그리고 그 흥분은 최고조에 이르렀다. 그런데 찬물을 끼얹는 비니의 외침이 있었다. 그건 신경질적인 외침이었다. 어쩌면 화난 소리도 같았다. "흐음… 사장님 이제 그만해요. 피곤해요…" 재국이는 사장이라는 직함을 가지고 있지 않아서 좀 의외였지만 자신의 흥분을 그만두기에는 아까운 기분이 들었다. 그래서 더 은밀함의 충동 속에서 흐느적거릴 때 비니가 아주 몸을 비틀면서 신경질적으로 발설하고 있었다. "사장님! 지치지도 않아요? 다 늙어 가지고 밝히시는 거 정말 퇴폐예요. 가서서 사모님이나 즐겁게 해주세요!" 재국이는 비니가 잠꼬대를 하고 있구나 생각하고 하던 일을 다 하는 데 열중했다. 그때였다. 비니의 손바닥이 재국이의 그것을 강타하는 것이었다. 그리고는 소리를 꽥 하고 질렀다. "야! 그만해! 콱 잘라버릴라!" 재국이는 정말이지 이 상황을 이해할 수 없었는데 비니는 절규하듯 계속 소리쳤다. "그만해!" "나 며칠 만에 처음이야!" 재국이는 당황해서 답변했다. "뭐가 처음이야? 너 같은 건 다 벗겨서 동물원에 처넣고 여자들 구경거리나 시켜줘야 해! 남자는 다 짐승이야! 이 변태야! 이 나빠도 심하게 나쁜 남자야!" 재국이는 도저히 이해가 안 갔지만 일단 하란 대로 하려던 짓을 그만두고 모텔을 빠져나왔다. 길을 가면서도 도저히 이해가 가지 않았다. '남자는 다 짐승이야? 짐승보다는 점잖게 했는데… 그것도 난생처음으로 몇 번 아닌데… 그리고 모텔로 오라는 건 또 뭐야…? 모텔에서 잠 깨라고 커피 한잔하자는 거야?' 재국이는 모자를 눌러쓰고 어안이 벙벙해져서는 벙벙한 게 소화가 되지 않아 며칠 동안 아무것도 먹을 수가 없었다. 집에서는 가족들이 병이 났다며 보약을 지어 먹어야 한다며 난리가 아니었다. 재국이는 미칠 지경이 되어 잠이 오지도 않았다. 잠이 오려다가도 비니만 생각하면 잠보다도 먼저 비니에게서 달아나고 싶었다. 모든 사물들도 재국이 자신처럼 다 깨어 있어야 그것이 당연한 것 같았다.

재국이는 생각할수록 화가 났다. 그러다가 화병으로 죽을지도 몰랐다. 그래서 거리로 뛰쳐나갔다. 그리고 어디로든 가야 할 것 같았다. 그리고 어디로든 발길 닿는 대로 가고 있었다. 그런데 가다가 서홍이 사는 원룸 주택에 이른 것은 또 무엇일까? 재국이는 보도에 서서 서홍이 사는 5층의 창문을 사슴처럼 바라보았다. 사슴도 눈물이 있는지 재국이는 자신도 알지 못하는 감정이 들어 눈물을 흘리고 있었다. 그것도 잠시였다. 원룸 주택의 1층 현관으로 들어가려는 서홍과 눈이 마주친 것이었다. 재국이는 무슨 용기가 났는지 서홍의 팔목을 잡았다. 서홍은 당황하는 눈치였다. 재국이는 서홍의 당황하는 그 눈에 빛나는 그 무엇 때문인지 맥박이 급하게 뛰고 있었다. 그리고 아련한 마음이 서홍에게 가닿기를 절실하게 바라고 있었다. 서홍은 한동안 그런 재국이를 바라보았다. 재국이는 그런 서홍이를 바라보았다. 바라보고 있다가 서홍의 몸짓에서 아련하고 저미는 느낌이 나고 있는 것을 재국이는 분명하게 느끼고 있었다. 그런 느낌을 가로채듯 서홍이는 진한 향수 냄새를 뿌리며 재국이의 손을 털고 5층으로 향하는 엘리베이터를 타고 있었다. 재국이는 따라가고 싶었지만, 몸을 움직일 수가 없었다. 꼼짝도 할 수 없었다.

재국이는 자신의 마음과 다르게 꼼짝도 할 수 없었던 것이 못내 아쉬웠다. 그래서 재국에게는 자신에게로 향하는 미움이 일어났다. 재국이 자신이 싫게 느껴지고 있었다. 그 못난 재국이는 스스로를 탓하며 거리로, 그냥 목적지도 없이 뛰어갔다. 숨이 찼지만 그것은 뛰는 것을 그만둘 만큼 위로가 조금도 되지 않았다. 재국이 앞에는 모든 것이 짧은 거리였는데 도저히 닿을 수 없는 거리가 되어 마음에 도무지 차지 않는 것이었다. 그건 비니와의 그런 것과는 차원을 달리하는 것이었다. 세상에 드문, 참되고 참된 것이었다. 그리고 참된 것은 아무리 지우려고 해도 지워질 수 없는 영롱한 햇살과 같은 것이었다. 오후의 해가 저물기를 바라며 뛰다가 쉬다가 숨이 차는 것을 재국이는 반복했고 또 반복하는 것이었다.

해가 완연히 저 너머로 지고 재국이는 제1호 공원의 벤치 위에 조용히 까만 밤하늘을 올려보며 무겁고 점잖게 앉아 있었다. 누가 보면 시인이라고 여길 만큼 아주 진지해져서는 앉아 있었다. 재국이는 시선을 내리깔았다. 공원 한켠에서 아이 하나가 혼자 분주하게 뛰어놀고 있었다. 그 아이를 유심히 보던 재국이는 아이가 모랫바닥에 엎드려 무엇을 쓰는 것을 보게 되었다. 재국이가 본 밤하늘의 빛나는 별을 그리고 있는 것 같았다. 재국이가 다가가자 아이는 겁이 났는지 저 어딘가로 사라지고 있었다. 사라짐과 동시에 재국이에게 은밀함을 여러 번 겪게 했던 비니가 등장하고 있었다.

비니 앞에서 재국이는 화를 내고 있었다. 그런데 기억력이 심하게 떨어지는 비니는 왜 재국이가 화가 났는지 알 수 없었다. 그래서 자발적으로 같이 화를 내고 있었다. 재국이는 비니의 화에 자신의 화가 시너지 효과를 내며 팽창하고 있는 사실 앞에 충실히 있었다. 그것은 도무지 걷잡을 수 없는 것이었다. 재국이는 그 화를 주먹으로, 그 힘센 주먹으로 풀 수는 없었다. 상대가 연약한 여자였기 때문이었다. 재국이는 비니의 멱살을 쥐고 있다가 아래쪽으로 힘을 실었다. 비니의 옷이 싱싱한 소리를 내며 찢겼다. 찢긴 사이로 비니의 하얀 속살이 몹시도 출렁이고 있었다. 재국이는 이제 다른 식으로 흥분하기 시작했다. 비니와 입을 맞추고 손을 스커트 밑으로 집어넣었다. 비니는 저항하고 있었다. 그럴수록 재국이는 몸이 달아 옷의 더 많은 부분을 열거나 찢었다. 비니는 공원에서 하는 이러한 행위가 창피하기도 했지만 그보다는 화난 자신에게 하는 이런 식의 분풀이를 그대로 수용할 수 없었다. 아무리 자신이 그런 축에 속한다지만 경우가 따로 있는 것이었다. 비니는 무릎으로 재국이의 상체를 차올렸다. 약간 뒤로 물러섰지만 재국이는 그때의 일을 또 반복하고 싶지 않았다. 이번에는 풀어야 했다. 이런 흥분을 이대로 그만두다가 그때처럼 후회할 것을 쉽게 예측하고 있었다. 그런데 아무리 쉬운 여자라도 자존심이 있었다. 비니는 진심으로 반감을 지니고 저항하고 있는 것이었다. 재국이는 진심으로 저항하는 비니의 마음을 조금도 읽지 못하고 있었다. 비니는 작금의 행태를 분개하며 팔다리로 적극적으로 저항하고 있었다. 그러나 힘센 재국이는 비니를 완력으로 완전히 제압하고 공원의 넓은 바닥에 눕혔다. 그리고 비니의 팬티를 벗기고 흥분된 짓의 완성을 시키려고 하고 있었다. 그때였다. 경찰차의 사이렌이 울리고 있는 것이었다. 재국이는 그 큰 소리에 자신이 범법자인 것을 깨닫고 있는 중이었다. 그리고 하던 짓을 그만두려고 했다. 그런데 저항하던 비니는 오히려 작금의 흥분에서 깨어날 생각은커녕 몸이 달아올라서 도저히 그만둘 수 없었다. 그녀에게 사이렌은 자신의 성적 흥분에 대한 환호이면 환호였지 비난이라고는 조금도 인정할 수 없었다. 재국이는 바지를 입고 있었지만 비니는 상의까지 모조리 벗으려고 하는 것이었다. 그렇지만 재국이의 생각은 달랐다. 바지를 입자마자 잽싸게 도망가고 있는 것이 그 증거일 것이다. 그런데 재국이의 상황 파악은 정확하지 않았다. 원룸 주택들이 단지화되어 있는 동네에서 범법자들은 흔히 있는 것이었고 경찰이 뒤쫓고 있는 것은 재국이와 비니가 아니었던 것이다. 경찰은 수갑을 채운 청년 둘을 경찰차에 태우고 재국이가 도망가는 방향과 같은 방향으로 달렸다. 재국이가 뛰어가고 있는 지점을 순식간에 지나치고 있을 수 있는 것은 가능 중에 쉬운 가능에 속했다. 경찰차는 재국이 있는 지점에서 잠시 멈추었다. 재국이의 심장이 멈출 것 같았다. 경찰 중에 한 사람이 재국이의 놀란 얼굴을 바라보다가 인상

여름 바다

을 쓰고는 다시 속력을 내었다. 무서운 경찰차를 외면하려 재국이는 뒤로 고개를 돌렸다. 고개 돌린 시선에 공원이 있었는데 그곳에서 신음 소리가 들리고 있었다. 재국이는 아쉬운 마음과 미련이 일어 공원으로 돌아왔는데 비니는 아직도 그 흠 많은 옷차림새였다. 재국이는 그런 비니를 보고 있다가 입혀진 나머지 것들을 모두 완벽하게 벗겼다. 그리고 까맣고 까맣고 더 까맣게 그곳에서 비니를 덧칠하며 청년의 힘으로 할 수 있는 욕정을 그리고 또 그렸다. 그렇지만 그 그림은 좀처럼 팔리지 않을 것이었다. 값어치가 아주 미미한, 한순간의 그림이기 때문일 것이다. 너무도 흔한 말세(末世)의 흠집이기 때문일 것이다.

2. 여자의 낙서

재국이는 그게 옳은 것인 줄 알았다. 거기에 의문은 전혀 없었다. 의문이 있을 수 없었던 것은 비니가 그렇게 만들었기 때문이었다. 비니가 그렇게 하도록 재국이에게 시키고 있었고 꼭 그렇게 하는 것이 여자에 대한 예의에 충실을 다하는 것이라 여겼다. 그것은 재국 나름의 진심이었다. 그런데 비니는 비니답지 않게 다른 것을 재국이에게 요구하고 있었다. 그것은 너무도 무리한 요구였다. 비니는 재국이에게 약혼을 하자면서 자신의 집에 초대해 가족들에게 인사를 드리면 어떠냐고 제안을 하고 있는 것이다. 그때 재국이는 정신이 확 깨며 비니와 있었던 일들에 대해 주마등 스치듯이 파노라마를 펼치고 있었다. 특히 공원에서 있었던 일이 마치 큰 죄악처럼 몰려드는 것이다. 큰 후회가 재국이의 온몸을 밀치고 있었다. 재국이는 무엇인가 극복해야 했다. 우선 자신의 진심을 헤아려 보고 있었다. 그리고 비니를 탐색하기 시작했고 자신의 감정이 어떤 것인지 탐색하려고 했다. 그러자 얼핏 보이는 무엇이 있었다. 비니의 몸이 보였고 재국이는 남자의 몸이었다. 비니는 진심으로 여자의 몸을 하고 있었고 재국이의 진심으로 남자의 역할을 하는 욕정이 설핏한 가운데 뚜렷해지고 있는 것이었다. 생물학적인 그것만이 있었는데 비니와 약혼을 할 정도의 실제적인 것은 너무 억지로 있는 것이었다. 아무리 재국이가 뭐가 모자라도 약혼이라는 것이 대충 무엇인지 모를 정도는 아니었다. 재국이는 두려워지기 시작했다. 이 상황을 어떻게 벗어나는 것이 옳은 것인지 한숨부터 나왔다. 비니와의 약혼은 비니의 가슴처럼 그리 탐스러울 것이 아니었다. 그것은 비니를 향한 욕정을 욕되게 하는 것이었고 지금까지의 비니와의 추억을 치욕으로 바꾸는 아주 심각한 도전이었다. 그런데 그 도전을 받은 재국이는 그 도전에 지고 있었다. 재국이는 세상에 필요한 진심이 무엇인지 알지 못했다. 그것을 알기에는 재국이가 너무 어렸다. '인생 뭐 있나?' 하는 자포자기의 흐릿한 심정이 재국이를 감싸고 있었다. 재국이는 비니의 제안에 반이 넘는 동의

여름 바다

를 하고 있었던 것이다. 재국이의 표정을 살피던 비니의 입가에는 묘한 미소가 번지고 있었다. 그러더니 껑충 뛰어 재국이를 포옹하였다. 비니는 급격히 신이 나고 있었다. 재국이에게 행한 제안이 수락될 것 같다는 신호를 감지하고 있었던 것이다. 비니는 포옹한 팔을 풀고 앞서서 엉덩이를 흔들며 앞으로 달려갔다. 재국이는 어정쩡하게 바라보다가 같은 방향의 망아지처럼 둘만의 떼를 이루고 밤의 도로는 야생이 되는 것이었다. 둘의 질주는 경찰차의 사이렌처럼 온 도시를 깨우고 있었다. 잠에서 깨어난 사람들은 창문을 열고 기지개를 켰는데 그런 몸짓이 비니와 재국에게는 만세를 외치는 환호성같이 들렸다. 그런데 그들 중의 한 사람은 몹시 불쾌한 듯이 굳게 팔짱을 끼고 비니와 재국이를 째려보는 것처럼 보였다. 비니는 그냥 아무렇지도 않게 넘기고 있었는데 재국이에게는 심기를 몹시 어지럽히는 유별난 것이었다. 그러다가 재국이는 화살을 맞은 듯이 질주를 하다 낙마한 병사같이 치명타를 입으며 주저앉았다. 재국이의 그런 모습을 보며 비니는 말했다. "돌부리라도 있었어?" 재국이는 금방 일어서며 말했다. "잘못했어…." "뭐가?" 재국이는 하늘을 올려보며 별을 바라보았다. "내 양심이 별을 만들고 내 어리석음이 별을 어둠에 묻은 거야." "갑자기 시인이라도 됐어?" "난 벌을 받을 거야!" "재국아! 네가 뭘 잘못했는데?" "사. 랑."

재국이는 다음에 만나자며 비니를 보냈다. 그리고 저 높은 곳에 있는 서홍이에게 닿은 마음이 별과 달리 지지 않기를 진심으로 바랐다. 그런데 서홍의 창문이 거칠게 닫히고 하나의 빛도 빠져나오지 못하도록 커튼까지 신경질적으로 닫히고 있었던 것이다. 재국이는 서홍에게 어둠이 되었고 그 어둠에 빛이란 없었다. 그저 막막한 마음에 이는 바람도 없이 재국이의 그간 행실이 은막에 쏘는 영사기처럼 돌고 또 도는 것이었다. 어지럽게 재국이는 그 자리에서 돌고 돌았다. 정말로 미친 듯이 요 며칠간 돌고 또 돌았던 사실이 서홍의 창문을 바라보며 밝혀지고 있던 것이었다.

재국은 천천히 천천히 걸어갔다. 어느 때보다 긴, 집으로 가는 길이었다. 몸과 마음이 너무도 지쳐 있어 저 앞에 재국이가 사는 집이 있지 아니하였다면 처음부터 집시였던 것이 아닌가 하는 혼란이 일 것이었다. 재국이는 집이 너무 고마웠다. 쉴 수 있는 공간이 있다는 것이 너무도 고마웠다. 재국이는 열 걸음만 걸어가면 집 대문을 열고 방바닥에 누우리라! 다 잊으리라! 아니 잠시라도 편해지리라! 되뇌이며 앞으로 앞으로 갔다. 그런데 재국이가 누운 곳은 재국이의 방 안이 아니라 집 앞의 맨땅이었다. 그곳에서 재국의 얼굴에 가격을 하고 간 자가 그치라는 사실에 치를 떨며 바로 일어나려고 했다. 그런데 잘 일어나지지 않았다. 지친 탓도 있었지만 난데없는 그치의 등장과 폭력에 조금 전과 다른 혼란에 빠져 있었기 때문일 것이다. 그치를 다시 보는 것도 싫었고 그치가 재국이 앞에 나타날 줄도 몰랐고, 더군다나 재국이에게 주먹을 휘두를 줄은 더더욱 알지 못했다. 그치가 재국이에게 그럴 이유가 없었다. 적어도 재국이가 아는 지금까지의 상황에서 그치의 폭력은 도저히 예상할 수 없는 것이었다. 그건 써프라이즈(surprise)였다. 깜짝 쇼였다. 아니 왜 연인도 아닌데 써프라이즈인지, 이 시대의 이벤트는 항상 상상을 초월하는 것이었다. 그리고 기념할 것이 많은 이 사회의 순결함은 항상 놀라운 것이었다. 전국 어디를 가도 조망(眺望)한 자의 흔적은 이루 말할 수 없이 놀랄 정도로 흔한 것이었다. 그것은 이 시대의 크나큰 조류였다. 거스를 수 없는 자아의 노출이 되었고 자아의 노출이 되지 않으면 그 자아는 있지도 않는 것으로 간주되었다. 드러내지 못하고 배어날 수 있는 여유는 눈 씻고도 찾아볼 수 없는 것이었다.

재국이가 겨우 정신을 차려 일어났을 때였다. 저쪽에서 함성 소리가 났다. 사람들이 떼로 몰려 소리를 지르고 난리가 아니었다. 그리고 종이쪽지가 바람에 날리고 그 사람들은 뭔가 소중히 여길 태세로 날아가지 않은 종이 한 장씩을 품고 한쪽을 향해 토끼뜀을 하며 무엇을 보느라고 좀처럼 그들의 혼란이 그치지 않는 것이었다. 그 사람들은 대부분 어린 중고등학교 학생이었는데 무리에서 빠져나와 재국이 쪽으로 오는 몇 명이 있었다. 재국이는 궁금해서 저게 뭐냐고 물었다. 그러자 그 학생들은 연예인이 왔다며 흥분을 감추지 못하고 들떠 들뜬 발로 구름처럼 하교를 이어가는 것이었다. 재국이는 이 상황에서 자신의 혼란을 완전히 잊어버렸다. 그치가 와서 자신의 얼굴을 가격하고 갔다는 사실이 한 문장이 되어 아무렇지도 않게 책에 접히는 것으로 전락하고 마는 것이었다.

"내 생일은 잊어버렸니? 쓰레기통 속에 집어넣었니? 쓰레기통 속에는 깨끗이 씻어 넣었니? 그리고도 네가 나를 좋아한다며 안달복달 그렇게 쫓아다녔니? 쫓아다니다가 그때의 네 애걸을 네 주머니 속에 넣고 다니다가 분실하기라도 하였니? 분실신고는 했니? 찾기라도 하는 척은 했니? 아니면 배가 고파 달싹 먹어버렸니? 그래 소화는 잘 되었니? 그래 살 좀 쪘겠다. 그래 한번 네 잘난 얼굴 좀 보자! 그때 거기서!"

재국이의 핸드폰 발신 번호 표시란에 '서홍'이라고 찍혀 있었었다. 재국은 헉 하고 놀랐다. 놀란 가운데 진동 모드였던 핸드폰을 쥔 손에 진한 자극은 서홍이 부들부들 떨고 있다는 착각에 잠깐 빠지게 했었다. 재국이는 서홍을 그렇게 난처하게 하고 싶지 않았다. 그래서 폴더를 열고 떨리는 목소리로 '그래 나야!'하고 의연하게 통화를 하려고 했었다. 그랬는데 저쪽 수화기를 통해 전해지는 모든 말은 재국이를 몰아붙이듯 추궁하는 어조였다. 재국은 분명 그 말이 분명 뭔가를 따지고 있었고 기분 나쁜 것을 토해내는 말은 틀림없었는데 이상하게도 기분이 좋아지는 것이었다. 어조는 책망하는 것이 틀림없는데 그 내용은 서홍 자신의 생일파티에 초대하는 것이었다. 재국이는 연예인을 직접 본 아이들의 기분을 이해할 것 같았다. 재국이는 기분이 몹시 좋아졌다. 아주 상쾌한 기분이 되었다. 연예인과 직접 통화한 것처럼 불가능하게도 천장에 별이 신나게 빛나고 있었다. 서홍이 재국이에게 먼저 전화하기는 정말 세 손가락 안에 드는 불가사의 중의 하나라며, 하늘의 높이와 땅의 높이가 다르지 않은 꿈의 성취라며 감사를 하고 있었다. 내일이 오기를 학수고대하는 재국이에게 새로운 세상은 그리 멀지 않고 오히려 너무 가까워서 이불을 뒤집어쓰고 두려워하기까지 했다.

재국이는 화장실에서 샤워를 하고 헤어드라이어로 머리를 말렸다. 면도도 정성껏 하고 스킨로션도 아끼지 않고 얼굴이 번질번질하도록 발랐다. 거울을 들여다보니 잘생긴 재국의 얼굴이 싱글싱

글 웃고 있었다. 재국이는 향수도 뿌리고 겉치장하는 것들은 하나
도 빠짐없이 하니 꼭 무슨 새신랑이 되어 있는 것 같았다. 그리고
거실의 전신거울을 보고 옷매무새도 곱게 섬세한 연출이 되도록
했다. 재국이는 이제 서홍을 만날 일만 남았다. 서홍의 예쁘고 발
랄한 모습이 떠오르고 있었다. 재국이는 웃으려고 하지도 않았는
데 막 웃음이 났다. 그러다 주책맞다고 참으려고 했지만, 기분이
좋은 것은 재국이 스스로도 함부로 제어할 수 없는 것이었다. 서
홍은 재국이에게 그런 존재였다. 재국이에게 서홍은 여왕과 같았
다. 그저 추종할 수밖에 없는, 사랑으로 심어진 큰 어른이었다. 그
저 따를 수밖에 없는 재국이의 크나큰 존재였다. 재국이 서홍의
그런 투정 섞인 전화를 받았다는 것은 재국의 축복 중에 큰 축복
이었다. 재국은 신나게 거리를 넘어서 횡단보도 위를 날아서 서홍
의 원룸 주택을 향해 뻗어나가고 있었다. 그건 재국의 그런 기쁨의
완성이 되는 새로운 탄생이었다. 그것은 모든 사물에 빛을 뿌리는
신의 고유한 업무였다. 그로서 이제 재국이는 다른 아름다운 세계
에 첫발을 내딛는 것이었다. 지금 재국이에게는 서홍의 붉은빛 볼
만이 떠오르고 있었고 붉은 입술에서 나오는 소리로 순한 마음이
채워지기를 몹시 기대할 뿐이었다. 그런데 서홍의 원룸 주택 앞에
도착한 재국은 저 멀리, 아니 그리 멀리 떨어져 있지 않은 거리에
서 그치를 발견하였다. 재국이는 조금 묘한 예감이 들었지만 기쁨
에 들떠 상관할 바를 알지 못했다. 그런데 5층의 엘리베이터 문 앞
에서 남자 여럿과 여자들이 시끄럽게 떠들고 있는 것이었다. 그들
에게서 느껴지는 분위기에서 재국이는 뭔가 찔리는 것이 있었다.

꼭 장미의 가시같이 아름답지만 아름답지만은 않은 그런 것과 같은 것이었다. 그래도 재국은 자신의 행복 가득한 기쁨을 잃지 않았다. 그것은 서홍에 대한 사랑의 지극히 기본적인 예의였다.

재국은 만원 버스가 처음엔 무엇인지 전혀 몰랐다. 요금이 만 원 하는 비싼 버스인지 아닌지, 그럴 것도 같고 아닌 것도 같고 도무지 알 수 없는 것이었다. 그런데 러시아워의 교통 상황을 직접 경험하고는 선생님의 만원 버스에 대한 설명이 쏙쏙 들어오는 것이었다. 말하자면 산 교육이었다. 단어를 암기하거나 이해하는 것보다 직접 경험하는 것이 우리 아이들에게 실제적이고 효과적으로 좋을 것이었다. 그런데 이 시대의 교육제도는 너무도 어려운 방식으로 진행되었다. 칠판의 글씨로, 선생님의 설명으로 교육은 결코 완성될 수 없는 가공의 덧없는 것이었다. 그러나 우리들은 힘이 없었고 그저 제도가 시키는 바를 엄숙히 행하는 것으로 우열을 가려야 했다. 그 우열의 평가가 근본적으로 우리들을 폐쇄적인 곳으로 이끌고 그 안에 갇히게 만드는 것이었다. 우리들이 우리들과 다른 것을 비판하고 나무란다고 해도 결코 비판하고 나무라는 자가 비판하고 나무라는 데에서 자유로워질 수 없는 것은 우리들이 열려 있다고 결코 말할 수 없기 때문이다. 그러나 우리들은 일상적으로 비판하고 나무란다. 비판받고 나무람을 당하는 쪽은 명백하게 다른 편이 된다. 서로 다른 편이 되어 싸우는 것은 그 싸움으로서 한 개체의 명백한 독립을 선언하는 것이다. 그러나 그런 선언쯤 해보았자 개구리가 우물로 들어가는 어리석음이지 넓은 곳에서 자유로워지는 것은 결코 아니기 때문이다. 단지 살아 있다는 자조적인

여름 바다

증명에 치우치는 것일 뿐이다. 그저 '나도 여기 있네' 하는 작고 보잘것없는 푸념에서 살아가는 느낌을 얻고 있을 뿐이다. 그저 묵묵히 자신을 길을 가는 정직한 자에게는 눈살 한번 찌푸리면 되는 냉소가 되지만 말이다. 부정직하게라도 엮이지 않으면 소외감을 느끼는 자에게 과연 독립이라는 것이 있을 수 있을까?

재국이는 5층 서홍의 방문 앞에서 고깔 같은 모자를 쓰고 있는 자를 보았다. 그자는 그저 보이는 데에서 그치지 않았다. 재국이의 목 위로 바구니를 들고서는 쇳소리로 "만. 원." 하고 있는 것이었다. 재국이는 잘 이해가 안 가서 그냥 무시하고 가려 했다. 문을 열려고 하자 그자는 또 재국이를 막고 또 "만. 원." 하고 바구니를 드는 것이었다. 재국이는 그 안을 보았다. 만 원짜리가 몇십 장은 있었다. 재국이는 돈을 넣으라는 것이구나 하고 주머니를 뒤져 만 원을 꺼내 바구니에 넣었다. 그리고 또 방문을 열려고 하자 그자는 또 재국이를 막아서는 것이었다. 그리고서는 그자의 주머니에서 오천 원을 꺼내 재국이의 손에 쥐어주는 것이었다. 참 정직한 자였다. 그냥 가져도 됨직한데 거스름돈을 꼭 받아 가야 한다는 의지의 표명이 그랬다. 재국이는 그냥 만 원이든 오만 원이든 서홍을 보는 것이 중요했지 입장료가 중요한 것이 아니었다. 그리고 참 별난 생일파티를 하는 서홍에게 또 한 번 써프라이즈(surprise)했다.

서홍의 원룸은 아주 끝없이 넓은 방이었다. 원룸이라기에 방이 하나라고 생각했던 재국이는 그 광활한 원룸의 내부에 방 세 개와 거창한 거실과 욕실을 들여다보며 입이 다물어지지 않았다. 서홍은 밝은 톤의 화장으로 재국이를 보며 미소를 짓고 있었다. 재국이는 서홍이 자신에게 짓는 미소에 마음이 조선왕조의 궁궐보다 넓어졌다. 재국의 제국은 서홍에게 닿아야만 이루어질 수 있는 것이었다. 재국이의 그런 마음을 아는지 모르는지 예쁜 얼굴은 가르쳐주지 않았다. 그저 떨리고 위축될 뿐인 재국이는 잘 떨어지지 않는 입으로 생일 축하한다고 말하려고 했다. 그 순간 재국이가 잘 떨어지지 않는 입술을 애써 떼어낼 순간 서홍은 고개를 왼쪽으로 돌렸다. 재국이의 시선도 서홍의 시선이 머무르는 곳에 따라갔다. 따라간 거기에 고급스럽게 파마를 한 남자가 잔을 들고 있었다. 그 잔에 서홍은 와인을 따라주는 것이었다. 와인잔을 들고 있던 남자는 와인이 채워지자 서홍의 마스카라 짙은 눈을 보았다. 서홍은 붉은빛의 와인처럼 고개를 살며시 숙였다. 그 남자는 서홍의 살며시 내린 작은 손을 들어 자신이 들고 있는 와인잔을 쥐어주는 것이었다. 그리고는 주머니에서 핸드폰을 들고 복층형 원룸의 계단을 품위 있는 발걸음으로 올라가는 것이었다. 재국이 아는 서홍이는 결코 그런 성격의 여자가 아니었다. 부끄러움을 타는 성격이 아니었고 항상 공격적인 성향의 부류였다. 재국이는 자신의 눈을 의심했다. 그리고 자신의 눈이 이상 증상을 보이는지 시험하기 위해 상층의 그 남자를 보았다. 얼굴의 표정이 재국이 보기에도 정말 여유 있고 자신 있어 보였다. 상류층에게나 있을 수 있는 그런 모습이었다. 재국이는 소침해졌다. 이곳에 온 것이 스스로에게 미안해졌다. 그런데 풀이 죽어 있던 그런 재국이의 손을 잡는 누군가가 있었다. 서홍이었다. 정말 오랜만에 가까이서 보는 서홍의 얼굴은 재국이에게는 어여쁜 천국이었다. 서홍은 와줘서 고맙다고 짧은

여름 바다

몇 마디를 하더니 와인이 찬 잔을 재국이에게 쥐어주었다. 이번에는 재국이가 부끄러워 고개를 숙이고 있었다. 재국이의 얼굴이 와인을 먹지 않았는 데도 붉어졌다. 그때 서홍이 언어가 아닌 소리를 내고 있었다. "흥." 서홍의 콧바람 소리에는 차가움이 실컷 담겨 있었다. 서홍의 화려한 거처에는 십수 명이 다 와인잔을 들고 저마다의 부귀를 내뿜고 있었다. 재국이는 또 한 번 서홍에 관해 혼자가 되었다. 그것은 외로움이었고 고통이었다. 이곳에 환희를 띠며 날아온 것을 회상하며 재국 자신을 질책하고 있었다. 차라리 누군가가 주먹으로 재국이 자신을 때렸으면 시원해지지 않을까. 재국이는 군중 속의 고독에서 빨리 벗어나고 싶었다. 그리고 곧 재국이는 벗어나고 있었다. 그것도 육체가 아닌 의식이 벗어져 내리고 있었다. 그건 그치의 주먹 때문이었다. 재국이가 치던 주먹과는 차원이 다른, 훈련된 강한 주먹이었다. 재국이는 기절하기 직전에 그치가 맞으면서 웃을 수 있었던 이유를 조금은 알 수 있을 것 같았다.

재국이는 기절을 멈추고 바닥에서 곧게 일어났다. 그리고 두리번거렸다. 그치를 찾는 동작이었다. 다들 와인잔을 들고 그런 재국을 동물원의 원숭이 구경하듯이 흥미롭게 지켜보고 있었다. 현관문을 열고 들어오는 몇 명이 있었다. 그들은 사람들이 지켜보는 대상에 자연스럽게 시선이 끌렸다. 그리고 몇십 명이 더 들어왔고 들어오는 사람들마다 다 그런 재국이에게 시선을 주었다. 그야말로 시선 집중이었다. 그러다가 재국이는 그치를 발견하였다. 상층에서 그치와 서홍은 러브샷을 하고 있었다. 재국이는 아까의 기분 상태를 다 잊어버리고 피가 거꾸로 솟는 것만을 몸소 체험하고 있었다. 죽을지언정 그치에게는 질 수 없는 것이 있었다. 아무리 가진 것이 없어도 도저히 변태 새끼에게 서홍의 순결한 시선을 빼앗길 수 없었다. 재국이는 상층으로 솟아올랐다. 계단 같은 것은 필요도 없었다. 그리고 그치의 멱살을 아주 세게 잡았다. 그런데 이게 웬일인가? 서홍이 그치를 살려달라고 무릎을 꿇고 재국이에게 애원하는 것이었다. 재국이는 기가 막히고 조금 전까지 실컷 있던 콧김의 힘이 다 빠져나가버렸다. 그리고 온몸의 힘이 미용실에서 잘려나간 머리카락과 같이 바닥으로 쓰러지고 있었다. 정말 이해가 안 가는 장면이었는데 거짓말처럼 실현되고 있는 것이었다. 실현은 이어지고 있었다. 서홍이 그치의 입술에 와인잔을 대고 마치 어머니가 아이에게 모유를 먹이는 것처럼 하고 있는 것이었다. 재국이는 가슴 한 언저리가 아파왔다. 그것도 아주 심한 통증이었다. 재국이는 이 모든 것을 부정하고 싶었다. 그래서 이곳을 빠져나가려 했다. 그런데 그것마저 제대로 되지 않았다. 서홍의 거창한 거처에 초대된 사람들이 많아 틈새를 찾기가 아주 어려워진 것이었다. 재국이는 그래도 이곳을 빠져나가고 싶었다. 거칠게 몸을 움직이며, 마치 권투 선수처럼 이리저리 움직이며 틈을 찾았다. 그런 모습을 보고 있던 한 사람이 불쌍한 듯 옆으로 비켜주었지만 산 너머 산이었다. 재국이는 별 수 없었다. 그냥 밀어붙이기가 이 순간 재국이의 성격에 딱 맞았다. 그냥 몸으로 밀어붙여 앞으로 쏜살같이 나아갔지만, 쏜살같이는 되지 않았다. 그래도 재국이는 앞으로 앞으로 나아갔다. 재국이가 현관문에 다다랐을 때는 아름다운 서홍의 거처가 엉망이 되어버렸다. 바닥에는 전쟁터의 군사의 피

같은 붉은 와인이 흥건했고 유리잔은 뾰족하게 깨져 무기같이 되어버렸다. 재국이는 러시아워의 출퇴근길이나 등하굣길은 피해야 했다. 그때는 만원 버스마다 몸부림이 있을 것이었다. 처절한 몸부림이 있을 것이었다.

재국이는 촛불을 바라보고 있었다. 그리고 촛불은 결코 작은 불이 아니라고 생각하고 있었다. 저 작고 볼품없는 불길이었으나 어두운 밤 방 안을 가득 채우는 단 한 줄의 초에서 나오는 빛은 재국이에게는 큰 희망이었다. 재국은 서홍의 생일파티에서 당한 수모로 인해 밤에는 잠을 이룰 수가 없었다. 열기가 과도한 여름의 태양 아래서만 안심할 수 있었고 조금이나마, 깊은 잠이 아니더라도 의식을 내리고 있을 수 있었다. 어두운 방에 서홍은 재국이의 타는 마음에서 마음껏 희롱했으며 농락했으며 찢기도록 재국의 아픔을 휘저을 수 있었다. 재국이는 자신의 까맣게 탄 마음에 위로가 필요했다. 안식이 필요했다. 그런데 저 작고 볼품없는 크기의 불길은 따듯하게 재국이의 어둠을 그 크기만큼 조금씩 조금씩 지우고 있는 것이었다. 촛불은 재국이의 유일한 보호자가 되어서 재국이를 안심시키려고 노고를 아끼지 않았다. 재국이는 그 빛에 이끌려 갔다. 그렇게 이끌려 가서는 아이처럼 순한 마음이 되는 것이었다. 거기에서 무모한 욕정은 실처럼 풀어져서 연처럼 날아가는 것이었다. 비니는 연이 되었고 길게 풀어진 실은 무모한 바람에 의해 끊어지고 저 먼 세상으로 가는 길에 반짝 인사를 하고 떠나는 것이었다. 재국이의 촛불이 바람에 의해 흔들렸지만 재국이의 마음은 그리 아프지 않았다. 그 아픔은 서홍의 생일파티에서 벌어진 재국이의 상처와 비교도 할 수 없는 그런 것이었다. 그건 포크레인 앞에서 삽질을 하는 무의미한 것이었다. 그건 수도 없는 물의 바다에 한 컵의 물이었다. 보잘것없이 초라한 것에 불과할 뿐이었다. 그냥 무시해도 별반 상관없는 것이었다. 그러나 이 어둠은 점점 깊어만 가고 헤어나지도 못하는데 재국이 앞의 촛불은 미미한 열의 손길로 재국이의 아픈 마음을 어루만지는 것이었다. 재국이에게 어둠이 벗겨지기 위해서는 시간이 필요했다. 그리고 며칠 촛불의 시간은 지속되었고 재국이에게는 기력을 찾기 위한 의지가 살아나고 있는 것이었다.

재국이는 오랜만에 아침 일찍 일어났다. 그리고 산책을 하려고 부산히 운동화를 신고 집을 나갔다. 초록의 풀들이 재국이의 안부를 꼬박꼬박 묻고 있었지만, 재국이는 대답할 만한 힘이 없었다. 조용한 묵례로 아침의 향기들을 재국이는 읽고 있었다. 재국이의 그런 독서는 재국이의 앞길을 힘차게 일구는 농사 같은 것이었다. 재국이의 눈에 총기를 일깨우는 거름과 같은 것이었다. 재국이는 점차 회복되어 가고 있었다. 그리고 아침마다 산책길을 향하는 것으로 쉴 수 있는 것이었다.

그러던 어느 아침이었다. 산책에서 돌아온 재국이의 창문 너머 담 위에 작은 화분이 놓여 있었다. 노란 꽃을 피운, 정말로 귀여운 식물이 재국이의 창문 너머 담에 놓여 있는 것이었다. 담장은 높을지 모르나 그 폭은 좁아서 언제 떨어질지 모르는 위태함이 재국이에게 느껴져 왔다. 재국이는 대문을 열고 나가서 그 작은 화분을 방 안의 햇살에 인사시키고는 물을 몇 모금 주었다. 그러자 왠지

여름 바다

모를 뿌듯한 마음이 생기는 것이었다. 그리고 그 노란 꽃을 바라보자 떠오르는 미모(美貌)가 있었다. 서홍의 아름다운 얼굴이었다. 그리고 그 알 수 없고 신비한 눈빛이었다. 재국이는 이 화분을 서홍이 올려놓았다고 추측하려고 부러 노력했다. 그리고 산파 같은 노고의 끝으로 그 예쁜 화분은 서홍이 조심스럽게 들고 와서 재국이에게 선물한 것이었다. 그것은 재국이에게는 경이(驚異)였다. 한여름의 소나기였고 우산 안의 작고 소중한 품이었다. 재국이의 입가에 밝은 미소가 번지고 있었다. 행복한 마음에 당장 서홍을 보러달려가고 싶지만 남자의 자존심이 있는 것이었다. 재국이는 서홍에게 이미 마음 깊이 닿고 있었지만, 엉덩이가 들썩거리고 있었지만 참아야만 했다. 그건 남자가 가지는 최소한의 묵직함을 표현하는 것이었다. 그리고 날 듯한 기분을 삼키려 침대 위에 억지로 눕고 있는 거짓을 재국이는 무리하게 몸소 실천하고 있는 것이었다. 그러나 참기가 아주 어려웠던 재국이는 서홍의 사진이 있는 핸드폰의 폴더를 열고 있었다. 그 안에서 너무 예쁜 서홍의 모습을 몰래 훔쳐보는 것같이 재국이는 초조하게 떨리고 있는 것을 느끼고 있었다. 재국은 자신의 진정성을 서홍이 직접 보면 어떨까 생각했다. 재국이는 서홍이 얄밉기도 했지만 그 얄미움마저 서홍의 희디흰 살결이 되어 바다의 물결처럼 무한정 두려워지고 있는 것이었다. 재국이의 그런 두려움을 삭이려 해가 중천인 오후의 따가운 햇살 아래로 가서 목적지도 없이 이 동네 저 동네를 돌아다녔다. 그렇게 다니다가 뭔가 낯익은 것이 재국이에게 발견되고 있었다.

그녀는 연을 날리고 있었다. 그녀는 재국이에게 아주 낯선 몸매

를 하고 있었다. 재국이는 그녀의 몸매가 그 몸매인지 다른 여자의
비슷한 몸매인지 확신하기 위해서 조심스럽게 접근하고 있었다. 그
런데 그 조심스러움은 조심스럽지 않아도 되는 것이었다. 그냥 막
대해도 상관없는 그녀는 원래부터 그런 그녀였다. 그 몸매의 주인
공은 다름 아닌 비니의 풍성한 몸매였다. 그런데 왜 여기서 연을
날리고 있는지 재국이는 그녀에게 물어보고 싶었다. 그렇지만 이
미 비니는 재국이에게는 관심의 중심에서 벗어난 지 오래된 추억
의 까만 그림자였을 뿐이었다. 그저 지나가는 여자로 보면 되는,
풍성한 만큼 재국이에게는 그리 풍성하지 않은 여자였다. 재국이
는 돌아서서 집으로 향했다. 그런데 재국이의 그런 마음이 급했는
지 돌부리에 넘어지고 있었고, 넘어졌다. 재국이는 넘어진 곳에서
일어나 옷을 신경질적으로 털었다. 먼지가 바람에 멀리 날아가고
있었다. 그리고 다시 빠른 동작으로 걸어가기 시작했다. 그리고 빠
른 시간 내에 집에 도착할 수 있었다.

　재국이는 방에 누워 자신의 기분을 해석하고 있었다. 뭔가 켕기
고 어색하고 찜찜한 기분이라는 것을 누누이 반복하며 알아나가
고 있었다. 재국이는 불길한 무언가가 자신을 삼킬 듯이 밀려오고
있다는 예감에 물을 한 잔 따라 삼켰다. 그리고 고개를 드니 예쁜
노란 꽃이 눈에 들어왔다. 그 꽃은 정말 서홍같이 예뻤다. 재국이
는 그 노란 꽃을 보며 마치 서홍을 직접 보고 있는 듯이 부드러운
말투로 혼잣말을 했다. "아, 나의 영원한 우상이여! 거기서 언제나
나의 주인이 되어주오!"재국이는 자신의 한 혼잣말에 스스로 감탄
하고 있었다. 이 정도의 언변이면 서홍의 마음에 떼려야 뗄 수 없

는 명징한 의미가 되리라고 판단하고 서홍에게 달려가고 싶었다. 그리고 다시 물 한 모금을 먹고 길을 나섰다. 그 길에 용기가 붙어 있었다. 재국이는 서홍의 집으로 가는 길에 멋진 말들을 입에 담고 있었는데 외우기에는 너무 어려운 어법으로 되어 있어 가다가 멈추는 경우가 많이 있었다. 그리고 누군가가 자신을 따라오고 있다는 왕자병에 몹시 시달리고 있었다.

　재국이가 시달리고 있었던 왕자병은 완전히 왕자병이 아니었다. 황당하게도 재국이는 진짜로 왕자였다. 재국이는 서홍이에게 가기 바빴는데 뭔가가 닳고 있는 것이 있었다. 재국이가 입은 니트의 올이 풀려 마치 빈티지처럼 누가 보면 일부러 멋을 내는 것처럼 보일 것이었다. 그런데 일부러 멋을 내고 있는 것이 아니었다. 어디선가 재국이를 조종하는 연을 날리고 있는 사람이 있었다. 재국이가 연이라면 그 사람은 연의 주인일 것이었다. 손에 올이 풀린 실의 끝을 잡고 있는 사람은 그냥 사람이 아니라 재국이에게 푹 빠져 있는 것 같은 여자였다. 그 여자의 이름은 비니였다. 비니는 손에 실의 끝을 잡고 재국이에게 미소를 날리고 있었다. 재국이는 신경질적으로 올이 풀리는 니트의 정확한 지점을 잡고 뿌리치려고 했다. 그러자 니트의 올은 더 이상 풀리지 않았다. 그때였다. 비니가 달려와서는 눈에 눈물을 달고 있는 것이다. 재국이는 아무렇지도 않게 여기려고 해고 잘되지 않았다. 괜히 동정심 같은 것이 일고 있었다. 재국이는 비니를 위로해주려고 비니에게 다가갔다. 그리고 위로할 말을 찾고 있었다. 재국이가 할 말을 찾을수록 재국이의 머릿속에서는 서홍에게 들려줄 말만이 생각나고 있었다. 어떻게 외운 근사한 말인데 그 말을 비니에게 쓰고 싶지 않았다. 재국이는 그저 바라보고 있을 수밖에 없었다. 그런 재국이를 애처롭게 바라보고 있던 비니는 갑자기 쓰러지는 듯 보였다. 재국이는 당황했지만 이럴 때일수록 더욱 침착해야 했다. 잠시 숨을 고르기 위해 재국이는 하늘을 바라보았다. 그리고 심호흡을 여러 번 한 뒤에 비니에게 눈길을 주기 위해 앞을 보는데 어디론가 비니가 사라진 듯 재국이의 눈높이에 비니는 곧바로 닿지 않았다. 그리고 자연스럽게 찾은 비니의 모습은 정말 당황스런 것이었다. 비니가 무릎을 꿇고 고개를 땅바닥에 숙이는 것이었다. 재국이는 이러한 상황을 도저히 이해할 수 없었다. 재국이는 왕자처럼 무릎 한쪽을 굽혀 비니를 일으켜세우려 했다. 그런데 비니는 두 손을 모아 비비기 시작했다. 여름에 온기를 갖기 위해서 그럴 리는 만무한 것이었다. 그리고는 펑펑 소리 내어 울고 있는 것이었다. 재국이는 그런 비니의 모습에 동정심을 넘어 마구 슬퍼지는 것이었다. 재국이는 가여운 마음을 어쩔 수 없었다. 비니를 일으켜세워 위로의 차원으로 가슴으로 깊이 안아주었다. 비니는 재국이의 품에 안겨 몸을 들썩이며 울음을 그치지 않는 것이었다. 재국이는 이 상황을 모면하기 위해 비니를 안은 채 머리를 굴리기 시작했다. 이때 서홍은 재국이의 목적에서 아주 벗어나 있었다. 그런데 아무리 비니를 달래려고 해도 왜 비니가 그리 슬픈지 이해부터 해야 했다. 그래서 질문을 할 문장들을 모으기 시작했다. 그렇지만 명료하게 이루어진 문장을 찾기가 여간 어려운 것이 아니었다. 그러다가 한 문장이 재국이의 입에서 빠져나가고 있었다.

여름 바다

"왜 울어?" 비니는 대답할 수 없었다. 비니의 팔이 재국이를 너무 꽉 잡고 있어서 듣지 못한 것일 수 있다고 재국이는 생각했다. 그래서 더 크게 물었다. "왜 울어?" 그때 비니는 알아들었는지 재국이의 품속에서 튕겨지듯이 빠져나왔다. 그리고 비명처럼 소리를 내질렀다. "몰라서 그래?" 재국이는 정말 몰랐다. "정말 왜 그런데?" 재국이는 반사적으로 반문했다. 그러자 비니는 아이처럼 엉엉하고 울어젖히기 시작했다. 재국이는 비니의 그 울음에 마음이 저며오기 시작했다. 그런 감정이 재국이는 낯설었다. 그런데 심장을 찌르는 것같이 아파오는 것은 틀림이 없었다. 재국이는 자신의 아픔을 돌보기 전에 비니의 슬픔을 이해하는 것이 우선이었다. 재국이는 냉정해지려고 노력했다. 그런데 그 노력도 하기 전에 비니는 울음을 단 채로 저 멀리로 달아나고 있었다. 재국이는 자신이 비니에게 뭔가를 잘못했구나 싶었다. 그것이 무엇인지 알기 위해서 비니가 달아난 곳을 유심히 보며 한동안 서 있어야 했다. 서 있는데 마음이 아픈 것이 다리 아픈 것보다 우선하고 있었다. 그리고 서홍에 대한 순정한 마음에 새겨지는 상처는 별도였다.

재국이는 또한 자신이 행하는 데에서 별도가 되었다. 자신이 무엇을 하려 했는지 길 위에서 미아가 된 기분이 되었다. 서홍에게 가서 서홍을 감동시키려는 계획도 비니에게 받은 아픈 마음이 다 밀어내고 있었다. 그리고 그렇게 밀려나는 것이 순리였다. 재국이는 밀려나면서도 품위를 잃지 않으려고 노력했다. 늙은 고양이처럼 늠름함을 잃지 않으려고 했다. 그러나 그 추동력은 지구가 원시시대에도 돌았듯이 여운으로 일어나고 있는 현상일 뿐일 것이었다.

그러나 상세하게 설명하자면 재국이가 아직 살아 있고 세상에서 추구하는 가치에 여전히 담겨 있다는 믿음에서 불신을 제거하려는 최소한의 의지였다. 그것은 스스로를 자위하고 방어하는 기조에서 확장된 것이었다. 거지에게 사랑은 사탕보다 유치한 것일 뿐이었다. 비유가 진의를 과도하게 넘으면 그 비유는 우스꽝스러운 농담이 될 뿐이었다. 그것에는 실체가 없었다. 과도한 비유는 말장난에 불과할 뿐이고 사랑과 사탕은 글자의 유사성에 기인할 뿐 아무 상관도 되지 않을 것이었다. 재국이는 갈 길을 잃었다. 연의 긴 실이 끊어져 자유가 아닌 추락으로 인해서 별도의 차원으로 떨어져 갔고 그간의 의미는 무의미가 되고 마는 것이었다. 그것 또한 외로움을 동반하고 있었다. 재국이는 몹시 외로워져서 길을 가는 사람들에게 무슨 말이라도 해야 할 것 같은 필요성을 느끼고 있었다. 적어도 혼자가 아니라는 것을 느끼기 위하여 길을 걷는 사람들의 시선을 받고 싶었고 그들과 연결되기를 늠름하게 걸으면서 여유 있는 척 두리번거리고 있었던 것이다. 두리번거리다 목이 돌아갈 뻔하기도 했지만 세상에 공짜는 분명 없는 것이다.

우리는 긍정적인 성향의 삶들을 존경한다. 그들에게는 막무가내의 오만도 가식도 위선도 드물기 때문이다. 그들에게는 오직 삶의 향기가 우러나고 있었으며 오직 그들에게서는 냉대도 홀대도 비아냥도 다른 삶들과의 가치 없는 비교도 없이 오직 자신들만의 세계에서 행복하기를 바라는 것만이 있었다. 그들에게는 자신들 안에서 깨끗한 세계만이 있을 자리만 있었고 다른 사람들의 결점에는 무관심하기 때문이었다. 긍정적인 그들에게서는 그들 안의 진정한 자유만이 넘치고 있었다. 그러나 이 세상의 부정적인 사람들에게는 자신들 안으로 무심코 들어온 타인이 너무 커 보였고 그 타인의 크기에 밀려 그것들을 밀어내려고 아등바등 사는 데에 온통 정신이 없어서 불편함은 신문의 저질 기사처럼 읽히지도 않은 채 쌓이고만 있었다. 부정적인 자들은 진정한 행복이 무엇인지 알 수가 없었다. 불평에 불만들을 처리하려고 너무 바빴기 때문이었다. 그들은 존경하기보다 존경받는 것을 좋아했다. 그것은 아주 어리석은 태도였다. 존경하기 때문에 존경받을 수 있다는 기본적인 진리에 아무 관심이 없었기 때문이었다. 그들의 불행은 타인을 굴복시키고 자신을 보장받는 것이 우선이었다. 엎드려 절 받기가 그 비유라면 비니의 그러한 굴욕적인 행동은 무엇일까? 절 받기 위해서 엎드리는 것일까? 그런데 왜 굳이 그렇게 해서라도 절을 받고 싶어할까? 절 받는 게 소원이라면 절에 가서 부처가 되는 것이 상책이 아닐까? 그러므로 부정적인 자들에게서는 존경을 받기 위해 세상의 고행을 자처할 수밖에 없는데 그들에게서 연민이 일어나 긍정적인 사람들에게서 상처를 내는 것을 생의 목적으로 삼는 것은 불행이었다. 이러한 비효율적인 존경받음이 그들의 노고 위에 진리를 늙어가게 하는 한 요인이 되는 것은 틀림이 없을 것이다.

비니에 대한 재국이의 연민이 일어나고 있었던 것은 명백했다. 그러나 그 경로가, 연민이 생겨나는 모티브가 순정한 것은 아니었다. 그것은 주인이 개에게 밥을 가져다주면 개의 입에 고여 흘러넘치는 침과 같은 것이다. 그것은 생물학적인 조건반사일 뿐이지 고도의 문명사회에서 조그맣게 자리 잡은 문화적 현상조차 되기에 의미심장함도 아닌 것은 더 명백했다. 재국이는 자신의 순정함이 이리저리 훼손된 것에 의해 찜찜한 기분이 드는 것을 닫으려고 더 차분하게 늠름하게 걸었다. 이것이 바로 이중의 자위(自慰)였다. 겉과 속이 달랐고 다른 것이 같아지게끔 하는 이중의 자위였다. 그것은 거짓에 속했지만 극한 상황에서는 명분을 찾기가 그리 어렵지 않았다. 동정에 약한 선량한 사람들이 그 명분을 대어주기에 아주 흔한 경우였다. 그러나 그러한 자위는 실상 매우 처량한 것이었다. 매우 불쌍한 것이었다. 이리저리 고개를 돌리고 정서적 안정을 되찾기 위해 세상의 동의를 구하는 것도 참 궁색한 것은 사실에 속했다. 재국이의 한쪽 눈에서 흐르는 것이 있었다. 눈물이었다. 그 맑은 액체가 재국이의 난처함을 조금 씻어주고는 세상을 향한 시야를 조금 깨끗하게 하는 것이었다. 조금 편해진 재국이의 눈에 초록의 향기가 코 한쪽을 아릿하게 했다. 시간을 그렇게 보내고 재국이는 이제 겉옷 하나를 벗은 듯 조금 가벼운 기분이 들고 있었다. 재국이의 예감에 저 멀리서 온갖 좋은 것들이 자신을 위해 대기하고 있을 거라고 가리키고 있었다. 그건 틀림없는 운명이리라 하며 재국이는 얼굴을 손으로 문지르며 다른 표정을 짓고 있었다. 그런데 그 표정이 왠지 맞지 않는 옷을 입은 것처럼 어색했지만 재국이는 그것을 무시하고 있었다.

재국이는 그 어색함을 무시할 정도로 아직 마음의 힘이 남아 있었다. 그 힘으로 걸음은 고양이처럼 빨라졌다. 아무도 당해내지 못할 속도였다. 쾌속하는 여객기처럼 재국이의 걸음은 신기한 떠올림이었다. 마치 사랑의 확신에 상대방의 지극한 동의를 이끌어낸 것처럼 이 세상이 다 재국이 것이 된 것 같았다. 왕자에서 왕으로의 등극이 이러한 것이라면 쿠테타라도 일으켜서 권력을 정복할 만한 가치는 충분히 있을 만한 것이라고 오래된 신문을 들춰보고 싶은 심경이 되었다. 만유(萬有)는 단 하나의 곳으로 치달을 것이다. 질풍노도처럼 그렇게 될 것이다. 재국이는 질풍노도가 되어 거리의 사람들을 거칠게 제쳐나가고 있었다. 정말 신이 나는 재국이였다.

그런 재국이를 제쳐나가고 있는 것이 있었다. 만원 버스였다. 쌩쌩 달리는 버스가 재국이를 제치고 나갈 때 버스 안의 사람들이 다 비명을 지르고 있는 것 같았다. 그것은 밀착된 살갗에 이는 마찰의 소리였고 비빔밥을 먹을 때 속으로 내지르는 생체시계의 소리였다. 그런데 그 소리를 명징하게 대변해주고 있는 것이 있었는데 그것은 버스의 경적 소리였다. 재국이는 그 소리를 듣자 전율을 느꼈다. 기억의 재현이 스크린을 보듯이 이루어지고 있는 듯했다. 버스는 쌩쌩 달리고 싶으면서 뒤뚱거리고 있었으나 경적 소리는 금방 터질 것처럼 불길을 이루고 있었다. 저 버스가 목적지에 이르기까지 얼마나 고생을 해야 하는지는 체험의 재국이조차 알 수 없는 인생사가 아닌, 만원 버스사였다. 재국이는 그 버스를 보려고 멈추었다가 화들짝 놀라고 있었다.

저 앞에서 몇 명의 사람들이 고개를 젖히고 웃어젖히고 있었다. 여자 몇 명에 남자 몇 명이 섞여서 재국이 쪽으로 다가오고 있었는데 그들 중의 한 명, 노란 티셔츠를 입은 그들 중의 한 명이 손을 들어 재국이에게 환히 신호를 보내고 있는 것이었다. 그것은 반가움의 표시였다. 익숙한 것을 알아보고 있다는 무언의 신호였다. 그것은 재국이에게나 누구에게나 멈추거나 직진하라는 신호등처럼 세상의 사람들에게 주입된 문화적 약속의 하나였다. 그리고 그 약속은 서로가 반가움의 동료가 이미 되었다는 기정사실을 통보하는 의미였다. 그러했다. 재국이는 그녀가 누군지, 손을 흔들어 반가움을 표시하는 자가 누군지 대뜸 알아보고 있었다. 그것은 서홍의 손이었고 서홍의 팔이었다. 그런데 그 손과 팔만은 아니었다. 그들은 배꼽을 잡고 웃고 있었다. 그들 중 한 남자애가 자신의 티셔츠 밑부분을 잡고 들어올리며 손짓으로 재국이의 니트를 가리켰다. 재국이는 자신의 니트를 보았다. 적지 않은 부분이 올이 풀려 너덜너덜대고 있었다. 재국이는 니트를 잡고 끌어내리려고 하였지만 돌이킬 수 없는 상실에 어쩔 수가 없었다. 그런데 재국이에게 손짓을 한 자가 서홍의 위로 손을 올리고는 서홍과 밀접하게 어깨동무가 되는 것이었다. 그것에는 서홍의 의지도 많이 들어가 있었다. 재국이는 또 가슴 언저리에 통증을 느끼고 있었다. 재국이는 별로 괜찮지 않은 표정으로 그 모습을 부정하고자 서홍에게 미소를 보냈다. 그런데 또 그들의 악의의 웃음이 재국이를 덮치는 것이었다. 재국이에게는 서홍의 생일파티 때의 아픔이 되살아나고 있었다. 재국이는 무조건 아니라며 고개를 절레절레 흔들고는 다시한번 그들의 중심인 서홍을 짐짓 바라보았다. 그때 서홍이는 다른 사람을 눈여겨보고 있었다. 그 사람은 다름 아닌 그치였다. 또 그치였다. 재국이의 작은 촛불은 지금까지와 달리 무지하게 커지고 있었다. 재국이의 가슴의 불길은 마치 로마의 미친 황제처럼 온 동네를 태우고도 남을 기세로 활활 숏구쳐 타오르고 있었다. 재국이

여름 바다

의 의지로는 도저히 잡힐 수 없는 큰 불이었다. 재국이는 투우의 나라 스페인의 소같이 그치를 향해 돌진했다. 그러나 어찌 한 마리의 소가 인간들의 재능을 뛰어넘을 수 있단 말인가? 재국이는 그들이 점유하는 지점을 제치고서는 가까스로 멈추었다. 그러나 재국이의 마음 안에서 일어난 불길이 그 정도로 사그라들지 못할 것은 아마도 그들도 익히 알고 있으리라! 재국이는 또 그들을 향해 돌진했다. 그러나 그들은 이미 재미가 없어진 탓이지 재국이의 돌진에 관심을 버리고 있었다. 아무리 화가 나도 상대가 있어야 풀 것이고 손뼉도 마주쳐야 소리가 날 것은 지상의 영롱한 진리 중에 하나가 아니던가? 재국이는 제풀에 지치고는 주저앉아 있다가 울고 싶었다. 그리고 어린아이처럼 엉엉 하며 울어젖히고 있었다. 주저앉은 재국이를 길을 가던 사람들이 보고서는 콧김을 쏟으며 지나치고 있었다. 재국이는 우는 것을 그만두지 않았다. 불길이 잡히기에는 그것으로는 부족했다. 몇 시간을 그렇게 앉아 울었다. 우는 동안 경찰도 말렸고 아이들도 괜한 동정으로 마주 앉아 재국이를 바라보았고 성경책을 두고 가는 신앙인도 있었지만 재국이는 우는 데 바빠 아무것도 알지 못했다. 재국의 마음의 불길이 잡힐 때쯤엔 해가 저물어가고 있었다. 노란 노을이 재국이를 위로하고 있었지만 재국이는 모른 체하고 일어났다. 그런데 많은 어지러움이 재국이 곁에 모여서 시위하듯 하고 있었다.

재국이가 힘을 내어 다시 집으로 향하고 있을 때였다. 빗방울이 조금씩 떨어지고 있었다. 재국이는 더 큰 비가 와서 거리를 휩쓸고 가면 오히려 시원해질 것 같았다. 한번 일어난 재앙은 비로소 재앙의 임무를 완수하는 것으로 철수될 것이 재앙의 운명일 터였다. 그러나 요즈음 이산화탄소의 과다 배출로 인해서 재앙은 돌연변이들을 많이 이루어낸 터였다. 그러므로 재앙은 이제 신기함을 넘어 신비스러워졌고 재앙에 대한 뉴스들은 우리나라가 온대 기후에서 아열대 기후로 변하고 있다고 선언하며 재앙에 특별함을 부여하는 것이었다. 그러므로 재앙은 이제 아무도 예측할 수 없는 개척되지 않은 영역이 되었다. 그러므로 재국이의 바람은 쓸데없는 것이었다. 재국이의 재앙도 그 끝이 쓸데없는 것이 되었다. 재국이는 저기서 또 다른 재앙이 오고 있다는 예감이 들었고 그 예감은 이번엔 적중할 것을 저 너머의 재앙이 예감하고 있었다. 그 쌍방의 예감은 보기 좋게 들어맞고 있었다.

모자를 거꾸로 쓴 재국이 앞의 여자는 짙은 화장 덕분인지 재국이에게 너무도 예쁘게 보이고 있었다. 그런데 그 여자가 재국이의 이름을 부르고 있는 것이었다. 재국이는 너무 신기해서 입이 벌어지고, 그친 비가 아니라면 수분의 과다섭취로 내장이 더부룩해질 비정상이 될 처지에 놓이게 될 것이다. 그렇지만 재국이 앞의 여자는 서홍보다도 더 황홀하고 예쁘게 보였다. 서홍이 미스코리아라면 재국이 앞의 여자는 미스유니버스 진 정도는 될 비교였다. 재국이는 그녀가 자신을 바라보는 눈길에 손이 떨리고 내장까지 떨리고 있었다. 과도한 떨림 증상이 재국이의 존재 자체의 균열을 초래할, 매우 극단적인 상황이 되고 있었다. 그러나 이번의 극단적인 상황은 재국이 조금 전에 체험한 극단적인 상황의 연장선이라는, 극단적인 상황이 연이어 이어지고 있다는 사실은 재국이의 이해 속에는 없었다. 다만 재국이 앞에서 방울지듯 짓는 그녀의 눈매가 너무나 아름다워서 절로 술에 취하듯 휘청거리고 있을 뿐이었다. 거짓말처럼 재국이는 그녀의 아름다움에 잠겨 숨을 쉴 수도 없는 처지가 되고 있었다. 그리고 재국이의 이름마저 그녀의 분홍빛 입술에서 불리고 있었던 것이었다. 재국이는 이러한 상황에 꿈이 아닌가 귓불을 잡아 쭉 내리고 있었다. 꿈이 아닌 것은 분명했다. 재국이는 황홀한 기분에 말이 나오지 않았지만 힘을 내어 침착하게 묻고 있었다. "누구세요?" 그러자 그녀가 당황하듯 즉석 반문을 시도하고 있는 것이다. "어! 벌써 잊어버렸어요? 저를?" 재국이는 그 말에 그녀보다 훨씬 더 당황했다. 재국이가 듣는 그녀의 어조는 아주 퉁명스러운 것이었지만 그 안에는 친밀함이 전제되어 있었다. 재국이는 도저히 믿을 수가 없었다. 이렇게 정감 있는 미녀는 재국이가 아는 바로는 없었다. 이 세상에 단 한 명도 없었다. 재국이는 보물지도를 발견한 사람처럼 환호성을 지르고 싶었지만 미녀 앞에서 그 소리는 분명 예의가 아닐 것이었다. 재국이는 그녀를 찬찬히 뜯어보기 시작했다. 무슨 공부든 외움으로써 그 공부와 친밀함을 갖기 시작하는 것일 테니까. 그런데 한 번 뜯어보았는데 여러 번 뜯어본 것 같이 익숙해지는 것이었다. 재국이는 자신의 지능에 스스로 감탄하고 있었다. '내가 이렇게 머리가 좋다니…' 그리고 그 감탄에 신이 나서 치기가 발동했는지 그녀의 머리에 있는 머리핀을 뽑아 달아나기 시작했다. '나 잡아봐라!' 뭐 이런 식이었다. 재국이가 달아나자 그녀는 쫓아가기 위해 그 아름다운 몸의 부귀에도 불구하고 천박하게 팔다리를 휘두르는 것이었다. 그녀는 의외로

빨리 재국이를 따라잡았다. 이럴 때 잡히는 것이 남자의 도리란 것은 이 시대의 품위가 살아 있다는 명징한 증거였다. 재국이는 그녀에게 잡혔다. 재국이는 벗어나려고 하였지만 일부러 그녀와 함께 넘어졌다. 그녀와의 몸의 마찰에 번개처럼 찌릿한 무엇이 감지되고 있었다. 재국이는 너무 황홀했다. 좋아서 죽을 지경이었다. 그런데 돌발적인 상황이 이어지고 있었다. 그녀가 그녀의 상의를 벗고 있는 것이었다. 재국이는 이해가 잘 안되고 부끄러워서 고개를 숙였다. 그러다 번쩍이며 드는 생각이 있었다. 그녀가 재국이의 니트의 허름함을 가려주려고 옷을 벗어주는 것이 아닌가 하는 생각이었다. 재국이는 그럴 필요까지는 없는데 하는 생각에 그녀의 손을 잡았다. 그러자 그녀가 두 손으로 재국이의 품속으로 달려드는 것이었다. 재국이는 감당할 수 없는 기분에 그녀를 조심스럽게 밀쳐냈다. 그러자 그녀는 치마까지 내리고 있는 것이었다. 재국이는 자신의 바지를 보며 '이건 괜찮은데…' 하며 의아함이 일어나고 있었다. 그 의아함 중에는 의외의 것이 문득 있었다. 그녀가 재국이가 잘 아는 사람이라는 것이었다. 재국이는 한참을 고민하다 그녀가 팬티까지 벗지 않을까 하는 걱정에 고민을 접고 그녀가 하는 동작을 멈추려고 그녀를 꼭 껴안았다. 그리고는 제2호 공원으로 그녀를 들어서 옮기고 있었다. 그녀는 겉보기보다 조금 무거웠다. 재국이는 이런 현상에 '오늘 힘 많이 들었지' 하는 생각으로 애써 그녀를 가볍게 여기려고 노력하였다. 그러자 제2호 공원으로 가는 속도가 아주 빨라지는 것이었다.

재국이는 그녀를 옮기는 데 힘이 들어 물을 먹어야 했다. 강한

여름 바다

갈증이 일어났다. 그래서 재국이는 그녀를 벤치 위에 올려놓고 수돗가에 갔다. 거기서 물을 먹었는데 과도하게 많이 먹고 있었다. 그래서 화장실로 급히 가려는 것은 순리가 되게 하고 있었다. 재국이는 재국이가 그동안 하지 못했던 속도로 공원의 화장실로 뛰어 갔다. 그러나 번개보다는 많이 느린 속도였다. 재국이는 그동안 그녀가 또 무엇을 벗을지 불안해서 볼일도 시원치 않게 보고 있었다. 화장실을 나오는데 화장실 구석에 마대 걸레가 서 있었는데 이상하게도 그 걸레가 재국이의 시선을 잡고 있었다. 그렇지만 재국이는 바빴다. 그녀가 벤치 위에서 어떻게 되었을지 걱정이 많이 되고 있었다.

재국이는 벤치 위에 누워 있는 여자가 그녀에서 천박한 비니로 바뀐 것에 분통을 터뜨리고 있었다. 그런데 그녀가 입었던 옷은 바뀌지 않은 것에 고개를 갸우뚱하고 있었다. 그리고 비니의 얼굴에 그녀의 것으로 보이는 자국들이 남겨져 있다는 사실에 얼핏 떠오르고 있는 것이 있었다. 그것은 화장품이었다. 그것도 아주 비싸게 보이는 화장품이었다. 그녀는 바로 처음부터 비니였던 것이다. 비니는 팬티를 빼면 입은 것이라고는 양말밖에 없었다. 다행히도 비니는 엎드려 있었다. 재국이는 또 한 번 분통이 터졌다. 그런 식으로 여자를 탐하지 않도록 엄청나게 많이 후회를 한 터였다. 재국이는 화장실로 달려가서 걸레를 들고 나왔다. 그녀를 닦고 싶은 마음에 걸레를 씻는 일은 과감히 생략하고 있었다. 비니는 그런 재국이를 보다가 상황을 이해하고 도망치고 있었다. 그런 차림새로 어디까지 뛰어갈지 재국이의 얼굴이 창피해서 붉어지는 것 또한 순리였다. 재국이는 사려 깊게 비니를 또 한 번 동정했다. 그래서 비니를 데리고 와서 옷을 입혀 보내고 싶었다. 그렇지만 비니는 재국이보다 훨씬 빨리 달렸다. 그러나 번개보다는 훨씬 느린 속도였다. 재국이는 비니를 쫓아가다가 지쳐 숨을 헐떡이며 도망가는 비니를 바라볼 수밖에 없었다. 누가 보면 획기적인 이벤트를 하고 있다고 여길 것이었다. 그것이 아니면 불행이었고 이벤트로 보면 다행인 것이었다.

　재국이는 힘이 다 빠진 채 집으로 돌아와 있었다. 그리고 그냥 누워버렸다. 바닥의 평면에 재국이의 몸이 겹쳐져 있게 되었다. 그것은 참으로 어색한 것이었다. 바닥이라는 평면에 재국의 몸이라는 입체가 앙상블을 일으키고 있었다. 그건 새로울 것이 없었지만 재국이에게는 새롭게 느껴졌다. 재국이에게 오늘 일어난 일은 참으로 해괴하고 이상스러운 일들이었지만 방바닥은 그대로 새로움이 되는 것이었다. 재국이에게 일어난 일들보다, 재국이가 메고 온 체험들을 아무렇지도 않게 받아준 방바닥이 너무 태연한 것이었다. 의연한 방바닥은 재국이에게는 없는 새로움이 되고 있었다. 재국이가 받은 상처에 방바닥은, 마치 골절된 환자에 깁스 같은 지지대가 되고 있는 것이었다. 재국이의 등보다 넓은 방바닥에 재국이는 흠집을 내고 싶었다. 재국이의 어리숙한 몸으로는 도저히 흠집을 낼 수 없는 방바닥에 재국이는 기념으로 어떤 식으로라도 자국을 내고 싶었다. 재국이는 장판을 걷어내고 공구함에서 정을 가져와서 조금씩 긁어내기 시작했다. 그 작업은 밤새도록 이루어졌다. 그리고 아침이 되었다. 재국이가 낸, 아침 햇살에 드러나는 방바닥의 자국은 묘한 그림이 되어 있었다. 그 그림은 아마도 입술의 모양을 하고 있었는데 입술의 양 가장자리에서는 눈물처럼 흐르고 있는 것이 있었다. 그리고 그 밑에 '피'라고 쓰여 있었다. 재국이는 그 그림에 만족하고 있었다. 그리고 외삼촌의 집으로 재국이는 향하고 있었다. 외삼촌은 언제나 재국이의 청춘이 부럽다며 치켜세우고는 용돈을 두둑이 주시곤 했다.

삼촌은 말수가 적은 사람이었다. 40대의 노총각이었고 그 나이에 파트타임으로 생계를 유지하고 있었다. 자기 용돈도 부족한 삼촌은 재국이에게는 언제나 자애한 사람이었다. 그리고 말수가 적은 대신 촌철살인(寸鐵殺人)적인 단조로운 말들을 때론 꺼내었고 재국이는 삼촌의 말을 곱씹다가 고민이나 의문을 풀어내는 경우도 종종 있어서 괴로울 때면 삼촌을 찾아가 삼촌의 지저분한 방 안에서 궁시렁궁시렁대곤 했다. 재국이가 삼촌의 작은 방에 도착했을 때 삼촌은 거기에 없었다. 재국이는 삼촌을 기다리다가 문고리에 묶어놓은 개를 놀리면서 시간을 보내고 있었다. 그러다가 묶어놓은 끈이 끊어져서 개가 거리로 뛰쳐나가는 것이었다. 재국이는 힘들게 힘들게 개를 잡아 다시 문고리에 묶어놓았다. 그러다가 개에게 손목을 물렸다. 피가 났고 그때 삼촌이 돌아왔다. 삼촌은 압박붕대로 재국이의 상처를 묶어두었다. 그리고 삼촌의 눈가에 습기 같은 것이 차는 것을 재국이는 보고 있었다.

"작은 것들이 큰 것들을 탐하는 것은 일리 있어 보이지만 큰 것들은 그냥 크게 보일 뿐 큰 것이 아니란다." 그게 무슨 말이냐고 재국이는 자꾸 따지듯이 묻고 있었지만 삼촌은 그 말 이외에는 한마디도 하지 않았다. 재국이는 여태껏 쌓인 것들이 있어 그 말만 하는 삼촌에게 짜증을 부리고 있었다. 그래도 삼촌은 한마디의 말도, 큰 숨도 내지 않았다. 재국이는 화가 나서 방문을 거세게 열고 나가려고 할 때였다. 그때 삼촌은 한마디를 더 했다. "욕심일 뿐이지." 재국이는 그 말이 무엇인지 몰랐지만 그냥 문을 쾅 닫고 밖으로 신경질적으로 나가버렸다. 재국이는 신경질적으로 나가다가 그만 돌부리에 걸려 넘어지고 있었다.

그런 재국이 위를 덮치는 것이 있었다. 그 주체는 서홍의 몸이었다. 서홍의 몸은 재국이의 몸보다 훨씬 작은 것이었다. 그러나 서홍이 걸치고 있는 옷과 보석의 가치는 재국이가 걸친 옷보다 훨씬 값어치 있는 것이었다. 어떤 것이, 몸의 크기와 돈의 크기 중에, 더 큰 것인지는 사람마다 그 가치관마다 다른 것일 것이었다. 그러나 깔려 있는 재국이의 입장에서는 두 가지의 관점을 다 제거해야만 했다. 그래야 편해질 수 있을 것 같았다. 짜증이 많이 난 상태의 재국이는 신경질적으로 일어났다. 두 가지 무게 중에서 재국이의 물리적 힘을 당할 수 없는 것은 없었다. 옷도 보석도 몸의 무게도 밑에 깔려 있는 재국이의 입장에서는 둘 다 별로 무거운 것이 될 수 없었다. 그건 생존을 위한 의무에서 나오는 본질적이고 실질적인 힘이었다. 일어나 알아차려 본 저 밑의 여인을 보고 재국은 혼비백산했다. 저 여인은 서홍이 틀림없었기 때문이다. 재국이에게 그 모습은 아주 의외였다. 그렇지만 낮게 엎드린 서홍의 모습을 보고 또 한번 울컥 치미는 동정심, 어쩌면 사랑은, 아니면 좋아하는 마음은 짙게 패인 재국이의 방바닥의 자국이 되어가서 재국이

여름 바다

를 긁히게 하고 할퀴어지게 하고 있었다. 요즘 들어 어떤 식으로든 자주, 수시로 서홍에게 재국이는 바닥이 되어서 받쳐주고 있어야 했다. 왜 그런 지경에 이르렀는지는 재국에게는 낭패가 되어갔다. 기쁨이 아니라 아픔이 되어갔다. 소통이 아닌, 아픔과 낭패가 점점 더 낭패를 낭패답게, 아픔을 아픔답게 하고 있었다.

재국이는 어두운 마음이 되어 저 밑에 쓰러진 서홍을 어찌 처리해야 하는지 결론을 내지 못하고 주변에서 배회하고 있었다. 서성이고 있었다. 그런데 재국이의 이름을 부르는 소리가 들렸다. 서홍이 내뱉는 소리였다. 그런데 재국을 보지 않고 내는 소리였고 서홍의 소리는 재국이 듣기에 중얼거리는 혼잣말같이 들리고 있었다. 재국이는 서홍이 자신을 꿈에 그리듯 할 만큼 재국이를 마음에 두고 있다는 추측에 다시 서홍에게 감탄을 마지않고 있었다. 서홍의 마음에 선량한 재국이를 담을 만큼 서홍은 정결한 여자일 것이라며 감탄을 끊지 않고 이어가고 있었다. 재국이는 자신의 감탄이 끊길 때는 신경 하나가 끊어지듯 고통을 느끼고 있었다. 그런 감탄은 끊겨서는 안 되는 것이었다. 그것은 재국의 선량한 마음에 스스로 흠집을 내는 것이고 세상의 아름다움 중의 일부를 파손하는 행위였다. 그것은 사회에서 엄중하게 다스리지 않지만 죄악 중의 하나였다. 경범죄이지만 재국이에게는 치명적인 결점을 내고 순정함의 상실이 되는 위중함이 되고 있었다. 재국이의 감탄은 서홍이 일어나 다시 쓰러질 때까지 계속해야 했다. 정말 힘든 일 중의 하나였다. 재국은 지치고 있었다. 감탄을 계속 이어나가기가 정말 곤욕스럽기까지 했는데 감탄에 강타하는 무엇이 있었다. 서홍이 내

지르는 조그맣고 작은 주먹이었다. 그 주먹은 재국이의 가슴 언저리에 감미로운 흔적을 남기고 있었다. 그리고서는 서홍은 오히려 자신이 지쳤다는 표시로 재국이의 어깨에 몸을 기대는 것이었다. 재국이는 흥이 나서 절로 감탄을 이어나갈 수 있었다. 그리고 행복해지는 재국의 마음 위로 태양이 떠서 인공위성의 신호처럼 작고 짤막한 그림자를 보내는 것이었다. 그러한 정보는 재국이에게만 주는 것이 아니었다. 그곳을 지나던 비니에게도 주는 정보는 이중간첩처럼 적군과 아군을 교란시키고 있었던 것이다.

정말로 위태로운 순간이 아닐 수 없었다. 첩보영화의 긴박함이 셋의 사이에서 발작하듯 구경꾼들의 조여드는 심장이 되고 있었다. 그러나 구경꾼들은 자신들의 조여드는 심장을 일부러 무시하려고 했다. 이 시대의 공포영화는 그 형태를 정형화시키고 있었으며 그래서인지 공포감의 형성은 이미 대중화되어서 노래처럼 불리는 그대로의 생활이 되고 있었다. 이것은 대중들에게는 웬만한 사건에 휘말리는 대신 책임의 회피로 향한 그럴듯한 명분을 주고 있었다. 대중들은 모여서 숙의했으며 그 모임의 구성원들은 그 숫자만큼 부끄러움과 허영심과 공포나 위선과 선동되는 데에 따른 책임을 나누고 있었다. 그 구성원들이 이미 너무 큰 수라서 개인이 가지는 부담은 과히 만만하다는 표현을 써도 무리가 없을 만큼 비겁해지고 있었는데 그것은 현대의 편리로서 이해되고서는 하나의 양심의 가책도 느끼지 못하는 것이 되고 있었다. 대중들은 자신이 아닌 대중들로서 살아가고 있었는데 대중의 밖으로 떨어지면 어쩌나 하는 두려움에 매스미디어를 한순간도 의식하지 않을 수 없는 또 다른 구속에 거시인(巨視人)에게 멸시받는 사실을 전혀 알지 못했다. 그것은 총체적 불행이었다.

비니는 서홍과 재국이 기대고 있는 모습을 지켜보며 입가에 미소가 번지고 있었다. 재국이가 누군가 자신을 바라보고 있다는 느낌에 고개를 돌렸을 때 비니가 옆에 서서 재국이를 보고 있다는 사실을 인지했다. 그런데 그때 비니는 미소로 인해 얼굴이 어느 때보다 밝아 보였고 마치 인자한 성녀같이 자애롭기까지 했다. 그리고는 빠른 걸음으로 사라지는 것이었다. 재국이는 의아하기도 했지만 자신의 이 순간의 행복에 치우쳐 있었다. 치우친 것은 불균형이 되어서 위태로움에 처할 것이었는데도 재국이는 이 순간 자신의 행복에 집중하고 있었다. 서홍은 그렇게 기대고 있다가 재국이의 품을 갑자기 빠져나왔다. 그러자 재국이의 몸이 균형을 잃고 휘청대었다. 그러나 휘청대고만 있을 수는 없는 재국이었다. 서홍이 비니가 사라진 그곳으로 같이 사라지고 있었기 때문이었다. 재국이는 정신을 차리고 서홍을 쫓아가야 했다. 그렇지만 시간상으로 역부족이었다. 재국이는 서홍을 놓치고 말았다. 서홍이 사라진 그곳을 보다가 가을 날씨만큼 횅한 기분이 되었다. 꼭 여름의 상실로 인한 가을의 덮침같이 느껴졌다. 젖니가 빠진 것 같은 허함이 바람이 되었다. 그리고 재국이는 집으로 집으로 발걸음을 옮기고 있었다. 집으로 가는 길에서 야구모자를 주웠는데 재국이의 마음에 약간의 위로가 되는 것이었다. 야구 선수가 아니더라도 야구를 좋아하는 재국이는 구경하는 것으로도 꼭 자기가 직접 야구를 하는 것 같은 재미를 느끼곤 했기 때문에 '횡재'라고 혼잣말을 몇 번

하기도 했다.

　재국이는 걸어서 한 시간 거리의 집에 두 시간 걸려 도착했다. 다리와 허리가 아파 스트레칭을 하려고 하늘을 올려다보았다. 흐린 하늘에서 비가 올 것 같다는 예감에 짐짓 마음이 어두워지려고 하는 것은 재국이가 보통 사람이라는 것을 증명하는 것과 같았다. 그런데 얼핏 눈에 보이는 데에 노란 꽃이 발견되고 있는 것이었다. 그것도 재국이가 굳게 추측한 바대로 서홍이 올려놓은 담장 위에 그대로 놓여 있는 것이었다. 재국이는 그 노란 꽃을 분명 방에 옮겨놓았고 정성스레 매일 물을 주고 가꾸고 정성을 다하였는데 누가 다시 저 꽃을 담장 위에 올려놓았는지 의아했다. 엄마가 그랬을까? 엄마가 왜 그랬을까? 엄마가 왜 그랬는지 도저히 이해가 가지 않아 재국이는 자신의 방에 신경질적으로 들어갔다. 그런데 방 안에는 서홍이 주고 간 노란 꽃이, 재국이의 정성을 받은 그 노란 꽃이 엄연히 그 자리에 제대로 놓여 있는 것이었다. 그렇다면 누가 또 노란 꽃을 또 담장 위에 올려놓은 것일까? 재국이는 이리저리 그 해답을 찾다가 떠오르는 첫 착상이 있었다. 그 꽃은 분명 서홍이 또 올려두고 간 것이다. 그런데 서홍은 재국이와 약 두 시간 전에 헤어졌고 재국이보다 그렇게 빨리 와서 두고 갈 개연성은 그리 심도를 가늠하기에 약함을 두고 있었다. 그러나 재국이를 그렇게 써프라이즈(surprise)하게 할 사람은 아무리 생각을 굴려보아도 서홍이밖에 없었다. 비니도 있었지만 저 꽃을 두고 간 사람이 비니라면 정말 기분 나쁜 일이기 때문에 고개를 절레절레 젓고는 아닐 것이라고 단정하기에 이르렀다. 재국이는 서홍의 번개보다는 훨씬 느리지만 아주 빠른 서홍의 행보에 감탄을 유지하려고 이리저리 좋은 기분인 듯 고개를 끄덕이고 있었다. 정말 서홍이는 못하는 것이 없었다. 그리고 재국이는 못 하는 생각이 없었다.

제2호 공원은 비어 있었다. 텅텅 비어 있었다. 공원에 바람이 불었다. 바람은 텅 빈 공원을 악기처럼 공명해 울리게 하고 지나가는 사람들에게 공포심을 심어주고 있었다. 그러나 어떤 공포감도 지나가는 한 차례의 의식이었지 그것은 사람들에게 주어지는 인생의 대단한 과업은 될 수 없었다. 시간은 흐르고 청춘도 흐르고 욕정도 흘러 바래지는 것은 골동품처럼 유창하게 되는 것이다. 유창하게 세월을 직접화법으로만 말하지 않고 돌려 말할 수 있는 여유도 흘러가는 데서 생성되는 습관에서, 용인에서 기인하는 것이다. 매일 강물이 흘러간다고 일기에 적을 수 없는 것처럼 모든 문제는 배경이 되어서 우리에게 풍요를 주는 것이다. 이것이 세월의 자산이고 인류의 진화를 위한 거대한 유산에 일조(一助)를 하는 것이다. 그 적립 포인트로 우리 인류는 예외의 소득을 바랄 수 있는 것이다. 공짜를 싫어하는 사람이 이 세상에 어디 있는가?

제2호 공원에 모이고 있었다. 그들이었다. 그들의 우선은 서홍이었고 그리고 남녀의 청춘들이었고 나머지는 재국이도 아는 여인이었다. 그러나 재국이가 안다고 주장할 뿐 그녀는 재국이에게는 미지였다. 빙산의 일각을 보고 99각을 안다고 여긴다면 그것은 빙산에 대한 심각한 모독이 될 것이다. 그러나 재국이는 그녀를 다 안다고 여기고 있었다. 재국이가 안다고 주장하는 여인은 다름 아닌 비니였다. 비니는 놀랍게도 제2호 공원에서 서홍의 무리들과 섞이

고 있었다. 재국이가 이 사실을 안다면 그래도 비니에 대해 반각(半
쓺)쯤 더 알게 되는 것이다. 그럴지라도 모르는 것이 아는 것보다
적은 것은 재국이의 또 다른 의외가 될 것은 재국이에게 고려되어
야 할 것이다. 그러나 재국이는 지금 노란 꽃의 의문에 대해 스스
로 아주 잘 생각했다고 자부하고 있었다.

　재국이는 두 화분에 똑같은 양의 물을 주고 있었다. 한쪽의 물
의 양이 다른 쪽의 물의 양보다 자꾸 큰 것같이 여겨져서 물의 양
은 넘치고 흐르고 있었다. 그렇다고 서홍의 선물에 대해 차별을
하는 것은 재국이의 양심에 크게 어긋나는 일이었다. 재국이는 필
요한 것이 생겼다. 그것은 눈금이 그려진 비커였다. 학교 다닐 때
실험실에 있었던 비커는 대단히 학식 있는 분들의 전유물같이 여
겨졌고 재국이도 대단히 학식 있는 분들이 삼고 있는 전유물에 대
단히 학식 있게 알콜을 담고 있었다. 그로서 재국이도 대단히 학
식 있는 분들에게 가까이 접근했던 것이다. 그 자부심이 우러나오
는 것은 지금 재국이가 긍정적인 생각에 의해 세상을 밝히고 있었
기 때문이었다. 재국이는 지금 학식 있게 서홍을 사랑하고 있었다.
그로서 서홍이도 대단히 학식 있는 여인으로 거듭나는 중이었다.
재국이는 자신에 의해 조금 많이 우아해진 서홍이를 반갑게 생각
하고 있었다. 마음이 뿌듯해져서는 기쁨으로 넘쳐나고 있었다. 재
국이는 문구점에 들어가서 학식 있게 비커를 사고 있었다. 세종대
왕이 그려진 지폐는 재국이가 보기에 대단히 학식 있어 보였다. 재
국이는 서홍의 고마움을 살 충분한 이유를, 또는 명분을 주고 있
는 것이었다.

재국이는 들뜬 마음으로 집으로 향했다. 지나가는 사람들이 재국이의 웃는 모습을 보고 이상한 표정을 지었다. 재국이는 그런 그들을 보고서 자신의 학식에 대한 존경으로 해석하고 있었다. 그러나 객관적으로 그 모습들을 보면 분명 비웃는 모습이었다. 혼자서 기쁨의 웃음을 참지 못하는, 허영에 찬 재국이의 모습은 사람들에게 분명 정상적으로 보이지는 않을 것이었다. 그러나 재국이는 아랑곳하지 않았다. 그저 재국이의 방 안 화분에 정성껏 똑같은 양의 물을 줌으로써 자신에 대한 서흥의 사랑을 자라게 하는 것에 충실할 뿐이었다. 그저 묵묵히 사랑을 키우는 데 열중할 뿐이었다. 그러다가 차려 내지 경례를 할 경우에 봉착한 재국이의 심정은 어찌할까? 재국이는 그들이 모인 제2호 공원에 다다르고 있었기 때문이었다.

그들은 재국이가 제2호 공원을 지나가는 것을 구경하고 있었다. 재국이는 이때 기쁨의 들뜬 웃음을 참지 못하고 있었는데 그들이 누구든 조금도 방해할 수 없을 터였다. 그 누구든 재국이의 들뜬 길을 내릴 수 없을 것이었다. 그런데 재국이는 이번에는 마음대로 생각하기에 마음대로 되지 않는 바가 있었다. 그들 중의 한 명이 쿡 하고 웃음을 터뜨리자 신종 바이러스처럼 그 쿡 하는 웃음이 그들 사이에 마구 번져나가는 것이었다. 재국이가 상관할 바는 아니었지만 재국이의 인자함이 발휘되려고 했다. '무슨 재미있는 것이 있었나 본데?' 하고 생각하고는 재국이의 기쁨에 배가 될 계산에 은근슬쩍 고개를 살짝 돌렸다. 그들은 재국이가 고개를 돌리는 사이 제2호 공원의 울타리 밑으로 몸을 숨겼다. 재국이는 '어! 아닌가 본데…' 하고 가던 길을 계속 가려고 했다. 그때였다. 재국이는 분명 자신의 이름을 부르는 소리를 들었다. 재국이는 이상했지만 잘못 들었겠지 하고 무시하고 잠시 멈추었던 걸음을 이어나갔다. 그런데 또 재국이의 이름을 부르고 있는 소리가 들렸다. 그것도 아리따운 여자의 목소리였다. 그리고 많이 들어본 목소리였다. 재국이는 누굴까 생각하다 비니의 목소리인 것 같다며 그냥 기분이 상하고 마는 것이었다. 그래서 좋은 기분 상하지 않으려고 걸음을 옮겼다. 그러자 비니가 재국이가 버린 니트를 울타리 너머로 흔들고 있는 것이었다. 재국이는 최소한의 예의로 손을 흔들러 오른손에 잡힌 비커가 담긴 비닐봉지를 왼손으로 옮기고는 손을 흔들러 했다. 그러는 사이 약간의 시간이 갔다. 재국이는 손을 흔들기 위한 준비를 마치고 비니를 보려 했다. 그런데 이게 웬일인가? 비니의 앞에서 서홍이 재국이를 향해 손을 흔들며 반가움을 표시하는 것이었다. 재국이는 서홍을 위한 모든 정성을 다하고 있었다. 그러나 노란 꽃은 그렇게 빨리 자라는 것이 아니었고 자라나기 위해서는 많은 노력과 준비가 필요했다. 너무 갑작스럽고 잘 매치가 안 되는 비니와 서홍의 조합에 몇십 분 정도의 기쁨은 그 기조를 이어나가기에 끊어질 듯 당황하며 떨어지는 것이었다. 재국이가 들고 있던 비닐봉지도 땅으로 떨어지는 것이었다. 그때의 소리는 서홍의 생일파티에 문 앞에서 입장료를 받던 고깔모자에 광대 복장의 그와 다르지 않았다. 그 소리에 제2호 공원에 있던 그들은 박장대소를 치고 난리 난 것처럼 고함을 지르는 것이었다. 재국이는 뛰었다. 모든 상황이 재국이를 뛰게 했다. 심장도 다리도 두 팔도 뛰고 있었다. 그렇게 뛰는 재국이에게 서홍의 장난기 가득한 웃음의 표정이 그대로 들려 있었다. 학식 있던 재국이는 이제 학식 있는 달리기 선수가 되어 그들의 괴물 같은 웃음소리에 이명현상(耳鳴現象)을 안은 채 벗어나는 데에 온 힘을 다하고 있었다. 재국이의 끊임없는 질주에도 제2호 공원의 웃음소리는 떠나갈 수 없었다. 잘 지워지지도 않는 그들의 자국에 그 끝은 있을 수 없었다. 재국이는 힘껏 달렸지만 제2호 공원에서 발휘된 힘은 지칠 수도 없는 혼란에 기인하였다. 재국이는 재국이의 집을 한참 지나쳐서도 멈추지 않고 달렸다. 재국이는 정녕 미아가 된 것이었다. 길을 잃은 것이었다. 한참을 잃은 것이었다. 재국이의 상실은 기가 막힌 것이었다. 재국이는 달리는 것을 그만두고 있었다. 그때 생각나는 대사가 있었다. "그만해! 너는 지치지도 않니? 동물원에 보내야 해!" 재국이는 어딘가 자신이 잘못한 것이 있을 것 같았다. 그러나 그것이 재국이 자신만의 잘못은 아닐 것이다. 마땅히 그 잘못을 나누어야 했지만 재국이는 먼저 스스로를 위로하기로 했다. 위로받지 못한다면 상처를 간직한 채 영원히 방 안의 고운 노란 꽃은 영영 자라지 못할 것이었다. 자라지 못하면 청춘에 갇혀 인생의 여유는 생기지 못할 것이었다. 그러면 재국이의 미래는 없어질 것이었다. 그것은 모든 것을 멈추고 포기하는 것일 테다. 그것은 재국이에게 큰 불행일 것이었다.

재국이의 어려운 발걸음을 멈춘 곳은 동물원이었다. 그런데 재국이 말고 다른 사람은 드물었다. 꼭 동물원을 재국이가 전세 내어 통째로 차지하고 있는 것 같았다. 동물들은 재국이를 바라보고 있었다. 그들의 웃음소리는 웃음소리가 아니었다. 생존의 증거였다. 그 소리마저 내지 않으면 자신이 살아 있다는 것을 스스로 느낄 수 없는 절박한 소리들이었다. 공원의 그들은 그 웃음소리를 드러내고 있었지만 동물들은 웃음인지 울음인지 우러나고 있었던 것이 다르다면 다른 것이었다. 어쩌면 그 차이는 악의와 선의의 차이는 아닌지, 알 수 없다. 그런데 분명한 것은 동물원이 동물원답지 않게 동물들이 많은 것이었다. 그리고 분명한 의도가 전도되고 있는 것이었다. 동물들이 여기저기서 재미있어하고 있었다. 동물원에서는 사람들이 더 즐거워야 하는 것이 마땅했지만 동물들이 재국이를 보며 즐거워하고 있었다. 재국이는 동물들이 웃고 있다고 생각했다. 그렇게 생각하는 것은 동물원의 동물들이 공원의 그들과 같은 웃음을 내고 있다고 여기면서 그들은 동물들로 폄하시키려는 억지 자위였다. 그렇게라도 하지 않으면 재국이의 상처는 나을 수 없을 것이었다. 재국이는 동물원의 동물들을 노려보고 싶었고 당장 그렇게 노려보게 되는 자신을 발견하고 있었다. 그때 동물원의 곳곳에 설치된 스피커에서 무슨 소리가 났다. 오늘은 휴일이니 당장 나가달라는 안내는 재국이의 노려봄을 풀게 했고 얼굴이 화끈거렸다. 그렇게 공개되는 것에 대하여 동물들 보기에도 민망한 기분이 되었다. 사람의 체면이 말이 안 되고 있었다. 재국이는 늠름한 고양이같이 늘어지게 걸음을 뽑아 동물원의 간이 문을 빠져나가고 있었다. 경비 아저씨의 표정에 살벌함이 감돌았다. 재국이는 얼굴이 붉어져서 고개가 절로 숙여졌다. 그런데 숙여진 재국이의 시선 아래에 발견되는 것이 또 있었다. 벙거지 모자였다. 그것

여름 바다

으로 재국이는 얼굴을 가리고 싶었다. 떠오르는 모든 기억이 다 수치스럽게 번지고 있었다. 그래서 저 모자는 재국이를 가려주는 역할을 할 것이다. 저 모자로 재국이의 얼굴을 머리 대신 가려줄 것이었다.

재국이가 허리를 숙여 모자를 주우려고 할 때였다. 바람이 거세게 불었다. 그래서 모자는 바람을 타고 재국이에게서 멀리 날아갔다. 모자를 주우려고 할 때마다 바람이 거세게 불어 재국이는 약이 오르고 있었다. 약이 올라 모자를 주우려는 처음의 뜻을 망각하고 모자 잡기는 재국이의 사명이 되고 있었다. 그렇게 모자를 주우려는 데에 시간 가는 줄 모르던 재국이는 어느새 또 다른 미아가 되고 있었다. 재국이의 의도에 맥락이 따로 가고 있었던 것이다. 재국이가 집중하고 있는 모자 잡기에 붉어진 얼굴을 가리려던 원래의 뜻이 미아가 되고 있었던 것이었다. 재국이는 다시 길을 찾아야 했다. 그것은 모든 것이 제대로 되기 위한 수정(修正)의 기도였다. 고침의 정성이 있어야 했다. 모든 것을 잊고 백지상태가 되어서 집으로 가는 길의 순정함이 있어야 했다. 그것으로 붉어진 얼굴은 식어질 것이었다. 그런데 바람 따라 정신없이 온 곳에 누군가가 얄미운 얼굴을 하고 있었다. 그리고 얄미운 얼굴은 하나가 아니었다. 둘이었다. 다름도 아닌 서홍과 비니였다. 재국이는 그 둘을 그냥 콱 하고 쥐어박고 싶었다. 재국이는 그냥 콱 하고 쥐어박고 싶었지만 자신이 없었다. 재국이는 혼자였고 서홍과 비니는 합쳐서 둘이었다. 수적 열세에 그냥 돌진하는데 꺼려지고 있는 것은 무리가 아니었다. 합치면 살고 흩어지면 죽는다는 어느 분의 말씀이 재국이를 두렵게 하고 있었다. 재국이는 그냥 무시하고 가려고 했다. 그렇지만 그 둘은 재국이의 앞길을 가로막고 서 있는 것이다. 재국이는 열이 또 났지만 그것을 식힐 여유도 없었다. 재국이는 그 둘 앞에서 망설이고 있었는데 비니가 손을 내미는 것이었다. 비니의 손에는 재국이가 잡으려고 했던 그 모자가 들려 있었다. 재국이는 신경질적으로 그 손을 홱 뿌리쳤다. 그랬더니 서홍이 눈물을 지으며 울어젖히는 것이었다. 서홍의 눈물에 서홍의 화장이 약간 지워졌다. 얼룩진 서홍의 얼굴에 재국이는 왠지 측은한 마음이 들었다. 그래서 비니의 손에 들린 모자를 잡았다. 그것이 서홍의 마음에 드는 것이라 추측했던 것이었다. 그런데 서홍의 눈물은 멈추어지지 않고 그 세기를 더하여 흐르는 것이었다. 서홍의 얼굴은 눈물에 젖어 그 미모를 몹시 훼손하는 것이었다. 재국이의 기억에 너무도 예뻤던 서홍의 얼굴이 추해지는 것에 대해 마음에 씁쓸함을 벗어낼 수 없었다. 그건 겉모습의 아름다움에 대한 태도에서 심각한 수정을 해야만 하는 고뇌를 자아내어야만 했다. 재국이의 마음은 아주 무거워지고 있었다. 무거워져서 재국이는 그 자리에 주저앉고 있었다. 재국이가 주저앉는 모습은 마치 균열이 있는 담장이 무너지는 것을 연상하게 했다. 그런데 그런 연상을 하는 것의 주체는 따로 있는 것인지 비니는 주저앉은 재국의 무릎에 살포시 앉는 것이었다. 이에 재국이는 무너지는 담장을 연상하게끔 하는 것을 철회시켰다. 그리고 뻣뻣하게 서서 서홍의 얼굴을 쳐다보며 그만 좀 하라고 소리치고 싶었다. 일어나서 본 서홍의 얼굴은 화장이 모두 지워져서 아주 처음부터 화장을 하지 않은 것처럼 말끔해져 있었다. 그리고 그런 모습을 보는 재국이는 오히려 아주 깨끗한 마음이 되는 것이었다. 서홍은 재국이를 바라보고 있었는데 서홍의 눈망울이 아주 밝게 빛나고 있었다. 그 눈에 생 얼굴을 한 서홍은 재국이를 또 한번 사로잡는 것이었다. 재국이는 서홍의 손을 잡았다. 어디서 그런 용기가 났는지는 재국이 자신도 알지 못했다. 그리고는 서홍은 아무 저항 없이 재국이에게 이끌리고 있었다. 비니는 재국이와 서홍이 함께 가는 길의 한 지점을 차지한 채 손에 들린 모자에 수정액으로 뭔가를 쓰고 있었다. 영어 이니셜로 재국이와 서홍을 표시하는 것 같았다. 그런데 한두 번도 아니고 여러 번 그 표시를 반복하고 있었다. 그러다 지쳤는지 그 모자를 길가에 휙 하고 던지는 것이었다.

그 모자는 우리가 아직도 가지고 있다. 비니의 수정액으로 너무 여러 번 쓰인 그 모자는 원래의 색이 아닌 수정액 색으로 변한 채였다. 당연히 비니가 쓴 그 표시를 알아볼 수는 없었지만 우리는 서홍과 재국이의 사랑을 기념하며 재국이를 볼 때마다 재국이에게 돌려주고 싶었지만 재국이는 받지 않았다. 재국이는 그 모자를 그냥 버리라고 부탁했지만 우리는 버릴 수 없었다. 우리에게 수정액은 하얀색이었지만 재국이에게는 그렇게 보이지 않았나 보다 하고 오랫동안 회자하였지만 재국이는 오리지널만을 가지고 싶었을 것이다. 그리고 우리에게서 아직도 그때의 재국이를 오리지널로 자연스럽고 엄연하게 기억하게 하는 것이었다. 그것은 재국이에게 하는 최소한의 예의였다.

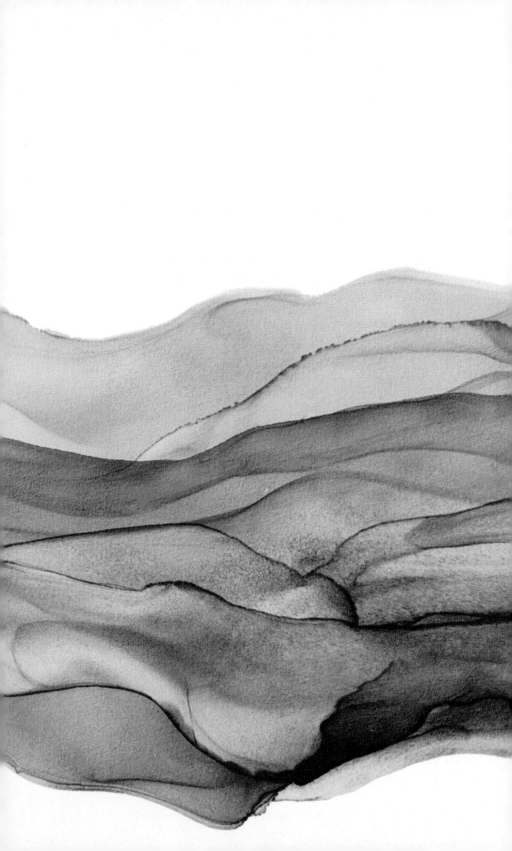

유이새 책임

;

유이새의 책임은 컸다. 화선지 위에 수묵화를 그리다 말고 서둘러 문밖으로 나왔을 때 여인의 기개와 지조에 대해 생각하며 유이새는 고개를 푹 숙였다. 아는 것이 아는 것만은 아니요, 안다고 해서 모두 옳지만은 않다는 깨달음이었다. 온당하지 않은 것들이 흐린 하늘에 있었다. 더 낮아져야겠다는 생각이 걷는다. 낮은 곳도, 유이새의 명품 구두도 쾌청한 것만이 아니었다. 아슬아슬하게 구르던 어린이 자전거 바퀴가 유이새의 구두 발등을 밟았다. 유이새는 얼굴을 찌푸렸지만 괜찮다며 관용의 마음을 소년에게 베풀며 가려던 길을 애써 태연하게 가려 했다. 그렇지만 휘청대는 걸음새는 어쩌지 못했다. 소년은 멈춰서 그런 유이새를 보았다. 풋! 하고 웃음이 나오려 했지만 예의상 잘되지는 않았다.

상점들이 줄지은 거리를 지난다. 행상을 하시는 할머니들이 넓

여름 바다

은 인도에 자리를 잡고 앉아 계셨다. 한쪽 구석에서 뚱뚱한 아주머니 한 분과 흥정이 이루어지고 있었다. 더 달라고 하거나 못 주겠다 하는데 아주 시끄러운 소리가 나고 있었다. 모자랄 것 없는 아이들이거나 평범한 집안 사람들이면 불쾌해도 그냥 지나치거나 싫은 소리 하기 싫어 마지못해 받는 전단지 한 장 손에 쥐어지는 짜증쯤으로 이해하고 말 것이었다. 유이새에게는 저 천박한 목소리들이 몹시 귀에 거슬려 정화하는 데에 온 힘을 기울였고 아주 힘들게 참고 참다가 마인드 컨트롤을 하듯 지나가야 했다. 유이새에게 절제와 인내는 교양의 하나였다. 그렇듯 그녀는 아주 품위 있는 사람들 중에 속하고 싶었다. 유이새는 스스로 자신을 들여다보며 마음의 양식에 모자란 것이 없는지 예의주시하고 있었다.

도로에 차선이 곧게 그려져 있었다. 고급 승용차들과 버스와 트럭이 섞여 지나가는데 사려 깊은 도로는 모든 차가 통행하는 데 불편함은 없을지 공평하게 배려하고 있었다. 유이새도 많은 사람들이 똑같은 권리로 살아가길 바랐다. 그것은 일류대학을 나온 그녀의 윤리의식에 걸맞은 것이다. 유이새의 성품은 곧게 뻗은 저 도로처럼 바른 것이었다. 그것은 그녀에게 재단하여 맞춘 양장처럼 아주 편한 것이었다. 그것은 또한 유이새에게 매우 유익한 것이었다. 이보다 좋은 것은 있을 수 없을 것이었다. 부귀나 권세도 애써 티를 낼 필요 없이 남들이 그냥 그렇게 알아주는 것으로 되어 있었다. 유이새는 배우고 익힌 대로만 하면 뭐든지 오케이가 될 뿐이라고 믿었다. 유이새의 입가에 미소가 흘러나온다. 그런 도중 유이새의 입가에서 그것이 흘러나오지 못하게 하는 것이 있었다. 전동 휠체어가 넘어져 장애우가 쓰러지고 있었다. 유이새는 꼼꼼히 전방을 주시하며 걸어가고 있었는데 시야에서 갑자기 전동 휠체어가 나타났다. 몸이 불편한 사람이 쓰러지다니… 유이새는 가늘고 긴 다리로 서둘러 휘청이며 가서, 사고 지점에 도착해 있다. 이미 여러 사람이 가련한 마음으로 사태를 파악하는 중이었다. 유이새는 전화기를 꺼내 구급 신고를 하려고 했는데 그 사람이 아무렇지도 않은 듯이 일어서려 한다. 그렇지만 유이새는 멈출 수 없었다. 단아한 목소리로 구급 요청을 하고 그 장애우에게 다가갔다. 그리고 깊은 곳에서 우러나오는 듯한 슬픈 목소리의 괜찮으시냐는 말로 나긋이 향긋함을 어지러운 상황에 뿌려대었다. 보던 사람들은 유이새에게 감동하고 있었다. 사람들의 시선은 유이새에게 몰려 있었다. 이 상황을 유이새는 속으로 음미했다. 유이새는 보람을 느끼며 자기 자신에 자부심을 부여하고 있었다.

119 구급대가 요란스럽게 도착했다. 당사자인 장애우는 정신이 바짝 나서 무슨 일이냐며 구급대 직원들을 황망히 쳐다보았다. 그러다 장애우는 급한 볼일이 있다며 가려던 길을 가려고 손을 휘휘 저었다. 그런데 구급대 직원들은 안 된다며, 절대로 안 된다며 앰뷸런스에 장애우를 태우고 사이렌을 요란스럽게 틀며 어디론가 쾌속 질주를 시작했다. 유이새는 그런 상황을 보며 덩그러니 안타까워하고 있었다. 유이새의 눈가에 이슬이 맺히고 사람들은 일련의 박수를 내심 보내고 싶었는데 쑥스러워서 그런지 그게 잘 안되고 있었다. 그런 사정을 충분히 이해하며 유이새는 자신의 목적지에 가기 위해 잘 떨어지지 않는 발걸음을 이어갔다. 존경의 마음은 사

람들의 거리에 고스란히 남아 휘황찬란한 빛을 떠나보내지 못하고 발산을 유지하고 있었다.

마트 계산대에서는 바코드를 읽는 플라스틱 막대가 그 끝에서 붉은빛을 발산하는 데 여념이 없었다. 영수증도 찍혀 나왔는데 돈의 이름이 여러 부문으로 개명되어 그 정체를 알 수 없게 했다. 그렇지만 냉정한 물질세계에서는 필히 감수해야 될 상황이었다. 돈의 이름쯤이야 그것이 무엇이든 주인인 사람들의 풍족을 위해 희생되는 것이 마땅한 것이 아닌가? 그것 또한 공리주의적 관점에서 정의의 관념으로 추론되어야 했다. 정의란 무엇인가? 다수의 공익을 위해 사적인 이익을 제한하는 것이 아닌가? 계산대는 출입구에서 진열장을 보며 네 군데에 배치되어 있었다. 마트의 문을 연 유이새는 마음의 준비를 확실히 하였다. 슬픔은 새로운 기쁨의 시작이라 굳게 새겨넣고 뇌리에 조아렸다. 계산대를 과감히 지나서 진열장의 상품들에 시선을 줄줄이 훑고 있었다. 자신에게 너무 세게 준 주의 때문에 정신이 맑지 않았다. 유이새는 호흡을 가다듬었다. 한 번 두 번 그리고 세 번의 심호흡은 세상의 피사체를 명료하게 밝힌다. '내가 사야 할 것이 뭐지?' 유이새는 마트에 오기 전에 필요한 물건이 무엇인지 셈을 하고 외워버렸다. 사탕 한 봉지가 보였다. 저것을 하나 먹으면 여기까지 오는 데 소모된 칼로리를 충전시킬 수 있을 것 같았다. 그런데 사탕 봉지에 약간의 뜯긴 흔적이 있었다. 유이새는 사탕 봉지의 결점에 마음이 갔다. 손끝으로 사탕 봉지를 어루만지는데 그만 사탕 봉지가 더 뜯기고 말았다. '이 사탕 봉지는 마트 입장에서 다른 손님들의 상품으로서의 가치가 없겠지? 내가 들고 가서 값을 치르자!' 유이새에게는 돈이 충분히 있었다. '이 정도 희생쯤이야… 마트 운영자에게 도움이 될 거야. 별것은 아니지만…' 유이새가 사탕 봉지를 들었다. 그러자 사탕 알맹이들이 우두두 바닥으로 떨어졌다. 유이새는 당황했다. 옆에서 그것을 지켜보던 중학생쯤 되는 여학생이 눈을 약간 흘겼다. 카트에 몸을 실어 가던, 아이스크림을 입 안에 녹이던 대여섯 살배기 아이는 유이새가 쏟아버린 사탕에 욕심을 내고 있었다. 그 아이는 카트에서 일어나 허리를 숙이고 사탕 한 알을 손에 쥐었다. 아이의 엄마는 고래같이 큰 소리를 질렀다. 유이새는 그 소리에 기겁을 했다. 괜히 미안했다. 그래서 아이 엄마에게 정중히 고개를 숙였다. 그랬더니 아이 엄마는 황당해하면서 그럴 필요가 있냐며 전적으로 아이를 잘못 다룬 자신의 책임이라며 반색을 하며 유이새에게 점잖고 미안한 태도를 취했다. 그리고는 아이 손안의 사탕을 빼어 유이새에게 주었다. 유이새는 어색하게 웃고 그 사탕 한 알을 아이의 입 속에 집어넣어주었다. 아이가 엄마 눈치를 보더니 "고맙습니다" 하고 고개를 숙인다. 유이새가 보기에 그런 아이가 너무 예뻤다. 아까 장애우에게 한 것보다 더 보람이 있어 보였다. 유이새는 순간, 여기에 온 이유를 다 잊어버렸다. 자신이 무슨 물건을 사야 하는지도 다 백지장이 되었다. 유이새는 기쁜 마음에 들떠 뻘건 불빛이 쏟아지는 계산대를 날쌔게 통과해 마트가 어디쯤인지 잊어버릴 때까지 날아갈 듯한 걸음을 멈추지 않았다. 배도 안 고팠다. 저녁도 잊어버리고 여기가 안방인지 거실인지 침실인지도 다 잊어버리고 머리에는 오직 마트에서 있었던 기쁨에 대해, 즐거움에 대해, 방실방실 웃음에 대해 떠올리며 작심을 하고 있었다.

유이새는 설탕을 냄비에 넣고 녹이고 있었다. 주방은 온통 끈끈한 설탕 가루로 난리가 아니었다. 그렇지만 유이새는 개의치 않았다. 유이새가 하는 꿈의 상상은 이루 말할 수 없이 달콤하고 가치 있는 것이었다. 사탕을 만들고 있었는데 그 정성은 범인으로서는 형용할 수도 없는 것이었다. 색소를 넣고 흔들고 돌렸는데 그 색깔은 정녕, 무지개의 아름다움도 별것 아닌 것이 되고 있었다. 오만가지 모양과 색깔이 너무도 맛나 보이는 사탕을 이루고 있었다. 이미 만든 사탕의 분량도 쌀가마니로 한 포대는 넘는 것이었다. 유이새는 사흘 밤낮을 새우고 사탕 7포대를 만들었다. 그리고 쉬었다. 쉬는 중에도 입가에 미소가 가시지 않았다. 쉬고 잠자는 시간도 아까웠다. 그러나 육체의 한계를 느끼고 삼 일을 그대로 뻗어서 잤다. 설탕 가루가 몸에 묻어 찜찜했지만 고단한 육체에 충전을 하는 것에는 방해가 될 수도 없을 만큼 유이새는 고단했다.

유이새가 몸의 기력을 회복했을 때는 오밤중이었다. 그 시간에는 만물이 잠들어 쥐도 고양이도 쉬고 있을 시간이었다. 유이새는 자신이 계획한 일을 할 생각에 조바심이 일어 견딜 수가 없었다. 유이새는 우선 사탕 한 포대를 카트에 실었다. 포대가 무거워서 쉽지 않은 일이었다. 유이새는 이럴 때 남자 친구가 있었으면 얼마나 좋았을까 아쉬워하며 또 한 포대를 실었다. 엘리베이터가 내려가고 드디어 일 층에 도착했다. 삐걱거리는 카트 바퀴도 아랑곳하지 않고 사탕 두 포대를 끌기 시작했다. 서늘한 오밤중인데도 땀이 삐질삐질 났다. 거리 한 블록을 지나고 두 블록을 지나고, 너무 숨이 차 편의점 의자에서 헉헉거리는 숨을 뺐다. 아르바이트하는 남학생이 유이새를 이상한 눈빛으로 바라보았다. 유이새는 시선을 밑으로 깔고 쉬는 데에 열중했다. 힘이 조금 나는 것 같자 유이새는 또 카트를 끌었다. 삐걱대는 소리가 아까보다 더 심해졌다. 그렇게 두어 시간을 가서 며칠 전에 갔던 마트에 이르렀다. 당연히 마트 문은 굳게 잠겨 있었다. 유이새의 고급 스커트가 구겨져 있었다. 그래도 상관이 없었다. 유이새는 마트의 문이 열리기까지 기다려야 했다. 기다리다가 다리가 너무 아파 주저앉고 싶었으나 숙녀로서의 자존심을 잃지 않았다. 꼿꼿이 서서 오직 마트의 문이 열리기까지 기다리고 또 기다렸다.

마트의 문은 이미 열려 있었다. 유이새는 선 채로 잠이 들어 있었을 것이라 명징한 중천(中天)이 가르쳐주고 있었다. 유이새는 자조의 몸짓으로 자신의 얼굴을 쳤다. 손바닥과 얼굴이 동시에 아팠다. 그러다가 자신이 계획한 일들이 생각나자 다시 힘이 솟았다. 유이새는 있는 힘을 다해 카트를 끌고 마트 안으로 들어갔다. 카트에 얹혀 있는 포대가 뭐냐고 직원이 물었지만 유이새는 미소로만 답할 뿐이었다. 밖에서는 빗방울이 하나둘 떨어졌는데 유이새에게는 폭풍우가 몰아친다 해도 달콤하고 보람 있고 즐겁기만 할 것을 마트의 내부에서는 작렬하는 바다의 파도가 미소처럼 출렁이고 있었다.

유이새는 우선 음료수 한 병을 샀다. 포대 자루는 진열장의 구석에 군인의 포복처럼 은근하고 굳세게 포개놓았다. 유이새는 음료수를 마시다 계산원의 얼굴을 보았다. 약간의 고단함이 단단하게 마른 화장 위에 비치고 있었다. 괜한 비애가 유이새의 마음에 고였다. 유이새는 뚜벅뚜벅 걸어가서 음료수 한 병을 더 가져왔다. 계산을 하고 계산대의 직원에게 마개를 뜯어 내밀었다. 계산원은 완고하게 거절했지만 유이새의 넓은 마음을 곧이곧대로 이길 수는 없었다. 계산원은 표정을 일그어뜨리며 할 수 없는 목축임을 했다. 그렇지만 억지로 마신다는 것을 내색할 수는 없는 일이었다. 유이새는 엄연히 왕이신 고객이었기 때문이었다. 그 사이 손님이 한 분 들어왔다. 중년의 아주머니였다. 유이새가 불길 같은 눈빛으로 집어삼킬 듯 노려보는 듯하자 중년의 아주머니는 기분 나쁜 듯 그냥 나가버렸다. 유이새는 너무 피곤했다. 손님을 그냥 보낸 계산원에게 미안할 짓을 하지 않아야 했는데 말이다. 유이새는 과도한 자신의 의욕을 스스로 알아차렸다. 유이새가 미안한 마음을 감추고 부드러운 표정으로 계산원을 바라보았다. 계산원은 부러 미소를 짓는데 불쌍한 이웃을 살피는 표정도 실려 있는 것 같았다. 유이새는 그 표정을 눈치채지 못했다. 피곤했기 때문이었다. 개점 시간부터 할 일 없이 와서 음료수나 사 먹는 유이새에게 친구가 필요했을 것이라 계산원은 마음을 열었던 것일 것이다. 그렇지만 유이새에게 그런 계산원의 심상을 파악하는 것은 그 값어치가 약했다. 다른 큰 기대가 있었기 때문이었다. 아니면 너무 피곤했을 것이다.

유이새는 아이들만을 기다렸다. 그렇지만 아이들이, 너무 예쁜 아이들이 어느 시간에 오는지 도대체가 알 수 없었다. 아이들에게 나눠줄 사탕은 차고도 넘치고 앞으로도 충분히 만들어낼 수 있었다. 예쁜 아이들만 있으면 되었다. 세상에서 가장 빛나는 아이의 티 없이 맑고 앙증스런 표정 한 번쯤이면 모든 것이 유이새의 것이 될 것 같았다. 사탕은 아주 많이 있었다. 시간도 모두 내어줄 수 있고 돈도 내어줄 수 있었는데 아이는 좀처럼 오지 않았다. 유이새에게 사탕은 반쪽일 뿐이었다. 하나의 완성이 되어 웃음과 꽃이 될 수 있는, 의미를 이룰 것은 그것이었다. 아이의 천진하고 해맑은 몸짓과 표정이 나머지 반쪽일 것이다. 음료수를 몇 병 마시니 화장실에 가고 싶었다. 유이새는 계산원에게 화장실이 어디냐고 묻고 골목길을 돌아 돌아 화장실에서 볼일을 보고 마트로 돌아오는데 저기서 막대사탕을 물고 마트를 나오는 아이 두어 명이 보였다. 사탕을 주고 싶었지만 유이새의 사탕은 꿔다놓은 보릿자루처럼 진열대 구석에서 여태껏 지루하게 있지 않았는가? 유이새는 날쌘 몸짓으로 사탕이 담긴 포대를 향해 진격했다. 진격하려는데 아이들이 숨넘어가게 웃으며 유이새를 쳐다보다 가버렸다. 유이새는 사탕 포대로 가기 전에 김이 빠졌지만 아이는 세상에 많이 있었다. 다시 한번 아이의 사랑을 받고 싶은 유이새는 힘을 모아야 했다.

유이새는 기도하는 마음으로 자신이 만든 사탕 하나를 손에 들었다. 우윳빛깔 예쁜 사탕이었다. 입에 넣으니 정말 맛있었다. 맛있을 수밖에 없었다. 최고급 설탕을 녹여서 만든 것이라 그랬다. 입 안에서 살살 녹는데 헛빠진 칼로리를 충전하는데 부족할 것이 없었다. 유이새는 다시 기력을 회복했다. 맛있는 것에 도움을 받아 유이새의 정신이 명료해졌다. 첫 번째는 아이들은 아이들끼리도 오지만 아이들의 엄마와 동행하는 경우도 있다는 것이다. 두 번째는 할머니 할아버지와도 함께 온다는 사실이다. 세 번째는 지금 밖에 비가 많이 오고 있다는 불행이었다. 비가 많이 오면 아이들이나 일반 고객들이나 마트에 들르지 않을 것 같았다. 그래서 아까 그 계산원에게 물어보기로 했다. 공짜로는 대답해주지 않을 것 같았다. 사탕 한 주먹을 주려고 했다. 그런데 계산원은 강력히 사양하다 이길 수 없을 것 같아 그중 한 개를 입 안에 털어넣었다. 애써 맛있다는 표정을 지었으나 유이새는 진심으로 자신이 만든 사탕이 계산원에게도 맛있는 것으로 믿고 있었다. 최고급 설탕으로 만든 사탕이 아니었던가? 그렇지만 유이새는 무조건 많이 주고 싶었다. 그래야 어쨌든 자신이 좋아하는 아이들을 많이 알 것이 아닌가? 유이새의 어색한 질문에 계산원은 덩그러니 한마디 했다. "그렇죠."

　유이새는 우의를 사고 비닐로 사탕 포대를 꼭꼭 싸고 말아서 습기로부터 완벽한 방호를 했다. 그리고 끙끙대며 사탕 포대를 실은 카트를 끌고 마트를 나왔다. 정말 비가 엄청나게 오고 있었다. 거리에서는 빗줄기 소리 때문에 다른 소리는 다 묻혀버리고 있었다. 마트 처마에서 어린아이가 무어라고 말하고 있는 것 같았지만 유이새에게는 사탕 이외엔 줄 것이 없었다. 그리고 지금 유이새의 사탕은 꽁꽁 묶여 있었다. 유이새는 카트를 힘겹게 끌며 묵묵히 다음을 기약하며 걷기 시작했다. 몇 걸음을 뗄 때쯤 도로변에 초록색 트럭이 멈췄다. 그리고는 차문이 벌컥 열리며 아주머니와 아이가 내렸다. 아이와 아주머니는 여기가 매우 낯선 듯했다. 유이새는 아이를 보며 사탕 줄 생각이 났으나 줄 수 없었다. 꽁꽁 묶여 있기 때문이었다. 아이가 그런 사정을 모르는지 유이새에게 후다닥 다가왔다. 유이새는 약간 당황해서 말을 더듬었다. "왜… 왜… 왜?" "여기 근처에 중국집이 어디예요?" "왜?" "예에, 배가 고파서요. 아침부터 굶고 아빠 일 도와드리는 거예요." "어… 그래? 사탕이라도 먹을래?" "예! 고맙습니다!" 그러나 줄 수 없었다. 유이새의 포대는 꽁꽁 묶여 있었고 유이새가 만든 사탕은 전부 포대에 있었다. 유이새는 당황하다가 마트의 위치를 가르쳐주고 만 원짜리 지폐를 건네려고 했다. 그런데 아이는 완고하게 거부했다. 그러면 안 되는 거였고 우리는 거지가 아니라는 거였다. 유이새는 얼굴이 붉어졌고 가려던 길을 다시 갈 뿐이었다. 트럭에서는 경적이 신경질적으로 울리고 있었다. 빗소리 외에 들리는 소리는 저 아저씨의 경적 소리뿐이었다. 유이새는 걸음이 다급해지고 똑바로 걸을 수가 없었다. 그렇지만 가야 했다. 자신이 옳다고 믿었기 때문이었다. 조금 틀릴 수는 있지만 많이 틀리지는 않다고도 생각에 부연을 하고 있었다.

유이새는 밤새 잠이 들 수 없었다. 큰비가 와서 그 빗소리 때문이기도 하겠지만 저 쉴 새 없이 세상의 맑음을 내모는 물방울들의 흐린 울림에도 울지 않는 의기에 찬 그 아이 때문이기도 하였다. 아빠 일을 도운다며 배고파도 배고픔에 휩쓸리지 않는 용감한 아이, 쉽지 않은 길을 가도 결코 자신이 힘들다고 불평을 하지 않는 아이, 유이새는 그런 아이를 한번도 본 적이 없었고 유이새 자신도 결코 그런 아이가 아니었었다. 그 아이를 대함으로써 유이새는 뜻지 않은 선물을 받은 것 같이 그 정체가 궁금해졌다. 무엇일까? 그것이 무엇일까를 의문하다가 잠들 때를 넘겨 버린 것이다. 유이새

여름 바다

는 거울로 다가갔다. 요 며칠 부산을 떠느라고 얼굴이 피곤해 보였고 상해 있었다. 화장대의 영양 크림을 바르고 얼굴에 팩을 했다. 천장에 노란 구름이 그려져 있었다. 이왕이면 황금색이 더 좋을 뻔했다. 황금색 구름, 하늘을 우러러 가장 값어치 있는 집에서 생활을 영화롭게 하고도 사람들로 하여금 자신을 존경할 수 있도록 인생을 똑바로 살아왔다고 자부했다. 그러려면 손가락질받는 일을 하지 않고 좋은 일을 많이 해야 했다. 너무나도 귀엽고 예쁜 아이들을 귀하게 대하는 것도 다 자신이 원하는 것을 얻기 위함이었다. 어찌 좁은 문으로 들어가라고 톨스토이는 지적했겠는가? 다 대가가 있기 때문이었다. 유이새는 내일 아이들에게 자신이 정성을 다하여 만든 사탕을 나눠줄 것이다. 유이새의 보람이고 행복일 테니까….

마트가 북적대고 있었다. 다 유이새 때문이었다. 맛있는 사탕을 공짜로 나눠준다고 하니 소문을 듣고 아이들이 신이 나서 마트 속에 차올랐다. 학교 교실 쉬는 시간보다 더 시끄러웠고 마트 내부가 아이들의 물결로 넘쳐났다. 유이새의 이마에 땀이 흐르고 있다. 유이새는 사탕을 나눠주느라 정신이 없었다. 욕심 많은 아이들은 하나라도 더 달라고 아우성이었고 부잣집 아이들은 어디에 가면 이렇게 맛있는 사탕을 사 먹을 수 있냐며 성깔 있는 소리를 지르고 있었다. 빗방울보다 많은 아이들의 글자들이 유이새의 귓가에 부딪혀서는 다 똑같은 소리가 될 뿐, 무슨 의미인지는 분별할 수가 없었다. 만약에 유이새가 돈을 받고 팔았다면 굉장한 수입을 챙겼을 것이라 저 멀리서 다가오지 못하는 뚱뚱한 아주머니는 두 눈을 힘주어 돌렸다. 유이새의 사탕이 다 떨어져가고 있었다. 집에 두 포대가 남아 있었는데 아이들은 지치지도 않는지 연신 달라고만 했다. 유이새는 아이들에 파묻혀 움직일 수도 없었다. 꼼짝도 할 수 없었다. 그런데 그런 일을 하니 배가 고파왔다. 마치 삼 일을 굶은 사람처럼 먹을 것이 보이기만 하면 그냥 통째로 집어삼키고 싶을 지경이었다. 아이들은 얼마 남지 않은 사탕을 달라고 밀치고 소리 지르고 난리도 아니었다. 유이새는 갑자기 짜증이 솟아나고 있었다. 그냥 다 때려치우고 싶었다. 그렇지만 그럴 수는 없는 일이었다. 누가 시킨 일도 아니고 자신이 다 원한 일이었고 바란 일이었다. 유이새는 뱃속의 위장이 시키는 욕망과 고상함을 유지하려는 욕망과 치열한 사투를 벌이고 있었다. 이제 아이들은 다른 한편이었고 배고픔은 다른 한편이 되어서는 유이새를 놓고 줄다리기를 하고 있었다. 아이들은 사방에 있었기 때문에 가냘픈 유이새는 이리저리 흔들리고 있었다. 아이들이 사방으로 가득 차지 않았다면 한쪽으로 쓰러져 탈진해서 며칠은 일어나지도 못할 상황일 것이다. 유이새의 정신은 점점 혼미해져갔다. 빨리 마트에서 빠져나가고 싶었다. 마트 정문을 보니 거기에도 아이들이 기다리고 있었다. 아이들의 바다였다. 밀려드는 파도였다. 끝이 보이질 않았다. 그 끝을 보다가 유이새는 드디어 실신하고 말았다. 사이렌 소리가 나는 소리를 듣고 누가 다쳤나? 하고 눈을 뜨니 가운을 입은 의사가 구급대원들과 함께 다가왔다. 유이새가 눈을 동그랗게 뜨니 의사가 램프로 눈동자를 비추었다. 유이새는 왜 그러는지 이해를 할 수 없었다. 들것에 유이새를 눕히려 했다. 유이새는 "전 괜찮아요…

왜… 그러세요?"라고 기어들어가는 목소리로 물었다. 들것에 누운 유이새에게 담요가 덮이자, 유이새는 "저 집에 가고 싶어요"라고 말했지만 구급대원들은 그러면 절대로 안 된다며 앰뷸런스에 유이새를 태우고 요란한 사이렌을 울리며 어디론가 가기 시작했다. 유이새는 "아무렇지도 않은데…" 하고 저항했지만 공포에 질려 이끌려가야 했다. 황당했지만 따라야 했다. '이것이 인생일까?' 하고 의문하며 유이새는 다시 의식을 잃었다.

집에 어떻게 왔는지 유이새는 알 수 없었다. 알 수 없는 게 다 인생이고 세면기의 비누 거품이다. 깨끗하게 보이는 것도 버려지고, 아파도 나은 것이 주삿바늘의 공포이다. 즐겁게 베풀어도 사라지는 게 시간의 손사래이고 잡혀도 벗어나는 게 뱃속에 든 매 끼니가 아닌가? 유이새는 자신이 언제 식사다운 식사를 했는지 통 기억이 나지 않았다. 지금은 기억하려는 것조차 힘이 들고 있었다. 그래도 이겨나가야겠다고 생각했다. 몸을 비틀어 겨우 일어나서 몇 걸음을 헤매자 베란다의 문 앞에 서 있게 되었다. 유이새는 답답한 마음에 문을 열어젖혔다. 바람이 시원하게 들어오고 있었다. 그리고 바람에 날리는 것이 있었다. 이 주일 전에 내다 걸은 베란다의 빨래. 유이새는 저 빨래의 존재를 잊고 있었다. 가서 만져보니 습기가 손끝에 달라붙는다. 비에 맞고 젖기를 반복한 것 같았다. 유이새의 기분도 저 빨래와 다르지 않았다. 무엇인가를 열심히 한 것 같았지만 노력과 땀은 공허하고 공기들조차 받아주지 않는 것 같았다. 유이새는 자신이 무엇인가에 거부당했는지도 생각해보았다. 천만에, 그런 것은 아니었다. 환희와 열정은 유이새의 눈에

선했다. 자신이 악한 사람인지도 생각해보았다. 악한 사람이 물질
적 대가를 받기를 셈하지 않는지, 자신은 그렇지 않다고 생각했다.
과연 무엇이 부족하단 말인가? 유이새는 저기 걸려 있는 빨래처럼
걸려서 그냥 태양을 바라보고 싶다. 그것도 자신의 것이 아닌, 타
인의 것처럼 보이는 처량한 태양…. 스스로 가혹했다. 슬펐다. 눈
물이 났다. 그런데 한참을 그렇게 소리 없이 우니 흐르는 눈물만
큼은 자신의 것이라고 느껴지는 것이었다. 우는 동안 유이새는 오
롯이 전적으로 자신만의 유이새가 된 것처럼 보였다. 그러자 유이
새가 서 있는 11층 베란다에서 보이는 풍경이 더없이 맑고 투명해
지는 것이었다. 그때 유이새의 두뇌에 높은 촉수의 전구가 켜진 것
같았다. 이건 에디슨 이후에 가장 밝은 광명의 발견이었다. 유이새
는 벅찬 마음에 컴퓨터 앞으로 달려갔다. 그리고 인터넷에 홈페이
지를 만들고 동호회를 하나 조직했다. 이름하여 '광명회'였다. 자금
은 충분했다. 부자 아빠는 언제나 딸 유이새의 든든한 후원자였
다. 전국에 지회를 모으고 세상의 밝음을 창안하기 위해 유이새는
컴퓨터 책상이 녹을 것처럼 열심히 앉아 있었다. 동호회 회원들에
게 인센티브를 준다고 하니 모집은 그리 어려운 것이 아니었다. 회
원 중에는 어린아이도 있었다. 있는 정도가 아니라 아주 많은 것
으로 파악되었다. 유이새는 그들을 훈련할 장소가 필요했다. 그리
고 스케줄도 짜야 했다. 요즘은 어린아이들이 더 바쁘다는 것은 주
지의 사실이었다. 그렇지만 보통의 역경은 유이새에게 역경이 아니
었다. 유이새는 회원들의 회합의 시간을 결정했다. 그리고 장소도
정했다. 유이새 동네의 마트 앞 주차장으로 정했다. 아무래도 거기

여름 바다

가 좋을 것 같았다. 그렇지만 뚜렷한 이유는 없었다. 유이새는 자신의 매끈한 일처리에 스스로 감복하여 가슴이 벅찼다. 눈물이 또 나올 것 같았지만 꾹 참았다. 아끼는 것은 실례가 아닐 것이다. 벅찬 눈물을 참느라고 잠도 오지 않았다.

유이새는 챙이 넓은 모자를 눌러쓰고 앉아 있었다. 마트 주차장의 한구석이었고 의자는 미리 준비해 온 것이었다. 눈물을 효과적으로 흘리려면 집중을 해야 했고 편안한 자세가 필요했다. 회원들에게도 다 그렇게 준비하도록 지시했다. 그런데 약속된 시간이 훌쩍 지났는데도 회원으로 보이는 사람은 하나도 보이지 않았다. 유이새는 선글라스를 쓰고 있었는데 기다리다가 눈이 빠져나와 선글라스 렌즈에 붙을 것 같았다. 이상했다. 광명회 회원들이 자신의 말을 듣지 않을 수는 없을 것이다. 상품권 발송에 각종 기념품을 택배로 보냈고 오지 않으면 유이새가 준비한 최고급 수건도 받지 못할 것이었다. 최고급 수건은 눈물을 닦기 위한 것이었다.

유이새가 기다리다 지칠 때쯤 웬 아이가 다가와 쪼그려 앉았다. 유이새를 아는 눈치였다. 유이새는 회원인가 싶어 반가움이 커졌다. 유이새는 선그라스를 벗고 확 펴지는 얼굴 표정이 되었다. 그러니까 그 아이는 손을 내밀며 달라는 것이 있었다. 사탕을 달라는 것이었다. 유이새는 이해가 가지 않았다. 눈물을 흘리며 울려는데 사탕이 왜 필요한지 도대체가 알 수 없었다. 유이새는 자신이 알지 못하는 사실에 화가 났다. 그래서 신경질적으로 단호하게 말했다. "없어!" 그러니까 그 아이는 눈시울이 붉어지더니 울어젖히기 시작했다. 눈 밑으로 닭똥 같은 눈물이 뚝뚝 떨어졌다. 유이새는 이제야 사탕을 달라는 이유를 이해하고 있었다. 회원들의 지능이 생각보다 뛰어난 것 같았다. 설정이 기가 막히다며 유이새는 진심으로 감탄하고 있었다. 감탄에 열중하는데 그 아이는 저만큼 달려가고 있었다. 유이새는 최고급 수건을 선물로 주어야 했다. 그런데 너무 오랫동안 앉아 기다려서 그런지 몸이 말을 듣지 않는 것이었다. 그래서 다른 회원을 기다리기로 했다. 그렇게 또 한참을 기다리는데 또 아이가 왔다. 이번엔 서너 명이 한꺼번에 왔다. 유이새는 같은 설정이겠거니 하며 묵묵히 앉아 어떡하면 더 단호하게 "없어!"를 말할지 속으로 연습하고 있었다. 유이새의 생각대로 그 아이들은 손을 내밀며 사탕을 달라고 했다. 유이새는 준비한 대로 "없어!"를 단호하게 외쳤다. 그랬더니 그 아이들이 다 큰 소리로 울며, 세상이 다 떠나가도록 울어젖히며 달아나는 것이다. 유이새는 "야! 최고급 수건 받아 가야지!" 하려는데 뒤도 안 돌아보고 뛰는 그 아이들이 알아듣지 못할 것 같았다. 그래서 수건을 들고 쫓아갔다. 그런 유이새를 뒤돌아본 아이들은 우사인 볼트보다 더 빨리 뛰기 시작했다. 유이새가 아무리 키 큰 어른이라도 우사인 볼트를 따라갈 수는 없었다. 유이새는 그 수건으로 얼굴에 난 땀을 닦는 것으로 체념해버렸다.

유이새는 또 자리에 앉았다. 또 오면 감사의 표시를 제대로 해야지 하며 최고급 수건을 주기 좋게 개기 시작했다. 열 명이 와도 재빠르게 줄 수 있을 것 같았다. 유이새는 회원들이 예상 밖으로 자발적이라 내심 만족스러운데 미처 철저히 준비하지 못한 자기 자신을 꾸짖고 있었다. 그리고 아이들과 회원들이 자기 자신을 찾으

여름 바다

려는 욕구가 유이새로 인해서 계발된 것에 몹시도 흐뭇했다. 그렇게 자신을 북돋우는데 이번에는 회원들이 단체로 찾아온 것 같았다. 어른 회원 한 명이 호각 소리를 불며 40여 명을 지휘하고 온 것이다. 네 줄로 정렬해서 가는 그 아이들 중 한 명이 유이새를 발견하자 소곤소곤 대며 40여 명이 다 유이새를 보고 눈을 동그랗게 뜨며 멈춰섰다. 그리고는 다 유이새에게 달려드는 것이다. 그리고 다 함께 합창하듯 그들은 외쳤다. "사탕 줘요!" "사탕 줘요!" "아줌마, 사탕 하나만요!" 유이새는 단단히 준비를 한 듯 매몰차게 외쳤다. "없어!" 그러자 40여 명의 아이들이 목 놓아 울기 시작했다. 유이새는 준비한 대로 최고급 수건을 넣은 상자를 들고 그 우는 아이들을 향해 덮치듯 달려들었다. 그런 모습을 보던 아이들은 울던 것을 멈추고 이리저리 달아나기에 바빴다. 유이새는 그 아이들 40여 명을 다 잡아서 최고급 수건을 줄 수 없었다. 그중 한 명을 잡고 최고급 수건을 주려고 했다. 잡힌 아이는 도망치려 했으나 한 손이 유이새의 손에 잡혀 있었다. 유이새는 다른 손으로 최고급 수건을 아이의 목에 걸었다. 아이가 기겁을 해서 도망치려 하니 수건이 목에 걸려 숨을 쉬지 못하게 되었다. 그 아이는 여름 더위에 약한 아이였는지 그만 실신하고 말았다. 유이새는 또 설정이겠거니 생각하며 수건으로 얼굴을 세심하게 닦아주었다. 그런데 얼굴이 차가운 것이다. 유이새의 손에 잡힌 그 아이는 얼굴이 참으로 새하얗게 되어 있었다. 유이새는 불쌍한 생각이 들어서 마음껏 울어버렸다. 그런 광경을 보던 호각을 든 학교 선생은 119로 긴급 전화를 하고 아이의 셔츠를 벗긴 다음 누워 있는 자세에서 기도를 넓히고 있었다. 유이새는 사태가 심상치 않음을 인식했다. 그리고 유이새 자신도 어쩌지 못하고 안절부절못하기만 할 뿐이었다. 앰뷸런스가 오고 유이새는 경찰차에 실려 갔다.

경찰의 심문에 유이새는 어이가 없었다. 그렇지만 유이새는 다 자신의 책임이라고 할 수밖에 없었다. 유이새는 눈물도 흘리지 못하고 고개를 푹 숙이고 있었다. 아이의 엄마가 와서 왜 사탕발림을 하고 아이를 입원시키냐며 따지고 삿대질을 해도 볼 면목이 없었다. 그냥 다 유이새 책임이었다. 유이새의 아빠는 다 딸을 잘못 키운 자신의 책임이라고 했지만 유이새는 고집을 굽히지 않았다. "아빠 때문이 아니에요. 엄마 때문도 아니고 최고급 수건 때문도 아니고 사탕 때문은 더더욱 아니고요, 다 제 책임이에요." 다 유이새 자신의 책임이라며 유이새는 고래고래 소리 지르고 있었다. 경찰관이 냉소적으로 한마디 했다. "그런데 누가 뭐라고 하나요?" 그 소리를 듣자 유이새는 갑자기 배가 고파왔다. 그런데 그렇게 배고픈 유이새가 바로 유이새 자신 자체임을 유이새는 깨닫고 있었다. 유이새의 눈가에 엄마가 보였다. 엄마에게 밥을 사달라고 하자 유이새의 아빠는 뒷수습을 하겠다며 유이새와 엄마를 식당으로 보냈다.

유이새가 먹고 있는 중국집 콩국수는 정말 맛있는 것이었다. 콩국수가 유이새를 먹고 있는 것인지 유이새가 콩국수를 먹고 있는지 분별할 수 없었지만 옆에 있는 유이새 엄마의 눈가에 이슬이 가련하게 맺혀 있는 것이었다.

알맹이 없는 잔치

;

1. 납량 특집

    어느 날, 개 한 마리가 짖었다. 개 한 마리의 짖는 소리는 고막을 찌르는 것 같았다. 서로 모르던 사람들이 서로를 쳐다보며 이 소리가 무엇인지 웃는 표정을 흘리며 그 개 짖는 소리를 그냥 흘러가도록, 아무렇지도 않다는 식으로 서로의 무지를 가볍게 공유하고 있었다. 모른다는 것은 자신을 아주 작게 만들지만, 그 모르는 것이 자기만의 것이 아니라는 것에 대해 그 작음은 특별해지고 작은 채로 통제할 수 있는 것이다. 그렇게 사람들은 자신의 허점에 대하여 불안을 지니게 되는 것이었다. 그 무지하고 부족한 자신에 대하여 사람은 다른 사람에 기대어 불안을 해소할 수 있는 것이다. 개 한

                                    여름 바다

마리의 커다란 짖음이 서로 알지 못하던 사람들을 잠시라도 묶을 수 있다는 것이 그 개가 원하던 일일까? 개는 그래서 거세게 짖는 것일까? 사람들의 화합을 위해 스스로 목청이 터져라 주의를 주는 것일까? 그 개에게 밥을 주는 인간은 공공의 목적으로 생명을 훈육하고 있는 것일까? 개는 목줄에 묶여 밖으로 나올 수 없었지만, 인간의 화목에 공헌하고 있었다.

어느 날 비가 왔다. 빗방울이 하늘에서 떨어지니 마당에 있던 빈 드럼통에 물이 찼다. 먹는 물은 수돗물을 끓이거나 생수나 정수로 조달할 수 있지만, 마당의 빈 드럼통에 찬 물은 어디에 써야 할지 몰랐다. 물이 꽉 차 있는 드럼통을 볼 때마다 드는 생각은 그저 놀이일 터였다. 드럼통에 무엇이 있는지 그냥 놓아둔 채로, 놓아지는 것으로 아무 문제도 일어나지 않는다. 그냥 빈 드럼통에 비가 와서 물이 찼는데 신기할 뿐이었다. 그 물을 어디에 쓸 것이냐니, 그것은 아무 소용도 없는 생각이었다. 그냥 그렇게, 꽉 차 있는 물에 대하여 가지는 사람의 심리는 그냥 놓아두기는 불안하다는 것이다. 그 아무것도 아닌 드럼통에 대하여 필요도 없는 간섭과 통제를 가하고 싶은 것은, 사람도 빗물과 같이 그 드럼통에 물을 쏟아부었기 때문이다. 그래서 자신에게는 물이 가득 차지 않고 조금 비었다는 것이다. 그것이 불만이고 불안이다. 불만(不滿), 한자로 가득 차지 않았다는 뜻이다. 비워두는 것이 오히려 득이 될 터인데 채우려고 남을 해하려는 것은 평균율을 지향하는 인간 사이의 동의 때문이다. 비교 놀이를 하고 역할 놀이를 하고 그 틈을 메우려고 한다. 놀이를 통하여 그 불만이 잊히기를 바라는 무당 굿 같은 염원이 그 물이 가득 찬 드럼통에 드는 생각이다. 어린아이같이 투정 부리는 관심 끌기의 일환이고 장난같이 모자란 사람들의 문제 회피일 뿐이다. 개가 짖는데 사람들은 그 개소리에 대한 무지와 그로 인한 불안과 불만을 서로에게 기대고 하나의 덩어리가 되어서 스크럼을 짜려는 방어 행위인 것이다. 사람들의 불안은 문을 여는 데에 있지 않고 덮어두는 것에 그 방법이 있는 것이다. 어떻게든지 문제의 핵심을 피하고 희석시키는 데 중점을 둔다. 눈 가리고 아웅 하기란 이럴 때 쓰는 말인가?

어느 날 그는 빗물이 가득 찬 드럼통을 밖으로 옮기기로 했다. 물이 여름철 뜨거운 뙤약볕에 증발되기를 기다리는 것보다 드럼통을 밖으로 옮겨 마음의 짐도 선뜻 내어가기를 바랐던 것이다. 그는 힘이 세고 건강한 체구를 가진 장정이었다. 그러나 그런 그도 그 무거운 드럼통을 들기에는 역부족이었다. 그는 생각했고 연구를 했다. 드럼통에 가득 있는 물을 쏟는 것은 왠지 자존심이 상할 것 같은, 있는 그대로를 받아들이는 태도로 빗물이 찬 정성을 헤아리고 있었다. 빗방울 한 방울 한 방울로 모인 그 물의 덩어리들을 기우뚱 마당에 쏟아붓는다는 것은 왠지 하늘에 대한 도리를 어긋나게 하는 못난 행위라 생각했고 마음의 정성을 잃는 일이라 삼가려고 했다.

마당에 있는 드럼통은 그의 마음 한구석을 차지하는, 일관된 그의 지조이기도 했다. 있는 듯 없는 듯 있는 드럼통의 존재는 그를 세상 한가운데 서게 하는 말뚝 같은 의미였다. 그에게 항상 무의식적으로 보이고 있었기 때문이다. 그 드럼통에 반영된 그의 존재 의식은 어디선가 그렇듯이 너무도 당연하게 받아들여지고 있었다. 그 상징에 그가 더 튼튼하게 드러나는 것은 마치 깃발로 군대의 세력을 위시하려는 표시였다. 그 표시로써 그 자신이 발견되고 단호함의 의지를 다지는 구호로 단련되는 것이었다. 그러나 그는 마당에 우두커니 있는 그의 존재 의식 같은 드럼통을 치우기로 했다. 이제 그는 그 자신이면 충분하다고 이제 버팀목 같은 드럼통을 처분하는 것이 그의 순수를 더 확보하는 것이라 결론지었다. 그것이 그의 존재를 사각의 도화지 안으로 묶는 것이 아니라고 생각했다. 다 자유롭게 그의 창공에 구름이 없어지는 광경이었다.

그는 그 무거운 드럼통을 통째로 밖으로 옮기기로 하고 그 실행을 위해서 계획과 준비에 몰두했다. 그의 그런 세심한 생각에 옆집 개도, 그가 기르는 개도 우렁차게 짖는 소리를 내고 있었다. 시끄러웠지만 그는 마음의 정결을 잃지 않았다. 그에게 그런 중요한 일이 외람된 소리에도 주위를 잃지 않고 자신 스스로에 대한 충성으로 이기고 있는 것이었다. 지금 그에게는 사람 자체보다 자신이 위였다. 개가 짖는 소리보다 무엇인지 알 수 없는 의미보다 자신이 추구하는 것이 위였다. 그보다 위인 것은 지금 없었다. 그는 지금 자기 자신의 열중을 믿는 중이었다. 자기 자신에 충실한 그는 어수선하고 부주의하게 섬기던 것을 그만두고 그 자신만의 세상에서 자신이 중심이 되어 유일하게 되는 것이었다. 그에게 무서운 것이란 그가 지금 하고 있는 일이 갑자기 증발하는 일이었다.

물이 꽉 찬 드럼통을 밖으로 옮기는 일은 쉬운 일이 아니었다. 평평한 마당과 대문 사이에 계단이 네 계단 있었다. 드럼통을 미는 것만으로 해결될 문제가 아니었다. 그리고 드럼통을 미는 것도 쉬운 일이 아니었다. 잘못 밀면 드럼통 안의 물이 튀어 그가 가진 문제, 즉 흐린 하늘의 정성으로 채운 빗물에 대한 결례를 하는 것이어서 조심에 조심, 정성에 정성을 다하지 않으면 안 되는. 힘의 섬세함을 유지해야 될 필연이 있었다. 그는 우선 그 힘의 섬세함과 움직이지 않으려는 드럼통과의 마찰을 일으키지 않아야 했다. 마찰과 함께 드럼통이 가지는 특유한 반발을 사지 않아야 했다. 드럼통은 자신이 옮겨지는 것을 간파하지 못하고 그가 친절함을 가지고 드럼통 자신에 대하여 무엇인가를 베풀고 있다고 생각하게 만들어야 했다. 그에게 드럼통이 잘못한 것이 특정지어서 별로 없었기 때문에 드럼통이 처벌을 받고 있다는 억울한 생각이 들지 않게 해야 했다. 그것은 세상의 지혜가 가지는 특징이었다. 세상의 지혜란 문제를 수월하게 풀기 위하여 상대의 힘과 불평과 이익 사이에 조화로운 지점을 헤아리는 것을 시작으로 하는 조절의 문제이다. 강약 조절은 상대에게 거부감을 많이 줄여주어 내 편에서는 힘과 비용이 덜 들어가게 하는 것이다. 그러므로 드럼통에게 거부감을 주는 일을 줄여 그의 불편조차 줄여주는 것이다. 그러므로 드럼통은 그에게 승복할 것이다. 그것에 힘이 들더라도 반발을 줄여주는 것이 그의 문제에 길을 내고 편한 마음으로 갈 수 있게 할 것이다. 그는 드럼통이 성질을 내지 않도록 노력하고 있었다.

그는 초조했다. 날이 저물기 전에 빗물이 꽉 찬 드럼통을 밖으로 옮겨야 했다. 그것도 그의 그런 의도를 드럼통에게 숨긴 채 하기에는 힘이 많이 들었다. 그는 쉬운 방법을 조금 더 연구하기로 했다.

　　　　　　　　　　　　　　　　　　　　여름 바다

한참 생각하다가 바닥이 미끄러우면 드럼통을 미는 데 힘이 덜 들 것이라는 데 초점이 맞춰졌다. 바닥을 미끄럽게 하는 데 필요한 것을 생각하다가 지푸라기가 생각났다. 지푸라기는 바닥과 드럼통의 마찰을 줄여줄 것이라는 생각에 그에게 쾌감이 밀려왔다. 그런데 지푸라기를 찾아야 했다. 여름철에 지푸라기는 구하기 어려웠다. 그것도 공장 지역에서 지푸라기를 찾는 것은 더욱 어려웠다. 그래서 그는 다른 도구를 사용하기로 했다. 융단을 사용하는 것도 바닥과 드럼통의 마찰을 줄여줄 것이다. 그는 창고에 가서 두루마기에 감겨 있는 붉은 융단을 풀어 보기 좋게 잘라 왔다. 보기에 좋은 떡이 먹기에도 좋은 것이기 때문이다. 그는 붉은 융단을 바닥에 놓고 드럼통이 그 위로 올라가게 살살 밀었다. 처음에 거부하던 드럼통이 붉은 융단을 구기며 그 위로 올라가고 있었다. 그리고 완전히 올라가서 바닥과 드럼통 사이에 붉은 융단이 끼어 있게 되었다. 그는 드럼통의 밑부분을 조심스러운 힘으로 밀었다. 과연 드럼통은 신기하게도 거부감을 잃고 거북하지만 자연스럽게 밀렸다. 그는 자신의 성과에 조금 우쭐해지더니 신중하느라 신경을 곤두세웠고 목이 말라왔다. 그는 드럼통의 물을 마시고 싶을 정도로 급했지만 그러면 안 되는 것이었다. 그는 부엌에 가서 생수 한 통을 벌컥벌컥 마시고 다시 마당으로 가서 드럼통과 마주했다.

그런데 문제는 이제부터였다. 마당과 대문 사이에 있는 네 개의 턱이 큰 문제였다. 드럼통 안에 든 물이 쏟아지지 않게 드럼통을 수직으로 올려야 하는데 아무리 장정이더라도 그에게는 벅찬 것이었다. 그는 고심에 고심을 더하고 있었다. 고심을 하는데 자꾸 개 짖는 소리가 방해하고 있었다. 그 개 짖는 소리는 매우 유별났다. 개가 무슨 의미의 말을 하는 것같이 그 소리가 매우 애절하고 심금을 울리는 것 같았다. 그는 참 별소리라고 그가 하는 고심 중에 약간의 감탄이 있었다. 그는 고심을 해야 했다. 그런데 그 개 짖는 소리가 자꾸 방해를 하는 것이었다. 그는 신경질이 났다. 신경질이 나서 그 개를 한 대 때려주고 싶다는 생각을 했다. 그때 그의 네 계단 위에 있던 대문이 열렸다. 이웃집 청년이 이 소리가 무슨 개 소리냐고 그에게 신경질이 난 듯 그에게 묻고 있었다. 그는 자기도 궁금하다며 마을에 별일이 일어나고 있는 것이 아니냐고 맞장구를 쳤다. 이웃집 청년은 그가 하는 맞장구에 웃음을 흘렸는데 다시 그를 보더니 무엇을 하고 있느냐며 그에게 물었다. 그는 자초지종을 다 설명하지는 않고 그 청년에게 도움을 청하면 어떨까 하는 생각이 들었다. 그 청년도 그의 곤란한 상황에 도움이 되고 싶었는지 자기가 어떻게 하면 도움이 될 것이냐고 물었다. 그는 힘을 모아 이 드럼통을 조심스럽게 밖으로 옮길 수 있겠냐고 동의를 구했다. 그 청년은 흔쾌히 그러겠다고 계단 밑으로 내려왔다. 그 청년은 그보다 체격이 큰 덩치였다. 그는 하늘은 스스로 돕는 자를 도운다는 격언을 생각해내고 오늘 일기에 쓰고 싶어졌다.

　신기한 일이었다. 그 청년이 아무리 힘이 좋더라도 그렇게 쉽게 드럼통이 들릴 것이라고는 생각지 못했었다. 그는 한참 생각하다가 호의가, 선의가 힘을 발휘한 것이라고 권선징악과 예의의 가르침은 정설이며 역사의 진실이라는 결론에 도달해 눈물이 날 것 같았다. 그는 도덕의 도(道)와 양심의 도(道)로 위대함을 향해 나아가려는 위인들의 위엄에 무릎을 꿇고 숭상해야겠다고 다짐했다. 우리 사회의 높은 분들도 다 이렇게 도덕적 양심적 위인일 것이라는 데 깊이 감탄했다. 그는 복종하고 승복하는 데 이제 거리낄 것이 없다며, 맑은 물은 높은 데서 낮은 데로 흐르는데 그 은덕으로 그 역시 축복받은 사람이라며, 행복한 모습을 보이는 것에 서두를 것이 없이 당당하게 하자며, 그것은 자랑이 아니라 자부심으로 그의 인품의 격을 높이는 데 크게 도움이 될 것이라며, 마음의 들뜸을 주체하지 못하고 있었다. 그런데 이제부터 어떻게 해야 할까 하고 의문이 드는 것은 왜인지, 가라앉는 부분이 있었다. 그 가라앉는 부분으로 그의 마음 상태의 문제가 완전히 해소될지 그가 갸우뚱거렸다.

그는 문밖에 놓여 있는 드럼통의 물을 어떻게 해야 할지 몰랐다. 그대로 놔두자니 무책임한 것 같고 버리자니 그것도 무책임한 것 같았다. 그는 고심을 하다가 일단 집 안으로 들어가기로 했다. 그런데 그가 드럼통을 돌아서 가려고 했는데 그의 건장한 체구가 드럼통을 건드린 것이다. 그런데 그 무겁던 드럼통이 중심을 잃고 넘어지려고 하는 것이다. 그는 이상해서 소름이 끼쳤다. 그냥 가던 길 가고 집 안으로 들어가려고 해도 드럼통이 저렇게 쉽게 중심을 잃는다면 행인들에게 위해를 끼칠 것 같았다. 그는 다시 조심스럽게 드럼통을 건드러 보았다. 드럼통이 벌떡벌떡 중심을 잃고 마치 가벼운 것처럼 기우뚱기우뚱했다. 그럴 리가 없었다. 드럼통 안에는 흐린 하늘이 내린 빗방울이 모여 물이 꽉 차 있었다. 그는 다시 드럼통을 흔들어보았는데 쉽게 움직여지는 것이었다. 이번에는 물이 들어 있나 손등으로 수박을 치듯이 툭툭 쳤다. 그런데 뭔가 비어 있는 느낌이었다. 그는 너무 이상해서 임시로 덮어둔 나무 뚜껑을 열고 드럼통 안을 봤다. 그때 그는 놀란 동공을 빈 상태로, 아무것도 없는 상태로 둘 수밖에 없었다. 드럼통 안에는 개털만이 널브러지게 가득 차 있었다. 그의 빈 동공으로 이상한 개 짖는 소리가 들려오고 있는 것 같았다. 그는 공포에 가득 차서 방 안으로 들어간다는 게 부엌으로 들어가서 냉장고를 열고 들어갈 뻔했다. 그런데 냉장고 안에도 개고기가 장조림이 되어서 반찬 통에 들어 있는 것이 아닌가?

2. 추석 특집

　사람들 사이에서 사는 것은 무엇일까? 그는 고향으로 가기 위해 몸을 씻고 깨끗이 단장을 하고 있었다. 길을 나서려고 그렇게 준비하고 있는데 그런 의문이 드는 것이다. 사람들 사이에는 무엇이 살까? 꽃일까? 웃음일까? 자신을 알아봐주기를 바라는 마음일까? 그 마음은 높은 것인가? 아니면 낮은 것인가? 그는 단장을 하는데 그를 알아봐줄 사람이 부모님인 것을, 아니면 길을 나서다 만나는 사람인 것을 헤아리는 마음에 꽃이 피었다. 낡은 문지방에서 어제 저녁에 닦은 걸레의 물기가 말라 있었다. 사람들 사이에 문이 있다면 그 문을 건너오는 도중에 빛이 나기를 바라는 마음에 아침은 새로운 태양을 띄우는 것이다. 태양은 사람들이 저마다의 문을 건너오거나 건너가는 일마다 열매를 맺게 하고 그 열매가 썩지 않기를 바라고 있다. 그런데 그 열매는 동그랗거나 입체라는 실물이어서 그늘이 진 곳이 있기 마련인데 그 그늘지고 음흉한 곳에 오점을 심는지 벌레는 사람이 사는 곳에서 사람들을 단단히 하지 못하게 하고 있었다.

그가 어제 닦아놓은 문지방에서 작은 벌레가 사뭇 다른 생김새로 그의 주의를 끌고 있었다. 그는 벌레를 해치고 싶지 않았다. 벌레의 삶에도 기승전결이 있을 것이다. 그는 그것을 단도로 사과 깎듯이 껍질을 벗기거나 자를 수 없었다. 그것은 그가 벌레의 벌레가 되는 일이라고, 너무 작고 작아지는 일이라며 한사코 발을 들어 문지방을 건널 수 없었다. 문지방의 벌레가 문지방을 따라 횡단하고 그가 문지방을 건너 종단하면 벌레와 그 사이에는 교차로가 생기는 것이었다. 그 교차 지점에도 사랑으로 피어나는 꽃이 있으며 그 꽃에도 열매가 맺히기를 바라는 마당은 그리 넓지 않았다. 그래도 자연의 동물이나 생물처럼 그가 태어나고 자란 고향에 가려는 것은 그 마당보다는 넓은 것이었다. 그러나 벌레에게는 그 마당이 그가 보기보다 백 배 만 배로 넓게 보일 것이다. 실존주의 철학에서는 단순한 물리적 논리보다는 그 물리적 객체가 지니는 의미를 생각한다. 그러니 그 벌레에게도 바다같이 드넓은 마당이 있고 고향처럼 푸근한 보금자리가 있는 것이다. 사람 사이에서는 꽃이 피고 사람과 벌레 사이에서는 그러한 헤아림의 광명의 번뜩임이 있는 것이다.

추석에는 맛있는 것이 많다. 그 많다는 것이 꼭 음식 자체라기보다는 사람 사이에 피는 꽃으로 풍부해지는 것은 아닌지 우리는 수많은 환상과 착시 현상을 경험하곤 한다. 그 음식은 그가 겪고 있는 문지방에 올라서 머뭇거리는 벌레와 같이 그 실물이 작고 초라하지는 않을까? 그는 여름의 끝에서 가을의 엽서로 땅속에 지렁이처럼 꿈틀거리는 생명의 기원에 대하여 숙고하며 투고하기를, 아무것도 아닌 것이 태어나고 자라서 죽는 과정을 연속적 대화에서의 끊임없는 대응으로 굴러가는 차바퀴처럼 윤회하듯 번민하고 있었다. 그렇게 윤회하다가 고장 난 기어처럼 누군가에게 도움을 청해야 될지 이유도 모른 채 문지방의 벌레 앞에서 구겨지는 인상을 펴려고 노력하고 있었다. 웃는 것은 그녀가 제일 잘하는데, 제일로 실질적으로 사람을 기분 좋게 하는 것은 그녀라는, 아직 피상적이지만, 있을 수 있는 가능의 세계에서 피어났을 그녀이지만, 그에게는 아직 웃고 있는 그녀가 미지를 횡단하다 알 수 없는 말을 하고 있을 뿐이었다. 그 알 수 없는 말은 그녀의 방식을 이해하지 못한, 다다를 수 없는 윤회의 끝에서 세상을 새롭게 창조하는 행위같이 너무 심오한 기술(記述)이거나 거짓말일 것이다.

그가 이해하지 못한 벌레의 존재가 그를 망설이게 하고 고향길을 막고 있었는데 사람이 가벼워지는 것은 결코 날개가 있어서가 아니다. 그가 가벼워지는 이유는 벌레, 작고 미세한 벌레와 대응하고 있었기 때문이었다. 벌레와 더불어 작아지고 너무 작아지고 벌레가 보는 마당의 넓이와 같이 드넓어지고 있었기 때문이었다. 그것은 벌레에 대한 예우를 너무 깊게 하고 있었기 때문에 그 교차점에서 빛이 발하여 파동의 근원이 되었는데 그는 작은, 너무나도 작은 벌레에게 발견되고 있었기 때문이었다. 그 발견은 콜럼버스가 미 대륙을 발견한 것과 같이 신기한 일이었고 대단한 사건이었던 것이다. 미국 대륙은 그와 벌레와의 교차점에서 발한 빛의 파동으로 밝혀지고 있는 것이었다. 그것이 작다면 자유의 여신상이 작은 것이고 엠파이어스테이트 빌딩이 작은 것이다. 그것은 작은 것이 아니라 막대한 것이다. 그 막대한 것이 작고 작은 벌레와 거구의 그가 맞이한 교차점에서 우주의 블랙홀처럼 세상의 모든 것을 빨아들이고 있는 것이다.

한편, 가볍기만 한 것이 있었다. 그것은 자신에게 다가오는 것을 거부하고 튕겨내는 것일 것이다. 내리는 빗방울을 튕겨내고 오곡백과에서 오는 참된 의미의 영양을 외면하고 그 외부의 형태나 무게만으로 셈을 하는 현시욕 같은 것일 것이다. 참된 것은 오로지 표시되고 의도된 욕구의 조형미같이 그 결과만을 목적으로 하는 외부의 아첨 같은 것이라는 잘못된 믿음, 보이는 것으로 그 내부를 들여다보지 못하는, 일이 이가 되고 삼이 되는 단순함의 극단의 편집이라는 신념이라는 것이다. 그런 믿음은 우리의 내면에서 영속적인 빛을 발하지 못할 것인데 우리는 그 불꽃놀이 같은 순간의 이익을 위해서 너무 많이 우리의 내면의 깊이를 버렸으며 너무나도 쓸쓸하게 가벼워지고 있는 것이다. 그 단순한 쇼를 위하여 우리는 수없이 많은 진실을 버리고 있는 것이다. 그 잃어버림으로 너무나도 가볍고 경박해지고 있는 것이다. 보이는 것으로 인정받기 위해서 우리는 품격을 상하게 하고 협박을 일삼으며 저속함에 길들여지고 있는 것이다.

인정받기 위해 생명의 의미를 잃기도 하는 가벼움이 과연 창공을 날 수 있을까? 새가 자유롭게 날고 있는데 그것이 인정받기 위해서일까? 그는 작은 벌레가 새의 먹이가 되기까지의 일생이 진정 나는 것의 우주에서의 블랙홀처럼, 교차하는 모든 사랑의 순간을 차지하고 있다고 생각했다. 그것은 있는 것의 극치이고 없는 것의 극치인 것이다. 사랑은 해가 뜨는 광경의 아름다움이고 해가 지는 것의 아름다움이기 때문이다. 사랑이 없으면 아무것도 보이지 못한다. 사랑이 없으면 아무것도 보지 못한다. 사랑이 없으면 아무것도 아니기 때문이다. 인정받기 위하여 사랑을 하는 것이 아니라 살아 있으므로 사랑을 하는 것이다. 살아 있는 것도 남에게 보이며 인정받아야 하는가? 그렇다면 그 사랑은 자기의 사랑의 아니라 타인의 사랑이다. 그것은 자기가 없는, 자기 자신이 피상적 존재가 됨을 의미한다. 겉모습으로 하는 쇼는 결코 자신이 하는 행위가 아니라 허수아비같이 남이 되어 하는 빈 껍데기일 뿐이다. 이것으로 생명의 의미를 잃고 마는 것이다. 그것은 벌레의 작음보다도 못하고 새의 먹이로서의 벌레보다도 너무도 형편없이 못한 것이다.

그는 꽃이 웃고 있다고 생각했다. 그것은 사람 사이에서 피어나고 있다고, 밝은 마음이 펼쳐지고 있다는 느낌 때문이었다. 고향으로 갈 채비를 마친 그에게 문지방의 벌레가 그를 막아서고 있었지만 벌레가 그의 의식에서 멀어지고 어머니 아버지가 떠오를 때 문득 밝았다. 그래서 꽃이 피고 있다고 생각했다. 그것은 너무나도 당연한 일이었다. 코스모스가 문지방 건너편에 하늘하늘 마당에 피고 있었다. 우주가 생성될 때도 저 코스모스는 피어 세상의 혼란에 위로를 주고 있었을 것이다. 그러나 피어날 때 웃음을 지을 때 항상 방해하는 것이 있었다. 그것은 마음이 피어나고 열려 있는 것을 닫게 하는 것이었다. 그것은 두려운 마음이었다. 불안이었고 공포였다. 그 불안과 공포가 생성되는 이유에 대해 많은 가설이 있을 수 있다. 우선적으로 사람은 곡선이었다. 그런데 직선이라는 문명이 그러한 곡선을 그리는 데 방해하고 있을 것이다. 문명이라는 것은 단편적으로 거대한 곡선을 직선으로 인식한다. 직선의 빌딩, 빠르게 직진하는 자동차의 행보, 직진의 성취 등 인류는 편리를 위해 거대한 곡선을 잘게 분석하여 직선의 좌표로 이해했다. 그 직선으로서의 사람의 이해가 사람의 문을 닫게 하는 것이다. 웃음은 둥근데 그 직선이라는 것의 이해가 그 웃는 것을 네모지게 하는 것이다. 그러한 곡선의 직선으로서의 이해가 너무 단편적이고 얄팍한 것이다. 그 얄팍함으로 사람들은 경박해지고 가벼워져서는 줏대 없이 다른 퍼즐에 꿰어맞출 수 있게 되었다. 다 편의적인 발상이 사람을 너무 가볍게 하고 경박하게 하고 얄팍하게 하였다. 더 깊이 있는 학문은 외면받았고 보기에 좋은 것, 남에게 어필하기 좋은 것만을 편취해서 그들의 업적으로 삼았다. 단편적이고 그 촌극에 가까운 쇼가 사람을 아주 우습게 만들고 있다. 그것이 사람들 사이에 피어 있는 꽃을 다물게 하고 사람들의 마음을 열지 못하게 하고 있다. 가볍고 편한 것이 우리의 소중한 것들을 앗아가고 있었다. 그러므로 그는 벌레에게도 소중한 면이 있다며 보고 있는데 어느새 새가 날아와서 부리로 채가고 말았다. 그는 새도 소중하므로 새를 나무라지 않고 고향길을 가는 것을 서두르려고 했다.

　시간을 보니 기차 시간이 늦어 있었다. 벌레에게 마음을 빼앗겨 시간이 흘러가는 것을 알지 못했다. 그는 지금이라도 부모님을 뵈러 가는 것이 도리이지만 시간을 놓친 기차표는 그 도리를 알 리가 없었다. 그는 난감해져서 이리저리 궁리를 했다. 마침내 어머니께 전화 안부를 묻기로 하고 전화 발신 버튼을 눌렀다. 그런데 벌레를 잡아간 새가 저 위의 안테나에 앉아서 방해를 하는지 소리샘으로 연결됐다. 지금 수신인은 전파가 안 잡히는 지역에 있거나 전원이 꺼져 있는 상태라며 녹음을 하려면 1번 버튼을 누르라는 것이었다. 그는 1번 버튼을 누르고 어머니께 메시지를 남기려 했으나 할 말이 생각나지 않았다. 전화를 끊고 다시 한번 반복했으나 할 말이 생각나지 않는 것은 마찬가지였다. 다시 한번 전화를 끊고 메시지를 남기려 했으나 할 말이 막막했다. 그는 한 수십 차례 같은 짓을 반복했으나 소리샘 안내 멘트만 가을 뻐꾸기같이 뻐꾹 뻐꾹 우는 것이었다.

3. 신년 특집

　그는 뭔가 대단해지고 싶었다. 그러나 매년 신년이 돼도 물은 물이고 산은 산일 뿐이었다. 그는 뭔가 재미있는 일이 일어나길 바라고 있었다. 누구를 놀려주는 일은 이제 그만하고 싶었다. 누군가를 놀려주는 일은 순간적 쾌락이 있을지 모르지만, 그 자신을 피폐하게 했다. 그리고 그것은 도덕적인 일도 아니었다. 심심풀이 땅콩을 먹는 것처럼 시간의 폐허에 물을 길어 자신의 영악함에 도움이 되는 것 같았지만 삼시 세 끼를 제대로 못 먹는, 제 살 깎아 먹기 같은, 놀림을 당하는 자에게 약만 오르는 결과만을 초래하는 것이었다. 그래서 그는 뭔가 대단해지고 싶었다. 제대로 된 자부심을 느끼고 싶었다. 그에게 어두운 과거는 작년에 다 털어버린 것으로 하고 신년에는 정말이지 대단한 것을 하고 싶었다. 그래서 그는 해 뜨는 곳으로 고래 사냥을 떠나기로 했다. 누가 뭐라 한들 그에게 뜨는 해는 신년의 출발이고 영양의 광합성이 아니던가?
　우선 잘나기로 유명한 그에게는 검색이 필요했다. 그는 '고래 사냥 잘하는 법'이라고 인터넷에 입력했다. 무슨 유행가도 나오고 영화 제목도 비슷한지 대중문화는 그의 모든 것을 두루 망라하고 있는 것 같았다. 그는 고래 사냥을 잘하기 위해서 분위기를 조성해야 했다. 그래서 '고래 타령'이라는 노래를 인터넷에서 돈 주고 다운로드 받아서 틀었다. 조금, 아니 많이 어두운 면이 밝고 경쾌한 가락에 심어져 있었다. 한국의 대중음악은 공감을 사기 위하여 사람의 내면에 서 있는 고립과 외로움과 슬픔을 이야기하고 있는 것 같았다. 그것은 틀리지 않았으나 사람이 사람으로서 필연적으로 혼자이고 단절된다는 불안과 공포에, 사람들은 어울려 술을 마시고 노래하고 춤추는 것이지만, 그런 극단의 예시들을 펼쳐보임으로써 그런 가능성에 더 불안하고 더 외로워지는 것이다. 차분히 자신을 들여다보면 충분한 풍요로움 안에 모두 잘살고 있다. 그런 상황을 자극하는 것은 다분히 사람들의 공포와 불안이라는 심리를 이용한 대중 영합적인 선전 선동 술책에 불과하다. 사람들은 외로워도 슬퍼도 견딜 수 있다. 다만 그러한 빈약하고 왜소한 것을 건드려서 뭔가 대단한 것과 견주고 비교하는 것이 그들의 사술인 것이다. 그들의 심보에 여드름을 짜서 흥을 내려 하는 간교한 백치미(白痴美)가 있는 것은 아닌지 그것이 아름다움이라는 것의 짜증 나는 전쟁은 아닌지 과거 일본도 그 자부심으로 조선을 무참히 식민지로 침탈한 것이 아닌가? 사람들의 공포심을 자극하여 그것을 분노로 삼고 그 분노가 마치 정의인 양 그 도덕성을 값싸게 사서 영위하는 일이란, 영화 속의 주인공이 조직 폭력배일지라도 연인이라는 잔혹한 아름다움으로 미화되어서 그 멋과 폼을 파는 양아치 놀이는 아니란 말인가? 어찌 도덕성이 그렇게 일 등급 마트에 진열되어서 사람들의 구매 행위를 늘리는 것인지, 과연 자본주의란 돈과 양에 의해 그 진실마저 매겨지는 것은 아닌지, 우리가 무슨 공장에서 생산된 로봇이란 말인가? 로봇에게 양심이 있다면 수치와 선별인데 그 잔혹한 계산만으로 공정과 정의가 살아 있는 진실인지 그들에게 묻지 않을 수 없다.

여름 바다

소리 없이 소리를 낼 수 있다. 그는 마음속으로 울리는 소리를 고래에게 전하고 싶었다. 명료한 언어로 고래에게 들려주고 싶은 이야기가 떠오르고 있었다. 그 이야기의 주된 진술은 '도시락에 설탕을 넣어서 너와 달고 맛있게 함께 먹고 싶다'라는 것이었다. 다소 감성적인 이 진술은 그의 바다가 달콤한 이야기가 되고 달콤한 이야기를 고래에게 바치고 싶다는 냉철하지 않은, 그의 심리를 한꺼번에 포개어놓은 잡담이나 추론 같은 것이었다. 그것은 고래를 잡고 싶은 방식을 변경하는 것으로, 단 음식을 먹고 싶은 자들은 원죄를 입은 것은 잊고 싶은 사냥꾼이라고 해석할 수도 있는 가능성을 지니고 있었다. 그것은 고래를 사냥하는 노래로 사람들의 심기를 일신우일신(日新又日新)할 수 있는 획기적인 마법의 기술일 것이다. 그는 이러한 발견으로 고래에게 다가서고 싶었다.

동해안에 마법같이 달려간 그는 우선 일신우일신하기를 바라며 일출을 기다렸다. 흐려서 첫날은 해 뜨는 것을 볼 수 없었지만 해가 뜨고 있다는 사실에 감탄했다. 그리고 그 다음 날 다시 해 뜨는 것을 보려 해안 절경에 갔다. 그때 해 뜨는 것을 볼 수 있었다. 그런데 뜨는 해에게 일신우일신하겠다는 기도를 드리지 못했다. 그래서 다음 날을 기약하기로 했다. 그런데 그다음 날에는 해 뜨는 것을 보지 못했다. 빌빌거리는 그의 대문이 떨어졌다는 소식에 그는 분을 참지 못하고 수리점에 전화하느라 바빠서 해 뜨는 것을 못 봤다. 그리고 사 일째 되는 날에는 자느라고 못 보고 오 일째에는 해 뜨는 것을 봤다. 그는 해가 솟을 때 응어리진 마음으로 말없이 소리치고 있었다. '고래에게 설탕 탄 도시락을!' 그는 왠지 속이 시원해지는 것 같았다. 그래서인지 배가 고파왔다.

　그는 돼지국밥집에서 섞어 돼지국밥을 시켰다. 간을 맞추라고 식탁에 소금이 있었지만, 그는 국밥에 설탕을 타고 싶었다. 그는 식당 주인에게 설탕을 요구했다. 그리고 정도가 넘치게 설탕을 국밥에 섞고 있었다. 그리고 맛있는지 없는지 그는 국밥 한 그릇을 다 먹어치웠다. 그리고 식곤증인지 피곤함에서인지 졸음이 몰려왔다. 그는 버스 정류장에서 버스를 타고 좌석에 앉았다. 그리고 곧바로 잠이 들었다. 꿈에서 고래가 술을 마시고 춤을 추는데 5일 동안 다섯 번 새로이 해가 뜨고 졌건만 무엇을 했는지 사정이 있어서 하나도 못 했는지 고래의 쇼맨십이 대단할 뿐이었다.

여름 바다

잘못된 선민사상

;

요즘 정처 없이 돌아다니고 있다. 하루아침에 이렇게 되어버렸다. 바른 방바닥에 편히 누울 수 없었다. 고병미는 두어 달 전 잊으려야 잊을 수도 없을 만큼의 지독한 욕설로 나를 아주 넉다운시켜 버렸다. 그녀의 거친 입은 그녀의 아름다운 미모에 전혀 어울리지 않았지만 난 그 부조화를 가만히 보고 듣기만 해야 했다. 전혀 예상할 수도 없는 상황이 벌어지고 있었다. 그건 격투기 선수의 철주먹 같은 충격이었다. 나의 이름은 강봉만이다. 전혀 나 강봉만 같지 않은 사태를, 복습해도 잘 풀릴 것 같지 않은 사태에, 강봉만이라 불리는 나는, 천공혈이 말라가는 것을 철저하게 느끼고 있어야 했다. 그때 어떤 바퀴벌레가 입으로 들어갈지라도 난 아무 저항도 할 수 없었을 것이다. 그건 틀림없는 혁명과도 같았다. 이때의 혁명이라는 것은 기존의 것을 파괴하는 맥락에 놓였고 그것이 통

여름 바다

하고 가능했기에, 나에게 고병미는 선구자로 보이기도 했다. 고병미가 거세게 일으키는 그러한 사태에서도, 그녀가 지극히 예외적인 선구자로 보였을 때도 그녀의 아름다운 자태에 한 떨기 입술은, 차마 붉은 꽃일지라도, 전혀 비교될 수 없을 만큼, 보석과 다름이 하나도 없었다. 나 강봉만에게 그녀 고병미의 붉음이, 펑펑대는 나의 혈관으로 침입해서 붉은 심장으로 솟구쳐 역류하였고, 보다 못하여 진하고 강렬한 삶의 형태를 불끈 지어내고 있었는데 그건 잘 참아지지 않는 열정과도 같이 보였다. 열망하는 자는 누구라도 물들고 싶어 할 것일 터였다. 나 강봉만이라는 작은 집에서 겁나게 불이 나고 있는 것을 누가 감히 바라보지 않겠는가. 그것을 바라보는 것은 굉장한 흥미가 되고 있을 법하겠다. 객인에게 직접 피해가 되지 않는 것에 그것은 재미있는 구경이 되기에 충분하기도 남았을 것이다. 그러나 구경꾼들은 그 혁명을 볼 수 없었다. 그 내막까지 볼 수 없었다. 그러므로 구경꾼들이 알지 못하는 몫까지 내가 다 누려야 함은 더 격하고 분에 겨웠다. 그것은 과분한 것이었다. 그것은 너무도 벅찬 것이었다.

시골의 여름이 강봉만에게 펼쳐지고 있다. 나 강봉만은 위로가 필요했다. 풀잎처럼 낮아져서 바람이라도 쐬야 했다. 완행버스는 먼지를 홱 지르며 나를 버리고 털털 잘 알지도 못하는 곳에서 잘 알지도 못하는 곳으로 떠나고 있었다. 그리고 풀피리 같은 시골 소년의 뒤를 쫓아가 멈춰진 곳이 이곳이었다. 나는 바닥에 앉아버렸다. 그러자 저 앞의 널따란 논에 자란 푸른 볏잎들이 나의 시야를 누리고 있는 것이었다. 그렇게 잠시 나 강봉만은 농부처럼 풍부한 마음을 이루고 있었다. 그리고 뭉게구름이 흘러가는 하늘에 대고 심호흡을 하며 독의 성질을 해감하는 것을 떠올려보기도 하였다. 논둑에 들국화는 피었지만 나 강봉만은 순수의 햇살에 완연히 드러내지도 않는 채 겁을 먹고 그늘로 피하려고만 하였다. 나에게 난 이 상처에 피난은 정녕 구제될 수 있을지 앞이 캄캄하였다. 나 강봉만은 하얀 들국화 한 송이를 힘을 주어 확 잡아 뽑았다. 들국화는 아무리 힘차게 뽑아도 당장 죽어 있는 것 같지 않았다. 나 강봉만은 여린 심성을 가진 평범한 청년이었다. 퍽퍽한 땅을 손으로 파고 뽑힌 들국화를 다시 심어주었다. 그런 모습을 지켜보고 있는 사람이 있었다. 그녀는 절대 고병미가 아니었다. 그녀는 절대 고병미가 아니라며 손을 내밀고 있었다. 이곳은 시골 풍경이 누리고 있는 곳이었다. 고병미가 언제 어디서나 나 강봉만에게 그렇게 친절하다면 절대 고병미가 아닌 것은 틀림이 없는 것이었다. 그녀는 손을 내밀며 고운 목소리로 나에게 말을 하고 있었다. 그녀는 희디흰 피부에 갸름한 얼굴이었다. "저 구보민이에요. 갈천리 가는데요, 길 좀 알려주세요. 그럼 고맙지요." 나는 당황했다. 참으로 아름답고 착해 보이는 이 여자에게 꼭 길을 가르쳐주고 싶었다. 그런데 나 강봉만은 갈천리가 어딘지 알 길이 없었다. 나는 다시 하얀 들국화를 튼튼하게 심어주는 척했다. 그녀는 내 등 뒤에서 길을 가르쳐주면 커피 한잔 대접하겠다고 가여운 듯한 목소리를 이어갔다. 나는 모른 척할 수밖에 없었다. 저 구보민에게 단호하게 모른다고 말할 수가 없었다. 구보민과 인연을 맺고 싶은데 그냥 쉽게 포기하지 않기는 나 강봉만의 잘지만 끈끈한 근성에 손에 잡힌 들국

여름 바다

화처럼 잘 죽지 않는 것과 이해가 상통하고 당연한 것이었다.

구보민이 보채듯이 내 등을 손으로 다독이는 느낌이 나고 있을 때였다. 나는 이때다 싶어서 고개를 큰 동작으로 돌렸다. 그 바람에 나 강봉만이 심고 있던 들국화가 엉겁결에 놀란 토끼 눈을 하고 땅에서 확 빠져나왔다. 이것으로 나 강봉만은 그녀에게 생떼 같은 화를 낼 핑계를 얻고 깊은 인상을 심을 절호의 기회를 쥐는 듯 싶었다. 아름다운 그녀와 좀 더 가까워질 좋은 기회였다. 나는 기분 나쁜 듯이 뒤를 돌아보았다. 그런데 아까 그 소년이 나타나 그녀와 말을 주고받고 있었다. 그들의 분위기상 나 강봉만이 끼어들 수 없을 것 같았다. 그런데 그 소년이 나를 향해 자꾸 손가락으로 찌르는 시늉을 하고 있었다. 나는 그 손가락에 직접 찔리지는 않았지만 이상하게도 마음속으로 켕기고 있는 것이 있었다. 죄가 있다면 그저 별 쓸모도 없는 들국화 한 송이를 뽑은 것밖에는 없었다. 그런데 그녀가 나 강봉만에게 와서 등짝을 후려갈기는 것이었다. 구보민의 손은 정말 매서웠다. 하마터면 넘어질 뻔했다. 그 상황을 보고 있던 소년은 잽싸게 달아나고 있었다.

구보민은 힘도 무지 세었다. 여자라고 얕보아서 매몰차게 저항하지 못하는 이유도 있었지만 구보민은 나 강봉만을 제압하는 알 수 없는 분위기를 물씬 자아내고 있었다. 그것은 어쩌면 믿음이었는지 모른다. 여자의 믿음이라는 것은 아닌 것도 맞게 만드는 요술과 같은 것이다. 나 강봉만이 그녀에게 들국화같이 수수하고 이름 모를 풀과 같다고 매력을 느꼈던 그 순간은 어디 가고, 이미 구보민의 믿음에 의해서 좌지우지될 처지에 놓인 것이었다. 바보같이 구보민와 엮이려고 노력을 할 필요도 없었다. 이미 구보민에게 포획된 것이기 때문이었다. 구보민의 그러한 거센 힘으로 나 강봉만은 끌려서 어디론가 가고 있었다. 나 강봉만의 손에 결박을 하지 않았고 뽑혀진 들국화도 그대로 들려 있었지만 나 강봉만은 구보민에게 어찌 항거할 수도 없었다. 입에서 침이 풀처럼 말라가서는 심한 갈증을 느낄 정도로 나 강봉만의 긴장은 예사롭지 않았다. 붕어를 잡으려다 붕어에게 잡힌 어처구니없는 상황이 예사롭지 않게 이어지고 있었다.

한 시간 정도를 끌려다닌 것 같았다. 끌려가서는 도착한 곳이 갈천리 작은 마을이었다. 구보민은 거기서 나를 구보민의 부모님에게 인사시키고 있었다. 그것도 아주 다정다감하게 대하면서 그녀를 따라다녀야 했다. 마치 나 강봉만이 그녀의 애인이나 남편이라도 되는 것처럼 예우를 다하게 하고 있었다. 나 강봉만의 의지는 어느샌가 그녀의 믿음 안에 들어가 자취를 감추고 있었다. 그녀 구보민은 나 강봉만의 이름도 모를 것이었다. 그런데 알고 있었다. 그녀는 구보민이라고 스스로를 소개했고 나는 들국화를 보다가 끌려온 것 같지 않지만 막무가내로 끌려온 것이 전부였다. 어찌 내 이름을 안단 말인가? 그리고 잘 알면서 갈천리 가는 길을 왜 물어보았을까? 나 강봉만은 또 다른 미스터리에 의해서 머리가 복잡해지고 그 복잡함이 또 다른 골칫거리가 되어서 다른 형태의 폭력으로 다가오는 것이었다. 강봉만은 다 털어내고 싶어 머리를 흔들었다. 그랬더니 머리가 꼬리가 되어서는 구보민을 반기는 개가 된 꼴이 되어가고 있었다. 강봉만은 목에 힘을 주고 중심을 잡기 시작했다.

구보민에게 따지고 싶은 의지가 살아나고 있었다. 어려운 시절 '민중 봉기'에서 '민중'을 빼고 '봉만'을 달아 '봉만 봉기'라 해도 될 것 같았다. 그만큼 억압당한 몇 시간이 도대체가 불투명했다. 정녕 알 수 없는 상황을 견디기에 어린 봉만에게는 필요했던 용기가 나고 있었던 것이다.

문제 상황이었다. 나 강봉만은 왜? 분명 도대체 왜? 구보민의 뜻대로만 해야 하는지 알고 싶었다. 묻거나 따져야 하는 당위에 엷은 변명이라도 들어야 마땅했다. 그런데 지금 강봉만 앞에 여자 구보민은 정말로 예쁘고 아름다웠다. 왜 아름다운 구보민 앞에서 그렇게 작아져야만 되는지 강봉만의 용기는 좁쌀만큼 움츠러들고 있었다. 그리고 구보민의 순한 양이 되어야 했다. 그냥 고개를 푹 숙이고 구보민의 아름다움 앞에서 숭앙하는 어린 양이 되어야만 했다. 그렇지 않을 수 없었다. 그렇지 않으면 죄악이 되는 것이었다. 아름다움을 숭앙하는 자들에게서는 알 수 없는 죄에 큰 벌을 받아야만 할 것 같은 것이 당연하게 나를 지배했고, 그러한 틀의 가치를 조금이라도 어길 수 있는 자는 아무나 할 수 없는 것의 큰 용기라는 기치를 들고서도 망극한 진리 앞에서 도저히 고개를 들 수 없는, 어쩔 수 없는 것이었다. 낮은 자세로 미모의 여인을 따르는 것은 순리였고 순리는 바람에 흩어지는 하찮은 것이 결코 아니었다. 그러나 아무리 아름다워도 나 강봉만이 처음 본 여자에게 이렇게 참담하게 끌려다니는 꼴은 해괴망측이었고 이 상황의 해괴망측은 적어도 객자(客子)인 자에게서 힌트를 받으면 나 강봉만에게서도 정상적인 상황이 아니었던 것이었다.

틀림없이 저 슬레이트 지붕의 처마에서는 빗물이 떨어질 것이다. 그렇듯 하늘에는 먹구름이 음산하게 몸을 비틀고 있었다. 하늘 보기도 민망한 나 스스로에게 그녀 구보민이 나타나 몸을 비틀며 수줍은 척을 하고 있었지만 그것은 분명 저 여자 구보민의 연출에 의도된 쇼일 뿐이라는 사실을 조금은 알고는 있었다. 그렇다고 '너 거짓말이야!' 하고 따질 수가 없었다. 그건 선생님에게 '선생님이 말씀하시는 것은 모두 사기에요' 하는 것처럼 무식한 언변에 속했다. 아무리 뛰어나다고 해도 역사의 진리를 단번에 꺾을 수 있는 천재가 나 강봉만이 될 수 없는 사사로운 예시일 터였다. 그건 오만이었고 치기일 뿐이었다. 계란으로 바위 치기를 하는 것처럼 어리석을 테지만 분명 바위에 뭔가 이상한 부분이 있었다. 처음 본 여자가 자신의 부모에게 나 강봉만을 남편으로 인사시키고 아주 오래된 연인이 되어버린 이 사실 앞에 뭔가 사명감이 일어나는 것은 계란이라도 사서 바위에 던져야 하는 충동에 빠지는 것이었다.

"저 아세요?" 나 강봉만은 정중하게 여쭙고 있었다. 그렇지만 저 구보민은 모른 체하고 몸을 비비 꼬며 조그맣게 중얼거리고 있었다. 나는 무슨 말인지 들으려고 저 구보민 가까이로 귀를 들이밀고 있었다. 그때 쪼옥 하는 소리가 났다. 구보민의 입술이 내 볼에 접착하는 순간에 일어나는 괴상한 소리였다. 나는 또 황홀해지는 것이었다. 이에 황홀해지지 않는다면 저 구보민의 아름다움에 큰 누를 끼치는 행위였고 그렇지 않다면 선생님의 진리를 반박할 학식이 급히 필요한 것이었다. 그것은 나 강봉만으로서는 불가능에 가까웠다. 그렇다고 아무런 저항을 하지 않는다면 슈퍼마켓에서 거

여름 바다

스름돈을 비정상적으로 많이 받고서 아무런 죄책감도 느끼지 못하는 악한 인간으로서의 정체성을 확립하는 불순한 자가 되는 것이다. 나는 대꾸를 해야 했다. 그것은 이 세상이 아직 말세로 들어서지 못했다는 증명이 될 것이었다. 나는 나의 최선의 일부라도 다 해야 했다. "우리가 언제부터 아는 사이죠?" 그러자 저 구보민은 내 따귀를 거세게 치는 것이었다. 나 강봉만은 너무 아파서 맞대응하려 했지만 그때 보여지는 구보민의 자태에 그 참다운 의지가 눈 녹듯 사라지고 심장이 두근거리며 어쩔 줄 몰라 하고 있었고 다시 고개가 땅으로 처박히고 있었다. 그리고서는 저벅저벅 멀찍이 가고 있는 구보민의 발자국 소리가 났다. 그렇게 나 강봉만의 자유의지가 희미해져 가서 희롱을 당한 것으로 끝났으면 참으로 다행이었다.

정신을 차리려고 고개를 절레절레 흔드는 나 강봉만에게 시골 소년이 쭈그리고 앉아서 무슨 말을 하고 있었다. 다른 것은 별로 중요하지 않아 보였는데 나 강봉만을 '아빠'라고 부르는 것에서 내 두 귀는 멈추어져 있었고 소년의 맑은 두 눈을 들여다보며 소년의 말이 진심인지 거짓인지 판별을 하느라고 저 소나무의 박새도 울음을 그치고 이 상황의 관객이 되고 있었다. "내가 네 아빠니?" 그러자 소년은 그렇다고 고개를 끄덕거리고 있었다. "누가 그래?" 소년은 단번에 대답했다. "우리 엄마가요." "네가 구보민의 아들이니?" 소년은 대답할 가치를 느끼지 못하는지 벌떡 일어나서 묵묵히 구보민이 가버린 방향으로 향하고 있었다. 나 강봉만에게 일어난 이러한 일들을 세상의 체취에서 깨끗하게 지워버리고 싶을 만큼 황당한 일들은 점입가경이 되어가고 있었다. 도저히 빠져나올 수 없는 늪에 드는 것 같이 숨을 쉬지도 못하게 하는 것이었다. 아무리 예쁘고 아름다워도 이해할 수 없는 것들을 억지로 외우기에는 불편부당함이 먼저 나를 짓누르고 있었다. 나는 욱 하고 구보민의 방으로 가서 따지고 싶었지만 그녀의 아름다움에 또 넋이 나갈 것 같아서 이 마을을 당장 떠나기로 하였다. 떠나면 또 소년의 다른 멍청한 아빠가 이 마을로 잡혀 올 테니까 걱정할 필요가 없었다. 그리고 도둑놈처럼 나 강봉만은 내달리고 있었다. 내달리다가 잡힐 것 같아 뒤도 돌아보지 않았다. 등줄기에 식은땀이 흐르는 느낌에 나 스스로가 값없이 가엾어 보였다.

저 멀리에 그녀 구보민의 마을이 희미하게 보이는 곳에서 나 강봉만은 숨을 잠시 고르고 있었다. 참말이 있다면 갈수록 태산이라는 격언일 것이다. 쌍욕을 얻어맞고 마음을 달래러 온 곳에서 별 해괴한 경우를 겪으니 오히려 쌍욕을 들을 때가 더 좋아 보였다. 여기는 무슨 사람 잡는 곳이지 사람이 살 곳이 아니라는데 나 강봉만의 연륜에 작은 족적을 보탰구나 하는 한가로운 잔상에 놓일 즈음 누군가 나 강봉만을 부르는 점잖은 목소리를 내고 있었다. "나 곽벽몽이오. 혹시 갈천리 가는 길 아십니까?" 나는 갈천리라고 그 사람이 말하고 있을 때 '혹시 저 사람도 구보민의 억지 남편이 되는 것 아닌가' 하는 걱정이 앞서고 있었다. 나는 조심스럽게 말하고 있었다. "아무리 절실해도 갈천리는 가지 마십시오" 하고 떨리기까지 하는 목소리가 나도 모르게 나고 있었다. 그랬더니 그 사람이 고개를 갸우뚱하며 "왜 그렇습니까?" 하며 의아한 듯 호기심 가

여름 바다

득 담아 반문하고 있었다. 나는 내가 경험한 것들을 조리 있게 설명할 수 없었다. 나 강봉만이 겪은 일들은 상식에도 어긋나고 이해도 되지 않는 아주 해괴한 것이기 때문일 것이다. 나는 진심을 듬뿍 담아 그 사람이 갈천리에는 가지 못하도록 말했다. "아무리 절실해도 갈천리에는 가지 마십시오." 똑같은 말이었지만 진심을 담은 내 말은 조금 전의 뉘앙스와는 달리 잘 전달될 것이라 믿고 있었다. 그렇다. 꼭 내 말대로 실천될 것이었다. 그랬더니 그 사람이 똑같이 진심이 담긴 억양으로 말했다. "왜 그렇습니까?" 진심이 전해진 까닭인지 나에게는 그 사람에게 그 이유를 설명해야 할 것 같은 막대한 의무감이 생겼다. 그래서 고민하기 시작했다. 고민하는 도중 노을이 여름 하늘을 적시고 있었다. 그 사람은 나 강봉만의 고민하는 모습을 아주 진지하게 보고 있었던 것 같았다. 나는 그러는 저 사람이 훌륭하게 보였다. 저런 매너를 지니고 있는 사람은 이 세상에 드물었다. 나는 다시 한번 어디부터 시작해야 하나 고민하다가 운을 떼었다. "아름다움의 가치는 어떤 것일까요?" "저 노을이 아름다웠소." 나 강봉만은 이 사람의 말을 들으니 뭔가 확 깨는 기분이 들었다. '아름다웠소.' 그 말은 과거형이었다. 지금은 아니라는 말이었다. "화무십일홍(花無十日紅)이죠. 좋은 말씀 감사합니다." 그리고 나로서는 홀홀 털고 가도 거슬리는 것이 없는 깨끗한 마음으로 정화되었다. 마침 버스가 정차되어 있었다. 떠날 수 있는 기회가 아낌없이 기다리고 있었고 나는 그 사람에게 목례를 하고 버스 있는 쪽으로 가려고 했다. 그런데 그 사람이 내 뒷목 쪽의 겉옷을 잡아당기는 것이었다. 그리고 다급하게 말하고 있었다.

"나 곽벽몽인데 갈천리 가는 길을 아십니까?" 나는 갈천리 가는 길을 알고 있었다. 그 앎은 절대 과거형일 순 없었다. 괴팍한 구보민이 사는 곳이었다. 나는 잠시 망설이다 말했다. "예! 나는 갈천리 가는 길을 알고 있습니다." "그럼 가르쳐주십시오." 그 사람은 다시 점잖은 사람이 되어 나를 안심시키는 것이었다. 나는 구보민을 다시 맞댄다 하더라도 점잖은 이 사람과 동지가 되어서 서로 힘이 된다면 그런 역경쯤 극복할 수 있을 것 같았다. 그리고 구보민의 아름다운 얼굴이 나 강봉만의 눈에 아른거렸고 왠지 보고 싶은 마음도 약간 들었다. 다시 나 강봉만은 그 사람과 합심해서 호랑이 소굴 같은 동네로 들어가고 있었다.

그 소굴 입구에서 나 강봉만의 아들이 우리들을 조용히 바라보고 있었다. 어거지 아들은 나를 알아보자마자 나에게 달려들어 품에 안기는 것이었다. 그리고는 "아빠 출장 가셨다 돌아오시는 거예요?" 하고 친근하게 묻고 있었다. 나 강봉만은 징그러워서 내장이 다 울렁거리는 것 같았다. 그래도 나에게는 원군이 있었다. 점잖고 지성인의 냄새가 나는, 스스로를 곽벽몽이라 칭하고 자신에게 항상 자부심을 갖는 사람이 옆에서 걷고 있었다. 나의 큰 힘이 될 것이었다. 그런데 내 품의 안긴 소년은 그 사람에게 손을 흔들며 반가운 표시를 하고 있었다. 뭔가 잘못되어가고 있는 것 같았다. 그러나 지성인의 이성에는 이런 말도 안 되는 것을 그대로 수용하지는 못할 것이라 나는 굳게 믿고 있었다. 곽벽몽에게 쌓인 신뢰는 큰 의지가 되고도 남고 있었다. 그러나 내가 남는다고 했던 것만큼 모자랐다. 내 품에서 징그럽게 설쳐대는 그 소년은 곽벽몽에게 소리쳤다. "삼촌! 나도 서울 구경 시켜줄 거지?" 나는 삼촌이라는 뜻을 정말이지 모르고 싶었다. 삼촌이라고 하면 구보민의 형제뻘이 되는 관계가 아닌가? 그런 관계가 아닌 것이 맞기를, 내가 신앙인이면 신을 목 놓아 부르고 싶을 지경이 참되고 참되게 절실하였다. "그래 강별모! 삼촌 없이 심심해서 어찌 견디고 있었나?" "삼촌도 차암! 우리 아빠가 있는데 뭐얼~" 하고 아양을 내게 베풀고 있는 소년의 이름은 강별모였다. 어찌 이럴 수가 있단 말인가? 소년은 나 강봉만의 성씨와 같았다. 나는 급히 두려워지고 있었다. 혹시 나 강봉만에게 손자라도 있으면 어떡하지 하는 걱정이 물밀듯이 밀려왔다. 안 되는 게 없는 갈천리였기 때문이다.

　나 강봉만은 그녀 구보민 앞에서 벌벌 떨고 있었다. 아무리 아줌마지만 그 미모는 여느 아가씨에게 대지도 못하는 아름다운 자태를 지니고 있었다. 억지 같지 않은 것은 그녀 구보민의 미모였다. 구보민의 입술은 립스틱이 번져 보이게 칠해져 있었고 그 입술 사이에서는 매서운 독이 나 강봉만에게 쏟아져나오고 있었다. 그런데 그녀 목소리의 카랑카랑함만 있지 별 내용이 없는, 새겨보자면 남편에게 바가지를 긁는 보통의 부부 사이에서의 그런 모습을 그리면 되었다. 저 바가지가 나에게로 왜 긁히는지 나 강봉만은 아무이유 없이 괴롭고 어처구니없는 신세가 당연시되는 것 같았다. 그러나 지금의 분위기로 보아서는 내가 무릎이라도 꿇어야 할 것 같았다. 이해가 가지 않아도 그렇게 해야 할 것 같은 압박감이 나를 짓누르고 있었다. 그때 가짜 원군이 왔다. 소년의 서울 삼촌이었다. 품성으로 봐서는 구보민을 제지할 것 같았지만 곽벽몽은 그녀를 거들고 있었다. "이봐요, 매제! 아름다운 보민이가 보이지 않아요? 아름다움을 소중하고 귀하게 여겨야지 왜 도대체 화를 내게 하는 거요? 그건 죄요. 하나님이 계신다면 문초를 하실 거요. 반성하시오!" 나는 기가 막혔다. 그래서 나도 억울한 감정을 풀어 지르고 있었다. "내가 왜 당신의 매제요? 내가 왜 구보민의 남편이고 별모의 아빠가 되어야 하는 거요?" 그랬더니 점잖던 곽벽몽이 주먹으로 내 뒤통수를 치는 것이었다. 빙빙 어지럽고 고약하고 이상했지만 그래서 나도 반격하고 싶었지만 여태 나를 혼내고 있던 구보민이 부드럽게 곽벽몽을 달래고 있었다. "이 사람이 아직 철이 없어서 그래요. 그만 노여워하시고 들어가셔서 와인이나 한잔 들고 계셔요. 조금 더 가르치면 사람 될 거예요" 하고는 흑흑 하고 서럽게 울기 시작하는 것이었다.

나 강봉만은 몹시 피곤했다. 그렇지만 피곤하다고 올바른 것이 왜곡되지는 않는다. 피곤하여서 잠시 보이는 사물들이 굴곡지거나 뿌예질 여지는 있지만 근본적이고 함축되어 내재된 성질이 다른 것으로 되지는 않을 것이었다. 눈 가리고 아웅한다고 하지만 내가 볼 수 없어도 세상의 진리는 언제나 사그러들지는 않을뿐더러 볍씨에는 우리들에게 양식으로 자라날 생명의 진실이 잠재되어 있는 것이다. 옳고 그름을 판단하기 전에 이미 진리는 우리들을 위해서 정해진 것이다. 우리의 판단은 그리 중요하지 않는 것이었다. 그러므로 나 강봉만은 구보민의 남편이 아니고 소년의 아비가 아니라는 것이 자연스럽게 드러날 것이었다. 나 강봉만은 그러한 믿음이 참되고 견고할 것임에 피곤이 불러오는 숙면에 들고 있었다. 그것도 구보민의 방에서 잠에 취하고 있었다. 요 며칠을 겪는 동안 쉼 없이 휘둘러진 난타에 이것저것을 가릴 여유도 없었을 것이다. 구보민의 침소이든 고병미의 마굿간이든 천사나 악마의 처마 밑이든 그저 누울 자리만 있으면 되는 것이었다. 진실과 행위가 일치하지 않아도 그건 잠시뿐이라는 것을 구보민에게 말하고 싶었지만 그녀가 서럽게 울고 있기에 일시적으로 거짓이 되어버린 나 강봉만은 그녀의 서러움을 기쁨으로 잠시 인식하고 평안의 안식에 빠지고만 것이었다. 꿈속에서 말랑거리고 물컹이는 것들이 잡히고 있었지만 그런 것들은 구보민네 동네에서만 당연하게 주어지는 것이므로, 여기 갈천리에서 이상하게 여길 필요는 없을 것이었다. 그렇게 믿는 사람들의 집단에서는 항변을 해보았자 해괴한 별일이 되는 것일 뿐, 그들의 규칙에서 나 같은 이방인은 몰매를 맞을 사항에 속하고 마는 것이었다. 그건 치기였고 그들은 그런 치기를 다스리려고 할 것이었다.

마을 사람들이 모여 있었다. 나 강봉만의 옆에는 그녀 구보민이 아름다운 자태로 다소곳이 앉아 있었다. 그녀는 오늘 아침에 내가 눈을 뜨는 것을 보고 사랑스럽게 입맞춤을 해댔다. 그리고는 상다리가 부러질 듯이 음식들을 내어 오고 마당에서는 소년 강별모가 아빠, 아빠 하며 나를 부르며 뛰어놀고 있었었다. 나는 그냥 포기 상태에 빠져서 그저 그러려니 하고 한숨을 짓는 정도였다. 그 이상의 저항은 나만 피곤해질 뿐이었다. 나 강봉만은 잠시 지혜로운 자가 되어 있었던 것이다. 마을 사람들은 나 강봉만을 잘 아는 것은 물론 구보민과의 관계도 자세하게 알고 있는 듯했다. 마을에서 모임의 리더는 곽벽몽이었다. 그는 아주 유창한 언변을 구사하고 있었다. 그렇지만 곽벽몽은 모임의 사회만을 보고 있는 듯했다. 그가 소개하는 여자가 있었는데 그녀는 눈만 드러내고 얼굴을 천으로 다 가리고 있었다. 나 강봉만은 직감으로 저 여자와 내가 모르는 사이가 아니라는 것을 포착해내고 있었다. 그리고 그녀가 단상 위에 오르자 박수갈채가 우렁차게 솟구쳐 오르고 있었다. 그것은 그들의 숭앙과도 같은 것으로 보였고 그렇게 내게 느껴지고 있었다. 나는 이 마을의 이장이나 지방을 방문하는 고위 정치인과 더불어 그렇게 대접받는 그녀에게, 환대하듯 그녀를 보는 마을 사람들의 순박한 모습들에 왠지 마음이 쩡했다. 그들의 환호성은 본질적으로 그들로 하여금 그들을 지배하게 하는 정서의 밑바탕이 되고 있는 듯이 보였다. 그들의 환호성에 나 강봉만은 흥미와 의문이 증폭되어 가고 있었다. 단상의 그녀는 시옷 발음을 하다 멈추고 시옷 발음을 하다 멈추다가 갑자기 쌍시옷 발음을 내뱉는 것이었다. 그리고 쌍시옷 발음에 'ㅣ' 모음이 붙고 있었다. 나는 그다음 발음이 무엇인지 순간적으로 몹시 궁금해졌다. 그다음 발음은 'ㅂ' 발음이었다. 그녀는 그녀의 소리내는 기관을 아주 느리게 움직이는 능력이 있었다. '그다음 발음은 뭘까?' 내게 한 문장의 의문이 완성되어 가는데도 그녀의 'ㅂ' 발음 뒤의 모음이 아직 발설되지 못하고 있었다. 나는 그 의문에 속이 타들어가고 있었다. 속이 막 울렁거리고 있었다. 그러다가 그녀의 발성기관은 자동차에 시동이 걸린 듯 빨리 움직여지고 있었다. 'ㅂ' 발음에 합쳐지는 모음은 'ㅏ' 모음이었고 연이어 'ㄹ' 발음이 이어졌다. 그리고는 쌍욕이 어마어마하게 우렁

찬 목소리로 울려퍼지고 있었다. 그녀는 흥분을 했는지 그녀의 얼굴을 가리고 있던 천들을 거칠게 벗어내고는 열정을 다하여 그 쌍욕들을 구성하기에 폭정 같은 열정은 불타고 있었다. 이에 마을 사람들에게서 감동과 숭앙이 나비처럼 펼쳐지고 있었다. 나 강봉만은 온몸에 살이 다 빠지는 것같이 두려워지고 있었다. 그녀의 얼굴이 드러나는 순간에 그녀의 이름이 고병미라는 것을 알게 되었고 고병미가 하는 쌍욕에 간담이 서늘해지는 것을 참지 못하고 있었다. 그런데 마을 사람들은 신이 나서 환호성을 지르는데 내가 미쳤는지 그들이 미쳤는지, 나와 이 마을을 어떤 식일지라도 궁합을 맞출 수는 없을 것이었다. 그들의 단합에 나로서는 어쩌지 못하고 있을 뿐이었다. 다수의 힘에 나는 극소수의 약자였던 것이다. 내가 달걀이라면 그들은 바위였다. 내가 사마귀였다면 그들은 거대한 수레였다. 결코 비교될 수 없는 힘에 의해 나는 왜소해지고 있는 것이 전부였다. 그들에게서 나는 하나의 입자가 되어야 했고 거부하면 견딜 수 없을 거였다. 불가항력이 이런 거면, 피하지 못할 것이라면 즐겨야 한다는 격언에 꿰어맞출 수밖에 없는 처지가 되고 있어야 했다. 내가 불행이라면 그들은 그들의 가치 체제에서 행복이었고 내가 행복이라면 그들에게서 나는 그 행복의 요소들을 제거받아야 했다. 그들의 힘은 과연 무엇일지 나는 무력해지고 있다. 그런데 어느샌가 나도 그들의 쌍욕에 환호성과 박수를 일삼고 있었다.

내가 미쳤는지 고래고래 소리를 지르는데 나를 주시하고 있는 사람이 있었다. 다름 아닌 단상에 올라가서 그들의 선구자인 듯 이해되는 고병미의 두 눈이 나를 향해 표독한 빛을 쏘고 있었다. 나는 또 무엇이 잘못되었는지 내 자신을 살펴봐야 했다. 나는 잘못한 것이 없었다. 그들의 모든 성향을 다 맞춰주었는데 또 무슨 잘못이 있을까? 그들에게서 나의 섣부른 그들로의 이해에 뭔가 불쾌감이 일어나고 있었던 것이다. 나의 어설픔을 그들은 조롱받고 있다고 생각한 것이다. 나는 무대로 올라오라는 명령에 어두운 공포감을 느끼고 있었다. 고병미는 지도자의 넓은 마음이 되어 걱정을 덜어주려는 발언을 하고 있었다. 거기까지는 좋았다. "길복문 아빠! 올라오셔서 노래 한 곡 불러주세요. 부담 갖지 말고요. 알았죠? 복문 아빠?" 나는 또 난생처음으로 듣는 아이의 아빠가 되었다. 그것도 너무도 찬란하고 아름다운 미모의 고병미의 선언으로 복문 아빠가 되어가고 있는 중이었다. 내가 아니라고 하면 그들은 어떤 벌을 내게 내려줄까? 나는 왜, 왜, 왜 강제로 자꾸 누군가의 아빠가 되어야 하는 것일까? 그들보다 더 거대한 자연의 진리를 그들은 왜 왜곡시키고 있는 것일까? 그들은 그들에게서 그들보다 큰 것을 집단적으로 거부하려고 애를 쓰는가? 그런 상념 중에 있을 즈음 내 팔을 확 채어가는 손길이 있었다. 다름 아닌 내 억지의 아들 강별모의 작은 손길이었다. 그 녀석의 힘은 의외로 세었다. 그리고 내 손을 잡아 끌고 가는 것이었다. 그것도 아주 빠르게 나를 그들에게서 달아나가게 하고 있었다. 소년 강별모는 자신의 아빠가 남의 아빠가 되는 것에 몹시 큰 저항을 하고 있는 것이었다. 나는 그 저항에 이끌려 갈 뿐이었다. 그 녀석도 억지로 내 아들이 되었을 뿐인데 부성애가 그 큰 힘의 동력이 되고 있는 듯했다. 그리고 그들의 집단은 의외의 상황을 바라보고만 있었다. 감히 그들의 지도자를 거역한다는 것은, 그것도 꼬마가 그럴 거라곤 예상할 수 없었을 것이다.

나는 그들의 웅성거림을 멀리하고 마을의 변두리에서 소년과 마주 앉아 있게 되었다. 나는 별모의 덕분으로 그들의 이상함과 해괴함에서 탈출할 기회를 갖게 된 것이다. 나는 별모의 손을 잡고 나 강봉만이 이 세상에서 해야 할 일을 진지하게 설명해주고 있었다. 소년은 아무 말이 없이 듣고만 있었다. 내가 해야 할 일들에 대한 이야기를 마치고 소년의 눈망울을 들여다보고 있을 때였다. 소년의 눈에서 별빛이 하얀 명주실같이 뻗어나가고 있었다. 나는 별모의 눈망울에서 일어나는 광경을 넋을 잃고 바라보다가 내가 그들에게 갇혀 있었는지 그들이 나에게 갇혀 있었는지 나비가 된 것이 꿈이었는지 사실이었는지 큰 혼돈이 일어나고 있었다. 그렇지만 다 필요 없었다. 억지로 뭔가가 되는 것은 나를 파괴하는, 작위적인 행위였기 때문이었다. 나는 그 소년에게서 탈출하고 싶었다. 그리고 그 소년을 떼어낼 수 있었다.

그 마을에서 버스 한 정거장을 달음박질쳐서 도망쳤을 때 마침 버스가 정류장에서 정차를 하고 있었다. 나는 지체 없이 그 버스에 타려고 했다. 그런데 또 내 손목을 잡는 누군가가 있었다. 정말로 아름다운 여자가 값나가는 옷을 입고 무릎을 꿇고 나에게 애원하고 있었다. "내 아이의 아빠가 되어주세요." 갈천리의 여자처럼 억지는 덜했지만 무턱대고 모르는 아이의 아빠가 될 수 없는 것은 나에게 당연했다. 그녀는 다시 한번 애원하고 있었다. "저 금반소인데요, 제 아이가 울고 있어요. 그 녀석의 아빠가 부디 되어주세요." 나는 동정심도 조금 일었지만 절대 처음 보는 사람에게 이름부터 말하고 내가 낳지도 않은 아이의 아빠가 되어주는 일은 이번 경험상 조금도 있으면 아니 될 것이었다. 나는 고개를 절레절레 크게 흔들며 한 정거장을 또 빠른 걸음으로 걸어서 갔다. 가는 중에 한 갈비씨 여인이 뭐라고 저 멀리서 말하고 있었지만 들리지 않았다. 그러나 나는 알고 있었다. 그건 틀림없이 자신의 아이의 아빠가 되어달라는 협박이었을 것이다. 나는 괴상망측한 갈천리 근처에서 빨리 벗어나는 방법을 찾아야 했는데 왜 이리 힘이 부치는지 피곤함이 무게를 크게 더하고 있었다. 나는 급하게 빠져나가야 했다. 조금 더 합리적인 요청을 하는 동네로 빨리빨리 가야 했다. 중간에 택시가 지나가고 있었지만 나는 믿을 수 없었다. 오히려 몸을 낮춰 택시 운전수에게 들키지 말아야 했다. 그렇게 반달이 초승달이 되도록 걷다가 나는 그동안 겪은 것을 모두 잊었다. 지나오니 그것들은 아무것도 되지 않았다. 저 멀리에 그들의 동네인 갈천리가 어렴풋이 보이는 것 같았지만 나는 그 동네에 대하여 아무런 것도 기억할 수 없었다. 그냥 이상한 웃음만이 지어지는 것이었다.

버스가 시골길에 먼지를 풍기며 달려가고 있었다. 나는 피곤한 탓에 버스에 타려고 손을 들었다. 버스는 친절하게도 내 앞에서 섰다. 나는 올라가려다가 무슨 군인이 복창하는 것 같은 소리를 들었다. 나는 그냥 무시하려고 했는데 그들의 지르는 소리가 뜻을 가지고 들려오고 있었다. 그 소리의 의미는 이러했다. "내가 이렇게 예쁘고 아름다운데 나의 요구를 거부하다니 너는 이미 인간이

여름 바다

아니야. 넌 천벌을 받아야만 해! 그러고도 살아남길 바라니? 이 미친놈아. 너는 이 시대의 역적이야! 우리가 내미는 징벌의 고통을 즐기기를 바라! 피할 수 없으면 즐겨야 하잖아! 하하하, 호호호, 우리가 누군지 아니? 우리는 미인이야! 아름다운 여자들이지!" 나는 이제 절대 갈천리 근방의 시골 버스를 타고 갈 수 없을 것 같아 불편함을 깊이 새겼다.

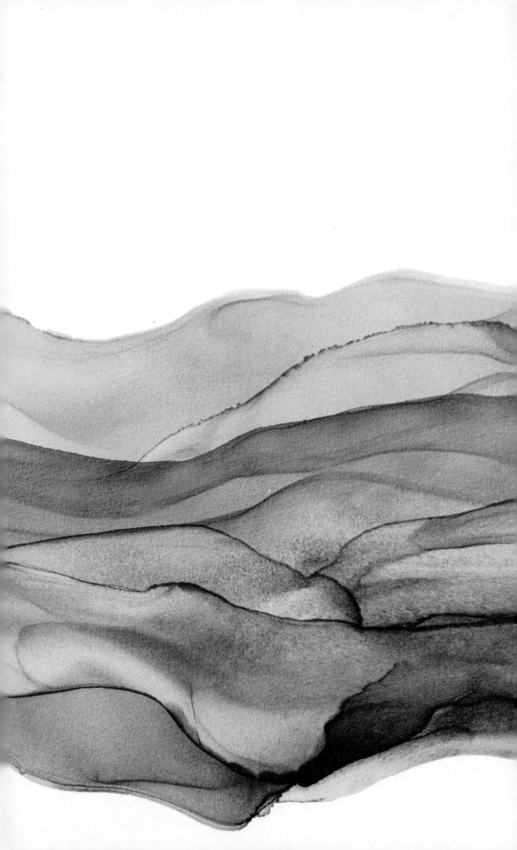

아니다 이론

;

또다시 담배를 잃어버린다. 자주 그녀가 생각난다. 비가 오고 있다. 가을비다. 그녀와 함께 앉아 있던 커피숍 창가에서 아메리카노가 식어가고 있다. 그녀를 기다리던 마음이 가물 것 같다. 가을비가 고였다 어디론가 빠져나간다. 네모반듯한 탁자에 낙서를 하는 나는 한가하다. 인도에 우산들이 즐비하다. 즐비한 우산들이 서로 부닥친다. 인상을 쓰는 작자와 순진해 보이는 청년의 눈이 마주친다. 청년은 소심한 마음에 미안해하고 급히 자리를 뜬다. 참새들이 한두 마리씩 땅바닥에서 땅바닥으로 날개를 털며 주둥아리로 위아래를 헤아린다. 내가 날개를 가졌어도 저만큼 저 정도일 것이다. 그녀를 품을 가슴이 풍요롭지 않고 엉성하다. 그녀는 전기충격기를 가지고 다녔다. 나는 그것이 위험을 대비하는 것이라고만 생각했었다. 그건 맞는 말일 수도 있었다. 나는 그녀에게 너무 조급했

　　　　　　　　여름 바다

다. 내 것으로 만들기 위해 그녀의 마음을 사려는 정성이 너무 가볍지 않았을까 자조해본다. 빼빼로데이에 막대과자 포장 상자째로 만든 하트 모양의 선물, 생일날 초코케이크, 삼류 노래 가사보다도 뻔한 연애편지… 그건 약지도 않고 그렇다고 순수한 사랑의 표시라기보다 너무 평범하기 짝이 없는 연애 처세였다. 그건 너무 상식적이었다.

그녀는 웃지도 않았다. 나는 그녀에게 입술을 내밀 것을 요구했다. 인적이 드문 골목길의 밤이었다. 나는 진지했지만 그녀는 웃을 것 같다가 차가워지는 표정이었다. 나만의 진실이 있었다. 사방이 어두워지면 나만의 공간, 나만의 세계가 되어 꿈틀거리는 것들이 모두 살아나는 것이다. 내가 틀릴 개연성은 내 옳음의 개연성 안으로 숨어 판화의 음각과 양각처럼 하나의 그림이 되는 것이다. 내가 만든 작품으로 음양이 모두 사랑스런 조화를 이루는 것이다. 그러니 꿈틀거리는 것이 악이든 선이든 내가 만든 견해의 일부분이다. 그러기 때문에 나는 나에 대한 비판에서 자리 하나를 비워둠으로써 그 자리를 관용의 덕에 내주고 억눌림에서 쉽게 피해 갈 수 있는 것이었다. 그러니 암흑도 너그럽게 포용될 수 있는 것이다. 그러한 포용의 정신은 축제이니 누가 나의 자유를 짓밟을 것인가? 그러므로 나는 그녀를 가질 수 있는 것이다. 그러나 그녀는 그러는 내게 충격을 가해왔다. 나를 암흑에 가두는 충격이었다. 번쩍 하더니 나는 그녀가 없는 그 골목길에서 힘겹게 일어났다. 그녀는 내게 치한용 전기 충격기를 내 허벅지에 찌르고 갔다. 그녀의 딸꾹질 사이로 별이 빛나고 있었다. 그 별이 빛나고 있는 사이의 암흑에 나는 쓰러지고 없었던 것이었다.

　순망치한이다. 그녀가 없는 초겨울에는 이가 시려왔다. 그녀는
내게 입술을 주는 대신 내 입술마저도 가져갔던 것이다. 나는 혹
독한 겨울 채비에 마음을 놓을 수 없었다. 그녀가 내 곁에 있을 때
는 더욱 그러했다. 그렇지만 그녀가 가버린 겨울에는 갈비뼈 사이
로 바람이 서럽게 시려왔다. 세간의 사람들이 다 그 모양이다. 그
렇게 사랑을 하고 그렇게 이별을 하고 그렇게 고통스럽다가 그만
큼 행복해지는 것이다. 그러다 절망하고 환호하고 그만큼 증오하
고 그만큼 학대하고 그만큼 사랑하는 것이 사람들의 사랑이었다.
사람들의 인생살이였다. 그러나 그렇게 하잘것없는 인생이 하잘것
없는 인생으로 얼마나 짙어지는지 나는 그녀가 다른 남자를 만나
는 것에 대한 이야기를 전해 들음으로써 이해할 수 있었다. 나에게
서 끝났던 가을이 한가함에서 시끄러워졌고 그녀에 대한 미련은
나를 혹독하게 했다. 나는 멀리 떠나야 했지만 멀리 가지는 못하
였다.

　사람들은 태어난다. 그리고 아기가 되고 자라서 청년이 되고 무
엇이 되었다가 무엇이 되었는지 잊는다. 나 또한 시간이 주는 지혜
로 잊을 수가 있었다. 나는 그녀를 잊으려 함으로써, 잊음으로써
그녀가 세운 모진 날을 잡고 일어설 수 있을 듯했고 더 강해지기
위해서 어떻게 해야 하는지 경험이라는 낡음을 퇴적시켜 약간이었
지만 그래도 상당한 무게감을 용케도 가질 수 있었다. 더 이상 나
는 그녀에게서처럼 전기충격기에 일격을 당하는 자초지종을 만들
지 않을 수 있을 것이었다. 역사가 승리한 자의 기록이라면 그 승

226　　　　　　　　　　　　　　　　　　　　　　　　　여름 바다

리를 이끈 패배에 대해서도 역술할 줄 알아야 한다. 그것이 사람들을 단순 무지렁뱅이로 만들지 않게 하는 최소한의 예의일 것이었다. 그녀만이 옳다 함은 나만의 세계 속에서 그들이 그들만의 세계에 다 함몰되어 있기 때문일 것이다.

나는 비참하지도 않았다. 그녀에 대한 사랑은 옅은 회색이었다. 나는 그 옅음을 물에 씻겨 흘러보내고 다시 백지로 돌아올 수 있었다. 그렇게 믿을 수 있었다. 나는 내게 단호해져야겠다는 의지를 각오로 단단히 새김으로써 세상에 지울 수 없는 그림은 있을 수 없을 것이었다. 아무것도 없는 백지가 얼마나 설레는지 바다같이 넓은 마음으로 대지 위에서도 눈발이 다 채워지기를 바랐다. 눈은 쉽게 녹지 않았다. 눈의 결정체를 인터넷 사진으로 보았다. 다이아몬드보다도 나는 그 결정체의 그림이 값져 보였다. 눈의 정체가 아름다운 보석 같은데 그 눈이 녹지 않는 추위라는 것은 나를 경이롭게 했다. 백의의 민족이라는 한민족의 조상님들이 겨울잠을 자는 것이라는 생각이 들었다. 나는 잠든 조상님들에게 매일같이 문안을 드렸다. 아주 조용하고 조심스런 발걸음으로 동네의 구석에서 구석으로 원을 그리듯이 돌았다. 무슨 예식같이, 나는 눈들이 잠들어 있는 동네를 돌아다녔다. 나의 예식에는 전혀 잡념이 들지 않았다. 그녀를 기다리던 마음도, 못된 흑심도, 흑심이 양산한 또 다른 악에 대한 신념도, 터무니없는 자기 합리화도, 채워지길 바라는 엉성한 야심도 생겨나지 않았다. 단지 이러한 나의 무념무상에 대해서 가끔 회의가 들기는 했다. 그렇지만 그런 의혹도 잠시뿐이었다. 둔덕에 쌓여 있는 눈이 겨울바람에 날려, 차가워진 얼굴로 다시 보이는 눈의 마당이 새로 들어올 뿐이었다. 그러면 나는 다시 한번 옷깃을 여미고 산책을 이어갔다. 어두운 밤이 되어도 꿈속에 눈의 결정체가 하나둘씩 내리고, 올라간 입꼬리가 산새처럼 노래하고 싶었다.

그런데 돌발적인 상황이 일어났다. 야수의 출현이 나만의 예배당에서 이루어지고 있었다. 그는 이 미터 정도 되는 키에 에이치 빔 같은 골격에 벽돌 두어 개 정도의 근육을 팔다리, 어깨, 허벅지, 종아리에 단 철인 같았다. 왜 그가 나타났는지 나는 그냥 어리둥절했었다. 그는 나를 해칠 것 같은 분위기를 하고 있지는 않았다. 그는 내가 겨울을 사냥하듯 동네를 돌 때마다 23번지 집 대문 앞에서 팔짱을 끼고 나를 바라보았다. 처음에는 무섭기도 했지만 선량한 얼굴에서 나오는 그의 눈빛은 나를 아주 평화롭게 만들고 있었다. 다가가고도 싶었으나 다가가기에 그는 너무 컸다. 그 앞에서 왜소해진 나는 그 전과는 다르게 발걸음을 촉박하게 하고 다녔다. 그렇다고 그에 대한 불평이 내 안에서 일어나지는 않았다. 왜인지는 모르지만 나는 그가 좋았다. 그렇다고 좋아한다고 하기에는 내게 있을 실망감이 그와의 거리에 지뢰같이 깔려 있어 조심스런 마음이 앞섰다. 그를 볼 때마다 나는 종종걸음이 되었고 그가 나를 번쩍 들어 반기는 상상이 내 맥을 뺐고 나는 점점 힘을 잃어갔다.

사선으로 해가 비칠 때쯤 나는 대문 밖으로 나와 오늘도 그와 마주칠 것인가 하며 조마조마하던 날이었다. 오토바이가 넘어져 있었다. 눈길에 미끄러진 것이다. 우편배달부의 씨티백 오토바이였다. 우편배달부는 상자에 담긴 우편물들을 주우러 동분서주하는 것 같았다. 가끔씩 일어나는 일이지만 나는 타인이 곤란할 때 그것을 즐기는 버릇이 있었다. 나는 아무렇지도 않게 그가 정신없는 틈을 타서 그의 고역을 눈으로 탐독하고 있었다. 그가 어느 정도 정리가 되었는가 싶었을 때 나는 배달부의 시선이 닿을 만한 곳에서 벗어나버렸다. 어느 정도 거인에게서 받은 위축감이 해소되고 있었다.

어쩌면 나는 위선의 숭배를 하고 있었는지 모른다. 배달부가 곤욕을 당하는 사이 나의 거울에 대한 경배에는 하얀 눈들의 합창 밖으로 나의 불순한 불협화음이 삐쳐 나오고 있었는지도 모른다. 어쩌면 나는 최고의 음치라서 최고의 악당이 될 소지가 잊음, 그 잊음, 그녀에 대한 잊음, 그리고 다 잊음, 그리고 무념무상이 된 그 속에서, 잔잔하기만 한 그 속에서 불현듯 다른 곡조가 삐쳐 나가는 것조차 몰랐는지도 모르겠다. 나는 최선을 다해 망각했지만 망각이라는 것도 완전히 망하지는 못하는 모양이었다. 나는 그 배달부에 대한 사사로운 적의를 두고 극적으로 소심하게 되어가는 중이었다. 나는 빨리 걸었다. 나의 걸음은 점점 빨라졌다. 내 적당한 체구에 땀이 배자 나는 다시 잊었고 평화로워졌다. 동네 어디쯤에 이르렀을 때 매연을 팡팡 내뱉는 오토바이를 발견했다. 비틀린 핸들 위에서 백미러는 낮은 고도의 해를 담아 나의 눈을 찌푸리게 했다. 그러나 반사된 태양은 내 눈이 가까스로 감당할 수 있는 밝기여서 견디지 못하는 정도는 아니었다. 그런데 강한 광선에 좁아진 내 수정체가 흐릿하게 다른 것을 보여주고 있었다. 배달부가 내미는 손에 거구의 그가 아주 해맑게 웃는 얼굴을 하는 것이 보이는 것 같았다. 내가 똑바로 보려고 눈을 비비는 사이 배달부의 오토바이는 핸들을 바로 하고 그를 지나쳐 빠르지 않은 속도로 달려갔다. 배달부의 헬멧에 제비표 우정사업본부 마크가 과속방지턱에서 들썩이고 집으로 들어가는 대문을 여는 나에게 또다시 백미러에서 반사된 태양광이 멈칫 위협을 주는 눈치였다.

　나의 은신의 시간들이 녹고 있었다. 눈이 녹을 때가 되어 나는 더 이상 백지상태로 있을 수가 없었다. 눈은 흙과 섞여 혼탁해졌고 나는 걷잡을 수 없는 잡념들에 휩싸여 예배하듯 산책하던 동네 길들을 다시 걷지 않았다. 깔세로 빌린 방구석에 누워 담배를 피웠고 정신을 놓듯 담배를 바닥에 떨어뜨리면 장판에 검게 탄 자국이 남기 일쑤였다. 슬레이트 지붕 아래 녹은 눈의 물방울이 차갑게 떨어지면 가끔 정신을 차렸는데 다시 몽롱한 상태로 미세기 문틈 사이를 응시하다가 문을 열고 나가 다시 담배를 물고 안개 속 시야의 초점처럼 무엇에 집중하기조차 어려웠다. 가끔 그가 낡은 철제 문을 열고 나타나면 나는 다시 방으로 들어가버렸다. 거대한 체구의 그는 내게 정신 좀 차리라고 훈계하고 위로하고 정성을 들이고 있었다. 그는 내가 그와 다를 것이 무엇이 있냐며 설득을 했다. 자신은 괜찮은데 나는 왜 그리 상처를 다스릴 수 없느냐며 다그치기도 했다. 나는 그가 그런 말을 하는 것이 더 괴로웠다. 나는 왜 그가 그녀의 남자 친구였고 나 다음의 남자 친구였는지, 내가 왜 그녀의 전 남자 친구였는지 왜 내가 그런 그를 좋아했는지 어쩌다 이렇게 좁은 세상에 사는지 좀처럼 이해가 되지 않았다. 납득이 되지 않았다. 그를 증오할 수도 그를 좋아할 수도 그녀를 잊을 수도

　　　　　　　　　　　　　　　　　　　　　여름 바다

없는 처지가 되어버렸다. 나는 왜 더 먼 곳으로 떠나지 않았는지, 등잔 밑이 어두워도 이렇게 어두울 수 있는지, 그렇다면 촛불은 얼마나 강한 빛이었는지, 그럼 그녀가 무슨 태양이라도 되는지, 아니면 그녀 아니면 이 세상에 여자라는 존재는 존재하지 않는지 너무 혼란스럽고 불쾌하고 망측하고 분노가 조절되지도 않는 듯했고 그렇다고 그 분노가 필요충분한 것인지 나는 정말이지 어찌 해야 할 것인지 도대체가 알 길이 없었고 있어 보이지도 않았다.

그는 한쪽으로 치워져 있는 슈퍼마켓에서 막걸리를 샀다. 그리고는 파라솔 밑의 자리에 앉아 몇 잔을 마셨는지 얼굴이 벌게 있었다. 나는 일상적으로 하는 하얀 배경의 산책을 하고 있던 중이었다. 그가 나를 쏘아봤다. 그리고는 나지막이 나를 부르는 것 같았다. "형씨!" 나는 그 소리가 나를 부르는 소리로 대뜸 알아들었지만 그냥 지나쳐 가려고 했다. 그렇지만 그가 또 나를 부르는 소리가 들려왔다. "형씨! 혼자 먹는 술이 씁니다. 같이 합시다. 형씨, 이리 오세요." 나는 왠지 그 소리가 반가웠다. 나는 술을 못하는 체질이었지만 그의 선량한 말투에 기분이 좋아졌고 마음이 열리는 것 같았다. 내가 주춤하자 그가 일어나 내 팔을 붙들고 자리에 강제로 앉혔다. 나는 저항하려 했지만 그와 통교하려는 마음이 이미 먼저 들고 있었다. "그럼 딱 한 잔만 하고 가겠습니다." 나는 냉랭한 척하려 했지만 눈가의 웃음이 그를 마주 대하고 있었다. 그는 보기보다 더 명랑하고 부드러운 사람인 것 같았다.

그는 대뜸 가장 맛있게 먹은 음식이 뭐냐고 물었다. 앉자마자 나는 말문이 막혔다. 나에게 음식은 배를 채우는 것 이상이 아니었기 때문이었다. 그는 쾌활하게 웃었다. 그리고 그가 먹은 음식들을 나열하면서 가장 맛있게 먹은 맛집이 있다고 했다. 그는 미식가임이 틀림이 없었다. 그는 그 소문난 맛집에서 음식을 먹기 위해서 서너 시간의 도로 위 시간들을 건디어야 했고 그 맛집 앞에서 음식을 먹기 위해서 두 시간 동안 줄을 서 있었다고 했다. 나는 내심 한심하다고 생각했다. 나로서는 그것은 과욕이었으며 그것이 음식을 먹기 위한 것이라면 더더욱 한심하다는 느낌이었다. 그러나 나는 그가 그 이야기를 이어가는 동안 그의 눈에서 맑고 강한 빛이 나오는 것을 발견하고 있었다. 그 열정은 내 느낌처럼 한심하다고 코웃음 치기에는 아무래도 아귀가 들어맞지 않는 것 같았다. 나는 그가 나와는 많이 다른 사람이라는 것을 알게 되는 것 같았다. 그는 마침내 맛집의 음식 맛을 보고는 다른 음식을 며칠 동안 먹지 않았다고 했다. 다른 것은 음식이 아니었다고 진술할 때는 그의 광채 나는 눈가에 이슬이 맺히는 것 같았다. 나는 아주 생소한 세계에 편입되는 것 같았다. 그렇지만 그의 결론은 나를 나에 대한 만족으로 이끌었다. 그가 며칠 동안 다른 음식을 먹지 않고 버티다가 동네 김밥집에서 김밥 한 줄을 먹었는데 배고파서인지 그 맛이 그 맛집에서의 음식 맛보다 나은 것이라고 느꼈을 정도로 맛에 대한 환상은 환상일 뿐이라며 멋쩍게 웃은 것이었다. 나는 못하는 막걸리 한 잔을 마시고 속으로 드는 만족감을 표현했다. 그 술이 너무 달았다. 그는 그런 나를 보자 말을 이어갔다. 그는 또 그녀가 가장 아름답고 예쁜 여자라고 확신했다고 했다. 그래서 그는 충성을 했고 가장 아름다운 사랑으로 그녀에게 최고의 정성을 쏟으려

여름 바다

했다고 했다. 그는 그녀가 좋아하는 것이라면 하늘에 별도 따다 줄 마음이 있었다고 했다. 그는 그의 마음을 그녀에게 다 주고 창피할 것도 없이 만나는 사람마다 자랑에 자랑을 했고 그녀에 대한 사랑을 자부심으로 간직했었다고 했다. 그녀는 아름다운 모습으로 인해 다른 경쟁자들이 아주 많았다고 했다. 그렇지만 그는 충직한 개처럼 그녀에게 없어서는 안 될 존재가 되기에 이르렀다고 설명했다. 개는 주인을 버리지 않지만 주인은 개를 버릴 수도 있다는 쓸쓸함이 묻어나는 말투였지만 그의 눈빛에 별처럼 아름다운 것이 들어 있었다. 그런데 그녀는 자기에게 주어진 것에 대해 염증을 느끼곤 했다고 했다. 더불어 자기에게 충성을 다하는 그에게도 부담을 느낀다며 잠시 떨어져 있는 것이 어떻겠느냐는 제안을 했다는 것이다. 그는 죽기보다 싫었지만 그녀의 명령을 거역할 수 없었다고 했다. 그래서 여기에 왔는데 그녀에게서 편지가 왔다는 것이다. 그 편지에는 완곡한 표현이 많았는데 그녀와 그가 인연이 아니라는 투의 요지를 파악할 수 있었다고 했다. 그렇지만 그는 그녀를 완전히 떠날 수가 없었다고 했다. 그렇지만 풍문으로 그녀가 다른 남자와 깊은 관계라는 사실 앞에 그는 그녀의 편지에 적힌 그녀의 요구를 들어줄 수밖에 없었다고 했다. 그러한 결정이 마음 아프지만 그녀를 위한 것이라는 데에 약간의 위안을 얻었지만 더 많은 시간이 있어야 그녀를 진정 보낼 수 있을 것이라고 했다. 그래서 나와 같이 있어줄 수 있느냐고, 나에게 친구의 정을 느낀다며 권유하고 있는 것이었다. 나는 그가 애처로워 그렇게 하겠노라고 즉답을 하고 막걸리 한 잔을 건배하며 원샷으로 마셨다. 그의 남자다움이 나를 아주 반하게 만들고 있었다.

　나는 못하는 술에 취기가 올라 말이 하고 싶어졌다. 그래서 나도 그녀의 얘기를 안 할 수 없었다. 그녀에 대해서 할 말은 별로 없었지만 내 초라한 가슴에 붙은 새털 같은 과거의 오점 같은 얘기를 늘어놓을 수 없었지만 나는 말하고 말았다. 그래도 나는 진솔하게 그녀에 대한 찬사를 입에 담아 터뜨렸고 더불어 그 하찮은 마음가짐으로 그녀를 대했던 것이 생각나 그동안 잊고 있던 것들이 술기운에 다시 살아나 괴로워졌다. 하지만 그런 나의 진술이 그에 대한 위로가 되기를 바랐다. 그는 나의 이야기를 다 듣고 있다가 화를 냈다. 나를 위로하며 같이 화를 내고 있는 것이다. 나는 그녀의 이름을 말하고 사는 지역, 출신 학교 등을 줄줄 꿰고 있는 사실들을 토해내고 있었다. 그런데 그의 눈에서 이상한 광채가 나는 것이었다. "그 이름은… 그 나이는… 그 학교는… 그 동네는…" 하며 헉헉 헉 소리를 내는 것이었다. 그는 고개를 숙이고 한참 동안 정지 상태로 있었다. 그러더니 우리는 아주 인연이 깊은 사람이라는 것이다. 그녀의 이력에 나도 모르는 것이 있었다. 그녀가 이미 한 번 결혼을 했다는 사실이었다. 우리는 서로 한동안 충격을 받고 있다가 그녀가 우리 둘의 하나의 태양이었음에 매우 아주 당혹해하고 당혹해지고 있었다. 그러다가 술이 들어가고 달이 기울고 새벽이 되어서 우리는 각자의 집으로 돌아갔다. 그리고 며칠이 지나고 그가 내가 사는 집을 방문했지만 속이 좁은 나는 그를 반겨줄 수 없었다. 그렇지만 그는 이미 충격에서 벗어나 제정신이 되었던 모양이었다. 그리고 그는 날마다 내가 사는 집의 철제문을 열고 들어왔다. 나는 몇 번 입가를 올리고 그를 맞이했지만 나는 그를 볼 체면이 없었고 자존심도 너무 많이 상해 있었다. 그는 상남자였고 나는 쩨쩨하고 속칭 좀생이나 똘마니 이상이 아니었다. 나는 내가 너무 초라하게 느껴져서 하늘을 볼 수 없었다. 울고 싶었지만 울 타이밍이 아니었다. 나는 혹여 마루에 앉아 있는데 그가 철체 대문을 열고 들어올까봐 초조하고 불안했다. 그래도 친구의 연을 맺은 그에게서 도망가는 것은 사리에 맞지 않았다. 나는 시간이, 세월이 흘러 저 친구가 다른 곳으로 가는 날만 고대했다. 나는 다시 담배를 물고 멍청해지고 있다.

어색했다. 오늘따라 몹시 어색했다. 무슨 특별한 날도 아니었다. 그냥 어색할 뿐이었다. 나는 그 어색함을 숨기기 위해 노래도 불러보고 되지도 않는 춤도 춰봤다. 그러나 그런 의식의 과잉이 더욱 날 흥분시키고 더 어색하게 하고 더 마음을 불안하게 했다. 어린아이도 자기 의식 체계에 대한 통제력을 가질 수 있다. 하지만 어린아이의 세계는 단조롭고 작다. 더욱이 그 짓는 적의조차 선의를 벗어나지 못하기 때문에, 무의미하지 않지만 금방 사그라져 여무는, 제어하기가 가능할 그런 정도의 위험성을 지니고 있다. 자기 통제가 충분히 가능한 위험만을 지니고 있기 때문에 어린아이의 적의가 적의로서 통용되기 위해서는 그 근원의 선의에서 많이 떨어져나와야 한다. 엄마의 품에서, 엄마가 지니고 있는 선량함의 본거지에서 멀리멀리 떠나와서 그 근원을 잊고 잃어야 한다. 그렇지 않으면 그 적의는 적의가 아닐 수 있다. 인간이 떠나가서 인간이 되는 길은 그 본원에 대한 그리움 또는 향수에 대해 무의식적으로나마

기대고 싶은 나약함에 대해 탐색하는 것이다. 그렇다면 중대한 죄악을 범하고도 희망을 가질 수 있을 것이다. 그러나 어린아이는 아직 떠나지 않았기 때문에, 그 작은 세계에 머물기 때문에 자기 통제에 대해 그리 염려하지 않아도 된다. 그러므로 의식의 과잉이나 자기 통제에 과분한 에너지를 쓰기에는 그 엇나감의 위험이 매우 미미할 것이다. 나는 내가 나를 통제하지 않으면 내가 아주 이상하고 사회적 타당성을 잃는 미아가 될 수 있다는 것을 염려해 내가 왜 이리 어색한지 그것에 대해 관리를 해야 할 수밖에 없었다. 나는 그 어색함의 정체가 무엇인지 몰라 아무것이나 하는 것이다. 마치 전쟁에서 적이 보이지 않는데 총알은 날아오고 총상을 입지 않기 위해 미치광이처럼 사방팔방으로 무대포로 총칼을 휘두르는 모양새인 것이다. 그것은 철저한 대비인 것 같으나 무지몽매한 인간들이 하는, 통제되지 않은 이성의 증거가 될 뿐이다. 내 의식의 과잉이 나를 통제하고 있지 못할 때 내가 나를 감당하고 있지 못할 때 그가 철제문을 열고 나타났다. 그는 굳어진 표정으로 나를 주시하고 있었다. 혹여 그도 나에 대한 감정과 이성의 충돌로 호감 속에 묻혀 있던 반감이 충동질하고 있던 것이 아닐까? 그는 나를 그렇게 한참을 주시하고 있었다. 나는 불안한 마음이 매우 커지고 있었다. 식은땀이 났고 안절부절못하고 있었다. 그러더니 그의 큰 눈에서 눈물이 나고 있는 것 같았다. 그가 나를 주시하는 동안 나도 그를 주시했으므로 그가 하품을 하거나 눈을 비비는 행위를 하지 않았던 것으로 나는 기억하고 있었다. 그는 젖은 눈으로 나를 애처롭게 바라보고 있었다. 나의 감정은 매우 복잡해졌다. 정체 모

여름 바다

를 어색함과 불안, 그리고 그에 대한 동정심 등 사실 별거 아니지
만 나는 통제력을 잃은 까닭에 그 몇 가지 감정을 분석하지 못하
고 감당할 수 있는 능력 밖으로 튕겨져나갔다. 나는 뒷걸음질을
쳤다. 그러는 나에게 그가 한 걸음 한 걸음 다가왔다. 무슨 말이라
도 하고 있으면 나는 그 끔찍한 복잡함에서 균열 사이로 드는 빛
을 보고 있었을 것이다. 그런데 그가 다시 나에게 걸어왔다. 나는
더 이상 물러설 공간이 없었다. 나는 숨을 몰아쉬고 있어야 했다.
나는 숨과 숨 사이로 내릴 듯 내릴 듯하는 의식에 어지러워야 했
다. 사이사이 나는 그의 얼굴로 맞춰진 눈의 초점을 다른 데로 흘
리고 있었다. 그러다가 보았다. 그의 손이 뒷짐을 지고 있다는 사
실을 보고 있었던 것 같다. 아! 그리고 그 손이 나의 눈으로 올라
오더니 내 멱살을 움켜쥐고 있었다. 나는 강력한 그의 힘에 숨을
쉴 수 없었다. 나는 죽을지도 몰랐다. 그때 난 깨달을 수 있었다.
내 어색함이 어색함을 잡으려고 동분서주하던 내 의식의 과잉이
어느샌가 비친 맑고 밝은 빛에 모두 증발되어 있다는 억지스런 성
공이 그를 보는 얼굴에 환한 표정을 띠게 했다. 그런데 그런 나의
표정 때문인지 그는 나를 잡고 있던 손을 풀고 털썩 주저앉았다.
그리고 바람에 날리는 하얀 종이가 미세기문에 넓적하게 붙었다
떨어졌다. 그는 자리에서 일어나 천천히 내가 세들어 살고 있는 집
을 나갔다. 발 없는 말이 천 리를 간다는 속담처럼 그는 미끄러져
사라지듯 나를 위협하는 것에서 물러나 사사로운 평온을 느끼게
했다. 바람처럼 그는 내가 발견하는 모든 틈에서 빠져나가 소문처
럼 그 정체를 붙잡거나 붙들 수 없었다. 다만 나는 내가 이해하지

못하는 이상한 웃음을 참고 있어야 했고 시원하게 웃기 위해 틈을 다 메우고 싶었다.

무슨 영화 같았다. 백혈병이라니… 그녀가 백혈병으로 사망하였다는 그녀 가족의 전보에 그녀가 친필로 쓴 내게 쓴 편지가 있었다. 편지의 내용은 아주 짧았다. 다 세어봐도 열 문장이 되지 않았다. 가장 핵심적인 그녀의 문장은 이것이었다. '너희들이 나를 여자로 생각했더라면 나에게 이러지 않았을 거야. 너희들은 기본도 모르니? 내가 아프면 나를 찾아와야지. 아프지 않더라도 내게 다가와야지. 그거 당연한 거 아냐? 너희들! 도저히 이해가 안 가!' 도대체가 전후좌우로 이해가 되지 않는 이야기였지만 나는 그녀의 사망 소식에 눈물을 흘렸다. 눈물을 흘리니 카타르시스가 느껴지는 것이었다. 어디에선가 아이들 웃는 소리가 들려왔다. 아이들은 지칠 줄도 모르고 웃어댔다. 나는 다시 담배를 피워물고 방으로 들어가 낮잠을 잤는데 그녀가 배시시 웃고 있다가 하얀 눈을 손으로 뭉쳐 나에게 던지고 도망갔다. 쫓아가려고 했지만 내 다리가 말을 듣지 않았다. 잠에서 깨고 보니 내 다리가 책상 위에 얹혀 있었다. 다리가 저려왔다. 다리에 혈액을 순환시키려고 밖으로 나가보니 젖은 진눈깨비가 하늘에서 새듯이 내리고 있었다.

잠에서 잠으로 이어지는 시간들이었다. 나는 내리 쭉 잤다. 잠깐 깨기도 했는데 화장실을 다녀와서 드러누우면 또 잠에 빠지는 것이었다. 기면증 같았다. 봄의 따뜻한 기운은 그런 나를 아주 더욱 나른하게 만들었다. 완전히 무기력해진 나는 사소한 불만조차 생겨나지 않았다. 나는 그녀의 죽음 이전에는 아주 불온했다. 더욱

이 그가 나타나서 나의 이상한 동료가 된 후에는 분노조절조차 내 의지의 통제 아래 있지 못하였다. 나는 아주 불쾌하고 짜증나는 날이 많았고 그것을 숨기기 위해, 특히 그가 그런 나의 감정을 알지 못하게 하기 위해 겨울 찬바람으로 나의 표정을 씻었다. 그러나 나의 그런 감정이 가면 갈수록 엉켜서 마치 뱀의 또아리처럼 내 머리 위에서 징글맞게 내 의식을 조이고 있었다. 풀려고 해도 그가 자꾸 나타나는 것을 보고는 독니에 독을 저장해놓았다가 그가 나타나지 않는 날이면 그 독에 내 자신이 위협당하는 감정의 악순환의 고리에 나는 지쳐가고 있었다. 나는 절망할 틈도 없었다. 해독하는 것이 더 큰 문제였다. 나는 적의를 풀고 포용하려는 자세를 취하여야 했다. 그래야만 그와 겨우 동등해질 수 있는 것이었다. 나는 조급해지고 있었고 감정의 또아리 사이로 그 조급함이 춤추듯 나 자체를 몰아내고 있었다. 나는 더 이상 견디지 못할 것이라고 생각했다. 나는 자세를 바꿔야 한다고 생각했다. 더 낮은 곳에서 바라보는 관점의 전환이 그것이었다. 낮은 곳은 안전할 것이라 나는 확신했다. 낮은 곳에서 바라보면 위기에 처한 것이 내가 아니라 그녀와 그가 될 것이라는 것이 생각의 혁신이라고 자평했다. 그런데 결과는 달랐다. 내가 다 버리려는 태도를 취하자 그도 그녀도 나보다 더 낮은 곳으로 내려가는 것이었다. 나는 거기서 그녀와 그를 또한 사람들을 위로하는 데에 매진했어야 했다. 내 코가 석 자인데 그럴 수는 없었다. 그렇지만 나는 그렇게 했다. 거만하게 그들을 위로하는 데에는 내가 무슨 세상 다 산 도사처럼 가진 것을 버리는 척, 놓는 척, 허물없는 척을 해야 했다. 그렇지만 나는 처음부터 버릴 것이 없었고 내 가벼운 마음에 허물이 있어 봐야 얼마나 있는지 흩날리는 새털에 코가 간지러울 뿐이었다. 나는 그러다 그렇게 미친 척을 하다 멍청해져버렸다. 그런데 그녀의 사망 소식은 나에게 있던 방어적 의식 체제를 풀게 했고 나는 뱀이 벗어놓은 허물같이 무기력하게 봄빛에 이리저리 흩날리고 있었던 것이다.

나는 이러면 안 되겠다고 생각했다. 이러면 나의 추억에, 아니 치욕에, 아니 기억에 지는 것이었다. 새싹이 피는 지금의 봄날에 나만 지난 가을로 가서 낙엽처럼 떨어지는 것이었다. 나는 우선 밥부터 차렸다. 왕인의 밥에 걸인의 찬처럼 수사로 가득한 초라한 의지였지만 그것으로도 사람들은 충분히 살 수 있었다. 밥을 먹자 든든해진 나는 다시 한번 동네를 향해 배짱을 부리기로 했다. 그동안 숭배해왔던 거리들이 잔설로 침침해져 있었지만 개의치 않았다. 그녀도 없는 세상은 그리 밝지도 않고 어둡지도 않게 평범하게 켜져 있었다. 평범한 거리마다 개 짖는 소리가 들려왔다. 집집마다 텔레비전이라는 또 하나의 가족이 그 가족의 경계를 부풀리고 있는 것 같았다. 시끄러웠지만 나에게 그 시끄러움이 반갑지 않은 것은 아니었다. 선정적인 것도, 자극도 내게 필요한 것인지도 몰랐다. 나는 나만의 태만한 시간을 너무 오래 가지고 있었기 때문이었다. 그런데 그전같이 발걸음이 가볍지 않았다. 내 자신을 내려다보니 살이 많이 붙어 있는 것 같았다. 그러고 보니 허리띠를 안 매고 나온 것이 생각났다. 바지가 꼭 껴서 바지가 달라붙은 느낌이 꼭 허리띠를 한 것처럼 느껴져서 잊은 모양이었다. 소변이 급했던 나는

여름 바다

구석진 곳에서 바지를 내리는데 잘 내려가지 않았다. 급한 신호에 나는 그만 바지를 확 내렸고 바지 지퍼가 찢어지는 소리가 들리는가 싶더니 방뇨의 시원함이 쾌감처럼 나가고 있었다. 그러다가 드는 생각은 바지 지퍼가 고장 난 것을 어떡하지 하는 걱정과 함께 큰 고함 소리가 들려왔다. 웬 뚱뚱보 아줌마였는데 거기서 그러면 어떡하냐는 질책이 이어졌다. 나는 내 잘못이었으므로 할 말이 있을 수가 없었다. 그런데 그 뚱뚱보 아줌마의 뒤에서 붉어진 얼굴로 힐끗힐끗 나를 바라보는 아가씨가 있었다. 그녀는 내가 그녀를 보자 뚱뚱보 아줌마 뒤로 가서 숨었다. 신기하게도 그 뚱뚱보 아줌마 뒤로 그녀의 왜소한, 단독으로 보았다면 그리 왜소하지도 않은, 체구가 다 숨겨졌다. 나는 죄송하다고 하고 급히 가던 길을 가려다가 힐끗 보니 그 아가씨가 피식피식 나는 웃음을 억지로 참고 있는 모습을 인지할 수 있었다. 나는 멋쩍게 웃었지만 동네 한 바퀴를 도는 동안에도 그녀의 얼굴에 묻은 장난기를 잊을 수 없었다.

나는 무엇인가 잊고 있는 것 같았다. 그런데 그것이 무엇인지 도통 생각이 안 났다. 그것이 무엇인지 생각해내려고 하다 보니 골머리가 아파왔다. 혹시 화장실 갔다가 밑을 안 닦고 왔는지, 혹시 밥을 먹다 씹는 것을 잊어버리고 그냥 삼켰는지, 혹시 빵을 사고 돈을 안 주었는지 도통 그것이 무엇인지 모르겠다는 것이다. 혹시 내가 태어나지도 않은 것인지 혹시 발가락 하나를 잃어버렸는지 세어보고 혹시 사골국에 밥을 넣지 않고 그냥 말아먹었는지 사골국은 있지도 않았고 손가락도 열 개이고 내 생일날까지 기억나는데 도대체 내가 잊어버린 것이 무엇인지가 정말이지 골이 아프도록 생각이 안 나는 것이었다. 그러다가 답답해서 밖으로 뛰쳐나가려고 했다. 그런데 문을 열지도 않고 나가려고 했던 것 같다. 그만 철제 대문에 머리를 꽝 하고 박은 것이다. 아차! 그때 생각났다. 그 정체는 바로 그였다. 그가 나타나지 않는 것이다. 한 보름은 그를 보지 못했던 것 같다. 그가 나타나지 않은 이유도 갑작스럽게 궁금해졌다. 그런데 궁금할 뿐만 아니라 그가 나타날까 불안해하던 기억도 살아났다. 그리고 그가 나의 멱살을 잡고 위협하던, 숨 막히던 시간도 생각이 나는 것이었다. 나는 그 궁금증을 바로 즉시 해소할 수 없었다. 그에 대한 막연한 부담감과 열등감 그리고 위압적 그의 체구가 나를 짓눌러왔다. 그런데도 그의 부재에 대한 궁금증은 매우 절실한 것이다. 그런데 나는 그를 찾아갈 수 없을 것 같았다. 그렇지만 그가 호의를 베풀었던 것만큼 나도 그에 관한 걱정을 할 필요가 있었다. 나는 어떻게 해야 할지 도통 답을 찾지 못하고 있었다. 문밖으로 나갔다 들어왔다 마치 담배를 끊으려는 사람이 슈퍼마켓에 수없이 왔다갔다 망설이는 처지가 되어 어지러운 나를 가만히 둘 수 없었다. 나는 욱 하고 결심했다. 그냥 모르는 척하는 것이다. 그리고 방에 들어가서 잠을 청했다. 그런데 궁금해서 도저히 잠에 들 수 없었다. 나는 새벽이 다 되어서 내일 날이 밝으면 그를 찾아가보리라고 다짐을 하고 겨우 편안해졌다.

호리병 속에서 나오는 괴물은 어떻게 다시 작아질 수 있는지, 만화책방에서는 도무지 일어날 수 없는 일들이 일어나곤 했었다. 만화 속에서는 만화보다 커질 수 있는 마법이 생존하고 있음을 그때 나는 믿고 있었다. 그러나 그 마법은 나를 위협하지는 못하였다.

만화 세상에는 그런 만화가 만화책에 담겨 있었으며 만화책보다는 커질 수가 없었고 만화책보다는 작아질 수 없었는데 만화책을 닫으면 그 만화가 만화책 사이에서 질식하는지 만화책 밖으로 튀어나와 나를 놀라게 하는 일이 없었기 때문이었다. 만화는 만화일 뿐이라서 그 시절 나는 그리 만화 가게를 무서워하거나 동물원처럼 안전망을 치고 보호할 필요가 없음을 내 주머니 속 동전을 만지작거리며 심심풀이 농담처럼 지나치곤 했다. 그 만화 가게의 간판은 흰색 바탕에 검은 글씨로 쓰여 있었는데 그때 나는 흰색 바탕을 더 유심히 본 것 같았다. 사물을 보는 눈의 검은자 대신 흰자를 보고 그것이 눈의 정체라고 단정하고 있었는지도 몰랐다. 마치 그에 대한 가식적 예의와 의무감이 그의 슬픔에 대한 진실성을 보지 못하고 단지 그에게서의 시선에 내가 비켜 간 것을, 막연한 어색함에서 눈 가리고 아웅하듯 단절된 것이라 단정하는 것과 마찬가지 이치였다. 그러므로 이제 만화책을 보듯 나는 그를 정면으로 볼 수 있었다. 그를 찾아갈 용기를 꾸어올 수 있었던 것이다.

그에게 가는 길은 포장이 되지 않은 자갈길이었다. 내 발이 미끌미끌 돌에 찔리듯 지압되는 시원함에 왠지 기분이 상쾌했다. 그는 나를 대할 때마다 기분을 좋게 하고 있었던 기억이 새로웠다. 그가 환하게 웃고 있을 것 같았다. 며칠 전 내가 소변이 급해서 실례하던 것을 목격하고 있었던 아줌마와 숙녀가 생각났는데 그녀들도 내심 웃고 있던 것을 참고 있었던 것이 분명해 보였다. 왜냐하면 그때 속에 있던 웃음이 터졌더라면 더 황당하고 어색한 분위기가 이어서 연출되었을 것을 본능적으로 이해하고 있었기 때문일 것이다. 차라리 혼나는 것으로 수습이 돼야지 작은 것이 큰 것으로 화하면 작은 것의 본질은 사라지기 때문에 그런 습성이 터득되는 것인지도 몰랐다. 그에게 가는 도중 별 생각이 다 났지만 그에게서 그의 근황을 들으러 가는 목적은 잃지 않았다. 자갈길이라 더 긴장되었는데 중심을 잃을 뻔했다. 그때 중심을 잡으러 뒤쪽을 봤는데 그때 그 숙녀가 뒷걸음질치는 것을 본 것 같았다. 그리고 담벼락에는 아이들이 그랬는지 빨간 색연필로 된 낙서가 난삽하게 그려져 있는 것을 발견했다. 어디서나 애들이 문제였다. 그래도 그 낙서가 아니면 여기가 사람 사는 곳이라는 것을 못 느낄 정도로 그가 사는 집은 외진 곳이었다. 그에게 한번 간 적이 있는데 그때 이렇게 외지고 험한 곳이라는 것을 왜 몰랐을까 하는 의구심이 두어 번 들고는 그의 집 대문 앞에 이를 수가 있었다.

그의 집은 흰색 대문이었다. 그냥 열고 들어갈까 노크를 할까 아니면 그를 불러볼까 하다가 그의 이름을 부르고 있는 나를 발견하고 있었다. "형씨! 형씨! 배다식 씨! 다식이 형씨! 내가 왔다구요. 나, 박이성이요. 박이성이 왔어요." 내가 지르는 소리를 듣고 놀랐는지 문 안쪽에서 그릇 깨지는 소리가 들렸다. 그런데 그 소리가 난 이후에 십여 분이 흘러도 문이 안 열리고 아까 들은 인기척마저 진공 포장이 되었는지 적막함 속으로 내가 빨려들어갈 것 같았다. 나는 갑자기 불안해져서 그 인공의 포장을 뜯으려고 했다. 아까는 분명 무슨 소리가 들렸기 때문에 저 문 안에 그가 있을 것이라고 나는 확신할 수 있었다. 혹시 그에게 무슨 일이 있는지도 모르는 일이었다. 쾌활한 그가 저렇게 소심하다는 것은 분명 무슨 심경의 변화가 있다는 것일 것이다. 그녀의 죽음 때문이라면 나는 응당 그에게 위로를 해야 할 것이다. 고맙게만 대해준 그에게 나도 이젠 뭔가 도움이 될 만한 것이 있어야 했다. 나는 문을 열었다. 삐거덕 하고 귀신 우는 소리가 들렸다. 그리고 집 안으로 들어가서 그를 찾았다. 방에도 부엌에도 화장실에도 그는 없었다. 정말 이상했다. 아까 분명 무슨 소리가 났기 때문이었다. 나는 집안 곳곳을 살피며 그를 찾았다. 그런데 이상한 점이 발견되었다. 부엌에 깨진 사기 밥그릇 조각 부스러기가 한쪽으로 치워진 채 있었고, 치수가 작고 예쁜 분홍색 슬리퍼가 그의 방문 앞에 어지러이 놓여 있는 것이었다. 나는 소싯적 만화에서 터득한 추리력으로 단서들을 조합하고 분석했다. 분명 도둑이 든 것이 틀림없었다. 나는 그를 위해 여자 도둑쯤 잡을 수가 있다고 판단했다. 나는 그가 기거하는 방부터 뒤지기 시작했다. 서랍장을 열고 장롱을 열었다. 나는 정신 없이 그 작은 도둑을 잡으려고 허우적거렸다. 내가 방안에서 그렇게 오지랖을 떨고 있을 때 방 밖에서 단호하고 짧은 비명이 들려왔다. '앗! 저건 무슨 소리지?' 내심 놀라고 있을 때 그 소리의 정체가 읽혀왔다. "도둑이야! 도둑 잡아라! 도둑이다!" 나는 누구인지 모르지만 나와 같이 도둑을 잡는 동료로 인식할 수 있었다. 나는 급히 방 밖으로 나가 그 소리를 지르는 주체를 보고 있었다. 어디선가 많이 본 여자였다. 그녀는 나를 보고 기겁을 하더니 빗자루로 나를 난타하기 시작했다. 아파왔지만 견딜 수 있는 힘의 세기였다. 그렇지만 나에게 왜 이리 홀대를 하는지 알 수 없었다. 나는 한 걸음 한 걸음 뒷걸음치면서 외치고 있었다. "누구세요? 누구요?

누구세요?" 그녀는 어이없는 표정을 하고서는 이번엔 어디서 찾았는지 몽둥이로 나를 때리기 시작했다. 몹시 아팠다. 나는 정신을 차리고 그녀가 휘두르는 몽둥이를 손으로 잡았다. 그리고 잡은 몽둥이로 그녀를 밀었다. 그녀가 잡은 몽둥이를 확 놓았다. 나는 내 힘으로 앞으로 쏠려 넘어졌다. 그녀는 넘어진 나의 머리에 찬물을 끼얹었다. 한기가 물러가지 않은 날씨에 내 콧속으로 물이 들어가 숨을 쉴 수 없었다. 나는 잠시 졸도했다. 그녀가 어른거리고 있었지만 나는 의식을 잃고 말았다.

내가 의식을 찾았을 때 나는 의자에 묶여 있었다. 그녀가 의자 앞에서 몽둥이를 들고 나를 노려보고 있었다. 이런 집에 훔칠 것이 뭐가 있어서 왔냐는 등 이상한 질문만 하고 있었다. 나는 정말 기가 막히고 어이가 없었지만 그녀의 질문에 순순히 대답하는 것이 신상에 좋을 것 같았다. 나는 여기에 뭘 훔치러 온 것이 아니라 친구의 근황이 궁금해서 온 것이라고 몇 번이고 설명하고 또 설명했다. 그녀는 내 답변에 아주 의아한 표정을 하고서는 어떻게 자기 오빠의 이름을 알고 있느냐고 물었다. 그건 설명하기가 복잡해서 한참을 머뭇거렸다. 그녀가 몽둥이를 들어올리는 것을 보고는 당황해서 학교 동기동창이라고 대답해버렸다. 그녀가 어느 학교 나왔느냐고 바로 질문이 이어졌다. 나는 또 말문이 막혔다. 그가 나온 학교를 모르고 있었기 때문이다. 그녀가 또 몽둥이를 들어올려 나를 칠 기세였다. 나는 황급히 그녀의 학교를 말하고 있었다. 그녀의 입가에 알 듯 모를 듯 미소가 일고 있었다. 그러더니 이제 믿을 수 있다며 미안하다고 인사하고 나를 묶은 노끈을 풀어주는 것이었다. 나는 안심을 하려고 했으나 그녀가 나온 학교가 그가 나온 학교가 아닐 텐데 하는 의구심이 드는 한편 그녀를 훔쳐보려는 마음이 그녀의 숙인 고개 사이로 들어가고 있었다. 그녀는 나를 방 안으로 안내하고 차를 끓여 왔다. 그리고 그가 입던 옷을 나에게 던져주며 갈아입으라고 했다.

차가 식기 전에 그녀가 그의 여동생이라는 것을 알았다. 그러나 그녀는 내가 눈치챈 사실을 알고 있으면서도 모른 체하고 있었다. 그녀는 그의 여동생답게 몹시 예뻤다. 죽은 그녀보다도 더 맵시 있어 보였다. 나는 차를 마시는 시늉을 했다. 그녀와 같이 있는 시간이 아까워서 뭐라고 잡고 있어야 했다. 그녀는 그의 여동생답지 않게 매우 거친 성격을 가지고 있는 것 같았다. 나는 혹여 그녀에게 거슬릴까 봐 몹시 조심스러웠다. 미인을 보는 것은 남자의 행복이었다. 나는 그녀와의 사이에 불길한 것들이 끼어드는 것을 염려했다. 죽은 그녀는 그녀이고 지금은 누구나 긍정하는 현실의 세계이다. 과거는 돌아올 수 없는 기억의 자국이고 미래는 아직 오지 않은 기대의 환상일 뿐이다. 내가 존재하는 것은 지금이고 과거나 미래가 아니다. 그러므로 내가 그녀 앞에서 차를 마시고 있는 지금은 황금보다 더 귀하다. 그녀에게서의 지금을 아무것도 부정할 수 없었다. 그녀의 자태가 양귀비라도 지어낼 수 없는 미혹을 잉태하고 있었다. 나는 그와의 마지막 장면에서 그가 나를 위협하던 것을 떠올렸다. 그래서인지 나는 차를 한 모금 벌컥 마셔버렸다. 조금 가라앉았지만 마신 차 한 모금이 아까웠다. 그녀는 옆을 향한 자세로 있었다. 아까는 미안했다며 조신한 듯 조아렸지만 그녀의 눈빛에서는 표독하고 도도한 빛이 새어나오고 있었다. 그러나 그 눈빛마저도 나를 그녀에게 완전히 빠뜨리고 말았다. 그녀는 방문을 바라보며 입을 다물고 있었다. 내가 이름을 물어도 아무 미동도 하지 않았다. 그녀가 나와 시선을 마주하고 있지 않았기 때문에 나는 그녀의 모습을 아주 오랫동안 볼 수 있었다. 나는 아주 행운이라고 여기고 있었다. 이대로 시간이 멈추어도 억울하지 않고 행복한 순간의 영원이라며 시답지 않은 시 구절을 떠올렸다. 그녀는 내내 옆모습인 채로 방문을 바라보고 있었다. 방문은 미세기문으로 한지가 발라져 있었다. 손가락 크기의 구멍이 몇 개 뚫려 있었지만 그것마저 그녀를 보는 운치를 더하게 하고 있었다. 더 오래도록 그녀를 바라보고 싶었다. 그러나 그것은 나의 순수한 바람일 뿐이었다. 대문 밖에서 여자가 부르는 소리가 들렸다. 내게도 또박또박 들렸다. "다은아! 다은! 다은아!" 나는 그녀가 이름을 말하지 않았어도 그녀의 이름을 알게 되었다. 아름다운 그녀의 이름은 배다은이었다. 그녀의 오빠가 배다식이었으니까 돌림자도 맞는 그녀의 이름이 확실하였다. 그녀는 그녀를 부른 그녀에게 들어오라며 소리쳤다. 이내 대문 끄는 소리가 들리더니 한 숙녀가 마당에 들어오고 있었다. 억! 그녀는 내가 급한 방뇨로 사리분별을 못 했을 때 그것을 목격하고 추궁하던 뚱뚱보 아줌마의 딸이었다. 다은은 그녀를 반갑게 맞이하더니 내게 인사를 시켰다. "애! 인사해. 우리 오빠 친구야." 그녀는 여전히 개구쟁이 같은 얼굴로 나에게 인사를 꾸벅 했다. 나도 반사적으로 고개를 숙여야 했다. 그러더니 다은이 나를 향해 획 돌아서더니 말했다. "우리 약속 있거든요. 나가봐야 하는데…" 나는 그녀의 차가운 말에 몸이 잘 안 움직여졌다. 그렇지만 일어서야 했다. 찻잔에 차가 반 넘게 남아 있었다. 나는 막대 인형이 된 것같이 뻣뻣하게 밖으로 갔다. 너무 어색해서 부러지지 않은 것만도 다행이라고 생각했다. 정말 세상에는 우연의 일치, 돌발 상황이 너무 많았다. 운전면허 시험에서 돌발 신호가 뜨면 비상 깜빡이를 켜고 급제동해야 하는 과목을 넣은 것이 괜히 그런 것이 아니라는 생각이 들었다. 그녀, 다은이와 함께 있었던 시간보다도 더 길게 느껴지는, 문밖으로 가는 길이었다. 나는 그녀의 웃음소리가 들리지 않을 때까지 그렇게 뻣뻣하게 걸어갔다. 그리고 잘 앉아지지 않는 몸으로 쪼그려 앉았다. 온몸에 식은땀이 배어 있었다.

집까지 어떻게 갔는지 아무것도 생각이 나지 않았다. 혹여 호리병에서 나온 괴물이 등 뒤에서 잘 구겨지지 않는 몸으로 내 귓구멍으로 들어오려 했는지 독수리 오 형제가 발톱을 구부려 내 머리에서로 앉으려 했는지 가가멜 스머프가 잘 정리되지 않는 내 머릿속에서 훈계를 하고 갔는지 아무것도 생각이 나지 않았다. 만화책 틈에서 그것들이 빠져나오기란 쉽지 않을 텐데 잘도 빠져나온 것 같고 나도 수리수리 마수리 그녀들의 마법에서 용케 다치지 않고 그럭저럭 패배할 수 있었던 것 같고 아무튼 아무것도 모르겠다. 어떻게 집까지 오게 된 것일까? 나는 다시 어린 시절로 돌아가서 악당이 처놓은 함정에서 잘 헤쳐나오는 탐정이 된 것 같다. 나는 의연한 사람이고 정의의 사람이니 당연히 그런 구도가 잘 맞는 것 같았다. 그래도 여자라는 것이 예쁘면 예쁠수록 착한데 그럼 내가 아주 못된 악당이 된 것일까? 나는 아무리 쥐어짜도 그녀들과 나와의 선과 악의 구도를 잘 파악할 수 없었다. 단지 의심할 수 없는 것은 내가 아무리 못되었어도 악당은 아니라는 것이다. 그러나 그녀들도 악당이 아닌데 그럼 악당은 어디에 있는지 정말 궁금했다. 그렇다고 그가 악당이라고도 추론할 수 없었다. 왜냐하면 그는 다은이의 오빠였기 때문이었다. 나는 이런 난해한 방정식에 대입하는 것에 대해 분통이 났다. 그래서 팔을 뻗어 공중을 내질렀다. 공중에서 날벌레들이 흩어졌다. 다시 모였다. 날벌레들이 모여 있는 것을 보자 다은 씨와 함께 있을 때 행복했던 것이 그녀의 출현으로 깨진 것이 생각났다. 모여 떼로 있는 것은 나에게 매우 위협적이었다. 그래서 더 힘차게 팔을 휘둘러 날벌레들을 갈랐다. 날벌레들은 흩어지더니 다시 모여들었다. 그것들을 떼어놓기란 칼로 물 베기였다. 칼로 할 수 있는 일이 아니었다. 다시 나, 박이성의 이성이 살아났다. 모인 것을 강제로 떼어놓는 것보다는 서로가 자진해서 떨어지게끔 하면 되는 것이다. 다시 말해 이간계를 쓰면 되겠다는 탐탁지 않은 도리가 내가 사는 집 철제문에서 삐그덕 소리를 냈다. 그것도 안 되면 절에 가서 염불이라도 외우고 싶은 심정에 마음이 불편했다.

잘나가면 되는 것이다. 잘나가면 다들 빠져 들어온다. 쾌속정 뒤에 물살이 일렁거리는 것이다. 사람들은 그런 변화가 있는 곳에 주목하게 되어 있다. 변화란 그들의 체제에 대한 반영이다. 굳어진 것이 변해서 그들은 살아 있음을 실감하는 것이다. 죽은 사람은 눈도 뜨지 않고 그대로이며 움직이지도 않고 그대로이다. 체제가 살아 있는 것이라면 변화를 수용하는 것에 대해 탐구한다. 체제가 고정불변하는 것이라면 누구도 놀라거나 계획을 짜거나 의문을 품지 않을 것이다. 그렇다면 그 체제는 발전이라고는 없는 것이다. 수용적 태도라는 것은 살아 있는 우주이고 관용이라는 것으로 성장점에서부터 미지를 향해 다가설 수 있는 번식과 가능성의 세계를 이루는 것이다. 그러므로 변화를 이해하는 것은 자신의 과거와 미래를 맺게 하는 현재인 것이다.

나는 오토바이를 사기로 했다. 오토바이라는 것은 좁지도 넓지도 않은 동네에서 아주 유용할 것이라 생각했다. 오토바이도 보통 오토바이가 아니라 125cc 멋 나는 것으로 사기로 했다. 우편배달부가 타는 것보다는 훨씬 더 좋은 것이었다. 나는 결심을 마치자 바로 시내로 갔다. 버스 정류장에서 그녀들이 팔짱을 낀 채 다정히 걸어가는 것이 나에게 목격되었다. 그녀들은 둘 다 원피스 차림이었는데 그 둘의 미모를 합하면 나에게 너무 과분했고 상대하기에는 내가 너무 무력했다. 그 둘과 상대하는 것은 과했고 나에게는 과한 무리였다. 다은이가 더 화려한 미모를 가지고 있었으나 그녀의 친구도 아름답지 않다 하기에는 내게 무리일 수 있었다. 나는 소심한 성격이라 그녀들의 앞에서 숫기를 자랑할 수 있는 배짱을 부릴 수 없었다. 그 둘 다 마음에 들었지만 그렇다고 선뜻 다가서기에는 부담감이 얽히고설켰다. 그래도 나는 그녀들의 아름다움을 포기할 수 없었다. 조용히 잠잠해지면 분명 내게는 남자로서의 '똘기'가 분명해지는 것이었다. 내 속에서 뱀 두 마리가 꿈틀거리는 것을 느꼈지만 나 스스로를 달래기 위해 최선을 다해야 했다. 그리고 버스에 오르자 그녀들이 들녘에 피어 있는 봄꽃들 사이에서 쾌활하게 웃고 있는 모습은 내 눈의 검은자가 되고 있었다. 나의 혈기가 팽창했지만 때를 봐야 했다. 참다가 너무 커져 그녀들 앞에서 폭발할지도 몰랐지만 나는 모르겠다며 시내에서 주린 배부터 채워야겠다고 가늠하고 있었다.

중고 오토바이는 꽤 비쌌다. 그래도 집으로 오는 길, 잘 나가는 오토바이 덕분에 기분이 조금 상쾌해졌다. 어스름 지는 밤길이라 위험했지만 나는 그 위험을 즐기기로 했다. 동네에 다 와서 그녀들이 깔깔대는 소리를 들었는데 여자들이 내는 소음이 그날따라 중고 오토바이 덕분에 기분 좋게 들려왔다. 역시 돈은 좋은 것이었다. 오토바이를 마당에 들여놓으려다가 좁은 문 때문에 포기하고 문밖에 쇠사슬로 묶어두고 방에 들어가 누웠다. 그 두 여자들 중 누가 더 예쁜가를 가늠하다가 머리가 복잡해지고 어지러워져서 물 한 컵을 마셨다. 뒷간으로 가서 소변을 보는데 다은이 아닌 그녀가 더 매력이 있다는 생각으로 기울어졌으나 다시 방에 드러누우니 다은이의 옆모습에 심장이 콩닥콩닥해서 물 두 잔을 벌컥 마시고 바람이나 쐬자며 나가 밤하늘을 올려보았다. 하늘에는 둥근 보름달이 휘영청 밝아 있었다. 소원을 빌려 했으나 내 소원이 뭔지 뚜렷하지 않아 그냥 멍청히 고개를 젖히고 뒷목이 시원하다는 느낌으로 다음날을 기약하려 했다. 그런데 다은이 아닌 다은이의 친구가 가방을 든 채 골목길에 나타났다. 나는 좋았지만 성큼성큼 걷는 그녀에게서 왠지 모를 겁이 났다. 나는 얼른 집으로 들어가 숨었다. 마음이 조마조마했다. 내가 왜 그런지 알 수가 없었다. 한참을 그렇게 웅크리고 있는데 그녀가 지나갔겠다고 생각했다. 용기를 내 나가보니 정말로 그녀가 없었다. 보이지 않았다. 약간 허전했지만 애틋한 향수가 동네를 떠돌아다니는 것에 대해 지금까지 모르던 생경함이 느껴졌다. 새로운 느낌이었다. 나도 새사람이 된 것 같았다. 내 초라한 행색에 대해서도 신선함을 느꼈고 마음에 드는 내 나름의 매력에 달님에게 감사함을 전했다.

그녀가 온다. 다은이가 오고 있었다. 나는 마음의 준비를 하고 있어야 했다. 내가 오토바이를 타고 그녀의 집 앞을 어슬렁거릴 때 그녀는 원피스 차림으로 집에서 나오고 있었다. 그녀에게 보이지 않으려고 동네 구석으로 재빨리 숨어들어갔는데 그녀를 거기에서도 보고 있었다. 무슨 축지법을 쓰는 것 같았다. 그런데 그녀가 가고 있는 방향은 내가 사는 집이었다. 나는 그것이 나에게 무슨 볼일이 있는 것이라 생각했다. 그래서 빠른 속도로 오토바이를 세우고 집으로 들어가 그녀를 기다리는 중이다. 그녀가 올 것이라 믿어 의심치 않아 마음의 준비를 단단히 하고 있었다. 그런데 그런 근거 없는 확신이 들어맞았다. 문밖에서 나를 부르는 소리가 들렸다. 다은이의 목소리였다. 나는 떨렸지만 떨리는 것을 내색하지 않으려 몹시 애를 쓰고는 모르는 척 그녀를 맞았다. 그녀는 말없이 나에게 다가왔다. 정말 절색의 미모였다. 나는 자꾸 다리에 힘이 풀리고 주저앉고 싶다고, 다 포기하고 싶다고 표시하려는 것을 그녀 앞에서 애를 쓰고 간절히 막고 있었다. 그녀가 내 코앞에서 나에게 손을 내미는 것이다. 나는 그녀의 눈을 바라봤다. 별보다 더 초롱초롱했지만 왠지 무시하는 표정 같았다. 그렇지만 그녀에게서 일어나는 향기에 그냥 좋을 뿐이었다. 그녀는 그렇게 손을 내밀고 있었지만 나는 그녀의 그 손을 한참을 보지 못하고 있었다. 그녀가 손을 들었다. 그때 그녀의 작은 손에 뭔가 들려 있는 것이 보였다. 하얀 종이였다. 나는 본능적으로 받아들었다. 거기에는 그녀의 오빠이자 내 친구인 다식이의 글씨가 화난 듯 새겨져 있었다. 내가 그의 편지를 받는 것을 보고는 그녀는 미끄러지듯 나의 시야에서 빠져나갔다. 무슨 귀신 장난 같았다.

'지난 가을, 코트 속의 체온을 기억하나? 나는 그때가 제일이었어. 자넨 꾸밈이 없었지. 내가 살아가는 동안 잊지 못할 가을과 겨울이었네. 그녀가 입힌 코트라는 울타리 안에서 우린 동지가 되었고, 자넨 몰랐겠지만 자넨 내게 가장 멋있는 사람이었네. 때론 볼품없어 보이나 잘 다듬어보면 외진 곳에서 발견하는 거미줄처럼 살아가는 것이란 덧댄 양말처럼 모양이 안 나는 것인지도 모르지. 거미가 살아가는 방법을 사람이 잘 모르는 것처럼 우리가 타인에게 왈가왈부하는 것은 자기 자신에게 있는 불평불만을 타인에게 덧대는 것인지도 모르지. 염려 말게나. 내가 염려하는 것은 내 동생, 다은이야. 이미 알았겠지만 그 아인 상처가 많은 아이야. 잘 부탁하네. 그곳에선 그대가 여기서는 내가 있겠네. 나는 이제 아무렇지도 않아. 그녀가 있는 곳으로 가는 동안 우리가 우리에게 가장 아름답기를 기원하네. 코트 속의 체온처럼 따뜻한 그곳이 그녀를 위한 성지가 되기를… 다은이 잘 보살피리라 믿네. 부탁하네. 자네가 있어. 자네가 미덥고 그립고 고맙네.'

나는 그의 편지에 어리둥절해졌다. 그가 나를 아주 높게 평가하고 있는 부분과 그녀에게 대한 사랑이 절로 묻어나는 맥락에 나에게 다은이를 부탁하는 구절이 나를 아주 옥죄고 있었다. 나는 결코 그런 선량한 사람이 아니다. 결코 나는 그런 친구와 동료가 될 수 없을 정도였고 지금도 나는 사악한 생각에 괴로워하고 있었다. 그는 어떻게 나를 그렇게 믿는지 정말이지 알 수 없었다. 어떻게 믿는지 알 수가 없었다. 나는 불경하고 못된 사람이었다. 그런 그의 생각에 나는 죄책감이 일었다. 그의 동생에게마저도 흑심을 품고 있는 나에게 그런 호사가 필요한지 혹여 그의 책략이 아닌지 당혹스럽기도 했다. 나는 그런 생각에 편지를 찢으려고 했다. 그리고 찢었다. 단지 그런 나의 의도 때문만은 아니고 밖에서 다은이의 친구가 내는 웃음소리 때문이었다. 그녀는 웬일인지 내가 있는 근방에서 웃음을 멈추지 못하고 있었다. 그녀의 웃음은 나를 아주 비꼬고 있는 것 같았다. 나는 빈정이 상했고 그녀를 내치기 위해 대문 밖으로 뛰쳐나갔다. 그녀는 그녀의 엄마인 뚱뚱보와 함께 웃고 있었다. 내가 나가서 째려보고 있는데도 그 방정맞은 웃음이 온 동네를 울리고 있었다. 그녀의 웃음은 그래도 곱상했는데 뚱뚱보 엄마의 웃음소리는 아주 천하고 방정맞았다. 내가 째려보며 왜 웃냐고 물어볼 수도 없었다. 누구나 웃을 자유가 있음은 주지의 사실 아니던가? 나는 그 두 모녀를 째려보며 대치를 계속하다가 자꾸 움츠러드는 것을 어쩌지 못했다. 그녀들의 웃음엔 무언가 공격성이 담겨 있었다. 나는 그 공격성의 정체를 도무지 알지 못했는데 내 움츠러드는 심리 상황을 겨우 알아채고 깨달을 수 있었다. 나는 홧김에 발로 철제 대문을 박찼다. 그녀들의 웃음소리가 조금

잦아드는 것 같더니 다시 더 거세졌다. 나는 심기가 불편해서 일어나 있기가 불편한 정도가 되었다. 그녀들이 내 쪽으로 다가오는 것 같자 나는 재빨리 잘 안 떨어지는 걸음을 떼고 방으로 들어왔다. 그녀들의 웃음소리가 더 이상 커질 수 없을 정도로 커졌다. 나는 속이 뒤집어질 정도가 되어 미칠 지경이 되었다. 소리를 꽥 지르니 조금 나아졌지만 그녀들의 웃음소리가 이명처럼 내 귀에서 맴돌았다. 나는 기절하기 일보 직전이 되었으며 기절하듯 툇마루에 누워 몸을 웅크리고 귀를 막았다. 한참을 그렇게 하니 멍해져서 별이 보이는 것 같았다. 나는 어느새 회복되어 하늘의 별을 보고 있었다. 초롱초롱하지 않았지만 외로운 나에게 작은 위안이 되었다. 누워서 바라보는 밤하늘은 유년 시절 구슬치기할 때처럼 작은 욕심 같아 보였다. 상대를 이겨보려고 머리에 빛나는 초점이 명료했다. 그때처럼 내가 그녀들과의 구슬치기에서 바보처럼 지고 만 것이다. 그래도 나에게는 날이 많았고 동무들은 언제나 놀아주었는데 그 동무들과의 추억이 저기 높게 떠서 나를 바라보는 것 같았다. 그래도 지나고 보면 그때가 그리웠다. 나는 그리 선량하지 않았지만 그 기분을 알 것 같았다. 그 친구 다식이의 편지가 기억났다. 괜히 찢어버렸나 후회되었다. 그렇지만 그렇게라도 하지 않았으면 나는 자존심과 열등감의 상처로 인해 다시는 저 별을 바라볼 수 없을 지경이 되었는지도 몰랐다. 그래도 그 친구가 보고 싶은 마음, 다은 이를 얻고 싶은 마음, 다 버리고 도망가려는 마음이 균형을 이루고 치우치지 않았는데 시간이 지나면 어떨지 나는 미궁 속으로 빠졌고 이틀간 아무것도 먹지 못할 만큼 고민이 깊어졌다. 가끔 일어나서 방 안을 돌았지만 고민이 해결될 기미가 보이지 않았다. 그러던 어느 날 냉장고를 만져보니 냉장고의 옆면이 뜨거워져 있었다. 고장인가 생각하다 냉장고에 붙은 스티커의 전화번호로 수리 신청을 하고 있었다. 말을 하니 정신이 조금 맑아졌다. 기침도 나왔다. 기침을 하니 정신이 확 깨었다. 감기라면 나는 질색을 한다. 아플 때 도와줄 사람이 없거니와 아프면 아무런 고민도 할 수 없기 때문이었다. 나는 정신을 더 차리고 병원에 가기로 했다. 마침 오토바이가 있었다. 내게 아주 유용한 물건이었지만 솔직히 볼품이 없었다. 시동이 잘 걸리지 않자 짜증이 났다. 짜증이 나자 그녀들의 웃음소리가 다시 재생되는 것 같았다. 나는 심신으로 고통받고 있었다. 시동이 안 걸리는 것과 그녀들의 그 괴상한 웃음소리가 다 겹으로 나를 고생하게 만들었다. 내 온 정신을 교란시키고 있었다. 그러다 시동이 걸렸다. 그때였다. 그녀들이 그렇게 괴상하게 웃은 것이 내 오토바이의 흉한 모습 때문이 아닐까? 아니지 않았다. 그것은 문 밖에 세워둔 볼품없는 오토바이를 비웃고 있는 소리였다. '저걸 가지고 뭘 하지?'라는 그녀들의 비웃는 내심이 들려오는 것 같았다.

병원에 그녀가 있었다. 다은이가 간호사 복장을 하고 내 엉덩이에 주사를 놓고 있었다. 나는 아무 말도 할 수 없었다. 아프긴 했지만 지금은 다 핑계처럼 되고 있는 것 같았다. 그녀가 거기 있으리라고는 상상도 못 했던 일이었다. 그리고 병원에 들어서자 나를 맞이하는 그녀의 미소가 마치 천사인 양 너무나 선량했던 것이다. 나는 너무나 많이 헷갈렸다. 그녀가 간호사라니 놀랍고 그녀가 그렇게 순하고 선량한 표정을 지을 수 있는지 내가 정말 너무 많이 아픈 것인지 나는 내 의식의 질서를 도둑맞은 것 같았다. 다은이 곁에 많은 환자들이 있었다. 아픈 사람이 나 말고도 너무 많았다. 그들은 그녀의 그 선량한 미소에 엔돌핀이 돌아 자신들의 아픈 곳의 통증을 망각하고 있는 것 같았다. 욕심 같은 아픔이 마음을 비움으로써 홀가분하게 되는 것 같았다. 나도 처음 본 그녀의 절정의 긍정적인 얼굴에 침을 뱉을 마음이 들지 않았다. 다식이와 마찬가지로 가족은 다 닮아 있는 것인지도 모른다는 생각에 그녀에게 품은 흑심이 눈처럼 깨끗해지는 것이었다. 나는 그녀에게서 순정을 만들고 있었다. 순수한 마음으로 첫눈처럼 그녀를 바라보는 것만으로 죽은 그녀에게서 받은 상처를 치유받을 수 있겠다는 생각이 들었다. 나는 기다리기로 했다. 그녀가 퇴근하는 시간에 그녀를 한 번 더 보려는 계획이었다. 병원이 있는 거리는 한산했지만 바람이 차갑게 불고 있었다. 그래도 나에게는 나를 집으로 데려다줄 오토바이가 시간을 가리지 않고 저만치서 서서 기다리고 있지 않은가? 나는 짜맞춰진 버스 시간에 얽매이지 않을 수 있었다. 순정한 마음에 찬바람도 꼬마 병정의 모자를 벗길 수 없었다. 기다리는 동안 알지 못할 시선이 나에게 꽂히고 있었는데 그것도 대중의 짓궂은 일상이라서 저녁 식탁에서 익숙한 반찬과 함께 넘어갈 것이다. 그녀 말고는 다른 것은 대수롭지 않았다. 그녀에게서 나는 다시 태어나고 있는 것이었다.

그런데 꽂히고 있는 것이 있었다. 그녀가 젊은 의사와 함께 팔짱을 끼고 병원에서 나오고 있는 것이다. 그래도 나는 순정한 마음에 그녀를 아주 선량하게 바라보고 있었는데 그 의사가 다은이를 뒤에서 껴안고는 다시 다은이가 유연하게 반갑게 팔짱을 자연스럽게 끼는 것이었다. 마치 다은이는 젊은 의사의 나부끼는 손짓에 부드럽게 순응하는 수수깡 바람개비인 것처럼 보였다. 나의 순정에 금이 가고 그 사이로 용광로처럼 뜨거운 반감이 새어나와 폭발하기 일보 직전이었다. 그 의사와 간호사인 그녀가 다정하게 건물을 돌아갔다. 나는 분노의 분출 작용이 멈추지 않았고 그들을 따라갔다. 거기서 그녀와 의사는 입을 맞추고는 의사의 것으로 보이는 승용차에 들어갔다. 선팅이 되어 있어서 그 안을 볼 수는 없었지만 안 보이니까 더 험한 꼴이 눈에 선하게 들어오는 것 같았다. 나는 주먹을 허공으로 질렀다. 자동차의 경적 소리가 짧게 들려왔다. 나는 나의 분노에 가만히 서 있을 수 없는 지경에 이르렀지만 가까스로 버티고 있었다. 승용차가 어디론가 떠났다. 나는 아무 데도 갈 수 없어 그 자리에서 동상처럼 서 있었다. 찬바람이 시원할 정도로 나는 열이 올라 있었다. 감기 같은 것은 이미 다른 데로 떠난 것 같았다. 그녀가 나의 감기 기운과 함께 내 순정을 훔치고 달아난 것이 틀림없었다.

세상에 일이 있다면 이도 있고 삼도 사도 있는 것이다. 그녀, 다은이가 최선이라면 차선도 있고 다른 것도 존재해야 최선의 가치가 빛나는 것이다. 그러므로 나는 절망만 하고 있을 필요가 없다. 내 이성이 그렇게 말하고 있는데도 나는 좌절에 의한 고통으로 인해 아무것도 할 수 없었다. 다은이를 잘 보살피라던 그의 편지가 다시 보고 싶어졌다. 그는 나에게 큰 위로가 될 수 있는 인물임이 틀림없었다. 그 편지가 기억력이 안 좋은 내게 펼쳐졌다. 상처가 많은 아이? 부탁한다? 하는 구절이 생각났다. 그런데 상처는 내가 더 많은 것 같았다. 부탁을 하던 그가 이내 못마땅했다. 찢어버린 그 편지를 다시 한번 찢어놓고 싶었다. 그러나 할 수 없는 일이었다. 그녀가 인텔리 남자와 만나고 다니는 것도 나로서는 어찌할 수 없었다. 나는 한낱 가난한 사람이었고 센스 없고 차도 아닌 중고 오토바이 소유자였다. 나는 그 의사와 비교할 수조차 없는 빈약한 사람이었다. 그녀에게 처진 배경에 나는 비집고 들어갈 틈도 없었다. 그녀는 이제 다른 나라에 사는 공주였고 나는 한심하기 짝이 없는 놈팽이였다. 태산이 높다 하나 하늘 아래 뫼이로다 하는 시 구절도 맴돌았지만 다시 그 글귀가 있는 책 속으로 들어가 꼼짝도 하지 않았다. 나도 꼼짝을 할 수 없었다. 그냥 이대로 죽는 게 아닌가 하는 무기력이 나를 붙들고 있었다. 나는 실어증에 걸린 것이 아닌가 하고 어어 하고 소리를 내어봤다. 소리가 났다. 그런데 며칠이 지나도록 주위에 소리가 나지 않는 것이었다. 아무도 웃지 않았고 쥐 소리도 안 났고 다은이 친구의 모녀도 나타나지 않았다. 가끔 코 훌쩍이는 소리가 적막을 가르고 내 귀에 꽂혔는데 누가 내는 소리인지 한참이 지난 뒤에나 궁금해질 뿐이었다. 나는 외로운 마음에 그 소리의 정체를 찾아가보았지만 누가 내는 소리인지는 알지 못했다.

　나는 새로운 마음이 필요했다. 바람이나 쐬러 가야겠다고 오토바이에 시동을 걸었다. 웬일인지 한 번에 딱 걸렸다. 기분이 묘했다. 오토바이가 주인의 심정을 잘 이해하고 있는 것 같아 참 기특한 마음이 들었다. 갈 곳을 정하려고 생각을 하는데 저 모래 쌓인 곳에서 아이들이 놀고 있었다. 그 아이들은 나를 힐끔힐끔 쳐다보더니 모른 척을 했다. 그때 그 소리의 정체를 알았다. 아이들이 들릴락말락하게 코 훌쩍이는 소리를 내는 것이었다. 기분이 묘했다. 그 아이들이 내 사정을 알 턱이 없으므로 나를 동정하는 것은 아닐 것이다. 그런데 내 심경이란 것에 그 소리를 꿰어맞추면 그 코 훌쩍이는 소리는 나를 동정하는 소리가 맞았다. 그런 생각의 지류에 닿자 어린애에게까지 동정을 받아야 하는 내 처지가 너무 비참했다. 나는 걷는 발끝에 힘을 주고는 내 이성이 하는 말에 귀를 기울였다. 그 아이들이 내는 소리가 지금 내 심정에 하는 동정이라고 끼워맞추는 것은 너무 세상이 나 혼자만의 것이라는 오만에 가까울 수 있다는 의문이 들지 않을 수 없었다. 나는 무의식적으로 꿰어맞춰지는 것을 이내 억지로라도 막을 수 있었다. 괜한 우연의 일치였던 것이다. 나는 말을 타듯 오토바이 발 받침에 발을 굴렀다. 오토바이는 그렇게 움직이는 것이 아니었다. 손으로 액셀을 돌리면 전진하는 기계였다. 오토바이가 그 아이들을 지나쳐 가는 중에 그 아이들이 손에 모래를 잡아 내 오토바이 쪽으로 뿌리고 있었다. 그 아이들이 나를 동정하고 있는 것이라면 절대 그렇게 하지 못했을 것이다. 나는 내 이성에게 훌륭하다고 상을 주고 싶었지만 달리 보상해줄 것이 없어 속도를 내고 기분을 올렸다. 산등성이 도로가 있는 지점까지 달려 멈추었는데 저 아래 내가 사는 동네가 평화롭게 펼쳐져 있었다. 살아보니 별 기분에 별 느낌이 다 드는 것 같았다. 어제까지만도 그리 평화롭지 않은 곳인 것 같았는데 오늘따라 풍요로운 마음이 드는 까닭을 알지 못했다. 사람이라는 동물은 그렇게 살아가는 동안에는 그것이 옥인지 티인지도 모르지만 옥에 티마저도 받아들일 수 있기 위해서는 마음을 비우고 나와 다른 것을 폭넓게 수용할 수 있도록 너그러움이 필요할 것이다. 그 너그러움은 시간의 도량이 주는 것이었다. 그래야 감사하며 받아들일 수 있는 것이다. 그러면 누구든지 기분에 드는 정취는 정상에 오를 수도 있는 것이었다. 이것을 알지 못하는 나는 그저 평화로운 마음이 드는 것을 한동안 유지하며 그대로 서 있기로 했다. 잠시라도 편안한 마음에 노을처럼 붉게 얹혀 있고 싶었다.

　행복은 얼마나 지속될까? 새로움은 언제까지 새로움으로 있을까? 꽃은 언제까지 붉을까? 반면 참담함은 언제까지 나를 괴롭힐 것이며 절망은 언제까지 절망인 채로 남아 있을까? 패배는 언제까지 세인의 뇌리에 숙연함의 의무를 지게 할 것인가? 정답이 없다는 데 오답은 언제까지 못난 웃음으로 꾀를 부리고 있을 것인가? 궁색함은 언제까지 빈터에서 잡담으로 서로에게 동의를 구하며 똘똘 뭉쳐 정직함에 대항할 수 있을까? 나는 이런 질문만을 계속했지만 답은 내 어리석은 머리에서 빛나는 전구를 켜지 못하고 있었다. 다른 것은 몰라도 그녀, 다은이에게 향하던 마음은 불온함에서 순정으로 이어지다가 이내 꺼질 듯 희미해져 소진되어갔고 더 이상 그녀를 조금도 비추지 않을 것처럼 문이란 문을 철문으로 겹겹이 닫게 되었다. 그 불빛이 거칠게 살아나 포악하게 나를 덮치지 않은 것만도 다행인 채 참고 인내의 몸부림을 이어가야 했다. 아니 오히려 나를 위해 빛나고 있던 빛들도 다 몰수되어가고 있었다. 나는 아무것도 밝힐 수 없는 어둠의 정체가 되어가고 있었다. 쇠락했고 일어설 수 없었다. 그렇다고 이렇게 주저앉아 있을 수만은 없었다. 나는 젖 먹던 힘까지 동원해서 뭔가 희망을 살려야 했다. 그것이 산 자의 의무였다. 삶은 그렇게 쉽게 끝나는 것이 아니다. 다식이, 그 친구가 했던 이야기 중에 음식 이야기가 생각났다. 그것도 맛있는 음식 이야기였다. 결론은 '시장이 반찬이다'라는 내 상식과 통하는 이야기였다. 나는 식사를 거른 적이 많아서 그 이야기를 쉽게 이해했다. 된장찌개가 부엌에서 끓고 있었다. 군침이 돈다. 밥을 많이 했다. 나는 대식가처럼 밥을 퍼먹고 또 퍼먹었다. 된장찌개의 마지막 국물 한 방울이 다 소진되기까지 그 많은 밥을 다 먹었다. 배가 불러왔다. 힘이 났다. 그리고 정신이 났다. 그 정신으로 거듭해서 많은 양의 저녁식사를 소화시키려 했다. 트림이 났고 그 소리가 낯설어 생경해졌다. 생경한 기운은 나를 내몰았다. 산책을 나가 속이 편할 때까지 걷기로 했다. 아직 계절이 해가 짧은 때라 밖이 어두웠다. 바람도 찼고 낮에 비가 온 것 같았다. 계절은 봄의 형식을 띠고 있었지만 실제는 겨울같이 추운 날씨였다. 겉 다르고 속 다르다는 속담이 생각났고 내 속이 배부른 만큼 조금도 편치 못하다는 상황과 일치했다. 걸음의 속도를 빠르게 하고 아무 생각이 나지 않을 때까지 걷고 또 걸었다. 잠시 쉬기 위해 주위를 살펴보니 그녀의 집 근처였다. 씁쓸했지만 그래도 참을 만했다. 다식의 부탁이 있었지만 나는 그냥 지나치려 했다. 그런데 하얀 대문 안쪽에서 서러운 듯한 울음소리가 났다. 꼭 귀신 곡소리 같았다. 괜히 마음이 아파왔지만 나는 그녀에 대한 문을 닫고 있었다. 때문에 그 울음소리를 흘려보낼 수 있었다. 다시 빠른 걸음이 된 나는 집 근처에서 다은이의 친구 얼굴을 봤다. 왠지 슬퍼 보이는 표정이었다. 나는 어린아이에게서 배운 대로 코를 훌쩍였다. 그녀의 표정이 더 어두워졌다. 그리고 나는 집으로 들어가 팔자 좋게 드러누웠다. 하늘에 별이 총총했다.

별이 드리운 밤… 그대는 나의 희망이요, 숨결이요, 심장이다… 바람은 차지만 나는 그대의 온기 때문에 언제나 봄인 것은… 나는 화살에 찢긴 듯 그대를 원망하오. 그러나 그 원망도 빛으로 돌아와 어둠을 밝히니 그대는 영웅처럼 창을 들고 있다오… 그런데…

나는 밤새 편지를 썼다. 다은이에게 쓰는 편지인데 잘 써지지 않았다. 학창 시절 연애편지 대필 경험도 있고 해서 자신 있었는데 마음에 없는 말을 지어내다 보니 잘되지 않았다. 다은이가 명가의 귀족이 되려는데 앙심을 품고 엿을 먹이려는 처사였다. 쓰다 보니 웃음이 났다. 무슨 별이고 숨결인가? 그녀는 그냥 뭐 같은 년이지 그 이상은 아니었다. 큭큭거리다 말고 진지해졌다. 그녀의 집 문밖에서 들은, 우는 소리가 이상하게도 그녀가 혹시 실연이라도 당한 것인지 아니면 무슨 진짜 슬픈 사연이 있는지 하는 의구심 때문이었다. 그녀의 슬픔은 그녀의 아름다운 외모와 대비되면서 활활 격화돼서 내게 닥쳐왔다. 이러면 안 되는 것이었다. 그녀는 나의 둘도 없는 적이고 원흉이었다. 나는 나에게 있는 상처를 건디지 못하였다. 내 상처는 고스란히 내 허파에 구멍을 뚫고 갔으며 나는 아주 오랫동안 그 아픔에 대해 이를 악물어야 했다. 그러지 않으면 내 상처가 덧나 영구히 일어설 수 없을 듯 깊이 침몰되는 것이었다. 나는 살려달라는 말도 할 수 없을 것이었다. 아무 소리도 나에게서 들을 수 없을 것이다. 사방이 막힌 데서 나는 점처럼 작게 더 작게 수축되어서 결국 벌레처럼 짓눌리는 것이었다. 그런 비참함은 나에게 건딜 수 없는 초라함이었고 나를 나로서 대할 수 없는 절대 부정의 구덩이에서 무력해지는 것이었다. 나는 그런 상처가 싫었다. 그런 상처를 주는 사람은 더더욱 싫었다. 증오했다. 그러므로 나는 그들에게서 눈곱의 때보다도 작은 것까지도 부정했다. 그런데 몇 번의 그런 상처를 딛고 일어나고 이제 그들에게서 제삼자가 되다 보니 그들을 객관적으로 볼 수 있는 처세술이 생기게 되었다. 그들의 흉을 드러내 나의 상으로 삼을 수 있다는 이야기이다. 이제 별것 아닌 것이 된 그녀에게서 나는 많은 것을 배웠다. 그녀에게서 받은 상처는 이제 아물어 더 이상 딱지가 생기지 않는다. 철갑처럼 튼튼해졌다. 그러나 내게 트라우마라는 것은 위험일 수 있는 요소가 되어 소심한 나에게 요철처럼 긁히는, 무언가 껄끄러운 것인 것은 부정할 수 없었다. 그래서 미연에 방지하자는 차원에서 그녀를 요절내자는 계획이었다. 그 계획대로 그녀를 아예 나에게서 몰아내자는 것이 그 작위적인 편지의 동기였다. 그녀를 사랑한다는 것은 물론 거짓말이고 그녀가 조금이라도 흔들리는 것이 포착된다면 나는 그녀를 냉정하게 밀어내는 것이다. 나라는 존재가 그녀에게 비수처럼 꽂혀 그녀의 죄책감이나 불쾌의 요인으로서 자리하는 것은 내 긁힌 자존심의 부활일 테다. 그러니 꾹꾹 눌러가며 그녀에게 보낼 편지를 쓰고 있다. '그대는 달보다 밝고 별보다 영롱하며 낙엽보다 다정한 소리로 홀로 걷는 길을 보듬네요.' 지랄, 무슨 소리야? 나는 나도 모르게 욕이 나왔다. 그녀의 우는 소리가 그녀의 집 앞에서보다 더 무섭게 내 목젖에서 삐쳐나왔다. 그녀에게서는 웃음도 슬픔도 다 가식이었고 미적 과시일 테니 내가 그만 그녀의 감정에 대해 왈가왈부하기에는 사족이 되었지만 나는 그녀의 감정을 더욱 실감 나게 진실하게 압살하고 싶었다. 다식의 편지도 있었지만 나는 그녀에게서 아주 극심한 적의를 느꼈다. 그녀의 상처가 그녀의 불행이 나의 행복이 되는 것이었다. 나는 소리쳐 악이 되고 있었다.

나는 악악 소리쳐대고 있는데 내가 내는 소리가 아닌 것이 자꾸 들려왔다. 괴팍한 웃음소리도 아니었고 코 훌쩍이는 소리도 아니었고 엉엉 우는 소리도 아닌 것이 아주 내 뇌리에 머리핀처럼 난장판이 된 나를 다듬고 있었다. 나는 잠시 소리 지르는 것을 참았다. 그랬더니 아무 소리도 나지 않았고 나는 다시 소리를 꽥꽥 질렀다. 그때마다 이상하게 나를 끄는 듯한 소리가 내가 지르는 소리에 묻혀왔다. 나는 이상해서 집안 곳곳을 살피고 돌아다녔다. 이상한 점이 없었다. 이상한 점이 없는 것이 더 이상했다. 나는 이상한 것을 참지 못하고 밖으로 피해 나갔다. 그런데 골목 귀퉁이에서 누군가가 쪼그리고 앉아 땅바닥에 나뭇가지로 뭔가를 쓰고 있는 것이었다. 나는 그녀가 다은이의 친구인 그녀일지는 꿈에도 몰랐다. 그녀에게 다가가는데 여인의 향기가 물씬 풍기는 숙녀의 모습이 드러났다. 그녀의 모습은 가히 일품이었다. 아니 어디서 이런 미인이 이런 동네에 저렇게 쪼그려 앉아 있는지 내 눈을 의심할 정도였다. 그런데 그 숙녀가 목젖에 침을 삼키며 어깨를 들썩이고 있었다. 나는 그녀가 웃음을 참고 있는지 울음을 참고 있는지 극단적인 감정에 도취되어 있음을 직감했다. 나는 조심해야 했다. 어떤 식으로든 극단에는 위험이 도사리고 있기 때문이었다. 나는 조심조심 그녀에게 다가갔다. 그러다 알게 되었다. 그녀가 다은이의 친구이자 뚱뚱보 엄마의 딸이란 것을 알게 되었다. 나는 그녀가 왜 그러는지 의아했다. 그녀는 울음을 참고 있는 것이 틀림없었다. 천성이 착한 나는 그녀의 어깨를 짚고 다독였다. 그랬더니 아기처럼 엉엉 소리를 내어서 우는 것이었다. 나는 참 기가 막혔고 어찌해야 할지 몰랐다. 나는 한참을 어리둥절하게 서 있다가 그녀를 잡고 일으켰다. 그리고 그녀를 껴안았다. 그녀는 내 품에서 가슴을 포개 안겼다. 나는 기분이 나쁘지 않았다. 아니 좋았다. 아니 너무 좋았다. 그녀는 한참을 내게 안겨 있다가 내 얼굴을 빤히 쳐다보는 것이다. 그러더니 나에게 가련한 눈빛을 던지고는 나를 빠져나갔다. 그리고는 뒤돌아서 상큼하게 걸어가는 것이다. 나는 안 따라갈 수가 없었다. 그녀의 뒷모습이 너무 아름다워 보였고 나는 황홀하기까지 했다.

그녀가 멈춘 곳은 다름 아닌 내 오토바이가 있는 곳이었다. 너무 낡아 버리려고 임시로 골목 귀퉁이에 세워놓았는데 그녀가 그 오토바이가 서 있는 곳에서 서서 꼼짝을 하지 않는 것이었다. 따라가다가 그녀가 멈춘 곳에서 그녀를 뒤에서 받을 뻔한 것이 후회되었다. 받을 것을 하고 말이다. 그러다가 그녀를 뒤에서 껴안는 것도 이야기가 그럴듯한 것이 아닌지 나는 통박을 굴리고 있었다. 그러는 사이 그녀가 갑자기 뒤로 돌아 나에게 다가와 입을 맞추는 것이다. 당황했지만 나는 피하지 않고 그녀의 입술을 받았다. 그러더니 그녀는 황홀해진 나에게 눈으로 오토바이를 가리키는 것이었다. 저 쓸모없는 오토바이가 뭐냐고 물어보려다가 혹시 시동이 걸리나 하고 앉아 시동을 걸어보았다. 이상하게도 한 방에 걸리는 것이었다. 그때 그녀가 내 뒤에 앉아서 내 몸을 팔로 감고 딱 붙어버리는 것이었다. 나는 본능적으로 액셀을 돌려 동네를 빠져나가고 있었다. 기름이 떨어져서 오토바이가 멈춘 곳은 공교롭게도 다은이에게서 충격을 받고 바람을 쐬러 가서 멈춘 산등성이 외길이었다. 그녀는 거기서 말도 없이 오토바이에서 내렸다. 그리고 외투를 벗어 그 자리에 앉았다. 그리고 저 밑에 펼쳐져 있는 평화로운 풍경을 내다보고 있었다. 나는 그녀 뒤에 서서 내가 지금 어떻게 된 것인지 처음부터 다시 살피고 있었다. 다은이의 미모와도 견줄 수 있는 그녀와 나는 지금 무슨 일을 하고 있는 것인지 도무지가 어리둥절하고 좋았다.

그녀의 이름은 나나였다. 나를 보고 첫눈에 반했다는 것이다. 그럴 리 없었다. 분명 그녀는 내 실수를 보고는 비웃고 있었다. 그렇지만 그렇게 포근하게 이야기하는 그녀에게 의심을 하기가 싫었다. 그래서 그냥 믿기로 했다. 그녀는 다은이와 내가 잘 안되기를 바라고 있었다고 했다. 다만 비밀로 해달라고 부탁을 하는 것이었다. 나는 별로 그것이 부담이 되지 않았다. 잘만 하면 그녀는 다은이에게서 받은 상처를 회복하고도 남을 만한, 나의 굉장한 역사가 될 것 같았다. 다은이에게서 받은 상처가 아무리 커도 그녀의 그런 다정한 목소리보다 더 큰 비중일 수는 없었다. 나는 그녀의 매력적인 옆모습에서 아주 녹아가고 있었다. 그녀는 나의 구원자였고 그녀는 나에게 무엇과도 바꿀 수 없는 보물이 되어 있었다. 나는 나나가 꽤 괜찮았다. 다은이에게서 받은 상처도 괜찮았다. 집에 가면 그녀에게 줄 가짜 편지를 찢어버려도 괜찮겠다고 생각했다. 그녀는 다시 오토바이를 가리켰다. 나는 다시 시동을 걸었다. 아이들이 가져온 기름으로 채운 낡은 오토바이는 아주 힘들게 시동이 걸렸다. 여러 번의 시도 끝에 겨우 걸렸다. 바람 사이를 가르는 속도가 나를 아주 상쾌하게 하고 있었다. 거기에 그녀는 등 뒤에서 뭐라고 말하고 있었다. 그녀, 다은이가 실연을 당했다는 것이었다. 그 의사는 이미 가정이 있는 유부남이었다고, 그녀는 몹시 자책하고 있다고, 혹시 죽어버릴지 모른다고, 혹여 마음이 동해도 그녀에게 다시 다가가지 말라고 하는 것이었다. 나는 아주 떡을 통째로 먹고 있는 것 같았다. 천성이 착한 나는 그녀의 불행에 몹시 황홀해져서 오토바이의 속력을 더 내고 있었다.

그녀는 자기를 다은이 집 근처에서 내려달라고 졸랐다. 왜 그러냐고 묻고 싶었지만 아마도 스릴을 즐기는 스타일인 것 같았다. 나도 흥이 나 그녀를 다은이 집 대문에 헤드라이트를 밝히고 오토바이 소리를 크게 내며 그녀를 내려주었다. 그녀가 하얀 대문을 쩌려보더니 휙 하고 그녀의 집 쪽으로 내달렸다. 나는 그녀가 사라지는 때를 기다려 오토바이에서 천천히 내렸다. 그리고는 그녀의 집 앞에서 망설였다. 대문을 두들길까 말까 하다가 두드리고 오토바이에 올랐다. 대문을 열고 백지장처럼 하얀 그녀가 나를 보고 있었다. 나는 그녀를 조금 응시하다가 오토바이의 핸들을 돌려 붕 하고 달렸다. 그녀가 대문 밖에 나와 팔짱을 끼고 한참을 있는 것 같았다. 오늘 정말이지 밤하늘에 별이 무수히 반짝이고 있었다.

　헬륨 풍선이 공중에 뜨는 것은 공기보다 헬륨의 비중이 작기 때문이다. 물속으로 돌이 가라앉는 것은 돌의 비중이 물보다 크기 때문이다. 비중이 비슷하다면 둘이 충돌하거나 맞물려가게 되어 있다. 우리가 우선시하는 경향은 그 비중이 다른 것보다 크기 때문이다. 내가 엉뚱하게도 나나에게서 뜻밖의 고백을 들었지만 다은이를 주시하는 것을 그만두지 못하는 이유는 아무래도 나나보다도 다은이의 비중이 더 컸기 때문이었다. 질이 아니면 양이라던가, 나는 더욱 나나에게서 마음의 크기를 키워야 했다. 그래야 다은이에게서 편해질 수 있는 것이다. 아무것도 아니라고 되뇌었지만 다은이에게서 받은 인상은 매우 큰 것이었다. 그래서인지 나나에게서 마음을 받은 것이 다은이로부터 받은 심정적 기울기를 완전히 일으켜 세울 수가 없었다. 아니면 다은이를 완전히 꺼꾸러뜨리거나 그래서 내게 항복하거나 그래서 내게 사랑의 고백을 하는 다은이에게 잔인한 거절을 하거나 그래서 보잘것없는 것에게서 손을 가볍게 털면서 내 꼬인 마음을 펴고 날아갈 듯 자유로워지거나 하는 것이다. 그러면 정말이지 자존심 상한 것을 완전히 회복하고 그 심리적 우위에 서서 내려다보는 것이다. 그러면 내가 선택한 마음의 부귀영화를 이룰 수 있는 것이다.

　나는 갸웃거렸다. 어찌해야 할지 손가락에 수를 세며 총명하지도 않은 머리를 굴렸다. 그때였다. 엄지와 새끼손가락이 서로 맞붙을 때 생각이 났다. 그녀에게 쓴 가당치도 않은 편지가 있었다. 내용이 생각이 나지 않다가 말도 안 되는, 슬픔에 찬 사랑 고백이라는 몇 문장이 생각났다. 그거면 조금 될 것 같았다. 유인책이 될 것 같았다. 지금쯤 다은이는 나나와 나의 관계를 눈치챌 수 있을지도 몰랐다. 견물생심일 것이다. 내가 나나와 잘되는 것을 보면 시기심이 일어 마음의 동요가 일게 될 것이다. 그 틈을 노려 내 아픔의 사랑의 고백을 편지를 통해 벌려내는 것이다. 그러면 분명 다은이의 마음에 나는 큰 비중으로 들어찰 것이다. 우선 그녀를 흔들 필요가 있었다. 그녀는 내 본심을 모를 것이다. 그녀를 바닥으로 이끄는 내 책략에 무기력할 것이다. 나는 결국 승리를 하는 것이다. 그녀는 패전국으로서 내게 전리품을 바쳐야 한다. 그러면 나는 생색내듯 괜찮다며 그마저도 꺾는 것이다. 이건 너무 잔인하지만 나는 결코 나의 자존심을 해친 그녀를 용서할 수가 없었다. 계획대로 승리한다면… 하고 나는 크크 하며 달콤한 웃음을 지어 보였다. 그녀가 너무 불쌍했지만 나는 그녀보다는 내가 더 우선순위였고 나의 이익을 위해서 하는 그녀의 손실일 뿐이다. 자본주의 사회에서는 경제의 논리가 성립한다. 득이 있으면 누군가는 잃는 것이 도도한 역사의 이치인 것은 틀림없었다. 나는 달콤한 사탕 가루를 편지봉투에 부어 그 편지를 넣었다. 그리고 옅은 미소가 내 얼굴 어디쯤을 가로지르고 있었다.

새벽 두 시의 종이 괘종시계에서 찌렁찌렁 울리고 있었다. 다른 날 같으면 코를 골며 곯아떨어져 무슨 소리가 나는지 알 수 없었겠지만 나는 이 시간 저렇게 소리를 울리며 새벽 공기를 날카롭게 가를 수 있는 게 있는지 미처 몰랐다. 그렇지만 그런 깨달음만으로 나를 멈추기에는 어려웠다. 나의 의욕이 거센 활동 에너지로 분출

하고 있었기 때문에 번개가 친다고 천둥을 미연에 막지 못하는 것처럼 예후는 그냥 예후로서의 의미로만 존재하는 것을 참지 못했다. 나는 오토바이에 시동을 걸었다. 짜증이 날 정도로 안 걸리다가 걸렸다. 시동을 걸다가 힘을 다 뺄 뻔했다. 나는 이마에 난 땀을 닦으며 매우 불쾌한 듯 행진을 했다. 달도 구름에 가려져 있는지 가다가 오토바이 바퀴에 돌이 밟혀서 하마터면 넘어질 뻔했다. 그래서 나의 뻔뻔한 의지는 더욱 거세지는 것이다. 그녀의 집 근처에 다다를 정도엔 오토바이 엔진 소리보다 내 심장이 쿵쾅대는 소리가 더 큰 것 같았다. 나는 오토바이의 받침마저 세우지 않은 채 그녀의 집 편지함에 내 편지를 넣었다. 그리고 재빨리 오토바이를 타려 했지만 오토바이가 쓰러져 있는 것이다. 나는 이해할 수 없었지만 오토바이를 힘껏 세우고 핸들을 잡았다. 그리고는 하얀 대문 앞에서 큭큭 소리를 내며 웃은 뒤 오토바이 핸들에 달려 있는 경적을 두어 번 눌렀다. 새벽이라 매우 크게 들렸다. 그 소리에 내가 더 놀라 흠칫했다. 나는 괜한 겁을 집어먹고 오토바이의 액셀을 돌려 급히 속력을 내려 했지만 골목길이라 하마터면 벽에 부딪칠 뻔했다. 가까스로 집에 도착한 나는 뿌듯했다. 그녀는 분명 나의 편지를 받고 설 을 것이다. 그 값없는 설렘에 나는 또 한번 쾌재를 부르고 있었다. 나는 그녀가 부르고 있다는 사실을 깨달을 때까지 꿀 같은 잠에서 빠져나올 수 없었다. 이러한 나의 이중적 태도는 때로는 매력이 되기도 하는 모양이었다.

　나나가 문밖에서 나를 부르고 있었다. 그런데 그 호칭이 이상했다. 나는 박이성이다. 저기 저기 저기요가 아니다. 그런데 항상 그녀는 나를 그런 식으로 유인하듯 나의 시선을 도륙하듯 뺏어갔다.
어… 하면서 나의 주의를 환기시키고 야! 하고 감탄하면서 나의 시
선이 그리 가도록 유인했다. 나는 한번도 그녀가 나에게 직접적으
로 호칭하거나 사물을 가리키는 것을 보지 못했다. 그녀는 그냥
나를 애매하게 해서 나를 유도해나갔다. 그녀가 울고 있을 때도 마
찬가지였다. 그녀가 울든 웃든 그건 나에게 하는 직접적인 요구가
아니었다. 다만 대개의 사람이 그런 경우를 경험하면 거의 다 그렇
게 반응하게끔 되어 있는데 그녀의 책임 없는 질문에 나는 직설적
으로 대응을 하고 있는 경우였다. 어떤 남자가 여자 홀로 우는데
그냥 지나칠 수 있을 것이며 묘령의 육감적인 태도에 어떤 남자가
귀를 기울이지 않겠는가? 아무도 그런 의무에 대해 모른 척하지
않을 것이다. 그런데 그건 남자들의 착각이거나 여자들의 무언의
요구이자 유혹일 것이다. 남자들의 실수란 이런 착각이거나 유혹
에서 비롯한다. 여자들은 이런 남자들의 실수에 심리적 우위에 서
있을 수가 있는 것이다. 이런 구도가 성립되지 않는다면 남자는 결
코 여자들과의 사랑의 전쟁에서 패할 수 있는 이유가 없을 것이다.
여자들이 화장을 하거나 교태롭게 웃거나 울거나 무엇을 하든 가
만히 두어야 한다. 그녀들이 그렇게 직접적으로 요구하는 때에만
우리 남자들은 시혜를 베풀듯이 그 요구를 들어주어도 늦지 않다.
어쨌든 감정 부분에서 단순하지만 않다면 남자들은 용케 그녀들
의 우상이 되고도 남을 것이다. 남자들이 더욱더 우월한 유전자를
가지고 있다고 여자들은 생각한다. 그 여자들의 생각에 우리 남자
들은 호응을 하지 말아야 한다. 그것이 감정 놀이의 정답이다.

그러나 정답만으로 사람이 살던가? 사람들은 미숙하다. 그 미숙함 속으로 정답마저 빠져 들어오는 것이다. 그러므로 사람들의 세계는 거칠어지고 뭉툭하거나 퉁명스럽다. 매끄럽기만 한다면 서로가 서로에게 미끈거려 손조차도 잡을 수 없을 것이다. 예를 들어 나를 부르는 소리를 듣지 못해서 천금과도 같은 인연과 맺어지지 않을 수도 있다는 이야기다. 그 아련함에 추억이 로맨스가, 기적을 바라는 소망이 싹트는 것이다. 지금 실제로 있지 않은 것이 더 보석같이 아름다울 수 있다는 이야기다. 지금 없어도 바랄 수 있다는 자체가 삶을 이어나가게 할 수 있는 보약과도 같은 존재이기 때문이다. 나는 아무 소리를 듣지 못했다. 그건 내가 잠귀가 어두워서일 것이다. 나는 잠에서 깨자마자 누가 나를 부르는 소리를 들은 것 같다는 느낌에 주위를 둘러보았다. 여전히 내 주위의 사물은 정리정돈을 안 한 채 나에게 애정 어린 시선을 요구하고 있는 것 같았다. 금강산도 식후경이라고 했던가? 나는 도무지 허기짐에 그들을 돌보아줄 여력이 없었다. 내 의식 상태는 혼미했다. 두뇌가 쓸 수 있는 포도당이 다 떨어져 약자가 할 수 있는 구걸의 의식도 불가한 상태였다. 이럴 땐 물 한 컵을 마시고 삶이 주는 탄식대로 악이 주는 위로대로 욕망의 덫에 갇힌 쥐처럼 몸부림 소리를 내는 것이 그나마 최선의 선의 될 수 있었다. 그렇게 탄식조의 기합이 나를 부엌으로 향하게 하고 있었다. 부엌에서 나도 모르는 쥐들이 나에게 아는 척을 하고 있었다. 나는 그러거나 말거나 쥐들과 마찬가지로 부엌에서 먹을 것을 찾았다. 그렇지만 별것이 없었다. 한 칸짜리 냉장고에 먹다 남은 김치가 조금 있었고 밥이 떡처럼 굳어

여름 바다

냄비 귀퉁이에 눌어붙어 있는 것을 겨우 발견했다. 나는 배가 고팠으므로 그것들을 먹기로 했다. 그래도 윤기가 남아 있는, 합판으로 만든 상에 그것들을 올려놓고 나는 기도를 했다. '이 몸이 나약해서 요기를 안 할 수 없으니 그만 저에게서 은총을 바라는 기도를 하지 말게 하소서.' 나는 왕인의 밥과 걸인의 찬이라는 생색내기용 수사에도 불구하고 금방 먹어치운 것으로는 배가 너무 고팠다. 그래도 조금 전보다는 나았다. 기력이 약간 도는 것 같았다. 나는 그 깨어나기로 한 기력으로 들을 수 있었다. 누가 나를 부르는 것 같았다. "저기요~ 저… 저기요…." 나는 여기가 저기인지 몰라 대답을 할 수 없었지만 그 목소리는 그녀의 것으로 들리는 것 같았다. 나는 그녀가 왜 거기에 있는지 알 수 없었다. 그녀는 그녀 엄마의 심부름을 가거나 가게를 봐야 되기 때문이었다. 이 시간에 그녀가 저기에서 저기요 하며 나를 부를 개연성이 너무 없어 보였다. 그래도 나는 그녀가 보고 싶지 않은 것은 결코 아니었다. 그녀도 다은이만큼 아주 매력적인 미모의 소유자였다. 화장을 진하게 하면 삼천 퍼센트였다. 나는 또 마음이 동해서 없는 기력을 이백 퍼센트 끌어올려 대문을 열어주었다. 그녀는 내가 대문을 열자 내 팔목을 잡아끄는 것이었다. 나는 힘없이 끌려 나갔다. 그녀는 노란색 원피스를 입고 있었다. 허벅지 아래 다리가 아주 매끈해 보였다. 나는 약간 혼미해졌지만 정신을 차리고 물었다. "엄마 가게는?" "닫아버리고 왔어요. 엄마, 이모네 집에 가셨어요." 나는 그녀가 내게 많이 쏠리고 있다는 느낌을 받았다. 그녀는 숨도 쉬지 않고 내게 말을 불어넣었다. "우리 데이트 가요!" 나는 잠깐만 기다리라고 하고서 부엌에 가서 고양이 세수를 하고서는 옷을 갈아입고 향수를 짙게 뿌렸다. 그 향에 내가 아주 근사하다는 자신감을 얻고 있었는지도 몰랐다.

시내는 어수선했다. 꼭 내 방 같았다. 치울 것이 여기저기 많았다. 한편에서 동네 개들이 무리를 지어가며 짖어대고 있었다. 나는 오지 말아야 할 곳에 온 것같이 불편했지만 그녀가 옆에서 새처럼 짖어대고 있으니 그래도 위안이 되어 뿌리치지 못하고 있었다. 내가 배고프다고 하자 그녀는 무엇을 먹을까 고민하는 눈치였다. 나는 아무거나 많이 먹을 수 있는 거면 족했다. 그녀는 경양식집을 찾고 있는 것 같았는데 내 눈에는 무수히 펼쳐진 짜장면집 간판들만 눈에 띄었다. 단층짜리 상가 밀집 지역이라 호객하는 아저씨들이 손짓을 하는 모습이 목격되고 있었다. 나는 정말이지 많이 먹는 것으로 족했다. 그녀는 근사한 곳을 찾아 두리번거리는데 나는 그만 호객하는 아저씨의 억센 팔에 끌려 중국집으로 들어가고 있었다. 그녀는 내가 없어진 것을 눈치채지 못하고 있는 것 같았다. 나는 중국집 미세기문으로 끌려들어가다가 그녀의 이름을 부르고 있었다. 나나라는 이름이 삽시간에 두리번거리는 숙녀의 이름이라는 것을 모두가 알 수 있을 정도의 정확한 발음이었다. 그녀는 확께서 나보다 먼저 중국집의 문 안으로 들어갔다. 그들로부터 내가 보호해주리라는 생각 때문이었을 것이다. 나는 자리에 앉는 것과 동시에 '여기 짜장면 곱빼기 둘 빨리요!'라는 주문을 주인에게 종을 부리는 듯한 어조로 부탁하듯 내질렀다. 교묘하고 오만해서 어리석은 군상의 말솜씨였을 것이다. 주문을 받아든 주인은 얼굴을 찌푸리다가 이내 미소를 머금고 "네! 알겠습니다" 하고 냉큼 주방으로 가서 내 주문을 전달하는 것 같았다. 그녀는 짜장면 별로라면서 퉁명스럽게 나더러 다 먹으라고 고개를 창문 쪽으로 던지고 있었다. 창문 속에서는 까치가 나뭇가지를 집어들고 어디론가 날아가고 있었다. 그 아래 동네 개들이 두런두런 모여 있는 것도 보였다. 짜장면이 나오자마자 나는 빛의 속도로 젓가락질을 해댔다. 너무 급하게 먹어서인지 짜장면 가락이 밖으로 튀어 나갔다. 그런 게걸스런 내 모습을 보던 그녀가 웃는 표정으로 찡그리고 앉아서 가만히 보고 있었다. 나는 그녀의 그런 모습이 공작 같다는 생각이 들었다. 그런데 유명 동물원에 가면 나무를 깎아 공작의 모형을 만드는데 그것은 틀린 것이라 생각한 적이 있었다. 공작은 깃털을 활짝 펴서 부풀리고 아름다운 색깔로 그 풍모가 드러나는 것인데 나무를 깎아 만든다는 것은 인간 세상에서 서로가 서로를 흠집 내고 흉보고 깎아대는 아수라장을 그대로 투사하는 어리석은 짓이 아닐까 하는 생각 때문이었다. 어쨌든 인간은 모질다. 꼭 개 같다. 아니, 사람들의 개 같다는 표현이 개들에게는 치욕이 아닐까 할 정도로 인간은 모질고 더럽다는 말이다. 개들에게 사람 같다는 표현을 한다면 그것이 개에게는 욕지거리가 될 것이다. 이런 생각이 들 때였다. 개들이 짖는 소리가 들리더니 개 떼가 식당 안으로 들이닥쳐오고 있었다. 그녀는 구석에서 벌벌 떨고 있었다. 그 개들은 내가 거의 다 먹은 짜장면 곱빼기 두 그릇이 올려져 있는 탁자에 올라가 짜장면을 핥아 먹고 난리도 아니었다. 개 떼가 먹기에는 턱없이 부족해 보이는 짜장면의 양이었다. 나는 더러운 개들의 입에 닿은 짜장면을 다시 먹을 수가 없었다. 아무리 배가 다 차지 않았어도 그럴 수는 없었다. 그렇지만 화가 났다. 감히 사람이 먹는데 개가 그걸 먹어? 하고 나는 몽둥이를 들고 개 떼를 쫓았다. 그렇지만 개들의 수적 우위에 나는 어쩔 수가 없었다. 내가 욕을 하는데 내가 먹던 자리에서 어떤 아줌마가 고개를 숙이고 뭔가를 꾸역꾸역 하는 것이다. 꼭 입덧하는 것 같았다. 그런데 아니었다. 그 아줌마는 내가 먹던 자리에 있는 짜장면 그릇에 토를 하고 있었다. 만두를 먹은 것 같았다. 고무신 같은 만두의 날카로운 매듭이 씹히지 않은 채로 그 아줌마의 입에서 나오고 있었다. 나는 더러운 마음에 다 싫었다. 그래서 식당을 급히 빠져나왔다. 그런데 뭔가 빠진 것이 있었다. 그녀를 데리고 나오지 않은 것이다. 나는 다시 식당으로 들어가 그녀를 찾았다. 그녀는 식탁 위에서 내 이름만을 부르고 있었다. 아주 공포에 휩싸인 채로 마구 내 이름을 부르고 있었다. 그녀가 직접적으로 내 이름을 부르고 직접적으로 살려달라는 요구를 한 적이 없었다. 그런 기억은 내가 여자를 알고 지낸 최초부터 지금까지 단 한 차례도 없었던 것이었다. 나는 이상형을 찾은 것 같았다. 저 여자 바로 내 스타일이야 하고 나는 탄성을 내지를 뻔했다. 나는 그녀를 안전하게 구출하였고 바로 집 앞까지 데리고 올 수 있었다.

그녀는 아직도 정신이 없는 모양이었다. 너무도 신경이 곤두서 있었고 숨이 가빠 불안해 보였다. 나는 그녀를 안았다가 한참 후에 땅 위에 놓아주었다. 그녀의 육덕진 가슴이 내게 또 한번의 아련한 향수를 불러일으켰다. 그러려고 그랬던 것이 아니라 그녀가 너무 불안해서 그것이 최선이라는 판단하에 그랬던 것이다. 그녀는 숨을 몰아쉬더니 이내 안정을 찾는 것 같아 보였다. 그런데 뒤뚱 하더니 중심을 잃고 다시 내 앞으로 쓰러지는 것이다. 나는 그녀가 너무 애처로웠다. 그래서 자꾸 중심을 잃고 쓰러지는 그녀를 온정으로 감싸고 그 몸을 꼭 껴안아주고 뒷머리를 쓰다듬었다. 그녀는 술도 안 마셨는데 취한 것같이 보였고 모르는 사람이 보면 내가 음탕하게 취한 그녀에게 추행을 하는 것으로 보였을 수도 있을 것이다. 우리는 맥락을 보고 이해해야지 그것, 그 토막만을 기억해 그것만이 정답이라는 것에 너무 익숙해져 있기 때문일 것이다. 그때 주먹만 한 동네 아이들이 지나가다 얼레리꼴레리 하며 우리를 보고 놀려댔다. 그 소리에 민감하게 반응한 것은 뜻밖에도 그녀였다. 그녀는 '이 연사 소리 높여 외칩니다'라는 웅변가의 어조로 그 아이들을 훈계했다. 정신이 없던 그녀에게서 어떻게 그런 정신이 났는지 참 신기한 일도 다 있었다. 그 아이들이 그녀의 훈계를 알아차렸는지 조신한 걸음걸이로 우리들이 있는 공간에서 멀어져 갔다. 나는 그녀에게 괜찮냐고 물었지만 그녀는 얼굴만 붉힐 뿐이었다.

나와 그녀는 몇 번을 그렇게 만났다. 그녀는 나를 만날 때마다 나에게 얼굴을 붉히고 고개를 들지 못했다. 그런 그녀의 모습을 보며 나는 기분이 좋아지는 것이었다. 그리고 그녀는 내가 요구하는 것이면 무엇이든 해주었다. 엄마 몰래 꿀단지까지 가져와서 나보고 먹으라고 하는 것이었다. 나는 그녀의 덕분으로 얼굴에서 윤기가 흐르고 있었다. 배고프다던 말도 옛말이 되었고 그녀 덕분으로 이 동네에서 사는 데에 불편한 것을 잊었다. 나는 유복하고 부족할 것 없는 언젠가의 그 시절로 다시 접어들어갔고 점차 넋을 잃어가고 있었다. 오로지 다 그녀 덕분이었다. 그녀는 중심을 잃기는커녕 말뚝처럼 견고해졌고 오히려 내가 그녀의 중심으로 빠져드는 것같이 불안한 느낌이 일기도 했다. 사람 인이라는 한자가 두 사람이 의지한다는 뜻인 것으로 아는데 이건 그것이 아니었다. 한 사람이 중심을 세우면 다른 쪽에서의 사람이 그 중심이 없어져서 직립할 수 없는 모양새가 되는 것 같았다. 내가 중심을 그녀에게로 기울이면 그녀는 받아주었는데 만약 그녀가 받아주지 않는다면 나는 곧바로 쓰러지는 그런 경우였다. 필사적으로 지켜야 할 사람 인(人)이었다. 다른 표현이 있다면 하나는 지주이고 하나는 기생인 셈인 것이었다. 그러므로 우리는 양립하기보다 서로가 서로에게 너무 서로의 밑으로 빠져들어가서 하나의 표상을 만들고 그 표상만으로 만족할 수 있는 미생(未生)인 것이었다.

그런데 나나는 내 앞에서 점점 여유로워지고 있었다. 처음 내게 와서 울던 모습은 완전히 자취를 감췄고 그 불온한 자존심은 이미 내게서 크게 보상받은 것이라 믿는 모양이었다. 나는 더 이상 주어서는 안 되겠다고 생각했다. 배부른 개는 스스로 더 먹을지언정 이미 잡은 고기에게는 더 이상 밑밥을 주는 것이 아니라는 통설이 낚시 박사의 논설이었다. 너무 상식적인, 아니 상식 이전의 말씀을 생색내듯 저렇게 텔레비전에 나와서까지 할 필요가 뭐 있겠냐는 생각에 텔레비전이란 심심풀이 땅콩 같은 존재이지 무슨 짜장면이지는 않겠다고, 무슨 밥 먹는데 직접적으로 도움을 주는 물건이 아니라는 깨달음에 시간이 아까웠다. 그 시간에 나나랑 낚시 가서 데이트나 하는 것이 더 바람직하다는 결론에 그녀를 부르기로 했다. 그런데 그녀는 이미 집에 와서 나랑 소꿉놀이를 하고 있었다. 화살같이 빠른 시간의 흐름에 나는 가끔 놀라기도 한다. 그녀와 의사 놀이를 하고 있을 때였다. 내 엉덩이가 반쯤 벗겨져 있었고 그녀는 몸매가 훤히 드러나는 티셔츠 차림이었을 때였다. 밖에서 나를 부르는 소리가 들렸다, 누군가 한참 떠올리는데 그건 남자의 목소리, 다름 아닌 다은이의 오빠이자 나의 친구인 다식이의 목소리였다. 아주 우렁찬 소리였다. 그 소리에 나나는 뒷방으로 들어가 몸을 숨기고 나보고 옷차림을 단정히 하라고 하고는 쥐 죽은 듯이 숨어버렸다. 나도 당황했지만 그리 당황할 필요는 없는 것 같았다. 나는 나나 말대로 옷매무새를 고치고 다식이를 맞았다. 그런데 그가 내게로 가까이 오자 다식이 뒤에서 안 보이던 다은이가 붉은 얼굴을 하고는 다식이 뒤에 고이 앉는 것이었다. 나는 조금 수상했지만 나나가 갖다준 둥굴레차를 내어 그들을 대접하려고 부엌으로 들어갔다. 다식이가 누가 왔었는가 물었는데 나는 잠자코 차를 끓였다. 방으로 차를 들고 들어가자 다은이가 이상한 눈초리로 뒷방의 문을 유심히 살피는 것이었다. 그러나 나는 그녀가 나나가 거기에 있을 거라고는 예상 못 했을 것이라 단정했다.

"자네가 그럴 거라고는 예상 못 했네… 우리 아이가 울고 있는 것을 보고 깜짝 놀랐어… 이제 매제라 불러야 되겠나…? 다은이는 상처가 많아도 울지는 않는데 자네가 너무 마음에 들었나 봐요… 임신 삼 개월이라니… 우리 집안은 손이 적은 집안이라 지우는 것은 절대 반댈세… 어찌 하겠나…? 낳아야지… 초음파 사진에는 사내아이가 있던데… 더 이상은 울리지 말게… 여려도 상당히 센 아이네… 야무지고 똑똑하고, 나보다 훨씬 똑똑하다네… 매제, 우리가 이렇게 될 줄 어떻게 알았겠나…? 다만 순리를 따르지 않고 그렇게 급하게 할 일은 아니었는데… 아쉽고 안타깝지만 우리 집안의 식구가 되어준 것을 감사하게 생각하네… 다시 한번 말하지만 우리 다은이 끝까지 책임지게… 그게 우리 인연의 소중함을 깊이 새기는 일일세… 허허… 허허… 허허허…."

다식이의 말을 듣다 보면 복장 터지는 일이 너무 많았다. 내가 다은이의 애를 임신시켰다니…. 아무리 생각해봐도 다은이와 접촉한 사실은 기억에 없었다. 그런데 다은이를 임신시켰다니? 나는 복장이 터져서 멱살을 잡을 뻔하고 '네가 사람이냐?' 하고 소리를 지를 뻔했다. 그렇지만 다식이는 덩치가 매우 큰 장정이었다. 내 힘으로는 그 손아귀에 잡혀 참수를 당할 것이 눈에 선했다. 듣다 보니 내가 눈물을 흘린 것도 같다. 하도 분하고 억울해서 눈물이 난 것 같았다. 그 눈물을 다식이는 다식이가 나를 봐줘서 흘린 감동의 눈물이라 생각한 것 같다. 그의 언변은 단호했다. 뒤에서 다은이의 입가가 올라가는 것을 볼 때 다은이가 다식이를 이용하는 것 같았다. 그런데 아니, 싫다 할 때는 언제고 이제 와서 나와 엮으려고 그러는지 도대체 모르겠다. 나는 식은땀을 흘리며 이리저리 머리를 굴렸다. 내 거짓의 편지를 보고서는, 그리고 나나와의 관계를 눈치채고는 시기심에 그러는 것 같다는 생각이 스쳤다. 나는 하도 억울해서 다식이에게 이건 아니라고, 내가 그런 놈이 아니라고 아니라고 항변을 했다. 그랬더니 다식이의 눈에서 이글거리는 광채가 나며 손이 올라가려고 하는 것이다. 그래도 그럴 수는 없기에 나는 단호하게 '나는 그런 적이 없네!' 하고 말했다. 그랬더니 다식이가 그녀가 죽었을 때처럼 나를 벽으로 밀고 "정말 이러긴가?" "정말 아닌가?" 초음파 사진을 보여주며 "이래도 아닌가?" 하며 윽박지르는 것이다. 나는 기가 막혀 허파가 뒤집어질 것 같았다. 그런데 한참을 실랑이를 하던 그때에 뒷방에 숨어있던 나나가 얇은 티셔츠에 한쪽 스타킹이 내려간 채 나와서 내게 그러는 것이다. "당신 뭐야? 바람둥이야? 정말 실망했어! 날 볼 자격이 있어? 이제 끝이야!" 하며 스커트의 허리 후크 단추가 풀어진 채 밖으로 뒤뚱거리며 뛰쳐나가는 것이다. 나는 정말 갈 데까지 간 것이었다. 정말 세상이 망하고 있었다. 다식이는 그 광경을 보며 한마디를 던지며 씩씩거리며 자리를 떴다. "두고 보게! 흠!"

나는 청소를 하고 있는 중이다. 다은이가 앉았던 자리를 수십 차례 걸레로 훔치고 있는 중이었다. 그녀가 앉아 있던 자리가 너무 불결했다. 누구의 아이인지는 모르나 함부로 임신을 하고는 나한테 뒤집어씌우다니 너무 불쾌했고 불결했다. 한때 마음을 준 것이 내게 반영되어 내가 너무 불결했다. 목욕을 하고 이불을 빨고 양말을 빨고 집 안에 있는 것들을 다 광이 나도록 닦았다. 그래도 불결하고 억울하고 불쾌한 기분이 가시지 않았다. 그리고 나나마저도 잃은 것 같아 너무 허전했다. 그렇게 생각하니 너무 외로웠다. 집 안이, 온 동네가 다 적막했다. 세상에 나 혼자뿐인 것 같았다. 너무 외로웠다. 그리고 분노가 일었다. 그 분노가 잘 다스러지지 않았다. 혼자 벽을 주먹으로 치고 물건들을 신경질적으로 던져도 분이 가시지를 않았다. 나는 나를 통제할 수 없었다. 그러다 이성을 찾으면 내가 분명 누명을 쓰고 있는 거고 다정한 나나마저 잃을 필요가 없다는 생각이 자꾸 들었다. 나는 정신이 날 때면 나나 집 근처에 가서 나나의 모습을 훔쳐보곤 했다. 예상 외로 나나는 차분했다. 머리를 두 갈래로 땋았는데 꼭 춘향이를 훔쳐보는 이몽룡이 된 기분이었다. 이야기는 너무 다르지만 나는 항거할 수 없는 난감한 이유로 나나를 당당하게 바라볼 수 없고 다가갈 수 없는 것이었다. 그러다 다시 분노가 일었다. 그럴 때면 눈에 보이는 것이 없었다. 다 사라져버리고 꺼졌으면 좋겠다는 심정으로 나를 화에 놓아주곤 했다. 그러던 어느 날이었다. 나나가 캄캄한 골목길을 돌아가는 것이 보였다. 나나의 육감적인 몸매가 드러나는 옷을 입고 무엇에 신이 났는지 노랫가락을 흥얼거리며 걸어가고 있었다. 내 기분과 너무 대조가 되었다. 나는 그런 대조가 너무 기분 나쁘고 화가 났다. 나는 조심조심 나나 곁으로 다가갔다. 나나는 모르는 눈치였다. 나는 내가 화난 것을 보상받고 싶었다. 나는 가장 신이 났을 때 듣는 음악을 틀고 이어폰을 귀에 꽂았다. 볼륨을 최대로 하고 나나 곁으로 다가갔다. 나나가 나를 돌아봤다. 나나는 눈을 동그랗게 뜨고 나를 바라봤다. 어두운 밤에 눈빛이 선명했다. 나는 그녀의 머리를 끌어안았다. 그녀가 저항하는 것 같았지만 지금 이어폰에서는 신나는 노래가 들려오고 있었다. 그녀의 놀란 눈을 보고 그녀의 입술을 내 입술로 덮쳤다. 그리고 그녀의 가슴을 만지고 그녀의 옷을 벗겼다. 그녀가 고개를 저으며 아니야 아니야 이게

여름 바다

아니야 했다. 나는 그 소리를 안 돼요 안 돼요 안 돼요 돼요 돼요 하는 동굴 소리로 받아들이고 있었다. 이어폰에서는 쿵쾅쿵쾅 하는 소리가 울리고 또 울리고 울렸다. 나는 그 노래가 끝날 때까지 그녀를 탐했다. 그녀가 자꾸 아니라고 저항했지만 아닌 것은 없었다. 나는 그 노래가 끝나기도 전에 일을 마치고 탄성을 내질렀다. 그런데 한참 행위를 하다 보니 나나가 더 적극적이라는 생각도 들었다. 그런데 아니었다. 그녀가 무릎을 꿇고 울고 있었다. 이건 아닌 것 같았다. 정말 아닌 것 같았다. 아니었다. 그녀의 울부짖음에 나는 감정의 놀이에서 하지 말아야 할 동요를 일으키고, 그녀에 대해 동정심이 순간 울컥 일어나고 있었다. 노래가 끝나 있었다. 이어폰을 빼자 그녀의 울부짖음이 너무 날카롭게 내 귀를 찢어놓았다. 나는 그녀의 어깨를 토닥일 자격도 없었다. 갑자기 겁을 먹었다. 겁을 먹고 달아나기 시작했다. 달리기를 못 하는 내가 세상에서 가장 빨리 달리고 있다. 나나가 뭐라고 소리 지르고 있었다. 무슨 소리인지 모르겠지만 나는 달리는 게 지금 최선의 현안이었다. 그것도 아닌 것 같았는데 아닌 것인지 맞는 것인지 그런지 아닌지 나는 아직도 달리기를 계속하고 있었다.

나는 밥을 먹고 있었다. 전에 나나가 갖다준 먹다 남은 반찬으로 인해 아주 다채로운 식탁이었다. 식사를 다 마치기 전에 누군가가 나를 밖에서 부르는 소리가 들렸다. 꼭 그 노래를 부른 목소리 같았다. 그때 그 일이 연상되었다. 계속 밥을 먹다가는 얹힐 것이 뻔했다. 그래서 나가봤다. 그녀가 처음처럼 그 자리에서 울음을 참고 있는지 웃음을 참고 있는지 어깨를 들썩였다. 나는 처음처럼 나

나에게 다가갔다. 그랬더니 그녀가 일어나서 내 어깨를 토닥이는 것이었다. 그러더니 내 오토바이를 가리켰다. 나는 기계적으로 오토바이에 시동을 걸었다. 시동이 아주 잘 걸렸다. 그리고 오토바이가 멈춘 곳은 그때 그곳 언덕배기였다. 거기서 그녀는 외투를 벗어 내 자리를 만들었다. 그리고 내 무릎에 앉아 내 입술에 자기 입술을 포갰다.

자초지종을 들으니 다은이의 아기 아빠는 내가 아니라 그 의사였다는 것이다. 자기는 처음부터 알고 있었다고 말했다. 그런데 왜 그랬냐고 물으니 친구를 위해 그 정도는 해줄 수는 있다고 했다. 다은이가 오빠에게 외면을 덜 받게 하려면 그 수밖에는 없었다고 이야기했다. 나는 너무 터무니없었다. 그래도 그건 나에게 아닌 게 아니냐고 반문하자 그녀는 그럼 어두운 골목길에서 자기에게 했던 것은 옳으냐고 반문에 반문을 하는 것이었다. 나는 할 말이 없었다. 어쨌거나 다행이었다. 그렇다고 다행인 것만은 아니었다. 내가 그녀를 범한 것은 정말 그럴 필요가 없던 것이었고 나는 그녀들의 작전이 아니었다면 하지 않았을 것을 하고 말았고 부담을 떠맡은 것이다. 다 그녀들의 수작이었다. 거기까지 생각이 이르자 나는 내 무릎 위에 앉은 그녀를 내몰았다. 그녀는 금방 실망하는 눈치였다. 그녀는 다시 정돈을 하고 내 눈을 똑바로 보고 있다. 그러더니 내게 묻는다. 사람의 중심이 어디냐고 묻는다. 나나는 바로 여기 하며 내 가슴에 손을 얹는다. 그러면서 마음이라고 한다. 그러면서 또 묻는다. 자기의 중심이 어디냐고 묻는다. 나는 그녀의 가슴에 손을 얹으며 마음이라고 했다. 그랬더니 며칠 전 했던 것이 생각나

여름 바다

용솟음치는 것이 있다. 나는 그녀의 블라우스의 단추에 손이 가더니 숨결이 거칠어진다. 그녀는 웃으며 뛰어간다. 내가 가까이 가자 더 멀리 뛰어간다. 내가 그녀를 탐한 것이 아니라 그녀에게 포획된 것이라는 탄식이 나를 멈추게 했다. 포획된 대가로 있는 죄, 없는 죄를 뉘우쳐야 했다. 나는 숨을 고르고 저 밑의 세상을 바라보았다. 짜장면집들과 그 의사가 진찰하는 병원이 보였다. 그리고 동네 개들이 무리를 지어 어디론가 가고 있었다.

나나와 내가 오토바이를 타고 집에 도착하니 다은이가 텔레비전을 켜놓고 깔깔대며 목청껏 웃고 있었다. 유명한 우수성 박사가 코미디 프로그램에 나왔는데 그를 흉내 내는 코미디언들이 매우 가관이었다. 나는 나나와 다은이와 함께 삼류의 잔당이 되고 있었다.

가끔씩 나나가 말한다. "너 또 도망가면 죽어!" 가끔씩 보면 다은이가 더 예뻐 보였다. 암만 봐도 그랬다. 대신 나나의 얼굴은 동안이었다. 귀여웠다. 그리고 귀가 너무 귀엽게 톡 튀어나와 있었다. 나는 그 나나의 귀로 세상의 바로 된 예쁜 소리들을 듣고 싶었다. 맞는 이야기들만 듣고 싶었다. 그러나 우리는 당장에 서로를 의심하고 부정한다. 자기만 맞다고 한다. 우리들의 소중한 귀와 눈에 무엇이 가려져 있기 때문일 것이다. 나나를 보다가 모른 체하는 다은이를 보았다. 다은이의 화장이 짙어 보였다. 나나도 화장을 곱게 하고 있었다. 누가 더 예쁜지 진실을 보려고 화장을 지우고 싶었다. 여자를 무엇으로 가리는 것은 아니었다. 나나가 눈을 흘긴다. 역시 아닌가 보았다.

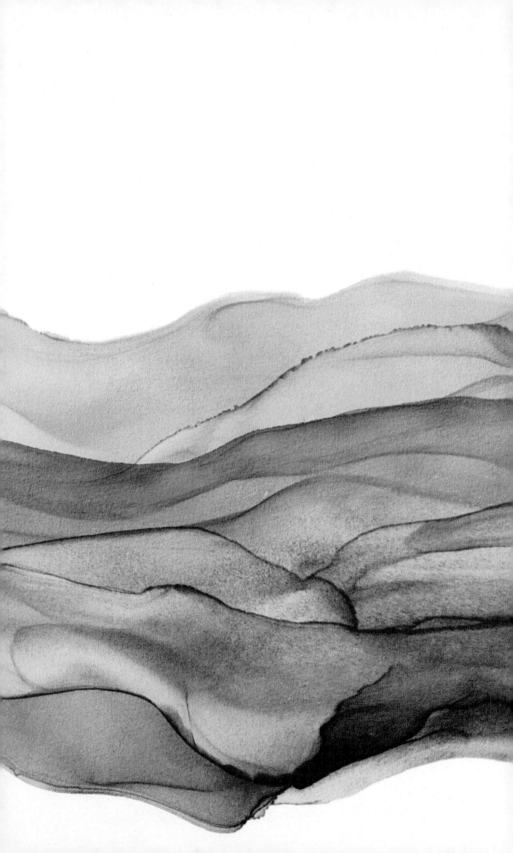

그 꽃을 피우기 위해

;

꾸밈없는 표정이 되었다. 꼭 맨살이 얼굴로 차오른 것 같았다. 난 그녀에게서 의혹을 잃어버렸다. 처음부터 보아왔던 것같이 친근했다. 어미와 새끼 간에나 있을 수 있는 자연스러운 맞닿음이 한순간에 뽑혀 나온 것 같았다. 사랑이라고 말할 수도 없었다. 그냥 나뭇잎이 바람에 흔들리듯이 바라보는 것만으로 마음이 흡족했다. 소현은 아무렇지 않았다. 서로가 바쁜 일상에서 개인 고유의 표정은 따로 있을 수 없었다. 소현은 거대한 사회의 수레바퀴에 맞물려 앞으로든 뒤로든 움직여지고 있을 뿐이었다. 기계 장치의 부속품이거나 보거나 듣거나 거역하지 못하는 한계 아래 여전히 있었다. 그러나 절망치 않았다. 그녀는 그녀의 울타리에서 평화롭고 만족했다. 나는 구석에서 그녀를 훔쳐보고 있었다. 나는 내가 그녀가 사는 울타리 밖에서 온 것으로 알고 있었다. 그래서 처음

여름 바다

에 난 그녀의 가장자리에 있을 수밖에 없었다. 기웃기웃 조심했다. 긴장했고 치우치지 않으려 했다. 그녀의 세계를 침범하려는 생각은 더더욱 없었다. 그저 지나치는 정류장처럼 버스가 멈춘다면 그곳에 내려설지도 모른다는 충동에 가끔 목구멍이 울컥댈 뿐이었다. 나는 한번도 내 일정을 내치지 않았다. 한번도 계획에 없던 정류장에 내리지 않았다. 한번도 샛길로 빠지지도 않았다. 나는 내 길을 가야 했는데 그녀의 무심한 표정에서 내리지 않았던 정류장의 풍경이 펼쳐지고 있는 것이다. 언뜻 보면 별로 색다를 것도 없었다. 괜히 내려서 고생이라는 자책이 뜬구름 밑에서 그늘지고 있었다. 그런데 별거 아니라는 그녀의 표정에서 나는 뜻밖의 위안을 얻고 있었다. 가을 낙엽에서 축 가라앉은 내 기분을 그녀는 아무렇지도 않은 듯 내려다보고 있었던 같다. 가을, 그녀의 얼굴도 낙엽처럼 갈라져서 실핏줄을 비치고 있었다. 내가 가보지 않은 길들의 환상을 소현의 표정 없는 얼굴이 이끌고 있었다. 화장하지 않은 여자의 얼굴을 '생얼'이라 하지만 소현의 얼굴은 화려했고 맨얼굴로 다가와 비포장도로의 먼지 사이에서처럼 나를 숨죽이게 하고 있었다. 나는 나를 헤아리다가 소현을 빤히 쳐다보았다. 당황하는 기색이었다. 그녀의 표정이 돌변했다. 내게 "누구세요?"라는 물음을 급히, 그녀도 갑작스러운 듯 쏟아냈다. 찬바람이 쌩쌩 부는 것 같았다. 나는 머뭇거렸다. 굳은 내 표정에서 내릴 정류장이 한참 지났다는 깨달음이 새어 나오고 있었다. 그녀는 내 완료된 것 같은 굳은 표정의 대답에 아무렇지 않다는 듯 바삐 돌아섰다. 내가 누구냐는 질문에 답하지 않았지만 그녀는 알고 있었다. 답하지 못했거나 신통치 못한 대답을 하고 간 수많은 신음의 미간에 그녀는 싸늘한 기운을 비추고 오늘의 해를 떠올리기를 달력 보듯 했을 것이다. 그런 경우가 그녀에게 흔했고 익숙한 일이었을 것이다. 나는 그녀의 뒷모습이 아주 작아질 때까지 그 자리에 서 있었다. 허리를 굽혀 바닥에 있는 아직 덜 마른 낙엽 하나를 손에 쥐었다. 그리고 내 쥔 손에서 나는 물기 스민 바스락거리는 소리가 전해지기를 바랐다.

나는 아는 것이 무엇인가에 대해 잠시 생각했다. 안다고 하는 것 자체가 모호해지면서 주위의 사물이 환영처럼 신기루처럼 거짓 같아 보였다. 내가 누구냐는 질문에 나는 제약회사의 영업사원이고 이름은 김지린이고 나이는 삼십 대 초반이고 고향은 서울이고 대학까지 나왔고 부모님은 늙으셨지만 아직 정정하시고 성격은 소심하고 차분한 편이며 그래서 꼼꼼히 일을 잘 처리하는 편이고 아직 절절한 사랑 제대로 해보지 못한 순정파이고 바쁘지만 아름다운 여인을 위해 시간을 낼 수 있는 형편이고 경제력도 조금 있고 또 무엇이 나를 설명하기에 적절한지 생각해보면 세심하게 표현해낼 수 있는 사람이라고 한다면 나는 나를 아는 것일까? 나는 내가 나열한 것들이 내가 누구냐에 관한 대답인지, 과연 그런 설명들이 내가 나를 안다고 하는 것에 명확한 증명인지, 그렇다면 진정 나는 누구인지 대답할 수 있는 것인지…. 나는 그런 의문들에 잠겨 쪼그려 앉아 있는, 땅바닥 위에 흩어져 있는 낙엽처럼 숨을 쉬지도 못하고 있었다. 나는 그녀의 질문에 어느 때보다 진지하고 심각해져서 굳어버린 채 그녀의 당황한 기색에서 다시 돌아온 표정 없는 얼굴, 아무것도 표현하지 않지만 내 감각으로 들어찬 그녀의 얼굴을 가을 어느 날 몽롱하게 새기고 있었다. 거기서 그녀를 뒤쫓아 가기에는 명분이란 게 없었다. 그리고 거래처 병원과의 약속 시간에 발등이 닿아 있었다. 택시 라디오에선 영화음악이 흐르고 있었다. 그 영화를 분명 본 것 같은데 내용이 전혀 떠오르지 않았다. 그녀에게 시간을 허비하지 않았으면 탔을 버스를 택시가 시나브로 지나치고 있었다.

콘 아이스크림이 자꾸 녹아 내 손에 묻고 휴지로 닦고 하는 나를 보며 간호사가 참다 못이기는 척 웃음을 흘렸다. 그리고 자신의 웃음이 미안했는지 내게 친절한 투로 말을 걸었다. 환자가 엄살을 부려 원장님이 늦으신다는 거였다. 나는 약속 시간보다 이십 분이나 일찍 병원에 도착했다. 따지고 보면 그런 겉치레는 할 필요가 없었다. 내 탓이지 간호사의 탓은 아니었다. 나는 간호사가 준 아이스크림을 먹고 있었다. 간호사의 손에서 온기가 전해져 그녀의 잔상으로 인한 피곤을 녹여주고 있었다. 병원의 좁은 대기실 환자들의 체온이 모여 바깥보다 수은주를 높이고 있었던 모양이었다. 나는 더 녹기 전에 허겁지겁 삼 분의 일쯤 남아 있는 아이스크림을 한입에 털어넣었다. 간호사가 휴지를 더 가져와 나를 환자 보살피듯이 끈적끈적한 내 손을 닦아내었다. 만류하는 나를 부드럽게 제압하고선 아주 섬세한 손짓으로 그러고 있었다. 그런 그녀를 바라보다가 눈썹을 그은 까만 선을 아주 근접해서 보게 되었다. 참으로 신기했고 아름다웠다. 그녀가 손을 닦는 것을 마쳤을 때 손톱에 칠해진 매니큐어의 색상이 붉은색을 띠다가 손가락 마디에 끼워진 루비 반지의 색상과 잔상으로 겹쳐져서 내 의식의 점 하나가 기타줄같이 튕겨지고 환상적인 소리가 들리는 듯하였다. 나는 그나마 내가 설명할 수 있었던 나를 혼동하려고 하고 있었다. 그녀가 입은 흰 가운에 비치는 검은색 블라우스에서 나의 몽환적인 소리들이 맥박처럼 뛰고 있었다. 그녀의 돌아선 걸음에 내비치는 종아리에서는 내 핏기 없는 목소리로 집착하듯 부르고 싶게 하고 있었다. 그 간호사를 처음 본 것은 아니었지만 나는 나의 모습을 아주 새롭게 보고 있었던 것이다. 그러고 보니 그 간호사의 미모가 예사롭지 않다는 사실에 오늘이 어제부터 있었던 것이 아니었는가, 나는 가슴이 벅차고 있었다.

일을 마치고 병원 계단을 내려오는데 황금색 벌판에서 잠자리가 날아왔는지 발가벗은 날개 같은 유리창 너머로 소현, 그녀가 푸른색 원피스로 태양의 그림자를 아롱아롱 매달고 어디론가 가고 있었다. 나는 돌연 나에 대해 설명할 기회를 얻고 싶어졌다. 그녀에게 그동안 알던 내 자신에 대한 이야기에서 아주 흥미로운 부분을 더해 설명하고 싶어졌다. 그러나 내가 병원 문을 겨우 나서고 그녀가 향하던 방향을 더듬어보았자 그녀는 찾아지지 않았다. 나는 조금 실망한 기분으로 오늘의 일정을 마치고 혼자 사는 자취방의 침대에 눕는 상상을 했다. 가는 길에 간호사의 범상치 않은 미모가 가로수마다 삐죽삐죽 나를 찌르고 있었다. 내 윤리적 수준에서 그녀에게 품은 돌발적인 감각이란 몹쓸 것이었기 때문이었다. 나는 내가 누구냐는 질문에 대한 답을 들려주고 싶은 그녀를 다시 볼 기회가 있을 테고 그것에 내 순정이 드는 것을 어쩌지 못하고 있었다. 소현, 그녀가 있을 법한 곳에 나의 온 정체를 고백하는 순간이 내 기쁨과 행복을 전부 차지하기를 바라고 기대하고 있었기 때문이었다. 그건 내 마음의 순리였다. 나는 잠자리에 들면서 그녀의 이름이 소현이라는 사실을 알게 되었을 때로 거슬러 올라갔다.

집 근처의 편의점에 들렀던 몇 달 전 어느 날이었다. 편의점 카운터의 그녀는 단신의 체구에 짧은 머리를 하고 있었다. 그녀의 제복에 박소현이라고 쓰인 명찰이 붙어 있었는데 명찰의 위아래가 거꾸로 되어 있었다. 나는 그녀의 실수라고 생각하고 고쳐 매달라고 얘기해주고 싶었다. 하지만 그녀가 창피해할 것 같아 그만두었다. 그녀는 편의점 카운터에 앉아 고양이와 장난치고 있었다. 내가 라면을 테이블에 올려놓자 고양이가 발톱으로 포장지를 살짝 찢었는데 그녀는 다른 손님을 받느라 그 사실을 알지 못했다. 나는 물건에 이상이 있는 것이 있는 것도 아니고 해서 계산을 하고 바로 나왔지만 그녀의 맑은 표정은 고양이가 마시는 물처럼 고요했고 나는 잠시 요동쳤다. 다음 날 가봐도 그녀는 똑같은 표정이었지만 옆에 있던 고양이는 없었다. 나는 똑같은 물건을 샀고 그녀의 무표정에 다른 말들을 할 틈이 보이지 않았었다. 그러던 중 고양이 한 마리가 내 자취방 문가에서 야옹야옹 소리를 연거푸 내며 바들바들 떨고 있는 것을 발견했다. 편의점 그녀의 고양이 같았다. 그렇지만 고양이의 생김새가 다 거기서 거기라 확신할 수는 없었다. 나는 고양이를 문 안으로 들여보냈고 키우기로 마음먹었다. 그리고 편의점에 여러 번 가봐도 그녀의 고양이는 보이지 않았다. 그녀에게 그런 사실을 이야기할까 하다가 용기가 안 나서 그냥 나오곤

했는데 어느 날 그녀가 편의점을 그만두었는지 볼 수가 없었다. 고양이가 울면 나도 그녀를 생각했고 그러면 괜히 라면을 먹고 싶었다. 그러다 그녀를 대로변에서 마주쳤다. 그녀와 부딪칠 뻔했는데 나는 그녀가 소현임을 알아채고 말을 걸려고 했지만 당황한 기색으로 내가 누구냐는 것이었다. 그리고 오늘 거래처를 나올 때 파란 원피스를 입고 마주칠 뻔했지만 그녀와 맞닿을 수는 없었던 것이다. 나는 그녀를 다시 마주치면 내가 누구냐에 대한 답을 줄 것이다. 몹시도 답을 주고 싶다. 막힘없이 주고 싶다. 그 답을 위해 나는 나에 대하여 생각하는 중이다. 스프링이 약간 삐져나온 침대 위에서….

전화벨 소리에 잠이 깼다. '누구신지… 누구신지… 누구신지?' 잠이 덜 깬 나는 한참 만에야 저쪽이 여자란 걸 알았고 혹시 소현일지도 모른다는 생각에 정신이 바짝 차려졌다. 나는 말짱한 정신이 되어서야 누구냐고 물어보면 안 된다는 것을 깨우치고 있었다. 소현에게 하는 말은 누구냐는 물음에 대한 답이어야만 했고 감히 누구냐고 물어볼 수는 없는 것이었다. 나는 그녀에게 답할 준비도 끝나지 않은 상태에서 오히려 되묻는다는 것이 얼마나 예의에 어긋나는 것인지 알고 있었다. 이 사회에서는 묻는 자의 위치가 있었고 그 권위를 침범한다면 쿠데타마냥 폭력적인 변이로 받아들여지기 십상이었다. 그것이 아니더라도 되묻는 것, 반문하는 것은 묻는 자의 의도를 근본적으로 뒤집는 것으로서 대화의 기본이 되지도 않는 불량 소통의 문화일 수 있다. 권위주의의 부정이라는 일면으로서가 아니라 상대가 막대한 위치에 있어서 반문하는 것이 폭력적

　　　　　　　　　　　　　　　　　　　　여름 바다

이라는 것으로서가 아니라 인간의 기본 소양으로서 묻는 자의 인격을 존중한다는 최소한의 예의로서 반문한다는 것 자체가 나에게는 많이 거슬렸다. 그래서 잠결에 누구냐고 묻는 것에 대해 상대가 여자이고 소현일지 모른다는 생각에 나는 그 물음을 거둬들였다. 그래서 상대의 말을 경청하기로 했다. "저예요. 경희, 이경희…" 나는 의아했다. 처음 들어보는 이름이었기 때문이었다. 혹시 거래처 사람인가 해서 "오늘은 쉬는 날입니다. 일요일이죠" 하고 점잖게 대꾸하고 잠시 뜸을 들였다. "쉬는 날이라 전화 건 거예요." 나는 점점 미궁 속으로 빠져들었다. 쉬는 날이라 전화할 수 있는 여자가 나에게 있었던가? 그것도 이경희라는 이름을 가진 여자가 아침부터 촉촉한 목소리로 다정하게 그렇게 말을 걸 이유가 있을까? 나는 전화가 잘못 걸려왔을지도 모른다는 생각에 "저는 김지린이라는 사람입니다. 전화 잘못 거셨는지, 저는 그쪽에 대해 아는 바가 없는 것 같은데요?" 그러자 저쪽에서 깔깔 웃으며 "전화 잘못 건 게 아니라 지린 씨가 저에 대해 모르는 거예요." 나는 망설이다 말했다. "저를 아세요?" "그럼요. 반도제약 김지린… 호호호." "누구시죠?" 내가 누구냐는 질문을 내뱉자 소현이 떠올랐다. "저 어제 정의원 간호사 이경희라고 해요. 오늘 쉬는 날이시면 저하고 차 한잔하시죠?" 나는 이제야 어제의 미모가 뛰어난 간호사의 얼굴이며 육감적인 몸매를 떠올렸다. 그러나 덥석 그러자고 하기에는 뭔가 줏대 없는 남자가 되는 것 같았다. 그래서 다음에 하자고 했으나 이경희라는 여자는 아이가 조르듯이 만나자고 졸라댔다. 그래서 약속 시간과 장소를 정하고 말았다. 나는 정신을 좀 더 차리려고 커피를 끓였다. 차분하게 정리할 사항이 많이 있는 것 같았다. 우선 별 친분이 없는 여자와 공휴일을 같이 보낸다는 것이 거슬렸고 저번 그때 잠시 혼멸하는 이성을 두고 탐하는 것이 윤리적인 것에서 벗어났던 부분에 후회가 일었고 조용하게 나에 대해 탐구하는 것이 소현을 위해 충직한 것일 거라는 것에 대해 일종의 일탈이 아닐까 하는 조심스러움이 스며들었다. 그러나 이미 약속을 했고 여자의 제안을 거절할 수 없다는 생각에 약속 장소에 갈 준비를 하고 있었다.

쇼핑몰의 휴게소는 정말이지 각자의 '나'를 지워가는 장소였다. 그곳에서 할 일 없이 엉덩이를 붙이고 산만한 초점의 눈으로 두리번거리는 남자들의 표정이란 코 푼 휴지같이 여기저기 내버려진 풍경이거나 아이들의 낙서쯤 되어 보였다. 한심하기 이를 데 없었다. 나도 거기 앉아 그 풍경의 일부분이 되고 있었다. 도대체가 내가 무엇을 하는지 알 듯도 했지만 결국 그 알 듯한 것도 늘어져서 마치 마대 걸레같이 발바닥으로 바닥을 훔치고 있는, 그 무엇도 아닌 것이 되고 있었다. 나는 여기서 이경희의 어린 딸과 함께 그녀의 쇼핑이 끝나기를 기다리고 있는 중이었다. 그녀의 시간은 매장에서 매장으로 윤회같이 몇 겹 년을 돌아 내 정수리 앞에 나타날 것이다. 나는 그녀의 출현을 기다리는 동안 수도자의 나태함만을 드러냈는데 그것마저 그녀의 딸에게 질책받고 있었다. 나는 아이와 친하지 않아서 놀아주는 데에 매우 어색하고 어쩔 줄을 모르고 어설펐다. 그냥 그녀의 딸이 노는 것을 지켜보다가 물음에 대충대충 답하고는 지켜볼 뿐이었다. 내가 왜 그녀의 딸과 백화점 휴게소

여름 바다

에 함께 있는 것인지, 딸까지 있는 기혼자인 그녀가 왜 나를 불러냈는지, 잘 아는 사이도 아닌데 왜 이런 부탁을 들어줘야 하는지 도대체가 알 수 없는 노릇이었다. 단지 확실한 것은 이경희라는 여자와 연관되는 순간 나는 나를 잃어버린다는 것이었다. 내가 누구냐는 질문에 나는 나에 대해서 알고 있는 지극히 단조로운 사실들도 잃어버리고 잊어버린 다는 것이었다. 나는 여기가 어딘지도, 누구를 기다리는지도, 심지어 내가 무언가를 기다린다는 사실조차 잃어버리고 있었다. 그런 나의 등에 살짝 손을 대는 사람이 있었다. 이경희였다. 나는 뒤를 돌아 그녀를 보았다. 아주 짧은 스커트에 가슴골이 드러나는 티셔츠를 입고, 앉아 있는 나를 수줍은 표정을 하고서는 내려다보고 있었다. 꼭 섹시 디바가 노래를 끝내고 청중에게 겸손한 인사를 할 때 같았다. 나는 칭찬과 박수와 환호를 보내고 싶었다. 그래야만 이 놀이에서 빠져나갈 수 있을 것 같았다. 그런데 그녀는 나의 손을 이끌며 식사를 하자며 빨간 입술을 조물락거렸다. 그때 그녀의 딸이 "엄마! 짜장면!" 하고서는 그녀를 뒤에서 밀어붙였다. 그 바람에 그녀의 몸이 나와 더 근접해졌고 놀란 나는 넘어지지 않으려고 그녀의 살갗을 붙잡고 있었다. 그녀는 "어머!" 하고 놀라다가 뒷걸음을 치더니 당황한 기색을 감추지 않고 말했다. "제 남편한테 이를 거예요." 단호한 말이었지만 그 틈새로 그녀의 짙은 향수 냄새가 내 콧속으로 밀려 들어왔다. 나는 정신이 아주 혼미해졌다. 그 와중에 아이는 짜장면! 짜장면! 하며 그녀를 조르고 있었다. 그녀는 딸의 보챔에도 불구하고 나에게 다그치고 있었다. "어떻게 하실 거예요?" 나는 엉겁결에 대답했다.

"짜장면 제가 사드릴게요!" 그녀는 어이가 없다는 표정을 하고서는 소리질렀다. "그게 짜장면 한 그릇 가지고 돼요? 그러면 되는 일이에요?" 나는 더 당황해서 말했다. "다섯 그릇!" 그녀는 픽 하고 콧소리를 내며 상대할 가치가 없다는 듯 홱 돌아서서 하이힐 신은 걸음으로 펄쩍펄쩍 걸어갔다. 나는 거기에 남겨진 채로 내가 지금 무슨 상황에 놓인 것인지 한참을 궁리하며 정리해야 했다. '될 대로 돼라.' 나는 집으로 가서 허기진 배를 채워야겠다는 심산으로 거기를 힘없이 빠져나왔다.

집에 와서 밥을 허겁지겁 먹었다. 평소보다 두 배는 더 먹은 것 같았다. 그런데 너무 많이 한꺼번에 급히 먹었는지 소화가 안 되었다. 소화제를 먹고 잠이 들었는데 갑자기 복통이 와서 화장실로 뛰어들었다. 설사가 났다. 그리고 또 밥을 먹고 화장실에 갔다. 며칠 동안 증세가 멈추지 않아 병원에 가서 진찰을 받아보니 급성 장염이라는 진단을 받았다. 약을 먹고 쉬고 그래도 증상은 나아지지를 않았다. 화장실을 너무 많이 가다 보니 요즈음 겪었던 일들조차 다 배설한 기분이 들었다. 그 기분이 맞았는지 박소현이든 이경희든 짜장면이든 아무것도 생각나지 않았다. 내가 누구냐는 본질적인 질문에도 나는 의구심이 전혀 들지 않았다. 나는 다 잊어버렸다. 어쩌면 그것이 나에게 어울리는지도 몰랐다. 그러므로 다 잊고 새로운 출발을 하면 될 것 같았다. 여태껏 살아왔던 대로 그냥 먹고 살고 생활하는 일에만 전념하면 될 것 같았다. 그렇게 나는 편안해지고 있었다.

나는 공중전화 부스로 뛰어 들어갔다. 갑자기 빗방울이 세차게 떨어지고 있었기 때문이었다. 그런데 거기, 공중전화 부스 안에 한 사람이 또 있었다. 여자였다. 아주 세련된 차림새로 거기에서 부들부들 떨고 있었다. 나는 그녀가 참 안쓰러웠다. 긴 머리 때문에 얼굴이 보이지 않았지만 나의 보호본능을 자극하고 있었다. 나는 외투를 벗어 그녀의 젖은 몸을 감쌌다. 그녀는 나의 그런 행위에 별다른 저항이나 사양을 하지 않았다. 우선 그녀에게 따듯한 물 한 모금이 필요할 것 같았다. 그래서 그녀를 근처 찻집에 이끌고 갔다. 그녀의 입술에 아메리카노가 적셔지는 순간 나는 그녀가 누구인지 알아채버렸다. 그녀는 불행히도 이경희였다. 참 우연도 고약한 우연이었고 악연도 오묘한 악연이었다. 이경희는 떨리는 붉은 입술로 내게 고맙다는 말을 내비쳤다. 내가 괜찮다고 하니 그녀는 그녀가 겪은 일들을 조심조심 이야기하려 했다. 내가 힘드신 거 같은데 그냥 편히 쉬시라고 말해도 그녀는 하려던 말들을 해야 했다. 목소리가 점점 커지려고 하고 있는 것을 보면 아주 절실한 것 같았다. 나는 그녀를 만류하려던 것을 포기하고 그녀가 원하는 태도를 취하기로 했다. 커피숍에 깔리는 음악도 그녀의 사연에 어울릴 것 같았다.

단조의 멜로디가 슬픔을 자아내고 있었다. 커피숍에 깔리는 음악처럼 그녀의 어조는 낮게 깔려 습한 여름날 우울함의 전형을 줄곧 자아내고 있었다. 뜨거운 액체의 아메리카노가 활발한 분자 활동을 하는 것과 대조적으로 그녀는 차가운 어둠을 정적 속에서 인내로 희망을 찾아가려는 욕구와 그에 대한 좌절을 이야기하고 있었다. 그녀의 남편은 잦은 출장으로 집에 있는 날이 드물었고 그녀의 활발한 욕구에 대해 무관심했던 것 같았다. 그녀는 오직 출구를 찾아 헤맸는데 출구가 따로 없었고 그녀가 들어온 입구로 나가야만 할 수 있다는 사실을 알게 되었을 때 자신이 일구어놓은 모든 것을 다 팽개치고 나갈 수밖에 없다는 사실도 함께 알 수 있었다고 했다. 그녀는 그럴 수가 없어서 절망했다고 얘기했다. 그녀가 낳은 딸도 남편에 대한 세월에 묻은 인정도, 인정일 수도 없는 운명도 사랑도 다 버릴 수는 없었다고 했다. 그녀는 아직도 남편을 사랑하고 있는 듯했다. 그렇지만 사랑의 상대에게서 돌아오는 것이 냉랭했음에 거울을 보고 울었고 망설임에 깃든 온갖 인생에 대한 영감도 더 이상 아침의 떠오르는 태양일 수 없었으며 정성껏 준비하던 밥상의 수저도 더 이상 뜰 수 없는, 두 눈의 암흑은 영혼을 배부르게 할 수 없었다고 했다. 그녀는 그런 절망 상태에서 안주하지 않았다고 했다. 여성의 매력을 키우기 위해 매일 운동하고 가꾸었고 미용에 최선을 다했으며 패션 감각을 잃지 않기 위해 많은 노력을 했다고 했다. 그렇지만 남편은 언제나 무뚝뚝함에서 변하지 않았고 냉소적이었으며 그런 그녀의 변화에 별다른 관심을 주지 않았다고 했다. 한번도 한눈팔지 않고 남편만 바라봤는데 남편은 목석과 같이 그녀에게서 다른 것을 찾지 않았다고 했다. 여자는 꽃과 같아서 가꾸어지는 것에서 살아 있음을 발견하는데 남편은 자신만 살아 있으면 그만이라는 식이었다고 했다. 그녀는 그럼에도 남편을 사랑한다고 했다. 그리고 그건 변할 수 없는 것이라고 했다. 나는 그녀의 이야기를 들으면서 여자가 원하는 것이 무엇인지 언뜻 알 수 있을 것 같았다. 내가 듣기에 여자는 고요하지만 고

여름 바다

요한 것만을 원하는 것이 아니라는 것으로 들렸다. 때론 폭풍우가 치고 비바람에 위기에 처하는 것에 동감하는 것, 그것으로 인생을 크게 실감하는 것으로 보였다. 그녀에게는 부족한 것이 없었다. 단지 그녀는 남편의 사랑을 더 크게 느끼고 싶었고 더 많은 관심을 받을 것을 원했다. 세상에는 돈이 없어 당뇨약을 제때 못 먹는 사람들도 있고 한 끼 식사에 큰 감사를 올리는 사람들이 있고 부모가 없어 기본적인 사랑에 궁핍한 사람들도 많은데 그녀는 그녀의 삶에 만족하지 않고 사랑을 부리려고 하고 있는 것 같았다. 내가 보이게 그녀는 배가 불러도 많이 부른 것 같았다. 그렇지만 그녀에게 주어진 길이 그렇다면 이해 못할 것은 아니라고 측은감이 드는 것도 사실이었다. 그런데 그러한 얘기를 왜 나에게 하는 걸까? 이경희, 그녀는 커피숍에 흐르는 음악에 완전히 취해 있었다. 나는 그녀에게서 벗어날 궁리를 했다. 미모의 미시족에게 호감이 가는 것은 사실이지만 나는 윤리적인 내 모습을 찾고 싶었다. 이경희가 일하는 그 병원은 다른 직원에게 거래처 관리를 하도록 할 방침이었다. 이제 일어나고 싶었다. 그러나 그녀가 아주 슬픈 얼굴이 되었다. 나는 할 수 없이 그녀가 사는 곳에 바래다주고 또 잊으면 됐지 하는 생각에 그녀와 어깨를 나란히 하고 알 수 없는 길로 나아가고 있었다. 나가는 길에 누군가와 부딪쳤는데 짧은 머리의 그녀는 나를 먼저 보았는지 고개를 돌려 모른 척하고 갔다. 그때 나는 이경희라는 여자에 대해 알게 되었는데 그게 진짜로 아는 것일까 하는 생각에 골치가 아파왔다.

그녀는 차 안에서 쉴 수 있었는데 일부러 비를 맞은 것으로 추측된다. 그녀의 비엠더블유 승용차를 타고 가는 길엔 공중전화란 허영심의 환상 정도로만 보였고 가을비 맞을 취미란 드라마의 한 장면을 꾸어온 백지수표의 구겨짐 정도로만 여겨질 뿐이었다. 허영심의 변형이란 이 세상의 절실한 실체를 쉽게 왜곡하고 모사하는 것으로 자신의 양심을 품격 있게 구걸하는 것으로 사료된다. 그런 거짓에 얼마나 많은 사람들이 사치하는가? 그러나 그녀가 왜 나에게 접근하는지 그녀는 그 이유를 알까? 나는 그녀의 그런 접근에 대해 모른 척 부드럽게 외면할 것이다.

그녀의 집은 멀리 있지 않았다. 내가 살고 있는 집에서 산길 하나를 넘으면 바로 그 아래에 있었다. 그러나 차로 가는 길은 어디어디를 들려 한참을 돌아가게 되어 있었다. 그리고 주위에는 인가가 별로 없어서 아주 한적했다. 그녀의 차에서 내리려고 하자 그녀는 고개를 숙이고 우울한 표정이 되었다. 눈물 한 방울쯤 떨어질 것 같았다. 나는 측은지심에 그냥 내릴 수 없었다. 그래서 다음에 또 뵙자고 하니 옅은 파스텔톤의 입술로 '안녕' 그리고 '감사'를 말하듯 미소를 지었다. 나는 기분이 이상했지만 가벼운 발걸음으로 산길을 올라 간단히 집에 올 수 있었다. 그녀에 대해 나는 무엇일까 하는 생각에 침대 위 노쇠한 형광등의 검은 부분이 한순간 밝아졌다 다시 검은색이 되었다. 내 마음도 검어지다 검은색이 주는 무거움을 어떻게 감당할 수 있을지 두려워졌다. 나는 다시 이경희에 대해 잊기 위해 어떤 질병에 걸려 무슨 약을 먹어야 할까를 의문하였다. 그런데 나는 진정 누구인가에 대한 답은 지구에 사는 동안 알아낼 수 없는 신비일 것을 직감하고 박소현의 무표정을 부

여름 바다

러 지었다. 잘되지는 않지만 당분간 박소현의 무표정으로 살아야 할 것 같았다.

흐트러진다. 나의 눈앞에서 박소현이 흐트러진다. 박제같이 굳은 내 온몸이 그런 박소현을 마주하고 있었다. 여태까지 알던 박소현은 지금 내 앞에서 활발한 몸짓으로 장난하는 박소현이 아니었다. 답답한 마음에 동네를 산책하는 도중 목이 말라 커피숍에 들른 것이 발단이 되었다. 그 커피숍은 이경희에게 이경희에 대한 설명을 듣던 그 커피숍이었다. 나는 이경희의 집에 갔다 온 이후로 많이 흐트러져 있었다. 내 갈라진 마음을 비집고 흑심이 상처 난 곳의 딱지처럼 달라붙어 있었다. 떼어내고 싶은 마음도 있었지만 자연스럽게 떼어지겠지 하는 안이하고 교만한 생각에 어질어질한 갈등으로 힘이 들고 있었다. 마음이 무거웠다. 내 순정한 마음에 그늘이 지고 그 어둠에 편치 않게 되었다. 근묵자흑같이 나는 동요되었고 이경희는 나를 그 중심에서 흔들고 있었다. 나에게 이런 적이 전혀 없었던 것은 아니었다. 생각해보면 나는 그런 순간들을 잘 극복해온 것 같았다. 한번도 실수하지 않았고 정도를 어긋나서 길을 가지 않았었다. 내 주위 사람들은 나를 고지식하다 하고 융통성을 가지라고 충고해주었지만 본래의 내 심성이 바뀌지는 않았다. 나는 나에게 자신이 있었다. 내 정직함에 대해서만큼은 주위 사람들이 칭찬을 마다하지 않았었다. 그런 사람들을 실망시킬 일은 없을 것이라 나는 단정하고 있었다. 한순간 기울어지다가 다시 돌아오는, 약간 틀릴 수는 있지만 나의 정체성은 확고했다. 그런데 또 시험이 다가온 것이다. 이경희가 주는 시험은 오랫동안 혼자 살아온 나에게는 시련이었다. 나는 그 시련을 이기기 위해서 산책을 나왔다. 커피숍에 들렀는데 뜻밖에도 박소현이 여기저기 뛰어다니며 내가 나름 정리해둔 박소현의 정체를 혼란스럽게 하고 있는 것이다. 아는 척을 할까 하다가 '저 여자가 내가 아는 박소현 맞아?' 하는 물음에 그녀를 아는 것도 아니라는 생각에 도대체 아는 것이 무엇일까라는 의문으로 골치가 또 아파졌다.

나는 또 아메리카노를 시켰다. 만만한 게 아메리카노였다. 아메리카노는 매장을 분주히 그리고 활발한 표정으로 누비고 있는 박소현이 가져왔다. 시럽이 필요하냐는 질문과 함께 그녀는 다시 한번 나에게 다가와 핑크빛 미소를 던졌다. 나는 아무런 말도 하지 못했다. 그런 그녀의 행동은 나와 다른 손님들과 별 차이가 없는 것이었다. 그러나 그녀는 나에게 매우 특별한 존재였다. 그녀를 위해 '나'에 대한 고민을, '내가 누구인가?'라는 의문을 풀려고 지구 밖에까지 갈 태세였는데 나는 그녀에게 조금도 특별하지 않았고 아무런 의미도 될 수 없다는 절망감에 나는 그대로 커피숍을 박차고 나갔다. 커피 값도 지불하지 않고 나갔다. 그녀는 멀어져가는 나를 불렀다. "손님! 커피 값 지불 안 하셨는데요? 저기요!" 나는 그녀가 나를 부르는 소리를 처음 들었다. 나는 이제야 그녀에게서 조금 특별해지고 있었고 조금 의미가 되고 있었고 이제 나를 조금 기억하고는 내가 그녀로부터 의문한 '나는 누구인가?'에 대한 고민을 조금 함께 나누게 되지 않을까 하고 나는 많이 기대되었다. 나는 나로서 그녀로 향한 기대를 저버릴 수 없는 만큼 황홀해지고 있었다. 나는 그녀에게서 피어나고 있는 것이다.

여름 바다

나는 건강해지고 싶었다. 병에 걸려 박소현에게서 얻은 황홀함을 잊을 수는 없었다. 나는 시간 나는 대로 온 동네를 산책했다. 가벼운 아령을 들고 걸음에 박차를 가했다. 나는 그것으로 부족하다 생각했다. 운동 시간을 늘리고자 했다. 집 뒤에 보람 있게 서 있는 산도 오르고 산을 넘어 다른 동네로도 산책 범위를 확대해나갔다. 나는 덕분에 몸이 튼튼해졌고 활기차졌다. 이후로 나는 장염이나 감기나 다른 질병에 걸리지 않고 충실하게 업무를 수행해나갔다. 그리고 시간이 날 때마다 그 커피숍을 기웃거렸다. 이상하게도 박소현은 보이지 않았다. 파트타임이라 그런가 보다 생각했다. 나는 혹시 매장 안 구석에서 일을 보고 있지 않을까 해서 한번 들어가보았다. 그런데 그 구석에 이경희가 앉아 있었다. 이경희인지 알아보지 못했을 뻔했다. 과도하게 짙은 화장과 가린 곳이 드러낸 곳보다 훨씬 드문, 아주 육감적인 차림새여서 이경희가 맞는지 한참을 바라봐야 했다. 그런 후에 그녀가 이경희라는 사실을 겨우 알아챌 수 있었다. 그녀도 나를 알아보았는지 손을 흔들어 나를 불렀다. 나는 가기 싫었지만 안 다가가기도 이상해서 그리로 끌려가듯 갔다. 그녀의 기분은 좋은 듯했다. 그녀의 함박웃음에 나는 마지못해 맞장구를 쳐야 했다. 그편이 사람을 대하는 수월한 태도라는 것을, 영업사원을 하는 동안 충분히 터득하고 있었기 때문이었다. 그녀는 머리를 매만지기도 하고 입술을 조몰락거리며 립스틱을 칠하기도 했고 손바닥 부채로 얼굴에 바람을 부치기도 했다. 나는 그저 너털웃음을 지으며 그녀의 그런 기분에 토를 달지 않았다. 그녀가 불행하든 행복하든 그건 내가 상관할 바가 아니라는 판단에서였다. 그녀는 한두 시간을 그렇게 나를 붙잡고 수다를 털더니 갈 때가 되었다며 바래다주지 않겠냐고 했다. 나는 선뜻 그러겠다고 했다. 안 된다고 하면 그녀의 수완으로 봐서 눈물을 보일 것이라는 예상에 어차피 가야 할 것, 기분 좋게 가는 것이 좋다고 생각했다. 그녀를 바래다주는 길에 헐렁한 티셔츠 안으로 그녀의 가슴골에 들어찬 젖가슴이 완전히 보일락말락하는 것에 내 다리는 후들거렸지만 나는 꿋꿋이 바래다주는 임무를 수행하는 데 최선을 다하고 있었다.

　나는 그를 바래다주는 것을 끝내고 있었다. 그녀의 집에 거의 다 온 지점이었다. 거기서 그토록 내가 보고 싶어 하던 것을 봤다. 저기서 박소현이 멜빵 청바지를 입고 벤치에 앉아서 책을 읽고 있는 것이었다. 나는 아는 척을 하고 싶었지만 옆에서 아주 육감적인 걸음으로 걸어가는 이경희가 거슬렸다. 그래서 아는 척하는 것을 포기하고 바래다주는 것에 주의를 더 기울이려 했다. 그런데 박소현이 나를 아는 척했다. "커피 값 주세요!" 그녀는 앉아 있다가 내게 다가와서 손을 내밀었다. "제가 알바비로 대신 지불했으니까 난 꼭 받아야 해요." 박소현의 표정이 다시 무표정이 되어 신비한 무언가를 드러내놓고 있는 것 같았다. 이경희의 노출보다 내겐 더 섹시해 보였다. 그렇지만 나는 모른 척해야 했다. "저는 무슨 얘기인지 모르겠는데요." 박소현의 표정에서 잠시 불쾌한 기색이 펼쳐졌다. 이 광경을 지켜보던 이경희는 화가 난 모양이었다. 그녀는 손바닥을 펼쳐 박소현의 뺨을 치고 있었다. 몇 대를 쳤는지 모르지만 여러 대였다. 나는 당황해서 그녀의 등 뒤에서 그녀를 잡고 말렸

　　　　　　　　　　　　　　　여름 바다

다. 그녀의 탄력 있는 몸집을 꽉 붙들고 말렸다. 박소현은 억울해서인지 엉엉 울며 그 자리에서 뛰쳐나가고 있었다. 나는 그녀를 불렀다. "소현 씨 미안해요. 제가 사과할게요." 그녀는 자신의 이름을 알고 있다는 사실에 놀랐는지 뛰어가다가 뒤를 한번 돌아봤으나 그 후 한번도 뒤돌아보지 않고 저 멀리 사라지고 있었다. 나는 이런 무례한 행동을 하는 이경희에게 화가 났지만 금방 표현할 수는 없었다. 그리고 박소현에게 더 이상 닿을 수 없을 것 같다는 절망감에 눈앞이 캄캄해졌다. 나는 이성을 완전히 잃을 수도 있었지만 당당히 나로서 산 세월이 그것을 잠자코 막고 있었다. 그리고 이경희도 그런 나를 잠자코 바라보고 있었다.

"바람피우면 안 돼요!" 그녀는 애교 있게 내게 말하고 있었다. 그녀의 집 앞에는 아무것도 지나가지 않았다. 아주 조용했고 적막하기까지 했다. 다만 내 머릿속만이 시끄럽고 아주 복잡했다. 불덩이같이 머리에 열이 올랐다. 해소되기까지 여러 날이 소요될 것 같았다. 이경희는 이제 아주 낮은 소리로 속삭이듯 내게 말하고 있었다. "내 딸이 유치원에서 올 때까지 같이 있어줘요." 나는 단호히 안 된다고 말하고 싶었지만 떨려 말이 안 나왔다. 분노에 찬 떨림인 것 같았다. 아주 한적하고 인기척이 없는 그녀의 집 앞에선 고목들이 울창하게 내 떨림이 울려퍼지는 것을 가로막고 있었다. 그녀는 집 앞의 벤치에 앉아 다리를 꼬았다. 나는 참았던 분노가 그녀의 딸이 유치원에서 오기까지 더 참아지지 않을 것 같았다. 난 슬며시 그녀의 옆에 가까이 앉았다. 그녀가 흠칫하며 "어머! 왜 그래?" 하며 교태를 부리는 것 같았다. 나는 그녀의 허벅지에 손을 없고 그녀의 짧은 치마 속으로 손을 집어넣었다. 그녀는 흠칫 놀라는 것 같았으나 저항하려는 단호한 의지는 없어 보였다. 나는 그녀의 상체를 잡고 그녀를 땅바닥에 눕혔다. 그리고 그녀의 옷을 벗기고 내 분노를 욕망으로 덧칠하는 것을 내 스스로도 막을 수 없었다. 그녀는 이러면 안 된다고 여러 차례 했으나 그녀도 흥분 속에서 하는 발가벗은 거절이었다. 그렇게 내 욕정을 다 풀고 일어서려 하는데 어디선가 노려보는 시선을 느낄 수가 있었다. 옷을 입고 정신을 차리자 그녀의 건장한 남편이 분노의 눈빛으로 나를 죽일 듯 쩨려보고 있다는 사실을 알았다. 이경희라는 여자는 살짝 옷가지로 몸을 가리고 훌쩍훌쩍 울다가 남편을 보며 애원의 눈길로 한참을 보고 있다 말하고 있었다. "여보! 이 사람이 좋은 사람인 줄 알았는데 나를… 흑흑흑… 겁… 탈… 흑흑흑… 했어… 흑흑흑…." 그녀의 건장한 남편은 전화기를 꺼내 어디론가 신호를 보냈고 잠시 후 사이렌 소리를 내며 경찰차가 왔다. 나는 빼도 박도 못하게 성폭행범으로 몰렸다. 몰린 것이 아니라 사실이 그랬다. 나는 구치소에 구금되고 경찰이 심문을 했다. 나는 아무것도 부정할 수 없었다.

나는 초범이라 그래서인지 중한 형량으로 처벌받지는 않았다. 정상참작이 된 듯했다. 징역 1년에 집행유예 2년, 전자발찌 5년, 사회봉사 50시간이라는 선고를 받고 풀려났다. 나는 이제 파괴되어서 아무것도 할 수 없었다. 회사에서 해고당했고 전자발찌를 차고서는 여행도 갈 수 없었다. 그저 소일거리로 버려진 종이상자를 모아 팔았고 그 돈으로 겨우 생활할 수 있었다. 그렇게 몇 개월을 개처림 살고 있었다. 그러던 중 슈퍼마켓 앞 평상에서 콜라 한 캔을 마시고 있는데 이경희, 틀림없는 이경희가 지나가는 것을 보게 되었다. 그녀는 누구에게 장미꽃다발을 받았는지 싱글벙글한 표정이었다. 얼굴에도 전에 없던 아주 밝은 빛의 꽃이 피고 있었다. 그 꽃을 피우기 위해 또 무슨 희생을 거름으로 삼을지 매우 많이 우려스러웠다. 난 모른다 하며 고개를 숙이자 하수구 밑에서 이름 모를 잡초가 꼿꼿이 피어 살고 있음을 발견했다. 불현듯 그 잡초에게라도 나는 누구인가를 설명하고 싶었다.

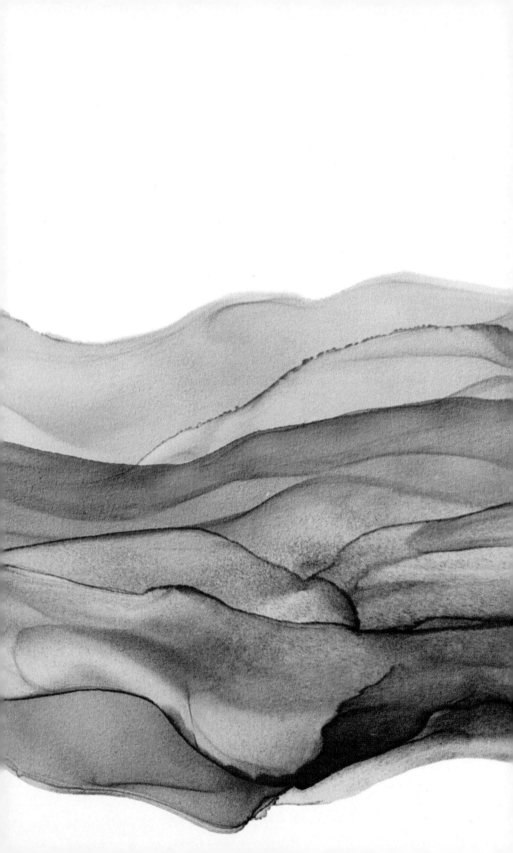

제인의 영광에 도착하다

;

택시를 타본 사람은 알 것이다. 목적지까지 가는 주인공이지만 정작 그 주역을 택시 기사에게 맡긴다는 사실 앞에 무력했던 기분을 알 것이다. 공중부양을 하는 것처럼 떠 있는데 땅에 몸을 지지하여 가야 하는 것이 오롯이 맞다. 내가 사는 것이지 사는 것을 구경만 하고 있는 것은 티스푼으로 비빔밥을 비비는 것처럼 허기짐을 막막함으로 채우는 것일 것이다. 택시에 승차하고 막대한 힘으로 움직여지는 나에게서 긴장을 재미로 느끼는 창문 밖의 배경이 보인다.

그녀는 내가 올 것을 기다리고 있었다. 내가 간다고 말했기 때문이었다. 나는 간다고 했는데 분명 그렇게 말했는데 어디로 갈 것인지는 미처 말하지 않았다. 양자 간의 대화여서 당연히 나의 상대방인 그녀에게 간다고 전달받는 것은 통상적인 생략의 효과일 것

여름 바다

이다. 그리고 분명 나도 그때 그녀에게 간다는 의미로 얘기했던 것을 또렷이 기억한다. 그래서 나는 지금 그녀에게 가고 있는 것이다. 그런데 지금, 내가 그녀가 기다리는 곳으로 가는데 절절하게 느껴지는 긴장이란 무엇일까? 나는 택시 기사가 말을 걸어오는 것을 무시하고 골똘히 생각하고 있었다. 그러나 명료한 해답이나 쓸 만한 단서가 나오지 않았다. 다만 의무감에서 택시비를 지불하려고 미터기에 눈길이 가는 것을 피하지 않았다. 또한 바람이 심하게 부는 날 굳이 치마를 입는 여자의 심리에 대해 의문이 떠나지 않는 나는 길거리에서 도중하차하고 싶다는 생각이 드는 것도 피할 수 없었다. 머리를 뒤로 쓸어넘겼다. 잠시 시원했다. 그때 옆으로 뻗어 있는 나뭇가지가 택시의 사이드미러를 쓸고 반쯤 열린 창문 틈으로 침입했다 빠져나갔다. 내가 지니고 있던 그녀에 대한 긴장이 물리적인 사고에 대한 위험으로 옮아갔다. 택시 기사는 대수롭지 않다는 듯 라디오의 볼륨을 높였다. 라디오를 꺼달라고 요구하고 싶었지만 그때 라디오에서는 신기한 소리가 흘러나오고 있었다. 횡격막에 무리가 갈 정도로 참았다 웃는 웃음이 사람들의 신경을 사로잡고 있었다. 왜 그래야 하는지 궁금해서 택시 기사 아저씨는 볼륨을 점점 높이고 나도 그걸 계속 듣고 있어야 했다. 어쨌든 그녀에 대한 나의 긴장은 풀어지고 있었지만 또 하나의 긴장이 뇌세포를 흔들어놓고 있었다. 그런데 종착지에 다 가서도 그 이유를 알 수 없었다. 그냥 웃음소리가 참 재밌고 신기했을 뿐이었다. 내가 그녀에게 왜 긴장을 해야 하는지 알 수 없는 이유와 다르지 않았다. 택시비가 아까웠지만 대가 없이 그냥 내릴 수는 없었다.

택시비라는 거금을 들여 그녀와의 약속 시간에 겨우 댈 수 있었다. 그러나 그녀는 약속 장소에서 내가 한참을 기다린 후에 나타나 미안하다며 붕어빵의 머리 쪽부터 내 입 속으로 들여보냈다. 하마터면 그녀의 손가락을 깨물 뻔했다. 놀란 내가 더 미안하다고 말하고 싶었지만 그녀는 라디오의 그 천박한 웃음소리로 깔깔대며 내게 입을 열 기회를 주지 않았다. 그 소리에 기가 죽은 나는 그녀가 하는 얘기마다 박수를 치며 맞장구치는 데에 바빴고 나란 존재는 그녀가 운전하는 코스대로 실려 가야만 했다. 그녀는 갈수록 의기양양해졌고 나는 바보같이 헤헤거리며 비유를 맞췄는데 하굣길 초등학생은 신기한 듯 나에게서, 우리에게서 눈을 떼지 못했다. 원숭이도 나무에서 떨어진다고 하는데 하며 그녀는 번지점프를 하러 가자고 했다. 번지점프도 겁나게 무서웠지만 그녀의 비유가 더 괴기한 것이었다. 아 다르고 어 다르다고, 이왕이면 '공수부대에서 낙하산도 타는데 번지점프 그까짓 거, 벌써 전역한 지 오래됐지?' 하면 나는 과연 안심했을까? 아무튼 나는 표정 관리가 안 되었다. 택시가 아니라 순간 이동이라도 할 수 있으면 하고 싶었다. 아까 탔던 택시에서는 아직도 해괴한 웃음소리가 울려퍼지고 있었다. 저 아저씨 퇴근 시간까지 왜 그렇게 웃는지 알아냈으면 하고 내심 진심으로 기도했다. 그녀가 갑자기 친근하게 내 팔짱을 낀다. 소름이 돋고 식은땀이 전신에 동시다발적으로 쏟아져 나왔다. 그녀가 낌새를 챘는지 나에게서 떨어져나갔다. 그러더니 "아직은 너무 일러!" 한다. 그러더니 새침데기 같은 표정을 짓는다. 벙어리 냉가슴으로 답답했지만 나는 차분하게 그녀를 대하기로 하고 다음을 기

　　　　　　　　　　　　　　　　　　여름 바다

약하는 멘트를 지어내기 위해 고민의 포즈를 취했다. 그녀는 새침데기에서 모성애로 바뀌 나를 품으려 했다. 택시에서 하차하기 위한 절호의 기회였다. 난 생각하는 로댕보다, 생각해서 존재하는 데카르트보다 심각하게 고민하는 표정을 지었다. 그녀는 내일도 존재하니 오늘은 그만하자고 한다. 내일의 태양을 떠올리기 위해 그녀는 나에게 굿바이 인사를 하고는 바람처럼 사라졌다. 길 건너편에 치마를 입은 여자에게 눈길이 가는 것을 피하지 않다가 나는 지하철로 그녀 치마의 영상을 뇌리에 가져와 자꾸 되돌리며 나만의 안식처로 갔다.

　나는 이별의 노래를 듣고 있다. 추억이니 사랑이니 절절하게 아름다웠다는데 듣다 보니 그녀와 그러고 있다고, 그녀와의 이별이었다고 자꾸 노래가 자기 암시화가 되고 있었다. 그런데 그 아름답고 감미로운 것의 정체는 이별이 전제하고 있었음이다. 뒤돌아보면 자기가 겪은 오만 가지 잡다한 것들도 포토샵의 사진처럼 잘 꾸며낼 수 있다. 나는 노래대로 눈물이 나는 것을 가까스로 참으며 그녀가 주장하는 모든 것을 완곡하게 바꾸어서 순수와 정의의 이름으로 피어나게 하고 싶었다. 골치가 아팠지만 그녀가 하는 말과 행동을 잘 끄집어내야 할 것 같았다. 그녀가 했던 말들과 행동을 하나하나 떠올리는데 이상하게도 명료하고 똑똑한 형체를 보이는 것이 떠올려지지 않았다. 다만 그녀에게서 받은 인상에서는 무언가 강력한, 폭풍우 같은 거센 압력이 있었는데 과연 무엇을 위한 압력이었고 무엇을 주장하며 무엇에 대해 그렇게 억지를 쓰는지 도대체가 알 수 없었다. 다만 나는 그런 그녀의 강압적인 태도에 대해

주눅이 들었고 그냥 피하고만 싶었을 뿐이다. 그녀에게는 무언가 강력한 추진력이 있었는데 어디로 향하는 힘이었는지, 아직도 그녀와의 만남에서 좋은 것들로 치장하기 위한 나의 헌신적인 노력에도 불구하고 그것은 너무나도 불분명했다. 중학교 시절에 아이큐 검사를 받았을 때 110점을 넘은 것으로 기억하는데 상전벽해, 세월이란 나를 바보로 만드는가? 그녀와의 추억을 아름답게 만들지 못한다면 나는 지금 듣고 있는 노래처럼 이별을 할 수 없다는 강박관념에 아예 미칠 것 같았다. 미치느냐, 그녀와의 억지스러운 만남을 계속해야 하느냐? 나는 햄릿의 사느냐 죽느냐 그것이 문제로다라는 명대사에 이별이 아니면 죽어야겠다는 비약을 세우고 있었다. 제발 저 노래가 끝나든지 스톱 버튼을 누르든지 아니면 귀를 막든지 하는 사차원의 세계로 빠져나간 나는, 인간이란 존재의 몰골이 매우 우습다는 생각을 얼음판을 지치듯 지치고 있었다. 사지선다 문제로 인생의 해답을 구한다는 게 얼마나 어리석은 일인지, 사차원의 세계에서 나는 분명히 우롱할 수 있었다. 완연히 다른 관점에서 보면 내가 가지고 있던 틀은 가히 거적때기 같은 누추하고 황망한 것들이었다. 이별 노래가 거의 끝나가고 있을 때 난 절망에서 겨우 빠져나올 수 있었는데 저쪽에서 다른 노래가 오버랩되어 이어졌다. 바로 강력하게 '너 없이는 하루도 살 수 없어~' 하고 샤우트 창법으로 지르고 있었다. 사소한 부탁도 거절하지 못하는 내가 저렇게 애절하고 강력하게 요구하는데 가슴이 답답해지지 않을 수 없었지만 그녀의 목소리로는 낼 수 없는 아주 고음의 섹시한 목소리였다. 그때 나는 꿈에서 깨어날 수 있었다. 그녀가 낼 수 없는 불가능의 목소리였고 그녀가 그런 식으로 부탁하는 법은 대한민국 법전에서는 찾아볼 수 없는 것이었다. 나는 가까스로 정신의 가닥을 잡았다. 너는 너고 나는 나고 노래는 노래였다. 그렇다. 그녀는 그녀였다. 그녀가 뭐라 하든 나는 나였고 그건 고유하고 인류가 존엄하다는 진리가 아닌가? 단연코 그녀는 나에게 무엇을 하라고 또는 나에게 어떻게든 무엇이든 요구할 권리가 있는 것은 분명 아니었다. 나는 나의 길을 가면 그뿐이었다. 겁먹을 필요가 절대 없었다. 그런데도 나는 괜히 겁을 먹고 그녀를 외면하지 못하고 있는 것이었다. 나는 더욱더 당당해야겠다고 다짐했다. 그러나 나는 조금도 당당하지 않았다. 아무튼 그건 과거의 나였다. 나는 결연히 그녀를 대해야겠다는 의욕이 뱃속의 허기짐처럼 절실해지고 있었다. 엄마가 차려놓은 밥을 먹으며 흘리는 국물은 실없던 나의 반영이었으리라! 그러나 나는 밥을 다 먹은 후 밥상을 깨끗이 행주로 닦고 우악스럽게 싱크대에 가져가서 쥐어짰다. 일신우일신, 나는 점점 강해지는 것을 느낄 수 있었다. 전장에 나가서는 물러나는 법이 없고 행주대첩 같은 환희가 물밀듯 밀려올 것이 틀림없었다. 그렇다. 나는 장수처럼 절도 있게 방으로 향했고 그동안의 설움이 복받쳐 나오는 것을 억지로 참으려고 했다. 과연 내일의 태양이 떠오를 수 있을까? 나의 거친 기세에 해는 먹구름으로 가리고 뜰 것이라 나는 흔쾌히 가벼운 기분이 드는 것으로 오늘을 마감하고 있었다.

그녀는 열 시까지 나오라고 나에게 명령하고 있었다. 내가 왜 그래야 하는지 묻고 싶었지만 그녀는 내 말 나올 틈을 어제 내가 우악스럽게 짰던 행주로 막고 있는 것 같았다. 나는 그녀에게 갈 수밖에 없었다. 열 시까지 가려면 나는 내 겉면을 잘 치장해야 했다. 새색시가 꽃치장하는 것 같은 기분이 드는 것에 대해 나는 마구 어지러웠고 나의 불순한 정체성을 의심하는 것에서 가까스로 그치고 있었다. 내가 나의 그런 의심과 싸우면 싸울수록 지쳤고 꼭 어제 우악스럽게 짠 행주 같은 모습이 되어 나는 그것을 펴려고 머리를 쥐어짜야 했다. 그녀는 옳든 그르든 있던 나의 내용물을 다 제거시키고 그녀 마음대로 내 형태를 만들어나갔다. 싱크대에 올려져 있는 행주처럼 잘 생겨 봐야 행주인 주제로 나는 그녀에게 완전히 쓰이고 또 쓰였다. 그녀의 손재주대로 나는 만들어져갔으며 유용하게 만들어져서는 그녀의 손 모양대로 남겨졌다. 그녀는 나를 만드는 틀이었다. 나는 나의 욕구와는 다르게 그녀의 마음에 들어야 그나마 보람을 느낄 수 있었다. 그런 역할마저 해내지 못한다면 나는 패배주의자로 전락해 쓰레기통에서 다른 쓰레기들과 수다를 떠는 것으로 내 존재감에게 최소한의 양심을 들 수 있었을 것이다. 그러므로 나는 그녀에게 최선을 다해야 했다. 그녀는 나의 희망과 다르게 나의 과제가 되고 있었으며 그녀는 나의 흥미와 다르게 나의 최선이 되고 있었다. 만약 그녀의 울타리를 벗어난다면 나는 무지막대한 공허함에 하늘을 지붕 삼아 안식을 해야 하는, 정처 없는 나그네가 될 것이다. 내가 나의 휴식을 그녀에게 조망하는 것도 어쩌면 필연이 되고 있음은 운명일까? 나는 나의 운명에 대해 팔자타령으로 바꾸고 탄식이 나는 것을 막을 수 없었는데 그녀가 저 앞에서 한숨을 푹푹 내쉬고 있는 광경이 이상했지만 펼쳐지고 있었다. 마음을 비운 나에게 그녀는 또 어떠한 전략으로 나를 쥐락펴락 조롱을 할지 나는 도통 모르는 일이었다. 그러나 내 마음은 호수같이 고요했고 그녀는 노를 젓든 노를 치든 그녀는 엿장수 같은 심보로 마음껏 누리면 되었다. 나는 이미 그녀의 것이었다. 나는 그녀의 마음대로 되는 것이었고 그녀에 의해 내가 되는 것이었으므로 나는 아무런 불만도 내비칠 수 없었고 그러면 아니 되는 것이었다. 그런데 나의 아름다운 주인 미인님께서 한숨을 푹푹 내쉬고 있는 것이었다.

나는 그녀의 그런 모습에 겁을 잔뜩 먹고 있었다. 뛰는 심장이 팔을 마구 흔들 정도였다. 나는 최대한 느린 동작으로 그녀에게 다가가고 있었다. 그녀의 한숨 소리가 점점 커지더니 그녀 바로 앞에서는 천둥소리같이 크게 들렸다. 귀가 째지고 아플 정도로 그녀의 한숨 소리는 컸다. 나는 어마어마한 공포를 느꼈으나 애써 그녀의 좌절을 혹은 그녀의 근심을 안심으로 돌리기 위해 태연한 척하려고 무지하게 노력하였다. 그 결과인지 그녀는 그녀의 한숨을 녹여, 용해시켜 눈물로 흘리는 것이었다. 그녀의 눈물에 나는 손수건을 털고 그녀의 눈가를 닦으려고 했다. 그런데 그 순간 그녀는 아주 돌발적으로 나의 입술을 그녀의 빨간 입술로 덮치는 것이었다. 나는 그 순간 눈을 감아야 했다. 드라마에서 보면 키스할 때 눈을 다 감고 하던 것을 기억해냈기 때문이었다. 그렇게 생각하니 기분이 나쁘지만은 않았고 오히려 오감에서 육감으로 넘어가려고 했다. 그녀를 위해 배려를 해주면 오히려 망신을 당하곤 했는데, 그것에 아주 익숙한데 그녀에게 받는 키스에 복받치는, 육정으로 넘어갈 수 있는 감정을 적절히 조절해야겠다고 지혜가 훈계하고 있었다. 그녀에게서 적절히 하는 방법과 과다한 스킨십이나 만남의 빈도를 조절해서 더 효율적인 관계가 되도록 유도해야겠다는 의욕이 그녀의 빨간 입술에 접촉된 나에게 여우처럼 지어지고 있었다. 나는 더 풍부한 마음으로 그녀를 대해야 하고 나는 더 포근한 그녀의 휴식이 되어가야 하고 나는 그녀의 활기찬 기쁨이 되어야 한다고 그녀와 키스하는 동안 다짐하고 있었다. 그런 나의 마음을 아는지 그녀는 키스를 끝낸 후 눈물을 아주 폭포처럼 흘리고 있었다. 나는 괜찮다며 그녀의 등을 토닥였다. 그런데 그녀는 입술을 뾰족이며 싫은 표정을 하고선 뭔가 할 말이 있지만 말할 타이밍을 보고 있는 것 같았다. 나는 그녀가 뭐라 한들 아무 상관이 없었다. 그녀의 빨간 입술이 이미 내게 이야기를 다 했다고 믿고 있었기 때문이었다.

풍선에 바람이 빠진다. 원래 풍선에는 바람이 없었는지도 모른다. 바람은 원래 풍선 밖에서 자유롭게 저 하늘을 날고 있었다. 다만 그것을 억지로 불어넣은 것은 그 혹은 그녀, 나 혹은 너였을 것이다. 그런데 그게 빠지는 게 허무하다면 실없는 풍선을 탓해야지 인위나 작위나 나, 너, 그, 그녀를 탓해야지 바람을 탓해서는 안 되는 것이다. 그녀에게서 달콤한 투정이 나올 줄 알았는데 풍선은 폭풍처럼 위협인 것 같은 바람을 총알처럼 쏘아내고 있었다. 그녀의 폭풍 같은 발언은 나에게 수습을 요망했는데 나는 내 생각의 정리를 이상하게 해야 했고 서류 분쇄기의 칼날같이 정신없이 돌고 있는 게 있었다. 그녀는 요즘 유행하고 있는 가요의 랩처럼 마치 분무기의 노즐에서 나오는 물줄기같이 나에게 우리가 이별을 해야 하는 이유를 쏟아내고 있었다. 나는 그 말들을 다 알아들을 수 없었지만 그녀의 풍부하고 리드미컬하고 결연한 의지에 그 와중 그 정신으로 감탄을 머금지 못하며 그녀의 장단에 춤을 추어야 할 것 같은 기분이 들었다. 그전과 완전히 다른 곡조 장단이었지만 그녀의 결단의 호기에 나는 절망과 함께 그녀를 존경하고 싶어졌다. 그녀의 문맥에 조금 이상한 점, 틀린 것 같은 느낌, 설마 하는 의구심들이 많이 끼어들었지만 나는 그녀에게 일단은 박수를 쳐야 할 것 같았다. 그녀는 준비한 말들, 표정, 몸짓을 다 풀어놓았는지 나의 정면을 홱 하니 외면하며 텔레비전 드라마의 시련의 여주인공처럼 맥없이 쓰러지듯 달려갔다. 정말 나에게 들었던 쓸데없는 바람이 한꺼번에 다 빠지는 것 같았다. 나는 바람의 무게만큼 수월해졌지만 그만큼 수월해지진 않은 것 같았다. 뭔가 좀 특별한 일로 괴로운 것이 더 나을지도 몰랐다. 나에게 든 기분에 뭔가 빠졌지만, 무거운 마음으로 집으로 향했다. 향하는 도중 '이거 좋은 것 아닌가? 해방이 아닌가? 그렇다면 만세라도 불러야 하는 것 아닌가?' 하는 생각들이 머리의 한구석에서 노는데 그러면 안 될 것 같았고 허전하고 무엇인지 뒤틀려 있는 걸음들이 내가 진정한 나를 알 수 없을 뿐인 한계로 받아들이고 있었다.

밤마다 골목을 돌아 그녀와 마주치는 것을 그렸다. 그녀와의 만남은 내내 싫었지만 그녀는 나를 그녀의 것으로 만들어놓은 것 같았다. 나는 그녀에게 길들여져 그녀가 하라는 대로, 내가 그렇게 하기 싫어도 그녀가 원하는 것이면 모두 받아들이는 것을 사명으로 삼도록 만들어졌다. 그녀가 가위를 들면 나는 종이처럼 납작해져야 했고 그녀가 장군을 부르면 멍군을 부르기 위해 장기판을 짜야 했고 그녀가 평강공주라 우기면 그녀가 울지 않아도 나는 바보짓을 해야 했다. 나는 그녀가 원하는 대로 놀아나야 했지만 현재이 순간, 이별의 가요처럼 몰입한 아름다운 순간에 임할 수 있는게 행복했다. 나는 그녀에게 몰려다니던 거리마다 골든디스크의음률이 환영처럼 떠다녀 감정이 매우 복받치고 있었다. 실제에 있어서 앞으로 그녀가 나타나지 않기만 하면 되는 것이었다. 그러면아주 감미로운 이별이 되는 것이었다. 그녀는 환영처럼 내게 그려졌지만 어디까지나 환영이었고 환영이란 실제로 지금 있는 것이 아니었다. 떠나보면, 돌아보면 그럴듯해지는 심리처럼 환영이란 사실그대로가 아니라 뭔가 꾸며지고 치장되는 그런 것이었다. 바로 그래서 그녀의 명령에 주물럭거려지는 나의 모습이 마치 포도주를만들기 위해 틀에 담긴 포도처럼 달콤했고 그 결과로 나는 흥에취해 있었다. 나는 이상한 나라를 빠져나온 앨리스였다. 난 그야말로 삼 단으로 분리되는 마법사의 상자에서 사라진 미녀였다. 색색의 손수건만이 마법사의 상자에서 펄럭이고 있을 뿐이고 그녀는온데간데없는 나를 위해 관객에게 환호를 유도하지만 그녀는 마술을 완전히 마무리할 수 없을 것이다. 나는 다시 그녀 곁에 갈 의무가 존재하지 않기 때문이다. 어쩌면 그녀에게서의 무리한 일탈일수 있지만 비유를 다시 하면 8·15 해방의 함성이 1945년 그때뿐이겠는가? 나는 고개를 들어 하늘을 보았다. 커피색 하늘은 얼음 같은 별을 시원하게 걸어놓고 있었다. 나는 그녀가 나타날 것 같은기대를 꽁꽁 얼려 팥빙수를 넘기는 목구멍에 감탄같이 떠올리고 있었다. 몇 날 며칠을 그렇게 골목길을 돌았지만 그녀는 마주쳐지지 않았고 어쩌면 그녀의 마법은 내게 이미 완전히 풀려 있을지도 모르는 일이었다. 감탄을 일으키는 마음에 바람같이 풍선에서 빠진 자유가 그녀와 동행했던 길을 다른 풍선으로 팽창시키고 있었다. 나는 성질이 다른 같은 길을 전혀 의심을 가지지 않고서 여전히 같은 길이라고 여겼다. 그러므로 나는 일편단심의 의리를 지키는 것으로 그녀와의 이별을 정조 있게 지키고 있는 것이었다. 어쨌든 나는 해방은 해방대로 슬픔은 슬픔대로 폼은 폼대로 잡고 나타날 리 없는 그녀를 향한 정을 충성으로 지키고 있는 셈이었다. 해서 나는 죄책감이나 불편한 감정에 괴로울 필요가 없었으며 아름다운 감상으로 청춘의 시절에 풍부한 마음을 채울 수 있는 것이었다. 그녀가 없는 그 길은 나에게 밤마다 보석같이 빛나고 그 거리에서 나는 이별 노래의 주인공이 되어 누릴 수 있는 풍요로움이 좋았다. 그 길마다 거리마다 나는 애써 떠나는 그녀를 떠올리려 했다. 노래 가사가 그러했기 때문이었다. 나는 차마 그 길을 떠날 수 없었다. 나는 학교 가는 학생처럼 밤마다 그 길을 찾았고 그 길 그 거리에서 그녀를 추억할 수 있었다. 그렇게 나는 다른 식으로 그녀에게 길들여져가고 있는 중이었다.

지구인이라면 그렇다. 자라 보고 놀란 가슴 솥뚜껑 보고 놀라고 복고 패션이 유행이라면 중세 시대의 암흑도 검정색도 신상품으로 나오고 또 나온다. 몰려다니는 게 대세라면 똥강아지도 한패가 되고, 없어 보이는 게 좋았다면 수염도 깎지 않고 빈티지를 입고 멋지게 돌아다닌다. 모든 게 하나에서 출발해서 하나 비슷한 게 다 하나가 되는 것이다. 그래서 비슷한 것은 분류가 필요하고 분석이 필요하다. 그런데 현대인이라면 바빠서 그럴 시간이 없다. 그냥 솥뚜껑은 자라고 자라는 솥뚜껑이다. 나는 너고 너는 그러면 나는 그다. 그녀가 머리가 길면 머리가 긴 여자는 다 그녀가 될 수 있는 소지가 있다. 그러니까 현대인이라면 의외의 다른 것에 사소해도 놀랄 일이 많다. 그러니까 우리는 조심을 하고 또 해야 한다. 아니면 놀란다가 뺨을 맞든가 물리든가 해야 한다. 현대인의 일상이란 신상품에 환호를 부르기 위한 적응 훈련이다. 환호를 하면서 하나같이 다 하나가 되는 것이다. 조금이라도 다르면 반갑게 맞이하는 여유가 필연이고 미덕이다. 원래 인간 개개인은 모두 다른 근원을 가지고 있지만 이에 대한 망각은 현대인의 질병이며 동병의 애환으로 묶이는 것이기 때문이다. 다른 것들이 하나가 된 것에 대한 동료애가 넋 놓고 품을 늘렸기 때문이다. 그 큰, 어쩌면 허술한, 그큰 하나가 관용을 베푸는 것이다. 그 큰 울타리는 매우 견고해졌고 여유를 부리고 있다. 그 일맥으로 그 관대함의 맥락 아래 다른 것들을 허용하고 있다. 그리하여 다르기 위해 아이디어를 창출하지만 대형 공장의 다양한 제품 일련번호의 일종이고 한 솥에서 뜬 밥주걱에 밥 덩어리일 뿐이다. 시인은 '나는 너다'라고 체념하듯 은유하지만 그것은 불가항력에 손든 매우 비겁한 지적 놀음에 지나지 않는다. 그러나 어쩌랴? 나는 그녀에게서 나를 발견하고 싶다. 어쩌면 독립투사의 의기처럼 진지하게 그녀를 바라봄으로써 이국에서 태극기가 나부끼는 것으로 진정한 나란 존재가 되어 근본에 기의하고 싶은 것이다. 플라시보 효과처럼 나는 그녀에게서 신선해지고 싶은 것이다.

나는 급했다. 초조했다. 조급했다. 그녀라는 추억에서 자주 등장하던 짬뽕집에서 발견한 아리따운 여인 때문이었다. 그녀는 나의 추억의 그녀와 다르게 아주 천천히 짬뽕을 먹고 있었다. 나는 그녀를 훔쳐보느라고 내 그릇에 있는 짬뽕 면발을 부풀게 하고 있는 줄 몰랐다. 그녀가 가게를 나가려고 계산하고 있었다. 나는 추억의 그녀가 시키는 대로 음식을 남기면 아니된다는 훈계를 잊고 있지 않았다. 그래서 초조했고 바빴다. 설상가상 나는 그즈음 뱃병이 나서 고생을 하고 있었다. 그렇지만 나는 그전의 인연에서 연루되어 우러나온 의무감으로 거의 그대로 있는 짬뽕을 입속에 처넣을 수밖에 없었다. 그건 아주 흡사 사흘 굶은 거지의 눈 속으로 들어오는 잔칫상 위에 올려지는 그림같이 거친 욕구로 보였을 것이다. 나는 짬뽕을 처치하느라고 그리고 그녀를 슬쩍슬쩍 보느라고 정신이 없었는데 나는 뭔가 아주 무시당하는 느낌이 들었다. 무시하는 그 주체는 다름 아닌 그녀였다. 계산을 마치고 내가 앉아있는 테이블을 지나치는데 그녀의 다리가 아주 맵시 있다는 탐닉과 함께 그녀의 눈초리에서 한심하다는 표시를 받아냈다. 그녀의 한심하다는 대상은 바로 나인 것 같았다. 나는 매우 기분 좋은 것과 매우 처지는 기분을 동시에 느꼈다. 무슨 동시 상영 영화관도 아니고 나 자체가 매우 복잡미묘했다. 추억의 그녀가 주는 계율을 지키고자 무리한 때문이기도 하겠지만 한 번에 두 가지를 하려는 것은 나에게 너무 과분했기 때문일 것이다. 너무나도 위상이 높은 현대의 격조에 너무나도 부족한 나는 두 가지를 하나로 묶지 못했다.

그래서 나는 짬뽕을 먹던 그녀를 따라갈 수밖에 없었다. 아니 무조건 이끌려 가야 했다. 그것은 망치질에 못이 박히는 것처럼 강제적인 것 같았다. 강압에 못 견디는 나는 화려한 문명을 온몸으로 저항하지 못하는 일종의 제국주의라는 시류에 쓸려가는 장마철 구겨진 종이배와 같이 형편없는 것 같았다. 그렇지만 어쩌랴? 추억이란 내 근본을 찾는 것이고 그녀는 꼭 내 추억에 아주 멋들어지게 장식을 할 것같이 너무 예뻤다. 나는 스스럼없이 그녀의 꽁무니에 시선을 꽂아둔 채 촐랑거리는 다리를 다스리려고 매우 애를 쓰고 있었다. 그녀는 그런 나에게 칭찬의 어떠한 제스처도 취하지 않았다. 추억의 그녀도 내게 당근이라는 정책을 채찍이라는 정책에 숨겨 그게 당근이었다는 사실을 매우 알 수 없게 했다. 이 거리는 그런 거리였다. 지나고 보면, 뒤돌아보면 그럴듯하게 보이는 마술 같은 거리였다. 내가 학생 시절에도 학급 미화 시간은 정규 교과 시간이 지나야 이를 수 있었고 그 시간에는 힘이 빠져버려 미화 시간이 빨리 지나버리고 귀가 시간에 도달하기만을 시간이 낙서처럼 쭉 그어지는 심정, 나는 뭔가 삐뚤삐뚤한 마음으로 학업을 책가방에 구겨놓곤 했다. 그러면 어느새 추락하는 성적에 나락같이 뭔가 허탈하게 빠져나가는 기분이란 영화 '트레인 스포팅'에서처럼 변기물 빠지는 곳으로 이상한 탈출에 승리라는 기분보다 생경하고 이색적인 것에 매력을 발견하는 외람된 자아를 형성해내곤 했다. 비주류가 발견하는 가치라는 것을 함구하려고 하는데 그 함구가 나를 점점 특별하게 만들었고 나는 그 특별함에 주류라고 하는 것을 너무나도 더욱 동경하게 했다. 그러므로 나는 나라는 너를 특별하게 만들었고 나하고 다른 여자라는 것에도 특별함을 두고 싶었는데 그 특별함을 주는 경황에 나는 너무 어색해했다. 그때 추억의 그녀는 나에게 그 주류의 힘으로 나를 형편없이 누르고 휘두르고 쥐락펴락하고 있었던 것이다. 그런 것에 길들여질 때쯤 그녀는 내게 아름다운 다리로 우아한 짬뽕으로 나를 또다시 이끌고 있었던 것이다.

나는 그녀를 쫓아가다가 멈췄다. 그녀가 멈추어섰기 때문이었다. 나는 감히 그녀를 앞설 수 없었다. 그건 너무나도 과분한 것이었다. 있을 수 없는 사실을 감히 지어낼 수는 없었지만 만약 내가 거기 그대로 멈추어 있다면 그녀는 내가 그녀를 따라가고 있었다는 것을 짐작하고 말았을 것이다. 그녀의 명석한 머리로 나는 마땅히 취조를 당해야 할 것이었다. '왜 따라오고 있느냐? 자기한테 할 말이 있느냐? 자기가 그렇게도 예쁘냐?' 등등 나는 안 해도 되는 말들을, 답변들을 해야 할 수밖에 없을 것이었다. 나는 경험이 주는 지혜로 거기 그대로 멈추어 있을 수 없었다. 그런데, 그런데 홀로 목적지도 없는 길을 가고 있는 나에게 등 뒤에서 따갑고 불온한 시선이 꽂혀있다는 사실이 둔한 나에게 감지되었다. 나는 모른 체했다. 그런 시선에 반응한다는 것이 그들의 목표이었기 때문에 나는 순순히 그 의도에 꿰어맞출 필요가 없다는 진리를 모른 척하는 것이 더 큰 죄가 될 것이었다. 따갑고 불온한 시선은 벌과 같은 것이었지만 그 벌을 피한다면 나는 분명히 지옥에 갈 것이 명명백백했다. 나는 천국에 가기 위해서 마치 조자룡이 화살을 맞으며 의기를 다하는 것처럼 가방을 메고 꼿꼿이 목에 힘을 주고 로봇처럼 집으로 집으로, 오! 그리고 집으로 향해 갔다. 무슨 소리도 들리는 것 같았는데 아마도 불발탄 터지는 소리였을 것이다. 가까스로 현관문을 열며 숨진 등허리 세포를 위해 심호흡을 하며 불길한 세상에 안타까워하는 탄식을 겨우 참아내고 있었다.

집에서 나는 휴식을 누리고 있었다. 휴식이란 전쟁이 토해낸 축제 같은 것이었다. 나는 오로지 그 축제에 눈부시게 환호하고 있었다. 누린다는 것에 의해 눌리지 않는 것이란 목표를 이루어낸 뒤 맞는 휴식에만 있을 수 있는 것이다. 커피 향에 의해 온 방 안으로 퍼지는 자유가 눌리지 않았고 음악이 주는 평화에 대해 우주는 원래 평화로운 곳이라는 깨달음과 음식이 썩지 않는 이유가 시간의 한가운데를 잘라 요리해서 그렇다는 사실을 파악해내고 있었다. 그렇다. 나는 이제 아무렇지도 않았다. 그런데 무엇으로부터 이러한 영광의 휴식을 취하고 있는지 잘 알지 못하는 나는, 엉망이 되어 있는 방구석을 보며 정리해보는 것도 재미있지 않을까 하는 생각이 드는 것이었다. 좋은 꿈을 꾸었지만 무슨 꿈이었는지 생각이 안 나는 그런 경우와 같았다. 나는 머리를 쥐어짜며 내가 무슨 일로 이렇게 흥겨워하고 있는지 도대체가 무엇으로 고리를 이어나가 원인과 결과를 대응시킬 수 있는지를 고민하기 시작했다. 그건 마치 출렁이는 바닷물을 낚싯줄로 나누고 1구역과 2구역과 3구역과 여러 구역으로 정한 뒤 그 구획된 바다에 바닷물이 그 구역의 바닷물로 나누어지고 정체를 이루어낼 수 있다는 고단한 믿음 같은 것일 테다. 세상에는 논리가 있는데 그 논리를 적용하기에 꽤 어리석은 경우가 있다는 사실을 우리의 그 포부와 치기에 의해 가려지

여름 바다

고 숨겨지고 잊힌다. 아무튼 나는 모호하고 애매한 그 축제의 시작의 원인에 그녀가 있었다는 사실과 따갑고 무거운 시선이 그녀의 것이라는 시각적 상상에 의해 진실을 은폐하고 있었으며 은폐된 것에서 그녀는 나를 치켜올려주고 있었다. 나는 은폐된 것에서 누군가의 시선의 따가움을 그녀의 것으로 대응시키는 믿음에 비겁함을 알아내고 있었는데 소심한 내 마음의 한구석에는 그런 믿음이 허무맹랑하다는 의견이 조롱하듯 내 가슴 한구석을 파먹고 있는 듯 저려오고 한구석에는 그녀를 스치고 앞서 가서 뒤돌아보지 않을 수 있었다는 결단의 용기가 이러쿵저러쿵 좋다 안 좋다 하는 갈등을 피해나가고 있었다. 나는 방을 청소하며 이런 생각 저런 생각에 밤을 새우고 새벽이 사라져갈 때 의식적 의도를 모두 잃고 곯아떨어졌다.

나를 깨운 것은 그녀의 방문에 의해서였다. 부모님이 친지의 결혼식에 가기 위해 일찍 집을 비웠기 때문에 나는 그녀가 울리는 초인종 소리에 나가봐야만 했다. 놀랍게도 그녀는 나의 이름을 알고 있었다. 나는 혹시 그녀가 형사가 아닐까 의심하며 심장이 뛰는 소리를 숨겨야만 했다. 그녀는 밤에 보는 것보다 대낮에 보는 것이 훨씬 아름다웠다. 추억의 그녀보다도 비교할 수 없이 아름다웠다. 사람을 비교하는 것은 나쁜 것이지만 나는 그 조그만 실례마저 그녀를 넋을 놓고 바라보는 데에 악마가 하는 짓보다 더 나쁜 짓도 할 수 있다는 의욕을 활활 태우고 있었다. 나는 그녀 앞에서 최악이더라도 그녀가 최선이 됨으로써 용서될 수 있다는 믿음이 생겨나고 있었다. 그녀가 원한다면 나는 악마가 아니라 악마의 발가락이라도 될 수 있다는 용기가 그녀가 입술을 움직일 때마다 오케스트라의 지휘자가 운명 교향곡을 연주하듯 나를 울려내고 있었다. 종달새가 나뭇가지에 앉아서 아침을 노래하자 나는 아예 어두운 밤의 낭만이든 어두운 밤의 네온사인이든 어두운 밤의 취함이든 그 어떤 것이든 아침이란 것을 방해하는 그 모든 것을 제거해버리고 싶었다. 그녀가 고개를 든다면 그녀의 고개 아래에 있는 것을 삭제하고 싶었으며 그럴 리 없겠지만 그녀가 세수를 싫어한다면 세면대조차 박살내고 싶었다. 나는 그녀에게서 나오는 향기로운 말들을 주워담느라 넝마주이의 심정을 아주 절실하게 느끼고 있었다. 그런데 들으면 들을수록 나는 매우 감사해서 감사함으로 내 마음이 내줄 수 있는 용량이 초과되는 것을 그녀에게 솔직히 고백하는 것에 대해 어찌할 바를 몰라야 했다. 그녀가 얘기하는 요점이란 내가 그녀를 지나쳐 갈 때 그녀는 내가 떨어뜨린 가방을 주워서 내게 돌려줘야 한다는 의무로 나를 불렀고 나를 내내 바라봤고 내가 가는 길을 따라왔다는 얘기를 아주 미끄러지듯 막힘없이 헬륨 풍선이 날아가듯 설명하는데 나는 아주 성격이 다른 축제를 한 것에 대한 반성을 위해 더 화려하고 진실에 더 가까운 축제를 해야 할 것 같은 아주 무거운 의무를 지고 그녀가 주는 전화번호를 받아 적었는데 메모장에 눌러쓴 힘이 나를 아주 허기지게 했지만 그녀가 혹시 허기지지 않았냐는 것을 물을 생각은 흘린 짬뽕 국물처럼 쓸모없는 것이었다. 그녀가 돌아간 지금 나는 아주 횡재한 것 같은 느낌에 로또 복권을 사는 것으로부터 새 생활을 시작해야겠다고 다짐했다.

여름 바다

그녀는 전화를 받지 않았다. 분명히 그녀가 불러준 그대로 꼭꼭 눌러 통화 버튼을 눌렀다. 그러나 연결이 되지 않아 삐 소리 후 유료로 녹음을 해야 한다고, 그녀를 부르고 싶을 때마다 반복해서 전화기는 되새김질이다. 녹음이라도 해야 할 것 같았지만 그녀의 실체를 나는 아직 모르고 있는 상태였다. 상대를 모르고 넓적한 전화기에 대고 무언가 남긴다는 것이 마치 담벼락에 낙서를 하는 아이같이 내가 너무 유치한 것 같았다. 나는 그녀를 무척이나 알고 싶었다. 그러나 그녀는 내 가방에 묻은 지문같이 너무나도 깊게 심증은 있지만 물증으로 보기에는 내 눈의 관찰력과 통찰력이 너무나도 부족했다. 나는 그녀에게 부족했고 그녀는 나에게 너무나도 과분했던 것이 분명했다. 그러나 그녀가 너무도 보고 싶었다. 내 욕심에 그녀의 손가락으로 가리키는 모든 것에 대해 닿아 있고 싶었다. 그녀의 미모로 치면 그녀는 여신이어서 그녀의 명령 아래 나는 무조건 복종하는 것이 옳은 것이 너무나도 자명했다. 그녀의 환상은 나를 통치했고 나의 모든 것을 모조리 지배했다. 나에게 그녀의 가치란 지구, 아니 우주가 사라져도 어딘가에 혹여 있을, 나의 멍청한 결점에 기묘하게 숨어 있는 것 같은, 그녀는 나의 황금 마차를 모는 주인이시며 간혹 꿈에서나 나올 것같이 나의 운명을 쥐고 흔들고 있었다. 나는 그녀가 몸소 나타날 때까지 세상에서 가장 공손한 태도로 낙엽이 땅바닥에 바람에 날리는 것처럼 조건 없이 그냥 맡기는 것으로 빌고 빌고 또 빌고 기도해야 했다. 내가 원하는 것보다 그녀에게 원하여지는 것으로 나는 수동태가 되어 그녀의 대상이 되어버린 벌을 가슴 아프게 받고 있어야 했다. 그녀가 그토록 너무도 보고 싶었다. 나는 그녀의 가방이 되었고 그녀에게 필요해질 때까지 나는 고스란히 단장을 하고 그대로 있는 것으로 대기하고 있는 상태는 어쩔 수 없는 것이었다. 나에게 그녀는 밀가루 반죽 부풀듯이 불어났고 그녀의 존재란 나에게 어마어마하게 나의 기다림 중에 거대한 것이었고 나는 그 거대한 기다림에 숨 막히는 날들을 보내야 했다. 그녀는 이런 나의 분수에 가분수가 되어버린, 마치 성도착증 환자처럼 수단이 목적을 넘어버린 과대한 의욕을, 성행위가 사랑이나 관심이란 목적을 넘어버려 사회문화적 통제를 스스로 잃어버린 이단아처럼, 마치 기다림이 나의 목적 자체가 되어버린 문제아로 전락하여 그 거리에 낙인찍힌 것 같은 족쇄로, 기다림에 묶여 있는 불행을 짐 지듯이 무겁게 지고 있는 것으로서, 내 위에 그것들은 나를 오만 가지로 덮어 눌러쓰고 있었다. 그러다 보니 그녀는 내 이마의 혹처럼 나에게 흉이 되어가고 있었고 내 일상을 지우고 나보다도 그녀에 대한 기다림만이 내 모습의 정체를 띠게 하고 있었다. 그러나 나만이 이러고 있는 것이 아니란 생각이 들었다. 추억의 그녀는 이별이란 멋으로 나를 떠났지만, 뺨까지 때리고, 그녀에게 이별이라는 멋이 정작 중요한 주제나 진정성을 넘고 있었으며 불우이웃을 돕는 눈물이 그들의 관대함으로 포장하고 있는 듯했지만 실상 그들에게 그러한 동정심을 이끌고 나올 중심에는 자신의 알량한 감정을 과시하려는 의도가 뛰어넘고 있었으니 과연 도착중이란 수단이 목적의 가치를 넘어버린 텔레비전에는 과연 알맹이가 얼마나 되는지 텔레비전 속 눈물에 나는 샤워를 하고 싶었다. 그러나 텔레비전은 텔레비전이

여름 바다

고 나는 그녀를 기다리는 데에 열중을 하고 있었고 그건 내가 내 존재를 느끼는 데에 아주 중요한 것이 되고 있었다. 나는 내가 아주 진실한 느낌으로 하루하루를 살고 있는 것 같았다. 그런데 그런 진실함에 나는 끝까지 견디지 못했다. 나는 가방을 싸고 그녀가 있던 거리와 이별을 하려고 갔다. 거기서 더 가서 아주 오랫동안 타지에서 짐 진 자의 해방을 맛보고 싶었다. 나의 인내심은 그 심지가 얕았나 보았다. 내려놓으면 편해진다고 하던가? 나는 마지막으로 그 거리를 보고 싶었다. 택시를 타고 돈을 내고 내리고 그 거리를 애무하듯 걸어갔다. 그리고 애틋한 마음으로 다시 택시를 타고 터미널로 갔다. 나는 아무도 예상 못했던 곳으로 가서 홀홀 털어버린 기분을 고백할 예정이었다. 나는 내 계획에 들떠 있는 것 같았다. 숨이 가빠졌고 뛸 듯이 고속버스에 올랐다. 한 반 시간쯤 고속버스의 차창 풍경에 눈시울을 적실 즈음 내 감상은 덜컥 깨어났다. 아무리 찾아도 내 가방이 없었다. 버스 입구부터 통로, 남의 좌석을 다 둘러봐도 내 가방은 없었다. 나의 기억에도 가방의 무게를 고속버스에 옮기던 노고를 찾을 수 없었다. 나는 당황했다. 당황이 당황을 낳고 그 당황이 당황을 낳았는지 버스 안에는 내 당황으로 가득 차 있는 것 같았다. 나는 그런 당황을 다시는 낳고 싶지 않았다. 당황 따위는 사람이 알 것이 아니라는 후회가 바로 앞에서 버스 기사님에게 내려달라고 조르고 있었다. 사람은 사람을 낳고 코끼리는 코끼리를 낳고 아브라함은 이삭을 낳고 당황은 조신하지 못한 때에 낳는 것이 옳았다. 그러나 나는 그 가방을 낳고 싶었다. 지금 이 순간 몹시 낳고 싶었다. 그 가방은 그녀의 친절이 묻어 있는 아주 귀중한 물건이었다. 애타는 내 마음을 알았는지 기사님은 나를 휴게소에서 내려주셨다. 나는 거기서 빛의 속도로 터미널에 가고 싶었다. 거기에 가방이 얌전히 있기를 바랐다. 작은 트럭을 운전하는 아저씨가 나를 보더니 사고로 잃은 자식 같다며 나를 빛의 속도로 터미널에 데려다주셨다. 과속 단속용 카메라가 있을 때마다 속도가 급격히 줄었는데 나는 영문도 모르고 안전운 행하시는 아저씨에게 존경의 의식을 띠고 힐끔 바라보다가 내 가방에 대한 염려로 머리가 아파오는 것을 막을 수 없었다.

막차가 떠났는지 터미널 대합실은 한산했다. 나는 여기 내 가방이 없겠지 하며 기운이 빠져 있었다. 나는 우선 안내 데스크로 가서 혹시 내 가방이 있는지 묻기 위해 갔다. 안내 데스크는 잠겨 있었다. 나는 과한 의식의 소모로 정신을 차릴 수 없었다. 쓰러지기 일보 직전이었다. 나는 어느 광고에서처럼 '짜장면 시키신 분!' 하고 외치고 싶었다. 그게 아니라 '제 가방 보신 분!' 하고 외치고 싶었다. 그 가방과 짜장면은 아무런 연관을 지을 수 없었지만 유행이란 게 어쩔 수 없는 모양이었다. 나는 힘을 더 내서 터미널을 몇 번이고 돌고 또 돌았다. 그런데 저 한쪽 구석에서 한 여자가 졸고 있는 모습이 힐끗 비치고 있었다. 나는 또 유행처럼 '혹시나 하면 역시겠지!' 하며 그 여자 곁으로 다가갔다. 그녀와의 거리를 좁히니 졸고 있지만 않았으면 보기에 아주 흡족한 아리따운 여인의 모습이 눈에 들어왔다. 그리고 더 가까이 가니 내가 그토록 찾던 가방이 그녀의 품에 들려 있는 것이 발견되었다. 나는 아리따운 여인을 흔들어 깨웠다. 여인이 고개를 들자 나는 알아보았다. 그 여인은

여름 바다

바로 그녀였다. 그녀가 찰떡같이 내 가방을 모시고 있었던 것이다. 나는 혹시 그 가방에 그녀가 탐내는 것이 있을지도 모른다는 의구심에 그녀를 경멸하고 싶다는 믿기지 않는 눈초리를 보내기도 했다. 나는 그녀가 안중에 없었다. 오직 내 가방만 찾으면 그만이었다. 하지만 그때 나는 모르고 있었다. 그 가방이 나에게 왜 중요한지, 왜 내게 특별한지 그 역사의 숨결을 잊고 있었다. 나는 가방을 그녀에게서 낚아채고 홱 하니 돌아섰다. 뭔가 이상하긴 했지만 나는 잃었던 자식 하나를 찾은 기분으로 환희의 축제에 빠지고 싶었다. 나는 뭔가 이상했지만 기분이 훨훨 날고 고속도로처럼 쭉쭉빵빵한 것을 어쩌지 못하고 있었다. 크리스마스 날 교회 전도사도 이런 나의 기분을 알 수도 흉내 낼 수도 없을 것이었다. 나는 나 혼자서라도 파티를 하고 싶었다. 돼지 삼겹살을 굽고 포도주를 사이다 컵에 듬뿍 따라 노래를 부르고 몸을 텔레비전에 나오는 음악에 맞춰 흔들고 리듬을 타고 있었다. 저 가방 따위는 이제 아무것도 아니었다. 그저 내 날아갈 듯한 기분만 중요했다. 나는 그날 밤 밤새도록 떠들고 노래 부르고 난리도 아니었다. 동네가 다 내 것이었고 대~한민국이 다 내 것이었고 세계가 다 내 것이었고 온 우주가 다 내 것이었다. 나는 우주의 중심으로서 누리는 권위와 권력을 휘영청 누리고 싶었다. 모두 다 내 발아래 무릎 꿇기를 바랐고 모든 사람과 사물이 복종할 것 같은 위세에 나는 그 무엇보다도 그 이상이었다. 그 누구도 내 안중에 없었고 나는 왕이었고 아니 왕 이상이었다. 나는 왜 내가 그렇게 되었는지는 중요하지 않았고 그렇게 된 맥락의 시초를 기억하기에는 내 날아갈 기운에 받혀 밝혀내기에는 너무나도 미미할 뿐 아니라 황홀한 나에게 진짜 나는 가려져 그 일말의 단초조차 보이지 않았다. 지금의 나는 전부였고 모든 것이었고 절정의 것이었으므로 다른 맥락의 나는 필요하지도 존재하지도 밝혀낼 수도 없는 무아지경 속에 하나도 있지도 않는 것이었다. 나는 최고조로, 빛의 속도로 끌려만 다니던 추억의 그녀를 지웠고 복종시켰다. 나는 너무나도 당연하게 아리따운 그녀를 무시함으로써 그녀에 대한 애탔던 그리움을 제거시켰다. 나는 그야말로 거칠 것이 없는 왕좌에 올라 부리고 흔들고 휘두르고 있었다. 나는 모든 것이었고 내 위에는 아무것도 없는 잘남의 극치였고 천상천하 유아독존, 천하에 나보다 대단한 것은 도무지 아무것도 없었다. 나는 극지 연구소에서도 발견할 수 없는 절대적인 핵심이었고 나를 경대하기에 그 무엇도 굽신굽신대지 않을 수 없을 것이었다. 나는 모든 것을 이루었고 더 이상 이룰 것이 없었다. 나는 그야말로 최고 중에 최고였다. 그렇게 몇 날 며칠을 이어 나는 그렇게 미쳐가고 있었다. 그러던 중에 나는 확신을 얻고 있었다. 이렇게 사는 것이 결론이었다. 확고부동하게 이러한 내가 결론이었다.

그녀에게서 전화가 왔지만 끊어버렸고 추억의 그녀에게서도 전화가 왔지만 콧방귀만 뀌다가 전화기의 배터리를 떼어내버렸다. 엄마가 편지가 왔다고 몇 번이고 나를 불렀지만 나는 발신자가 그녀들이라는 사실만 확인하고 찢어버렸다. 발코니로 커피를 마시러 갔을 때 그녀들이 소심한 태도로 나를 올려다보았지만 나는 냉큼 방으로 휙 들어가버리고는 그냥 잊어버렸다. 그러다가 포도주가 떨어져서 편의점에 포도주를 사러 갔을 때 그녀들이 눈싸움을 하며 나를 응대하려고 했지만 나는 그냥 무시해버렸다. 그녀들은 내가 필요한 것이 틀림없었다. 그렇지만 그건 나만의 생각이었고 내 기분에 취한 편견이었고 권자라는 나의 실체의 기반이 이상하다는 것을 나는 정녕 모르고 있었다. 그녀들은 나에게 볼일이 있는 것 같았지만 뭔가 답답해서 그런 것이라는 것을 나는 일 퍼센트도 감지해내지 못하였다. 그러나 나는 왕이었고 나는 이제 그녀들에게 아쉬운 것이 없었다. 그러므로 편의점에 포도주를 사러 갈 때마다 마주치는 그녀들에게 내 용안을 들 필요조차 없는 것이었다. 그런 식으로 그녀들을 무시하자 그녀들은 자존심이 상하고 안달이 나고 내가 그녀들을 응대하기를 기다리느라 미칠 지경이 되고 있었다. 그렇게 석 달이 가고 편의점의 포도주를 들고 가다가 한번 포도주 병이 깨졌는데 나는 비로소 그녀들의 심정을 파악할 수 있는 듯했다. 그렇게 기고만장하던 그녀들의 도도함이 깨져버린 포도주 병처럼 산산이 조각나 있는 것을 알 수 있었다. 그녀들은 눈이 빨갛게 충혈되어서 나를 바라보는데 눈물이 흐르고 있었다. 아주 애처롭게 나를 바라보는 그녀들의 눈에 내가 예전으로 돌아가기를 바라고 또 그때처럼 자신들에게 아쉬워하기를 바라는 것 같았다. 그러기 위해서 무릎이라도 꿇을 수도 있다는 바람이었다. 그러나 나는 내 확고한 결론 앞에 그녀들은 너무 왜소했고 너무 초라했다. 그러다가 그녀들은 나에게 다시는 나타나지 않았다. 나는 언젠가부터 그녀들이 나를 찾아와서 귀찮게 해주기를 바라기도 했지만 그러다가 아무렇지도 않게 되었다.

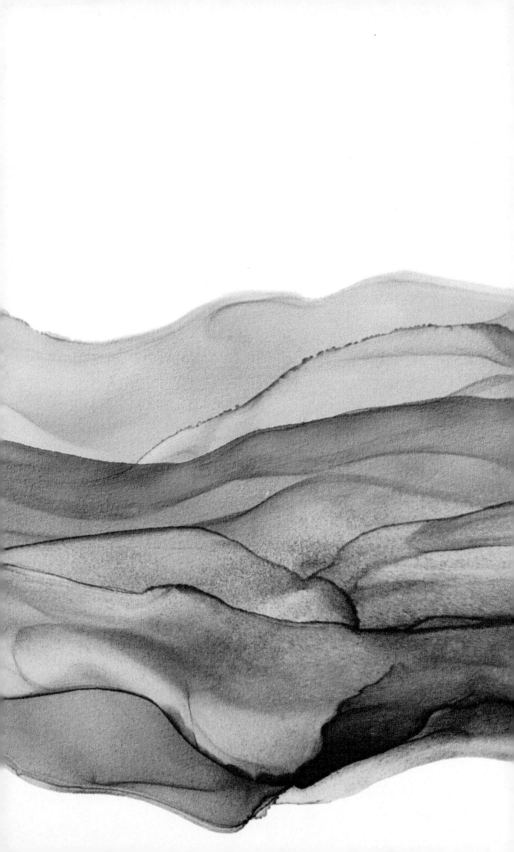

박수만 쳐라!

;

비 오는 날이었다. 날이 언제 저물었는지 어둑해진 곳에서 내리
는 비는 바람과 함께 서늘함을 품고 있었다. 호수공원에서 돌아오
는데 우산을 삐딱하게 든 여자가 바삐 지나쳐 갔다. 그녀의 우산
에 맺혀 있는 빗방울들이 나의 오후를 기억하는 듯하였다. 일순간
그녀와 나는 오늘의 오후를 공유했었던 것 같아 잠깐의 생각만으
로도 나의 안색이 창백해졌다. 어지러운 길가에 이리저리 날아다
니는 비닐봉투나 빈 과자 봉지같이 계면쩍고 어색한 곳을 돌아보
게 하는 나에게 그녀의 구두 뒤꿈치는 화장실의 거울처럼 내 심장
을 균열짓게 하고 있었다.

나에게 그녀는 사고였다. 그것도 대형 참사였다. 그녀에게 온 급
작스런 전화는 삼풍백화점 붕괴 현장에서 살아나온 사람처럼 다
른 이들에게는 영웅도 될 만했지만 나에겐 저승사자의 악몽에 다

여름 바다

름아니었다. 난 전화번호도 바꾸고 이사도 할 예정이었지만 그녀는 귀신같이 갑자기 나를 찾아왔다. 그녀는 언제나 나를 앞서고 있었고 불가항력처럼 나는 그녀를 따라야만 했었다. 나에게는 그저 그녀가 하고 있는 말을 고분고분 듣고 있는 것이 나를 위한 전부여야만 했다. 그러나 그녀가 나에게 말을 하고 있었지만 나는 무슨 소리인지 무슨 의미인지 낱낱이 알 수 없었다. 아니 조금도 알지 못했다. 그녀가 밀고 들어온 공포는 나를 떨리게만 했고 숨을 쉬는 것 정도를 겨우 할 수 있을 뿐이었다. 그리고 그녀가 바람처럼 사라지듯 가버렸다. 그녀가 나에게 무슨 말을 했지만 나는 알아듣지 못했고 그녀는 지금 여기 없으므로 나는 아무런 의무감을 갖고 있을 필요가 없었다. 그런데 그래도 되는지 저래도 괜찮은지 나는 조심스럽게 사색에 잠겨 경우의 수에 궤를 차고 있었다. 백발의 어머니가 '장가는 언제 갈 꺼?' 하고 물으시고, '이사 가서 같이 살자!' 소리에 그만 고개를 무심코 끄덕인 것에 대한 후회는 정신을 차린 뒤에나 할 수 있었다. 나는 될 대로 되라는 푸념으로 비오는 오후, 산책을 나갔다. 작년에 샀던 비닐우산을 펼치자 먹구름 사이로 몇 줄기의 빛이 새어나오는 것을 느낄 수 있었다. 피식, 웃음이 났다. 여름에 엉덩이에 종기가 났을 때도 병원 치료를 받는 동안 무지 고통스러웠지만 간호사 아가씨의 예쁜 얼굴을 떠올리며 미소를 순간순간 띨 수 있었던 이유와도 같은 것일까? 피식, 길 저쪽에서 한 무리의 여학생들이 까르르 웃는다. 피식, 나는 일부러 웃었다. 넉넉한 몸매의 아줌마의 애완견이 나를 쳐다보았다. 피식, 나도 모르게, 피식. 애완견은 사납게 짖어대기 시작했다. 애완견의

사치스러운 염색과는 전혀 무관한 나의 피식 웃음을 보며 이상하다는 듯, 몰아내고 싶다는 듯 계속 사납고 무섭게 짖어댔다. 피식, 나의 웃음은 멈추어지지 않았다. 젠장할, 넉넉한 몸매답게, 그 아줌마는 내게 사과하는 것을 대신해 애완견을 발로 툭툭 차고 있었다. 나는 멋쩍고 미안해져서 재빠르게 그 지점을 빠져나갔다. 그래! 피식 웃으며 오늘의 불운은 그것으로 끝난 것으로 알았다. 그러나 빠져나가는 것이 있으면 들어오는 것이 있고 썰물이 있으면 밀물도 필연인 것도 또한 나는 알아야 했다.

내가 자주 가는 식당이 있었다. 밥도 팔고 음료수와 커피도 파는 그런 식당이었다. 산책길에 있었기 때문에 나는 그 식당으로 들어서고 있었다. 배고프지도 목마르지도 않았는데 그러고 있었다. 그리고 창가 자리에 앉았다. 아메리카노는 어느새 입가에서 후루룩 소리를 내며 식어가고 있었고 주위는 시끄러웠지만 넋이 가끔 나가는 나에게 그런 건 문제도 아니었다. 나의 동공이 아메리카노의 온기로 조금씩 채워질 무렵 단발머리를 하고 미소에 치아가 유독 희게 느껴지는 투피스 정장의 여자가 가게 안으로 들어서고 있었다. 나는 나갔다가 들어차려는 넋이 다시 푹 빠지고, 영영 다시 돌아오지 못할 것 같다는 예감을 아메리카노와 함께 입가에 바보같이 흘리고 있었다. 다시 나의 피식거리는 웃음은 시작되었고 주위가 시끄러웠지만 혼자서 그러는 것은 정말 제정신이 아닌 사람으로 보일 것이 분명할 것이다. 그런데 자리가 없었는지 단발머리의 그녀는 내가 앉은 좌석의 뒤에 등을 대고 털썩 앉아버리는 것이었다. 그녀의 머리에서 강한 샴푸의 향기가 내 나간 넋을 깨우기도 했었지만 부슬부슬 오던 비가 그치고 빗물이 땅으로 흡수되는 과정 그대로 내 넋도 내 기분도 그렇게 슬며시 가라앉고 드디어는 꺼지기까지 하고 있었다. 나는 완전 산만해져서 몸을 가누지 못하고 그녀의 등과 자주 부딪치고 있었다. 신경이 쓰였는지 그녀는 자리에서 일어나서 완곡하게 예의를 갖추고 내가 그러지 말기를 부탁했다. 나는 또 피식, 웃고 있었다. 그리고 피식 웃으며 그녀를 향해 커피를 같이 마시는 것은 어떠냐며 아이들 장난같이 대뜸 말하고 있었다. 그리고 말끝마다 피식, 피식, 피식을 붙이고 있었다. 기분이 상한 그녀는 카페에서 신경질적으로 문을 열고 나가 내가 앉은 창가를 향해 아주 불쾌한 표정을 짓더니 건물의 구석으로 사라져 갔다. 그녀가 앉았던 자리에 그녀의 우산이 놓여 있었다. 나는 그 우산을 쥐고 그녀가 사라진 곳을 향해 달려갔다. 나는 그녀의 우산을 들고 있었고 그녀는 차가운 바람이 되어 날리고만 있었다. 그때였다. 나갔던 내 넋이 돌아왔다. 내 이상형을 떠올리자 사라진 그녀와 일치하고 있었다. 뼈저린 후회가 내 발목을 잡고 놓아주지 않았다. 나는 동상도 아닌데 한동안 거기서 그대로 서 있어야 했다. 지나가는 사람들이 나를 애처롭게 쳐다보다 주머니에서 동전을 쥐었다 말았다 망설이고 있었다. 그들의 배려는 나를 공원으로 향하게 했다. 그렇게 해서 돌아오는 길에 지나쳤던 여인의 우산에 묻어 있던 빗방울들이 아주 서럽게 느껴지고 있었다. 오늘, 유난히 감정의 기복이 심한 날, 비가 왔고 그쳐 있었다.

긴 겨울이 슬쩍 넘어지자 겨울의 겨드랑이 사이로 아지랑이가 꿈틀대는 것이 비추고 있었다. 아침 공기는 스산하던 모든 눌렸던 자들에게 올라가고 있었다. 약자에게 응원을 하던 내심의 바람이 쾌재를 부르고 있는 것 같았다. 사물은 온화한 것들을 닮아가고 초록은 나뭇가지 사이에서 상쾌히 안녕 하며 인사를 하고 있었다. 어느덧 만물은 움츠리다 태양의 밝기에 미소를 띠며 펼쳐지는 것을 위해 그 본연의 색감을 드러내려 하고 있었다. 나도 그러고 싶었다. 그런데 나는 펼쳐지는 것에 대비해서 뭔가가 구겨지고 있었다.

그녀는 내게 빈번히 펼치고 있었지만 나는 움츠려야 했다. 그녀가 내게 봄인 양 주장하고 내게 태양인 것으로 보이려 애쓰고 있었지만 나는 어두운 그림자를 내 표정의 전면에 드리워야 했다. 아무리 그녀가 그렇게 보이는 것이 정당하고 옳을지라도 내게는 그렇게 보이지 않았다. 그건 위선이거나 위악이었다. 무엇인지 잘 꾸며진 매스게임 같았고 연극을 보는 것 같았고 뜻밖의 외지의 곳에 떨어지는 기분이었다. 그렇지만 분명한 것은 그녀의 열정은 내가 따질 수 없을 만큼 견고했고 완전한 것이었다. 공자의 덕으로 말할 것 같으면 나는 그녀의 열정의 진심에 대항하는 것이 악에 속할 수 있었으며 불충에 해당되고 비속한 천민으로서 군림하는 것에 반대하는 것으로, 건강한 사회적 타당성을 부여받을 수 없었을 것이다. 마치 자연의 순리를 거역하는 반역의 패당에 졸병쯤 될 것이었다. 그러나 그렇게 불릴지라도 나는 그녀가 자꾸 내게 그 정당함을 주장하는 것일수록 반발심이 스멀스멀, 어쩌면 거세게도 일고 있었다. 나도 알 수 없는 나의 본성이었다. 그러나 나는 내 본성을 무조건 옳다고 주장할 수 없었다. 그렇다면 그것에 대한 대가는 엄중하고 내게 견딜 수 없는 고통이 될 것이었다. 그렇다고 해도 나

여름 바다

는 겉으로는 그녀가 다가오는 것에 대해 그러지 말라고 말할 수가 없었다. 그저 견디는 일에 소홀히 할 수 없을 뿐이었다.

나는 그녀의 앞에 서 있었다. 떨렸지만 그녀가 모른 척했다. 그런 내 앞에서 그녀는 아이스크림을 먹고 있었다. 물론 다정하게 내게 권유를 했지만 있을지도 모르는 일말의 자존심이 거부하게 했다. 그녀에 대한 소심한 항거로서 그녀의 권유를 사양한 것 같았다. '난 아이스크림을 못 먹어!' 사실 나는 아이스크림을 무지 많이 좋아했다. 그렇지만 그녀와 함께 아이스크림을 먹는다는 거리낌의 부정함을 쫓기 위해 내 불순한 거짓말이 작동한 것이었다. 따뜻하게 햇살이 내리쬐고 있었지만 그때 나는 한겨울이었다. 그녀 앞에서는 나는 항상 냉장고 안이었다. 빨리 나가고 싶었다. 답답해진 나는 '빨리 나가고 싶어!'를 확성기에 대고 외치고 싶었다. 그렇지만 나는 모기 소리만큼도 내지 못했고 멸치만큼도 크지 못했으며 멸치를 파는 바구니의 아주머니는 그런 우리를 이상하게 쳐다보다가 다가와서는 멸치를 사지 않겠냐고 상냥한 목소리에 이상한 눈초리의 양념을 쳐서 선뜻 권유했다. 나는 주머니를 털었다. 마침 멸치 한 상자를 살 돈이 만져졌다. 그리고 멸치를 사서 그녀에게 건네고 있었다. 멸치 한 상자와 그녀의 아이스크림은 우리의 부조화처럼 정서적 맥락에 어색하게 그려지고 있었다. 그녀는 싫다고 했지만 나는 나중에 보내주겠다고 하고 그녀에게 손을 흔들어 안녕 하고 인사했다. 내게 아주 지루했던 시간을 더 들고 있을 수가 없어서 참은 숨을 토하며 인사하고 있었던 것이다. 그녀는 내처 당황한 듯 한 손을 흔들며 자기도 모르게 안녕 하고 있었다. 아이스크림을 든 손이 비어 있었다면 그 손으로 어떤 방식으로든 내 멱살을 잡을 태세였겠지만 그녀의 두 다리는 내게서 먼 쪽으로 가고 있었다.

멸치 한 상자는 내게도 가볍지만은 않은 것이었다. 들고 가다 쉬기를 반복하며 나는 내 처지를 비관하고 있었다. 그건 어쩔 수 없는 것이었다. 나는 그렇게 해야 했고 그렇게 하지 않으면 안 됐다. 그것은 삶에 대한 의무감 같은 것이었다. 나 자신에 대한 의무감이었다. 언제부턴가 온갖 의무감들이 내 속으로 들어왔고 난 그것들로 가득 찼다. 의무감은 무거운 것이었다. 내가 내 주머니를 털어 산 멸치 상자였지만 멸치 상자는 나를 지배해갔다. 갈수록 멸치 상자는 무거워졌고 멸치 상자는 나에게 놓아버려지기를 바라지 않았다. 나는 그 이념에 복종되고 있었다. 그것은 권유에서 기인된 배려와 관용이라는 이념이었다. 그것은 인간으로서 성장할 때 학습되는 것이었고 당연하게 받아들여지는 것이었다. 그 이념을 거부할 부정의 능력은 내게 있지 않았다. 멸치 상자 안으로 수많은 이념들이 속속들이 들어와 가득 채워지고 있었다. 그 이념들은 상자 안으로 들어와 갇혔지만 오히려 나를 주도하고 명령하고 있는 것 같았다. 그 많은 것들이 들어와서인지 멸치 상자는 점점 더 무거워져갔다. 기력을 다하여 나는 멸치 상자를 모시고 갔다. 나의 꾀에 의해 얻어진 멸치 상자는 멋모르게 나를 부리고 있었다. 나는 기가 막혔지만 멸치 상자를 모시고 가야만 했다. 나는 확실히 멸치 상자에서 벗어날 수 없었다. 나는 순간적으로 그냥 다 버리고 싶었다. 그러다 보도블록 끝에 나 있는 난간에 발을 헛디뎌 꽈

당 넘어졌다. 죽어 있는 멸치들이 한꺼번에 부활했는지 천지사방으로 흩어졌다. 나는 허둥지둥 그 멸치들을 주워야 했다. 그것은 나의 사명이었다. 그런 나의 사명을 도우는 누군가의 손길이 있었다. 잘은 기억나지 않지만 초면이 아닌 것이 틀림없었다. 나는 고맙다는 인사도 없이 그녀의 도움을 받고 있었다. 그리고 그 수많은 멸치들이 수습될 즈음 그녀의 얼굴을 보고 감탄하고 있었다. 내 이상형의 여자였고 어쩌면 그보다 조금 더 예뻤기 때문이었고 지금의 상황에서 나의 구세주가 될 수 있을 것 같다는 희망의 깃발이 너무도 아름답게 펄럭이고 있었기 때문이었다. 그런데 공짜는 없었다. 그녀가 그 수많은 멸치들을 주워준 대가로 멸치 한 줌을 달라는 것이었다. 내가 다 주겠다 하니 그녀는 그럼 안 된다고 했다. 그래서 지금 봉투가 없으니 그녀의 집에 까지 가서 덜어서 주고 가겠다 하니 그것은 된다고 했다. 그래서 찌그러진 멸치 상자를 힘들게 들고 일어나 그녀와 동행하게 되었다. 그리 나쁜 거래는 아니었다. 그녀의 집에 도착하자 나는 목이 말랐다. 그래서 물 한잔을 마시러 그녀의 집 안으로 들어갔다. 물 한잔을 마시며 그녀의 얼굴을 보니 너무나도 귀여운 인상이었다. 꼭 앙증맞은 멸치 같았다. 그녀는 내가 힘겨워하는 것을 보고 점심이나 먹고 가라고 했다. 나는 이미 점심을 먹었지만 그러겠다고 했다. 그녀는 멸치 한 줌을 가지고 요리를 하기 시작했다. 멸치볶음이었다. 순식간에 요리가 완성되었지만 진정 환상적인 맛이었다. 내가 그녀의 이름을 묻자 내 이름을 되물었다. 내가 오마바라고 하자 그녀는 유다라라고 했다. 그리고 우리는 순식간에 친해져서 서로 웃음을 주고받았다. 집으로 돌아오는 길은 가벼웠다. 멸치가 한 줌 나간 것 외에는 달라진 것이 없었지만 내 발걸음은 너무도 힘차고 가벼웠다. 왠지 달나라에 날아간 기분이 그녀에게도 보여 환히 핀 미소를 짓고 있는 것 같았다.

  그녀는 그르지 않았다. 그녀는 누가 보아도 옳았다. 자기 사랑에 의심이 없었고 그것에 이상한 점도 없었다. 그러나 그녀의 그런 순정한 사랑으로 인해서 돌아오는 것은 이상하게도 허전함이었다. 그것은 정당한 대가가 아니었다. 오마바는 그녀에게 더 친절해야 했고 정가나, 그녀가 일부러 오마바를 채우지 못한 만큼 오마바는 더 애가 타들어가야 했다. 그런데 정작 애가 타는 것은 그녀, 정가나 자신뿐이었다. 그럴수록 그녀는 약이 올랐고 약이 훨훨 타올랐고 오마바에게 확 하고 빨려 들어갔다. 그녀는 그것을 오마바 앞에서 보여줄 수는 없었다. 그건 여자로서의 자존심이었다. 자존심이 상할수록 그녀는 달아올랐다. 그런데 솔직하게 말할 수 없었다. 오마바가 그녀에게 그렇게, 절실한 정도의 스펙이나 외모이거나 재력이거나 능력이거나 매력이 있다는 객관적인 증거들이 너무도 빈약했고 부족했다. 그런데 그럼에도 불구하고 그녀는 자신이 가지고 있는 오마바에 대한 관심에 대해 환대는 못할망정 딴청을 하거나 모른 척하는 오마바에게 자존심이 상하고 애가 타고, 그럴수록 더 헤어나오지 못하는 늪과 같은 감정의 함정 속으로 자꾸만 빠져들어가는 것이었다. 그런데 한참을 그렇게 헤매고 나와 보면 자신의 감정이 우스운 것이다. 그렇다고 무시만 할 수는 없었다. 오마바를 볼 때마다 속상했던 감정에 복수를 하고 싶었다. 오마바가 쩔쩔매

여름 바다

게 해야 직성이 풀릴 것 같았다. 명문대학 졸업에 대기업에 수석으로 취직한 정가나는 지금까지 한번도 진 적이 없었다. 언제나 승승장구한 역사를 간직하고 있었다. 정말 웃기는 짓이었다. 최고의 정가나가 저 하잘것없는 오마바에게 끌려다니는 꼴이란 정말 개그 콘서트에서도 못 볼 일이었다.

정가나는 자신의 이 이상한 감정을 풀기 위해 길을 나섰다. 한참 생각에 열중하며 걷고 또 걸었다. 그녀는 아주 낯선 곳에서 여기가 어딘지 알아야 했다. 상점의 간판을 보고 빌딩들의 외모에 대해 보고 자신의 기억을 더듬었다. 분명 알 것 같았는데 의식의 초점이 맞춰지질 않았다. 너무 생각에 열중해서 그러는 것 같았다. 우선 안정부터 해야 했기에 그녀는 카페에 들어가 앉았다. 그리고 창가에서 카푸치노 한 잔을 들고 호흡을 가다듬었다. 창가 저쯤에서 행인들의 우산이 하나둘씩 퍼졌다. 비가 오나 보다 했다. 그러다 자신이 우산을 가지고 나오지 않았다는 난감한 사실과 부조리한 난감한 감정과 곧 도래할 난감한 귀가, 모든 난감함이 그녀를 이끌었고 그 종착역은 어디인지, 무겁기만 한 난감함은 그녀를 완전히 좌지우지하고 있었다. 그러던 중 그녀에게 아주 자극적인 피사체가 그녀의 눈길에 닿았다. 오마바였다. 그것도 아주 풍만한 여성과 팔짱을 낀 오마바, 그녀는 즉각적으로 카페의 문을 박차고 달려나갔다. 카페 주인이 카푸치노 값 4,500원을 외치는 것은 귀에 들어오지 않았다. 그리고 오마바와 글래머 여인이 함께 쓰고 있는 우산으로 돌격해서 확 하고 잡아제쳤다. 정가나는 흥분에 눈이 튀어나올 것 같았다. 그런데 눈이 더 튀어나온 오마바는 오마바가 아니었다. 오마바와 닮은 오마바 아닌 남자였다. 풍만한 여자가 그녀의 뺨을 때렸다. 무슨 짓이냐고…. 그녀는 변명을 해야 했다. 길을 가야 하는데 우산을 가지고 나오지 않아서… 오마바와 닮은 사람은 그녀에게 만 원을 기부한다며 예의를 갖추고 정중하게 돌아서고 있었다. 카페 주인이 달려와서 오천오백 원을 주더니 만 원을 정가나의 손에서 앗아 갔다. 그리 나쁜 거래는 아니었다. 정가나는 다행이라고 여기면서 약 오른 것도 잊은 채 빗속을 마구 달려갔다. 어린 시절처럼 신나고 기쁜 마음이 들었다. 몇몇의 행인들은 웃으며 제정신이 아닐 것이라고 속삭였다. 그러나 말거나 정가나는 달려가다 자신의 집을 발견하고 대문으로 들어가 옷을 갈아입고 편안하게 잠이 들고 있었다. 내일은 내일의 해가 뜬다는 영화 속 대사를 읊조리며….

전화벨이 울렸다. 오마바는 그 소리에 잠이 깼다. 오마바는 흉한 몰골의 추녀에게 머리채를 잡히는 꿈을 꾸는 중이었다. 전화벨 소리에 그 꿈이 깨졌으니 고맙고 다행이었다. 발신자 창에는 저장되지 않은 번호가 찍히고 있었다. 잘 거절을 못 하는 우유부단한 성격의 오마바는 전화의 통화 버튼을 눌렀다. 여인의 목소리가 들려왔다. 앳된 목소리였다. 누군지 감이 잡히지 않았다. 그러나 앳되고 악의 없는 여인의 목소리에 전화기를 귀에서 도저히 떼지 못하였다. 엔돌핀이 두뇌에서 흘러 기분이 상쾌해지고 있었기 때문이었다. 오마바는 저편에서 건너오는 목소리의 주인공을 알아내었다. 다름 아닌 유다라였다. 어떻게 오마바의 전화번호를 알았는지 알 수 없었지만 오마바는 흥신소의 작태라 해도 특별사면을 흔쾌

여름 바다

히 해줄 것이라 기쁘기만 할 것이었다. 그런데 유다라의 제의가 조금 거슬렸다. 독거노인을 위한 주말 봉사활동을 같이하자는 것이었다. 게으른 오마바는 귀찮은 생각이 먼저 들었다. 화답을 미루고 말을 돌리고 잔머리를 굴렸다. 그런데 저쪽에서 건너오는 목소리가 너무 화창했다. 그래서인지 그냥 '그럽시다'라는 말이 마침내 터져나왔다. 후회가 밀려왔지만 나갈 준비를 하려고 하는데 이번에 또 전화가 걸려왔다. 정가나의 이름이 발신자 창에 시퍼렇게 뜨고 있었다. 오마바는 괜한 무서운 기분에 가슴이 철렁했다. 오마바는 전화기를 뒤집어 정가나라는 이름이 보이지 않게 일단 긴급조치를 했다. 그리고 물을 세게 틀어놓고 씻었다. 그 사이에 무려 열세 번의 부재중 통화가 기록되어 있었다. 모두 정가나의 호출이었다. 나는 십자가를 지는 마음으로 전화기를 들고 유다라와 약속되어 있는 장소로 출발하고 있었다.

오마바는 유다라와 함께 있는 것에 의미를 두려고 했다. 그건 마음이 따듯해지고 행복해지는 일이었다. 그런데 사회봉사란 그런 것이 아니었다. 이리저리 불려다니고 이것저것 할 일이 참 많았다. 그렇게 바쁜 와중에 유다라의 이름을 불러보거나 얼굴을 볼 새는 좀처럼 없었다. 그저 고단하고 귀찮은 일을 억지로 하고 있을 뿐이었다. 6시간이 흐르고 집에 가는 시간이 돼서 유다라와 마주하는 것을 기대하고 있었다. 그런데 유다라에게서 전화가 걸려왔다. 그리고는 급한 일이라며 먼저 가겠다고 하고 저 멀리 사라져 갔다. 오마바는 횅했지만 그리 나쁘지 않았다. 유다라의 목소리에 환한 빛을 느꼈기 때문에 마음이 급속도로 밝아지고 기분이 좋아졌다. 그냥 그것으로 위안을 삼고 집으로 가려는데 뭔가 허전했고 예감이 좋지 않은 순간적인 느낌을 받았다. 아차 하고 보니 핸드폰을 복지센터에 놓고 온 것이다. 오마바는 돌아가서 전화기를 가져와서 허둥지둥 집 문을 열고 발을 씻고 자리에 누웠다. 봉사활동은 이번이 처음이었다. 마음의 부자가 된 것 같았다. 그리고 느껴지는 유다라의 따듯한 마음, 오마바는 진정 행복이 이런 것일까 하고 스스로 질문해보았다. 돌아오는 답은 없어도 흐뭇해지는 마음은 변함이 없었다. 그리고 오늘 밤 왠지 잠에 들지 못할 것 같았다. 막 설레었다. 그래서 손에 잡히는 것과 놀던 중 핸드폰을 쥐었다가 아까 정가나의 부재중 전화를 지우려고 조작을 하는데 안 본 문자메시지가 하나 있었다. 거기에 또 정가나의 공포스러운 협박이 있었다. '너는 이제 내 손안에 있어! ㅋㅋ' 나는 정가나가 평상시에 하는 위압적인 짓에 불과하다고 무시해버렸다. 그러나 그것이 얼마나 막대한 것인 줄 오마바는 진정 몰랐다. 전혀 조금도 예상할 수 없었다. 유치하면서 끔찍하고 치졸한 짓인 줄 알아야 했다.

오마바는 지금 기분이 좋아져서 잠도 안 오고 천진난만한 흥분 상태였다. 이리 뒹굴 저리 뒹굴 마냥 좋아서 어쩔 줄을 모르는 어린아이와 같은 상태다. 유다라로 인해 정가나에게서 벗어날 수 있는 기회가 될 길이 있을 수 있다는 희망이기도 했다. 그리고 마음에 선한 한 줄기 밝은 빛이 날아오르니 깜깜해도 밤이 아니었고 지붕 위에서 반짝이는 별은 축제였다. 이건 하늘이 마련한 오마바를 위한 축제였다. 이럴 때 노래가 빠질 수 없었다. 오마바는 입술을 움직여 흥얼거리다가 곡조의 절정에서 큰 소리로 질러버렸다. 시원했지만 흥이 가시지를 않았다. 오마바는 흥분해서 벌떡 일어나려고 했다. 그러다가 이불에 걸려서 책상 밑으로 미끄러졌다. 잠시 오마바는 정신을 잃었다. 깨어보니 책상 아래쪽 면에 엘이디 전구가 반짝반짝하는 것이 보였다. 오마바에게 기막힌 아이디어가 떠올랐다. 마이크 같은 것을 찾았다. 촛대의 초가 반쯤 남아 지저분한 책상 밑에 나뒹굴고 있었다. 오마바는 그 촛대에 엘이디 전구를 꽂고 반쯤 정신 나간 사람처럼 가수같이 이 노래 저 노래 생각나는 대로 불러젖히기 시작했다. 한 두 시간쯤 그렇게 불러젖히자 흥분이 가라앉고 진정이 되는 것 같았다. 오마바는 이제 됐다 하며 물 한 잔을 따라 마셨다. 그리고 의식의 이면이 있는 곳을 향해 꿈의 유영에 빠졌다.

정가나 역시 정신이 반쯤 나갔다. 너무도 크고 우렁찬, 황홀한 노랫소리를 들었기 때문이었다. 정가나가 듣기엔 분명 그랬다. 어디선가 정가나 아빠인지 '왜 이리 시끄러워?' 하는 소리는 정가나에게는 다른 나라 말씀이라 무슨 뜻인지 헤아리지 못했다. 이 노래 저 노래를 생각나는 대로 불러젖힌 듯한 그 목소리에 반하고 있었다. '역시 저 남자는 못하는 게 없어. 가수 뺨치겠는걸? 가수 데뷔 시켜줄까? 너무도 황홀하고 아름다운 밤이야!' 정가나는 오마바의 노랫소리에 푹 빠져들어 잠을 이룰 수 없었다. 흥신소 직원을 시켜 오마바의 집에 도청장치를 달았다는 죄책감 따위는 오마바의 황홀한 노랫소리에 다 잊히고 있었다. '아! 흥신소에 돈을 더 부쳐야지. 더 많이 주고 싶어. 그럴 만해.' 정가나는 설렘이 가시지 않아 고급 승용차를 몰고 오마바의 집으로 향했다. 깜깜한 밤에는 자존심도 쉬고 있었다. 정가나는 그냥 끌리는 대로 하고 있었다. 가다가 사고도 났다. 백 프로 저쪽 과실인데 일시적으로 천사가 된 정가나는 그냥 됐다며 급히 운전대에 다시 앉았다. 그리고 오마바의 집에 도착해 불 꺼진 창을 말없이 바라보며 있었는데 만취한 사람이 시비를 거는 것이었다. 정가나는 생각했다. 자기가 지금 화를 내면 고이 자고 있는 오마바를 깨울 것 같았다. 그래서 냉정한 표정을 지으며 다시 차에 올라탔다. 기름이 떨어져서 주유소에 들러 집에 오는 동안 그녀의 기분은 최상이었다. 그리고 도청 수신기에 이어폰을 꽂자 오마바의 코 고는 소리가 들려왔다. 아주 심하게 골고 있었다. 약간 환상이 깨졌지만 그래도 괜찮았다. 그리고 또 계획을 짰다. 계획을 짜다가 너무 복잡해져서 피곤해졌고 그래서 그런지 정가나도 잠에 빠져들었다.

　오마바는 아침식사를 하려고 편의점에 가고 있었다. 도시락을 사고 전자레인지에 데웠다. 데우는 동안 편의점 아저씨가 요즘 얼굴이 좋다며 무슨 좋은 일 있냐고 넌지시 말을 건넸다. 무슨 일이 있는 것은 아니었지만 희망에 부풀고 뭐든 하기만 하면 하는 일들이 다 잘될 것 같았다. 아저씨는 내가 밝은 표정으로 대꾸하자 서비스라며 음료수를 건넸다. 난 아니라며 사양했지만 찔러주시는 데는 어쩔 수가 없었다. 도시락을 먹고 음료수를 원샷으로 다 마시자 배가 불렀는데 뱃속이 찌릿찌릿한 게 조금 이상했다. 공짜란 없다던 유다라의 말이 생각났다. 음료수 값을 지불하려다 인사치레로 주는 것인데 그것도 예의가 아니라는 생각에 수고하시라며 인사하고 집으로 돌아왔다. 돌아와서 문을 열쇠로 여는데 죽는 줄

　　　　　　　　　　　　　　　　여름 바다

알았다. 설사가 나오려고 했다. 문은 안 열리고 설사는 급하고 조금 나온 것도 같은데 그럴 리는 없겠지 하며 자기 스스로를 위안하고 있었다. 그러다 문이 가까스로 열리고 오마바는 화장실로 달려갔다. 급 생성된 고민이 급 빠져나가는 일이란 행복했다. 그런데 그다음이 문제였다. 화장실에 휴지가 없는 것이었다. 오마바는 혼자 살고 있었기 때문에 소리 질러 누구를 부를 수도 없었다. 욕이 막 나왔다. 오마바는 평소에는 온순하지만 자기 자신이 싫을 때 화가 무척 나곤 했다. 오마바는 어제의 흥분이 다 정리되지도 않은 때문인지 염병할 하고 욕을 질렀다. 그래도 휴지를 구할 길이 막막했다. 그래서 배에 힘을 주고 젠장할! 하고 더 크게 소리를 질렀다. 그러니 휴지가 있는 곳이 보였다. 화장실 문 앞 낮은 서랍장 위에 있었다. 그리고 휴지 위에 마이크같이 생긴 게 놓여 있었다. '저게 뭐지?' 하다가 어제 일이 생각났다. 오마바는 지금 노래를 부르고 자시고 할 때가 아니었다. 그러다 '멍청한 것!' 하며 분이 일어 소리쳤다. 그리고 또 '쓰레기 같은 것! 쓰레기! 쓰레기!' 하며 분을 못 이겨냈다. 오마바는 나중 일은 나중에 생각하자며 마이크 아래 있는 휴지로 엉금엉금 기어가서 다리 저리는 고민을 우선 해결했다. 샤워를 하며 오마바는 앞으로 사리를 잘 분별해야겠다는 다짐을 하고는 아르바이트를 하는 곳을 향해 길을 나섰다. 평소보다 훨씬, 비교도 못 할 만큼 훨씬, 찜찜하기 이를 데 없었다.

"뭐, 나같이 유능하고 유명하고 유학까지 갔다 온 사람에게 쓰레기? 저게 날 뭘로 보고 그러는 거야?" 정가나는 오마바보다 훨씬 더 분개하고 있었다. '쓰레기? 내가 쓰레기면 넌 생 쓰레기봉투다!

이 종량제 쓰레기봉투야!' 정가나는 속으로 그렇게 생각하다 자기한테 그러는 것이 아닐 수 있다고 생각했다. 홍신소에 의뢰해 도청 장치를 설치했고 그걸 오마바가 알 리가 없었다. 그걸 그렇게 금방 알아낸다면 그건 홍신소가 너무 일을 어설프게 한 것이다. 홍신소 직원에게 돈을 많이 지불했고 지불한 만큼 일도 철저히 했을 것이라 믿고 싶어졌다. 절대 돈이 아까워서 그러는 게 아니었다. 정가나는 사실 파악을 먼저 해야 했다. 오마바가 자신이 의뢰한 도청을 알아챘는지 알고 싶어졌다. 정가나, 그녀는 그 좋은 머리로 어떻게 하면 그걸 알 수 있을까 머리를 쥐어짜기 시작했다.

정가나는 시립 도서관에 갔다. 학문에서, 학자들에게서, 그들이 이룩한 성과에서 도움을 받기 위해서였다. 실로 그들에게는 권위와 힘이 있었다. 정가나 자신에게도 힘이 있었지만 벼는 익을수록 고개를 숙이듯이 겸손해지기로 했다. 그들의 학식으로 자신의 의문이 풀릴 거라는 환상은 쌀알만큼도 못 되는 글자 사이에서 미로가 되어 또 여기가 어딘지 의문하는 사건에 봉착하게 했다. 이 이론의 논리는 저 이론의 결과물에서 시작되어 전개되는데 또 다른 이론은 시립 도서관의 어느 구석에 있는지 통 모를 일이었다. 그래서 잠시 쉬기로 하고 도서관 쉼터에 가서 커피 한잔을 마시기로 했다. 혼자 음악에 취해 정가나 특유의 분위기가 정가나 주위에 번지고 있었다. 저쪽에 앉은, 남자로 이루어진 몇 사람의 무리가 멍해져서 그런 정가나를 보고 있었다. 그들의 독서는 정가나의 분위기를 주제로 하는 것 같았다. 그들의 집중력은 대단했다. 정가나가 자아도취에 빠져 있는 동안 눈도 한번 깜빡하지 않을 정도였다. 그

　　　　　　　　　　　　　　　여름 바다

러다 그중 한 사람이 정가나 옆으로 다가왔다. 커피를 같이 마시자는 거였다. 정가나는 내심 싫지 않았지만 자기가 그렇게 쉬운 여자가 아니라는 것을 그들에게 인식시켜줘야 했다. 그녀는 다시 이어폰을 꽂고 다시 분위기를 잡았다. 그 남자는 다시 제자리로 돌아가서 정가나를 응시하기 시작했다. 그건 정말 흥미진진한 독서가 틀림없을 터였다. 정가나는 내심 남자들에게서 눈길을 받는 것을 자부심으로 삼았지만 결코 내색하지 않았다. 그것이 비밀의 화원에서 꽃이 누리는 도도함이었다. 그럼으로써 그 아름다움의 가치도 폭발하고 증폭되는 것이었다. 일종의 노림수였다. 그러나 정가나는 자신이 의문한, '오마바가 자신을 몰래 탐색하는지 스스로 알까? 그것이 정가나 자신이 한 것이라는 것도?' 그것을 아는 것이 더 중요했다. 정가나는 노출되지 않는 죄는 죄가 아니라는 나름의 사상이 있었다. 노출돼도 안 그랬다고 잡아떼고, 잡아뗐는데 그냥 넘어가면 또 죄가 아니고 결국 모든 것이 샅샅이 밝혀져야만 죄가 성립한다고 하는 죄형실증성립주의 이론관과 무죄추정의 원칙을 신봉하고 있었다. 그러므로 여러 단계의 부비트랩을 짜놓으면 안전할 수 있다는 자신감이 그녀를 과감하게 만드는 것인지도 모른다. 아무튼 정가나는 자신이 느끼는 죄책감을 이루는 증거들에게서 자유로워져야 했다. 편해지려고 '오마바가 자신이 한 일을 알까?'라는 의문에서부터 자유로워져야 했다. 그녀는 별안간 여러 추론에서 뭔가가 생각난 듯 자리에서 박차고 일어나 도서관을 힘차게 나서고 있었다.

권한이라는 게 있고 권리라는 것이 있다. 두 단어의 세심한 차이

는 잘 모르겠지만 둘 다 뭘 할 수 있다는 정당함을 내용으로 하는
단어다. 그런데 말이다, 그 권한을 지나치게 신봉하면 권위주의가
되는 거다. 폭군과 같은 왕처럼 그 권한이 무한대인 것처럼 거들먹
거리면 그 정당함은 거덜나고 마는 거다. 정가나는 자신이 사랑한
다고 믿는 감정에 도취되어 사랑이라는 명목하에 사랑으로 할 수
있는 권한에 집착되어 있고 신봉이라는 미명으로 횡포를 부리고
있는 거다. 그건 사랑을 빙자한 권위주의로서의 횡포. 그건 사랑
에 성공하기 위해 사리(事理)에 장님이 되어 그 죄를 스스로 알지
못하는 거다. 그건 무지막지한 오류고 스스로 부여받은 천부인권
을 모독하고 있는 것이다. 그런 정가나에게는 진정한 빛이 필요했
다. 그것은 양심이라는 빛이었다. 지금 그 양심에 어두운 그림자가
그려져 있어 밝은 세계와 차단되어 있는 것이다. 그건 혼자만의 폐
쇄된 세계여서 도서관에 가서 학자들의 조언을 듣는다 해도 자기
가 원한 답의 일편의 조각들로 조잡한 파이를 만들고 완벽한 것의
맛이 난다는, 진리의 총체에서 편취하여 이루어진 이상한 결론을
맺는 일방의 개인적 사유(思惟)에 불과하다. 그건 똥고집이고 그런
고집은 화장실에서만 부리면 된다. 그런데 정가나는 그런 개인적
사유를 지나치게 오마바에게 투사(投射)하고 있는 것이다. 그녀는
그녀가 사랑이라 믿은 감정으로 사리에 어두운 장님이 되었는지,
이것이 무지한 권력을 행사하고 있는 권위주의인지 그녀 스스로에
게는 옳기만 했다. 그렇지만 더 옳아야 했는데 그 더 옳아야 하는
부분이 무엇인지 알지 못했다. 그래서 도서관에서 그것을 찾으려
고 했고 무단 도청도 정가나에게 정당할 수 있다는 결론이었지만

머리 좋은 정가나는 뭔가, 뭔가 2퍼센트가 확실히 부족했다. 그건 그리움이었다고 단정했다. 그녀에게 오마바 얼굴의 분화구가 떠올랐다. 오마바의 얼굴에 난 여드름 자국을 피부과의 레이저로 긁어주고 싶었다. 그녀는 옳았으므로 오마바도 옳아야 했다. 그러므로 오마바를 피부과에 데려가서 시술을 받게 하는 것도 정당했다. 그런 깨달음은 순식간에 정가나를 자리에서 벌떡 일어나게 해서 오마바가 일하는 주유소로 가게 했다. 오마바로 향하는 길에서 정가나는 평온을 느꼈다. 그녀의 그런 특단의 시혜를 오마바는 숭앙하며 아무 거스름 없이 받을 것이라고 쉽게 단정지어 예상하고 있었기 때문이었다.

다리가 떨려왔다. 그녀가 온 것이었다. 정가나는 쾌속 질주해서 오마바가 일하는 주유소에 '원샷'으로 왔다. 그런데 그녀보다 먼저 온 유다라가 있었다. 그녀는 참외 한 상자를 들고 와서 오마바와 오마바의 동료들에게 한 개씩 돌리고 있었다. 오마바는 씹고 있던 참외를 얼른 삼켰다. 그리고 정가나를 향해 조금 전 참외 먹던 맛 그대로 싱그럽게 미소를 짓고 있었다. 그런데 그녀는 주위를 돌아보다 유다라에게서 시선이 멈췄다. 그리고 그녀가 누구냐고 오마바에게 묻고 있었다. 오마바는 모르는 여자라고 더듬거리며 말했다. 낌새를 눈치챈 정가나는 운전대 좌석에 앉아 기름을 가득 채우라고 오마바에게 부드럽게 말했다. 그러나 오마바는 그 갑작스런 부드러움에 소름이 돋고 있었다. 그리고 온몸이 굳어서 말이 잘 듣지 않았다. 그러나 하는 시늉이라도 해야 했다. 주유기를 잡았는데 디젤 것을 잡았다. 그리고 주유구를 열고 넣으려고 주유기를 갖다댔는데 들어가지 않았다. 그렇게 오마바는 항상 정가나 앞에서 헤매기만 할 뿐이었다. 그런데 그런 오마바를 보던 유다라는 뭐 하나며 자기가 하겠다고 휘발유 주유기를 바꿔 쥐고 정가나의 차에 기름을 채우려고 했다. 그런 둘의 모습을 지켜보던 정가나는 오마바를 쏘아붙였다. 폭탄보다 더 거센 화력이었다. 순간 오마바의 몸이 돌처럼 굳어버렸다. 그런 오마바를 보던 유다라는 상냥하게 '제가 여기 직원은 아니지만 이 정도 일은 할 수 있으니 염려 마십시오. 세심하게 주유해드리겠습니다' 하자 정가나가 대뜸 쏘아붙였다. "너 뭐야? 직원도 아닌데 왜 네가 넣어?" 그러자 유다라는 한 걸음 물러서서 "제가 실례했습니다. 용서하시기 바랍니다" 하며 주유기를 오마바의 손에 쥐어주었다. 오마바는 오금이 저렸지만 유다라를 보고 힘을 내고 있었다. 오마바에게서 식은땀이 철철 나고 있었다. 그리고 기름이 가득 채워지자 정가나는 화를 이기려고 이를 악물고 오마바와 유다라를 노려보았다. 그리고 숨을 들이마시며 일부러 천천히 비싼 고급 외제 승용차를 전진시켰다. 자신이 화가 머리 꼭대기까지 난 것을 들키고 싶지 않았다. 화를 내는 것은 참패하는 것이라 생각했다. 그래서 화 대신 호탕하게 웃어젖혔다. 그럼 저 두 사람이 약이 오를 것이라는 계산을 깔고 있었다. 그래서 자신이 화난 것보다 저 두 사람이 더 화가 날 것이라는 조롱과 악의와 기만의 처세술이었다.

오마바는 힘없이 걸어가고 있었다. 유다라 앞에서 망신을 당했고 또한 정가나는 너무나 무서웠다. 세상에 정말 평탄대로는 어디에 있는지 땅바닥을 굽어보며 연거푸 탄식을 내고 있었다. 고개를 들 수 없었다. 고개를 들어 하늘을 보면 오마바 자신은 한없이 쪼그라지고 초라해졌다. 오마바는 걸어가다가 돌부리에 걸려 뒤뚱거리기도 하고 어디 앉아서 쉬어가고픈 마음도 간절했다. 그러나 얼른 들어가 물 한잔 마시고 자리에 누워 편히 숨 쉬고 복잡한 머릿속을 정리해야겠다는 생각에 한 걸음을 들어 어렵사리 또 한 걸음을 들어 이리저리 복잡한 길을 겨우겨우 가고 있었다. 전화벨이 울렸지만 받지 않았다. 주머니에서 꺼내지도 않았다. 그냥 다 무거웠고 그래서 다 내려놓고 싶었다. 그렇게 힘들게 길을 가다 골목을 돌았을 때 누군가와 부딪혔다. 젊은 여자였는데 힘 빠진 오마바가 밀리지 않고 그 여자가 밀려 주춤했다. 오마바의 삶의 무게가 더 무거웠던 모양이었다. 그녀가 흘낏 오마바를 보았는데 오마바는 그녀를 어디서 한번쯤 본 것 같다는 생각을 했다. 그렇지만 오마바는 다 귀찮았다. 그녀에게 고개를 숙여 예의를 갖춘 다음 오마바는 또 무거운 발걸음을 이어갔다. 집에 도착해보니 문 앞에 꽃다발이 하나 있었다. 그리고 거기에 카드가 묻혀 있었다. 'Dear tomorrow'라고 쓰여 있었다. 오마바는 '내게도 내일이 있을까' 하며 꽃다발을 들고 문을 열고 방에 들어가 쓰러져 잠이 들었다. 아직 해도 지지 않은 늦은 오후였다.

자정쯤 되었을 때 오마바는 잠에서 깼다. 그리고 더 이상 잠이 오지 않았다. 유다라 앞에서 정가나에게 꼼짝 못 했던 오마바는 자신이 싫었다. 그래서 당분간 깨지 않고 잠만 자고 싶었다. 근데 잠이 오기는커녕 눈이 멀뚱멀뚱해져서 사물이 오마바의 눈으로 날카롭게 침입하고 있었다. 그것들은 가만히 서거나 앉아서 때론 몰아붙이고 때론 사납게 때론 차갑게 오마바를 조종하고 있었다. 오마바는 자신이 사물들에게 조종당하고 있다는 사실을 알고 있었지만 앞으로 그것들을 조종하게 되리라고 희망을 품어보았다. 언제나 항상 절대적으로, 강압을 하면 그 힘은 그것들에게 돌아가는 것이 자연의 이치였다. 그것은 물리적으로나 심리적으로 그랬다. 그건 겨울이 가면 봄이 오고 주먹으로 벽을 치면 벽에 충격이 가해지나 주먹도 아픈 이치와 같았다. 오마바는 그때를 위해 눈을 감았다. 그리고 수분 후 눈을 떴다. 그러함에도 사물, 그것들이 오마바를 노려보는 것은 변하지 않았다. 더 큰 인내를 가져보는 것이 좋을 것이라 오마바는 현명한 판단을 내리고 있었다. 그러나 밤은 길었다. 어두컴컴한 저 창밖을 내다보다가 해가 떠오르는 장엄한 광경을 오마바는 환상으로 그려보았다. 내일, 내일의 태양이 떠올라야 하는데 그게 인력으로는 될 것 같지는 않고 멀뚱멀뚱 눈을 뜨고 지루하고 심란하게, 그리고 무서운 채로 기다려야 한다는 운명은 너무도 가혹했다. 오마바는 오마바 자신에게 부여된 운명을 바꾸고 싶었다. 그래서 바꿀 것을 궁리하다가 오마바의 이름이 미국 대통령과 비슷하다는 사실을 떠올렸다. 마바와 바마, 이름의 음절만 순서를 바꾸면 오바마 미국 대통령이 되는 것이다. 오마바는 흥분됐다. 오마바가 미국의 대통령이 되는 것이다. 그것은 위대한 일이었다. 오마바는 흥분해서 소리쳤다. "내가 미국의 대통령이다! 내가 미국의 대통령이다. 내가 미국의 대통령이다!" 오마바는 또 광란의 밤을 보내고 싶어졌다. 그러다가 한 줄기 떠오르는 생각이 있었다. 미국의 대통령이 되더라도 무섭도록 지루하게 기다리는

여름 바다

내일의 태양이 오는 시간을 단축할 수 없고 미국의 대통령이 되더라도 저 사물들이 나를 조종하는 것을 막을 수 없고 더군다나 물리와 심리의 법칙들을 바꿀 수 없다는 평범한 진리였다. 그래서 뭔가 또 풀이 죽었다. 그래서 기운을 차리려고 물 한잔을 마시려고 고개를 돌리려는 순간 뭔가 안 보이던 물체가 시야에 잡혔다. 다름 아닌 꽃다발이었다. 그걸 보다가 누가 보냈는지, 'Dear tomorrow'라고 쓰여 있는 저 카드의 내용물은 무엇인지 궁금해졌다. 일단 물을 뜨러 일어섰으니 물부터 마셔야 했다. 그리고 찬찬히 꽃다발 곁으로 다가갔다. 일혹 불안의 느낌이 들었다. 오마바는 꽃을 별로 좋아하지 않았으므로 카드부터 펼쳐봤다. 영어 단어 세 개가 전부였다. 오마바는 고등학교 졸업 이후로 영어 공부를 안 했기 때문에 그 단어들이 너무 생경했고 낯설었다. 그런데 아무리 봐도 순수 영어로는 읽히지 않았다. 그 세 단어는 'jenjanghal'과 'eumbeynghal'과 'sselegee'였다. 도대체 무슨 뜻인지 알 도리가 없었다. 영어사전을 찾아봐도 마찬가지였다. 오마바는 삼십 분쯤 그 단어들을 뚫어져라 보더니 "에이! 도대체가 알 수가 없네. 이게 도대체 뭐야? 알 도리가 없어!" 하며 소리쳤다. 그러다 또 소리 질렀다. "도대체가 알 수가 없어!" 그러다가 오마바 자신의 인생을 탓하며 크게 어제 그 엘이디 전구가 반짝이는 마이크에 대고 "도대체가 알 수가 없어!"를 외치고 또 외쳤다. 오마바는 소리를 지르니 피곤해졌다. 그리고 쓰러져서 해가 중천인 오후에 일어났다.

오마바는 아침도 거르고 잤고 점심때가 되었는데도 뭘 먹을 생각이 도통 나지 않았다. 그저 사는 것이 무의미할 뿐이었다. 기분이 우울했지만 기운을 내서 향기 나는 저 오후의 햇살을 투명하고 맑은 물처럼 당장, 마음껏 마음대로 신나게 퍼마실 수 있다면, 달라지지 않을 최초의 맹세의 빈틈에 파고들, 원초적 나약함의 배경으로 위안을 삼아볼 수 있는 재미도 있겠다 싶었다. 그건 사람이 돌도 바위도 아니고 낙락장송 되었다가 백년만년 푸를 청렴함으로 무장했을지라도 한순간 아니구나, 이게 아니구나, 사람 사는 게 다 그렇지 하는 평범하고, 그래서 무상한 인생에 놓인 가객인 오마바가 되는 것이다. 세상에 오로지 그렇고 대쪽 같고 영원히 그렇다는 데에는 누구나 다 부담스러울 것이다. 이 길로 가다 막히면 돌아가는 것이고 저 길에서 또 쉬어가다 다 가지도 못하고 끝난다 하더라도 그래도 그것은 인생이고 의미 있는 것일 테다. 오마바는 힘을 내기로 했다. 무료한 오전의 늦잠을 자책하며 게으름에 반성하며 다 무의미하다며 허탈해하는 오마바에게서 언뜻 생각나는 의외의 사람이 있었다. 다름 아닌 정가나였다. 그녀에게는 미안했다. 자신에게서 무엇을 찾으려 하는지 그렇게 들이대는 그녀에게서 도통 잘 이해가 가지 않았지만 그렇다고 모른 척하기만 할 수는 없었다. 뭔가 잘 유도해서 그녀에게 자신이 잘 맞지 않고 부담스럽고 너무 억지로 엮으려면 탈이 나니 시간을 두고 해결해보자고 타이를 생각이었다. 그런데 그녀의 앞에 서면 오마바 자신이 무거워지고 돌처럼 굳어지고 어색해지는 것은 어쩔 수 없었다. 그리고 너무 오래된 생각이지만 그녀의 이력에는 내가 너무 궁색했다. 오마바는 빈자였고 능력도 없었으며 용기도 없었다. 그래서 그녀가 자신에게 그러는 이유를 도저히 알 길이 없었다. 가진 자의 농담인지 장난인

여름 바다

지 우롱인지 사기인지 배불러서 트림을 하는 것인지 그게 뭔지 사랑인지 가식인지 오해인지 도대체가 알 수 없었다. 그런 생각들이 끝날 즈음에 하는 몇 마디 말들은 오마바의 목청을 타고 공중에 전파되었다. 명확히 발음한 단어들은 '그게 뭔지? 장난인지? 사랑인지? 가식인지? 오해인지?'였다. 혼잣말을 몇 마디 하니 오마바는 배가 고파졌다. 다 귀찮았지만 냉장고에 있는 식빵을 뜯어먹고 있는 자신을 발견하고 있는 오마바는 자신이 놀라울 뿐이었다.

오마바의 그런 행적은 정가나에게 그대로 전달되었다. 오마바가 미국의 대통령이라고 선언하는 것부터 시작해서 "도대체 모르겠다"로 이어지며 코골이를 심하게 하다가 '사랑, 가식, 오해?'로 끝나서 문 열고 닫는 소리 그리고 크억 하는 소리 그리고 또 자는지 아무 소리도 들리지 않았다. 그 소리들은 다 24시간 녹음되어 기록으로 정가나에게 남겨졌다. 정가나는 그 소리들을 분석하기 시작했다. '미국의 대통령? 사랑? 오해?' 그런 말들은 정가나에게는 대단하게 다가왔다. 역시 정가나 자신의 안목에는 오류가 없음을 스스로 자부하게 되었다. 역시 오마바는 대단한 인물이었고 앞으로 더 대단하게 될 인물이었다. 그리고 그 나쁜 유다라는 오해였고 자신에게는 사랑이었다. 정가나는 홍얼홍얼 콧노래가 절로 나왔다. 아무래도 오늘부터 좋은 날들이 시작될 것 같은 예감을 떨칠 수 없었다. 이제 오마바 이외의 것은 다 정가나에게 무의미했다. '오 솔로미오!' 오마바는 정가나의 유일하고 위대하고 아름다운 태양이었다.

유다라는 의외로 똑똑했다. 그녀는 당찼고 오마바에게 새로웠다. 낡은 신을 벗고 숙녀의 힐을 신은 것처럼 오마바는 오뚝해지고 있었다. 다른 관점에서 사물들이 보였고 낯설지만 신선한 기분에 다시 태어난 기분이었다. 오늘의 해가 떠오르는 것은 못 보았지만 이미 떠오른 해는 정말 포근하면서 산뜻하고 우아한 것이었다. 유다라는 저돌적이면서도 예의에 어긋나지 않았다. 그녀는 충만한 세계를 가슴에 품고 있었다. 그 풍요로운 세계에 오마바는 충실해지고 싶었다. 그러나 일방이 상대방에게 가는 길에는 용기라는 도구를 짊어지고 가야했다. 그건 상당히 두렵고 어렵고 상상할수록 위태로운 것이었다. 그건 떨림이었고 설렘이었고 갈수록 무거워지는 마음의 무게였다. 그런 부담으로부터 자유로워지는 것이 숙제가 되고 있었고 성급히 빨리 풀려면 난제가 되는 것이었다. 엉킨 실타래는 세심하고 섬세하고 나 자신을 내버리는 희생이 선행되어야 했다. 사람이 사람으로서만 상대에게 다가서는 것이 아니었다. 때론 천사가 되고 때론 기도가 되고 때론 내 욕심을 다 내려놓아야 했다. 오마바는 그런 것들을 유다라를 보면서 깨달아가고 있었다. 우리 둘의 사이에 소풍 온 아이들이 어지럽게 지나가고 있었다. 그 아이들은 우리를 신기한 듯 올려다보며 저마다 소란스럽게 한두 마디 지껄이고 갔다. 그 아이들은 우리에게 적이 될 수 없었다. 아이들의 천진함이 도대체가 악의가 될 수 없었다. 그건 환희의 합창이었고 유다라와 오마바 사이의 교감으로 인해서 그 아이들은 오히려 찬미의 대상이 되고 있었다. 신기하게도 그 아이들은 우리 자신들의 주인이었다. 악의가 될 수 없는 것들은, 아니 악의조차 될 수 없는 것들은 대자연과 흡사했다. 대자연은 우리 사이의 끈이 튼튼해질 수 있도록 아낌없이 바치고 있었다. 우리는 그러

여름 바다

한 대자연에게서 완전하게 받아들여지고 있었다. 우리가 준 것은 없었는데 그 아이들은 우리에게 태연히 주고 있었다. 아무 꾸밈도 없이 구태여 인사도 없이 우리는 그들에게 받고 있었다. 그들은 주고 있었다. 아름다움을 주고 있었다. 꼭 신이 하는 인사와 같았다. 아무도 그것을 모함할 수 없었다. 비가 그치고 보이는 깨끗하고 맑고 잔잔한 풍경에서 오마바는 유다라의 우산을 접어들고 전진했다. 그리고 유다라가 뒤따르고 있었다. 내일로의 전진은 무채색의 편안함을 띠고 또 다른 소식을 기다린다. 그건 희망이었다. 그건 귀로였다. 그건 또한 기약이었다. 편도 육 차선의 도로에는 횡단보도가 있었다. 그리고 네모난 듯한 신호등이 있었고 빨간불이었다. 우리의 기약은 사회적 약속을 넘어선다. 그러므로 우리는 빨간불이었지만 멈추라는 신호였지만 위험하다는 경고였지만 오마바의 손에 들인 유다라의 작은 손은 서로를 끌며 전진을 계속했다. 그리고 우리는 여지껏 있던 세계에서 다른 세계로 넘어갔다. 그건 위험했지만 또한 스릴도 느낄 수 있었다. 그러므로 흥미는 우리 사이를 공유하고 있었다. 그러다 우리의 시간은 곧게 전진했다. 그리고 다시 한번 우리는 우리가 공유했던 시간을 되짚어야 했다. 그러므로 우리는 각자의 공간에서 되살아날 것이다. 우리를 위해 우리는 떨어진 손을 흔들고 있었다.

정가나는 외로웠다. 원래 사랑은 외로움을 동반하는 거였다. 그건 자기의 감정에 의미의 무게중심을 더 두기 때문이었다. 자기가 사랑한 만큼, 아니 그 이상으로 상대방이 자신을 더 이해해주고 배려해주고 사랑해주어야 했다. 그래야 자신이 더 가벼워져 시소처럼 들려 높이 나는 것이었다. 그런 들뜸은 서로 주고받는 것이 재미있고 조화로웠지만 오마바는 그 증거들을 보이지 않으려고 했고 너무도 불확실했다. 오마바를 보고 나면 왠지 허전해지고 쓸쓸해지는 느낌이 났다. 정가나는 그것을 피하기 위해 더 채우려고만 하고 있었다. 여백의 미를 여유 있게 풍미하려는 낙관의 자세에서 자꾸 틀어져만 갔다. 그것은 정가나의 이기주의였다. 아니 오만함이었다. 정가나의 사회적 위치에서 그 수많은 성취에서 그 높고도 화려한 미모를 스스로 모를 리가 없었다. 그런 자신에게서 그 별것도 아닌 오마바에게 어처구니없게도 쏠리는 감정들이 정가나의 자존심을 아프게 할퀴고 있었다. 자신도 왜 그렇게 초라한 오마바에게 마음이 끌리는지 그 이유를 알 수 없었다. 그렇지만 정가나는 그 알 수 없는 까닭에 대해 하나씩 조리를 달고 있었다. 첫째는 오마바는 결코 범상치 않을 것임에 틀림이 없다는 것이었고 둘째는 찢긴 자존심을 회복하기 위해서라도 오마바의 전부를 앗아갈 것이었고 셋째는 이 모든 것들이 운명이라는 것이었다. 그리고 앞으로 그 이유를 더 첨가해갈 것이었다. 그러므로 오마바를 향한 감정들은 완벽한 것이었고 틀림이 없었으며 더 완전해질 것이었다. 그러므로 자신이 끌리는 것들에 대해 조금도 소홀히 할 수 없었다. 그건 정가나의 최후의 자존심이었다. 그러므로 오마바에게 조금도 아까울 것이 없었다. 그것은 정가나를 위한 과감한 투자였다. 그러므로 언젠가는 오마바에게서 자유로워질 것이었다. 그러니 오마바를 위해 최선을 다하는 것이 상책이었다. 그 상책을 위해 무엇이든지 할 것이라고 다짐을 하고 있었다. 그런 다짐에는 상당한 의지가 솟아 있었다. 그때 거울은 그녀에게 화려한 미소를 짓게 하고 있었다. 그때 도청 수신기에 예사롭지 않은 소리가 들리고 있었다.

"유다라 씨! 제가 뭐 도움이 될 만한 것이 있을까요?" 오마바는 유다라가 진정 원하는 것을 알고 싶었다. 그렇지만 그렇게 묻지 않았다. 그렇게 말한 것은 핑계였다. '도움이 될 만한 것이 무엇인지'가 의문이 아니라 그녀의 근본적인 성격이나 취향 그리고 본질에 대해 탐구하고픈 마음이 앞서서 그렇게 묻는 것이었다. 도움이 될 만한 것들을 알면 우회적으로 그러한 것들을 알 수도 있을 것 같아서였다. 그녀가 원하는 것들이 무엇인지 궁금했지만 그녀는 바로 답변하지 않고 반문하고 있었다. '오마바 씨에게 저로 인해서 달라진 것이 있나요?' 오마바는 자신의 질문에 답변하지 않는 것에 약간의 답답함을 느끼면서 '내게 달라진 것이 있는지' 의문에 빠져 대답을 하지 못하고 머뭇거리고 있었다. 저쪽에서 다시 들려오는 소리가 있었다. '세상이 평화로운가요?' 또 막막해진 오마바는 이제 대답을 해야 했다. 이번에도 답변을 하지 못하면 유다라에게, 고마운 숙녀에게, 그녀의 풍요로운 세계에 대한 거부로 받아들여질 수도 있는 법, 오마바는 어… 어… 어… 하다가 급한 발음으로 토했다. "그렇습니다. 세상은 평화롭지요." 그러자 유다라는 '오마바 씨에게 있는 그 평화를 소중히 하세요. 그게 제가 도움을 받는 길이에요.' 유다라의 목소리가 포근했다. 오마바는 그 목소리에 한껏 행복해졌다. "너무나도 고맙습니다! 제가 유다라 씨를 돕는 것에 보람을 갖겠습니다. 그것을 제 명예로 삼겠습니다." 오마바는 흥분에 겨워 당황을 금치 못하고 전화를 딱 끊어버렸다. 오마바는 지금 최우선적으로 해야 할 일이 자신이 흥분한 것을 제압하는 것이었기 때문이었다. 오마바는 자신이 흥분하면 실수를 한다는 것을 너무도 자주 떠올린 탓인지 반사적으로 하던 것을 중단하는 버릇을 가지게 되었다. 냉정하게 중요하고 시급한 일을 찾아 처리해야 했다. 그것이 더 오래 소중한 것들을 간직하는 오마바의 태도였고 요령이었고 오래된 교훈이기도 했다. 오마바는 찬물을 벌컥벌컥 삼키고 심호흡을 하면서 흥분을 가라앉히고 있었다. 가부좌를 틀고 명상을 하고 방바닥을 뒹굴뒹굴 구르면서 지구라는 혹성이 자전하거나 공전하지 않기를 명령했다. 오마바 이외에는 모든 것이 움직이는 것을 멈추어야 했다. 오마바에게 새로운 세계가 생기고 있었기 때문이었다. 그러다가 숨을 멈추었다. 새로운 세상에서 공기가 없을지도 모르는 일이었기 때문이었다. 그리고 나니 흥분이 조금 가라앉았다. 그리고 유다라를 떠올렸다. 그리고 되뇌었다. "참으로 아름답고 평화로운…" 하다가 또 말을 멈추고 의식의 전체에 그녀, 유다라를 가득 채웠다. 그건 진정한 사람이 누릴 수 있는 최고의 가치였다. 그리고 그건 오마바에게 작금의 혁명과도 같은 것이었다. 그건 행운이었고 쉼을 지키는 의례에서의 맹세와도 같은 것이며 오래된 나무의 생애가 받았던 햇살 전부를 오마바에게 그대로 심는 것이었다.

정가나는 똑똑히 들었다. 오마바는 유다라를 돕고 싶어 했고 그 것도 평화를 지키는 것을 명예로 삼겠다고 했다. 역시 오마바는 훌륭한 인물임에 부정도 부인도 할 수 없었다. 그래서 오마바가 원하는 것을 정가나가 대신 해주고 싶었다. 오마바가 원하는 평화를 위해서라면 정가나가 할 수 있는 것을 모두 바치고 싶었다. 그것이 사랑이었고 사랑을 위한 헌신이었다. 그리고 평화는 정가나에게도 크나큰 가치였다. 미스 유니버스도 '월드 피스'를 외치지 않는가? 그건 시대의 조류이며 대세이고 유행이었으니 정가나에게도 거스를 수 없는 것이었다. 정가나는 평화를 위해서 무엇을 해야 할지 고민을 하고 싶어졌다. 그래서 음악을 크게 틀고 주위의 소음을 잡고 의식의 찌꺼기들을 제거해야 했다. 마침 가족들이 다 해외 출장을 가서 방해의 요소가 없었다. 그리고 요리를 하기로 했다. 물이 끓자 오마바의 여드름 자국이 생각났다. 그래서 불을 끄고 커튼이란 커튼은 다 치기 시작했다. 사방이 어두워지고 그러자 '무념무상'이란 단어가 생각났다. 그러더니 그 '무념무상'이라는 단어처럼 되고 있었다. 그건 참 신기한 일이었다. 그렇게 어둠 속에서 의식을 잊고 비어 있는 상태를 몇 시간이고 계속해갔다. 그러다 깨어나서 떠오르는 것이 있었다. 다름 아닌 유다라와의 주유소에서의 만남이었다. 정가나는 진심으로 그녀를 돕겠다는 생각을 하고 있었다. 그리고 순정한 마음으로 그녀를 도울 계획에 정가나 그녀의 눈에 밝은 빛이 돌았다. 정가나는 이대로 가만히 있을 수 없었다. 행동하지 않는 양심은 양심이 아니었다. 그래서 유다라의 행적을 파헤치기로 했다. 정가나는 흥신소로 전화를 걸고 있었다. 통화를 하는 도중 다른 전화가 오고 있었지만 개의치 않았고 흥신소 황상무는 멋진 음성으로 정가나에게 응대했다. 전화를 끊은 정가나는 눈가에 습한 기운이 감도는 것을 느꼈다. 참으로 선한 일은 복되고 또 복되다는 가르침이 되새겨졌다. 그렇게 좋은 기분을 만끽

하는데 정가나에게 전화가 걸려왔다. 모르는 번호였지만 기쁜 마음으로 상냥하게 전화를 받았다. 한참 전화를 받고 있는데 저쪽 분이 알고 보니 유다라라는 사실을 알게 되었다. 조금 이상한 기분이 들었지만 아까 그 부유한 마음을 해하지 않고 싶어 계속 상냥하게 응대했다. 유다라가 만나자는 것이다. 조금 자신이 당하고 있다는 기분이 들었지만 계속 상냥하고 예의 바르게 그렇게 하겠다고 했다. 전화를 끊고 나니 흥신소에 괜히 전화를 했다는 후회도 일었지만 좋은 일에 어디 효율성만이 있을까? 정가나는 좋은 마음을 가지고 유다라가 지정한 곳으로 갈 채비를 하고 있었다.

가만 보다가 오마바는 자신에게 무엇인가 샘솟는 것을 느꼈다. 그것은 치밀해서 잘 흐트러질 것 같지 않았다. 그것은 구슬과도 같았으며 어릴 적 소중히 간직해온 진귀한 보물과도 같았으며 또한 흔하지만 자주, 그냥 지나치는 종류의 것이었다. 그 놀이에 빠지면 어제는 오늘로 끌어올려지게 되고 오늘을 만끽하며 터뜨리고 마는 축제가 되는 것이었다. 그래서 마르지 않는 샘이 됨은 그날이 흐르는 세월, 물길, 바다의 근원이 되는 것이었다. 그런데 오마바에게 또 다른, 또 다른 차원의 샘의 근원, 천인 만인으로 퍼뜨려진 각양각색의 온갖 생김새를 만들어버리는 최초의 원동력이 발산되고 있었다. 그 근원으로서 정중하게 손짓하는 유다라가 오마바에게 있었다. 그녀는 오마바에게 영웅 그 자체이며 명령자이며 부정할 수 없는 진리가 되어 있었다. 유다라와의 몇 번의 교차로 인해 그것은 친숙한 숙명이 되었고 그 숙명을 거부하는 것이 오마바에게 조금도 떠올려지지 않았다. 그것은 의문 없는 수용이었다.

정가나는 급히 서둘렀다. 자신이 먼저 그 자리에 가 있어야 했다. 정가나가 먼저 유다라, 그녀를 찾는 것이 오마바에 대한 그녀의 열정이라 생각했다. 그녀가 먼저 유다라를 찾는 게 그녀에게 옳았으므로 그녀가 먼저 유다라를 찾아야 했는데 그녀에게서 오히려 전화가 온 것이다. 그건 틀림없는 자신의 열정에 대한 모독이었다. 유다라가 정가나를 먼저 찾은 것은 정가나의 재력과 능력 그리고 사교술에 대한 도전이었고 불쾌였다. 그래서 그녀는 그 자리로 달려가고 있었다. 아니, 순간 이동을 하고 싶었다. 그녀에게서 갈증이 일어나고 있었다. 그녀에게도 햇살이 필요했고 그녀에게도 일말의 양심이 필요했고 그녀에게도 베풀 수 있는 기회가 필요했다. 그녀의 마음에 검은 웅어리가 지고 있었다. 그건 열정의 이름으로 하는 폭력이었다. 그건 활활 타오르는 불길과 같았다. 그 화염의 피해는 그녀에게 한낱 이름 없는 희생이겠거니, 그녀는 오마바 이외의 것에서 장님이 되어 가고 있었다. 그래서 순간 이동으로 인해서 생기는 돌풍쯤은 하나이거나 둘이거나 셋이거나 그냥 기우로 인한 쓸데없는 걱정이었다. 그것은 정가나에게 무의미 했다. 그러나 유다라에게 그것을 다 참을 것이다. 유다라 앞에서 그 열정들의 표정을 다 지울 것이라 그녀의 최면은 거리의 풍경들을 다 잠재우고 있었다. 정가나에게 시선을 둘 것은 그녀에게 필요한 것이면 되었고 그녀에게 필요하지 않은 것은 다 게으른 멍청이로서 무시해도 마땅할 하잘것없는 것이었다. 그러므로 그녀는 달렸다. 그녀에게 유다라보다 먼저 도착하는 것이 가장 위대한 가치가 되고 있었고 그것은 틀림없는 사실이었다.

정가나는 숨을 고르고 그 자리에 앉았다. 그녀가 걱정하던 것은 이미 자취를 감추었고 그녀는 거드름이 배어나오는 표정을 잠시 짓다가 이내 계획대로 절실한 표정으로 바꾸었다. 유다라에게 그녀의 진짜 절실한 것을 들키고 싶지 않아서 덜 절실한 것에 가짜 무게를 두는 것이다. 유다라가 이르지 못한 자리에 이른 그녀는 이미 유다라보다는 우선이 되는 사람이 되고 있음을, 그녀는 자부하고 있었다. 그녀의 그런 안심을 대우하듯 고급 차가 정가나, 그녀의 입술에 교태롭게 적셔지고 있었다. 그런데 유다라가 아직 오지 않았다. 찻물이 식고 다시 한번 찻물이 끓고를 수차례 반복해도 그녀가 오지 않는 것이었다. 유다라보다 먼저 자리하기를 목말라 한 정가나는 이제 유다라가 오지 않은 시간들을 지루하게 엿가락 늘이듯 늘이고 있었다. 그건 또 다른 전환이 되고 있었다. 그녀는 자문하고 있었다. 여기가 어디며 자신은 누구이며 유다라는 무엇인지? 그녀는 자문했다. 그녀의 열정이 무엇인지, 오마바가 무엇인지, 평화가 무엇인지? 그녀는 답을 알고 있었다. 그것은 어쩌면 쓸데없는 이기심은 아닌지? 허망한 열정인지? 과연 그 열정에 정당함은 있는지? 그런 의문이 연속적으로 일어나다가 그녀는 도저히 참을 수 없어 자리에서 일어났다. 그때 자신을 부르는 소리가 있었다. 그건 하얀 거품 같은 일과의 끝에 오는 휴식과 같은 목소리였다. 그러나 그녀는 아직 쉬고 싶지 않았다. 그래서 최대한 이성적으로 말을 받았다. "이제 오셨어요?" 인공의 향기였지만 그 향기는 정말 아름다웠다.

정가나는 다소곳이 앉아 있는 유다라에게 최대한의 예우를 갖

여름 바다

추고 있었다. 그녀의 앳되고 작은 목소리를 듣기 위해 귀에 있는 감각을 최대한 기울였다. 그녀의 한쪽 청각 신경이 찻잔으로 쏟아질지도 모르는 일이었다. 정가나는 찻잔에 대한 관심을 버린 지 수십 분째가 되고 있었다. 정가나의 눈망울에 유다라라는 피사체가 들어찼고 들어찬 압력에 그녀가 여지껏 보아왔던 피사체들이 압사하여 유명을 달리하게 될 위기에 있는지 정가나 그녀가 알 바 아니었다. 다만 정가나의 두 눈에 유다라라는 인물이 아주 생소하지만 낯익게 펼쳐지고 있었다. 그건 열린 문으로 들어가는 것이었고 너무도 자연스러운 통행이었다. 그 열려진 문을 통과하자 정가나에게 아주 편안한 햇살이 넘실거리고 있었다. 그녀에게, 정가나에게 진정한 평화란 이런 것이구나 하는 선험적인 깨달음이 익어가고 있었다. 그녀는 정가나를 포함하고 있었고 정가나는 그 안에서 자유롭게 있을 수 있었다. 정가나, 그녀가 하는 말은 유다라를 통해서 그녀 자신에게로 울리고 있었고 유다라, 그녀의 한마디마다 정가나는 불려지고 있었다. 유다라의 그 작고 앳된 목소리에 정가나에게 이미 있었던 모든 것들이 호칭되고 있었다. 그건 정가나에게 새로운 경험이었으며 그런 경험에 신기해하고 있을 즈음 그녀는 고개를 저었다. 이러면 안 되는 것이었다. 정가나는 도움의 손길이 필요했다. 그래서 주위를 살폈다. 그러나 아무도 없었다. 정가나는 그런 허함에 한숨을 쉬었다. 그리고 그 숨에 더 큰 숨을 쉬고 그러다가 이제 고의로 더 큰 호흡을 하기 시작했다. 약간 흐린 찻집의 배경이 눈에 들어왔고 감았다 다시 뜬 눈에 찻집의 배경이 조금 더 선명해졌다. 그리고 유다라가 앉아 있는 배경이 눈에 들어왔고 다시 그녀의 모습이 보였다. 유다라가 자신보다 아름답지 않았다. 자신 보다 못생겼다는 생각을 하자 이제껏 그녀에게 빠져들었던 것이 낭패가 되어 그녀의 뒤통수를 쳤다. 그리고 뇌리의 공백을 경험했고 그러다가 정가나에게 있던 특유의 미소가 지어졌다. 그리고 정가나에게 넘치고 있던 자신감이 다시 일렁이기 시작했다. 그러자 뭔가 손해 본 것 같은 억울함이 느껴졌다. 그리고 욱 하는 성질이 입 밖으로 나오려다 그녀의 이성이 바로 그것을 막아섰다. 그리고 정가나는 평화를 지키기 위해 유다라를 만나고 있다는 처음의 의도를 마주하게 되었다. 그렇지만 풀리지 않는 것은 그 평화를 지키기 위해서 진정 평화란 무엇인지 알아야 했다. 그렇지만 이미 정가나는 이미 평화를 유다라를 통해 경험했다. 그것도 아주 조금 전에 정가나가 유다라의 작은 목소리에 귀를 기울이면서 경험했던 것이다. 그렇지만 유다라의 문에서 빠져나온 정가나는 그 평화의 정체를 잃어가고 있었다. 그래서 그 평화를 다 아는 것이 아니었다. 그래서 그녀는 답답했다. 평화를 지키기 위해 어떻게 해야 하고 그녀를 돕겠다는 열의는 어떻게 풀어야 할지 막막하기만 했다. 그래서 그녀는 또 달려야겠다고 생각했다. 그래서 유다라에게 최대한의 예의를 갖추고 다음에 또 보자는 인사를 드렸다. '드렸다'라는 표현이 정가나에게 절실했다. 정가나는 이런 이상한 상황을 벗어나는 것이 급선무였기 때문이었다. 그래서 그녀는 사뿐사뿐 발걸음도 예쁘게 유가나의 곁을 벗어났다. 그리고 쏜살같이 거리를 지나갔다. 그런 그녀의 명분에 늦은 밤거리도 마음을 비워 정가나, 그녀를 조금도 방해하지 않았다.

오마바는 밥을 먹고 있었다. 김밥, 현미밥, 주식인 쌀밥을 다 먹어보았지만 그녀가 먹어보라던 주먹밥도 참 맛있었다. 그녀는 사실 초조했다. 무엇이든지 우위인 그녀가 오마바에게 줄 것들은 너무 화려했다. 오마바가 보기에 위화감을 안겨줄 수도 있었고 거부감에 마음이 무거워질 수 있었고 친화력을 살피는 데 부족할 수 있었다. 그래서 그녀는 아닌 척을 해야 한다고 생각했다. 그녀의 그런 화려하고 휘황찬란한 세계에 오마바가 부담감 없이 부드럽게 안착하고 진입할 수 있도록 배려해야 한다고 생각했다. 그래서 제안했던 것이 소탈함에 대한 어필이었다. 정가나는 짜장면도 추천해볼 생각이었지만 단무지만 생각하면 세상이 다 노래졌다. 그건 어지러움이었다. 그건 어쩌면 어지러움에 대한 환상일 수도 있었다. 아찔히 추락하는 것에 대한 동경일 수 있었고 가진 것이 많아서 전부 잃을 수 있다는 막연한 두려움에 대한 탈출일 수 있었고 여태껏 쓴 가볍지 않은 가면을 벗을 것에 대한 흥분의 환상도 될 수 있었다. 그러나 정가나는 그것이 더 두려웠다. 그 어지러움이 더 두려웠다. 자기의 본 모습을 들키고 싶지 않은 고백에서 정직하지 못할 두려움이었다. 그래서 짜장면 대신 주먹밥을 추천한 것이었다. 그렇게 더 낮은 자세로 오마바에게 새로운 접근을 시도해보았던 것이다. 그런데 그런 정가나의 계산에 깜깜했던 오마바는 그런 제안을 하는 정가나에게 정을 느끼고 있었다. 오마바는 낯설게도 정가나에게 정이 가고 있었다. 그러나 밥을 먹는 도중에, 그런 정가나에게 '가던 정 가나?' 했던 도중에 밥이 너무 맛있어서 그 정을 다 잊고 있었다. 그런 망각에 훌륭했던 계략이 서산 밑으로 지려고 하고 있었다. 낙조에 벌게진 얼굴이 돼서 다시 정가나에게 오는 신호음을 들어야 했다. 오마바는 정가나의 날카로운 음성을 들으면 마음이 갈가리 찢기는 것 같았다. 무표정의 오마바의 마음의 한켠에 칼날의 예리함이 미리 벌써부터 파고들어 견딜 수 없을 것 같았다. 그러나 그건 기우(杞憂)에 의한 파열음이었다. 정가나에게서 들려오는 소리는 부드럽고 쾌활하고 명쾌했다. 그녀는 온 힘을 다하여 그 소리를 내고 있었다. 그녀는 그녀가 아닌 척을 하고 있는 것이다. 그녀의 그런 척에 오마바는 그녀에게 한발 다가서려는 마음이 일었다. 그리고 그녀가 하는 소리들을 받아적고 싶었다. 그녀의 밝음에 오마바의 붉은 얼굴이 부드러운 낙조가 되고 있었다. 그리고 사뿐히 놓인 전화기를 응시했다. 그 전화기에 오마바는 참으로 따듯함이 묻어 있다고 믿고 있었다. 그리고 오마바는 행복한 마음가짐으로 정가나에게 따뜻한 대응을 하고 싶어졌다. 그건 미덕이었다. 온기를 두고 냉기를 보낼 수는 없었다. 그것은 예의이고 관례였다. 그래서 오마바는 정가나, 그녀의 이름으로 저녁의 고즈넉함을 바치는 것으로 뭔가를 시작하고 싶었다. 그런 오마바에게 평화는 소홀히 할 수 없는 것이었다. 그녀에게 내일을 바라고 싶었고 그리고 그다음에 쓰여 있는 단어들을 익히고 싶었다. 그래서 정가나가 준 카드에 쓰인 단어들을 익히고 외워서 그녀에게 보답하고 싶었다. 그런데 그녀가 준 카드를 아무리 찾아도 찾아지지 않는 것이었다. 찾다가 짜증나서 욕이 나왔다. 젠장할, 염병할, 쓰레기… 젠장할… 쓰레기… 오마바가 내는 발음들은 정확했다. 그래서 정가나도 아주 잘 알아들을 수 있었다.

정가나는 그런 오마바의 발음을 듣고 있다가 마음이 아주 예리하게 찔리는 것을 느꼈다. 그 단어들은 자신이 보낸 카드에 적혀 있던 것이었고 머리 좋은 정가나는 그것을 인지하고 있었다. 혹시 오마바가 자신이 도청하고 있다는 사실을 알고 있는 것이 아닐까 불안해졌다. 그녀는 불안을 잠재워야 했다. 이미 피곤해지고 예민해질 대로 예민해진 그녀에게 더 이상의 그녀 자신에게로의 도전은 너무도 가혹한 것이었다. 그래서 수면제를 먹었고 또 먹었고 밤처럼 까맣게 먹었다. 하얗게 질린 얼굴로 그녀는 수면에 빠졌지만 꿈에서도 그놈의 평화라는 단어가 떠오르고 떠오르고 그녀를 질식시키고 있었다. 그렇지만 그녀는 과단성 있고 용감하게 잠자는 것을 유지하고 있었다. 그녀에게 의도된 바는 모두 이루어져야 했기 때문이었다.

오마바는 젠장할, 염병할, 쓰레기를 외치다가 그 단어들에 놓인 악의들을 입고 있었다. 마음이 예뻐지려면 선행을 베풀고 입술이 예뻐지려면 좋은 말을 많이 해야 한다는 명언의 역으로 오마바는 자꾸 자신이 미워지고 있었다. 그러다 유다라가 생각났다. 유다라는 오마바에게 신앙처럼 되어 있는 인물이었지만 이상하게도 그녀의 원래 모습이 자꾸 지워져가고 없어져가고 사라져갔다. 오마바에게 이제 유다라는 유령이었다. 그래서 유령으로서의 유다라가 무서워졌다. 공포의 떠올림은 계속 이어지다가 몇 분이 흐르자 이내 평온해졌다. 그리고 의식의 행선지를 정가나에게로 정하고 있었다. 그녀의 온화함에서 오마바는 환상을 그려내고 있었다. 오마바는 그 환상에 '사랑'이란 이름을 지어주었다. 그러자 정가나는 미스 유니버스보다 더 아름답게 되었다. 그건 일종의 도취였지만 그렇게 깜깜한 밤은 오마바를 은밀한 검은색으로 색칠하고 있었다. 오마바에게 정가나는 밤의 여신쯤 되어 오마바를 뒤흔들고 있었다. 그래서 그녀의 이름과 오마바가 지어준 사랑이란 이름을 짜맞추었다. 그리고 또 흥분하여 마이크에 대고 그것을 크고 단호하고 똑똑하게 발음하고 있었다. 그러자 잠이 왔다. 이상하게도 저 이상하게 반짝이는 마이크에 소리를 지르면 잠이 오는 것이었다. 그래서 오마바도 행복하게 잠들 수 있었다.

정가나는 테이프를 반복해서 듣고 또 들었다. 테이프가 늘어질 때까지 반복해서 들었다. 다름 아닌 오마바가 자신을 사랑한다는 음성을 듣고 또 듣고 있었다. 정가나의 뇌 속에 아드레날린이 과다하게 분비되어 숨구멍으로 흘러 박차고 나올 것 같았다. 그렇게 애태우고 바라던 오마바의 사랑을 정가나는 똑똑하고 분명히 반복해서 듣고 있는 것이다. 그건 행복을 최고조에 이르게 하는 천사의 언어였다. 그리고 그것은 정가나, 자신에 대한 미의 찬사였고 증명이었다. 정가나의 미모에 대한 호칭은 여태껏 그렇게 불려졌다. '사랑한다'라고… 그래서 '찬미한다'라고… 그래서 '원한다'라고… 그런데 그런 작용이 듣지 않던 오마바에게도 그런 작용이 정상적으로 작동하고 있는 것이다. 그건 불치병 환자를 고치는 의사의 환희와도 같은 것이었다. 정가나는 오마바가 염병할부터 쓰레기까지의 단어를 발음했을 때 무척 불안했는데 그 불안이 다시는 부활할 것 같지 않았다. 너무 행복해서 그런 것쯤은 무시해도 괜찮은 것이었다. 녹음을 듣기 전 자신을 몰라주던 오마바와 유다라에게 지치고

여름 바다

지쳐 흥신소 상무 황 씨에게 의뢰한 것이 후회되었지만 이미 입금했기 때문에 취소하기에는 너무 아깝고 늦어 있었다. 그런데 듣고 싶던 그런 황홀한 소리를 듣는 것이었다. 오마바가 어쩌면 자기처럼 그런 척하는 것일지도 몰랐기 때문에 확인을 확실히 하고 싶었다. 그래서 황 씨를 그냥 그대로 놔두기로 했다. 그러나 그런 것쯤은 문제없었고 정가나는 행복을 더 느끼고 싶었다. 그래서 늘어진 녹음 테이프를 또 돌렸다. 그랬더니 테이프가 늘어졌기 때문인지 목소리가 아주 느끼하게 들려왔다. 그리고 더 들으니 흉측하게 들려왔고 마침내 오마바의 목소리가 꼭 귀신같이 되었다. 정가나는 그런 음성에 짜증이 났다. 그래서 부르짖었다. '오마바? 개나 줘버려!' 그리고 테이프를 창문 밖으로 던져버렸다. 그랬더니 마음이 허전해지고 허전해진 빈자리에 또 다른 것들을 채워넣어야 할 것 같았다. 그것이 무엇인지 모르지만 아주 귀중한 것이 되어야 했다. 그때 또 떠오르는 단어가 있었다. 그것은 '평화'였다. 그 단어가 떠오르자 정가나는 마음을 졸였다. 어제 유다라에게서 받은 마음의 짓눌림을 생각하면서 낭패를 떠올리면서 또 그 안식과도 같은 단어를 되뇌며 정가나는 이것이 그녀에게서 진 빚이라고 생각했다. 그러다 유다라에게서 받은 상처라고 생각했다. 그러다 유다라에게서 받은 패배라고 생각했다. 그렇다는 것과 그랬다는 것과 앞으로도 그럴 수 있다는 것에 불안했고 분노했고 증오했다. 그 증오에 정가나는 자신을 이길 수 없었다. 그 사실에 또 분노했고 분노했지만 똑똑한 정가나는 좀 더 냉정해져야 한다는 사실을 알았다. 그리고 자신을 얻어야 했다. 유다라 앞에서 자신 있게 우월한 자신을 내

세울 수 있어야 했다. 그리고 소중한 정가나 자신과 정가나 자신 안에 있는 거센 믿음과 자존심을 바로 일으켜 올바로 세워야 했다. 정가나의 단전에 힘이 들어가고 있었다. 숨을 고르고 단단한 마음의 중심을 찾으려고 했다. 한참을 그러더니 정가나의 눈에 그 굳어 있던 것들이 나타났다. 성공을 위해 다짐하던 것이었고 강력한 의지를 위해 필요한 것이었다. 정가나는 창틀에 있던 나무 인형을 손가락에 힘을 주어 일으켜 세웠다. 창틀에 기댄 그 나무 인형이 정가나의 힘에 의해 반동으로 휘청거렸지만 이미 방문이 열리고 닫힌 뒤여서 그것은 누구에게도 목격되지 않았다.

오마바는 오늘 아침 마음이 무거웠다. 웬일인지 오마바에게도 이해가 되지 않았다. 오마바는 흐르는 대로 순리대로 살려고 노력했다. 억지로 무엇을 하면 꼭 좋지 않은 것들이 자신에게 침입하곤 했다. 그런 것들에 대항할 도전정신이 부족했던 오마바에게는 그냥 순리대로 사는 것이 편했다. 그래서 남들에게는 사람 좋다는 말을 많이 들었지만 그건 오마바의 그런 사정을 모르고 하는 얘기였다. 그래도 그렇게 말하는 사람들에게 고마운 마음으로 대해주었다. 오마바에게는 좋은 것이 좋은 것이었다. 우유부단하다는 평가도 있었다. 그런 평가에 대해서도 오마바는 부정하지 않았다. 오마바 스스로가 그렇게 잘난 인간이 아니라고 자평하고 있었다. 그런 오마바에게는 만사가 편했다. 그런데 오늘 아침의 불편함은 무엇인지 오마바 자신도 알 수 없었다. 그건 이름 모를 단절이었다. 좋기만 했던 것들과 단절된 것 같았다. 오마바는 그 단절에 대해 막막했고 또 무서웠다. 그런 무서운 감정에 사로잡히자 어제 유령

여름 바다

이라 칭했던 유다라가 떠올랐다. 살아 있는, 멀쩡히 살아 있는 유다라에게 유령이라 그런 것은 어째 참 미안하고 좋지 못한 것이었다. 그리고 이어 정가나에게로의 진한 감정이 쏠린 것이 생각났다. 그렇지만 후회할 수 없었다. 그녀의 거침없는 질주에 대한 도리로 꼭 그렇게 해야 할 것 같았다. 그렇지만 유다라의 품격과 그녀와의 의미 깊은 만남과 깨달음, 그로 인한 그녀에게로의 마음의 의존도 운명같이 어쩔 수 없는 것이었다. 오마바는 유다라의 가르침이 필요했다. 그렇지만 유령으로 칭한 것에 대한 오마바 스스로에 대한 미움도 지울 수 없는 것이었다. 유다라에게로 자연스럽게 가던 복종도 머뭇거렸다. 오마바의 양심에 비춰 유다라에 대한 단기적인 부정의 기억은 산란되어 오마바의 마음을 뒤흔들어놓고 있었다. 오마바에게는 지금 용기가 필요했다. 유다라에게 복종하기 위해서 가르침이 필요했고 그것이 어떤 것인지 알아야 했고 정가나에게 어떻게 해야 하는지 알아야 했다. 지금 오마바에게 필요한 것은 유다라에게로 갈 수 있는 용기였다. 그러면 다 풀릴 것 같았다. 그래서 무거운 것을 놓고 가벼워질 것 같았다.

오마바는 집을 나섰다. 무슨 계획이 있는 것은 아니었다. 그냥 무작정 걸었다. 무거운 마음을 거리에 흘려버리고 가벼워지고 싶었다. 거리에서 부딪치는 사람들이 오마바에게 경고의 눈초리를 주었다. 그렇지만 그런 경고는 스티커가 아니라서 그런지 오마바에게 달라붙지 않았다. 그냥 바람에 날리고 흩어졌다. 지금 오마바에게 의미 있는 것은 가벼움이었다. 가볍게 되는 것이었다. 오마바는 달리고 싶었지만 거리에 사람들이 다 걷고 있어서 뛰는 것은 사람들에게 튀어 보일 것 같았다. 평범한 것에 머물고 싶은 오마바는 튀어 보이는 것보다 걷는 것이 더 마음에 맞았다. 그래서 뛰고 싶은 마음을 꾹 참고 있었다. 그렇게 거리를 헤매는 오마바는 지쳐가고 있었다. 어디 앉을 만한 곳에서 자판기 커피나 마시고 싶었다. 그런데 커피 자판기가 아무리 가도 눈에 띄지를 않는 것이었다. 오마바는 너무 지쳐 쓰러지고 싶었다. 그리고 쓰러진 곳에서 다시 시작하고 싶었다.

오마바는 쓰러질 때 누군가의 손을 잡았다. 그런데 그 손이 낯설지 않다는 느낌이었다. 그래서 반동으로 일어났는데, 낯선 거리에서 낯설지 않다는 느낌에 대한 반동이었는데 그건 순식간에 일어난 일이었고 그리고 순식간에 그 낯설지 않은 느낌의 손의 주인이 누구인지 알아차려버렸다. 만유의 법칙이라는 것은 각양각색의 현상 속에서 공통으로 작용하는 그 근원을 알아내어 통용되고 원리라고 명명되는 것이다. 낯설지 않다는 것은, 오마바에게 낯설지 않다는 것은 이미 오마바의 근원에 도달하여 달게 그 뿌리에서 흡수되는 수분과 같이 반갑다는 것이고 그것은 익숙함에 대한 바로 된 예절이었다. 그 예절의 앞에 유다라가 있었고 유다라는 오마바의 쓰러짐 같은 절에 환한 미소를 아래로 뿌리고 있었다. 그러나 오마바는 고개를 들 수 없었다. 어제의 불온함에 대해 머뭇거리고 있었기 때문이었다. 그러나 유다라는 그 불온함에 대해 아는 바가 없었다. 그것을 알 수 있는 자는 불온함에 뿌리를 둔 자들이었을 테지만 유다라는 온전함에 뜻을 둔 선량한 기운에 벅차 있을 뿐이었다. 그래서 유다라는 오마바의 불충에 대해 완전한 백지상태였다.

여름 바다

그러므로 오마바가 머뭇거리는 데에 수줍은 대항이라고 판단하고 있었다. 근묵자흑이라고 오히려 희어지는 데에 오마바가 아래서 일어나지 못하고 고개를 숙이고 있었다. 그리고 오마바는 얼굴이 하얗게 되어 어쩔 줄 모르다가 검은 빌딩의 검은 그림자에 대비되어 벌떡 반동으로 일어난 것이다. 일어나다가 유다라의 턱을 머리로 친 것도 오마바에게 어제의 죄책감에 크게 더해졌다. 오마바는 그런 자신의 마음의 탁함을 견딜 수 없었다. 그래서 삐뚤어져서 유다라의 곁을 황급히 외면해버렸다. 지쳐 있는 오마바였지만 그것만은 할 수 있었다. 그렇게 돌아서는 오마바를 불러세운 힘이 무엇인지 대단하기만 했다. 오마바에게도 자존심이 있었는데 오마바는 유다라의 음성에 외면하려던 의도를 순식간에 잃어버렸다. 그리고 순순하게 다시 돌아섰다. 그것은 양이 목자를 따르는 것과 흡사했다. 그건 너무나도 자연스럽게 보였다. 도심 한가운데서 양의 무리들이 오마바와 유다라의 순종과 명령의 광경을 넓어진 시야로 보고 있었다. 그것은 또 하나의 공간이 되었고 그 공간에 걸고 있던 마음들이 멈춰서 푸른 풀을 뜯고 싶게 만들었다. 그렇게 그들은 오마바와 유다라에게 겸손하게 초대받고 싶었다. 그렇지만 신기루같이 오마바와 유다라는 순식간에 어디론가 사라졌다.

　오마바와 유다라가 나타난 곳은 도심 커피숍의 한 지점이었다. 오마바는 아직도 반항하고 싶었다. 오마바의 어제의 부정이 아직도 스스로를 괴롭히고 있는 점이 아예 없어지지는 않고 있었기 때문이었다. 그렇지만 그것을 나타낼 수 없었다. 유다라에게 그러한 틈이 없었다. 불평할 틈이 없었다. 그녀에게는 오직 순정함만이 맴

돌았고 순정함으로 무장한 것에 허점이 쉽게 발견되지 않았으며 오마바에게 열려 있는 그녀의 문에 오마바는 들어가고 싶은 마음만이 커지고 있었다. 그러나 오마바는 그 문에 들어가지 않으려고 애쓰고 있었다. 그 문은 바름에 근거한 마음이었고 그 마음은 아주 견고했다. 그리고 유다라의 음성마다 그 문은 더 넓어졌고 굳이 들어가려는 의도와 상관없이 오마바는 유다라에게 포함되어가고 있었다. 그런 신비가 아주 보드랍게 오마바의 작은 악의를 녹이고 있었다. 오마바는 이제 더욱 온순해졌다. 그리고 순리의 물결에 파장이 되어 공명되고 있었다. 오마바에게 오로지 한 영웅이 있었다. 그건 유다라뿐이었다. 오마바에게 지금 이 순간 어떤 적의도 문밖으로 나가 존재하지 않았다. 오마바는 온전한 천사가 되어 하늘을 날고 있었다. 오마바와 유다라가 있는 한 지점은 한정된 지점이 아니었고 무한한 세계가 되고 있었다. 그러므로 아무도 유다라와 오마바를 시기하고 질투하고 증오할 수 없었다. 그런 것들은 왜곡이거나 억지이거나 추측이었을 뿐이었다. 그런 것들에 오마바와 유다라가 개의치 않는 것도 너무나 당연한 것이었다. 그래서 꽃은 피어나고 새들은 날고 구름은 흘러가고 있었다. 그래서 모든 것이 억지가 아니었고 자연스러운 것이었다. 그러나 그럼에도 불구하고 구태한 것이 오마바의 그런 어제의 과오를 헐뜯고 있었다. 다름 아닌 정가나가 계획한 대로 흥신소 상무 황 씨가 오마바와 유다라의 그 완전한 지점을 전자기기에 기록하고 있었다. 그리고 비밀 통신으로 정가나에게 그 사실들을 보내고 있었다. 그러나 오마바와 유다라의 완전한 날에 그런 것쯤은 커피숍 관상목에 비춰진 흐린 조명등의 하잘것없는 그림자에 불과했을 뿐 방해할 계제조차 되지 못하고 있었다.

정가나는 이제 다 되었다고 자평하고 있었다. 정가나의 마음이 시원해지고 통렬해지고 있었다. 그녀는 그녀의 그런 마음을 표현하고 싶었다. 그런데 그런 성과가 이제 그녀의 생각에 별로 대단한 것이 아니었다. 어쩌면 당연한 것이었다. 그녀의 미모 정도면 찬사를 해주는 것이 마땅했다. 그런데 오마바는 그것을 억지로 거부하다가 인정한 것뿐이었다. 괜한 고집을 부리다 높지도 않은 오마바의 코가 납작해진 것뿐이었다. 그래서 그 성과에 대해 자랑할 의욕이 솟질 않았다. 그냥 시원했는데 그렇다고 아무런 의례도 없다면 그동안 애쓰고 노력한 것이 조금 아까웠다. 그래서 청소를 해야겠다고 생각했다. 그녀는 고무장갑을 꼈다. 그리고 별장 출장 중인 파출부를 대신해 집 청소를 몸소 하기 시작했다. 정말 집안일은 끝이 없었다. 땀을 뻘뻘 흘리며 물건들이 하나하나씩 그녀에 의해 개운하게 정돈되어가고 있었다. 그녀에게 보람된 일은 이 일이 아니라며 되뇌면서도 흥얼거리는 기분은 완전히 소멸되지 않았다. 쓰레기가 그녀의 집에 너무 많았지만 그녀는 한번 시작한 일은 끝내고 마는, 끝내주는 성격의 소유자였다. 그래서 집 청소가 끝나기 전에 그녀를 방해하는 것이 있으면 가만 놔주지 않겠다고 벼르기까지 하였다. 그렇게 집 청소가 다 끝나갈 무렵이었다. 그녀의 핸드폰에 진동이 왔고 메시지 전송 중이라는 표시가 진하게 뜨고 있었다. 그녀는 별것 아니겠지 하며 청소를 하는 것을 멈추지 않았다. 그리고 마침내 그 큰 집의 청소가 다 끝났다. 그녀는 음악을 틀어놓고 춤을 추며 커피를 마셨다. 그러다가 핸드폰을 켰다. 거기에 동영상 메시지가 몇 통 와 있었다. 그녀에게 더 이상 문제가 있을 수 없었다. 그래서 가벼운 마음으로 그 메시지들을 펼쳤다. 그런 그녀에게, 메시지를 펼쳐보던 그녀에게 조금 전의 그 평화로운 기분은 날아가고 없었다. 날아간 그 가벼운 기분의 자리에는 분노와 질투와 시기의 아주 무거운 감정들이 그녀를 짓누르고 있었다. 그녀는 그녀의 핸드폰을 떨어뜨렸다. 그리고 그 분노를 못 이겨 소리를 지르고 있었다. "너! 오마바! 네가 성할 줄 알아? 내가 너를 가만히 내버려둘 것 같아? 이제 너는 나의 영원한 적이고 넌 궤멸될 거야! 파멸될 거야!" 그녀는 분이 나서, 성질이 나서, 아니 어쩌면 증오란 증오는 다 모아서 그렇게 소리 지르고 악을 쓰고 있었다.

있는 대로 다 할 수는 없었다. 그렇다고 전혀 하지 않는 것도 있는 것에 대한 무례라고 생각했다. 그래서 무례가 아닌 예가 중요했고 그 예절은 어떤 것을 하기 위한 통로였고 기회였고 수단이었다. 위기를 기회로 삼은 오기만큼이나 있는 것을 하기 위한 통로로서의 예절도 가면을 위한 무도회였다. 무도회를 하기 위한 가면이 아니라 가면을 위해 무도회라는 예절과 형식과 도구가 정가나에게는 필요했다. 그녀에게 모든 것은 자기 자신만의 이익을 위해 필요한 것이었고 표출되기 위한 배경에 불과했고 그것은 그녀의 욕심을 채우기 위해 흔들어야 하는 고스톱 판에 불과했다. 그렇지만 만만치 않은 것들에 부딪쳤을 때 그녀는 자신의 그런 심산이나 불만이나 곤혹스러운 것을 숨기는 데에 익숙했다. 그것은 낮은 수준의 자아가 시키는 일이었고 낮은 수준의 자아란 밝은 빛에 대비한 비

여름 바다

겹한 방법도 합리화시킬 수 있는 능력을 자랑으로서 삼고 자부심으로서 삼은 것이었는데 그녀는 그 낮은 수준의 자아를 삼류 소설에 나오는 멋스럽게 포장된 주인공 속에서 찾아 마음에 뿌리를 두었다. 그래서 그녀에게 그것은 낮은 수준의 자아가 아니었다. 그렇지만 자신에게 어떤 나무가 자라고 있는지 아는 것은 참으로 어려운 일이었다. 그래서 거울이 필요했다. 그런데 거울 속에서는 너무도 아름다운 얼굴이 또렷이 보이는 것이었다. 그것은 찬란한 빛이었고 너무도 아름다운 생김새였고 그 거울을 보는 사람마다 그 거울에 비친 아름다움에 대해 다들 찬사를 늘어놓는 것이었다. 그러므로 그녀의 아름다움의 가루 한 줌에 그녀의 잔영이 널리 퍼뜨려졌고 그녀는 유명해졌다. 그러나 그것만이 아니었다. 그녀는 더 유명해져야 했다. 더 유명해지기 위해 오마바가 필요했던 것이었다. 오마바같이 하잘것없는 남자에게 하는 헌신으로서 사랑을 바치면 그 대가로 그녀는 더 높은 가치로서의 평가를 받을 수 있다는 속셈이었다. 그건 드라마에서 많이 학습되어온 불변의 테마였다. 오드리 헵번이 나오는 영화 '로마의 휴일'이 그랬고 사랑은 주는 것이라는 고상한 시의 겉멋이었고 연말의 분위기가 거의 다 그런 식이었다. 기부의 문화가 발달한 선진국에서처럼 그녀도 마땅히 그래야 했다. 그래서 오마바가 필요했다. 그러나 영어 기브 앤 테이크(Give and Take)처럼 얻어지는 것이 있어야 했다. 세상에 공짜란 없는 것이다. 그녀도 오마바의 사랑이 필요했다. 그건 여인으로서 그리고 거래로서뿐만 아니라 사회 정의를 위해서도 그래야 했다. 그녀는 옳았으므로 정당했고 그에 마땅한 대가는 반드시 있어야만 했다. 그녀의 오마바에게로의 사랑의 헌신에 대한 가치는 무한했고 돌아오는 것은 배신뿐이었으며 질투와 시기로 그녀의 증오를 불태우고 있었고 그녀의 그 순진무구한 계산에 답이 틀렸으므로 그녀는 그것을 바로잡아야 했다. 그것이 그녀의 정의였다. 그녀의 그런 정의를 실천하기 위해 그녀는 이를 갈았다. 더 냉정해져야 했고 더 냉정해지려는 노력에 합당한 대가가 주어질 것이다. 그것은 그녀의 복수를 위한 하나의 전주곡쯤, 절정에서의 소리를 지르기 위한 참을성 있는 내면의 화려한 배려였다. 그녀에게 있는 것들이 그러한 계획들로 인해서 부활하고 있었다. 그녀는 있는 것들을 다 내지르지 않고 아껴둘 생각이다. 그런 드라마쯤은 마스터한 지 오래되었고 이제 차려진 밥상에 숟갈만 뜨면 되는 것이다. 그러나 냉큼 뜨지 않고 벼르는 것은 있는 대로 다 하면 욕을 먹을 수 있다는 위험부담 때문이었다. 그래서 그녀는 '예의'에 대하여 '절차'에 대하여 숙고하다 먹물 같은 밤을 유식하게 승화시키려고 붓을 들어 마음에 그렇게 새기고 있었다. 하염없는 밤이 새갈 때 또 도청 수신기에서 무슨 소리가 솔솔 새어나오고 있었지만 그녀는 그녀의 그런 세심한 집중력에 바람처럼 흘러가고만 있었다. 다만 어쩐지 그게 그녀를 응원하는 소리 같았고 요동치는 그녀의 의욕의 아궁이에 들어가는 공기 구멍같이 활활 타오르다 피곤도 녹이고 있었고 다 부질없는 것이란 일편의 충고도 그녀의 뇌리에서 불리하게 작용하고만 있지 않았다. 마침내 그녀는 그녀를 위한 찬사의 함성이 들려오고 있는 것을 들었다. 또 오마바가 마이크에 대고 노래를 내지르고 있었기 때문이었는데 꼭 그것이 그녀를 위한 응원가처럼 들리고 있었다. 오마바의 노랫소리는 몇 시간이고 계속되었고 그녀는 이미 힘을 얻었기 때문에 그만 불렀으면 하고 바랐지만 오마바의 노랫소리는 그치지 않았고 드디어 그녀는 그녀가 지니고 있는 고상함의 '예'를 벗어나 "죽일 놈!"하고 수신기에 윽박지르고 있었다.

오마바는 기분이 좋았다. 유다라의 지점에서 오마바는 천국을 맛보았기 때문이었다. 그것은 오마바가 겪어보지 못했던 신세계의 환상이었고 그 환상은 유다라에게서 고스란히 체험되었고 그건 환상이 아닌 사실이 되었었다. 한 지점이 그렇게 넓은지 그렇게 확장되는지 그렇게 무한히 연속되는지 오마바는 어리둥절했지만 어리둥절했다고 해서 기분 나쁠 이유가 없었다. 그 세계로의 진입이 아름답고 기뻤고 행복했다. 그건 오마바 생애의 절정이었다. 거기에 다른 것이 있을지라도 다른 것은 다를 뿐 그 세계의 순수한 환희만이 오마바의 순정이고 있었다. 거리를 스쳐 가다 백 원이 떨어져 있을지라도 백만 원이 지갑에 있으면 거들떠보지 않는 이치와도 같았다. 새 발의 피가 하늘을 얼룩지게 하지 못하는 것처럼 오마바는 온전한 환희를 누렸고 들뜸이 무겁지 않았으며 고아한 향기에 활짝 가득히 피고 있었다. 그것은 일체의 것이었다. 어둠에 빛이 들어 밝지 않는 곳이 없는 것처럼 그것은 전능한 것이었다. 그러니 곱지 않은 자신의 노랫소리에 곱지 않은 것이 없고 흥겨워할 뿐 다른 여력이 있지 않았다. 그러나 여력이 있었다면 다른 것도 보아야 했다. 그건 고도화된 체제에서 들려오는 힘이었다. 그러한 기성 체제는 오마바의 그런 환상에 재미가 없었다. 그것들은 그것들이 들려주는 대로 받아적으라 할 뿐, 그들을 따라오기만 하라고 강요할 뿐 그 닫힌 문 앞에서 가르쳐준 대로 노크하고 열고 들어와서 그 체제에서만 허용되는 권위 있는 폼이나 권위 있는 규율이나 권위 있는 법칙만을 외우게 하고 문밖으로 나가지도 못하게 했다. 그것은 사회적인 정의였고 거기에 도전하게 되면 참담한 몰골로 한 지점에 못 박히게 하였으며 아주 거세고 모진 강력한 힘이었다. 거기에는 사랑도 어떤 체제였고 돈도 어떤 체제였고 예술도 어떤 체제였다. 그 체제들은 자신들의 매우 강력한 힘으로써, 그렇게 자신들에게 강력한 힘이 있다고 믿음으로써, 그 체제와 조금이라도 다른 것들을 무조건 취합했고 대표성이라는 미명 아래 다른 것들을 억압하고 짓눌렀으며 아주 조금도, 쥐꼬리만큼도 인정하지 않았고 다른 것들을 감시했다. 그 경직된 자리에서 오마바와 유다라의 환상은 아주 다르게 해석되고 왜곡되어 정가나에게 전파된 것이다. 그것을 오마바가 꼭 알 필요는 없었지만 또한 정가나가 굳이 그것을 알 필요성은 없었지만 굳이 그것을 흥신소 황 상무의 전자적 기록과 전파에 사용될 정당한 개연성은 너무도 얄팍했지만 그런 것들이 실제로 일어나고 있었다. 그래서 오마바가 그런 것들을 알았다면 그렇게 소리 지르며 흥거운 노래를 몇 시간이고 계속 부를 열정을 재고했더라면 정가나에게 '죽일 놈!'이라는 욕은 먹지 않지 않았을까 하는 의문이 오마바의 기분 좋은 흥 사이에 끼어 호흡에 순간순간 잠겨가고 있었던 것이다. 그러나 이러면 어떻고 저러면 어떤가? 오마바에게는 그 환상이 천국으로 가는 특급열차일 뿐 궤도에 걸린 바나나 껍질쯤 녹여버리면 되었고 전진을 위

여름 바다

한 항해에서 저마다 알아서 피해 가는 것이 그들에게 놓인 지식일 텐데 이치에 맞는 맥락만이 그에게 놓여 있는 것이었다.

정가나는 '죽일 놈!' 하며 오마바가 자신에게 실례를 하고 있다고 생각했다. 감히 '내가 너를 괴롭힐 계획을 짜는데 네가 노래를 불러젖혀?' 하며 오마바의 무례에 대해 응징해야겠다고 결심을 더 굳게 하고 있었다. 그런데 그런 정가나의 뇌리에 들려오는 환청 같은 것이 있었다. 오마바의 목소리로 '나는 그대를 존경하오' 하는 정중한 목소리였다. 그 환청에 정가나는 어리둥절해졌다. '존경?' 그리고 '내가 존경받을 만한가?' 그러다 '혼선되었나?' 그러다 '맞아! 내가 존경받을 만하지. 흐흐흐' 하다가 '용서해줄까?' 그러다가 '내가 계획을 짜는데 얼마나 고생했는데?' 하다가 '너는 내 손아귀에 있어' 하다가 '하는 거 봐서' 하다가 '재미있는데… 귀여운 녀석!' 하다가 이어서 몸에 있는 소리를 다 모아 천박하게 웃는 것에 최선을 다하였다. 그랬더니 조금 스트레스가 풀렸고 시원해졌다. 그리고 묘하게 얼굴을 찡그렸다. 억지웃음에 대한 반동으로서 불쾌가 밀려왔고 웃기 전보다 훨씬 더 불쾌해졌다. 그래서 더 잔인하게 오마바를 괴롭힐 생각에 몰두하다 허기가 져서 외식을 할 채비를 하였다. 그러면 풀리는 기분이 묶이는 기분보다 많아졌기 때문이었다. 정가나는 조금씩 원래의 그녀가 되었고 그렇게 본의가 되살아나고 있었다.

박소영은 빵집 아가씨였다. 고즈넉하게 시작되는 새벽의 거리를 지나 골목을 돌아가는 행인들은 그녀가 빵을 상점에 진열하는 모습을 보곤 한다. 그녀의 부지런함에 사람들은 모두 힘이 나는 것 같았다. 삶의 긴장으로 인해 궤도에서 튕겨져나가는 것을 미연에 방지하는 데에 도움이 되고 있었다. 모든 원동력은 생기에 있었다. 생기란 살아 있다는 것이고 진정 살아 있다는 것은 그 살아 있다는 것에 대해 거짓이 없고 진실해야 한다는 것이다. 박소영에게는 진정 그 부지런함에 거짓이 없었고 그 생기 또한 아름다웠다. 그러므로 거리를 지나는 행인들은 그녀에게서 빵만을 얻는 것이 아니라 생기를 얻었다. 그러니 그 거리에는 모함도 없었고 계략도 없었으며 지략에 어두워 우둔했지만 우직한 전진을 힘겹게 이어가고 있는 사람들뿐이었다. 그들의 여정에 미진한 오차는 그들을 실망시키지만은 않았고 오히려 그들의 삶에 여유가 되었다. 사람들에게는 실수가 따랐는데 법도를 지키는 것에서 한 걸음 물러나면 그 실수의 체계가 또 다른 넉넉함이 되었고 그러한 넉넉함은 보다 큰 법도가 되어 그들을 다시 지도하고 다시 그들을 가르치고, 그들은 그런 세월의 잔영에서 구부러지는 것과 돌아가는 것과 따스해지는 것을 경험했다. 그건 체제가 지니는 경직성과는 거리가 멀었다. 사회의 저명한 체계가 만들어놓은 틀은 그들에게도 적용되었지만 그렇다고 그 틀에 구속되어 그들을 부자연스럽게 하는 것에서도 그들은 한 걸음 물러나 있었다. 그들은 또한 그들이 자부하는 것에서도 한 걸음 물러나 스스로에게 짓눌리는 오류에서도 그리 무겁지 않은데 '삶이 무엇이오?' 하면 그들은 스스로 웃었다. 그 웃음에 악의가 있다면 세상의 모든 오류가 그들에게 있는 것이며 만약 그렇다면 그들이 아닌 자들은 천상 하늘의 천사의 부류에 속할 것이며 지상낙원과 불사불멸의 행복이 그들이 아닌 자의 전적인 소유일 것이다. 그러나 세상의 악의가 어찌 한 지점 속으로만 기울어 번지지 않고 지속될 수 있으며 세상의 모든 죄가 그들에게 있다면 작다 할 그들을 위해 염려하는 크다 할 모든 자의 짊이 우려 속에서 그렇게 무겁게만 느껴지지 않는 이유는 무엇이며 사랑을 위해 수많은 것들에게서의 시선을 오직 한 사람만으로 집중하는 이유는 도대체 무엇일까? 힘센 자의 정의가 올바르기만 한다면 빵의 부스러기는 이미 빵의 성질을 잃어버리고 즉시 소멸되며, 실례가 그르기만 한다면 정확한 예의는 숭앙과 칭송의 상대로서의 그 의미를 아예 잃어버리는 것이며 여인의 한숨에 슬픔만이 있다고 한다면 아름다운 빛은 이제 다시 지상으로 내리지 않을 것인데 어찌 내일을 꿈꿀 수 있겠으며 여인을 위해 어찌 문학의 수사를 기대할 수 있을 것인가? 우리에게 사사로운 것은 사사롭게 지날 것이지만 거대한 체제가 그리 위대하고 조화롭고 권위로서 대단한 힘을 지닌 것이라면 그만큼 그들에게서 들린 거대함으로 실수조차 없이 바로 걸을 자신감에, 길은 이미 겁에 질려 심한 균열을 일으킬 것이다. 그러므로 사사로운 것에 의해 삶에 놓인 자들의 생애란 더 넓고 포괄적이며 진정한 것일 수 있는바 그들에게 지탱되는 것이 그들의 진리이며 스승이며 길일 것인데 어찌 그들이 사사롭기만 할 수 있단 말인가? 박소영은 그 바른 마음의 부지런함으로 빵에서 진리로 사람들에게 전시를 하고 있었다. 그녀의 손가락에 묻은 빵 가루가 그녀의 향기로서 행인들에게 전해져서 거리는 온통 식욕으로 의욕으로 열정으로 가득 차니 한 사람의 선량함이 다른 사람의 선량함으로 전해지는 과정 속에 우리는 알 수 없는 신비함을 발견한다. 마치 봄의 아지랑이가 여인의 치마를 올리는 것과 같은 신기루가 펼쳐지는 것처럼 우리는 우리가 아름답다는 사실로서 타인에게 발견되는 것이다. 그러므로 우리는 경직성을 거부해야 한다. 경직이란 굳어 있는 상태이니 굳어 있는 빵조각처럼 먹기 어려우며 무거움에 지친 상태이니 한 박자 쉬어갈 여유도 찾기 어려우며 가득 찬 상태이니 비어 있는 곳에 풀 한 포기도 자랄 수 없을 것이다. 그러나, 다소 생소하지만 우리는 타고난 경직성에서 반가울 때가 있다. 그건 사소한 머뭇거림이다. 상대를 향해 먼저 헤아리면 그 헤아림도 부족하기 이를 데 없어 난감해지는 머뭇거림이다. 그건 부족하기만 그들에게 약속된 아름다움의 언어이며 부끄러워지는 때를 기다려 붉어지는 낙조의 빛이며 어둠에 설레는 기쁨의 희망이다. 강한 것에는 약한 것이 있고 경직된 것에는 사소함이 있고 폭풍 뒤에는 고즈넉함이 풍기는 것이니 조화롭다 주장하는 것에는 부조화도 있는 법, 어쩌다가 정가나는 그 거리에서 허기가 진 것일까?

정가나는 아직도 얼굴이 붉어져서 창피해하고 있었다. 그랬다는 것과 그랬었다는 것과 앞으로도 그럴 수 있다는 것에 창피했고 또한 분노하고 있었다. 그 분노에 증오했고 그 증오는 정가나가 풀 수 없는 것이었다. 그 증오에 자기 자신을 이길 수 없었다. 그러므로 외부로 표출되어야 했고 그래야만 정가나 식의 평화와 공존을 누릴 수 있었다. 그건 그녀의 근본 성질이었다. 그녀의 성격이었고 그 직선적 성격을 풀어야 했고, 그러나, 그러나, 그러나, 한 번도 진 적이 없는 승승장구의 세월의 지략이 그 표출에 거세게 거부하고 있었다. 그래서 밤새워 유다라와 오마바에게 복수할 계략에 집중했고 그 계략을 실천함에 있어 부족함이 없어야 했다. 그건 군사의 진군과 같이 위엄 있는 것이었다. 정가나는 사령관으로서 더 냉정해야 했다. 지피지기면 백전백승이라는 명언에 그녀는 충실하기로 했다. 그녀는 자신의 그런 위대한 증오심을 겉으로 흘리면 안 되었고 들키면 안 되었고 오히려 여유 있는 척 웃음을 흘려야 했다. 적이 자신을 알면 그것으로 통쾌할 테니 그녀는 절대로 그러면 안 되는 것이었다. 그녀는 자신의 거센 분노를 삭히기 위해 낯선 거리를 익히고 있었다. 그건 적을 알기 위한 것이었고 적의 진지를 알기 위한 것이었고 자신의 분노를 덜기 위한 것이었다. 몸을 피곤하게 하다 보면 이상하게도 과도하게 넘쳐 있던 감정의 용량은 덜어졌다. 그것도 정가나에게는 알고 싶은 이치였다. 정가나가 생각하기에 그건 자신에게 결함이라 여겨졌다. 그건 감정의 그릇이 어딘가 새서 흘러내리는 것이 아닌가 생각했다. 그건 정가나에게는 참을 수 없는 결점이었다. 자신은 완벽해야 했다. 그런데 깨진 독처럼 무언가가 빠져가는 것이 있다면 그건 바로 결점을 의미했고 미완된 것을 상징했으며 낭비라고 생각했다. 그래서 그런 노력 때문인지 그 분노의 감정들이 새어나가는 것을 아무리 걸어도 조금밖에 삭혀지지 않았다. 그래서 더 걸어다녔다. 그렇게 걸어다니다가 박소영이 점원으로 있는 빵집에서 허기를 느낀 것이었다. 그래서 거리낌 없이 빵집으로 들어가버렸다. 정가나에게는 박소영이 일하는 가게의 빵을 다 살 수 있는 돈이 있었다. 그렇다고 다 살 수는 없었다. 정가나의 위장에 어느 정도 한계가 있었기 때문이었다. 정가나는 빵 가게의 진열대를 돌며 손이 가는 대로 막 집어 계산대에 올렸다. 박소영은 그런 그녀의 행태를 보면서 어리둥절해하고 있었다. 그렇지만 손님에게 거슬리는 표정을 지으면 안 되었다. 정가나는 박소영의 표정에 별 변화가 없는 것 같자 괜히 짜증이 났다. 그래서 신용카드 대신 고액 수표를 카운터에 턱 하고 올려놓았다. 그런 큰돈에 거스름돈이 있을 리 없을 거라는 생각이었다. 그 생각은 적중했다. 박소영의 난감한 표정에 정가나의 적중된 생각이 꽂혀 있었다. 박소영은 다시 친절한 미소를 띠며 다른 결제 수단이 없는지 친절하게 응대했다. 그러나 정가나는 생색을 내며 어떻게 물건을 팔아주는데 이렇게 야박하게 구느냐며 아쉬운 소리를 했다. 그러자 박소영이 다시 한번 다른 결제 수단에 대해 안내를 친절히 하고 또 했다. 그러나 정가나는 막 화를 참은 듯한 말투를 해 가며 거슬리는 웃음으로 핀잔을 주며 장사를 할 거냐 말 거냐 하며 비아냥거리고 있었다. 박소영은 한참 거스름돈이 어딘가 있을지 궁리했다. 그러나 궁리해도 별 소용이 없었다. 그런 돈이 없다는 사실은 박소영의 그런 궁리 밖에 있었다. 그러나 박소영의 진짜 궁리는 저 손님에게 어떻게 하면 신용카드를 내밀게 할까 아니면 그냥 돌려보낼까에 있었다. 박소영의 식은땀이 정가나가 올려놓은 비싼 빵에 뚝뚝 떨어지고 있었다. 그때 매일 이 시간에 들르는 단골 아저씨가 들어오고 있었다. 그 아저씨는 매일 사가는 빵이 없다며 박소영에게 말을 건네는데 박소영이 아주 안쓰러운 표정에서 '죄송합니다' 하며 부드러운 표정으로 바뀌며 친절한 억양을 던지고 있었다. 그런 사정을 눈치챘는지 아저씨는 계산대에 올려진 빵

여름 바다

을 들어보며 "여기 있네!" 하며 정가나에게 흘낏 눈초리를 쏘아보냈다. 그런 눈빛에 정가나는 약이 올랐다. 그래도 약이 안 오른 척하며 그 아저씨에게 그 빵을 들어 건네며 "그냥 이거 가져가세요" 하며 상냥하게 말을 건넸다. 그 아저씨는 모른 척하며 "아유, 고마워요" 하며 빵을 들고 가게를 나갔다. 아저씨의 걸음에 냉기가 서려 있었고 정가나는 그 냉기에 약간 기분이 나빴다. 그렇게 오랫동안 대치 중이었다. 그런 장기적인 대치 국면에서 필히 따르기 마련인 것이 체력이었다. 그곳은 박소영에게 더 많은 시간을 내준 상점이었고 여러 사물들이 박소영 그녀에게 더 익숙했다. 그래서 그곳에서는 박소영의 편이 더 많았다. 즉, 아군의 진지란 표현은 박소영에게 더 어울렸고 실제로 박소영은 그곳에서 수많은 손님들을 대했으므로 더 경험이 많을 수밖에 없었다. 그리고 그렇게 서 있는 것에 대해 더 우월한 체력이 있는 것도 부인할 수 없는 명백한 사실이었다. 그렇게 지쳐가던 정가나에게는 먹을 것이거나, 허기짐이거나, 빵이거나 다 무의미했다. 그래서 그냥 그 상점을 나오기로 결심하고 그냥 나가려 했다. 그렇게 그 무수한 빵들을 계산대에 그냥 올려놓고 나가고 있는 정가나에게 들려오는 소리가 있었다. 아주 친절한 목소리였다. "저기 손님! 계산은 하고 가셔야죠?" 그 소리에 다 이긴 줄 알았던 정가나는 확 돌아서서 자신도 모르게 소리 질렀다. "뭘 계산해? 잔돈도 없으면서!" 그러자 박소영은 자세를 낮추고 더욱 친절하게 대답했다. "아까, 그러니까 조금 전에 다른 손님이 가져간 빵 값은 주셔야죠. 가실 때는 가시더라도요." 그러자 정가나는 아차 하는 깨달음과 함께 지갑에 잔돈이 없다는 것을 떠올렸다. 그러더니 순간적으로 말했다. "얼마예요? 카드로 계산할게요." 그러자 박소영은 더욱 친절한 응대로 맞받았다. "아까는 카드가 없으시다면서요?" 정가나는 아주 당황스러웠다. 그래서 아주 기어들어가는 목소리로 말했다. "깜빡했어요." 그러다가 자신이 지고 있다는 생각에 다시 올라오는 무언가가 있었다. "야! 이거 다 계산하면 되잖아! 자!" 하며 카드를 내밀었다. 박소영이 그 수많은 빵들을 봉지 수십 개에 담는 동안 정가나는 '저걸 다 어떻게 가져가지?' 하며 공포에 떨고 있었다. 그러나 정가나에게 이길 자는 없었고 정가나는 힘이 센 권력의 여자였다. 그러므로 못할 게 없었다. 그래서 정가나는 박소영이 준 빵들을 들고 안 힘든 척 하며 가게를 걸어나왔다. 약간 비틀거렸지만 정가나에게는 실수란 없었고 후회란 없었다. 그렇게 막 지르고 나니 시원해지는 것도 있었다. 무거운 빵들을 짊어지며 힘겹게 가고 있는데 몸이 괴로우니 마음이 힘들었던 것이 사그라지는 것이었다. 그렇게 정가나는 육체의 노동이 얼마나 고상한 것인지에 대해서도 조금은 이해가 가고 있었다. 그리고 그 수많은 빵을 처리할 방안에 대해서도 이리저리 하해와 같은 마음들이 품어들고 있었다. 텔레비전에 수많이 나왔던 것이 정가나 그녀의 뇌리에 재생되고 있었던 것이다.

거침없는 항해였다. 바다는 드넓었고 섬들은 작았다. 그 섬들은 바다라는 항해의 작은 표식에 불과했다. 표식, 그것은 힘이 아무리 세도 무지(無知)로 들어올릴 수 없는 것처럼 들어올리려는 의지와 의식과 노력이 필요했다. 들어올리는 데에 그러한 수고가 있을 수 없다면 그것은 신을 의미했다. 신만이 전지전능하고 불멸불사하고

여름 바다

무한정 펼쳐질 수 있었다. 인간에게 섬이란 작은 표식조차 없다면, 그런 결점이 하나도 없다면 잡티마저 숨겨져 있지 않다면 그것은 인간으로서 누리는 최대한의 영광이었으며 그러한 인간에게 누구라도 복종해야만 했고, 그래서 인간은 그런 경지에 오르기 위해 필요악이라는 설명과 함께 큰 것을 위해 작은 것을 정복하는 것이다. 그런 완전정복 위에 신은 비로소 이해되는 것이었다. 정가나의 사상은 그러했고 정가나의 오랜 사색의 끝에 유다라에게서 받은 '평화'라는 단어가 명료해졌다. 정가나에게 그런 완전정복의 희열이 바로 그런 평화를 의미함이 시나브로 드러나고 있었다. 그러기 위해서 그런 평화를 누리기 위해서, 또한 이기기 위해 정가나의 명석한 두뇌에 염전의 소금처럼 알갱이가 드러나고 나지막한 탄식이 울려퍼지고 파노라마 같은 드라마가 꾸려지고 있었다. 정가나에게는 정가나답게 사회에서 짜여진 규격이 필요했다. 그것은 권위로서 그 권위의 물결에 파도타기 같이 올라타는 것이며 정가나의 유명세만큼 그것은 화려해야 했으며 그래야 보람이 있어 보일 수 있는 것이었다. 그것은 그 보람의 형식에 꿰어맞춰 제작되는 것이며 그 보람의 형식의 틀은 교묘해야 했으며 그 보람의 내용물은 그다지 중요하지 않았다. 그냥 그렇게 보이면 될 뿐이었다. 정가나에게서 지금 위축된 심성은 크게 펼쳐진 항해의 준비였다. 그건 최대한을 위한 최소한의 웅크림이었고 최소한은 최대한을 위해 희생돼야 했으며 절대적인 것들을 위해 상대적인 것들은 그녀의 가슴을 보며 조금 아파도 되었다. 그 아픔의 이름으로 오마바가 위로가 되어야 했다. 그건 정가나의 거침없는 행진에 오마바는 골목을 돌아야 하는 필요악이었고 군자대로라 했지만 대로를 가는 군자에게 티가 있어 지우고 가야 하는 필요악이었고 그녀의 헛디딤 같은 굴욕이 상쇄될 수 있는 방법이 도모되어야 하는 필요악이었다. 그녀를 거부하는 자에게 하해와 같은 은혜가 내려져야 했고 그래서 정가나는 자신의 그러한 상처를 오마바를 위로하려는 데서 찾고 있었다. 그녀는 그녀가 오마바를 위로해야 한다고 스스로 되뇌고 주장하고 있었고 그래야만 했다. 자신이 위로받는다는 것은 어불성설이고 그녀는 우월했으므로 누군가들을 다 위로하는 위치에 있어야 했다. 그런 펼쳐짐으로 그녀의 만물이 다스려져야 했다. 그러므로 그녀는 자신의 사랑을 거부하는 오마바에게 하해와 같은 은혜를 내려야 한다고 생각하고 스스로에게 강력히 주장했다. 그런 주장을 하면 할수록 그녀는 왠지 평안해지고 행복하고 불편함이 없어지는 것이었다. 그녀는 그런 틀을 유지해야 했다. 그런 틀을 유지해야 하는 것이 그녀의 화평을 위해 커다란 힘이 될 수 있었다. 그틀은 유용한 도구였다. 그녀는 그 틀을 이젠 아주 명료하게 떠올릴 수 있었다. 그건 오마바가 정가나 자신을 무척 부러워하고 사랑한다는 것이었고 그것은 불변이었으며 그것을 위해 오마바는 꾀를 부리고 있다는 것이었다. 그녀는 유명했고 유능했고 유학도 다녀왔으므로 모두가 그녀를 존경해야 한다고 생각했고 그녀는 그것에 자부심을 충분히 느끼고 있었고 그러한 그녀의 자부심은 거침없이 펼쳐져야 했다. 그것은 정당한 것이었고 당연한 것이었고 무리가 없는 것이었다. 그런데 그런 유력한 것들에 잡티가 없으면 안 되었다. 그래서 지금 그런 사색의 산물로서 만물은 조아리고 고개를 들 듯 말 듯 하는 것이었다. 만유의 우상으로서 존재하는 것이 그녀로서 더 유익했고 더 화려했고 더 그녀답다고 그녀는 그 정당성을 도모하고 있는 것이었다. 그러나 그런 위대한 그녀를 위해 드라마가 있어야 했다. 그것은 드라마였다. 그 드라마 각본은 비밀이었기 때문에 정가나 홀로 제작해야 했다. 흥신소 황 상무가 있었지만 그에게도 비밀은 지켜져야 했다. 이제 그녀는 그녀의 드라마를 위해 많은 것들을 준비해야 했다. 우선 그녀의 마음을 더 굳게 하는 일이었다. 그녀는 마음을 다지고 그녀가 추론한 명백한 사실들을 암기하고 외우고 체득하고 그것을 위한 그녀의 믿음들을 알뜰하게 벽돌 쌓듯 다지고 또 다지고 있었다. 그녀의 믿음에 신도 한 칸 물러날 기세였다. 그녀의 눈에 표독함이 쏟아지다가 모래무지에 빠지는 보석처럼 그렇게 잠기고 있었다. 그러니 그녀의 눈빛은 여인의 눈빛으로 매우 매혹적으로 보였다. 그녀의 거울에 그녀의 이상형이 보이고 있었는데 너무도 아름다웠다. 그녀는 그녀의 모습을 보고 스스로도 감탄을 금하지 못해 거울의 체온을 재보고 싶었다. 그녀의 그런 열정에 거울도 녹을 수 있다는 생각을 거울 안에서 하고 있었다. 거울 밖에서 오마바의 노랫소리가 또 들려오고 있었다. 처음 들을 때보다 많이 좋아진 노래 솜씨였다. 지적할 점도 있었지만 참고 들었다. 참고 들으니 무대에 올리고 싶었고 가수라는 직함에 오마바를 짜넣고 싶었다. 그 가수라는 직함이라는 틀은 매우 권위 있는 것이어서 그녀가 오마바를 위로하는 데에 조금은 수고가 덜할 것 같은 계산이 들었다. 그녀는 사회의 권위 있는 틀로서 하찮게만 보이는 것들을 짜넣는 게 그들에게 큰 위로가 될 것이라고 생각했다. 그것은 그녀의 하해와 같은 은혜의 베풂이었고 영광스러운 시혜였다. 그녀가 생각하는 힘이 있는 권위라는 틀은 하찮은 사람들을 꼭 눌러야 한다고 생각했다. 그것이 그녀의 정의였고 그녀의 정당함이었고 신과 같은 위상에서 본 시야였고 관점이었다. 그런 사상에 많은 사람들이 그 틀로서의 사상을 동조해주고 있었다. 그것에 정가나 그녀는 무한한 자부심을 느꼈고 그 자부심을 위해 하늘도 존재하는 것마냥 참으로 푸르고 어쩌면 더 시퍼렇게 질려 있었다. 그러나 정가나는 하늘에 베풀 은혜는 나중이었다. 우선 오마바부터 구원해야 했다. 그것이 그녀에게는 순리였다.

거대한 현수막이 가로등과 가로등 사이에 걸쳐져 그 위용을 드러내고 있었다. 무엇을 하기에 앞서 명분을 세우는 것도 중요하지만 그 멋진 명분이 표시되지 않아 아무도 알아주지 않는 것도 큰 문제점이었다. 그래서 정가나는 그 많은 양의 빵 값보다 더 비싼 돈을 주고 거대한 현수막을 걸었던 것이다. "도움의 손, 결식 가족을 위해 드립니다." 이런 문구는 정가나가 보기에 참 창의적이었다. 가족이란 소중한 단어와 결핍이란 요소와 어울리니 마치 고등학교 때 시를 배우면서 공감각적 표현에 홀려 시 미학의 가치를 이해하던 시절이 떠올랐다. 그렇다. 가족의 전통적인 안정된 어감과 결핍이란 요소로 이루어진 조화란 정가나가 보기에 매우 있어 보였다. 그런 행사를 주관하고 또 그런 구호를 외치고 있는 정가나는 매우 훌륭한 사람처럼 스스로 느껴졌다. 그런데 그런 수식에 자신이 끌려다닌다는 사실은 정가나 자신은 한번도 의심해본 적이 없었다. 그건 그냥 믿음이었고 사회적 타당성에 맞아떨어지니 그건 그냥

여름 바다

좋은 것이었다. 멋있어 보이는 것에는 잘나 보이는 것에는 있어 보이는 것에는 믿음을 너무 많이 주어도 부족할 것이 없었다. 그래서 그런 수식에 자신이 한없이 끌려들어간다는 함정은 함정이 아니라 그냥 칭찬이었다. 그런 칭찬을 의심하는 것은 배우가 대사를 외울 때 상대방의 대사를 읽지 않는 것과 같았다. 그럼 너무 맥락이 이해가 되지 않고 단절되어버리기 때문이었다. 정가나는 그런 맥락에서, 있어 보이는 것에 충실했다. 있어 보이는 것은 그녀의 신념이었기 때문이었다. 그래서 그런 의심쯤 한 번 정도 해볼 만한 지성인인 정가나는 그런 흐름에 취해 가족과 결핍이란 조화에 대해 선행이란 이름으로 자부하고 잘하고 있다고 생각하고 있을 뿐 그것이 어떤 체계의 노예가 된 사실에 대해서는 한번도 의심해보지 않았다. 그냥 유행이란 따라 하면 그뿐, 그 유행의 주인이 되겠다는 생각은 조금도 하지 않았다. 그런 선행이 진정하고 의미 있고 순수한 의도가 있어 보이면 자신이 의도하고 있는, 자신이 하고 있는 것에 정당성을 얻어 무한히 펼쳐지는 것에 큰 도움이 될 것이라고 단정하는 데에 주저함이 없었다. 그런 잘난 행동은 펼쳐지기 마땅하기 때문에 현수막도 빵 값보다 훨씬 비싼데도 주저하지 않고 카드를 긁어버렸다. 그런 사치쯤은 부려도 허영심이라는 것과 맥락을 같이할 수 없으므로 정가나는 숨지 않고 정산 단말기에 자기 이름인 '정가나'를 흘림체도 아닌 정자체로 올바르게 쓰고 얼굴에 미소를 간판업자 사장에게 상냥하게 뿌리고 있었었다. 그래서 현수막은 아주 튼튼히 올려 나붙었다. 그것도 정가나에게는 큰 자부심이 더해져갔다. 진실은 정가나와 상관이 없었다. 진실이란 정가나가 보기에 교회에서나 종교집단에서나 철학책에서나 캐치프레이즈로 들고 있는 가식쯤으로 여겼다. 정가나가 보기에 그들에게는 폼이 없었다. 그래서 그냥 무시하기로 했다. 그래도 될 것 같았다. 나중에 다 정가나 자신이 다 성취하고 나면 그때서나 자신과 비교해볼 생각이었다. 길고 짧은 것은 대보아야 아는 것이다. 그러므로 어느 것이 더 멋진 것인지는 모두가 자신을 숭앙하고 우상시하고 우러르면 그때 봐서 따질 생각이었다. 그랬다. 그건 아주 나중의 문제였다. 지금은 사람들에게서 자신에게로의 지지 의사만 얻으면 되었다. 많은 사람들이 자신에게 동의하고 유의하게 신임을 얻으면 일단의 목표가 이루어지는 것이다. 그럼 더 강력한 정당성을 얻을 것이고 그럼 유다라에게서 받은 평화라는 단어에서 오는 짓눌림에서 벗어날 수 있을 것이다. 정가나 그녀에게는 이기는 것이 더욱 절실했다. 그것만이 정가나 그녀에게 '그것만이 내 세상'이었다. 정가나 그녀에게는 그것밖에는 없었고 다른 것에는 눈이 어두웠다. 그녀는 눈이 충혈돼서 사람들의 관심을 얻는 데에 급급했다. 그래서 더 큰 목청으로 "어려운 가족들을 도웁시다!"라고 외치고 또 외쳤다. 처음에는 그냥 지나쳐가던 사람들도 하나둘씩 빵을 사 가기 시작했다. 원가보다 낮은 가격으로 파니 그 빵을 사 가는 사람들이 만족하며 좋은 일을 한다며 정가나를 칭찬했고 존경의 눈길을 보냈다. 정가나는 신이 나고 있었다. 오마바 같으면 도청장치가 되어 있는 마이크에 대고 크게 소리를 질러대며 노래를 부를 심정이었을 것이다. 딱 그런 심정과 닮아가던 정가나는 오마바가 생각났다. 오마바가 정가나가 빵을 파는 곳으로 오면 딱 반할 상황이었다. 그러나 오마바와 닮은 사람도 지나가지 않았다. 그래서 오마바가 정가나 자신을 도청했으면 하는 신기한 바람도 생겨났다. 오마바에게 흥신소 상무 황 씨를 소개시켜주고 싶은 심정이었다. 그렇게 지나가던 사람들이 빵을 하나둘씩 사가다 빵이 다 떨어졌다. 정가나는 너무 신기하고 재미있어서 빵을 더 팔고 싶었다. 처음에 가진, 자신을 지지하고 사람들의 마음을 얻어 더 유명해지려는 의도도 빵 파는 재미에 다 잊고 있었다. 정가나는 흥분이 가시지 않아 빵을 더 사 와야겠다는 생각을 했다. 그래서 가판대를 놔두고 박소영이 점원으로 있는 빵 가게로 갔다. 그곳에도 손님이 많이 있었지만 자신처럼 재미있어 보이지는 않았다. 그래서 큰 소리로 여기 있는 빵 다 사 가겠다며 호통을 쳤다. 손님들이 콧방귀를 뀌어대며 흘낏흘낏 봤지만 정가나에게 그런 것들은 무시될 수 있었다. 그녀에게는 팔 빵이 필요했고 다른 것들은 다 필요 없었다. 그래서 현란한 손놀림으로 가게에 있는 빵들을 다 집어 계산대에 올렸다. 저번처럼 그리 빵이 많이 남아 있지 않았지만 정가나는 우선 아쉬운 대로 그 빵들을 얼른 계산했다. 또 그 많은 빵들이 무거웠지만 정가나는 의지의 한국인의 대표였기 때문에 그런 것쯤은 문제도 될 수 없었다. 정가나는 땀을 뻘뻘 흘리며 다시 자신이 만들어놓은 가판대로 갔다. 조금 뒤뚱거렸지만 지금은 남의 시선도 별 게 아니었다. 그냥 빵 팔 생각에, 재미가 붙어서 그녀의 모든 것이 있게 되었다. 그렇게 정가나에게는 처음의 의도는 사라지고 재미와 기쁨만이 있게 되었다. 어쨌든 정가나는 지금, 정의의 천사가 되고 있었던 것이다. 그런데 그렇게 빵을 팔아달라고 호소하고 있는데 두 사람이 정가나를 바라보고 있는 것이었다. 어디서 많이 본 사람들이었는데 정가나는 지금 혼이 팔려 기억의 창고를 더듬으려는 마음이 별로 없었다. 그런데 저쪽에서 정가나를 아는 척하는 것이다. 정가나는 빵을 사갈 거냐고 묻자 그 두 남녀는 아니라고 했다. 그럼 거기 왜 서 있냐고 물으니, 좋아서 그런다고 했다. 정가나는 다 귀찮았다. 그래서 다른 곳에 서 있으라고 하면서 가족의 가치를 드높이 웅변하고 있었다. 그랬더니 저쪽에서 옳은 말씀을 참 유창하게 하신다며 칭찬하고 있었다. 그래서 그게 뭐 별거냐며 다른 사람들도 그랬다고, 그리고 다 텔레비전에 나왔던 이야기라며 별거 아니라며 겸손을 떨었다. 그랬더니 저쪽에서 그게 겸손으로 될 일이 정녕 아니라며 대단하다고 또 칭찬했다. 정가나는 조금 귀찮고 짜증나기 시작했다. 다른 사람들처럼 우러르고 존경하고 그냥 칭찬만 해주고 마음의 지지를 주기만 했지 정가나에게 그렇게 따지고 칭찬해줄 필요는 없었다. 그래서 정가나는 힘이 빠졌다. 그래서 당신들 누구냐며 얼굴을 똑바로 쳐다봤다. 다름 아닌 오마바와 유다라였다. 정가나는 불현듯 당황스러움이 확 밀려왔다. 그때 유다라가 빵 한 개를 들며 얼마냐고 했다. 그때 정가나는 오마바를 보고 있었다. 유다라의 손길에 묻어 있는 애정의 시선을 보고 있었다. 빵을 한 개 사 가려는 유다라는 빵을 다섯 개 더 들며 이거 다 얼마냐고 재차 묻고 있었다. 정가나는 무엇인가 뺏기고 있는 느낌이 들었고 그 느낌에 화가 나고 있었다. 재미있고 보람된 기분이 일시에 무너지고 있었다. 정가나는 욱 하고 속에서 불꽃이 튀고 있었다. 그래서 "너한테 빵 안 팔아!" 하고 가쁜 숨을 쉬며 말했

여름 바다

다. 유다라는 "저도 가족이 있는데요, 아까 하신 말씀은 무엇인지, 왜 안 파신다는 것인지?" 하며 상냥한 어투로 조심스럽게 응대하고 있었다. 그랬더니 정가나가 "너만 가족이 있냐? 수많은 가족이 있고 그 대표가 바로 나야!" 하고 헛소리 비슷하게 말하고 있었다. 유다라는 조금 당황하며 오마바의 손을 끌고 그 거리를 비껴나갔다. 정가나는 뭔가 큰 게 마음에서 빠져나간 것 같았다. 뭔가 큰 손해를 본 것 같았다. 그런데 너무 흥분했고 기분 좋았고 당황했던 감정들의 기복이 심해 정신을 차릴 수가 없었다. 그리고 또 배가 고파졌다. 남은 빵들이 무수하게 널려 있었다. 정가나는 그중에 두어 개를 먹어치웠다. 그래도 허기가 가시지 않았다. 그래서 자꾸 손에 빵이 들려졌고 그 빵들은 정가나의 입 속으로, 입에서 위장 속으로 들어갔다. 정가나는 너무 많은 빵들을 먹어서인지 뱃속이 울렁거렸다. 약간 어지럽더니 많이 어지러워졌다. 정가나는 많은 빵들이 남아 있는 가판대를 그대로 놔두고 집으로 행했다. 쓰러지고 싶었지만 사회적 체면이 있는 거였다. 그래서 똑바로 정신을 차리려고 하고 똑바른 자세로 걸음을 걸어 아주 힘겹게 정가나의 저택에 도달했다. 속으로 재수 없다는 말이 두피를 여러 번 튀어나오는 것을 고급 헤어스타일이 막고 또 막고 있었다. 그리고 벨을 눌러 가정부를 부르고 방에 들어가 쓰러져버렸다.

　오마바는 딸꾹질 중이었다. 뭘 훔쳐 먹었거나 급히 서둘러 먹었거나 놀란 적도 없었는데 이상히도 딸꾹질이 멈춰지지 않는 것이었다. 오마바는 낡은 주전자에 있는 물을 한 컵 들이켜고 여러 잔 들이켰는데도 딸꾹질은 젠장할, 멈추어지기는커녕 앰프를 달았는지 그 소리가 자꾸 커져만 갔다. 그래서 딸꾹질 때문에 아무것도 할 수 없었다. 숨을 멈추고 기도까지 해보았지만 아멘 할 때조차 제대로 할 수 없어서 아멘인지 야매인지 라면인지 분간되어 소리가 나오지 않았다. 오마바는 이대로 가다가는 호흡 곤란에 다다라 의사 선생님이 진단하는 바에 따라 이승에 남느냐 저승의 먼 길로 떠나야 하는지 초조한 심정이 되어 두 갈래 길 중에 한 길을 배정받아 마지못해 걸어가야 하는 심각한 지경에 이를 것이었다. 운명 결정론자의 논문에 깔려 이미 지어진 각본대로 글자의 획수마다 한 번씩 숨을 쉬어야 하는 것은 참으로 비참한 일이었다. 그러므로 운명 결정론자들의 영혼과 정신과 지성에 굴복하는 것보다 불복하는 것이 지금 오마바의 상황에 필연적이었고 거기에 별다른 용기를 지을 새는 없었다. 그러나 오마바에게는 결정론자들의 논리에 항거할 논리가 빈약했다. 그런 빈약함은 억지처럼 보이나 어찌 보면 자연스러운 모습으로 표출될 수 있었다. 아이가 엄마에게 칭얼거리는 것, 고된 공부에 지쳐 컨디션 난조를 보이는 고등학생이 어려운 수학 문제를 풀며 이건 도저히 고등학생 수준이라 할 수 없다며 출제자를 진지하게 원망하는 것, 막연한 공포에 싸여 주위를 급히 둘러보는 사람에게 오래된 벽의 균열이 원망으로 그려진 표정의 노인처럼 보여 섬뜩해지는 것들, 이런 것들은 모두 빈약한 근원을 가진 흥건한 절실함에 닿아 있었다. 그러니 어찌 명료한 논리에만 의미가 있고 그것만이 진리이고 그런 것만이 존재하는 것이고 리얼리즘의 세계란 말인가? 그러나 그런 실체가 없는 것에도 우리의 뇌리를 번잡하게 하므로 우리는 진정한 것들을 위해

여름 바다

마음을 닦아야 하고 혜안을 위해 지혜의 도를 따라야 하고 마땅하지 않은 것들을 단호히 거부할 수 있도록 노력해야 한다. 그러나 그런 단호함은 쉽지 않다. 그런 단호함마저 절실한 상황에서 자연스럽게 표출될 수 있는 것이다. 오마바의 심각한 딸꾹질에 의해 스스로가 견디지 못할 때 오마바는 결정 난 자신의 운명이라 여겨지는 공포에 대해 질려 외치고 있었다. "아니야!" 그건 절실한 표현이었다. 오마바는 이렇게 죽을 수는 없었다. 고작 딸꾹질 때문에 죽는 것은 너무 이상했고 황당했고 해괴했다. 그래서 '아니야'라고 외치는 것은 어찌 보면 당연한 귀결이었다. 오마바의 '아니야' 하는 부정어에는 혼이 담겨 있었다. 그 혼은 섬뜩했고 주위를 놀라게 했다. 그래서 그런지 딸꾹질은 저 멀리 뒤도 돌아보지 않고 물러갔다. 그 사라짐의 속도에 빠름의 자부심을 가진 날아가는 총알도 총을 원망하며 과녁을 비껴 가려고 기웃기웃거리고 있었다. 그 모든 사실들은 순간이 지니는 함축성을 띠며 그 순간을 통과한 오마바는 순식간에 평온을 되찾고 있었다. 그러나 만약이라는 가정을 달고 그 순간을 간섭하며 조종하려는 자가 있다면 그건 순간이 지니는 위대함에 대한 무례한 도전이고 무모한 오만이고 무식하리만큼 자기 자신에 대한 무조건적인 신임일 것이다. 그러므로 예를 안다면 그대로 두어라! 그러하지 않으면 부조리로서 그대들은 그대들 스스로에게 갇히는 것이다. 자신에게 있는 밝은 빛을 그릇된 어둠에 가두는 것이니 그대들의 존립은 한 개체로서 할 수 없고 집단으로서만 설 수밖에 없고 그것도 이기적으로 그 집단을 포장할 테니 어찌 역사가 그대들에게 올바른 평가로 일관하는 것을 주저하지 않게 하지 않을 수 있단 말인가? 오히려 어둠이 그대들을 드높일 것이니 밝음의 역사는 그대들을 외면할 것이다.

오마바는 갓 찾아온 평온함에서 오래된 것들을 끌어들이고 있었다. 커피포트 한 대, 눈부셨던 창문, 오 분씩 늦는 낡은 시계, 문여는 손잡이, 연예인 사진 속 들어있는 분홍 립스틱 입술, 여름 때마다 더 시원하길 바라는 충전 안 된 에어컨, 찌그러진 주전자, 못생기게 찍힌 신분증 증명사진, 잉크가 굳어서 써지지 않는 파란색 볼펜, 양치할 때 쓰는 컵, 오래 안 먹어서 껍질이 해진 두통약, 삐격거리는 의자, 벙거지 모자…. 오마바는 오래된 것들을 더 끌어들이고 싶었지만 정가나를 생각해내곤 이마가 찌푸려졌다. 그러다 유다라가 생각나자 다시 평온해졌다. 그 평온함은 오마바의 눈을 밝게 했다. 그런 오마바의 밝은 눈에 흥분하면 마이크로 쓰이는 엘이디 전구가 깜빡이는 막대기가 들어왔다. 오마바는 또 혼자서 놀고 싶었다. 연예인 흉내를 내는 것은 오마바에게 은근한 즐거움이 되고 있었다. 오마바는 그냥 막대기일 뿐인 마이크를 들고 노래를 부르기 시작했다. 흥분 상태가 아니라 평온한 상태라 '섬집 아기'라는 제목의 노래가 불려나갔다. 꽤 괜찮은 노래였고 오마바 스스로 자신이 부른 노래에 감동을 먹고 있었다. 오마바는 눈물을 닦고 마이크에 감사하는 마음으로 찬찬히 그것을 응시했다. 그런데 이상한 점을 발견하고 있었다. 여태껏 반짝이던 엘이디 전구가 깜빡이지 않는 것이다. 오마바는 그간 정든 마이크가 정상이 아니라고 단정했다. 그래서 병원에 데려가든가 아니면 전파사에 가져가든가 해야 했다. 그러나 아무리 정이 들어도 마이크는 마이크고 생명이

여름 바다

아니었다. 그래서 전파사에 데려가기로 하고 외출복을 입었다. 지갑에 만 원짜리 한 장이 구겨져 들어 있었지만 왠지 부족할 것 같았다. 그래서 은행의 입출금 기계에서 생활비 아껴둔 것을 다 뽑아 전파사에 갔다. 첫 번째 들른 전파사에선 그게 뭐냐며 비아냥거리며 "우린 그런 것 취급 안 해요" 하고는 문을 확 닫아버리고 오마바를 쫓았다. 오마바는 정든 마이크가 제 기능을 못한다는 게 너무 안타까웠다. 그래서 거리를 헤매며 마이크 고칠 만한 곳을 찾아다녔다. 그러다 중고 가전 센터가 눈에 들어왔다. 왠지 이곳에서는 틀림없이 오마바의 그 이상한 마이크를 고쳐줄 것 같았다. 그래서 기쁜 마음으로 들어가서 황송하게 인사 먼저 드리고 수리를 부탁했다. 중고 가전 주인은 노인이었는데 그런 오마바를 보며 입가에 미소를 띠고 오마바의 이야기를 다 들어주었다. 그러더니 마이크를 보다가 혼잣말 같이 말했다. "빠떼리가 나갔구만…" 그러더니 서랍을 뒤져 배터리를 갈아주었다. 다시 오마바의 마이크가 반짝거리기 시작했다. 오마바는 그 주인 양반에게 돈을 많이 주고 싶었지만 노인은 웃으며 그냥 가라고 하고는 딴청을 부렸다. 오마바는 황송한 마음을 감추지 못하고 큰절을 하고 중고 가전 센터를 조심스럽게 나갔다. 오마바는 집에 도착해서 기쁨에 흥분을 감추지 못하고 노래를 불러젖히기 시작했다. 생각나는 대로 아무 노래나 막 불렀다. 몇 시간이고 오마바의 노래는 계속되었다.

정가나는 쓰러진 채로 잠을 자다가 더 이상 잠을 잘 수가 없다는 사실을 깨닫고 있었다. 정가나는 자신의 생각대로 되지 않은 것들에 분개하다 지쳐 그냥 쉬고 싶었고 더 자고 싶었고 계속 자고 싫었다. 그런데 저놈의 오마바가 노래를 계속 부르고 있는 것이다. 정말 미칠 지경이었다. 정말 오마바는 지칠 줄 모르는 철인이었다. 철인이 아니더라도 좋으니 노래를 조금만 불렀으면 좋겠다는 생각과 함께 오마바의 입을 막을 방안이 정가나의 지친 머리에 굴러다니고 있었다. 그러다가 백열등 전구가 떠오르더니 막 깨닫고 있었다. 저 도청장치의 플러그를 빼놓으면 그만이겠다는 생각이 미칠듯이 손가락을 움직이게 하고 있었다. 정가나의 손가락들은 이미 그 생각의 노예가 되어 도청장치 수신기의 플러그로 솟구치고 있었다. 그러고는 마침내 도청장치의 전원은 빠져나가 암전되어버렸다. 정가나의 귀는 시원하고 평온했지만 왠지 일어나는 허전함은 무엇인지 가슴 한 켠이 텅 비어 있는 것같이 느껴졌다. 정가나는 침착해야 했다. 그녀는 원래 냉정한 성격의 소유자였다. 그리고 지성으로 가득 차 있었으며 항상 열의에 가득 찼고 명쾌한 논리로서 우유부단함을 처단하고야 마는 전차와 같은 추진력이 있었다. 그녀에게 장애물은 없었다. 그녀는 펼쳐지기만을 지속했으며 그녀를 가로막는 자에게는 엄벌이 따랐다. 그것은 그녀의 정의였고 우월한 자의 절대적 권능이었다. 그러므로 그녀는 냉정하게 자신이 벌여온 일들에 대해 분석과 정돈이 필요했다. 그녀는 그래서 침착해야 했다. 그녀는 집념의 정신으로 오마바를 도마에 올려놓고 자신의 입맛에 맞도록 치장해야 했고 조리해야 했다. 요모조모를 뜯어헤치고 그녀가 원하는 인물이 되어야 했다. 그런데 이상하게도 오마바는 그것을 거부했다. 정말 이해할 수 없는 일이었다. 정가나와 같은 절세미인에게 그렇게까지 거부할 수 있다는 요소에 놀라워했

여름 바다

고 오히려 그것에, 오마바가 자신을 거부하고 있다는 대에 매력을 느끼고 있었던 것이다. 알 수 없었지만 정가나 자신도 그런 자신에 대해 놀라워했고 신기했으며 이해가 가지 않는 신비한 일들이 벌어지고 있었던 것이었다. 정가나는 온갖 술책으로 오마바의 마음을 완벽히 얻으려고 했다. 그건 정가나 자신이 이룩해온 모든 성과의 반영일 수도 있었다. 그녀의 승승장구에 대해 아주 하찮은 존재에게서 그것을 입증하고 누리고 환영받고 싶은 것이었다. 그러나 오마바는 그런 것을 이해하지 못하는 것이 틀림이 없었다. 그건 오마바가 잘못하고 있다는 증거였다. 정가나는 그런 오류를 잡아내고 바로잡아야 했다. 그것이 그녀의 정의였다. 그리고 그녀의 그런 정의는 실천되어야 했다. 그런데 유다라라는 여자에게서 그녀는 그녀의 정의가 완전하지 않을 수도 있다는 느낌을 받았다. 그것은 충격이었다. 그러나 정가나는 항상 옳았다. 그녀가 먼저였고 그녀가 제일이었으며 그녀가 최고였다. 그런 명백한 사실들은 불변이었으며 진리였고 항구한 것이었다. 그녀를 방해하는 것은 오로지 그른 것이었다. 그러므로 다시 한번 자신이 벌여온 것들에 대한 재해석이 필요했다. 그녀는 한 걸음 물러나기로 했다. 그리고 똑바로 볼 것이었다. 그녀가 오마바라는 하찮은 존재에게서 한 걸음 물러나서 다시 냉정한 이성으로서 오마바에 대해 접근할 것이다. 그녀에게는 또 다른 열의가 가슴 한편으로 잠입하고 있었다. 그러나 아무도 모를 것이었다. 그녀의 체계는 비밀이었으며 그런 비밀은 폭로되기 어려웠고 그녀의 그런 물러남은 그녀에게 대항하려는 세력에게 기쁨을 줄 것이기 때문에 그녀는 자신을 들키지 않게 하기 위해 더 냉정해져야 하는 것이었다. 그러므로 그녀는 수양에 들어갔다. 마인드 컨트롤을 하고 요가를 하면서 마음을 달래기로 했다. 그녀의 또 다른 무기가 오마바와 유다라를 위해 준비되기 위해 그녀는 철저히 그녀의 전력을 은폐시키기로 했다. 여기까지 이르는 그녀의 생각의 끝에 그녀의 면모를 지우기 위해서 그녀는 온몸의 안과 밖을 뒤집을 듯이 천하게 웃어댔다. 그런 그녀의 진상은 무리 지어 하면 더욱 효과적이었으며 그것에는 집단이라는 권위가 붙어 있어 아주 큰 자위권인 것과 동시에 공격의 틀이 되고 있었다. 그녀에게는 그러한 친구들이 보호해주고 있었으며 그러한 친구들의 개념에는 아무런 비판이 있을 수 없었다. 그것은 전통적이고 문화적인 체제에서 용인되는 것이었으며 '털털하다'나 '진솔하다'나 '해학적이다'라는 명목으로 사회적 맥락에서 이해되어야 할 차원이었다. 그런 무게 있는 권위들에게는 누구도 항거할 수 없었다. 그건 그녀의 정의이자 사회의 정의였고 문화에서 학술적으로 귀띔을 해주는 유력한 맥락으로 받아들여져야만 하는 것이었다. 그녀에게 다시 그 솟구치는 웃음이 그녀의 진의를 가려주고 있었다. 그녀의 웃음은 오마바의 노랫소리처럼 몇 시간이고 계속되었고 그녀는 자신의 그런 천박한 웃음소리에 지쳐 하루를 마감하고 있었다.

오마바는 또 꽃다발을 수령하고 있었다. 오마바는 그 꽃다발의 화려함에 정신을 잠시 놓았지만 자신이 꽃에 관심이 없다는 사실을 새삼 주지시키며 깨어나고 있었다. 그리고 꽃다발 사이에 끼인 카드를 집어들고 있었다. 친애하는 오마바로 시작되는 그 카드의 글씨는 정가나의 것이었다. 카드는 반짝반짝 빛나고 있었고 그 내

여름 바다

용 또한 사실이 아닌 것마냥 아름다운 환상으로 채워지고 있었다. 오마바는 정가나에게 극진한 찬사로서 축복의 인사를 정중히 하고 싶어졌다. 예의라는 형식에 진심을 넣고 밝은 햇살로 띄워보내고 싶었다. 그래서 오마바는 유다라에게 그 실천에 대해 의논하기 위해 전화기에 손가락을 살짝 눌러 펴고 화답의 기대에 들뜨려고 하였다. 신호음이 몇 분간 지속되었지만 유다라는 오늘따라 부재중이었다. 산다는 것은 어떠한 부재에도 실존하는 것을 중심에 놓고 놓지 않으려는 작업이었다. 그래서 오마바는 유다라의 얼굴을 떠올리고 그녀가 입술을 모으는 동안 일어나는 그녀의 인상의 특성을 전화기 배터리 잔량에서 충전되도록 전원을 이어 넣었다. 전화기가 충전되는 동안 오마바는 부풀었던 기대가 기울어져 차갑게 내몰려지기만 하는 실망으로부터, 비어 있으므로 시작되는 아름다운 아침의 향기에 도달하여, 꿈을 꾸게 되는 일상에 진심으로 감사하였다. 그런 삶이 참다운 살이이고 가난한 인간이 누릴 수 있는 신비이고 평범함에서 오는 위대함일 수 있겠다는 생각에 이르러 유다라를 부르는 일이 마치 신에게 기도하는 것과 같은 마음의 전신을 구하는 것과 같다는 느낌을 받았다. 아무것도 아닌 것도 같지만 유다라에게는 그런 신비한 능력이 있었다. 그런 신비함을 유다라 그녀는 선량한 사람들에게 베풀었다. 단지 그녀가 그녀에게 그런 능력이 있는 것을 아는지는 미스터리였다. 유다라 그녀에게서 오는 그런 느낌들은 낡은 보석과 같이 사람들을 진정 반짝반짝하게 하고 있었다. 그래서 오마바도 반짝반짝 빛나고 있었다. 오마바는 그간 정든 마이크를 들고 노래 한 소절을 부르다가 손수건으로 정성들여 닦았다. 반짝거리는 엘이디 전구도 오마바에 의해 더욱 깨끗해지고 있었다. 오마바에게 찾아온 평화가 그렇게 반짝거리고 있었다.

정가나는 흥신소 황 상무에게 반했다. 정가나가 전에 오마바에게 쓴 카드를 보여주자 흥신소 황 씨는 바로 알아차리고 영어로 욕을 하는 것이었다. '썬 오브 비치' 하고 유식하게 코멘트를 하는 것이다. 염병할, 젠장할, 쓰레기를 영어식으로 하면 '썬 오브 비치'라는 욕이 되는 것이다. 역시 가진 자들끼리는 뭔가 통하는 것이 있었다. 또한 흥신소 황 상무는 상무답게 어딘가 있어 보였고 품위가 있어 보였다. 상무라는 직함도 정가나가 보기에 마음에 쏙 들었다. 정가나는 흥신소 상무 황 씨에게 완전 빠져들고 있었다. 오마바에게서 받은 굴욕을 보상하고 싶은 심리가 컸지만, 그래서 보란 듯이 오마바가 후회하도록 만들고 싶다는 계산도 있었지만, 그런 것쯤은 별거 아니라는 듯이 정가나는 황 상무에게 대시하고 있었다. 정가나의 그런 태도에 황 상무는 당황했지만 정가나의 미모에 어쩔 수가 없었다. 정가나는 황 씨의 이름을 알고 싶었다. 그래서 애교를 부리며 황 씨에게 물었다. 황 씨의 이름은 다름이 아닌 '사아' 였다. 동유럽의 사해에서 태어났다고 해서 사아라고 시아버님이 되실 분이 지어주셨다고 했다. 동유럽에서 태어났다고 하니 정가나는 황사아가 너무 있어 보였고 황사아의 집안도 굉장해 보였다. 그래서 정가나는 황 상무, 아니 황사아의 부모님마저 깊이 존경하고 말았다. 정가나와 황사아는 너무나도 절묘한 커플이었고 환상적인 커플이었고 모두가 부러워할 커플이었다. 그래서 정가나는

여름 바다

기분이 날아갈 것 같았다. 그런 기분으로 날고 있을 때 정가나는 청혼의 멘트를 황사아에게 쏘아올렸다. 그 기세에 황사아는 멈칫했지만 정가나의 미모에는 누구나가 적수가 없이 순종해야만 할 것을 알아차리고 있었다. 그래서 황사아는 그런 정가나를 데리고 보석상에 가서 고급스러운 반지를 사서 끼워주었다. 정가나는 신이 났고 행복했다. 그래서 결혼식장을 잡고 결혼 날짜를 받고 그녀를 아는 모든 사람들에게 청첩장 카드를 제작해서 보냈던 것이다. 그런데 그런 정가나 자신을 가장 부러워해야 할 사람이 있었다. 다름 아닌 오마바였다. 그래서 오마바 것은 아주 정성들인 최고의 것을 보냈다. 그녀의 입가에 번지르르한 미소가 멈추지 않았다. 결혼식 날 오마바는 땅을 치며 부러워하며 미칠 듯이 외로울 것이며 눈물이 흘러 바다에 미칠 것이었다. 그래서 정가나는 오마바에게 승리한 것이다. 정가나가 보기에 오마바에게 약간 미안했지만 이미 오마바가 저질렀던 것이고 그건 오마바 자신의 몫이었다. 그러니 정가나는 이제 군림하기만 하면 되었다. 그때 황사아에게 전화가 걸려왔지만 정가나는 받지 않았다. 그래도 될 것 같았다. 남자들이란 조금 길들일 필요가 있었기 때문이었다. 정가나에게 펼쳐질 행복한 나날들에 머뭇거릴 것은 이제 하나도 없었다.

오마바는 주위가 시끄러웠지만 참을 수 있었다. 충분히 참을 수 있었다. 이곳은 축복받는 자리였고 오마바는 정가나를 축복해줄 진심이 있었기 때문이었다. 그래서 엘이디 전구가 반짝거리는 마이크를 가지고 유다라와 함께 왔고 기쁜 마음을 금할 수가 없었다. 신부인 정가나가 대기실에 있었지만 오마바는 다가갈 수 없었다.

너무도 아름다운 드레스에 눈부셔서 그랬지만 주위에 건장한 경호원들이 둘러 있어 무서움이 났기 때문이기도 했다. 오마바는 침착해야 했다. 최고의 날에 주책을 부리면 안 되었다. 유다라가 오마바의 심정을 알았는지 손을 끌며 오마바를 자리에 앉혔다. 오마바는 흥분으로 가만히 있을 수 없었지만 온 힘을 다하여 참았고 참을 수 있다고 다짐을 하고 또 하고 있었다. 신랑이 입장했고 그 순간에 맞춰 흥신소 직원들의 숨겨진 카메라들이 한꺼번에 고개를 빼들고 있었다. 박수 소리는 어디론가 전송되었고 전자적 매체로 기록되었고 저장되었다. 참으로 역사적인 기록의 순간인 것도 같았다. 그러나 그 순간은 아주 조용했고 비밀스러웠으며 정교했다. 그리고 오마바가 고대하였던 신부 입장이 있었다. 오마바의 심장이 터질 것 같았다. 그러나 심장이 안 터지고 심장에서 전파한 피가 온몸으로 재빠르게 전송되었다. 유다라가 곁에서 오마바의 손을 꼭 쥐었다. 그랬더니 흥분이 조금 가라앉았다. 그리고 축사가 있었고 축가가 불러졌다. 노래를 아주 잘하는 성악 전공의 전문가들인 것 같았다. 그때 오마바는 흥분이 목젖까지 나와 있었다. 그리고는 목젖에서 밖으로 흘러 터져 나오기 시작했다. 한번 시작된 흥분은 도대체가 주책이 없었다. 갑자기, 그러나 오마바에게는 갑자기가 아니었지만, 오마바는 벌떡 일어나서 아무 노래나 부르기 시작했다. 너무 흥분해서 춤까지 추고 있었다. 하객들이 다 웃고 난리가 아니었다. 정가나가 그런 오마바를 발견하고 있었다. 정가나는 자신의 결혼식이 망쳐지고 있는 것 같자 버럭 하고 속에서 뭔가가 올라오고 있었다. 정가나는 도저히 저놈, 오마바를 참을

여름 바다

수 없었다. 참아야 한다고 수십 번을 되뇌었지만 마음대로 잘되지 않았다. 참다 참다 정가나는 소리를 꽥 하고 질렀다. "너 조용히 안 할래? 죽고 싶어? 응? 내가 그렇게 너를 좋아하면 됐지 뭐가 그리 불만이야? 나같이 예쁘고 아름답고 유능한 여자가 좋아하면 넌 더 좋아해야지 그게 뭐야? 나 같은 여자가 너같이 하찮은 놈을 좋아하면 넌 만세를 부르고 감사하고 행복해서 감격해야지 그게 뭐냐? 그냥 넌 좋아하기만 하면 된다고! 넌 박수만 치라고 제발! 넌 박수만 치면 된다고 염병할! 넌 제발 박수만 치고 좋아하면 된다고! 넌 손도 없냐? 그냥 박수만 치라고! 그냥 박수만 치라고! 박수도 못 치냐?" 정가나는 그간 참아왔던 감정이 북받쳐나와 고래고래 지르고만 있었다. 그 정가나의 말을 듣고 있던 오마바는 그게 무슨 말인지 몰라 어리둥절하다가 어색해졌다. 그래서 정가나 말대로 박수를 치려고 했는데 아주 어색해진 기분에 몸이 굳어져서 박수를 치는 동작이 꼭 원숭이가 박수를 치는 동작과 비슷했다. 그 광경을 보고 있던 하객들은 웃음보가 터지고 말았다. 웃음바다가 된 그런 상황에 오마바는 긴장이 풀려 다시 일어나 원숭이 같은 박수를 조금 과장해서 치려고 했다. 아까보다 웃음의 강도는 줄었지만 축복을 해주려는 마음에 오마바는 식장 중간으로 나가 원숭이 박수를 치고 춤을 추며 노래를 불렀다. 또 웃음바다가 된 식장에 정가나는 제정신이 아니어서 더 이상 저 오마바를 제지할 방법이 생각나지 않았다. 그런 정가나에게 위로 같은 평화의 손길이 펼쳐졌다. 그 광경의 전모를 아는 유다라가 오마바가 있는 식장 홀 가운데로 가서 오마바의 팔짱을 끼고 오마바를 식장 밖으로 유도하려고 했다. 오마바는 박수를 더 치고 싶었지만 유다라의 손길에는 이상한 힘이 있었기 때문에 유다라의 팔짱에 끼어 식장을 빠져나갔다. 꼭 오마바와 유다라가 신랑 신부가 되어 퇴장을 대신 하는 것 같았다. 오마바와 유다라의 퇴장에 하객들은 박수를 치며 재미있어했고 정가나는 유다라의 아름다운 모습에 울상이 되어 그대로 식장을 벗어나고 싶었다. 정가나에게 결혼식도 뭣도 행복도 다 필요 없었다. 그냥 울고 싶었다. 그냥 여기까지 온 모든 과정을 다 지우고 싶었다. 그러나 예식의 형식에 맞춰 모든 것은 맞물려 진행되어야 했다. 그게 옳고 또한 옳은 것이었다. 옳았으므로 그게 정의였다. 정가나의 정의는 실현되어야 마땅했다.

당신이 정한 게 뭐길래

;

　뻘쭘하다, 그의 눈동자가…. "하늘이 맑습니다." 그가 말했다. 오월의 해가 기웃기웃 지려고 했다. 그에게 그녀는 낯익은 얼굴이다. 그에게 보이는 자는 몇 가지의 인상으로서 구분되고 있었다. 세상에는 매우 다양한 사람들이 있지만, 그에게는 몇 가지 그룹으로 지어져서 기억되고 있었다. 그녀는 그런 그의 분류 중의 하나로서 '낯익었다' 함이었다. 그는 지금 그의 곁에 있는 낯익다 하는 그녀에게 다 털어버리고 싶었다. 높은 하늘이건 흐린 하늘이건 상관없었다. 그에게 바로 그녀가 바로 맑은 하늘이 되고 있었다. 그간의 불쾌한 기분이 그녀를 봄으로써 사라지려고 하고 있었다. 그녀는 그의 뻘쭘한 눈을 보다가 땅바닥에 흙먼지가 쌓인 것을 고개를 숙이고 무심하게 넋 놓고 보았다. 그의 말을 듣고자 하지 않았다. 그냥 그에게 먼저 다가간 것에 적잖이 억울해하고 있었다. 자존심이

　　　　　　　　　　　　　　　　　여름 바다

상해 있었지만 그렇다고 내색하기는 싫었다. 그래서 지금 딴청을 부리고 있는 것이었다. 커피는 아직도 온기를 담고 있었다. 커피 자판기에 육백 원이 땡그랑 소리를 연속해서 내고 있었다. 그녀는 그렇게 어색하게 서서 한참을 있는 동안 어제 밤새워 책상 앞에 앉아 궁리할 때 켜놓은 스탠드 불빛이 자꾸 생각나고 있었다. 그녀는 그가 날씨 얘기를 하다 멈춰 카세트의 일시정지 버튼을 누른 것같이 한동안 있자 다리가 아파왔다. 그녀의 가늘고 긴 다리에 경련 같은 통증이 일어나고 있었다. 그녀는 통증을 풀려고 다리를 주무르고 싶었지만 그럴 수는 없었다. 그녀는 자신을 그렇게 배려 없이 세워놓은 것에 대한 반발로 건방진 태도를 취하기로 했다. 그녀는 길 건너편을 응시하다가 한쪽 다리를 떨었다. 자신에게도 조금 거슬리는 행동이었지만 계속 다리를 떠는 것을 멈추지 않았다. 그가 그의 손등을 긁으며 말했다. "오 일 동안 여기에 있지 않을 겁니다." 그녀는 그에게 먼저 다가간 것에 대한 후회도 막심한데 그가 당분간 떠나 있을 것이란 것에 더욱 속이 상했다. 얼굴이 일그러지는 것을 참으려고 그녀는 눈을 깜빡거렸다. 그래도 분이 가라앉지 않자 그의 정강이를 걸어차고 싶었지만, 그녀와 그는 그런 행동에 대한 이해를 터놓을 사이는 분명 아니었다. 그녀는 말없이 그에게 등을 보이며 외면해버리고는 곧장 걸어갔다. 그녀가 걸어가는 방향은 그녀가 전혀 알지 못하는 미지의 낯선 곳이었다. 그는 그녀를 불렀다. 그는 그녀의 이름을 모르기에 그냥 "어이!" 하고 연속해서 불렀다. 그녀는 그가 속이 타기를 바랐다. 지금 그녀는 그녀 자신의 속보다 그의 속이 더 새까맣게 타버릴 것을 원했다. 그런데 그녀는 자신도 모르는 미지의 세계로 뻗어나가고 있었다. 그러면서 다 듣고 있었다. 그의 목소리가 점점 커지는 것을 아주 세심하게 듣고 있었다. 그렇지만 그녀는 대답하고 있지 않았다. 걸음의 속도를 줄이고 약간 망설이는 태도를 일부러 취하기를 몇 번 했다. 그가 그녀를 따라오라는 신호였다. 그는 그런 신호에 전혀 반응하지 않았다. 그녀는 조금 실망했지만, 희망의 끈을 놓지 않았다. 그래서인지 가벼운 날개를 조금 더 펼치고 싶었다. 그녀의 팔은 어느새 그녀의 허리 뒤로 가고 있었고 팔 끝의 손은 치마의 벨트 부분을 약간 들어올리고 있었다. 그의 시선이 그녀의 허리에 가 있으라는 신호였다. 그러나 그의 시선은 하늘로 쳐들고 내려오지 않고 있었다. 하늘의 구름이 걷히고 정말 파랗고 맑은 하늘이 펼쳐지고 있었다. 그가 한참 동안 하늘을 관찰하기를 마치고 사방을 둘러보며 휑하게 서 있는 동안 그녀는 그녀에게 아주 이상한 곳에서 어리둥절해하고 있었다. 그건 그도 마찬가지였다. 그녀를 그의 멋쩍은 눈으로 찾을 수가 없었다. 그는 그녀가 저 맑은 하늘로 승천하기라도 했을까 하는 의문으로 얼굴의 안색을 창백하게 하기도 했다. 그는 슬퍼졌다. 그에게 낯익은 하늘이 지상에서도 펼쳐지기를 원했다. 그녀는 그에게 맑고 화창한 하늘이었고 그렇게 되기를 갈망했었다. 꼭 그녀로서만이었던 것은 아니었으나 지금 그에게 그녀가 필요했다. 다 털어버리고 싶은 기분을 그녀가 꼭 다 이해해줄 것 같았기 때문이었다. 그리고 그의 강박한 심정에 다른 통로를 구한다는 것은 꼭 은행에 예금해놓은 돈을 빼서 쓰는 것같이 그녀 이외의 다르거나 여분의 대용이 있을 수 있다는 것을 사람 사이에서

여름 바다

적용하기는 어색한 개념일 것이었다. 지금 그에게 어느 정도 이력이 있는 그녀가 필요했던 것이다. 그래서 그는 그녀의 행방에 대해 궁금하였고 당황하지 않을 수 없었다. 그가 하늘을 올려다보며 그녀 대신에 "어이! 어이!"라고 부른 것은 맺힌 속을 풀려고 하는 의도였다. 마치 고된 노동에 부르는 노동요나 타령과 같은 것이었고 그에게는 그녀에게 답답한 속을 풀어놓기 위한 예비 작업이었다. 그는 그녀가 갔을 만한 방향을 탐색하기 시작했다. 지금이 세 시 반이니 그가 서 있던 곳에서 세 시 방향을 바라보았다. 그쪽 방향은 신도시가 한창 지어지는 공사 현장이었다. 낡은 주택가가 길을 끊고 있었지만, 그쪽으로 가면 건장한 장정이 힘을 쓰고 있는 공사 현장이 나온다. 그는 그녀가 그쪽으로 갔을 리가 없을 것이라 단정했다. 그는 그녀를 만났던 시간인 열두 시 반 방향으로 그녀를 찾으러 갔다. 거기는 먹자골목이라 불리우는 번화가가 있는 곳이었다. 그곳에서 그녀가 스테이크를 시켜놓고 그를 기다리고 있을 것 같았다.

먹자골목을 헤매다 그는 일 미터 칠십 정도의 키에 깡마른 여성과 부딪칠 뻔했다. 빨간 상의에 검은 스타킹을 신은 이십 대 초반의 여성이었다. 빨간 상의의 그녀는 손바닥으로 옷을 털며 그를 쏘아보고 있었다. 그는 약간 당황했지만 침착하고 정중하게 목례를 하고 돌아서려고 했다. 그런데 그녀가 그의 팔목을 잡아끌며 시비를 걸었다. 그냥 가면 어떡하냐는 것이었다. 그는 어찌할 바를 모르다가 연락처를 내밀며 나중에 사례할 것이 있으면 하겠다고 했다. 그녀는 그의 그런 대응에 만족하지 않은 듯했다. 그녀는 그에게 따라오라는 시늉을 했다. 그에게 그녀는 낯익은 얼굴이 아니었다. 약간 불안했지만, 그는 그녀를 따라가기로 마음을 잡았다. 무엇에 홀린 듯 낯선 곳에 끌려가는 것 같아 그는 마음을 다잡으려 하고 있었다. 그녀는 거기서 다짜고짜 지금이 몇 시인데 이러고 있냐며 따져 묻고 있었다. 그는 황당했다. 그래도 짐짓 참으며 다섯 시 반이라고 정중히 답했다. 그런데 그녀의 표정이 갑자기 어두워졌다. 그가 왜 그러냐고 걱정스레 물었다. 그녀는 지금이 세 시 반인 줄 알고 있었다며 울먹였다. 갈수록 태산이었다. 세 시든 열 시든 그게 왜 울먹일 일인지 도대체 감이 오지 않았다. 그녀는 그의 그런 심산과 너무 동떨어져 있었다. 그녀는 그에게 시계를 직접 보여달라고 했다. 그는 자신이 그녀를 그렇게 한 것마냥 미안해져서 얼른 그녀에게 손목을 갖다대었다. 그녀는 백색 뿔테 안경을 눈시울 빨개진 두 눈과 함께 그의 시계로 붙였다. 잠시 후 그녀의 눈은 두 배로 커져서 고개를 까딱까딱했다. 그리고는 안경을 손으로 들고 맨눈을 그의 왼쪽 손목에 갖다 대었다. 그는 그녀가 그렇게 그녀의 세계에 빠져 있는 동안 황망해져서 무안함을 감출 수가 없었다. 그녀는 다리에 힘이 풀렸는지 푹 하고 주저앉았다. 그는 그녀에게 도움을 주고 싶었다. 우선 그녀의 곤란한 호흡에 물 한 모금이 필요할 것 같았다. 그는 그녀를 부축하고 근처에 있는 커피숍으로 갔다. 그녀를 테이블에 천천히 앉히고 정수기에서 물 한 컵을 따라 그녀의 손에 쥐어주었다. 그녀는 그 물컵을 벌컥벌컥 들이켰다. 그리고 정신이 들었는지 그녀의 앞쪽에 앉아있는 그를 바라보았다. 그러는 그녀의 눈에 점점 힘이 들어가더니 이제는 아주 송곳날이

여름 바다

되어 쏘아보고 있다. "그 녀석이 왜 안 나타났죠?" 그는 영문을 몰라 멍청한 표정이 됐다. "그 녀석이 여태까지 안 나타난 꼴을 보니 당신이 누구신지 짐작이 가네요." 그는 자신과 그녀가 그 녀석이라 부르는 사람과 무슨 상관인지 현재 시각 여섯 시에 낯설음은 점점 더 깊어갔다. 그러는 그에게 뭔가 번쩍 하고 날아오는 게 있었다. 그녀의 손바닥이 펴진 채로 그의 얼굴을 덮친 것이다. 그는 정신이 확 깨서 자리에서 벌떡 일어났다. 그리고는 "참 별일이네!" 하고 혼잣말을 내뱉고 커피숍을 휙 하고 박차고 나가버렸다. 꼭 구정물을 뒤집어쓴 것같이 불쾌한 기분이 엄습했고 영 가시지가 않을 것 같았다. 나가서는 저 여자 어떻게 생겼는지 무슨 저런 사람이 있는지 궁금해서 고개를 돌려 커피숍 안을 쳐다보았다. 그런데 더 기가 막힌 것은 그녀가 아주 평온하게 미소를 짓고 있는 것이었다. 그는 기가 막혔다. 그는 그 황당함을 제어할 수 없었다. 참으로 환장할 노릇이었다. 그는 주체하지 못하는 분노를 풀고 싶었다. 커피숍 안으로 들어가서 저 여자의 멱살을 잡고 쥐어흔들기라도 해야 할 것 같았다. 그러나 그는 그런 속 시원한 성격의 소유자가 아니었다. 그의 머리에 돌멩이 하나가 들어앉은 것 같았고 그런 상태로 커피숍 안의 그녀를 쏘아보았다. 그녀는 이제 고개를 젖히고 웃고 있었다. 무슨 몰래카메라도 아니고 그는 그녀를 쳐다보면 볼수록 열이 가슴에 부풀어올랐고 그의 머리는 화염에 휩싸여서 뇌관이 터질 것 같았다. 그는 그런 상태에서 범죄자가 가지는 심정을 이해할 수 있다고 자신하고 있었다. 그는 그런 여자의 놀음에 작당하여 범죄자로 추락할 만큼 어리석지 못했다. 그는 그녀가 자신을 보며 비웃는 곳과 정반대의 방향으로 돌진했다. 미친 듯이 그 방향으로 휘청휘청대며 걸음을 재촉했다. 바람도 불지 않아서 열이 식는 데에 아주 오랜 시간이 흘러야 했다. 그렇게 그의 머리와 가슴에서 열이 식을 즈음에 주변을 살펴보니 아주 외딴곳에 와 있는 것을 발견하고 있었다. 그곳은 신도시 건설 공사 현장이었다. 높이 오른 아파트의 건물들이 세워지고 있었다. 그는 자신이 어떻게 이곳에 오게 되었는지 그는 자신이 걸어온 길을 몰랐고 집으로 돌아가는 길도 몰랐고 도무지 막막하기만 했다.

한숨을 쉬었다. 그리고 한동안 서 있는 채로 계속 있었다. 그러고 있으니까 다리가 뻐근히 아파왔다. 아까 열두 시 반에 만난 그녀가 떠올랐다. 그러나 그는 그녀가 갑자기 떠오른 이유를 몰랐고 그녀가 떠오르자 아릿한 기분이 들었다. 술 한잔이 생각났다. 그런 그에게 보이는 것이 있었다. 흐릿한 글자로 식당이라고 쓰여 있는 불빛이었다. 그는 술이 고팠지만, 식당으로 들어가고 있었다. 그곳에서 배가 터지게 밥이나 먹자며 다짐하고 있었다. 식당 안은 허름했지만, 사람들로 붐비고 있었다. 메뉴판을 보니 막걸리와 파전이라고 휘갈겨 쓰여있지만, 필력이 범상치 않아 보이는 서체가 있었다. 그러고 보니 식당 안의 사람들 중에 밥을 먹는 이들은 드물었다. 다들 막걸리에 파전을 먹고 소란스럽게 수선을 떨고 있었다. 그들은 삼삼오오 무리 지어 세상의 이모저모를 분주히 식당에 요란하게 쌓아놓고 있었다. 세상의 모든 것들이 그들에 의해서 퍼즐 조각 맞추듯이 식당 안에서 법석을 떨며 조립되고 있었다. 그런 소음이라 여겨지는 것들이 갑자기 뚝 멈춰지고 정적이 흘렀다. 그가 밥을 시키고 있는 순간이었다. 그는 된장찌개와 공깃밥 두 개를 시키고는 자리에 앉았다. 구석에 이 인용 테이블이 있었는데 그가 한참을 둘러보다 찾은 자리였다. 그가 자리에 앉자 정적은 종료되고 다시 요란스럽게 세상의 퍼즐 조각이 들썩들썩 맞춰지기 시작했다. 그의 귀가 잠시 아팠지만, 그는 곧 그 시끄러운 소리에 적응했다. 그는 바람이 불다 멈춰지는 것처럼 그러다 곧 다시 바람이 부는 것처럼, 세상사는 허름한 이곳 식당 바닥만큼이나 시끌시끌 새록새록 변화무쌍의 예감이 들었다. 그렇지만 그런 것에 신경을 너무 쓰는 것도 이상한 일이라 생각했고 황당한 그 여자를 떨쳐버릴 수 있을 것 같았다. 신경 써 봤자 다 자기만 손해 보는 일이라고 하면서 밥 한술을 뜨고 있었다. 그때 옆 테이블에서 한 사람이 와서 의자를 가져가면 안 되겠냐고 술에 거나하게 취한 듯 양해를 구했다. 그자가 온 쪽을 보니 한 사람이 다리가 아픈 듯 선 채로 다리를 떨고 있었다. 동병상련이라 했던가? 그는 조금 전에 자기가 다리가 아팠던 것을 기억해내고 서 있는 사람에게 직접 의자를 갖다주려고 했다. 그가 그런 동작을 취하자 술에 취한 듯 보이는 그 사람이 그러시지 마시라며 손사래를 치며 그를 막았다. 그리고는 재빠른 동작으로 의자를 들어 옮겨서 옆 테이블로 갔다. 그는 괜히 머쓱해져서 자리에 앉아 밥을 계속 먹었다. 한 공기 반을 먹자 배가 너무 불러왔고 숨을 쉬기가 곤란해졌다. 그는 조금 쉬었다가 먹기로 하고 주위를 둘러보았다. 카운터에 계산을 하느라 정신없는 여자 직원이 보였다. 다리가 길고 말라 보이는 이십 대 후반의 여자였다. 어디서 본 것같이 낯설지가 않은 것 같았다. 그렇지만 그에게는 단 두 부류의 여자만 있었다. 낯익은 여자와 그렇지 않은 여자, 그렇게 딱 두 부류의 여자들이었다. 어리든 젊든 늙었든 그렇게 크게 두 그룹으로 나누어지고 그 이상의 의미는 찾으려고 하지 않았다. 그러니 카운터의 그 여자도 그렇게 많고 많은 낯익은 여자의 한 부류로서 보이는 것뿐이지 골치 아프게 신경을 쓸 필요가 그에겐 없었다. 그렇게 주위를 돌아보며 밥 먹는 것을 쉬고 있는데 옆 테이블에서 그에게 뭐라고 소리치고 있었다. 가만 들어보니 같이 합석해서 술이나 한잔 들라는 소리였다. 그 사람들은 술에 몹시 취해 있었다. 그는 밥이 반 공기 남아 있었지만, 옆 테이블에 파전과 막걸리가 더 많이 남아 있어서 손해 보는 장사는 아니라는 판단이 들었다. 그러나 일단 사양하는 것이 이 사회의 예의였다. 그래서 괜찮으니 많이 드시라며 너털웃음을 짓고는 밥을 먹는 시늉을 냈다. 그의 계산대로 그 사람들은 그에게 다가와 팔을 끌었다. 이럴 땐 모른 척 따라가는 게 상식이었다. 그는 상식대로 행했다. 그는 어느새 술판이 달아오른 한 무리에 속해지고 있었다. 그는 술김에 오늘 일어났던 괴상한 여자 얘기를 하고 싶었지만, 그 사람들은 만취 상태여서 차라리 허공에 대고 이야기하는 것이 낫다는 판단 아래 남의 막걸릿잔에 손이 가는 것이 주책인 것을 알면서도 멈추지 못했고 점점 그리고 급속도로 그 사람들보다 훨씬 더 취해가고 있었다. 그는 이제 사족을 못 쓰고 휘청대고 있었다. 카운터의 여자더러 뭐라고 소리 질렀는데 그의 그런 그 인지(認知)의 맥락을 깜빡깜빡 잇지 못하다가 보니 술이 깬 여관에서의 새벽에 골이 쑤시고 아플 뿐이었다.

여름 바다

그의 머리가 지긋지긋 아파오는 것의 이유가 또 하나 있었다. 여관의 벽시계가 가리키는 시각이 세 시 반이었다. 그는 새벽 세 시 반부터 힐끔힐끔 벽시계를 쳐다보며 숨이 잘 안 쉬어지고 침이 꼴깍꼴깍 넘어가는 자신을 들여다보았다. 생각만 해도 기가 막히고 팔짝 뛰겠는데 왜 세 시 반이 그녀에게 그렇게 중요한 시각인지 궁금해지고 있었다. 처음엔 황당한 기분이 들다가 궁금증 쪽으로 급격히 생각이 기울기 시작했다. 그러나 아무리 생각해본들 세 시 반이 왜 그 이상한 여자에게 중요하고 의미가 긴요했는지 알 수가 없는 노릇이었다. 그런데 그에겐 그 궁금증의 강도가 점점 거세지고 있었다. 미치도록 궁금해서 114에 전화라도 걸어보고 싶은 심정이었다. 정말 밑도 끝도 없는, 알다가도 모를, 아니 태초에도 없었고 나중에도 없을 애시당초 모를 일이었다. 그는 그 생각을 몇 시간이고 계속하다가 머리에 혹이 붙은 사람처럼 무거워지고, 떼어내고 싶을 정도로 아프고 지겨워졌다. 그러나 지겹다고 포기하기에는 들인 공이 너무 아까웠다. 그래서 골치가 굉장히 아픈 것을 참고 생각을 계속해나갔다. 그러나 무슨 조그마한 단서라도 있어야지 실마리가 조금이라도 풀릴 것이지, 이건 정말 사막에서 바늘 찾기였다. 그렇게 골치 아픈 무아 삼매경에 빠져 있는데 창문 아래에서 부르는 소리가 있었다. 다름 아닌 그의 이름이었다. 그는 확 깨서 주위를 둘러보다 현재 시각이 다섯 시 반이란 것을 알았다. 그리고 그의 이름을 부르는 자가 여관 주인이라는 것도 알게 되었다. 그에게 지금 필요한 것은 도피처였다. 골치 아픈 생각에서 벗어나서 말동무라도 해줄 위인이 필요했다. 그는 얼른 일어나 창문 아래로 달려갔다. 그는 거기서 아연실색을 해버리고 말았다. 여관 주인이 그의 시계를 들고 술주정을 부리고 있는 것이었다. 어떻게 그의 시계가 여관 주인의 손에 들려 있는지, 어떻게 여관 주인이 그의 이름을 알고 있는지 이제 와서 정녕 아리송한 일이었다.

침착하자! 그는 속으로 되뇌었다. 호랑이에게 물려가도 정신만 차리면 산다는 속담도 생각났다. 그는 호흡을 가다듬었다. 우선 실마리를 풀어야 했다. 그는 더듬더듬 말을 "저, 저, 그, 그…" 하다가 한마디가 나왔다. "저를 아세요?" 그러자 저쪽에서 "그럼 넌 나를 아냐?" 가만 보니 그보다 연배가 한참 높으신 분이었다. 그는 할 말이 없었지만 어떻게 된 영문인지 알아야 했다. 어떻게 그의 시계가 저 아저씨 손에 들려있는지 저 어르신이 술을 드시고 왜 창문 아래서 그의 이름을 고래고래 부르고 있었는지 알지 못했다. 그는 기억을 짜내며 어디부터 기억이 있는지 떠올리고 있었다. 그는 가까스로 식당에서 밥을 먹고 또 엉겁결에 술을 먹은 것까지 기억해냈다. 그 이상을 기억해내려고 했는데 도대체가 되지 않았다. 그런 그에게 또 그가 잘 아는 이름이 불려졌다. "태구야! 양태구! 너 나한테 사기 칠 수 있냐? 네가 그렇게 잘나서 어른을 놀려 먹어?" 그는 자기가 뭘 잘못했는지도 모르면서 아저씨의 노여움이 예사가 아닌 것을 직감하고 그냥 머리를 숙이고 잘못했다고 두 손을 비비며 조아렸다. 그러나 그는 마음의 한구석에 약한 빛이 들고 있었다. 그 빛은 밝지 않았지만 꺼지지 않을 빛이었다. 그 빛은 양심의 빛이었다. 정직이라는 태양 빛을 보면서 가다듬은 그의 선량한 세상에 있었던 아주 익숙한 빛이었다. 그 빛에 비친 그의 표정

여름 바다

이 맑게 앳되어지고 있었다. 중간고사를 보는 고등학생이 '아! 이거다!' 하며 생긋 퍼지는 환한 얼굴이 되고 있었다. 가만 자신을 들여다보면 희미하지만, 빛이 존재하는 것을 알 수 있다. 깜깜한 어둠 속에서도 빛의 흔적이 마음 안에 있는 것을 알 수 있다. 내가 있음에 세상이 있고 나로서 비추는 세상은 내가 있기에 비로소 존재한다. 내가 없다면 아름다움도 꽃도 사람도 있을 수 없는 것이다. 내 안에 모든 사물과 존재할 수 있는 것들이 살아 있는 것이다. 그러므로 내게는 그것들을 비출 수 있는 빛이 있는 것이다. 그 빛은 살아 있는 동안 꺼질 수 없는 빛이다. 그는 그 본연의 빛에 따라 자신을 보고 있었다. 자기 앞에서 고래고래 소리치는 아저씨를 보면서도 차분해지는 것을 느끼고 있었다. 그리고는 만취된 상태로 어딘지도 모를 곳을 휘청휘청대며 걸어가는 그 황망한 자신을 보고 있었다. 그는 제정신이 아닌 그 자신이 허름한 여관 문을 박차고 들어가는 것과 여관 주인의 안내를 받고 있는 것을 보고 있었다. 그런데 여관 주인이 갑자기 그의 손목을 덥썩 잡는 것이 아닌가? 순간적으로 그는 확 겁을 먹었다. 그리고는 반사적으로 여관 주인 아저씨를 밀쳤다. 그랬더니 여관 주인은 "이놈이!" 하며 그의 멱살을 덥썩 잡는 것이다. 그도 술김에 멱살을 같이 잡았다. 그러나 몸도 가눌 수 없는 그가 여관 주인아저씨의 거센 포화 같은 욕설과 완력을 이길 수가 없었다. 그는 주저앉았고 다시 반사적으로 일어선 그의 붉은 뺨에 번쩍하는 것이 있었다. 아저씨의 펼쳐진 거친 손바닥이 휘둘러져서 그의 얼굴을 강타하는 순간에 일어난 불꽃 같은 고통이었다. 그는 쓰러져 있는 자신을 느끼고 있었다. 그는 쓰러진 채로 들려오는 소리를 듣고 있었다. 또각또각 하는 그 소리는 시계 소리 같기도 하고 여인의 뾰족구두 소리 같기도 했다. 그 소리는 그에게 점점 더 크게 들려오고 있었고 복도 바닥에 쓰러져 있는 그가 침대에 눕혀 있는 것같이 편하게 느껴지고 있었다. 그 또각또각 하는 소리가 그렇게 되도록 역할을 하고 있는 것 같았다. 그는 쓰러져 있는 상태로 어루만져졌다. 그런데 어루만져지는 것은 아주 부분적이었다. 다름 아닌 팔목 부분이었고 그때 그의 눈이 확 떠졌다. 그리고 떠진 눈은 더 확 떠졌다. 그녀가 쓰러져 있는 그의 위에서 부드러운 손길로 그의 팔목을 잡아끌며 무엇인가 하고 있었다. 그는 또 무슨 황당한 일을 당할까 벌떡 쓰러져 있는 자리에서 일어났다. 그는 술이 완전히 깨어 있는 듯한 환상에 사로잡혀 있었다. 그는 그녀에게서 달아날 수 있다고 생각했다. 그래서 달아난다고 날뛰다가 복도 벽에 부딪혀 또 넉다운이 되었다. 넉다운이 된 그는 어떻게 그녀가 여기 와 있는지 차분히 열을 셀 때까지 알아내야 한다고 강박증에 사로잡혔다. 그러나 부딪힌 머리에 통증이 만만치 않게 밀려오고 있다는 사실 앞에 그에게 그녀도 아저씨도 멀리 밀려나 있었다. 그는 어느덧 의식이 없는 물체같이 되었다. 그녀는 그 물체 위에서 아주 부드럽지만, 위압적인 행사를 하고 있었다. 그녀는 그런 행동을 무슨 종교 의식같이 거행하고 있었다. 그녀는 그의 손목에서 시계를 절취해서 정성을 들여 그것을 조작했다. 그리고는 다시 물체처럼 의식이 미미한 그에게 다시 시계를 채웠다. 그리고 그녀는 그라는 물체에서 홀연히 사라졌다. 그녀가 사라진 자리에 주인아저씨가 오더니 그를 객실로 업어다 놓

여름 바다

았다. 그는 침대에 놓이자마자 벌떡 일어났다. 밤새워 마셨던 술의 취기도 함께 밀려왔다. 그는 술의 취기에 호기를 부리고 싶었다. 그는 손목의 시계를 풀어 여관 주인아저씨에게 보여주며 명품 시계라고 자랑하고 떠벌리기 시작했다. 그리고 그의 이름이 양태구이고 자기가 아주 유능한 사람이어서 모르는 사람이 없으며 앞으로 많은 일과 업적을 쌓을 것이라며 있는 말 없는 말을 섞어가며 쌀알 같은 조그만 사실을 뻥튀기하고 있었다. 그런 그의 주정을 듣고 있던 주인아저씨는 그렇게 능력 있으면 객실료라도 듬뿍 달라고 비꼬는 말투로 살살 대꾸하며 그의 술주정을 받아들이며 배알이 꼴리는 것을 억지로 참고 있는 것 같았다. 그는 아저씨의 그런 응대에 뭔가 본때를 보여줘야 할 것 같은데 지금 그의 지갑에는 돈도 많이 들어 있지 않았다. 그는 시계를 풀어주며 시계를 팔면 객실을 하나 더 만들 수 있으니 그만 나가라며 주인처럼 아저씨를 문밖으로 안내했다. 아저씨는 조금 이상했지만, 횡재를 한 듯한 기분이 드는 것을 어쩌지 못했다. 객실 안에서 쩌렁쩌렁 울리는 코 고는 소리에 일단 안도한 주인아저씨는 금은방 친구에게 전화를 걸어 잠을 깨우고 황급히 그곳으로 가고 있었다.

사건의 전말은 이러했다. 그가 떠올리는 기억의 줄기가 부르르 떨며 쥐고 있는 그의 주먹에 잡혀 있었다. 제정신으로 서 있는 그는 창피함에 고개를 들 수 없는 심정이었다. 자신의 허물이 마음속에 꺼지지 못하는 빛에 비치자 마음의 빛이라는 게 내내 못마땅하고 불편했다. 차라리 그러한 양심이라는 존재를 제거하는 것이 더 좋을 수 있었다. 그런 악행을 저 아저씨에게 부리면 무슨 대가를 지불해야 되는지 그가 알고 있는 낯익은 여자의 호주머니에서 보석이라도 훔쳐 와 갖다바칠 태세였다. 그만큼 그의 창피함은 절박했다. 그러나 그에게 참된 빛은 그에게 더욱 다가와 그의 양심을 또렷한 모양으로 만들고 있었다. 그는 힘겨웠지만 억지로라도 참고 있었다. 참을 수 있었다. 새벽의 빛은 언제나 생소하지만, 그 안에서 어제의 날들을 이끌고 와서 사람마다 한 걸음 떨어진 자리에서 차분히 자기 자신을 바로 서게 하는 역할을 하고 있었다. 그러나 그는 바로 서 있을 수만은 없었다. 여관 주인아저씨가 꽤 긴 시간을 이어가며 어젯밤의 그의 추태를 위협하며 묘사하는 것을 듣느라 그는 꼼짝도 할 수 없었다. 다리가 아파 다리를 떨고 싶었지만, 그는 다리보다 입술이 떨리는 것을 참느라 신경이 한참이나 곤두서 그럴 수 없었다. 신경이 빠져나온 것 같은 막대기같이 꽁꽁 얼어붙은 다리로는 아무것도 할 수 없었다. 그는 어젯밤의 기억을 정리하느라 밝아오는 아침도 느낄 수 없었다. 그는 어쨌거나 수습해야 했다. 하지만 막막했다. 그는 아저씨를 허공 보듯이 쳐다보다 그에게서 불현듯 튀어나온 말을 스스로 듣고 있었다. "지금 몇 시예요?" 아저씨는 그런 질문을 의례적으로 거절할 수 없다는 것을 알고 시계를 무심코 들여다보다 대답했다. "지금 세 시 반인데?" 그는 '아! 그렇구나' 하다가 그럴 리가 없다고 뇌까렸다. 아까 여관에서 깨어난 시각이 새벽 세 시 반이었고 저 아저씨랑 실랑이를 다리 아프게 오래도록 하고 있었는데 유체이탈을 했거나 꿈을 꾸고 있거나 저 아저씨가 대답 대신 농을 부리고 있다고 그가 생각했다. 그리고 저 시계는 원래 그의 시계인데 어제의 그 못난 기억의 자락

여름 바다

을 잡고서는 누구의 시계로 해야 하는지 마땅치가 않았다. 그는 또 멍해져서 허공을 보는데 그의 손에 쥐어지는 것이 있었다. 시계 였다. 함께 들리는 소리도 있었다. "엿이나 바꿔 먹어라! 에이!" 고 물값도 안 나온다는 얘기와 함께 방값은 어떻게 할 거냐는 추궁이 짜증과 섞여 아주 험한 소리로 이어졌다. 그는 반사적으로 은행에 다녀오겠다고 하면서 시계를 보았다. 그런데 분명 세 시 반이었다. 정말 신기하게도 세 시 반이었다. 그는 그 신기함에 오랫동안 놀랄 수는 없었다. 아저씨가 은행에 다녀오겠다는 그의 말을 어떻게 믿 을 수 있냐는 욕 섞인 말이 그를 또 위협하고 있었기 때문이었다. 그런 위협보다 더 믿지 못할 것이 그를 아주 미치게 하고 있었다. 왜 아직도 세 시 반인지 도대체가 이해할 수 없는 것이 그를 아주 정신없고 못살게 하고 있었다. 아저씨가 힘이 들었는지 여관 쪽으 로 걸음을 옮기고 있었다. 그는 걸음을 옮기는 아저씨를 바라보다 가 시선에 울컥 담겨지는 매우 매력적인 여인을 발견할 수 있었다. 많이는 아니지만, 그에게 약간은 낯익은, 적잖이 당황도 되는 여인 이었다. 험악한 아저씨가 사라지니 안도가 좀 되었지만 그래도 안 심할 수 없는 상황에서 낯익은, 그러나 푹 익혀지지는 않은, 여인 을 발견하니 안심이 조금 되었다. 그러나 저 여인이 구체적으로 어 떤 여인인지는 알 수가 없었다. 그런 건 그에게 어떤 상황에서도 같았다. 그에겐 오직 낯익은 여자와 그렇지 못한 부류로 나뉠 뿐 더 깊이 엮여 파고들지 않으려고 했다. 선과 악 대신 그는 여자를 그렇게 나누었다. 더불어 그에게 낯익다 함은 인상이 편하냐 아니 냐로 구분되고 인상이 편하면 그냥 마음이 놓일 뿐이었다. 인상이 편하다 함은 그에게 이해의 맥락에 조금이라도 있었고 그의 뇌리에 자리를 잡고 있을 법하다는 의미였다. 그녀는 그가 그녀를 그렇게 관찰하는 사이 그의 앞에 서서 뭔가를 말하려는 듯 입술을 달싹이려 하고 있었다. 그는 다리가 아파 다리를 떨고 싶었지만, 그녀가 먼저 입술을 부르르 떨며 앙칼지게 그를 노려보았다. 순간 그는 움찔했지만 낯익은 것 같은 여자라 잠시 후 평정심을 되찾았다. 그녀는 다시 회상하는 듯한 눈빛이 되더니 입가에 살며시 미소를 띠었다. 그를 바라보는 그녀의 시선에는 마치 보물을 찾은 듯한 달콤함이 묻어 있었다. 그렇지만 쉽게 무언가를 외치지는 않았다. 그녀의 그런 절제는 인내심을 필요로 했고 악착같게도 그녀의 눈이 점점 빨개지고 있었다. 그녀는 은밀함으로 날카로워진 것 같았고 참은 만큼의 힘으로 목소리는 또렷하고 차분하고 차갑게 그의 귀에 꽂히고 있었다. "지금 몇 시죠?" 그는 항거할 수 없는 그녀의 목소리에 손목을 올렸다. 암만 봐도 믿을 수 없었지만 세 시 반이었다. 그는 의아했지만 정직함의 기치로 사실을 사실대로 하려는 입 모양을 틀어 세 시 반이라고 발음을 시작했고 바르게 마치고 있었다. 참으로 알 수 없지만 모른 채로 사는 것이 삶을 덜 힘들게 하기 마련이었다. 그는 그렇게 말해놓고 서 있기도 불편했다. 지금이 세 시 반이라면 그가 자리에서 일어나 왜 세 시 반이 그녀에게 그렇게 중요한지 밑도 끝도 없이 스스로에게 질문을 해놓고 심해저 속에서 메아리 소리라도 듣고 싶어 하던 아둔한 시간이었던 것을 틀림없이 기억하고 있었다. 시간이 정지되었다면 몰라도 그럴 리 없었다. 아니면 꿈인가 생시일까, 저 여자의 볼을 꼬집어보든가 할,

　　　　　　　　　　　　여름 바다

파란만장의 세 시 반은 분명 비싸지 않지만, 시간은 잘 맞았던, 산지 얼마 안 되는, 시계가 작당했는지, 고장 났는지, 그의 눈이 착각을 하는지… 그는 어물쩍 서서 저 여자의 질문에 대답을 하지 않았으면 조금 마음이 편했을 텐데… 하며 그가 하늘을 원망하듯 고개를 쳐들 때였다. 그의 가슴에 묵중하면서 부드러운 감촉으로 덮치는 것이 있었다. 그녀가 그를 껴안고 입술을 그의 심장에 누르며 콧소리를 내고 있었다. 그는 움찔했지만, 숙녀의 체면을 봐서 밀치지는 않고 있었다. 그녀의 행동은 분명 성적 행위였고 그녀의 그런 의도가 단호히 거절된다면 수치심에 상처를 입을 수도 있는 거였다. 그는 창피했지만, 그냥 그렇게 엉거주춤 서 있기로 했다. 그녀는 그의 품속으로 더 파고들어 그와 완전히 일치가 된 것 같았다. 그는 식은땀이 얼굴에서 목으로 겨드랑이에서 허리로 흘러 시간이 흐를수록 불쾌감이 더해졌다. 더 이상 참을 수 없었다. 그는 지금까지의 모든 짜증을 실어 그녀를 확 밀쳤다. 그녀는 뒤로 밀려나다가 쿵 하고 바닥에 엉덩방아를 찧었다. 쓰러진 그녀는 반사적으로 그를 노려보더니 입가에 음흉한 미소를 짓고 일어났다. 그리고 저벅저벅 그에게 발걸음을 옮겼다. 그에게 그녀의 팔 길이만큼의 사정거리만큼 다가온 그녀는 그에게 꽥 소리를 지르더니 손을 펴서 마구 팔을 휘두르기 시작했다. 연속된 폭력에 건장한 그도 움츠리며 어쩔 줄 모르다가 정통으로 한 방을 맞고 엎어졌다. 그는 일어서면서 여자와 완력을 써가며 싸울 수는 없는 것이라며 고개를 절레절레 저었다. 하지만 맞고만 있을 수는 없었다. 그녀는 지칠 줄 모르는 투사 같았다. 그녀의 휘두르는 팔은 그에게 고통을 실어주고 그녀와 차분히 마주 서 있게 하는 공간을 허락하지 않았다. 그녀가 공포스럽다고 하지만, 그렇다고 그가 서 있을 공간을 그대로 내주기로 한다면 그녀가 그렇게 떼쓰고 있는 심성과 의도에 올바르지 못하게 대응해버린 것을 그의 도덕과 양심이 주체할 수 없을 것이다. 그런 그의 양심의 의로움이 반영된 탓에 그녀는 결국 상실된 마음이 되어 어찌할 수 없을 것이다. 그는 그런 결과를 그려내기에는 너무 지쳐 있었다. 그래서 그녀의 완력에 대항하기로 했다. 그녀를 완곡히 제압하고 그녀의 자초지종을 듣고 싶었다. 그리고 이상한 질문을 해보기로 했다. 지금이 진정 몇 시인지, 세 시 반이 무슨 의미냐고….

남자의 힘으로 가녀린 여자를 완력으로 제압하기란 쉬울 것 같다는 생각은 애당초 틀린 생각이었다. 그는 정통으로 몇 방을 얻어맞고 혼신의 힘을 다해도 그녀의 발작 같은 행동을 막을 수가 없었다. 그래서 그도 예리하게 노린 주먹질 하나를 힘주어 그녀의 배에 찔러넣었다. 그녀는 그 주먹에 숨이 멎은 것같이 맥을 못 추다가 한참 몸을 움츠리고 호흡을 가다듬는 것이었다. 그는 그때를 놓치지 않고 그녀의 팔목을 잡고 뒤로 젖혔다. 그녀는 고통을 호소하며 살려달라고 했다. 그는 우선 그녀가 왜 그러는지 알아야 했다. 그래서 급한 대로 물었다. 왜 그러시냐고, 그랬더니 그녀는 폭소를 터뜨렸다. 그리고는 선한 듯한 미소가 입가에 맺히더니 누운 자리에서 발길질을 했다. 그는 맞을 뻔했지만 용케 피하고 더 이상 응대하는 것이 그에게 조금도 이롭지 않을 것이라는 판단 아래 그녀에게서 달아나기로 했다.

여름 바다

세상에는 이해할 수 없는 것이 있기 마련이라는 체념이 그의 뇌리에서 발산되고 있었다. 그는 어느샌가 그에게 생소했던 식당 앞에 와 있게 됐다. 거기에 그녀가 있었다. 그가 '어이!' 할 때 있던 그녀였다. 그녀는 다리를 떨지도 않았고 눈을 깜빡거리지도 않았다. 그녀는 그를 한참 응시하더니 그에게로 다가갔다. 그는 어색하고 당황했지만 이건 세 시 반의 그 여자보다는 당연히 양반 축에 속하는 것이었다. 그가 그런 그녀를 바라보며 순순히 있자 그녀는 그의 팔짱을 끼고 어디론가 이끌었다. 그와 그녀가 며칠 전에 만났던 곳으로 가고 있는 것 같았다. 그는 어리벙벙했지만 이끄는 대로 그녀에 따랐다. 가는 도중 세찬 바람이 불고 공사장의 먼지들도 날렸다. 덕분에 먼지며 오염물질과 공사장의 분진들이 그와 그녀의 옷가지에 달라붙었지만, 그녀와 그의 행군을 멈출 수는 없었다. 그와 그녀가 있던 곳으로 가는 동안 둘의 어쭙잖은 사이는 친밀하며 자연스러운 사이로 점차 변해갔다. 둘 사이에는 오직 공사장의 먼지, 분진들만이 있었다. 그에게 그렇게 대단했던 '세 시 반'이 그녀와 옥신각신하며 붙어 있던 흙 자국도 공사장 오염물질에 가려져 보이지 않았다. 드디어 그와 그녀가 원래 있었던 자리에 다다랐다. 거기서 그녀는 그를 살짝 밀치더니 차가운 목소리로 물었다. "정말 오 일 동안 어디로 가시는 거예요?" 그는 그녀를 바라보며 이제 그럴 수 없을 것 같다고 말했다. 그에게 하루 동안 겪었던 일들이 떠올라 깊은 밤 날던 나방들이 날개를 파드닥대는 것이 보이는 듯했다. 그녀는 그의 그런 눈빛을 보자 괜히 부끄러워졌다. 그녀는 고개를 들 수 없었다. 그녀가 고개를 들지 못하고 땅바닥을 바라보는 사이 그는 나방이 나는 대로, 나방을 쫓아서 발걸음을 자신도 모르게 옮기고 있었다. 열두 시 반 방향이었다. 그리로 가면 먹자골목이 나오는 길이었다. 그녀는 그렇게 넋을 놓고 있다가 어디론가 가는 그를 발견하고 얼른 따라갔다. 꼭 넘어질 것 같지만 신기하게도 넘어지지 않는 그에게 찬사를 보내면서 그를 그녀는 따라가고 있었다. 그는 먹자골목 어느 커피숍에서 걸음을 멈췄다. 그리고 커피숍 안쪽을 뚫어져라 바라보고 있었다. 그녀는 그가 커피가 마시고 싶은가 싶어 그를 데리고 커피숍 안으로 들어갔다. 그녀는 아메리카노 두 잔을 시키고 그를 따듯한 시선으로 바라봤다. 그녀에게 행복한 기운이 들어서고 있었다. 그녀에게는 어제 갑작스런 아르바이트를 하는 바람에 현금이 넉넉하게 있었다. 그녀는 이제 그에게 쓰는 돈이 아깝지 않았다. 그는 그녀에게 어느 무엇보다도 값진 것이었다. 그녀는 그녀에게 있는 것은 모두 그에게 주고 싶었다. 단 몇 시간이었지만 고난을 함께 짊어지고 인내하며 여기까지 길을 걸어온 동지였고 최선의 낙이었기 때문이었다. 넋 놓고 있던 그가 그녀를 향해 갑자기 말을 했다. 배가 고프다는 거였다. 그녀가 알았다며 계산을 하려고 카운터에 가고 있을 때였다. 손이 맵던 세 시 반의 그녀가 커피숍의 문을 박차고 들어왔다. 그리고는 그에게 달려들어 머리칼을 쥐고는 다짜고짜 이럴 수 있냐며 저 여자는 누구냐며 소란을 피워대기 시작했다. 그녀의 말 중간에 '자기'라는 호칭이 자주 사용되었다. 소란을 피워대는 여자는 분이 안 풀리는지 재킷을 집어던지고는 스커트 주머니에서 한 주먹씩 뭔가를 빼서 그에게 뿌리듯이 던지고 난리가 아니었다. 그것의 정체는 못이었다. 공사장에 흔히 있는, 박는 못이었다. 그러면서도 '자기'라는 호칭은 빼먹지 않았다. 이런 상황을 지켜보던 그녀는 불쾌감과 자존심 상하는 기분을 감출 수 없었다. 그녀는 이렇게 꽥 소리를 질렀다. "뭐야? 양다리였어? 뭐 이딴 게 다 있어?" 그녀는 세 시 반의 그녀에게 행패를 당하는 그에게 저벅저벅 다가와 침을 퉤 하고 뱉었다. 그는 너무 당황했지만, 이 모든 상황의 키워드를 급한 대로 소리쳤다. "지금 몇 시? 지금 몇 시, 지금 몇 시?" 그녀는 시계를 들여다보고 불쾌한 기분을 담아 찢어지는 소리를 지르고 나가버렸다. "정확히 세 시 반이다! 이 나쁜 놈아!" 그는 기가 막혔다. 그의 시계도 세 시 반이었고 둘러보니 커피숍의 벽시계도 세 시 반이었고 라디오 디제이도 세 시 반 정각이라고 멘트를 하고 있었다. 그는 돌 것 같았지만 저 이상한 여자에게서 벗어나야 안심이 될 것 같았다. 그런데 그런 그녀가 다가오더니 부드러운 표정을 싣고 말했다. "거봐, 세 시 반이지?" 그리고는 그의 배에 주먹을 날리고는 커피숍을 빠져나가갔다. 그는 아픈 배를 움켜잡았다. 그리고 커피숍을 빠져나가 창문 밖에 있는 그녀를 노려보았다. 기가 막히게도 그녀는 고개를 젖히고 웃음을 뱉고 있었다. 어이가 없고 힘이 쭉 빠졌다. 넋을 잃고 한참을 멍청하게 있던 그에게는 커피 값을 치를 돈이 없었다. 그는 빨리 이곳을 벗어나고 싶었다. 그러려면 카운터에 가서 커피 값을 지불해야 했다. 그는 기지를 발휘하기로 했다. 그의 세 시 반에 멈춰 있는 시계로 어떻게 안 될까 하는 용렬한 생각이었다. 커피숍 주인은 시계를 보더니 오히려 황송해하며 그래도 되겠냐고 했다. 얼마든지 됐다. 얼마든지 되고도 남았다.

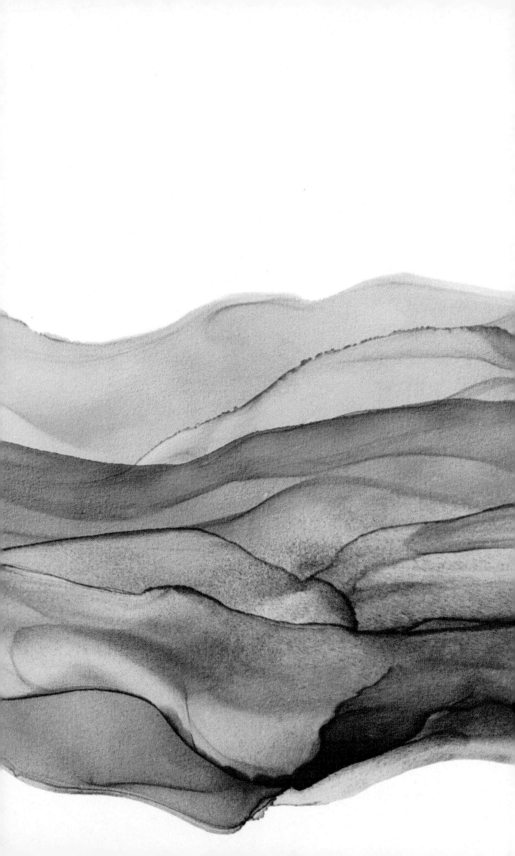

금지에 대하여

;

어제는 잠이 안 왔다. 나는 밤새 멍을 때리고 있었다. 시간이 어떻게 갔는지 빈 뱃속이 시키는 대로 새벽에 라면을 끓여 먹은 기억밖에는 안 난다. 텔레비전이 계속 틀어져 있었는데 무슨 소리를 하는지 웅웅거리는 날파리처럼 노려보고 있었던 것은 텔레비전이 아니던가? 보려고 하면 보인다. 그런데 보지 않으면 보인다. 그들이 보는 나의 멍 때림이 재미있었는지 어디선가 콧방귀 실없이 뀌는 소리가 웅웅대며 화면을 롱테이크로 이끌고 있었던 것 같았다. 라면을 먹고 식곤증에 약간 잔 것 같다. 그러다 웅웅대는 텔레비전 소리 가운데 어디선가 방귀처럼 내 의식에 노크를 하는 것이 있었다. 나는 문을 열어주려는 착한 마음으로 그 소리에 가만히 응대하려고 했다. 그러나 그 소리가 무슨 의미인지는 아직도 헤아리는 중이다. 짖어대는 개소리를 알려고 하는 것은 세종대왕의 애민정신처럼 또 다른 언어를 만들리라! 그러나 나는 그렇게 자비롭지도 않고 그렇게 머리가 좋지도 않다. 그리고 한참을 앉아 있었다. 아침 6시 시보와 함께 현장 뉴스가 시작되고 있었다. 총기 있는 젊은 아나운서와 아름답게 보이는 여자 아나운서가 안녕하냐고 인사하고 있는 것 같았다. 안녕하지 않았다. 피곤했다. 그런데 아름다운 아나운서가 미소를 띠자 피곤이 풀렸다. 머리를 마사지하고 있는 기분이었다. 그런데 기사 내용은 그런 것이 아닌 것 같았다. 어젯밤에 제주도에서 지진이 났다는 슬프고 무서운 소식이었다. 인명 피해는 없었는데 역대급 지진이었다고, 기자는 역대급 미모로 나의 정신을 빨아들이고 있었다. 나는 잠을 못 잤어도 말짱해졌다. 나는 여자 아나운서가 나오기를 기다리다가 총기가 출중한 남자 아나운서가 화면을 점령하는 차례가 되자 흥미가 뚝 떨어졌다. 그런데 부조화의 미소가 나를 계속 텔레비전 화면에서 시선을 떼지 못하게 했다. 그러다가 느꼈다. 뱃속의 불편함을, 그리고 헐레벌떡 화장실로 달려갔다. 라면이 유통기한이 지난 것인지 나는 가장 지저분한 대변을 계속 보고 있어야 했다. 다리가 저려오고 화장실에 비치해둔 담배가 다 떨어져도 나는 대변기에 앉아서 계속 대변의 소식을 들어야 할 것이라는 예감에 마구 슬퍼졌다.

변기의 물을 내리고 한참을 보고 있었다. 저 내 변들이 어디로 빠져나가는가? 혹시 나의 저 더럽고 불쌍한 분신들이 가둬지는 것은 아닐까? 가두어져서 더 썩어서 미래에 생명을 다한 내 몸뚱어리처럼 대지의 자양분이 되어 나무에게 풀에게 먹이가 되는 것이 아닐까? 나는 내가 다리가 저리도록 싼 저 변들로 미리 죽는 것이 아닐까? 그렇다면 나를 대변하는 내 똥들로 미리 죽는 체험학습을 하는 것이 아닐까? 나는 그렇게 더럽게 되는 것일까? 그렇다면 나는 지금 깨끗한가? 깨끗한데 더러워지는 것일까? 아니다 아니다, 나는 충분히 더럽다. 나는 더러운 짓을 아주 많이 했다. 그중 가장 더럽다고 대표될 만한 것을 회상하는 것으로 고해성사 같은 정갈함을 만들고 싶다. 내가 회상하는 내용 가운데는 왜곡되고 편의적으로 내게 유리하게 표현되는 것이 있으리라! 그러나 다큐멘터리도 작가가 있고 플롯이 있고 의도가 있으니 그것으로 나를 합리화시킨다. 그렇다고 더러운 것이 조금 나아지려나 하고 생각하니 한숨이 일편 나온다.

지금은 성매매가 금지되고 있지만, 성매매가 합법이던 시절이 있었다. 나의 혈기는 왕성하였고 군대도 육방으로, 육 개월 방위로 제대하고 할 일이라고는 비디오 테이프나 돌려보고 밤에 딸딸이 치던 게 전부였던 시절이었다. 그런데 그런 것도 하루이틀이지 질릴 대로 질린 나는 운동 삼아 거리를 배회하기로 하고 헌팅 건수를 노리게 되었다. 겁이 많아 헌팅이 잘 될지 모르겠지만 지성이면 감천이라고 하지 않는가? 딸딸이 치는 것보다는 훨씬 건전하다고 생각하고 나는 한여름의 밤에 반바지에서 멋이 잔뜩 나는 면바지로 거듭나고 있었다. 그리고 빼박 보병에서 기갑부대로 거듭나서 전철을 타고 도심으로 진군했다. 귀에 이어폰을 하니 전철의 사람들이 음악에 따라 엑스트라로 거듭나고 나는 영화의 주인공으로서 내게 주어진 역할을 하게 될 것이다. 전철 안에는 바람이 불지 않는다. 그렇지만 인공의 에어컨 바람이, 바람이 부는 것 같은 느낌을 대신하고 있었다. 승객들의 소지품 가방에서 머리 빗는 빗이 나왔는데 모자를 쓴 나는 머리 긁기도 못하고 있었다. 그 승객들의 머리 빗는 멋있는 폼에 어두운 전철 창문이 화려하게 진정으로 거듭나고 있는 것 같았다. 그 화려함이 나를 주눅들게 만들었지만, 모자 쓴 나는 영화의 대본상 승객들에게 들키지 않았다. 나는 그저 카메라의 수식을 받지 않은 채로 등장하고 있는 참이었다.

달이 휘영청 뜨고 도심의 거리는 멋스럽게 꾸며지고 있었는데 거기에 거듭나는 것이란 쌍스런 욕설 같은 것일 것이었다. 거리를 지나는 사람들은 취해 있었는데 거기에 분명치 않은 분노가 있었다. 무엇에 화가 나 있는지 거리를 지나는 사람들은 쌍스럽게 깔깔 웃으며 자신의 답답함을 풀려고 애쓰고 있었다. 술에 취해 정신을 제자리에 놓지 않거나 성욕으로 변질된 그 분노는 사랑이라는 이름으로 개명하고 쌍쌍 커플로, 연인으로 품격을 높이려고 했는데 쓴 약을 먹는 구겨진 표정이 어딘가 숨겨져 있을 것이었다. 그 구겨진 것을 피하려고 밤은 그들에게 있는 것이다. 밤의 어두움을 휘영청 뜬 달이 보고 있었는데 별것 없는 그 분노가 그들의 일기장에 시로 거듭나서 잘난 체를 하고 싶었다. 예쁘면 그만이라는 그 시는 사탕 하나에 사백 원이라는 사랑의 시였으나 꽃이 시드는 것처럼 풀죽은 남자의 성기처럼 볼품없게 거듭나서 사색하려 한다. 예쁘고 잘났으면 다인가? 하고는 개가 밥 먹는 이유가 짖기 위한 것이란 것을 깨닫는다. 그러나 그들의 사색에는 고약한 냄새가 났는데 자신이 화가 나는 이유를 타인에게 전가하려는 맹목적 정의의 분출 때문이었다. 개똥 같은 정의였다. 그러나 그것이 바로 그들의 똥이었다. 분출되는 욕망이라는 것은 그들의 새 옷을 구겨지게 하고 더럽히고 있었는데 그들은 그것을 무용담처럼 자랑하려고 시끄럽다. 그들의 타고난 잘난 것은 휘영청 뜬 달이 보기에도 그럴듯해 보였지만 그럴듯한 것이 그런 것은 아니지 않은가? 그 근본에 무엇이 있는지 아무도 모르게 달이 지고 있었다.

　나는 구석진 곳에서 고개를 숙이고 있었다. 도심의 구석은 계란빵이 익는 향기로운 곳일 수가 없었다. 그들은 쌍쌍으로 애교 있게 계란빵을 집어먹고는 그 포장지를 구겨서 구석에 버리고 있었다. 나는 그런 것으로 한참이나 구겨져 있었다. 펴려고 해도 지워지지 않는 문신 같은 것일 터이다. 지저분한 부스러기들이 바람에 날렸다. 나도 날아가는 듯 그림자가 자동차 헤드라이트에 비쳐 저 앞 높은 건물로 투사되었다. 나는 말 없는 창자를 농담처럼 뒤트는 고통을 느꼈다. 더러움의 고통이었다. 토가 나올 것 같은데 울렁이는 배를 손으로 쓸어내야 그 고통을 씻을 수 있을 것 같았다. 나는 고개 숙인 채로 모자를 꾹 눌러쓰고 거리의 중심에 다다라 앞으로, 앞으로 행진했다. 그 행진에 닭벼슬 같은 위엄이 나를 진압하려 하는 것 같았다. 그 위엄은 참으로 형편없는 것이었는데도 내 살을 도려낼 듯 부들부들 도사리며 떨고 있었다. 다 안다는 것처럼 내 모자를 벗기고 내 욕망을 들추어내는 것 같았다. 나는 그 투시에 두려웠고 초라했고 부끄러웠다. 새로 산 면바지가 도로 반바지가 되고 팬티가 되고 그 안에 너무 왜소하게 매달린 Y 염색체의 결과물이 땅으로 꺼질 듯 쪼그라들어 있을 것이다. 나는 무엇하러 여기에 와 있는가 자문하며 그 자문하는 소리가 시끄러운 거

여름 바다

리의 소리에 팽 튕겨져 나가는 것 같았다. 그렇게 한심한 나라는 존재는 빛이 없는 곳으로 내몰리는 것이 마땅했다. 거기에서 소멸되면 슬픈 노래는 사라지리라!

엽전 한 잎에 등대 하나, 바다는 넓었지만 내가 자리할 곳은 찾기 힘들었다. 바닷가에서 나온 나는 남은 돈으로 내 뿌리를 흔들어보고 싶었다. 내 욕망이 저 넓은 바다에 희석되려고 하는지 온전히 달리는 데에서 나를 찾고 싶었다. 내 욕망의 뿌리를 씻지 않은 그대로의 모습으로 여인의 흰 살결에 더럽히려고 나는 더러운 것이리라! 나는 잠자코 버스에 올라서 마음 답답한 여행의 종착역으로 향해 갔다. 내 은신처에는 가족이 있었다. 그러나 그들에게 나는 관심을 받지 못하고 그저 그러려니 하는 측면의 시선으로 남아 있었다. 그리고 나도 부모형제들에게 바라는 것이 없었다. 나도 내 문제를 온몸으로 홀로 풀고 싶었다. 그러다가 중소도시의 변두리의 어두움에서 도심의 휘황찬란한 거리로 나온 것이다. 그러나 나온 도심의 밤공기도 나를 받아주지 않는 것 같았다. 다들 노느라고 바빴다. 거리를 지나느라고 바빴고 나이트클럽의 호객꾼에게 유혹당하느라 바빴고 남자 앞에서 애교를 떠느라고 바빴다. 난 그들에게 무덤에 난 쑥정이였다. 잡초였다. 머리를 집에서 나올 때 다듬어서 괜찮았는데 나는 머리가 헝클어진 것 같아서 고여 있는 물웅덩이에 비추어보려고 했다. 조금 행색이 초라하긴 했지만 괜찮았다. 그런 나에게 괜찮냐고 물어보는 회색 도시의 분홍 원피스를 입은 싱싱한 여자가 화장이 진한 채로 괜찮냐며 내게 말을 걸고 있었다.

그녀의 빨간색 구두가 내가 보고 있는 물웅덩이에 박혔다. 나는 그녀의 얼굴을 바라볼 수밖에 없었다. 그녀는 그 물웅덩이에 쪼그려 앉아 있었다. 그녀의 분홍색 원피스 안으로 까만색 브래지어가 내 시선의 초점을 음탕하게 흐려놓고 있었다. 그때 나 자신을 바라보는 거울이 내게 없었다. 있다면 그 물웅덩이였을 것이다. 내 남근에 힘이 들어가고 있었다. 그녀는 다 안다는 식으로 익살스러운 표정을 지었다. 나는 그 밝은 표정에 다시 수축했다. 나는 더 어두운 곳으로 숨고 싶었다. 아무도 모르는 미완성의 땅으로 가고 싶었다. 그녀는 그런 나를 다 안다는 식으로 내 손으로 잡아끌고 있었다. 나는 그녀가 이끄는 대로 이끌려가고 있었다. 그곳 도심의 이면이었다. 동전이 양면이 있듯이 도심이 앞면이라면 그곳은 뒷면이었다. 세련되지 못한 빛이 그곳을 수놓고 있었다.

그녀는 반 평짜리 작은 방에 나를 밀어놓고 담배 한 개비를 물었다. 나는 앉을 곳이 마땅치 않아서 서성거리다가 앉으라는 그녀의 말에 얼떨결에 그만 그녀의 침대에 앉고 말았다. 천정에 빨간 조명등이 그렇게 사 먹고 싶어 하던 불량과자 쫀드기의 색감과 닮아 있었다. 나는 친근하기도 했지만 어색한 기분이 드는 것이 더 컸다. 나는 왜 이렇게 밀려왔나 생각하니 나는 밀려갔다 밀려나오는 파도가 아닌가 하고 그녀의 뒷모습을 아련히 보고 있는 자신을 발견하고 있었다. 나는 다시 나가고 싶었다. 그런데 그녀의 뒷모습에서 거부할 수 없는 위엄이 있었다. 그녀의 뒷모습은 한 여자였지만 수많은 여자들로 겹쳐져 이루어진 것 같았다. 그녀들은 한결같이 무엇을 원하고 있었다. 그 바라는 것은 바람도 돌도 돈도 아닌, 그 어떤 것도 아닌, 자신이라는 물에, 자신이라는 호수에, 자신이라는 바다에 빠져주기만을 바라는 것이었다. 그 물에 빠진 자를 건져주는 것은 오직 그녀들의 기분에 달려 있는 것이다. 쥐락펴락하려고 그녀들의 손이 그렇게 아름다운 것이었다.

그녀의 담배가 몇 대째인지 나는 헤아려볼 수 없었다. 나는 겁도 나고 나가고 싶은 마음뿐이었다. 그런데 그녀가 뒷모습인 채로 가느다란 목소리로 말을 하고 있었다. "무엇에 겁을 먹고 있었지?" 이 방 안, 조명등 그리고 침대보 색상 등 전반적인 분위기가 내게 생소하고 겁을 주고 있었는데 있는 그대로 이야기할 수는 없었다. 내가 침묵을 이어가자 그녀가 말을 더 꺼냈다. "사람들을 무서워하나?" 그녀가 내게 여러 여자들로 보였지만 그녀는 하나였다. 난 그 물음이 잘못되었다고 생각했다. "내가 잘못 생각했나? 너는 거리에 밀려 있었어. 왜 밀려 있었지? 뭐가 겁이 나서?" 나는 그 물음이 도시의 중심에서 사람들의 화려함에 빈곤한 내 자신과 비교돼서 궁지에 몰린 쥐처럼 구석에 처박혀 있는 모습을 보고 그렇게 질문하는 것이라 깨닫고 있었다. 겁이 난 것도 사실이었다. 시끌벅적한 것도 내 취향이 아니었기 때문이었다. "여기는 겁이 안 나나?" 나는 즉시 대답할 수 있었다. "여기도 겁이 납니다!" "내가 너에게 뭘 어떻게 할 것 같은데?" 나는 그런 생각은 하지 못했다. "너 고자냐?" "네?" "아니겠지. 흐흐흐!" "…." "남자라면 다 여자를 좋아하는데… 좋아서 미치는데? 왜 그렇게 얼어 있지?" "제가 처음이라서요." 의외로 말이 풀렸다. "내가 잘해줄게! 돈 있어?" 나는 그녀의 뒷모습을 훔쳐보다가 뜸 들여 대답했다. "오늘은 그냥 가고 싶어요." "하하하! 그래?" 하며 그녀가 내 쪽을 바라보았다. 나는 그녀가 대단히 이지적인 여자란 것을, 그리고 미인이라는 것에 내심 감탄을 금하지 못하고 있었다. 그냥 가고 싶지 않았지만, 그녀가 방문을 열고 나를 쳐다보고 있었다. 나는 또 내몰리듯 그 방을 나가야 했다. 나가다가 그녀의 다리에 뱀 모양의 작은 문신이 있는 것을 발견했다. 나는 또 겁이 났지만 이상하게도 그녀에게 매료되고 있었다. 그녀가 다음에 또 보자는 말을 했고 나는 잘 떨어지지 않는 걸음을 옮기고 있었다. 나는 그녀가 있는 방을 기억했다.

나는 궁금했다. 사건의 실마리를 풀어야 했다. 그러나 내가 겪은 사건이 무슨 사건인지 도대체 분류할 수 없었다. 정치범 사건인지 사회면에서 찾을 수 있을지 경제면이나 문화면의 사건인지 내가 무슨 범주에 속하는지 내 정체성에 의문이 드는 것은 이런 경험뿐만이 아니었다. 예를 들어, 나는 사탕을 사러 갈 때 길을 걷는다. 그러면 드물지 않게 탐스러운 여자들을 지나친다. 그 여자들은 머리에 작은 장식을 하고 있다. 작은 리본을 달고 머리를 묶은 여자들도 있고 머리띠를 한 채 귀여운 귓불에 하트 무늬의 귀걸이를 하고 있는 여자, 모자를 쓴 채 검은 마스카라로 그 눈매를 기억할 수밖에 없는 섹시한 여자 등 여러 아름답고 탐스런 여자들을 발견한다. 나는 그렇게 그녀들을 내 눈 밖으로 밀어내며 그녀들을 탐하고 싶은 욕망을 남자의 육감으로 저장한다. 그리고 밀어대다가 다 잊어버린 것 같다. 그리고 마트에 들려 목적인 사탕을 습득한다. 그 사탕은 정말 맛있어 보이는데 쾌감의 미각이 작용할 것이다. 단맛을 안 이후부터 나는 사탕을 종류별로 모으고 그것들의 맛을 음미하는 것으로 담배 피우는 것만큼 내 욕구를 풀고 있었다. 그런데 내가 저장한 남자의 육감을 그 단맛 나는 사탕을 씹어먹는 측면에서 보면 분명 나는 무엇인가 강탈하는 것이 아닌가 하고 죄책감에 시달릴 때가 있다. 그 미적인 경험을 너무 쉽게 그 단맛만으로 해소하는 것이 그 대가를 지불하지 않는 강탈에 해당한다는, 어찌 보면 심리적이고 도덕적인 죄책감은 아닌지 나는 누군가에게 빚을 지고 있는 것이다. 사건의 개요나 발단부터 전개시키고 절정에 이르는 과정을 생략한 결과물만을 취득하는 이러한 행위는 뭔가 불량한 듯 내 스스로에게 비쳤다. 내가 그녀들을 다 알고 있다고 그녀들의 정체성을 인정하는 것이 아니라 그녀들이 이룩해온 아름다움의 결과물만을 취득하는 이러한 과감한 생략은 분명 강간이나 다름없다고 나는 사탕을 먹으면서 사탕을 먹는 다른 사람들과 공동 정범이 되는 것이다. 길가에 핀 꽃을 꺾었다고 중대 범죄에 걸리지는 않지만 분명 그런 행위는 계절의 과정과 절차를 무시한 모략하는 행위, 즉 시리고 매서운 추위의 겨울 내내 간직하고 있던 온기를 부정하는 것이며 여름의 무더위 속에 어지러운 열기를 견딘 노고를 치하하지 않고 그 대가 보상을 하지 않은 얌체 같고 얄미운 절취 행위 도난 행위일진대 그것이 정당한 대가를 구하지 않고 아름답다는 말 한마디에 그 결과물인 단맛만을 취하려는 것은 분명 사람의 이기주의일 것이다. 그것은 소비가 미덕이라는 말과 달리 분수없이 저지르는 자기 파괴에 해당한다. 그런 종류의 파괴적 성향이 정치, 사회, 문화, 경제 어느 분야의 사건에 해당하는지 나는 늘 무지에 빠지곤 했다.

그래서 나는 그녀의 정체를 알아야 했다. 사람들이 폐쇄적이 되는 건 그 사람들 안에 두려움을 가득 채우고 있기 때문이다. 그 폐쇄성 때문에 사람들은 과잉방어하고 신경질적이 되고 히스테리라는 질병에 걸려 파괴적이 되는 것이다. 자기 자신을 곰곰이 살펴보면 그 안의 두려움이 무엇인지 알아낼 수 없는 경우가 허다하다. 그래서 사람들은 정상적이고 자연스러운 영양을 섭취하지 못하고 그 단물만, 단맛만, 그 결과물에 억지스레 악착같이 도취하는 것이다. 그래서 사람들은 삐뚤어지고 폭력적이 된다. 근시안적인 맹인에 가깝고 윤리를 예로 들지 못해서 기만하고 자기 폭로가 두려워서 그 오점에 덧칠을 하며 검어지는 것이다. 마음이 검은 자는 빛을 두려워하고 그 빛 위에 해결할 수 없는 빚을 지고 이고서 눌리는 것이다. 그 무거운 마음으로 그들은 사랑을 말하고 종교를 말한다. 그러나 그것은 빛 좋은 개살구이고 자기 변명이고 자기 합리화일 뿐이다. 사랑을 이야기하는 것으로 더 탐욕적이 되는 것은 교만한 삶이 궁극적으로 어디로 향하고 있는지 예상하게 해주는 것이다. 나는 그녀가 어두운 세계의 여자이지만 그렇게 생각하고 싶지 않았다. 내 육감에 그녀는 어둠 속에서 빛을 내는 발광체라고 생각하고 싶어졌다. 어쩌면 그것은 내 욕구를 합리화시키기 위한 도전일 수도 있었다. 나는 다시 도심의 화려함에 도전하고 있다. 겁이 났지만 나는 목적이 분명했다. 도심을 건너가서 도심의 이면에 도달할 것이다. 그곳에 그냥 서성이는 것으로 오늘의 목적은 한 번 더 훈련되는 것이다. 저기 유혹의 야심찬 육감의 여자들이 앉아서 허리를 비튼다. 나는 서성거리며 발뒤꿈치에 난 굳은살을 비빈다.

그러다 나는 어둠의 그녀들의 행태를 보고서 겁이 나고 있었다. 나는 내 작은 몸을 숨겨줄 곳이 필요했다. 그러나 그녀에게 조금 더 다가선 느낌이어서 약간의 성취감도 있었다. 그런지 자축도 하고 싶었다. 골목을 도니 포장마차가 나왔다. 나는 술을 전혀 하지 못했는데 꼼장어라도 먹어볼 심산으로 그 허술한 포장마차에 들어와 앉았다. 손님이 한 팀 있었다. 나는 개의치 않고 꼼장어 일 인분을 시켰다. 몸집만큼이나 위장이 작은 나는 금방 포만감을 느꼈다. 사이다 한 병을 후식으로 먹고 자리를 일어나 포장마차를 나가려는 순간이었다. 누군가가 들어오고 있었다. 여자였다. 나는 단물만을 바라고 먹는 그대로 그녀가 드러내고자 하는 포인트로 시선이 가는 것을 막지 못했다. 검은 드레스 같은 스커트를 입고 있는 그녀에게서 짙은 향수 냄새가 나를 아련하게 했다. 그렇지만 그녀의 스커트 아래로 드러난 통통한 허벅지 부분을 보자 나는 탄력 있는 토끼 몸을 만지고 있는 것 같았다. 새벽 네 시의 달이 어디론가 가라앉은 기분인 듯 나는 하늘을 올려다보기가 두려웠다. 나는 그녀가 저번에 본 그녀라고 생각하기 싫었다. 내 눈이 너무 깊이 있게 탐하고 있었기 때문에 그녀를 실망시키기가 두려웠기 때문이었으리라! 나는 허겁지겁 옷을 추스르고 달아나려고 했다. 그런데 포장마차 안에서 그녀의 앳된 목소리가 들려왔다. "돈 있네, 많이 있나 본데?" 나는 발걸음이 나가는 것을 멈추고 그녀의 음성이 그녀의 것인지 추론하고 있었다. 그런데 그녀가 포장마차를 나오며 포장마차 주인에게 받지 못한 거스름돈을 내게 흔들었다. 그녀는 내가 찾던 바로 그녀였다. 지적으로 생긴 미모의 창녀였다. 나는 돈을 건네받을 생각은 하지 않고 있었다. 그녀의 눈에 빛나는 어둠의 보석이 나를 향해 던져지는 비난을 대신 받는 것 같았다. 그러나 그녀는 그녀에게 주어진 것에서 당당한 것 같았다. "내게 줄 돈은 없고 이런 돈은 있냐?" 나는 그때 손을 흔들었다. 아니라는 표시였다. 다 아니라는 표시였다. 그녀는 그러는 내게 다가왔다. 그 발걸음이 무거운 것 같았으나 내게 매우 밀접해 있었다. 그녀는 내 호주머니에 그 돈을 넣어주려고 내 바지춤을 붙잡은 것으로 추측된다. 나는 그만 무서워서 그녀를 밀쳤다. 그녀는 넘어졌고 그녀의 다리가 굽어져 허벅지 윗부분까지 보이는 광경을 보고 있었다. 그러다가 천천히 발걸음을 옮겼다. 나는 급히 사탕이 먹고 싶어졌기 때문이었다. 그녀의 작고 예쁜 손에 내 돈이 들려 있었다. 오늘 사탕은 더 맛있을 것 같았다.

그녀의 말을 분석할 필요가 있었다. '잘해줄게. 돈 있어?' 자본주의 사회에서 대가를 지불하는 돈이라는 말 말고, 나는 해준다는 그 말에 집착하고 있었다. 해준다는 말은 베푼다, 즉 의무 이상으로 베푼다, 그것은 나의 혜택이 될 것이란 말이 내 머릿속에 맴돌았다. 그것은 호사가들이 좋아하는 말의 도박과도 같았다. 말이란 물질적인 재화가 아니라서 그 가치를 매기기가 힘들 것이다. 돈이 아니라 말로 판돈을 거는 호사가들의 책임 없는 기분내기와 같은 말이다. 설혹 아니더라도 판돈은 말일 뿐이라서 손해 보는 것이 아닐 것이다. 분위기를 극적으로 몰아가기도 하는, 그것은 그냥 기분을 좋게 하려는 뜬구름 덤과도 같을 것이다. 그렇듯 그녀의 해준다

여름 바다

는 말은 웃은 얼굴로 친절하게 대하겠다는 '쇼잉'을 해주겠다는 말일 것이다. 돈으로 살 수 없는 것이 그 웃는 얼굴의 쇼잉이었다. 그런데 '잘해줄게. 돈 있어?'라는 말은 '자신의 웃음의 태도를 돈으로 사라'라는, 그것이 마음의 상품이라는 것일 것이다. 마음의 상품이라는 것이 그렇게 순식간에 만들어지지는 않으리라! 그것은 싸구려 모조품인 듯 세상에 있는 수많은 허세 중 하나일 것이다. 양아치 같은 겉치레라는 것이다. 겉으로 웃으면서 속으로 딴생각을 하는 위선의 모습이 아니던가? 그녀가 진심으로 웃는 것이라면 나는 그때까지 기다리리라! 그것이 성행위의 횟수가 되었든 마음의 일치든 간에 나는 기다리리라! 내가 왜 그 시대의 흔한 창녀에게 이렇게 집착하는지 삼장법사라는 높은 빌딩 위에 달이 뜨고 있었다. 초승달이었다.

기분이 안 났다. 성인 비디오를 보고서도 흥미가 안 났다. 그녀의 의미를 저기에 새기는 것은 어쩐지 도리에 어긋나는 것 같았다. 나는 비디오가 나오는 텔레비전 수상기가 추잡스럽게 오염되었다고 생각했다. 나의 위대한 순정이 네모 상자 안에 갇혀서 그 천박한 정체를 드러내는 것에 대하여 나는 차감당했다고, 깎이고 있다고, 모욕당하고 있다는 느낌이 강하게 났다. 나는 그런 추잡한 것들을 덜어내야겠다고 생각했다. 창밖에는 여름 초저녁의 햇살이 헹궈지고 있었고 그 맑지만은 않은 물들이 어디로 흘러가는지 나는 그 향방을 알고 싶어졌다. 나는 대충 걸치고 쓰러질 듯한 가로등이 켜질 듯하는 곳으로 나의 몸을 일으키고 있었다. 서먹한 사람들 한둘이 가던 길이 맞는지 사방을 어리둥절하게 의문하고 있었다. 도로에 버스가 다니고 있었지만 흉측한 내장을 버린 송아지처럼 푸줏간으로 달려가는 듯 힘이 없었다. 나는 팔다리가 있었지만 바른길을 갈 염치가 없이 휘청거리는 중이었다. 내 가는 것이 쓰레기장이든 도살장이든 어쩌랴 하고 나는 버스에 올라탔다. 진짜 버스는 내장을 버린 모양이었다. 승객을 찾아볼 수가 없이 텅텅 비었다. 허연 형광등만이 치들치들 치를 떨고 있었다. 여름이 마비되어 내게 흉측한 땀을 쥐어짜게 하는 버스 안 분위기가 나를 구제받을 수 없는 오물통에서 아등바등하게 하고 있었다. 나는 영락없이 도로의 과속방지턱에 뜬금없이 올랐다가 뚝 떨어지는 나락을 경험하는데 태양이 언제 저랬는지 새카맣게 멸종된 듯하였다. 버스는 종점 근처까지 갔는지 속력을 내고 있었다. 그러다가 갑자기 멈추었다. 멸종된 듯했던 손님 하나가 손을 세차게 흔들었던 모양이었다. 그리고 버스의 뒷문이 열리고 한 인간의 개체가 등장하고 있었다. 그 개체는 모자를 푹 눌러쓴 여자였다.

나는 그 여자를 보려고 하지 않았다. 버스 운전사를 빼면 여기는 남녀가 일대일이 되는 상황이었기 때문에 쑥스러운 마음이 앞섰다. 그런데 그녀는 언제 왔는지 내 옆자리에 덜커덕하고 앉는 것이었다. 나는 숨이 헉 하고 막혔다. 이게 웬 날벼락인지 횡재인지 가만히 생각해도 분간이 안 갔다. 그런 내 싱싱하지 않은 의식 속으로 파고 들어가는 말이 있었다. "너, 돈 있어? 잘해줄게!" "네?" "돈 있냐구? 인마!" "버스비 없으세요?" 여자는 어이가 없는지 뽕을 넣은 것 같은 거대한 가슴을 내 눈앞에서 흔들어 보였다. 나는 그 모습을 보고 고스톱에 흔들고 피박에 당한 사람처럼 저 여자가 그

여름 바다

도심 이면의 그 여자로 보이는 것이었다. 나는 그 깨달음에 따귀를 한 대 얻어맞은 사람처럼 화끈거렸다. 어찌 된 영문인지 나는 그 여자에게 내리자는 제안을 대뜸 하고 있었다. 그리고 당당하게 앞장서서 버스에서 내리고 있었다. 그녀는 나를 따라오며 "생색 좀 내지 마! 거시기도 생색으로 달고 다녀?" 그것도 그런 것이 여기는 버스의 종점이어서 안 내리려야 안 내릴 수 없는 곳이기 때문이었으리라! 그러나 나는 개의치 않고 그녀를 이끌고 싶었다. 그녀와 버스에서 내린 곳 백 미터 앞에 포장마차가 있었다. 나는 그녀더러 따라 들어오라며 손짓했다. 그곳에는 꼼장어가 뱀처럼 구부러져 있었고 그녀의 엉덩이 곡선에 나는 매우 흡족하고 있었다. 그녀가 나에게 별일 아니라고 하는 것처럼 턱을 괴고 나를 바라보고 있었다. 나는 뭔가 대단해진 사람처럼 되었고 그녀가 화장을 고치는 사이 녹음기를 주머니 속에 틀고 있었다.

　나는 녹음기에 영화의 컷이 시작되는 알림을 넣어야 했다. 오늘이 8월 28일이냐고 그녀에게 묻고 맞다고 하니까 나는 잠자코 하나 둘 셋 마이크 시험 하나 둘 하고 중 늘어지는 염불처럼 뇌까렸다. 그녀는 수상하다며 혹시 성대모사를 하는데 목 푸는 거냐고 물었다. 나는 내 마이크 테스트가 들통나지 않았을 거라고 단정하며 그녀에게 이름을 물었다. 그녀는 취조당하는 기분이라며 말을 돌리려고 나를 다들 미인이라고 하고는 몸매를 보는데 나는 이름을 물으니 이상하며 혹시 동사무소에서 나왔냐고 반문했다. 나는 그런 거 아니라며 재차 이름을 물었다. 그러자 그녀는 순순해졌다. 그런 거 아니라는 말은 그녀들에게 사람 사이에 있는 틈이거나 여유들이라 그럭저럭 산다는 의미로 통해 마음을 놓으라는 자기 암시와도 같은 이야기로 의미되는 은어 같은 것이었다. 그녀는 원래 이름이 말순이었는데 여기서는 해경으로 변경되어 혹시 해양경찰 아니냐고 놀림을 받으면 그런 거 아니라고 말이 빙빙 돈다고 웃음거리 이야기를 술술 늘어놓았다. 그녀는 술을 먹으면서 마음이 너무 넘치고 있었다. 나도 술을 마시고 싶었지만 나는 술을 먹으면 정신을 잃거나 내가 아닌 사람으로 변하는 경향이 있었다. 그래서 술을 하지 않고 꼼장어만 깔짝깔짝 젓가락 놀이를 하고 있었다. 그녀는 그런 나를 보고 목을 조르며 안 마실 거냐고 하며 술병채로 내 입에 술을 부어넣었다. 나는 그 이후로 내 의식이 알콜 성분의 기화같이 하늘로 가는 길, 거기 어딘가 도중 미로에 빠져 헤매다가 어느 창고 안에서 깨어난 나를 발견하고 있었다. 역시 그녀는 나를 길거리에 버려두지 않았다. 거기가 어딘지 택시를 탔는데 집까지 3분도 안 걸렸다. 어찌 된 일인지 나는 추리 소설을 읽은 재미로 상상의 단서를 찾았지만 단서는 발견되지 않았다.

하지만 그녀가 한 말은 70분 분량이 있었다. 녹음기에 있었다. 나의 하나 둘 마이크 테스트라는 중 염불 늘어지는 소리부터 정확히 70분이었다. 나는 그 녹음기를 틀어놓고 이것이 무슨 소리인지 분석하려 똥도 참고 있다.

"아빠가 해양경찰이야. 그래서 내 예명을 해경이라고 지었지. 억!" 그녀의 딸꾹질은 랩 하는 사람처럼 장단에 딱 맞았다. "난 공부를 잘했지. 그래서 목동에 있는 유명 최고 명문 여대에 들어갔지." "거기서 공부를 잘했냐고? 못했지. 놀고 술 먹고 남자들이랑 어울리는데 최선을 다했지. 요! 억!" "그래도 졸업은 했지. 요. 억! 나랑 잔 오빠들이 시험을 대신 처줬지. 장학금 못 받는 게 이상했지. 억!" "교수랑은 안 잤거든. 여! 억!" "노인들은 썩은 냄새가 나지! 지금은 돈만 주면 얼씨구난데! 억!" "이상하냐? 억!" 거기에 내 목소리도 있었다. 내가 언제 저런 말을 했는지 도대체 알 수가 없었다. "안 이상하지! 이상하면 치과 가지. 거기 가면 아프고 무섭지. 여! 억!" 나도 랩을 하고 있었다. 나는 평생 한번도 랩을 하지 않았는데 말이다. 그리고 무슨 유식한 건지 4차원인지 이상하고 약간 무리수 있는 말들이 이어졌다. 그 말들을 정리할 수는 없었다.

"관심, 그거 좋지. 그런데 그게 안 좋은 것으로 되어 있는 경우가 많아! 다 삐뚤어진 관심이지. 교활한 잔머리로 사랑 사랑 누가 말했나 하는데 그게 다 위선이고 현학적인 잘난 체에 속하지. 억! 제사에는 관심 없고 젯밥에만 눈이 멀어서 그냥 그렇게 이름을 붙이는 거라구. 사랑? 개나 줘버리라고 그래! 다 탐욕에 눈이 어두워지고 일탈적인 놀음에 사랑 그 이름을 거는 거라구! 뭐냐 하면 그게 쓰레기 포장지야! 겉은 멋진데 알맹이는 쓰레기인 별 쓸모없는 거, 너희들이 사는 동네는 다 겉모습만 착하지 그 내용은 개도 안 주워 먹는 몹쓸 것이란 얘기지. 자기 정체성에 대한 안일한 생각, 지가 누군지 엄마도 아빠도 몰라, 물론 지도 모르지. 그런데 아는 체해! 잘나가지고 잘난 체 주절주절 떠들어대는데 누가 아남? 그게 미친 헛소리의 시작이라는 거! 억! 자기가 누군지 몰라 자기 의식, 자기 정체성을 서열로만 인식하는 거, 그렇게 평가하고 논하는 것, 그것이 조직화되는 길에 빠지지. 집단화되어가지고 그 속에서 열우, 우열을 가리는데 그게 폐쇄적이라는 거야. 뜨내기 같은 내 인생은 그런 것에 속박되지 않지. 진정한 자아 존중감 내지 우월감은 비교해서 얻는 게 아니야! 억! 강력한 자기 존중감이지, 되는 대로 아무렇게나 해대지 않고 아무거나 해대지 않고, 인간의 존엄성을 최우선으로 여기지. 그 존엄성을 자기 자신에게도 적용하지. 스스로 비참한 마음을 품지 않도록 해. 그러기 위해서 최선을 다하지. 그게 자존감 아냐? 억! 섹스에 의존하고 돈에 의존하고 권력에 의존하는 게 자존감을 세우는 것이란 것이 아니라 그 반대야. 스스로 존립할 수 없으니까, 주변에 힘 있는 것에 기대는 게 무슨 자기 존재감이고 자기 존중감이야? 그건 쓰레기야! 그냥 빈대라고! 억! 진짜 자존감은 그런 비참한 마음을 품지 않도록 노력하지. 스스로의 속 좁음을 용서하지 않지. 그건 정치 사회 문화 경제의 영역이 아니라 인간의 영역이야! 인간의 영역이라고! 억! 위선이라든가 숨어서 뭘 비겁하게 하지 않지. 스스로 값 떨어지는 행동을 하겠어? 비참한 게 자기 존중감인가? 사기꾼이 자기 존중감이 높아? 군자대로행이라구! 난 나대로 군자대로행이야! 나라는 구멍 동기는 다 평등해! 억! 왜냐면 돈 있으면 다 똑같이 잘해주거든! 억! 자기를 진정 좋아하고 사랑해야 자기 존중감이 자존감이 높은 거야! 자기 부정, 스스로를 미워하는 자가 열등감에 빠지지. 걔네들은 내 구멍으로 들어와도 허당에서 딸 치고 있는 거라구, 난 웃지요! 억! 스스로 망가지는 자가 열등 본색이야! 억! 억! 억!" 그리고 그녀가 구역질하며 토하는지 어디선가 뭔가 찢어지는 소리가 들렸다. 그리고 물 벌컥벌컥 마시는 소리, 그리고 코 고는 소리가 합창

　　　　　　　　　　　　　　　　여름 바다

으로 들려왔다. 그러다 억억 하며 그녀가 딸꾹질하며 말을 이어나
갔다.

"군림하는 자여! 그대는 왕이 아니다! 왕인 척하는 거다! 지가
누군지 모르니까 무조건 크게 보이려고 그래! 현대 한국인의 성향
이지. 거대하다는 거야! 나는 여러 사람, 그러니까 수많은 수컷들
의 거시기를 보았어도 다 그만그만하거든. 뭐 별로 다르지도 않아!
그런데 크다면 좋아하는 거야! '왜 그렇게 커? 오빠?' 하면 좋아서
죽는다구. 다 그만그만한데 말이지. 지가 크고 잘나 보이면 대만족
으로 잘해줘서 고마워하고 팁을 또 주지. 오빠 큰 거 다시 한번 보
고 싶어 하면 미친다니까? 다 그만그만한데. 크크크. 이런 것을 거
대문화 증후군이라고 하는 거야! 내가 교양 과목으로 사회학 들을
때 그런 설명을 하더라고, 크면 좋은가? 내실이 있어야지, 크고 거
대하면 지가 왕이야? 아니야! 다 그만그만해! 나 이런 코미디를 웃
어야 하나 울어야 하나 한참 고민했어! 내 답은 웃어줘야 돼! 그런
데 웃음이 안 나와! 그러면 배에 힘을 주고 애 낳는 것처럼 웃음을
낳아야 해! 인간은 창조의 동물이라고 하잖아? 내 말 맞지?" "응,
내 건 큰데 겸손해야겠어! 억! 요!" 내가 언제 저런 얌생이 같은 말
을 했는지 나는 나를 의심하는데 거기서 일시정지 버튼을 눌렀다.
그리고 에어컨을 가장 세게 틀고 얼굴을 차갑게 하려고 해도 달아
오른 얼굴이 식지를 않았다. 그런데 그녀가 한 말은 이게 끝이 아
니었다. 그녀는 다 그렇다고 했다.

"자기가 그렇게 크다는 것을 믿으면 그런 것이지 타인을 얕볼 수
있어? 타인은 왜소하고 작고 천민이야? 그게 군림한다는 자만심이

야! 그런 놈들은 항상 있지. 미신같이 자기 자신을 신격화하지. 그런 미친놈들이 교회에 다니고 절에 다닌다고. 그런데 그들이 바로 신성을 모독하는 거야! 그게 되게 이상하고 삐딱하다고 생각해! 그런 생각이 안 들어? 대답하지 말고! 그런 거대문화 증후군에 있는 놈들이 타인을 배척하고 폐쇄적인 문화의 선구자이고 홍위병들이지. 그거 정말 이 미친 문화의 맹인들은 자기가 크다는 것을 자랑하고 자부하는데 그게 바로 제왕적인, 다 그런 놈 패거리들이 제왕적인 촌극을 벌이지. 그게 독재의 성공 스토리야! 그게 우민정책의 한 기류야! 다 똑같아지려는 것이지. 크다는 자만심을 비밀리에 공유하고 집단화된 거대문화가 성공하는 스토리, 그게 집단 독재의 성공, 거대문화 증후군의 환자들인데, 그들이 나보다 더 시궁창 아냐? 대답하지 말고!"

"목마른 자가 우물 판다고 그렇게 거대하게 보이려는 이유가 뭘까? 그 거대함 안으로 숨는 작고 초라한 개체들은 뭘까? 뭐가 그렇게 무섭고 두려워서 큰 껍데기 안으로 숨는 것일까? 왜들 그렇게 아우성 소란일까? 가만 생각해 보면 그들이 그러는 것은 완전 불쌍해! 다들 가면을 쓰고 있잖아. 겉으로 대단한 척, 겸손한 척, 속으로 시끄럽고 좁아터졌는데 불만이 터질 것 같아. 겉으로 태연한 것이 이상할 정도야. 똥을 십 년간 참고 있어도 그렇게 겉으로는 점잖아. 그게 말이 돼? 똥이 나와야지. 똥 안 누고 사는 사람이 있어? 아니라구! 다 똥간처럼 똥 범벅이 된 개새끼들이 점잖은 척을 해. 그게 사람들의 사회야. 메이저 군단의 사회는 점잖고 화려한 것 같은데 그 알맹이가 다 똥 범벅이 되어 있다구. 그런데 말이야,

그들이 일류래! 엘리트 집단이래. 그러면서 다 잘난 척이야! 그게 뭐야? 다 연극하는 거야? 과잉 연극성 장애, 히스테리 환자들이냐구? 그렇게 좁쌀만 하고 콩알만 한 것들이 크게 보이려구 야단을 쳐. 그게 거대하게 보이려는 이유가 자기 자신이 너무 초라해 보여서 잘 좀 봐달라고 자기 좀 치켜세워달라고 지랄을 하는 거야. 그렇게 자기가 거대하다는 것을 믿어달라는 거야. 좀스럽지 않아? 칠만오천 원에 내 구멍을 빌리는 어둠의 자식들보다 훨씬 훨씬 더 작고 형편없는데 말야. 거대하게 보이려는 그들은 솔직하지도 않아. 길을 잘못 들었대. 어쩌다가 와보니 내가 불쌍해서 내 것을 사준대. 그들은 지랄 염병을 하고 있으면서도 잘난 척이야. 개 버릇 남 못 주나 봐."

"수줍고 돈 없어서 애인 못 만드는 녀석들, 밤에 잠 못 아루고 외로움에 시들시들하는 녀석들, 슈퍼에 과자 사러 가듯 그 아이 같은 순진한 욕망에 칠만오천 원에 나를 사려는 녀석들은 괜찮은 녀석들이야. 나도 그 녀석들을 보며 즐거워져. 그런그런 사람들에 나는 닮고 닮아도 좋아. 그런데 겉모습은 신사적인데 추잡한 욕망뿐인 놈들이 온 세상을 황폐하게 만들지. 그들은 온 도시를 불에 태우고 자신의 욕망을 과시하지. 그들만 쓰레기면 되는데 다른 것들도 다 쓰레기로 만들려 해. 다 조잡한 콩알만 하고 좁쌀만 한 것들이 간땡이가 부어서 그래. 병신들 지랄하는데 난 웃지. 허허허 허허."

그녀가 웃는데 다른 사람의 목소리가 들렸다. "가실 시간입니다." 중후한 목소리였는데 그녀가 나에게 말하는 것 같았다. "갈 시간이래. 몸조심하고 돈 생기면 거기서 또 봐. 잘해줄게." 그녀가 꺄꺄거리며 까마귀처럼 날아갔는지 그녀의 목소리가 더 이상 들려오지 않았다. 그리고 어떻게 되었는지 내 목소리가 들렸다. "아줌마! 꼼장어 일 인분 추가요!" "아닙니다. 저도 이제 퇴근해야죠." 그리고 녹음기에서는 잡음 하나 없는 무음이었다. 나는 잠자코 추리소설을 읽고 있는 기분으로 상황을 해석하려고 노력하였다. 그렇지만 너무 나에게 낯선 장면들이었다. 그래도 추리하려고 하는데 잠이 들고 말았다.

나는 그녀의 목소리가 들어 있는 녹음기를 반복해서 틀며 그녀의 이야기를 해석하고 이해하려고 하였다. 그런데 그녀의 목소리를 들으면 이상하게 잠이 오는 것이었다. 꿈에서는 그녀의 허벅지가 기묘하게 편집되어서 하얗게 지워졌다가 탄력 있는 육체의 덩어리로 밀려왔다가 여자의 감은 두 눈처럼 볼록한 신비를 부분부분 돋보기처럼 부각시키는 것이었다. 나는 그녀의 이야기는 간데없고 그녀의 육체를 탐하는데 그녀의 순수의 통로로 나의 욕망을 접합시키는 것을 나의 그녀의 목소리를 경청하는 것으로 합리화시키고 있었다. 나의 이성은 잦은 잠으로 몽환이 되어가고 나의 이성은 깨어나지를 못하고 있었다. 나는 이래서는 그녀에게 다가가 진실을 구하는 데 어림도 없을 것 같았다. 그녀의 마음을 사로잡아 돈으로 주는 대가보다 더 진실한 섹스가 되기로 마음먹었다. 이것은 나의 초심을 잃어버리는 과정 속에 있는 것이다. 나는 그녀가 남들이 하는 것처럼 사랑은 아니었지만 그녀에게 내 첫 순정을 바치는 만큼 최선을 다하고 싶었다. 그녀에게 더 깨끗해지고 싶었다. 나는

여름 바다

그녀가 내 앞에서 깨끗하고 순수한 몸을 비추기를 기대하며 내 마음의 정진을 하고 싶었다. 나를 내 스스로 더럽히는 일은 하고 싶지 않았다. 나의 정조를 그녀에게 바치는 만큼 그녀에게 더욱 진실해지고 싶었다. 나의 이러한 불결한 일상이 그녀에게 비치는 것이 싫었다. 나는 내 자신에게 떳떳해지고 싶었고 이런 나의 생활은 내가 용납하기 싫었다. 이러고 있는 내가 싫었다. 미웠다. 나는 벗어나고 싶어 밖으로 나갔다. 밖에는 비가 내리고 있었다.

비를 맞으며 도착한 곳은 동대구역이었다. 케이티엑스 역을 보자 서울에 가고 싶어졌다. 나는 돈이 있는지 확인하고 역에 들어가 비맞은 옷매무새를 고쳤다. 보슬비라 크게 고칠 곳은 없었는데 동대구역사에 사람들이 왜 이렇게 많은지 나는 혼란스러워졌다. 나는 사람들이 많고 소란스러운 것에 잘 적응하지 못하는 성격이었다. 나는 심호흡을 하고 화장실로 들어갔다. 거기서 정신을 집중하고 서울 어디로 갈 것인지를 정했다. 그곳은 광화문이었다. 광화문 우체국에서 그녀 정해경에게 편지라도 쓸 생각이었다. 반복해서 들은 그녀의 이야기에 내 나름대로 답을 구해서 경청하였노라고 반응하는 것이었다. 왜 군이 광화문 우체국이냐면 그게 더 있어 보였다. 거대문화 증후군이라고 하지만 그것은 또 그녀에 대한 운치 있는 항복이 아닌가? 나는 화장실에서 나가서 개찰구에서 서울역으로 가는 케이티엑스 표를 끊었다. 남은 시간이 많았다. 적어도 두 시간 반을 기다려야 했다. 나는 기다릴 곳을 찾았다. 밖은 더워서 싫었고 에어컨이 나오는 곳을 찾았다. 역사 내 커피숍을 노려보는데 왠지 들어가고 싶었다. 들어가고 싶은 욕망이 정해경의 뽕 왕창

넣은 것 같은 젖가슴보다 큰 것 같았다.

커피숍은 혼잡했다. 특히 에어컨 있는 곳이 길목이었는데 사람들이 많았다. 나는 빨리 들어가 자리를 잡고 싶었다. 그런데 사람들이 에어컨 앞에서 비켜주지 않는 것이었다. 나는 답답해진 마음에 그냥 밀치고 들어가기로 했다. 길을 뚫으려 손을 밀치자 사람들이 흩어졌다. 그런데 흩어지는 사람들이 저마다 "어머! 어머!" 하며 흩어지는 것이었다. 가만 상황을 살펴보니 내가 그녀들의 허리와 엉덩이 가슴을 밀치고 있는 것이었다. 그 사실을 깨닫자 나의 그것이 팽팽해지는 것이었다. 그녀들은 나의 눈치를 살피더니 하나둘씩 문밖으로 나가려고 했다. 신고하려고 가는 것이 아닌지 나는 불안했다. 고의가 아니었으니 그녀들도 이해하는 부분이 있겠지만 내 팽팽해진 그것이 이해되지 않게 계속 바지 안에서 서 있는 것은 그녀들도 이해되지 않으리라 나는 생각했다. 나는 뻔뻔하게 앉을 자리를 찾았다. 그녀들이 나간 뒤에도 커피숍 안에는 사람들이 많았다. 커피숍의 직원들이 그런 나를 보고 진정하라며 물을 갖다주고 자리를 안내했다. 합석도 상관없냐고 물었다. 나는 상관없다고 말하고 그의 안내를 받았다. 두 여자가 앉아 있는 곳의 맞은편에 나는 덜커덩 하고 앉았다. 이런저런 경로로 망신과 혼란을 받았기 때문에 자포자기하는 심정으로 그렇게 아무렇게나 행동하는 것이었다. 나는 커피를 주문하고 물을 마시고 고개를 푹 숙였다. 맞은편 자리의 여자들이 서로 이야기하는 것을 멈추었다가 다시 이야기를 시작하고 있었다. "돈만 있으면 돼." "일을 해야 생기지." "그야 물론이지. 자선봉사는 안 된다는 소리야!" 나는 그 돈 소리에 미친

여름 바다

듯이 반응하고 싶어졌다. 그리고 내 입이 내 입이 아닌 듯 주절대기 시작했다. "돈 있으면 잘해줄 거죠?" 그 여자들은 한패가 되어 깔깔 웃어댔다. "그거 어떻게 알았어?" 나는 깜짝 놀랐다. 그 목소리가 처음이 아니라는 것을 깨닫고 있었다. 고개를 들어보니 한 여자는 정해경이었고 다른 여자는 누군지 몰랐다. "우리는 돈 있으면 다 잘해줘!" "우리요?" "음, 얘는 내 동료 박미정! 내가 소개할게!" 나의 그것은 그때까지도 발기가 지속되고 있었다. 미정의 얼굴 화장을 보니 내 그것이 더 폭발할 것같이 묵직하게 되었다. 나의 침이 말라가고 있었다. 긴장하고 있는 터였다. "얼마나요?" "많으면 많을수록 좋지!" 나의 참을 수 없는 욕망이 거기서 바지를 내리고 싶게 했다. 그때 어떤 아저씨가 우리 자리 주위를 서성였다. 나의 성급한 욕망이 나를 소리치게 했다. "여기 자리 없어요!" "알아요, 자리는 높은 분들이 일을 보는 곳이라는 것을 나는 알아요." 하면서 초콜릿을 내밀었다. 나는 초콜릿을 내미는 손끝을 따라 아저씨의 전모를 살피게 되었다. 살펴보니 초콜릿을 파는 잡상인이었다. 나는 귀찮아서 얼마냐고 하고 값을 치르고 초콜릿을 받자 잡상인이 물러났다. 나는 초콜릿을 미정이에게 내밀고 하나는 해경이에게 내밀었다. 해경이는 단 게 싫다고 하고 다시 초콜릿은 돌아왔으나 미정이 껍질을 까서 본 초콜릿은 더운 날씨에 녹아서 흐물흐물대고 있었다. 미정의 표정이 아주 싫은 표정이 되었다. 그때 내 발기는 바람처럼 사라져 축 늘어진 그것이 되었다. 여름날 녹은 흐물흐물대는 저 초콜릿 같았다. 그리고 미정이는 일을 하러 가야 한다면서 자리를 떴다. 나는 다시 처음 그 느낌처럼 해경이와 일대일로 마주 앉아 있어야 하는 신세가 됐다.

그녀는 나만 있으면 뭐가 만만한지 거대담론 같은 것을 펼쳤다. "사랑, 그것은 미움이야! 극단적 미움의 성공, 그것이 섹스지. 자신이 미운 만큼 상대를 자기처럼 더럽히는 거야!" "사랑이 있는 곳에 죽음이 있어! 섹스로 낳은 다음 세대에 미움을 남기며 다 떠나지." "미움, 그것은 사랑이야! 모든 것을 촘촘히 엮어내지. 미움이 있는 곳에 생존이 있어. 투쟁하며 밀어내며 살아나지." "사랑과 미움은 절대 존재야! 절대 지려고 하지 않아! 절대 물러서려고 하지 않아!" 나는 그게 무슨 말인지 그녀의 푹 패인 가슴선에서 의식이 헤매고 있었다. 그리고 그녀의 이야기를 듣자면 졸렸다. 무슨 고등학교 도덕 선생님의 말씀 같았다. 그러나 그녀는 도덕 선생님이 아니었다. 창녀였다. 그녀에게 줄 돈을 계산하며 나는 어떻게든 탐닉하고 싶었다. 그러나 그녀는 거대담론 같은 것을 이어나가려고 정신이 나와 닿지 않았다. "공든 탑을 무너뜨리고 싶은 욕구가 있지. 나도 마찬가지야. 다 놓아버리고 싶은 욕구가 있지. 어디에도 얽매이지 않고 벗어나고자 하는 욕구, 이를테면 이런 거야. 초등학교, 아니 우리 때는 국민학교였지. 짝꿍과 싸워서 신경전할 때 책상에 금 긋고 그 선을 넘어오지 말라고 하잖아? 그런데 넘어가고 싶지. 그런 게 벗어나고자 하는 욕구야. 여자도 마찬가지야! 비싼 옷을 입고 선을 긋는 거야. 넘어오지 말라고 하면서 말이지. 그런데 속마음이 그게 맞아? 넘어올 테면 넘어오라는 이야기야! 못 넘는 네가 병신 하면서 신경전을 벌이고 있는 거야! 선을 긋는다는 금지는 금지 해제를 뜻하는 욕구야! 담배 피우는데 담배 끊으라고 하면 더 피우

여름 바다

고 싶고, 담배 피우는데 더 피우라고 하면 안 피우고 싶잖아? 그게 바로 그런 거야! 인간은 반응하는 존재라구! 하지 말라고 하면 더 하고 싶은 반응은 그렇게 반응하도록 유혹하는 것과 마찬가지야! 인간은 이기적이고 악마 같은 존재라구! 인간이 말을 잘 듣는다는 것은 개가 주인 말에 잘 따르는 하등적인 존재일 때뿐이야! 인간은 언제나 화가 나 있지. 그래서 말을 잘 안 듣게 되어 있어! 찬송가에도 나오잖아. 사랑은 언제나 오래 참고 하는 거. 참는다는 것은 화난다는 거 아냐? 그것도 오래 참고? 오래? 영원히가 아니고? 결국 참지 못하고 폭발한다는 것 아냐? 그래서 사람은 반대로 행동하고 생각하고 싶어 한다고, 절대 말을 안 듣고 화가 나 있지. 하지 말라면 더 하고 싶은 욕구는 여자의 생각 속에 아주 더러운 것이 들어 있는 것에 증명되지. 남자는 안 그래? 너 한번 양심선언 해봐! 마이크를 넘긴다!" 나는 그녀가 무슨 말인지 그녀의 허벅지에 손이 닿아 그녀를 애무하는 상상을 하고 있었다. 그녀는 숨 넘어가는 소리로 '부드럽게 해!' 하고 속삭이고 있었고 나의 그것은 발기를 멈추지 않고 있었다. 그런데 그런 와중에 마이크를 넘기다니 나한테 마이크를 넘기다니 그것은 나의 발작을 고백하라는 이야기였다. 나는 그 말에 얼굴이 벌게졌다. 그녀는 그것 봐 하는 시늉으로 눈짓을 하더니 일하러 간다고 자리를 떠났다. 떠나는 허리에 나의 욕구가 해부되어 있었다.

나는 케이티엑스에 탑승하면서 무엇을 어떻게 해야 될지 모르겠다고, 한심하다고 뇌까렸다. 그리고 서울 가는 내내 그녀의 몸매와 얼굴이 내 의식 속에서 떠나지 않았다. 나는 창녀 하나를 이렇게 못 잊는 사람도 있나 하고 반문해보았지만 그녀는 달랐다. 매우 지적이고 매우 섹시한 그녀는 창녀라도 내게 여인으로 보였다. 그런 여자를 돈으로 살 수 있다니 나는 돈이 많이 있었으면 좋겠다고 돈 벌 궁리에 궁리를 더하고 있었다. 서울역에서 내려서 광화문 가는 지하철을 타는데 누군가가 자꾸 밀었다. 뒤를 보면 모르는 척하고, 다시 앞을 보고 있으면 밀었다. 나는 기분이 나빠서 빨리 그 사람을 벗어나고자 했다. 그런데도 그는 나를 어느새 따라잡고 있었다.

광화문 우체국에 도착하여 엽서를 사고 한참을 궁리했다. 뭐라고 써야 하나 한참을 궁리했다. 궁리해도 아무 생각이 떠오르지 않았다. 그러다가 바람이라도 쐬어야겠다고 생각하고 나가서 그 근처를 배회했다. 그러다가 길을 잃었다. 나는 배회하다가 광화문 우체국에서 한참이나 멀어진 것 같았다. 나는 길 가는 사람에게 광화문 우체국이 어디냐고 물었다. 그는 모른다고 했다. 나는 알겠다고 하고 더 길을 찾으려고 나서려는데 그가 내게 말을 걸었다. 자기 심부름을 하면 돈을 주겠다고 하는 것이다. 나는 돈 이야기에 정신이 버쩍 들었다. 그는 그가 가지고 있는 가방을 5층 3호에 가져다주면 돈을 주겠다고 했다. 나는 반사적으로 그러겠다고 했다. 그리고 했다. 5층 3호에 그의 가방을 배달했다. 그리고 그에게 가니 봉투를 하나 받았는데 봉투가 꽤나 두툼했다. 나는 천 원짜리겠지 하면서 봉투를 주머니에 넣었다. 나는 그를 벗어나려는데 그가 나를 밀었다. 그 미는 감각이 낯익었다. 나는 뒤를 돌아보니 그가 서울역부터 나를 밀어대던 그 사람이 아니던가 하고 의문이 들

여름 바다

었다. 나는 그렇냐고 물으려 뒤돌아 말을 붙이려 하니 그가 저 멀리로 사라져가고 있었다. 혹시 내가 그의 표적이 아니었나 겁이 나기도 했다. 혹시 봉투 안에 이상한 게 들었나 봉투를 들춰보니 오만 원짜리 수십 장이 묶인 채로 들어 있었다. 나는 수상해서 경찰에 신고할까 하다가 그러면 돈이 없어지지 하고 돈의 필요성을 그녀에게서 떠올렸다.

그 돈을 대구로 가져오면서 내내 불안했다. '이래도 되나? 부당이득인데? 혹시 검은돈 아냐? 이거 쓰면 쇠고랑 차는 거 아냐?' 하고 생각이 나쁜 데로 꼬리에 꼬리를 물었다. 집에 가서도 잠이 안 왔다. '이거 경찰에 신고해야 돼! 하다가 해경이한테 쓰고 누가 물어보면 모른다고 잡아떼지, 그러면 되지, 누가 알아? 내 돈이야! 내 수중에 들어왔으니까 내 돈이야! 그냥 입 닫자!' 하고 결론을 맺었지만 불안이 가시지 않았다. 벌써 며칠째인지 불면증 중이었다. 그러다가 휴식이 필요했다. 여자의 품에서 잠을 자자 하며 돈의 반을 들고 정해경에게 달려갔다. 해경이는 돈 있냐는 물음을 하다가 돈 다발을 보더니 가로채듯이 돈을 들고 나와 함께 방으로 들었다.

그녀는 그 큰돈의 정체에 대해 묻지도 않고 옷을 벗었다. 돈이 너무 많아 당황했는지 한꺼번에 두 겹을 벗기도 했다. 그녀는 알몸이 되었다. 다만 팬티가 남아 있었는데 티팬티로 입어도 섹스하는 데는 문제없었다. 그런데 그 팬티가 빨간색이었다. 나는 빨간색 부적응자였다. 나는 그것마저 벗으라고 했다. 해경이는 고분고분했다. 고분고분하고도 남았다. 다 벗고 알몸이 되어서 침대에 대자로 누웠다. 처음으로 보는 그녀의 전신 알몸은 가슴은 진짜 뽕을 넣었었는지 빈약했고 대신 엉덩이가 예쁘고 참으로 빵빵했다. 그 빵빵한 엉덩이가 주는 암시는 내 그것이 불끈불끈하라고 주문을 거는 것 같았다. 그런데 내 그것은 한여름날 초콜릿같이 축 늘어져 서지 않았다. 그토록 바라던 그녀의 알몸을 보고도 내 소중한 그것이 서지 않았다. 나는 그녀에게 내 초라하고 형편없는 내 소중한 그것을 보여주기 싫었다. 나는 기도하는 마음으로 주문을 외웠다. '콩다리콩다리 빳빠빠 콩다리콩다리 빳빳빠' 그렇게 세 번을 외웠을까, 나는 울먹이며 방을 뛰쳐나오고 말았다. 불끈불끈 여기저기서 여기저기서 택시가 빵빵댔다. 빵빵대는 택시를 보니 아무래도 전쟁이 일어날 것 같다는, 아니면 바쁜 사람들의 희노애락을 빵빵하게 하려는 뻥튀기 같다는, 무슨 애정결핍에 걸린 사람들의 홍수에 무작정 빵빵대는 것으로 구걸하고 있다는, 여러 생각이 들었다. 그러나 무엇보다도 그 바쁜 택시들의 빵빵대는 소리에도 내 그것이 안 선다는 것이 첫 번째였다. 고개 숙인 그대로였다. 그녀의 엉덩이가 빵빵대는 것으로 들리기도 했다. 더러운 하수도에 빠진 기분이었다.

집에 어떻게 갔는지 기억이 나지 않는다. 나는 돈 문제는 하나도 걱정이 안 됐고 내 소중한 그것이 안 선다는 것에 의기소침했고 그 문제에 내 모든 인생이 걸려 있는 것 같았다. 나는 더 이상 남자가 아니라는 것을 의심했고 한번도 쓰지 않은 내 소중한 그것이 저렇게 불능이라는 것에 세상이 무너지는 것 같았다. 나는 더 이상 살 의미가 없다고 절망에 빠졌다. 그 예쁘고 빵빵한 엉덩이를 보고 안 선다는 것에 먹는 빵도 보기 싫었다. 나는 식음을 전폐했다. 그리고 끙끙 심하게 앓았다. 그것은 전 재산을 털어서 빵빵한 자동차를 샀는데 엔진이 고장난 자동차 매매 사기에 당한 것이었고 일 등으로 입사 시험에 붙었는데 그 회사가 바로 부도나는 것과 같은 것이다. 이것은, 내가 불능이라는 사실은 청천벽력과 같았고 하늘이 노래져서 저승사자가 오는 것과 같은 것이다. 나는 너무도 무력하게 내 소중한 그것을 한번도 안 써보고 폐기처분당해야 하는 쓰레기가 된 것이었다. 나는 너무 억울해서 서울에서 나를 밀던 그 사람에게 항의하고 싶었다. 그런데 그때 해정이가 우리 집 전화번호를 어떻게 알았는지 내게 전화를 했다.

"여보세요?" "응, 나 해경이야!" "근데요?" "에이, 삐졌구나." "아닌데요?" 그녀는 내가 의기소침한 억양으로 소극적으로 대답하자 다시 거대담론을 꺼내고 싶었는지 에 에 마이크 시험중이라는 멘트를 하고는 또 시작했다. "뭐 지키고 싶은 거 있어?" 나는 돈이 생각났지만 시치미를 뗐다. "없는데요?" "지키고 싶은 게 왜 없어? 빨리 생각해봐!" "저 자신을 지키고 싶어요." 나의 자신 없는 목소리였다. 그녀는 콧소리를 내더니 어이 어이 마이크 시험중 하고는 뜸을 들였다. 그리고는 말을 이어나갔다. "네가 꼬박꼬박 말대꾸를 하는 것은 지키고 싶은 게 많다는 거야! 그런데 그 많은 것을 한가지로 엮는다면 꼭 그거지." "뭔데요?" "아 좀 보채지 말고!" "네, 알았어요." 전화라서 반응을 해야만 했다. 대면 대화였다면 내 표정으로도 대답이 되는 것인데 나는 전화 예의상 말대꾸를 해야 했다. "사람들은 자기 권세를 지키려고 하지. 그런데 그게 얼마나 허망한 거냐면 말야, 왜 화무십일홍(花無十日紅)이라는 말 있지. 꽃은 십 일

이상 붉지 않다는 말인데 음음, 그게 말이야. 그렇게 오래 가지 않는다는 말이야! 예쁜 꽃도 금방 지고 만다는 소리지. 무슨 소리냐면 권세를 지킨다고 사람들은 그 권세를 지키기 위해 발버둥치는데 권불십년이라는 말 알아? 권불십년(權不十年). 권력도 십 년 가지 않는다는 말이야! 나에게 오기 전에 비아그라나 시알리스 먹고 오는 사람 있는데 그게 별거냐? 그래 봐야 지들 힘이나 빼는 노가다지. 그러면 권불십년이 아니라 발기십년이게? 발기십년? 웃기는 코미디 아니냐? 발기십년이면 보통 사람 같으면 그 거시기에서 애가 나와서 초등학교 아니 국민학교에 들어가서 그 거시기에서 춤추고 노래하고 뛰어놀아! 안 그래? 상식적으로 말이야! 발기십년이 어디 있어? 다 개소리지! 나는 너희 남자들 한심해서 같이 안 놀고 싶지만 직업이 직업인지라 피치 못하게 놀고 있지만 말이야! 그게 웃겨, 그거 조금 더 발기하면 좋은가? 비아그라 먹고 그 짓이나 놀아? 그냥 맨정신으로 오는 것들은 드물어. 다 뽕이나 약 먹고 와서는 개지랄이야! 발기십년은커녕 지랄십년은 되겠다. 내 말의 요지는 그 지키려는 게 그렇단 이야기야! 그 권세를 지키려고 거짓말을 하고 사기를 치고 도둑질을 해. 그 권세를 지키려고 염탐을 해. 그 권세를 지키려고 모략을 꾸며! 그게 발기십년이라고 꼬집는 내가 잘못되었냐? 아냐? 아니면 돈 들고 또 찾아와! 봐!" "거기 갈 생각이 없는데요?" "그럼 너희 집 편지함 한번 확인해봐!" 그리고는 전화가 끊겼다. 나는 무슨 말인지는 알겠는데 그 말을 나에게 왜 하는지 이해가 가지 않았다. 나는 의아해져서 현관문을 열고 편지함에 가 봤다. 거기에는 사탕이 한 움큼 있었다.

여름 바다

사탕을 보고 먹고 싶은 마음이 생겼다. 다 먹으려니 귀찮았다. 제일 귀찮은 것이 사탕 껍질을 벗기는 일이었다. 여자는 사탕을 껍질채 준다. 옷도 벗을 거면서 화려하게 입고 말이다. 나는 사탕 껍질을 까면서 여러 생각을 하다가 그녀에게 가기로 했다. 불능이 되었든 안 되었든 공으로 들어온 돈을 주기 위해서다. 그동안 정해경에게 정도 많이 들었다. 이야기도 많이 나누고 그랬던 정해경에게 내게 공으로 들어온 돈을 주고 싶었다. 그리고 떳떳하게 사는 거다. 살다 보면 내 소중한 그것이 서는 날도 있을 것이다. 베풀어야 베풂을 받듯이 내게 돌아오는 복이란 무엇일까? 내 소중한 그것이 안 서더라도 나는 한 인간의 개체로서 영위할 수 있는 가치가 분명히 있을 것이다.

정해경에게 나머지 반의 돈을 주고 아무 말 없이 돌아서려 했다. 그랬더니 그녀가 나의 손을 잡은 것이었다. 그리고는 나의 이마에 키스를 하는 것이다. 그랬더니 그녀의 향수 냄새 아닌 육체의 냄새가 내 코로 확 들어왔다. 나는 당황하여 그녀의 목을 밀었다. 그 바람에 그녀의 정장 윗도리가 살짝 돌아가 브래지어의 어깨끈이 보이고 나는 다시 당황하여 손을 빼니 그녀의 상의를 당기게 되었다. 그랬더니 가까이서 그녀의 가슴이 넘실거리는 것을 보게 되었다. 나는 나도 모르게 그녀의 입술에 키스하고 그녀의 반쯤 벗겨진 상의를 걷어내고 그녀의 브래지어 안으로 손을 넣어 그녀의 젖가슴을 애무했다. 나의 그것이 점점 팽창하고 나는 그녀와의 이상야릇한 그 짓을 멈출 수 없게 되었다. 절정의 오르가즘에 나는 더 하고 싶었지만 권불십년, 아니 발기십년은커녕 발기오분도 안 돼서 나의 그것은 터진 풍선처럼 구겨질 대로 구겨지게 되었다. 나는 반사적으로 일어서서 팬티를 입고 그녀의 입술에 사랑과 감사의 키스를 하고는 여름 이불로 그녀의 벗은 몸을 덮어주었다.

여자는 사탕을 껍질채 주는 것이 맞다. 알맹이만 주면 알맹이가 손상당해 그 가치를 훼손당한다. 나는 그녀에게 한동안 갈 수 없었다. 가고 싶었지만 돈이 없었다. 나는 부지런히 노가다를 했다. 돈을 모아서 용돈을 쓰고 그녀에게 몸과 정성과 돈을 바쳤다. 그것이 내가 아는 그 옛날 창녀의 전부다. 그녀가 옷을 입지 않고 있었다면 나는 서지 않을 것이다. 그러나 그녀가 보지 말라고 금지하는 옷이 있기에 나는 그 금지를 위반하며 내 소중한 그것이 빳빳하게 설 수 있었던 것이다.

그녀는 그녀가 만났던 못난이들이 지키려 했던 것들을 비난한다. 바른 것과 그른 것을 착각하는 그들을 지적한다. 한편, 그런데 그녀가 지키려고 했던 것은 무엇일까? 혹여 모래 한 줌을 손바닥에 올려놓고 다 바닥에 쏟아도 그녀 손바닥에 남아 있는 시간의 기억, 이것만은 사라지지 않는다는 시간의 점령 아니었을까? 아름다운 시절 오래된 책갈피에 접혀 있는 벚꽃 한 잎, 이것을 지키려고 한 것은 아닐까?

우리는 무엇을 지키는가? 가치를 지킨다. 누구라도 가치 있는 것을 지키지, 가치 없는 것을 지키지 않는다. 그런데 그 가치 있다고 믿는 것에 오류가 있다면 지키는 것은 무리다. 허무하고 허망하다. 그 허망한 것으로 그 인생은 허구가 된다. 유령의 도시에 실존이 있는가? 있다면 기적이다. 그 기적으로 사람은 겨우겨우 삶을 이어

여름 바다

가는 것이다. 누구라도 그 삶의 편린에 하나쯤은 그녀의 손바닥 위에 놓인 금지된 모래알이고 싶지 않을까? 적어도 나는 그녀 손바닥 위에 놓인 모래조각이기를 바란다.

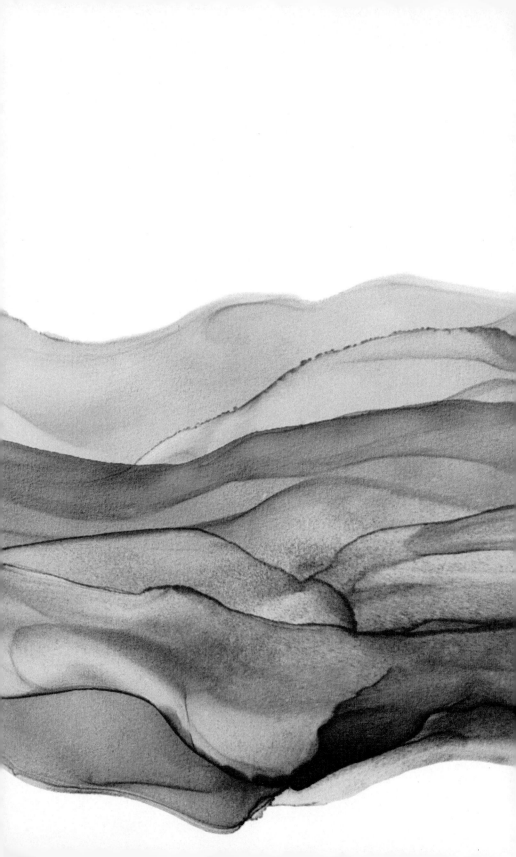

표류자

;

　행복한 언덕을 오른다. 오르고 또 올라서 풍경은 내 시선 밑으로 깔린다. 나는 무엇을 보고 있는가? 나는 아무것도 보고 있지 않다. 그저 나의 허파의 숨참을 가까스로 참고 있다. 내가 느끼는 참 행복이란 이런 것이다. 그러나 이것마저 나의 것이 아니게 될지니 내가 밟고 있는 언덕이 참 수고롭다. 나는 나의 행복을 위하여 참으로 많은 것에게 상처를 주고 있는 것이다.

　참인가 거짓인가에 따라 나의 믿음은 커졌다가 작아졌다. 진한 글씨였다가 자꾸 바래지는 것이었다. 작은 숲으로 들어가 어머니, 아버지와 만났다. 내가 왜 바래지는 것이냐고 여쭈니 어머니는 모른다, 모른다 하시고 아버지는 뜬구름을 올려다보셨다. 아무래도 아무것도 모른 채로 그 녀석들과 제멋대로 아귀를 맞추는 것이 내 성미를 푸는 것일 게다. 나는 그 녀석들의 나이와 이름을 모른다.

그냥 내게 공을 잘 던져주는 투수와 같이 나는 그 녀석들과 노는 것이 아주 즐겁다. 그냥 떠도는 소문일지언정 그 녀석들은 나를 환대한다. 별처럼 반짝이는 놀이터로 가고 있었다. 가는 도중 소녀를 보았고 소녀는 무엇이 즐거운지 얼굴에 꽃을 활짝 피우고 있었다.

노래하라! 작았다가 커지는 것을 노래하라! 쓴 것이었다가 달아지는 것을 위해 우리는 검은 보자기 안에 비밀을 숨겨왔다. 거기에서 춤추는 병정이 진실의 방아쇠를 당겼다. 아무것도 없는 검은 보자기 안에 우리는 적이 있다고 생각했다. 그 적은 우리의 생각대로 우리의 총알을 맞고 숨졌다. 우리는 승리의 환희를 축배했다. 어떤 경우라도 우리가 지는 일은 없었다. 우리는 나약하고 무지몽매한 적에게 예의를 갖추고 보람을 느꼈다. 그리고 우리는 칭칭 감은 밧줄을 스스로 풀었다. 바스락거리는 종이에 훈장이라 쓰고 우리는 고귀해졌다. 함정 같은 것은 있지 않았다. 우리가 가는 길은 탄탄대로였다. 교만해지지 말라고 누군가 경고했는데 고철에 묻는 녹처럼 당연히 받아들이고 말았다. 우리가 훈계할지언정 우리는 누구에게나 간섭받는 것을 거부하고 있었다.

사소한 일을 크게 늘인다. 파도처럼 바람이었다가 태풍이 된다. 물이었다가 불이 되고 우리에게 죽음을 당한 것들을 그 불에 태워버린다. 우리는 점점 완성되어가고 점점 솟아난다. 어떤 것에도 굴하지 않는 낙타가 된다. 낙타는 사막에 굴하지 않고 목마름에 굴하지 않는다. 낮은 소리로 그녀를 부른다. 그녀는 삼 학년이 된 지 한참이 지났다. 그랬는데도 나에게 하이드 박사가 아니냐고 묻는다. 나는 하이드 박사가 아니라고 했다. 그녀는 내가 하이드 박사만 아니면 된다고 하며 초코파이 한 개를 내민다. 나는 받지 않으려고 하지만 그녀에게는 삼 학년이라는 사회적 위치가 있었다. 그 위치는 나의 의지를 상실시키는 것이다. 나는 그녀 앞에서 초코파이를 먹어야 했다. 빵 부스러기가 나의 팔목에서 떨어지기만을 기다리고 있었다. 그러나 그녀는 초코파이보다 자기가 더 달다고, 이 학년 때보다 더 달다고 내게 눈빛을 진하게 내고 있었다. 그녀 교복의 하얀색 카라가 더욱 그 선을 진하게 했고 그녀의 아름다운 목이 낙타의 혹처럼 수분을 간직하고 있는 것 같았다. 나는 그녀가 말한 대로 초코파이를 먹는 것보다 그 물이 더 달 것 같았다. 나는 그녀가 내는 목소리보다 그녀의 기다랗고 투명한 목을 보는데 집중했다. 그녀의 목에 단물과 함께 총알이 있을 것 같았다. 내 무기고에 쌓아둘 총알을 보는데 갈증이 일어나 못 견딜 지경이었다. 그런데 그녀는 말을 다 마쳤는지 어디론가 나그네처럼 훌쩍 떠났다. 나는 아쉬움에 털썩 주저앉아 땅바닥에 흩어진 모래에 그녀의 이름을 손가락으로 쓰고 있다. '미미'라고 쓰고 있다. 나는 그녀의 성을 모른다. 박미미인지 최미미인지 모르나 그녀는 미미였다. 모래가 얼마나 옅은지 그녀의 이름은 바람에 날아가 없어졌다.

어둠의 글라스 안에서 기포가 조그만 알맹이로 올라오고 있었다. 탄산수는 내 어둠의 답답한 속을 그런 총알로 죽이는 것이다. 그런 이유로 내 심장은 조마조마하다. 나는 탄산수를 마심으로써 그런 위기를 맞이하는 것이다. 모래알보다 더 짓궂은 물방울 기포였다. 나는 순간 목을 열었다. 그리고 트림을 했다. 죽은 내 답답함의 세포가 세상 밖으로 사라지는 것 같았다. 제발 별이 되어라! 그

세포의 죽음을 기리게 하려고 나는 순간 하늘에 빌었다. 그때 하늘은 어두워지고 초록색 별에서 연합회가 열렸다. 제목은 이러했다. '죽음은 신기한가?' 연합회 회원 중에 한 사람만이 신기하다고 주장했다. 그러나 소수의견이라 묵살되고 말았다. 나는 의견을 묵살당한 그 사람을 찾아가 별을 보여주고 싶었다. 그러나 그 사람은 물을 벌컥대며 마시고 있었다. 그리고 물에 잠겼다. 완전히 물에 잠겨 나는 그 사람을 찾을 수 없게 되었다. 신기한 것은 탄산수처럼 마시는 것에 무언가가 있었다. 그러면 죽은 답답함의 세포가 별이 될 수 있게 하늘에 비는 것으로 그녀의 목을 이루는 선처럼 아름다워질 수 있는 것이다. 낙타의 등에 탄 사람처럼 공중에 떠다니는 바람이 되는 것이다. 험상궂은 사람이 찾아와도 바람의 길을 가르쳐주고 시비 거는 것을 피할 수 있게 된다. 못난 사람 곁에서 자기를 내세우지 않아도 총애받는 지도자에게 보호를 받을 수 있는 것이다. 둘이었다가 하나가 되는 물아일체(物我一體)의 환희를 받는 것이다. 자유로운 것은 그녀였다가 내가 되는 것이다. 바로 된 내가 되어 하늘의 꿈을 마시는 것이다. 아무것도 없는 곳에서 아무것도 아닌 것 같은 모든 것이 되는 것이다. 삶과 죽음을 이간질하는 자의 농간에서 벗어나는 것이다. 열매를 맺지 않아도 열매가 되는 것이고 송화기와 수화기가 하나가 되는 것이다. 올바른 목소리를 들으려면 그녀의 아름다운 목에 든 수분을 강낭콩 이파리에 얹어 광합성을 하게 하면 된다. 순간적으로 빛이 많이 소모될 것이다. 그 빛은 내가 팽창하고 있다는 증거가 될 것이다. 내가 슬퍼 눈물을 흘리게 되면 그녀가 찾아올 것이다. 그녀의 목에서 나의 침침한 눈으로 수분이 전이되어 목마르지 않게 흐를 것이다. 작은 소용돌이가 사막에서 바다처럼 울릴 것이다. 참사랑은 우리의 주변에서 중심을 두고 회전할 것이다. 그것은 밤이 낮이 되고 낮이 밤이 되는 기적이 될 것이다. 아무리 높아도 낮아질 것이고 낮아져서 귀중하게 될 것이다.

　나는 아류를 싫어한다. 아류는 내 본성이 아니다. 감자에 싹이 나서 잎이 나서 다시 감자가 될지언정 감자가 썩는 것을 방지한다. 내 몸이 썩어서 토분이 되고 다른 생물로 변하게 되는 것은 아류가 아니다. 다만 내 뜻이 다르게 변용되어 회자되는 것이 아류다. 나는 시끄러운 것을 싫어한다. 시끄러운 것은 내가 내가 되는 것을 방해한다. 나를 시끄럽게 응원하는 것을 멈춰주었으면 좋겠다. 그들은 진정 나를 위한 것이 아니고 자신을 위하여, 자신의 욕망을 위하여 사사건건 나를 들먹인다. 그들에게 진정 있는 것은 그들도 아니고 나도 아니다. 그들은 멍청하게 비어 있다. 텅텅 비어 있다. 그러나 그 비어 있음 속에 삼라만상이 있다. 세상은 그렇게 비어 있는 것이다. 그들은 그 비어 있음을 위해 오지랖을 떤다. 오지랖 아수라장을 만드는 그들에게 번뇌가 화수분인데 그것은 꺼지지 않는 지옥의 불이다. 아무리 더러워도 계속 일어나는 불덩이는 그들의 입을 흉물스럽게 만든다. 그 변이의 형상이나 소음이 계속될수록 하늘은 말라가고 비를 내리지 않게 한다. 그들에게 그녀의 아름다운 목에 있는 수분도 그들의 불을 끄기에는 턱없이 모자라다. 그저 놔두는 것이 일리 있다. 그저 방관하는 것이다. 그러면 그들도 재미가 없는지 비어 있는 것에서 자신을 찾으려고 꾀를 굴릴 것이다. 그들에게 소수의견을 낸 죽음은 신기하다는 것에 빠져 겨우 구출될 것이다. 서로 싸우려고 해도 물속에서 그럴 틈이 없다. 물속에서 숨이 벅차 자신을 느끼는 그곳에 분명 그들 자신이 있을 것이다. 거짓이 아니라 참인 자기 자신이 있을 것이다. 자신을 쓰다가 지워져도 그 지워진 글씨를 그리워하는 분명 참사랑이 있을 것이다.

새는 노래한다. 나를 위하여 노래하는 것이 아니라 자신을 위하여 노래한다. 누군가의 박수를 받으려고 하는 것이 아니라 즐거움으로 인해 스스로 노래하는 것이다. 아무런 대가 없이 새들은 하늘을 날아간다. 그것이 그들의 운명이다. 마치 부모가 자식의 입장을 운명적으로 이해하는 것과 마찬가지다. 새들이 날개를 펼칠 때 바람은 태어난다. 바람은 새들의 자식이다. 바람의 입장을 새들은 운명적으로 이해한다. 그래서 자유로울 수 있다. 새들은 바람을 노래하고 있는지도 모른다. 그들의 운명을 노래하고 있는지 모른다. 바람 부는 곳에서 옛 추억을 살피고 있는지도 모른다. 그 추억에 날개의 슬픔이 있는지도 모른다. 날개의 노고가 있는지도 모른다. 우리가 일으키는 모든 사건은 그 슬픔에서 나온 것인지도 모른다. 우리가 아는 것은 우리가 살아 있다가 가는 곳으로 기억을 옮긴다는 사실이다. 우리에게 일어나는 기억으로 새로운 세상을 만들게 하는 것일 것이다. 그곳에서 우리가 내었던 분노도, 사랑도, 기쁨도, 미움도 다시 살아날 것이다. 그러므로 우리는 살아가면서 새로운 세상을 창조하는 것과 마찬가지다. 그러니 우리가 해야 할 일은 우리를 결점이 적도록 만드는 것이다. 최소한의 결점으로 살아가려고 노력하는 것이다. 부딪치는 일마다 바람을 만든다면 우리가 살아 있는 모양이 풍화되어 마모되고 없어지기만을 계속할 것이다. 우리가 아무 의미 없이 사라지는 일이 희미하도록 우리에게는 작지만 조금은 쉴 수 있는 공간과 시간이 있어야 한다. 우리가 참살이하자는 것도 다 우리 자신들만을 위하여 그러는 것이 아니던가? 우리가 조금 더 여유를 가지고 우리의 참된 자신을 찾아야 한다. 우리 앞에, 사물이 보일 만큼의 공간과 시간이 주어져야 우리가 우리의 감정과 느낌을 되살릴 수 있는 기회를 가지게 될 것이 아닌가? 보다 나은 삶을 위해서 우리는 우리의 노력을 효율적으로 해야 한다. 우리가 짊어진 우리의 세상은, 우리 모두가 힘을 합쳐 들기에는 너무 턱없이, 한없이 버거운 것이다. 그러므로 우리는 더 겸허한 마음으로 세상에 대한 경외심으로, 부족한 우리 자신에게 주의를 주어야 하고 우리 자신의 결점에 대해 완고한 정신을 갖기 전에, 우리의 운명이 터득한 이해의 능력에 없는 운명 성향을 받아들여야 하는 것이다. 우리가 알 수 없는 바람의 운명을 타는 것이다.

우리의 결점은 나도 그렇듯이 그녀의 아름다움을 전부 이해할 수 없는 것처럼 우리가 이해하는 것에는 명백한 경계가 존재한다는 것이다. 내가 이름도 나이도 알 수 없는 사람들과 아귀를 맞추면서 그저 흥겨워했듯이, 나와 다른 우리도 아무 이유 없이 즐거울 때를 알아 바람처럼 구름처럼 떠다니는 여유를 쾌감에 더하는 것이 미래를 위하여 유익하지 않으냐는 뜻을 전파하고자 한다. 우리의 계산이 들어맞는 것이 있는가 하면 우리의 계산에 없는 날벼락

같은 사건이 일어나기도 하는데 우리가 완벽하다는 말인가? 우리의 결점은 천성적인 것이다. 우리는 너무도 부족한, 불완전한 생물체인 것이다. 아무리 옳다 해도 우리는 그르며 우리가 아무리 겸손해도 우리는 그저 오만의 일종일 수 있다는 이야기이다. 우리는 우리 자신에게 적당한 정도에서 양보해야 한다. 우리 자신이 완벽할 수 없기에 우리는 그것에 대한 수긍을 할 수 있어야 한다는 이야기다.

이 학년에서 삼 학년으로 진급한 여학생이 왔다. 난데없는 일이다. 아무런 대비도 준비도 하지 않았는데 내 예상을 물어보지도 않고 왔다. 난 아무렇지도 않을 수 없었다. 숨을 곳을 찾아야 했다. 그것도 아주 급했다. 그러나 그녀는 하얀색 카라로 그렇게 허둥지둥하는 나를 낱낱이 비추고 있었다. 그것은 그녀가 나에게 하는 실례였다. 여자의 호의는 용서되어야 하나? 나는 그녀의 아름다운 목의 선에 대해 감상할 여유가 없었다. 그녀의 탐색에서 그저 빠져나오는 것이 최선일 것이었다. 그녀는 어림도 없다면서 굽은 내 등을 손바닥으로 한 대 쳤다. 나는 그때 겁이 오르는 것에서 약간 진정할 수 있었다. 그래도 다 진정된 것이 아니라서 손을 떠는 것을 멈출 수 없었다. 그녀를 정면으로 볼 수 있는 용기가 생겨나지 못하고 있었다. 그녀는 내 목덜미를 잡더니 손목을 돌렸다. 나는 그녀의 의도대로 그녀를 볼 수밖에 없었다. 그녀의 눈을 순간 보았는데 그녀의 눈은 빨갛게 충혈되어 있었다. 실핏줄이 터질 것 같이 그녀의 눈은 통통 부어 있었다. 나는 무슨 일이냐고 했다. 그녀는 그것은 자기가 물을 말이라고, 왜 숨으려고 발버둥을 치느냐고, 자기가 싫어졌냐고 딱딱하게 따지고 있었다. 나는 당황하여 말을 못 하는데 그녀의 퉁퉁 부어 빨갛게 충혈된 두 눈이 걱정되는 것은 어쩔 수 없었다. 나는 전후좌우를 살피고 무엇이 먼저인지 무엇이 나중인지 따지고 싶었다. 아무런 통보도 아무런 예고도 없었던 그녀와의 만남에 당황해야 했고 당황을 수습해야 했고 그녀를 보다가 눈이 아프게 보일 정도로 충혈된 그녀의 눈에 대해 어떻게 대응해야 할지, 내가 먼저인지 그녀가 먼저인지부터 정리해야 했다. 그녀가 묻는 말에 나는 끝내 '어디 아픈 거야?' 하고 그녀를 우선시했다. 그녀는 내 질문에 '내 이름은 미미함, 내 이름은 미미, 미미라고 불러줘!'라고 절실한 언어로 요청하고 있었다. 나는 '미미, 미미, 미미 너는 미미, 무슨 일 있어?'라고 응수했다. 그녀는 울고 있었다. 미미라는 그녀의 이름을 말할 때마다 흐느꼈다. 흐느끼는 도중 그녀의 카라가 내 몸에 닿아 구겨지기도 했다.

삼차방정식은 수식이 세 개 이상 있어야 해가 나오고 이차방정식은 수식이 두 개 이상 있어야 해가 나온다. 나는 미지수가 수없이 많은 세상에서 열 개도 안 되는 수식으로 무지몽매하게 살고 있었다, 나는 답을 헤아려도 알 도리가 없었고 문제를 풀려고도 하지 않고 있었다. 그저 몸으로 부딪쳐 깨닫는 수밖에 도리가 없었다. 그러나 그것으로 나는 불평불만을 품지 않았다. 아무리 똑똑해도 세상의 도리를 다 아는 사람은 예수나 석가나 불가사의의 역사적 성인들뿐일 것이다. 나는 내가 아는 수식으로 만족해야 했고 만족할 수밖에 없었다. 그렇지만 그런 아량으로 세상을 살아가기엔 골치가 너무 아팠다. 그래도 참고 넘어가고 참고 넘어가고 그저 그렇게 살았다. 하지만 그녀가 나에게 준 질문은 어떻게든 꼭 풀고 싶었다. 그러나 생각하면 할수록 골치가 너무 아팠고, 그리고 가슴이 너무 아팠다. 나는 그녀로부터 오는 아픔에서 자유롭게 바람처럼 되려는 압박감을 느꼈다. 그러기에는 그녀의 아픔은 깊었고 너무 무거운 것 같았다. 나는 그녀의 문제를 풀어야 했다. 그녀는 술에 취한 사람처럼 땅바닥에 주저앉아 통곡을 하려 하는 것 같았다. 그렇게 되면 남 보기에 너무 안 좋을 것 같았다. 나는 그녀를 급히 부축했다. 그녀의 따뜻한 어깨의 체온이 내 앞가슴에 전해져 왔다. 나는 미묘한 감각에 의식을 잃고 땅바닥으로 추락할 뻔했다. 그녀는 두 팔을 내 목에 걸치고 내 몸과 밀착하고 있었다. 나는 정신을 차려야 했다. 자칫 잘못하다가는 삼 학년 그녀에게 지나친 월권을 행사하기에 이르게 될지 모르기 때문이었다. 지나가는 사람들이 다 눈총을 주고 힐끔힐끔 곱지 않은 시선으로 지나갔다. 나는 그녀를 떼어놓을 수도 없었고 계속 잡고 있을 수도 없었다. 그때 저 앞 도로에서 교통사고가 났는지 견인차가 불을 번쩍이며 왔고 경찰차도 왔다. 나는 경찰의 제복에 한 번 더 놀랐다. 제복의 야광 반사 벨트에 내 눈이 겁을 먹은 것이다. 그 바람에 나는 그녀를 밀치고 말았다. 그녀의 비명 소리가 구슬프게 들렸다. 나는 그 구슬픈 소리를 뒤로하고 벽 쪽으로 붙었다. 그녀가 쓰러져서 나를 째려보고 있었다. 나는 아무리 그녀가 그래도 경찰이 있는 동안에는 그녀에게 다가갈 생각이 들지 않았다. 경찰이 사고 수습을 하고 한참이 지난 후였다. 그녀가 나에게 험악한 표정을 짓는데 택시가 승객을 하차시키려고 그녀 주변에 정차하고 있었다. 나는 그 택시

운전사를 불러놓고 그녀의 주소를 가르쳐준 뒤 택시비를 내고 그녀를 억지로 택시에 태웠다. 그녀는 택시 뒷좌석에서 나를 노려보았고 택시는 떠나고 있었다.

한 일주일 동안은 내 정신이 미로에 빠져 허덕이는 것 같았다. '그때 나는 어떻게 하는 것이 좋았을까? 어떻게 하는 것이 정답이었을까?' 나는 골이 갈리는 것 같았고 녹아 흐르는 듯한 어지럼증에 그렇게 넋이 빠져 있었다. 아무래도 내가 선택한 방법이 정답이 아닌 것 같았다. 그러다가 그녀가 따지러 내게 예고도 통보도 하지 않고 나타날 것 같았다. 나는 이제 어떻게 해야 하는지 답답해져 있는데 사놓은 탄산수가 다 떨어져 있었다. 나는 밖으로 나가기가 겁이 났다. 그녀가 어떻게 어떤 방법으로 나타날지 몰랐기 때문이었다. 나는 그녀의 아름다운 목선에 숨어 있는 수분과 총알이 내게 축복이 아니라 날벼락이 되어서 언제 닥칠지 언제 내게 덮칠지 너무도 불안했다. 발신자 표시에 미라고 뜨는 전화가 왔다. 나는 받지 않았다. 그런데 또 오고 또 왔다. 나는 받지 않으려다가 그러면 너무 문제 회피같이 보일 것 같아서 빵점이라도 받으려고 받았다. 그런데 그 발신자는 미미가 아니라 미미 부모였다. 미미를 아냐고, 미미를 알고는 있다고, 미미 거기 있냐고, 매우 절실한 목소리였다. 나는 미미가 어디 있는지 모르고 모르는 것투성이인 바보라고. 그녀의 부모가 실소를 터뜨리고 전화를 끊었다. 나는 그녀가 행방불명된 것이라고 추론하고 있었다. 그녀가 아주 먼 곳으로 떠난 것이라고 결론을 짓고 있었다. 그러므로 나는 탄산수를 사러 마트에 가도 되는 것이라고 결론에 결론을 내고 있었다. 불안했지

여름 바다

만 초여름 밤의 공기는 청량했다.

　한두 달 동안은 내게서 평화가 벗어나지 않았다. 나이도 이름도 모르는 사람들과 아귀를 맞추러 다니고 여러 철학적인 생각에 내가 너무 대단해진 것 같았다. 나랑 아귀를 맞추는 사람들이 그거 개똥철학이 아니냐고 물었지만 나는 개똥철학이 무엇을 뜻하는지도 몰랐고 나의 사색이 즐거울 뿐이었다. 내가 나다워지는 길은 내가 사물과 사람을 마주하고 진지해질 때다. 나는 그것을 방해하는 것을 싫어한다. 그러나 방해한다 한들 내가 내가 되고서 물러나는 일은 미미와의 사건 때처럼 예외를 두는 것 이외에는 참으로 드물었다. 나는 정정당당해지고 듬직해지고 있었다고 스스로 자부하고 있었다. 사막의 낙타에 혹이 두 개 있는 것처럼 예외는 흔하지 않은 것이었다. 그름이 있는 것이었고 참이 있는 것이었다. 그러나 그런 것들보다 중요한 것이 진실함이었다. 진실하게 세상과 마주 대하는 것은 그것이 참이 되었든 그름이 되었든 계산치나 결과치보다 중요하다는 것이었다. 나는 미미와의 일에서 진실하지 않았다고 확실하게 말할 수 없는 것이다. 그러므로 나는 나에게 나를 존중하기로 그 힘을 싣고 싶었다. 아무래도 나는 나를 과신할 수는 없지만 그렇다고 신의를 잃었다고 낙담하기에는 그 밑의 진실이 자신을 믿으라고 따라오라고 가르치고 있었다. 맹종하기에는 턱없이 부족하지만 무턱대고 그것을 부정하기에도 부족하다고 나는 나에게 힘을 붙이고 있었다. 그러나 더 많이 나에 대하여 다짐하고 다짐해야 했다. 그래서 부족한 믿음을 일기장에 쓰는 것으로 나에 대한 믿음을 암시하여 자신하고 싶었다.

문구점에서 새 일기장을 샀다. 표지가 두꺼운 고급 일기장이었다. 금전은 모자라지만 나는 이 일기장에 가치 있는 많은 것을 적을 것이다. 그래서 조금 무리를 해서라도 고급 노트를 일기장으로 쓰기로 했다.

　'입구에서 출구가 한통속! 위인전 아류작들은 다를까? 파리 끈끈이에 달라붙은 파리들…' 새 일기장엔 그런 메모로 시작하기로 했다. 미미에게 받은 스트레스로 내 속이 너무 불량해졌다. 그래서인지 먹고 싸는 일에 너무 민감했다. 한번은 빵 하나에 우유를 먹었는데 배탈이 났는지 그대로 설사로 화장실에 쏟아버리고 그 후 먹는 족족 그대로 변기에 쏟아붓는 일이 많아졌다. 그래서 입구에서 출구가 한통속이라는 문장이 떠올랐다. 화장실에서 볼일을 볼 때마다 생각이 드는 것은 자칭 역사적 인물은 다를까, 입구에서 출구가 다른 것이 자칭 위인이라는 작자들일까 하는 의문이었다. 그들도 사람이고 다 마찬가지로 입구에서 출구가 한통속일 거라는 추론이었다. 추론이 아니라 사람이라면 다 한통속 아니던가? 나는 그렇게 생각을 정리하고 거실에 붙여놓은 끈끈이를 보았는데 파리가 다닥다닥 붙어가는 꼴이란 역사의 큰 줄기에 따라붙는 시류에 편승해 승리를 쟁취하는 것이 역사적 인물들이라 자칭하는 자들이 아닐까 싶어 그런 의심스런 메모를 한 것이다. 변태같이 자칭 역사적 인물이라는 분들도 얼마나 시끄러운 파리 같은 인생을 살았을까 하는 의문에 더 심증을 두고 하는 메모였다. 나는 시끄러운 것을 싫어한다. 그것은 자신과 제대로 마주하지 않는 불량이고 불량 메모에 한 줄 남는 우스운 일이다. 그러므로 자신과 마주

　　　　　　　　　　　　　　　여름 바다

하고 조용히 자신과의 정진에 몰두하지 않으면 모조품이나 유사품이나 아류가 되는 것이다. 그것은 또 얼마나 창피한 일인가? 나는 나를 방해하지 않는다면 나 자신 스스로와 더불어 침묵으로 세상을 논평하리라! 그것이 시류에 편승하지도, 기회주의자가 되는 일도 없이 나를 제대로 지키는 일이다. 나는 일기를 쓰면서 또 다짐하고 또 다짐하고 있었다. 그런데 다른 메모 한 줄을 또 쓰고 있었다.

'여자는 알 수 없어!' '아름답지만 아름다움은 그 자태로 지어지는 것인가?' '달빛 창가에서 볼 때 그리움이라는 것은 무엇인가?' 여자는 초콜릿같이 참으로 달지만 그렇게 달지만은 않은 것이다. 그러나 그 단맛에 길들여지면 빠져나오지 못하는 것처럼, 그리움이란 것도 중독 성향과 같이 과거의 그 더 달 수 있는, 더 진한 단맛을 볼 수 있을 것을 기대하여, 그 과거와 그 기가 막히게 달 것 같은 맛을 끊지 못하는, 우유부단한 유약함이 아닌가 하는 것이다. 사람에게 가혹한 기대를 하면 가혹하게 아픔만을 돌려받는 것이 이치다. 너무한 것은 모자란 것만 못하다는 옛말이 그냥 생겨난 것은 아닐 것이다. 수박의 단맛을 보려고 끝장을 보려고 하면 수박 껍질까지 파고 들어가 쓴맛을 보는 것이 이치다. 다 적당한 선에서 마무리해야 뒤탈이 없는 것이다. 그러므로 여자가 아름다울수록 박명하다는 미인박명(美人薄命)이라는 말은 공평하다고나 할까? 자태만으로 아름다움을 평가하는 것은 포장을 두고 그 알맹이까지 그렇다고 믿어버리는 단순 대중심리가 아닐까? 그것은 너무 단순한 아름다움의 개념인 것이다. 이 세상에 껍데기만 넘쳐나는 쓰레기의 단편적인 우상을 우리는 너무도 즐기고 있지 않나 하는 의구심이 내 새 일기장에 그렇게 메모를 심도 있게 해나가고 있었다. 우리는 더 많은 탐구를 해야 하며 더 많은 인내심으로 자기 자신과 마주해야 하는 것이다. 그러나 나 자신과 마주하기 위하여 나는 나에게 최소한의 필요비를 지출해야 한다. 그것이 자본주의 세상에서 생존해야 하는 일이라는 것을 나는 더 힘주어 이야기하고 싶지만 자신 없는 것은 세상의 가치가 너무 얕은 시류(時流)나 겉껍데기에 의존하고 있기 때문이었다. 나는 나에게 봉사하기 위해서 최소한의 사회적 도리를 해야 하는데 사회적 도리와 나 사이에는 입장 차이가 많이 있었다. 그런 입장을 본능적으로 이해하는 분들이 우리 부모님인 것이다. 새의 날개가 바람을 낳았듯이 나는 자유롭게 나의 세계에서 자유를 구가하고 싶은데 필수적 의식주가 나를 놓아주지 않고 있었다.

그러나 아름다움을 사랑하는 것은 천성이다. 바람처럼 자유로운 것이다. 그것은 하늘을 나는 새의 조율이다. 아름다움과의 간격을 늘였다가 줄이며 커졌다가 작아지는 소중한 사랑의 이름이다. 아무리 멀리 가도 돌아올 수 있는 믿음이다. 풍랑이었다가 잠잠해지는 평화가 아름다움이 이루는 장엄한 곡조인 것이다. 나와 그녀를 이은 끈을 풀어도 진심이 전달되는 여리나 무한대로 펼칠 수 있는 자유의 신념이다. 아름다움이라는 보석에 나는 빛은 누구나 근거지가 여기라고 믿게 하는 온기가 된다. 내 생명의 연장을 아름답게 펼치게 할 수 있는 힘이 된다. 그러나 아무리 아름답게 보일지라도 경박한 것은 아름다움의 이름이 아니다. 아름다움의 무게는 꼭 맞는 것이다. 너무 무겁지도 너무 가볍지도 않은 알맞은 내용이 있어야 한다. 그것은 삶의 무게에 지지점이거나 그런 힘의 기초이면 된다. 발판이면 된다. 사람을 사람답게 하는 기준점이면 된다. 경박하지 않을 정도의 무게이면 우리는 그 아름다움으로 인생을 살고 사나운 고개를 넘어가 어떤 경황에도 온유할 수 있게 된다. 그것은 정신의 부유함이다. 아름다움을 사랑함으로써 영혼의 부귀영화를 누릴 수 있게 된다. 나는 메모를 정리하다가 너무 부정적이었던 것을 탓했다. 그리고 일기장에 더 많은 칸을 볼펜의 잉크 자국으로 메우고 있었다. 그러다가 피곤해졌다.

나는 담배를 사러 편의점에 가야 했다. 새벽이어서 담배를 파는 곳이 편의점뿐이었다. 각기 다른 사람들의 편의를 봐주는 편의점을 만드신 분들에게 왠지 고마운 마음이 들었다. 편의점은 조금 걸어가야 했다. 오 분 정도의 걷기는 나에게 비운다는 것이 무엇인지 깨닫게 해주는 것 같았다. 요란한 소리를 내며 배달원의 오토바이가 내 곁을 스쳐 지나갔다. 새벽에 음식을 먹는 손님들의 외로움을 생각하니 비어 있다는 것이 공포일 수 있겠다는 생각이 문득 스친다. 비어 있는 도로, 비어 있는 그들의 허기, 비어 있는 영혼의 살의(殺意)를 생각한다. 그러다가 편의점 문을 열고 들어가 아르바이트하는 청년이 조는 흔적을 발견한다. '피곤했겠구나!' 나는 사천오백 원 하는 담배와 라이터를 산다. 그리고 나무 의자에 앉아 담배 한 개비를 물었다. 등 뒤로 여학생 둘이 담배를 피우고 있었다. 그녀들 앞에 소주 두 병이 비어 있는 채로 엎어져 있었다. 나는 그녀들에게 방해받고 싶지 않았다. 그냥 담배를 문 채로 곧바로 일어서 가려 했는데 그녀들 중 한 명이 무슨 소리를 지르고 있었다. "미미야! 미안해! 학교 잘리게 해서! 미안해!" 나는 미미라는 이름에 놀라 뒤를 돌아보았다. 미미가 나를 노려보고 있었다. 그리고 나에게 외쳤다. "아저씨 누구세요?" 나는 마음을 억누르고 그냥 가려고 했다. 그런 낌새에 미미는 더 크게 소리쳤다. "아저씨 누구냐니까?" 나는 슬픔과 괴로운 심정을 누르고 또 억눌렀다. 미미가 소주병을 내게로 던졌다. 나는 다쳐도 상관이 없을 것 같았다. 미미는 또 한 병을 던졌다. 내 등에 그 비어 있는 소주병이 그대로 맞았다. 아팠다. 미미는 악에 받쳐 또 소리를 질렀다. "누구냐니까!" 나는 신음 소리와 함께 대답하고 있었다. "그냥 지나가는 과객이오!" "야! 개철수! 네가 지나가는 과객이니? 소가 웃겠다!" "웃으려면 왜 못 웃지?" "지나가는 과객이면 그냥 지나가면 되지 왜 사람을 울리고 웃기니?" 나는 한 번 웃었다. 그리고 슬퍼서 메어터지는 가슴을 두 손으로 잡았다. 등 뒤보다 가슴이 훨씬 아팠다. 경찰차가 저 앞에서 순시병처럼 경계 임무를 교대하러 불침번에게 가고 있는 것 같았다.

　사람은 태어나서 결점을 만든다. 그것이 선의로든 악의로든…. 그러나 낙담하지 말라! 사람의 상처는 노래의 제목이 되고 강한 생명력의 상징이 된다. 그것이, 결점을 만드는 것이 고의이든 우연이든 간에, 태어나서 죽는 인생의 세상에 내는 생채기가 될 것이다. 사람의 결점은 세상을 이룬 외침일 것이다. 아픔과 고통의 신음 소리로 세상은 더 특별해지고 빛이 날 것이다. 완전하지 않은 사람들이 모여 사는 세상에 그러한 결점이 남지 않는다면 밝은 대

여름 바다

낮과 어두운 밤이 교대되지 않을 것이다. 그것이 사람이 쉬어 가는, 마을의 평상이다.